En memoria de Nona Rosa

ROSA AMALIA GALLO

EL CRIMEN DE RÍO BALLAIS

Publicado por
D'har Services
P.O. Box 290
Yelm, Wa 98597
www.dharservices.com

info@dharservices.com

dharservices@gmail.com

ISBN-13: 978-1-939948-22-9

A mis padres, ya en su ausencia definitiva y triste, que formaron parte de aquel maravilloso escenario de la infancia, disfrutada en ese pequeño pueblo de montaña que hoy se corresponde con mis mejores recuerdos. A ellos les debo mi felicidad de aquel tiempo...

A mi sobrina Mariela Gallo

A:

Adriana
&
Roberto
(Porque estuvieron allí)
Juntos recorrimos ese camino que construyó los recuerdos.
Una fotografía lo atestigua.

Los recuerdos no pueblan tu soledad, la hacen más profunda.
GUSTAVE FLAUBERT

El crimen, evidentemente, requiere la noche; sin ella, el crimen no sería crimen, pero el horror de la noche, por muy profunda que sea, aspira al esplendor del sol.
GEORGES BATAILLE

La memoria es el perfume de tu alma.
GEORGE SAND

Índice

UNO
EL REGRESO

La calle era de tierra y el viejo Plymouth negro siempre había hecho su último gran esfuerzo al recorrerla.

El ripio crujiendo bajo sus ruedas era un recuerdo auditivo maravilloso. En aquel ribazo, del que sólo se salía descendiendo hacia el vado, habían comenzado las mejores aventuras de la infancia...

El corazón debía estar en su lugar para aferrarse adecuadamente a los recuerdos. Porque no era un movimiento fácil de la nostalgia, dejarlos luego marcharse hacia su verdadero destino: la bruma de los años transcurridos .Y eso podía doler tanto como la vida misma. Por lo general, convenía andar con cuidado en ese largo camino poblado de atajos y regresos...

Para entonces, la evocación tenía el valor de lo memorioso incierto. Algunos detalles ya no existían. Se habían disipado en el tiempo o habían cambiado el cariz de lo ocurrido. Pero si esto era reconocido con toda la fuerza de una convicción, al menos era posible admitir que unas cuantas dificultades ya habían pasado. Aunque no siempre se había tratado de dificultades y ésta era quizás, la razón por la que había tomado la decisión final de regresar al último refugio de una emoción, a medias olvidada. Sin embargo, comenzaba a temer haber optado por una acción un poco irracional. Porque ahora, detenida en medio de una calle *real* y solitaria, que durante todos aquellos años había permanecido en su recuerdo, tuvo la repentina sensación de no saber ya qué hacer con su vida. Como si haber llegado hasta allí hubiera sido un objetivo cuyo propósito desnudaba de valor y de intención al resto de sus intereses.

Isadora se dijo, entonces, que no era justo ni lógico hacerse *eso* a sí misma. Se sentía como una Melpómene moderna, patéticamente atrapada en la informe idea de su propia tragedia.

Las circunstancias que había dejado atrás eran complicadas y hasta tenebrosas. Pero si algo había en ellas de lo que aún no podía desprenderse por entero, tenía que ver seguramente con aquel momento de su vida en que tomara la crucial decisión de regresar a Río Ballais.

Ya no se sentía segura acerca de lo que más pesaba ahora como evocación, en medio de un cúmulo de sentimientos contradictorios y hasta antagónicos. Quizás, las dificultades habían sido ciertamente muchas y estaban unidas a la peor tristeza de su vida. Pero no podía dejar de admitir que también se había tratado de las mejores y más inolvidables alegrías. A las que no estaba dispuesta a renunciar en el recuerdo. O, de lo contrario, un motor vital que aún funcionaba para dar fuerza a su espíritu, se apagaría inexorablemente.

Por un momento, perdió el aliento y retrocedió, avasallada por el propio pasado al que había ido a rescatar casi insensatamente. Alguien le había dicho alguna vez que no era bueno regresar a los lugares en los que uno había sido feliz.

No obstante estaba dispuesta a avanzar con altivez, sin dejarse impresionar por la idea de haber construido sus propósitos del presente con algo de futilidad innecesaria. *Estaba dispuesta,* en realidad, a ocultarles a los demás cualquier signo de imperdonable debilidad, tanto como a ella misma. Acababa de regresar al pueblo que en los últimos treinta años sólo había sido una postal de rígidos contornos, reducida a permanecer atrapada en el propio movimiento de su evocación, intoxicada por el rudo dolor de la nostalgia. Si había algo que no era posible prometer en el lugar donde *se fue* feliz, era precisamente la renuncia a volver a serlo...

Isadora suspiró para permitirle a su memoria un nuevo intento de recapacitación. Le parecía sencillamente obsceno que la felicidad y la tristeza se juntaran en un mismo recuerdo. Y para empeorar todo aún más, la mayoría de esos recuerdos se comportaban como paisajes expresionistas sobre una tela antigua: quietos y dóciles, algunos incluso ya decolorados por el tiempo.

Sin embargo, en un sentido general, todo permanecía dispuesto tal como ella había podido evocarlo. Las mismas cosas estaban donde habían estado, sin darle la oportunidad de descubrir si los objetos habían envejecido o lo había hecho, en todo caso, su propia mirada detenida ahora sobre ellos.

Pero algo precioso y vital ya no estaba allí...

Quizás, se dijo, el transcurso del tiempo poseía una crueldad intrínseca y aún más intensa de lo que a uno le era dable suponer. Quizás, sólo estaba de regreso para aceptar un inevitable axioma sobre los hechos de la vida. Cualquiera fuera la razón, era imposible encontrar a los viejos sentimientos y a alguna antigua felicidad aún flotando en el aire, como si la magia pudiera volver a repetirse, interminablemente.

¿Qué podía exigirse ahora sino dejar que el ruido crujiente bajo los neumáticos del "Siena", le devolviera por una ínfima fracción de tiempo real, el eco de su propio pasado dichoso?

Estaba de regreso. Y ésta era, de momento, su verdad irremediable...

–Hoy lo he visto. Estaba ensangrentado... y muerto.

Gervasio tenía esa mirada estrábica y anodina con la que había contemplado a todos durante toda su vida. No se alteró al pronunciar aquellas palabras frente a la policía y causaba la impresión de encontrarse sumamente cómodo dando esa clase de explicaciones.

"*Hoy lo he visto*" era una expresión bastante extraña, por tratarse de alguien que acababa de ser asesinado. ¿Quería significar, acaso, que se había encontrado con él usualmente en el pasado? ¿O que lo había visto *vivo* todas las otras veces en que lo encontrara?

Nada de esto hubiera revestido verdadera importancia, de no haber sido por ese detalle de su ropa manchada con sangre.

– ¿Tú lo mataste?

La pregunta fue directa y contundente. Todos allí sabían que ése era el modo en que había que hablarle a Gervasio. De lo contrario, le sería muy difícil comprender lo que le decían. Pero esta vez, pareció tomarse su tiempo para responder, como si efectivamente la comprensión estuviera tardando en llegar.

En aquel lapso hubo de todo. Desde su particular manera de mirar a los que lo rodeaban, como si no estuviera reconociendo a nadie, hasta gemidos y exclamaciones guturales, de las que no era fácil deducir su significado. Había una expectación general detenida en el aire y el policía a su lado comenzó a impacientarse, a su pesar. Y cuando todos esperaban alguna clase de reacción de quien siempre había sido señalado como "el tonto del pueblo", éste se dedicó a gimotear un tiempo más.

Las miradas se cruzaban buscando apoyarse mutuamente en esa larga espera. Algunos ceños indicaban la preocupación reinante y otros no terminaban de plasmar la propia ansiedad.

Pero Gervasio fue encontrándose con su recoleta introspección, poco a poco.

– No lo sé– terminó por admitir, mientras sorbía sus lágrimas– No tengo forma de saberlo…

El espectáculo de aquel hombre de aspecto fuerte y compacto pero de corto entendimiento, llorando como un niño después de su aparente comodidad inicial, era francamente desagradable para todos. Pero lo que acababa de decir generaba el suspenso suficiente para mantenerlos atentos y en vilo, pasando por alto los detalles de mal gusto.

El policía se le acercó, deseoso de ganarse su confianza, de una vez por todas. Y aunque en los sentimientos de Gervasio "confianza" no era la palabra faltante, se lo veía de pronto, confundido y molesto consigo mismo.

–No es posible que tu mano derecha ignore lo que hace la izquierda, aunque no tengas precisamente ojos en ellas…

El comentario tenía por objeto poner a su consideración algo de una evidencia tan demoledora que Gervasio no tuviera más remedio que aceptarlo y, de ese modo, comenzar a explicar lo que había sucedido. El efecto fue el de llevarlo otra vez a una buena disposición anímica y a su interminable sonrisa bobalicona. Al momento, todos se dieron cuenta que no se avanzaba demasiado por allí.

– ¡Oh, vamos! – Exclamó un impaciente, junto al policía– Dejemos que los investigadores que vendrán de La Ciudad averigüen los hechos. ¡Este tonto no dirá nada, o lo que diga no tendrá ningún valor!

Las miradas a su alrededor parecían respaldar aquella teoría. El policía suspiró, resignado. No tuvo otra opción que aceptar la idea como la más atinada, aunque para sí consideraba que las circunstancias eran por demás de comprometedoras para el pobre Gervasio. Y esto, de algún modo, lo entristecía.

Sin embargo, tampoco podía olvidar que la víctima del crimen había sido su mejor amigo…

Isadora echó una última mirada a la casa, antes de marcharse. Se veía abandonada – y éste era un hecho incontrastable– pero además, envejecida: el oscuro producto herrumbrado de un recuerdo que no había tenido en cuenta el transcurso del tiempo. El "Plymouth" tampoco estaba allí ni quien lo había conducido. No tardó en darse cuenta que lo mejor iba a ser alejarse, sin tomar siquiera en consideración toda su cobardía inhibiéndola para poder avanzar.

Alguna vez le habían llegado rumores acerca de la usurpación de la casa. Pero prefirió creer que esto sólo podía tratarse de cierta ficción elaborada por la propia gente del pueblo, después de ver pasar los años sin que ninguno de sus antiguos moradores se apareciera por allí a reclamar sus derechos sobre la propiedad.

Había sido una historia muy confusa, por cierto. Como si "las joyas de la abuela" se hubieran subastado insensatamente, sin que nadie lo lamentara demasiado. Excepto ella, desde luego.

Giró en redondo con su "Siena", del mismo modo que lo había hecho su padre cientos de veces, conduciendo el viejo "Plymouth" en el pasado. Y ése fue el momento en que el gran vacío interior que la habitaba, estalló en mil pedazos irrecuperables. Había sido una sensación física, un dolor entrañable y, al mismo tiempo, una especie de caída en esa parte de su tristeza que reconocía todas las pérdidas de la vida. Y podía volver a llorarlas una a una, hasta extenuarse...

Cuando llegó al talud del camino, antes de dirigirse al vado que atravesaba el río, ya las cosas habían vuelto a acomodarse y apenas le quedaba como resabio, una idea muy vaga acerca de los detalles presenciados.

Las mismas cosas estaban donde siempre estuvieron...

Pero había algo que ya no estaba allí. Y era ella misma, tomando de aquel tiempo su irrepetible felicidad.

Trató de recordar el interior de la antigua casa familiar, a la que se había atrevido a llegar. Las largas escaleras rodeadas por los altos árboles del jardín en declive. La pequeña terraza por la que se ascendía hasta la bella y "eterna" galería que asomaba a las montañas. Las ventanas grandes y las pequeñas; el corredor sombrío. El aroma del pan recién horneado que impregnaba el aire, la humedad de las mañanas frescas retrepando entre los tiestos del patio trasero. Los árboles frutales y la umbrosa parra, entre ellos. El enorme armario de madera oscura que sus abuelos habían traído consigo, al partir de tierras muy lejanas, y cuya estructura fue acomodándose con los años, a la suya propia a medida que crecía. Hasta que dejó de ser enorme y pudo llamarlo solamente grande. Como lo eran ahora sus recuerdos de aquel mundo perdido para siempre...

Por fortuna, ya estaba del otro lado del río. Y a punto de buscar un lugar donde pasar la noche.

En 1966, Río Ballais era un pequeño y pintoresco pueblo de montaña que crecía a la sombra de su propia incapacidad para aceptar los cambios que traía el progreso.

El puentecito de piedra que cruzaba el río en su parte menos profunda, era un buen lugar para detenerse a contemplar aquellos hilos de plata que corrían entre las piedras, produciendo el sonido de las aguas en movimiento. Allí se quedaban a conversar los vecinos ociosos y a jugar los niños que arrojaban guijarros al río, del que los habían tomado un momento antes. Un poco más allá, los vendedores de hongos y frutas secas extendían sus improvisados escaparates sobre el empedrado, y permanecían por horas cuidando de sus mercancías, que no todos compraban.

La joyería del pueblo estaba a un paso del lugar y se llegaba a ella nada más que descendiendo por el lado oeste del puente. El bullicio de la calle principal no aminoraba el maravilloso ruido de la naturaleza prodigado por el río. Y las copas de los sauces inclinados sobre él, parecían acompañar todo el espectáculo, en muda actitud de respeto.

La joyería era un lugar inolvidable. Por eso, ahora no entendía muy bien porqué al buscarla con la mirada, justo allí donde se suponía que *aún* debía estar, le era imposible encontrarla a pesar de saber que ése era el sitio y ningún otro podía ser confundido con él.

Pero entonces, para evitar un desencanto indeseable, optaba por aferrarse al recuerdo de las pulseras de filigrana y los dijes florentinos que su padre compraba allí para ella. Y ésa era suficiente razón para devolverle la felicidad y ponerla a jugar con los mejores datos de su memoria. *Eso* y el encantador sonido del río corriendo bajo sus pies...

El precio le pareció justo. O, por lo menos, apropiado. Se quedó mirando a la recepcionista de la pequeña hostería, tratando quizás de encontrar algún rasgo familiar en la llaneza hospitalaria de su sonrisa.

Para Isadora ella *tenía* que ser la nieta del viejo Bronco, de quien por cierto jamás supo si aquél había sido su verdadero nombre o algún apelativo conveniente.

Estuvo a punto de preguntarlo cuando decidió que eso iba a significar tener que darse a conocer. Tal vez contaba con la suerte de que la mujer ni siquiera recordara vagamente el pasado del que ella provenía. Y eso, sólo porque su madre hubiera podido comentarle algo al respecto, ya que su juventud no la ubicaba en aquel pasado, para nada. Pero su esperanza fue tan vana como efímera, apenas la encargada tomó en sus manos el libro de recepciones.

– ¿Verdaderamente *es usted*?

La observaba ahora con una mirada atenta y sorprendida. Isadora se sintió compelida a sonreír, sin saber a qué atenerse.

– Tú ni siquiera habías nacido cuando me marché del pueblo. No puedes recordarme en lo absoluto...

– No a usted– se apresuró a aclarar la muchacha– Pero el nombre de los Vander Kooy ha quedado resonando aquí tanto como el nuestro...el de los Migliavacca.

¡De modo que sí era una nieta del viejo Bronco! Se sintió de pronto compenetrada en el tema, en medio de su incomodidad.

– ¡No podías sino ser la hija de Alberta! Tienes su misma sonrisa, aquélla con la que tu madre...

– ...Pedía disculpas por las trapisondas de mi abuelo, lo sé– concluyó, sentenciosa.

Isadora penetró aún más en el inesperado recuerdo.

– Bueno, no eran exactamente *trapisondas*...

– Lo eran para mamá que jamás quiso reconocer su enfermedad.

La contempló, por un momento, dudando seriamente en avanzar por allí.

– En realidad– estableció, por último– Sólo iba a decir que recordaba el modo agradable en que tu madre se relacionaba con los demás. Cuando digo "los demás" me refiero a mí misma y al resto de los niños en la escuela...

Había sido toda una explicación, finalmente. La muchacha le devolvió una mirada llena de comprensión.

– Mi nombre es Albertina. Mamá no fue original al bautizarme y decidió dejar en claro la relación – dijo, sonriéndole en el estilo familiar.

– ¿Qué quieres que diga al respecto? – La comodidad se instalaba, después de todo – ¿Imaginas a alguien que debe sobrellevar el nombre de Isadora?

– A mí me parece un nombre bonito...

– No tienes que decir eso por cortesía. Es un nombre trágico.

– ¿En serio?

Albertina había puesto sus ojos como platos. Isadora comprendió que la muchacha ignoraba todo acerca de la historia de la bailarina muerta en un absurdo accidente. Sonrió y meneó su cabeza.

– Hubo un tiempo en que quise abreviarlo, al modo de un sobrenombre. Hasta que me pareció que hacerme llamar sólo Isa me quitaba personalidad. Intenté por el lado de Dora, pero entonces me di cuenta que decididamente me había apropiado de otro nombre. Cuando me sobrepuse a la inseguridad juvenil, comprendí que Isadora era el mejor modo de aceptar todo de mí. Incluso aquello que no me gustaba...

La sonrisa regresó al rostro dulce y delicado de Albertina.

– Creo que ésa ha sido una decisión inteligente– admitió.

En la mirada de Isadora, en cambio, se instaló cierta sombra de duda.

– ¿Y lo será ésta de haber regresado al pueblo...para quedarme?

Lo preguntaba mucho más para sí misma que para Albertina. Pero la muchacha contaba con toda la inocencia del mundo a su favor.

– ¿Por qué no? Siempre es bueno volver al lugar que nos vio nacer.

Para Edgar Dutra no había nada peor que reconocer su mala relación con los imponderables y las sorpresas. Todo aquello que se salía de la rutina y la habitualidad de cualquier día en Río Ballais, siempre alteraba su ánimo y se convertía en la maldita piedra en el zapato. No obstante, aún conservaba parte de la virtud de conseguir, en base a esfuerzos y bastante paciencia, que nada se desbordara de su cauce. Pero esta vez las cosas habían llegado demasiado lejos...

Un crimen no era algo que podía ocultarse bajo la alfombra. Y en sus veinte años a cargo del destacamento policial del pueblo, jamás había tenido que vérselas con un hecho tan conmocionante. Además, ese asunto de aguardar por los investigadores que llegarían de La Ciudad, lo malhumoraba y lo hacía sentir responsable de cierta inepcia solapada que nadie mencionaba en voz alta, sólo por cuidar las formas.

Por supuesto que hubiera sido muy difícil llevar adelante una investigación que prometía ser muy complicada, únicamente con los recursos humanos con los que él contaba; es decir, él mismo y su inefable ayudante administrativo. Por lo demás, sabía que esta gente traería consigo una tecnología apropiada y eran un equipo de trabajo idóneo que los ponía, obviamente, a la altura de las circunstancias. Sin embargo, nada de esto lo conformaba por entero, cuando se trataba de no poder obviar el sentimiento de menoscabo personal, aunque en el fondo él era quien conocía los detalles más preocupantes. Y eso no podría ser dejado de lado a la hora de encarar el lamentable caso.

Edgar hubiera sonreído en este punto de sus pensamientos, si la víctima del crimen no hubiese estado cenando con él la noche anterior.

El ruido de las aguas en movimiento, como lo había pensado un momento antes, era un buen punto desde el cual comenzar a ordenar aquellas piezas que aún permanecían sueltas y sin un lugar visible donde ubicarse. Ya recordaría qué había ocurrido con la joyería que no se veía por ninguna parte y, seguramente, también volvería a asomar la mitad de su cuerpo sobre el rígido parapeto del puente, del modo que le gustaba hacerlo, porque siempre implicaba un riesgo controlado. Mientras repitiera una y otra vez aquellas acciones que formaban parte de su pequeña rutina de felicidad, podría permanecer en el lugar sin preocuparse demasiado por nada más.

Era agradable ver transcurrir el tiempo sin que lo notara, en medio de un ocio plácido e interminable, del que podía tomar lo más sustancial de su razón de ser: aquello que lo convertía, precisamente, en el aliado de su relajado sentimiento de alegría.

Sabía que había alguien por allí que la observaba, con una extraña mirada cargada de intenciones más extrañas aún. Por ahora eso no revestía ninguna importancia. Ya vería después qué cosa haría, si acaso se le acercaba para fastidiarla.

Gervasio tenía en su cabeza un torbellino de ideas, bastante confusas para él mismo. Necesitaba referenciarse en aquellos recuerdos que jamás habían dejado de asistirlo en los momentos en que sentía que todo a su alrededor se desmoronaba, amenazándolo con hacerlo desaparecer. Por lo visto estaba en un momento de ésos, porque las miradas detenidas sobre él no parecían amigables y muchos de los que allí se encontraban ya habían hecho saber su parecer con expresiones difíciles y extrañas como "dejemos que los investigadores lleguen a sus propias *conclusiones*" y "hay indicios muy fuertes de *culpabilidad*". *Con–clu–sio–nes*. ¿Qué querría decir? Sonaba muy parecida a *con–tu–sio–nes*, que era la palabra que el doctor Fernan había usado una vez para explicarle algo acerca de unos golpes que se había llevado de arriba en una riña callejera, en tanto curaba sus heridas. ¿Y qué con *in–di–cios*? ¿Tendría que ver con *in–dios*? *Cul–pa–bi–li–dad.* ¡Esa era la más difícil! Seguramente estaba relacionada con su *cul–pa*, (él sabía que tenía o le echaban la culpa por muchas cosas). Lo que no comprendía era porqué se hacía tan larga, unida a todas esas letras finales que sonaban como eso que ya le habían explicado en tantas ocasiones: que él sólo tenía *ha–bi–li–dad* para el trabajo físico y rudo.

Croquembouche. Croquembouche...

Era el nombre del postre favorito de su infancia que, por cierto, hacía ya mil años que había dejado de saborear, justo después que su abuela comenzara a decir algunas tonterías y tuvieran que llevarla a un *lugar de reposo*, adonde a veces le habían permitido ir para visitarla. Aquel no había sido un buen tiempo de su vida y llegó a parecerse demasiado a ese otro en que su abuelo se *había ido al Cielo*, después de alegrar sus tardes de invierno junto al hogar, con las maravillosas historias del *Sestieri de Dorsoduro* de su Venecia natal. Entonces él, que había aprendido sin demasiada dificultad a pronunciar *verdaderas* palabras difíciles, sonreía sintiendo en el alma una luz especial, que de haber sabido, hubiera llamado "alegría" y repetía hasta el cansancio "*molto felice. Molto felice*"...como las aguas en reposo.

Isadora la vio llegar y atravesar la sala como una ráfaga de algarabía, para terminar acercándose y abrazarla, exenta de cualquier confusión acerca de su identidad.

– ¡Te reconocería en medio de una multitud dentro de quinientos años!

El gesto cariñoso y olvidado de alguien que no había tenido demasiada importancia en su vida era, de pronto, como un sorbo de agua fresca en medio de una sed abrasadora. Que una mujer en la cercanía de sus cincuenta, llegara hasta allí trayendo los mejores recuerdos de su vida escolar en Río Ballais, tenía todo el parecido con una cálida bienvenida por su regreso al terruño.

Isadora fue ampliando su sonrisa con cierta lentitud hasta convertirla casi en una risotada de aquellos tiempos. Alberta, no sólo se supo reconocida sino, además, aceptada por alguien que nunca había pertenecido a su círculo íntimo. Y, sin embargo, le devolvía su abrazo con emoción sincera.

Albertina presenciaba la escena, asimilándola al reencuentro de dos viejas y verdaderas amigas.

– ¡Mírense! – Exclamó – ¡Parecen unas chiquilinas a punto de evocar las travesuras del pasado!

Por alguna razón, aquellas palabras les sonaron por demás de graciosas. Al menos, ése había resultado el efecto final, cuando se separaron del efusivo abrazo para observarse por un momento, como si hubieran reaccionado a la solicitud de Albertina, y luego echarse a reír al modo de dos cómplices de los antiguos recuerdos.

Isadora dejó que ese pequeño torbellino de alegría instalado en medio de su corazón, fuera disipándose hasta mostrarla otra vez desnuda frente a la realidad de su vida.

– He venido para quedarme– dijo, hierática, de pronto.

Alberta sintió la necesidad de abarcar la parte oculta de aquella idea.

– Y no terminas de creer que ésta haya sido tu mejor decisión.

Isadora asintió lentamente, agradecida por sentirse comprendida en lo más íntimo de sus emociones encontradas.

– Te diré algo...– avanzó Alberta, dispuesta a consolar cualquier intranquilidad – Lo que haya sucedido aquí, ocurrió hace ya demasiados años. Tu regreso debe querer significar que es hora de construir el olvido. ¡Y eso es...una gran decisión, en efecto!

Y aunque esta vez las palabras no sonaban graciosas, Isadora tuvo la sensación de haber escuchado lo más reconfortante del día.

– Lo sé – respondió con una sonrisa amable.

La expresión de Alberta se volvió *agradablemente* misteriosa.

– Claro que no has elegido el mejor momento...– dijo – ¡Ha habido un crimen en el pueblo!

DOS
REENCUENTRO

Nunca había sido supersticiosa pero sí lo bastante maníaca y obsesiva para creer en las *señales del destino*, a pesar de cualquier argumento racional que quisiera oponerle a esa clase de pensamientos. Por eso, al verla cruzar por la misma callejuela en declive, por donde lo había hecho, obviamente, durante toda su vida, no dudó ni por un momento que se trataba de ella (del mismo modo que no había dudado Alberta al reconocerla) metida en un cuerpo que había envejecido treinta años. Y que *ella* fuera, casualmente, quien se cruzara en su camino una vez tomada la decisión del regreso, tenía que ser una señal del destino. ¡Y de las peores!

Sabía que un poco más allá de la ochava, había estado al menos por aquel entonces la panadería familiar de las Amaltti. Y un miembro de la familia acababa de pasar a su lado, sin siquiera volver el rostro para mirarla. Esa había sido la parte afortunada del asunto...

No había regresado para que todo el mundo se fijara en ella, precisamente. Lo de Alberta y su hija no había sido más que una circunstancia fortuita que ya no volvería a repetirse. De modo que sentirse ignorada por Blanca Amaltti, casi en sus propias narices, era lo mejor que podía ocurrirle en medio de aquella caminata cuyo cometido no había sido otro que el de poder alimentar su nostalgia. Era en todo caso lo que necesitaba, como una vieja penitente en busca de su silicio.

Añorar no era para Isadora sólo un ejercicio del espíritu. Había una relación tan estrecha entre los recuerdos de su vida pasada y el modo en que había seguido viviendo, atrapada en las consecuencias de aquel pasado, que todo había crecido en ella como un tejido mórbido al que no era posible extirpar, sin destrozar las partes sanas del cuerpo. Por lo tanto, animada por la presencia de una mujer que había quedado tan fuertemente unida a las peores circunstancias que era capaz de recordar, caminó lentamente a sus espaldas, en tanto aquélla cruzaba la calle, aprovechando el hecho de haber sido ignorada. Ese solo movimiento le permitió volver a olisquear en el aire el aroma inconfundible de los jazmines que crecían casi descuidadamente al frente de la humilde casa de las Amaltti, abriéndose paso justo al lado de su viejo negocio de panadería.

Por un instante, entornó los párpados para quitar de sus ojos cualquier imagen inapropiada. Estaba segura de que esa parte del paisaje había desaparecido, arrastrada por el implacable paso del tiempo. Sin embargo, hubo indicios de que eso no era lo que había ocurrido, bastante antes de cerrar los ojos. La vieja calle de tierra seguía siendo de tierra, un sendero en ascenso, llegando casi sin que el caminante lo advirtiera hasta el primer dominio de la montaña que se elevaba al fondo, en medio de su umbrosa bienvenida. Y la fragancia de los jazmines no se había perdido. Y la pequeña panadería, con su blanca fachada, aún seguía de pie, desafiando al tiempo.

Todo estaba como había estado...siempre. Todo en su lugar, todo sin cambios evidentes: los pilares de la entrada, a sendos lados de una breve escalera que descendía hasta la vieja puerta de pulcra madera blanca; las grandes letras pintadas en negro, resaltando contra la albura perfecta del frente, anunciaba que ésa era la "Panadería Amaltti". En otro tiempo, aquello había resultado suficiente como orgullosa propaganda de lo que allí se hacía. Nadie por entonces pensaba en sofisticados recursos de mercado, en los términos en que se llevaba a cabo en la competitiva actualidad.

Isadora no pudo evitar una sonrisa, un rictus a medias, por el reencuentro con lo inesperado. Algo que no le hacía ni bien ni mal, sino que se deslizaba en su interior en cadenciosa y cálida caída, un recuerdo–*líquido*, trasegado a un recipiente más adecuado a las circunstancias. *Estaba en el presente recorriendo los lugares inertes del pasado.* Y éstos, se ponían ahora en movimiento para demostrarle hasta qué punto la vida había seguido su curso. Por un momento, temió no poder seguir avanzando. Como le había ocurrido al llegar a las puertas de su antiguo hogar.

Pero entonces comprendió, de pronto, que la primera impresión había resultado engañosa. Algo sí había cambiado, después de todos aquellos años. Algo tan imperceptible como un guiño sutil en la distancia. De la vieja panadería sólo quedaba su prolijo nombre escrito sobre el dintel de la puerta de doble hoja. Estaba cerrada y con su persiana baja, como en un día domingo por la tarde. Sólo que no era domingo y todo indicaba que hacía ya mucho tiempo que el negocio había cerrado sus puertas definitivamente.

Isadora recordó a Blanca y a Martha Amaltti, altas y esbeltas en sus delantales blancos e impecables. Con el cabello recogido en un rodete gordinflón y apretado contra la línea delicada de sus nucas. Habían atendido a sus clientes, atareadas detrás del mostrador de madera, con el ahínco propio de dos hermanas solteras malgastando su energía para no entregarla a la histeria y a la soledad. Al menos no sin luchar...

Su recuerdo acerca de ellas, desde la última vez que las viera con su implacable y cruel mirada de púber, se relacionaba con la idea de que habían nacido viejas y anticuadas, y nunca habían sido otra cosa más que *eso* en sus vidas. Por aquel tiempo, no tenía demasiado en claro la razón de ser de esa idea que, seguramente, había construido con fragmentos de comentarios y chismes de variado origen. Pero ahora sabía que quería decir *exactamente* algo relacionado con rutina y aburrimiento: la parte "no excitante" de la vida. Además, estaba en condiciones de agregar algo más a la lista de lo no vivido, en relación con sexo o enamoramientos. Y esto la hizo sonreír imperceptiblemente. *Solteras y a morir...*

Dos hechos le resultaban repentinamente increíbles. Uno era el de haber olvidado cómo había sido el final de sus visitas a la panadería, segura de que un halo especial terminaba por rodear el día en que uno *estaba* en un lugar por última vez, sin saberlo, para poder incluirlo en un anecdotario personal. Sin embargo, sabía que esa ausencia definitiva no había tenido que ver con el terrible acontecimiento de *aquel día*, ya que esto, por el contrario, le había dado cierta compenetración a su relación con Blanca Amaltti, al menos por algún tiempo. Ese era uno de los recuerdos de su infancia al que conservaba metido en su "dorado estuche", sin interpelar prácticamente nunca.

El otro hecho que parecía sorprenderla, casi hasta el asombro, se relacionaba mucho más con un pensamiento algo enfermizo sobre la muerte de los demás. Isadora siempre se había preguntado acerca del destino de todas aquellas personas que había visto moverse a su alrededor, a lo largo de toda su vida, aun de aquéllas a las que ni siquiera les había atribuido importancia, ni habían atraído su interés. Era un modo casi filosófico, aunque demasiado retorcido en el fondo, (algo que ella aceptaba sin ambages) de formarse su propia idea acerca del evanescente avatar en el destino de la gente. Sobre todo lo pensaba de las personas que había conocido de niña, de manera que la muerte –nunca ocurrida– de Blanca Amaltti había sido uno de esos hechos dado por supuesto, sin demasiado esfuerzo. Como la realidad acababa de contradecirla abiertamente, haberla visto cruzar la calle a su lado había tenido el efecto de sobresaltarla. Y de asaltarla, por alguna razón, con una oscura inquietud. No obstante, con un gran aporte de optimismo que no sabía muy bien de dónde lo obtenía, terminó por comprender que esta aprensión no tenía ningún sentido, más que el de su tonta obsesión.

No era tiempo de presagios, se dijo. Y tan sólo ese pensamiento le permitió elevar su mirada hacia la enorme silueta de la montaña que, solitaria y soberbia, se erigía al final de la calle. Pero entonces, cuando decidió volverse para regresar, no pudo evitar una breve exclamación de sobresalto.

Blanca Amaltti estaba allí, en medio de la calle de tierra, y la observaba con atención desmedida.

Los investigadores de La Ciudad llegaron hasta las puertas del destacamento policial de Río Ballais y estacionaron su "Palio" negro, lustroso y aguerrido, con un solo movimiento de agilidad y destreza de quien lo conducía. El coche no se veía maltratado por el viaje reciente. Ni siquiera parecía haber acumulado polvo en el camino.

A través de la ventana de su despacho, Edgar Dutra los vio llegar y descender del vehículo, maletines en mano y miradas torvas. Eran tres hombres altos y de mediana edad, que no hubieran pasado desapercibidos ni aun en una procesión fúnebre. Y esto, tomando en cuenta que tenían un aspecto lúgubre en exceso.

Por supuesto no sonrieron al presentarse y se mostraron bastante altivos y seguros de sí mismos, para resultar antipáticos en la primera impresión. El comisario tuvo la extraña sensación de haber recibido un acopio de nombres imposibles de recordar de momento, a menos que los recién llegados los reiteraran un par de veces más. Desde luego que los investigadores no harían eso ni él se los pediría; de modo que sería suficiente con imponerles algún mote acorde a sus peculiaridades, para divertirse con esto y tomarlo como una pequeña revancha personal.

El Señor Ojos de Hurón Malintencionado se comportaba como el jefe del grupo y miraba todo a su alrededor sin ocultar su crítica posición de prejuzgamiento. Lo que funcionaba como su apellido en la imaginación de Edgar, era la–a–argo a propósito de su altura, pero básicamente descriptivo de su actitud general. En cambio, el Señor Manos Como el Hielo, algo que había comprendido al saludarlo, parecía querer ocultar cierta inseguridad que no le sentaba nada bien a su profesión. Y lo hacía a la manera de los que construyen una distancia subjetiva para comportarse como un "superior" de todo el mundo, sin siquiera molestarse en conocer sus rangos. Seguramente estaba preparado para resignar esta posición sólo frente a Ojos de Hurón. Y, por último, el Señor Joven Maravilla, que no bajaba de unos cuarenta y cinco años muy bien llevados, pero era, a todas luces, bastante menor que los otros dos, y se movía inquieto y en "alerta rojo" permanentemente, casi indicando que había nacido para realizar aquel trabajo y lo superaba la ansiedad, mientras aguardaba por ponerse en acción.

Edgar se encontró pensando que a él lo agobiaría contar con un colaborador de esas características y se preguntó si, acaso, aquel exceso de energía mal distribuida era un componente positivo a la hora de no cometer errores de apresuramiento.

–Ya tenemos el cadáver en la morgue – aseguró Ojos de Hurón– Es probable que mañana a primera hora recibamos el informe de la autopsia. Al menos uno preliminar. Lo que haremos ahora será investigar la escena del crimen. Con suerte, tendremos que encontrar la relación que haya entre la causa de la muerte y el medio utilizado para causarla. Esto es lo que por lo general, nos lleva casi siempre al asesino.

Edgar Dutra se apoyó sobre el borde de su propio escritorio y se quedó mirando a aquel hombre que no perdía tiempo en abordar las explicaciones necesarias. Nunca había estado tan cerca de un comentario relacionado con expresiones como "muerte" y "crimen", a lo largo de toda su carrera policial. En Río Ballais, el delito más complicado nunca había ido más lejos de un robo no demasiado importante, en especial en época de visita turística, cuando el lugar se llenaba de desconocidos y, a veces, también de indeseables. Y eso sin incluir las raterías en el centro comercial que, en ocasiones, llegaban a causar cierto malestar entre la gente del pueblo.

Pero ya sabía que las cosas iban a ponerse difíciles, porque esta vez se trataba de un crimen, y Ojos de Hurón estaba haciéndose cargo de la situación al modo de un entendido que no se dejaría engañar fácilmente. Esta fue la parte que hizo sonreír a Edgar, aun maldiciéndose por no haber podido evitar mostrarse tan obvio. Estos expertos que a él le hubiera gustado llamar "de pacotilla", aunque sabía muy bien que no lo eran, venían precedidos de toda su sapiencia en el tema, sin dudas, pero *él* sabía cuáles eran los verdaderos datos empíricos que ayudarían a la investigación. En esto, los policías de La Ciudad le iban a la zaga...

– Hay una enorme piedra ensangrentada en la casa de la víctima – comenzó a explicar, sin ocultar del todo la comodidad con que lo hacía –De modo que esa parte ya no va a necesitar relacionarse con el cráneo partido de Marco Lorenz. En cuanto al asesino...no termina de convencerme que se trate de Gervasio Tornasso, un retrasado mental que ha vivido aquí toda su vida, sin causar jamás ningún problema.

–Como si nunca hubiera una primera vez...

Manos Como el Hielo había sonreído tras su comentario. Edgar tuvo la impresión de que intentaba poner un límite a sus propias conclusiones. Lo que se leía en su mirada era bastante desagradable. "*No intentes pasarte de la raya con nosotros. No eres más que un policía de pueblo*".

– ¿Dice usted que esa piedra... *permanece* en el lugar del crimen?

Edgar se encogió de hombros. No solía explayarse en obviedades.

Alguien chasqueó la lengua tan cerca de sus oídos que el sonido le llegó chillón y penetrante. Se volvió para descubrir a quien lo había causado y otra vez se enfrentó con las intenciones burlonas del Señor Manos Como el Hielo.

– Debió retirarla de allí, comisario Dutra– se apresuró a explicar Ojos de Hurón –Se llama preservar la prueba del delito.

Edgar sintió algo parecido a un sofocón, hirviéndole en la sangre. Después de todo, estaba acorralado por las obviedades...

– No quise tocar ni mover nada de su lugar para no contaminar la escena del crimen...

No se sintió cómodo al tener que dar esa clase de explicaciones pero, al menos, lo tranquilizó en parte contar con un argumento.

– Es un buen método en ocasiones, sí– esta vez era el Joven Maravilla quien había hablado– Pero no es el único y también podemos considerar que incluye cierto riesgo.

Parecía que por lo menos, Joven Maravilla estaba en condiciones de decir algo a su favor. Pero Manos Como el Hielo volvió a arruinarlo todo una vez más.

– Y es precisamente esto último lo que no lo vuelve aconsejable– concluyó.

Por una fracción de segundo, Edgar fue consciente de un deseo perentorio de golpearlo justo en medio de la nariz. La petulancia de aquel "colega" lo enfermaba hasta el extremo de volverlo insensato, algo que jamás había sido en toda su vida. Lo suyo era más bien la reflexión y la calma, especialmente en los momentos difíciles. Y especialmente en su trabajo profesional. Pero alguien allí lo estaba llamando "inepto" con una cuota de sarcasmo intolerable y él ya no dudaba que ése *también* era un momento difícil.

– Pero la piedra está a buen resguardo – casi masculló – ¡Esto es Río Ballais, joder! ¿Quién haría algo con ella?

– ¿El lugar fue precintado? ¿La casa está bajo vigilancia policial?

Edgar conocía las respuestas a las dos preguntas de Ojos de Hurón. ¿Repetir "¡esto es Río Ballais, joder!" serviría de algo? Se limitó a negar con un movimiento lento y derrotado de su cabeza. Ahora, sólo era cuestión de esperar otra ácida salpicadura de ironía de Manos Como el Hielo.

–Supongo que ese...retrasado mental, como usted lo llamó, estará ahora entre rejas.

La expresión que comenzó a dibujarse en el rostro de Edgar parecía reunir la intención suficiente para no ser más que un rictus, a mitad de camino entre una sonrisa malévola y una mueca de desprecio.

Hundió las manos en los bolsillos de su pantalón de uniforme, para que nadie notara su temblor.

– ¿A quién se le ocurriría encerrar al tonto del pueblo sin verdaderas pruebas de su culpabilidad?

Por un momento, temió que Manos Como el Hielo se tomara el atrevimiento de responderle. Sin embargo, Joven Maravilla se adelantó a cualquier otro comentario y, por alguna razón de ésas que la intuición suele instalar sin preámbulos, Edgar supo que aquél ya no volvería a fastidiarlo. Seguramente, había llegado a detectar el brillo especial en su mirada, en el instante de desear golpearlo.

– Lo mejor que podemos hacer es ya no perder más tiempo y dirigirnos al lugar del crimen...

Todos estuvieron de acuerdo. Su ansiedad, al menos, le había permitido decir las primeras palabras con sentido que Edgar escuchara en esa tarde.

Mientras precedía al "Palio" en el patrullero policial, se prometió dos cosas, antes de que terminara el día. Una era hacer verdaderamente el esfuerzo de memorizar los nombres de los investigadores. Su estúpida revancha ya había dejado de causarle gracia.

La otra, tenía que ver con averiguar por qué razón Isadora Vander Kooy había regresado al pueblo.

No dudó ni por un momento que estaba pensando en abordarla de alguna manera. Por su actitud, parecía querer hacerlo en forma que no le resultara chocante ni sospechosa de segundas intenciones.

"*Pero le costará conseguirlo*", se dijo con ácida ironía.

Últimamente se daba cuenta que había comenzado a sufrir algunos cambios de carácter y, aunque no le había atribuido ninguna importancia al principio, ahora se percataba de que la transformación se estaba profundizando. Al punto de obligarla a meditar acerca de cierto cinismo malicioso con el que le gustaba juzgar a los demás. Esta era la parte desagradable y oscurecía el resto de sus propósitos que no iban más allá de divertirse asomándose al barandal del puente, y preocuparse sólo un poco por no atinar a descubrir qué había sido de la vieja joyería del lugar.

Al menos sabía que la presencia de aquel hombre de rostro pálido y de mirada inmóvil, se daba de bruces con el resto de la escena sobre el puente. ¿Qué estaría haciendo allí?, se preguntó. Pero estuvo segura de no desear encontrar por sí misma la respuesta...

Isadora la contempló en medio de su repentino desasosiego. *Sabía* que la había reconocido. ¿Cómo había sido posible? ¿En qué momento Blanca Amaltti había regresado sobre sus pasos, tal vez atraída por un imperceptible *clic* de la memoria, para permitirle al pasado regresar a instalarse entre ambas, como una distancia crítica pero para nada óptima, que las unía una vez más con los aciagos hilos de otro tiempo?

Fue consciente de su propia inmovilidad. No podía reaccionar frente a aquel reencuentro. Por alguna razón, no podía hacerlo. Y era tarde para darse cuenta que nunca había estado preparada para afrontar aquella circunstancia.

En un solo instante, los recuerdos atravesaron su memoria como luces de una insoportable intensidad. Pero eran breves, inconexos y, afortunadamente, no habían conservado los detalles más desagradables. Cuando Isadora se permitía aceptar que "lo desagradable" se relacionaba con expresiones mucho más que con imágenes, una acudía a su memoria, saltando de su rincón polvoriento, donde jamás había acumulado el polvo suficiente para ser olvidada: un *hilo de sangre* que luego, la gente del pueblo mencionaría como si se hubiera tratado de lo *único* posible de señalar. Jamás lo había visto. Pero todos habían asegurado que allí estaba, como la prueba irrefutable de que alguien había muerto en forma violenta. *Alguien. ¡Alguien! ¡Alguien!*

"¡Dilo!", soltó una voz en su interior que aún podía sobresaltarla y hacer que la obedeciera ciegamente. No estaba bien que las palabras retornaran ahora, con la fuerza arrolladora que todavía conservaban para ella. El recuerdo era atroz. Pero estaba obligada a decirlo: Anabel Vander Kooy. Anabel –Hilo de Sangre– Vander Kooy... *¡Está muerta! ¡Está muerta!... Cierra la puerta...Cierra la puerta... ¡O ella te atrapará!*

¿Qué crueldad inaudita había inspirado a los niños del pueblo en el exordio intolerable de aquella canción callejera y salmodiada con las peores intenciones? ¿Por qué?, se preguntaba aún. ¿Por qué sus padres les habían permitido cantarla? ¿Por qué la burla a su alrededor, provocando sus propios hilos de sangre invisibles? Estaba segura que sólo recordaba una parte de la *cancioncilla* malévola. Que algunas estrofas habían muerto en medio de su infancia avasallada por la inexplicable tragedia. Y que ella haría todo de su parte, para no recordarlas jamás.

Hubo un tiempo en que había dudado acerca del horrible estribillo que se repetía una y mil veces en una cadencia de arpegio desafinado... ¿Por quién se reiteraban esas palabras? *Ella te atrapará.* Nunca había podido estar del todo segura si se referían a su hermana... ¡o a ella misma! Pero casi siempre el significado de las otras estrofas, quizás las que estaban definitivamente olvidadas, volvía a poner todo en su lugar. Anabel –Hilo de Sangre– Vander Kooy estaba muerta, ahora era un fantasma y perseguía a los niños en las oscuras noches de invierno. Quizás, se había convertido en una nueva habitante de "La Colina de las Pequeñas Pisadas"...

Todo se agitó en el alma, frente a la mirada escrutadora de Blanca Amaltti. Y aquella niña asustada y herida, regresó hasta allí esa tarde, con los ojos anegados en lágrimas y un imperceptible temblor en el rictus de su boca.

Fugazmente, la evocación le trajo algunas imágenes en lugar de expresiones. Era Alberta Migliavacca tratando de apartarla de aquel infierno, con su mejor sonrisa de compañera de aula. Y también venía por el mismo camino de la memoria, ese chico cuyo nombre ya no recordaba, el de la mirada franca y amistosa que siempre se quedaba observándola en los recreos, mientras ella saltaba la cuerda. En ocasiones, hasta había olvidado correr al campo de juego a disputarle el balón a sus compañeros, sólo por permanecer en esa especie de éxtasis contemplativo.

Esos eran los buenos recuerdos. Los que necesitaba en aquel momento de impronta y desprevención, ubicada frente a la única persona que estaba en condiciones de recriminarle lo que había hecho en el pasado. No iba a ser posible soslayar el tema. *"Tú eres Isadora"*, le diría Blanca Amaltti al acercársele, señalándola inapropiadamente con un dedo en alto. *"Nunca dejaría de reconocerte a pesar de los años transcurridos"*. *"Lo mismo digo"*, respondería ella, atragantándose con las palabras.

Se mirarían largamente y recién entonces, la mujer convertida en una anciana abordaría el asunto que verdaderamente consideraba importante. *"¿Para qué has regresado? Nunca creí que cometerías esta tontería"*.

"¡No soy culpable! ¡No me siento culpable! ¡Aquello fue un accidente! ¡Un lamentable accidente, nada más!" Lo diría a los gritos. Para que le quedara claro a Blanca Amaltti que treinta y cinco años después, ella *aún* razonaba como una auténtica culpable.

Los pensamientos viajaban por su mente como pasajeros en el vuelo equivocado. *Aquel avión se estrellaría.* Y lo iba a hacer en el preciso momento en que la vio ponerse en marcha, caminar hacia ella con lentitud premeditada. Se sintió extranjera en su propio cuerpo...

La calle de tierra bajo sus pies había desaparecido. Y la sombra de la montaña a sus espaldas la cubría con su oscura mortaja, asemejándose al ogro de sus cuentos infantiles, a punto de devorarla. Ella volvía a tener ocho años y deseaba salir huyendo de aquel lugar sombrío, con la urgencia del caso. Pero una vez más comprobó que no podía moverse. Como en la peor de sus pesadillas. Blanca Amaltti, en cambio, avanzaba despacio pero segura, denotando cierta extraña agilidad para sus años.

Contó con el tiempo suficiente para descubrir los detalles del rostro, nunca olvidados: el entrecejo profundo, signo de una constante preocupación que la había acompañado a lo largo de su vida; los ojos de un celeste desvaído, ahora algo acuosos como efecto de una senilidad en avance; el cabello recogido como lo había llevado siempre, dejando ver su frente surcada de arrugas y la línea delgada y apretada de sus labios, a los que no podía recordar sonriendo. "*Una mujer de porte*", se dijo. Digna como una reina en el exilio, exhibiendo a todas luces su convicción de ser la anfitriona en medio de *su* calle de tierra.

Cuando ella habló, Isadora estaba en shock. Sus palabras le llegaron como un lejano sonido de fondo, detrás de un vidrio.

– ¿Se encuentra perdida? – Preguntó – ¿Puedo ayudarla a buscar su camino?

Isadora la observó por un instante, sin aliento, casi segura de estar asomándose al borde de una trampa. Pero cuando pudo reacomodar el ánimo, después de lo conmocionante, comprendió que Blanca Amaltti no sólo no la había reconocido (contrariando su inmovilizante seguridad anterior) sino que además... ¡estaba ofreciéndose a ayudarla por creer que pasaba por alguna dificultad!

Temió, por un momento, echarse a reír histéricamente. Pero logró sortear la situación con una sonrisa estereotipada y unas pocas palabras de agradecimiento formal.

Por dentro, temblaba.

La pregunta giraba dentro de su cabeza como un ciclón imparable. Lo había perseguido hasta en los sueños. Esa era la razón por la que Gervasio se sentía tan agitado, hasta el punto de respirar con un jadeo que parecía querer ahogarlo, por momentos. Igual se había prometido no volver a llorar ni avergonzarse sin saber de qué, como ya le había ocurrido en otras ocasiones. Como la vez en que lo descubrieran masturbándose, excitado por la visión de Albertina y Gabino besándose y acariciándose en el patio trasero de los Dutra. Aunque si lo pensaba mejor, en esa ocasión alguien lo había recriminado severamente, y al grito de "¡eso no se hace!", lo había echado del lugar. De modo que esa vez sí parecía que estaba obligado a sentir vergüenza. En cambio, ahora no estaba seguro de tener que hacerlo. Y como no había funcionado el hecho de repetirse muchas veces "*molto felice*", se sentía a punto de enloquecer. O de *de– sin– te– grar– se.*

Recordaba haber llegado a la casa del señor Lorenz para ocuparse de una gran cantidad de bloques de piedra tallados, a modo de baldosas decorativas, destinados a reparar el camino central del jardín. El señor Lorenz siempre pagaba muy bien los trabajos que encomendaba, de manera que su mayor alegría de esa mañana había consistido en apresurarse a realizar su rutina matinal, para arribar al lugar lo más temprano posible.

Era la primera vez que el señor Lorenz demostraba haber depositado su confianza en él para llevar a cabo aquella tarea. Cada vez que eso ocurría, cada vez que alguien terminaba por confiar en él (aunque esto sólo significaba apreciar su fuerza física) Gervasio se sentía *molto felice*. "Como las aguas en reposo" era la frase con la que solía acompañar aquella expresión y estaba relacionada con algo que su abuelo le había dicho una vez acerca de los *ca– na– les* de Venecia.

Venecia, le había contado el abuelo, era una ciudad construida sobre el agua y eso sí que era algo que le costaba creer. Pero esa mañana su sentimiento de felicidad era tan intenso que estaba dispuesto a aceptar aquella idea *dis– pa– ra– ta– da*.

La casa del señor Lorenz estaba ubicada en una amplia esquina que se abría en un increíble ángulo obtuso, abarcativo de un inmenso jardín, algo descuidado. Al final del camino de piedras que debía ser reparado ese día, se levantaba una casona de gran estilo que siempre había llamado la atención de los habitantes del pueblo, porque daba la impresión de estar deshabitada, al menos la mayor parte del tiempo. Aunque seguramente esto era así, porque se trataba de una casa excesivamente grande para que sólo una persona solitaria viviera en ella.

Los pensamientos de Gervasio en aquel momento se detenían con cierta ofuscación. Recordaba perfectamente al señor Lorenz, con el rostro transfigurado de ira, los ojos desorbitados y las mejillas enrojecidas, saliéndole al cruce para gritarle algo brusco y disonante, que no había podido comprender. Como siempre ocurría en esas circunstancias, Gervasio había perdido su precaria paciencia. No le gustaba cuando la gente se comportaba con él de ese modo, y sus reacciones, siempre lentas o desproporcionadas, podían ir del llanto impotente a la furia desmedida. Entonces, algo extraño sucedía en su cabeza y, por lo general, sus siguientes ideas encontraban dificultad para volver a relacionarse. Todo lo que había quedado en él, después del incidente, se trataba de frustración y abatimiento, decepcionado porque su tarea se hubiese malogrado, aun antes de comenzarla. Así, nunca iba a poder demostrarle al señor Lorenz lo bien que él sabía hacer algunas cosas.

En su próximo contacto con la realidad, ya estaba dejando en su lugar aquel bloque de piedra que había formado parte del lote apoyado sobre la baranda de la galería, en el que había descubierto cierta humedad pegajosa y desagradable, de la que luego trató de desprenderse frotando las manos contra su ropa.

Su siguiente recuerdo estaba en relación con la pregunta del comisario del pueblo, el señor Dutra. Parecía que ella era lo único que había quedado en pie, en medio de su confusión. "Estás en un *matete*", le hubiera dicho el abuelo. Y aunque él se mostró elocuente al comentar acerca del enfado del señor Lorenz por razones desconocidas, nunca estuvo en condiciones de responderla.

TRES REVELACIONES

Edgar Dutra se había dado el tiempo suficiente para desacomodar cierto enojo mal disimulado y ponerlo a funcionar productivamente en su actitud general. Después de todo, no iba por buen camino si pretendía que tres policías expertos en investigación criminal se comportaran con él con alguna clase de delicadeza o dejaran de denostarlo casi inconscientemente por la falta de destreza demostrada en el tema. Si bien no iba a justificarse diciéndoles que era la primera vez que se enfrentaba a un asunto tan engorroso como aquél, tampoco iba a cometer la torpeza de pretender hacerles creer que se las sabía todas, y ésa era una buena razón para desconfiar de ellos. Sencillamente porque no era así como deseaba manifestarse, y ahora que cierta cordura realista regresaba, se dispuso a tomar en serio la tarea de colaborar en lo que fuera necesario.

Durante el trayecto hasta la casa del crimen (*la casa de Marco, su amigo*), aquellos pensamientos le devolvieron su verdadera disposición. Y, afortunadamente, todo llegó a tiempo para que él mismo recordara que siempre había sido un buen policía.

Estacionaron sus vehículos sobre la acera del lado norte de la casa, hasta donde se acercaba la fragancia dulzona de las glicinas que crecían en esa parte del jardín. Edgar tuvo, a su pesar, un instante de evocación en el perfume que volvía a aspirar, como la noche anterior, cuando nada hacía sospechar el desenlace de aquella tragedia. Por un momento, la magnitud de lo sucedido allí parecía alcanzarlo por fin, con el peso agobiante de su significado, y se sintió envuelto en una profunda tristeza. Marco Lorenz había sido un buen amigo para algunas confidencias y para una que otra juerga inofensiva, de ésas que los hombres comparten con cierto sentido de complicidad."*Nada del otro mundo, viejo*", se dijo consternado, "*Pero te extrañaré a rabiar*".

A Ojos de Hurón a su lado, es decir...al Detective Inspector Castor Modiliani, no le pasó desapercibido su estado de ánimo, en tanto Edgar caía en lcuenta de la relación otorgada al mote con su verdadero nombre, lo que casi lo llevó hasta el borde de una risotada con la cual relajarse y que tuvo que esforzarse en reprimir. Esto también llamó la atención de Modiliani.

– Disculpe –atinó a decir Edgar Dutra– Creo que me ha puesto nervioso regresar aquí.

Lo que no habían sido más que unas pocas palabras expresadas para salir del paso, parecieron caer bastante mal en la ya inevitable actitud desdeñosa de Manos Como el Hielo –el detective Luciano Bordone, se obligó a recordar Edgar.

— Regresar al lugar del crimen es lo que hace cualquier policía – sostuvo Bordone– ¿Hay algún problema con lo que cuelga en su entrepierna?

La pregunta lo alcanzó como un rayo. Edgar le devolvió una mirada llena del mismo hielo que había descubierto en su apretón de manos, al saludarlo. Con que iba a ser Bordone el elegido por su antipatía definitiva..."*Soy más cojonudo que tú, cerdo irónico*", se encontró pensando, a punto de expresarlo en voz alta.

–Me refiero a que anoche estuve aquí, compartiendo una velada con Marco Lorenz. El era mi amigo...

Los tres policías lo miraron, sorprendidos por aquella revelación.

– Debió decirlo desde un comienzo –estableció el Inspector Modiliani.

Edgar se movió incómodo y esta vez la risa reprimida se salió de cauce.

– ¡Oigan! – Exclamó – ¿Eso me convierte en sospechoso?

– No necesariamente– le aclaró Modiliani– Seguro habrá una diferencia racional de tiempo entre la hora en que usted abandonó la casa y la muerte del occiso. De modo que ésa no es la parte interesante...

– Pero sí lo es que usted pueda decirnos todo lo que recuerde acerca del estado de ánimo de su amigo– concluyó el detective Bordone, especialista en fastidiarlo– Cualquier detalle por insignificante que le parezca y que pueda servir para conocer si se mostraba preocupado por alguna razón.

Edgar permaneció en silencio, mientras todos avanzaban por la estrecha vereda empedrada que llevaba hasta la amplia galería de la casa, el lugar donde Marco Lorenz había caído, herido de muerte. Se estaba preguntando íntimamente si, en efecto, podía surgir algún recuerdo de la noche anterior que arrojara alguna duda razonable acerca de ciertas preocupaciones de su amigo. Y que éstas, en todo caso, guardaran alguna relación, *también razonable*, con el hecho de haber sido asesinado. En realidad, le hubiera gustado sobremanera que algo así apareciera en el horizonte de su memoria, como un pequeño sol al extremo de hacer despuntar el día. Admitía que nada le hubiera dado más placer que poner a *Manos Como* ...(no volvería a decirlo, pese a todo) al detective Bordone, en una pista que más tarde le obligara a reconocer que nada hubiera podido ser más útil a la investigación, que lo recordado por "el policía de pueblo, con nada en medio de su entrepierna".

Pero, lamentablemente, sólo risotadas de diversión, palabrotas y un poco de chispeante ebriedad eran lo único que surgía en el esfuerzo de su memoria. Y lo que él había llamado los "datos preocupantes", aquéllos capaces de poner en vilo a los investigadores, habían quedado reducidos a su explicación de un momento antes. Era un amigo de Marco Lorenz que había cenado con él la noche previa a su asesinato. Era, probablemente, la última persona que lo había visto con vida, a excepción de su asesino, por supuesto. Y eso era todo.

La sorpresa de los detectives ya había cedido y él no recordaba nada que Marco hubiera dicho en relación con algún problema personal. Ni siquiera un gesto de preocupación en el semblante...

– Era un hombre solitario, eso sí –se escuchó decir por último, como una llamada al pie de sus pensamientos.

El detective Adriano Bug, que había sido el señor Joven Maravilla un poco antes, se volvió a mirarlo, dispuesto a detener su acelerada caminata hacia la galería.

– ¿Esa podría ser una razón para... matarlo?

Si aquélla hubiera sido una pregunta hecha por el detective Bordone, seguramente Edgar la habría interpretado como una ironía más, de las tantas que le había escuchado. Pero el detective Bug, en cambio, lo preguntaba con verdadera seriedad e interés, y esto hizo que Edgar descubriera cierto tono perturbador en el fondo de sus palabras. Se encogió de hombros, sin saber qué responder.

–*¿Parece...* una razón*?*–preguntó, finalmente.

Se sentía un poco desorientado y no quería cederle espacio a Bordone para alguna intervención inapropiada. Pero éste se había adelantado a todos y ya no podía escuchar lo que decían.

–La gente solitaria suele ser el blanco preferido de ladrones y hasta de rateros de ocasión. Quizás, alguien entró aquí con el propósito de robar, incluso creyendo que no había nadie en la casa... y tuvo que tomar decisiones de último momento.

– La teoría es buena –acordó Edgar– Sólo que no falta ningún objeto de valor y tampoco hay evidencias de desorden por ninguna parte.

–Bueno... –resopló el detective Bug– Eso complica un poco las cosas, desde luego.

Edgar lo interrogó con la mirada. Lo que comenzaba a establecerse allí era, en realidad, otra teoría aún más inquietante que la anterior: ¡el bueno de Marco Lorenz había tenido, pese a todo, un enemigo dispuesto a cobrarse alguna vieja cuenta del pasado y de la peor manera! ¿Sería posible algo así?

El diálogo no prosperó porque alguien a sus espaldas gritaba indignado, con los brazos en jarra.

– De modo que no quería contaminar la escena del crimen, ¿eh?

– Exclamó Bordone al borde de un colapso nervioso– ¡Hay aquí más rastros de pisadas que en una carrera pedestre!

Edgar pensó en todos los vecinos que habían acudido al lugar, sumidos en morbosa curiosidad algunos, y en asombro horrorizado, otros. Esta vez Bordone tenía verdaderos motivos para quejarse...

Isadora regresó sobre sus pasos por la calle de tierra, huyendo de allí sin siquiera ocuparse de disimular que lo hacía. Cuando pudo estar segura que Blanca Amaltti había dejado de observarla, echó a correr con toda su prisa convertida en un sabor metálico, apretado entre los dientes. Recién al alcanzar la calle principal y al doblar la esquina que la llevaba directamente a la zona comercial, su corazón dejó de retumbar como una tromba disonante, a punto de saltarle por la boca. Entonces, sus pasos se volvieron pausados y rítmicos, y a su semblante regresó el color que había perdido.

Quizás, ni siquiera había *verdaderas* razones para haber reaccionado de aquel modo tan desmedido. Aunque Blanca la hubiera reconocido, ella no tenía ningún motivo para sentirse mortificada. Al menos, ninguno que no estuviera inspirado más que por su propia imaginación. Hacía mucho tiempo que había dejado de ser una niña frágil y vulnerable, y cualquier cosa relacionada con los hechos del pasado poseía para ella ese aspecto remoto y olvidado a medias, apenas reconstruido mucho más con recuerdos y observaciones ajenas que con su propio estupor. Ahora, era una mujer que sólo regresaba al lugar en el que quería permanecer por el resto de su vida y nadie podría negarle ese derecho. Si estaba dispuesta a que todo ocurriera de *ese* modo, tendría que aceptar que Blanca Amaltti también formaría parte de aquel conjunto inevitable.

Una sonrisa tranquilizadora que la reconciliaba consigo misma regresó a su rostro, al subir por los peldaños que llevaban hasta la farmacia del pueblo. No estaba segura de que ésta hubiera estado allí desde siempre, pero ascender por aquel tramo de la acera, respetando la elevación natural de la calle, había sido algo agradable y divertido en otro tiempo, de modo que una parte de aquella sensación le cosquilleó en el alma.

Descendió por el lado opuesto y se detuvo a aspirar el aire con fruición. Todavía necesitaba reacomodar los últimos vestigios del sofoco sufrido. Cruzó la calle y comenzó a caminar lentamente, de vuelta a la hostería, donde de momento se hospedaba. Y bajo la levedad de su repentino y relajado regreso a la realidad de ese instante, toda su infancia se desplegó a lo largo y ancho de la calle, esparciendo la intensidad de una luz que, afortunadamente, había podido resguardar del transcurso de los años...

Podía aún ver al viejo "Plymouth" negro, guiado por su padre, recorrer la avenida principal del pueblo y detenerse en los lugares obligados: el puesto de revistas, la farmacia, la joyería. La panadería "Amaltti" también formaba parte de aquel recorrido. Sólo que había que desviarse para llegar hasta allí y ordenar luego el resto del periplo. Todo estaba en su memoria en aquel momento, como un retazo de sol abandonado sobre el contorno de su última rayuela; una caricia del mejor otoño de su niñez dichosa; una égida imperfecta pero maravillosa que había acendrado la larga espada de su lucha en la vida.

Pero la espada había caído de sus manos y el poder de aquellos recuerdos sólo la fortalecía momentáneamente. Después llegaría una vez más ese conjunto de tristezas y alegrías entremezcladas, que jamás le devolvía algo capaz de ser evocado en su pureza absoluta. Y, por alguna razón que nunca llegaría a comprender, una instantánea en su memoria, una de ésas precisamente impura, se relacionaba directamente con las pulseras de filigrana que su padre compraba para ella en la joyería que, por lo visto, ya no estaba allí.

De pronto, sólo tuvo deseos de reencontrarse con Alberta para compartir con ella su mundo –su inacabable mundo– de recuerdos...

Edgar sintió el sudor adherido a su piel, por debajo de la camisa de fina franela. Realmente, *tenía* que dar explicaciones esta vez o, de lo contrario, Bordone lo despellejaría vivo en base a ironías y a la vista de los demás. Se percataba de que una gran parte de su orgullo no podría soportarlo.

–Usted no sabe cómo son las cosas aquí... – se aventuró a decir, de pronto, con bastante soltura a pesar de su bochorno –Gervasio...el tonto, estaba gritando y gesticulando en medio del jardín...Nadie dejó de oírlo en toda la manzana. Cuando llegué, todo el mundo estaba metido aquí como si obsequiaran algo...

– ¡Hora de despejar! –se exasperó Bordone, acompañándose con cierto gesto de las manos.

– ¿Qué sentido tenía ya? –preguntó Edgar, resignado al odio de aquel petulante.

– ¿Remediar algo del desastre, mínimamente?

Había sido una pregunta. Edgar estuvo seguro de que lo había sido, con todo el sentido de humillarlo aún más. Obviamente, se negó a responder como un alumno un poco lento frente a un profesor despiadado.

– Gervasio... –se apresuró a intervenir Modiliani, dándole a Edgar la impresión de cierto interés por terminar con la desagradable actitud de Bordone –que ahora es nuestro principal sospechoso... ¿llamaría tanto la atención después de cometer un crimen?

Edgar asintió con un movimiento enérgico de cabeza.

– No puede medir las consecuencias de sus acciones la mayor parte del tiempo.

– Todo un petimetre, ¿eh? –terció Bordone.

– ¡Un – idiota! –Lo corrigió Edgar, vengativo– Pero siempre aquí lo hemos considerado básicamente inofensivo. Es alguien capaz de llorar largo rato con una paloma muerta entre las manos y le gusta empujar los columpios en la plaza, para divertir a los niños. Quizás haya hecho un par de tonterías en su vida, no más que eso...

– Tonterías, ¿eh? –Soltó Bordone con una carcajada– ¿Y qué otra cosa se supone que hacen los tontos?

Edgar supo que había llegado el momento de su revancha, olvidado de todo lo que ya se había prometido a sí mismo con respecto al tema. Fue tan fuerte la tentación de no pasar por alto la oportunidad servida en bandeja de plata, que la respuesta brotó de sus labios, casi en un descuido de su último intento de moderación.

– ¿Tratar de disimular que lo son, algunas veces?

Una sonrisa inocultable se dibujó en el rostro del detective Bug, en tanto Bordone enrojecía y se hinchaba como un globo a punto de estallar. Pero Edgar lo sacó directamente del asunto, respondiendo al comentario de Modiliani.

– Yo no creo que Gervasio sea "nuestro" principal sospechoso. En todo caso, sólo lo comprometen algunos indicios circunstanciales y, fundamentalmente, el hecho de que no sabe defenderse a sí mismo.

Los policías nada dijeron al respecto pero se limitaron a observar los rastros de pisadas que en todas direcciones rodeaban a la figura dibujada sobre el piso de la galería, en el lugar en que había sido encontrado muerto Marco Lorenz, respetando la posición del cuerpo. Edgar sopesó por un momento, la idea de hacerles notar que sabía hacer correctamente algunas cosas, a pesar del evidente desdén que habían demostrado por su actuación en el caso. Pero pensó finalmente, que su propio silencio sería una buena manera de indicárselos.

Había una gran mancha de sangre coagulada, junto al contorno patético de la figura y otras manchas más pequeñas y más distantes que parecían ser el producto de salpicaduras.

– Es una pena que nadie haya pisado el charco de sangre...

– ¿Por qué? –preguntó Edgar, intrigado ante el comentario de Adriano Bug.

– Porque con suerte, tomaríamos una muestra de la suela y andaríamos por allí, rebuscando entre los zapatos de todo el mundo en Río Ballais. Me refiero a los que estuvieron fisgoneando por aquí y a algún futuro sospechoso.

– Suena un poco complicado como método...

El detective se encogió de hombros.

– Los hay peores– fue su escueta respuesta.

– Comisario Dutra... –Modiliani llamó su atención, mientras se colocaba un par de guantes de *látex*– ¿Dónde está la piedra que el asesino usó para golpear...a su amigo?

Evidentemente, el Detective Inspector no olvidaba este último detalle. Eso quería decir que, en algún sentido, él le atribuía un lugar en la investigación.

– En el mismo sitio del que el asesino la retiró para matar...

Edgar caminó hasta el lote de bloques que habían sido descargados junto a la baranda de la galería, donde habían esperado en vano para ser empleados en la reparación del camino central.

– Si me da usted un par de guantes...

– ¡No! –Escuchó a Bordone gritar a sus espaldas– ¡No se atreva a tocarla ni aun con guantes!

Edgar se volvió a mirarlo con el diablo colgándole del cuerpo.

– ¿*Antes* no debí dejarla aquí y *ahora* no puedo moverla de su lugar? ¡Vaya! – se impacientó.

– Si lo hubiera hecho en su momento– se apresuró en aclararle el detective Bug– levantaríamos otra clase de pruebas, que nos servirían para deducir el modo en que volvió a ser colocada allí. Eso suele dar indicios de la fuerza empleada y del modo en que el asesino utilizó sus manos en el esfuerzo. Pero no necesitamos nada de eso porque en vez de deducirlo, lo tenemos ante la vista...

Edgar sacudió su cabeza en un claro gesto de resignación.

– ¡Qué extraño modo de hacer las cosas tienen ustedes, los investigadores! –concluyó.

El detective Bug se le acercó, sonriente.

– Dejemos que mis compañeros se ocupen de esas pruebas – dijo– Me gustaría preguntarle acerca de algunos hechos...

¡Con que el hombre que parecía nacido para moverse por todas partes hasta dar con los resultados esperados, elegía en ese momento un simple y tranquilo método de interrogatorio! Edgar estuvo seguro de que se trataba de alguna artimaña de desorientación que esos tres empleaban adrede, para causar cierta confusión con sus reacciones psicológicas inesperadas. ¿La desagradable posición de Bordone formaría parte del "jueguito"?

– Está bien por mí –se limitó a responderle, aunque íntimamente se sintió un tanto incómodo. Si hubiera dicho "conocer" en lugar de "preguntar", se hubiera escuchado un poco mejor...

– ¿Realmente cree que el tal Gervasio no es en el fondo capaz de una acción como ésta? Usted lo describió como alguien bastante impredecible...

– No lo creo, en efecto. Pero nada de eso significa que no pueda resultar ser el asesino, finalmente. Algo que yo lamentaría en lo personal.

– Sí, eso es evidente– estableció el detective– ¿Y qué dijo o hizo Gervasio en relación con su comprometida posición?

– Dijo algo disparatado– rememoró Edgar– Quizás, lo más disparatado de todo. Aseguró que Marco... quiero decir, el señor Lorenz, salió a recibirlo enfurecido por alguna razón que, desde luego, él no atinaba a comprender. Fue su único momento de elocuencia. Después ya no fue posible hacerle decir nada más, sencillamente porque no podía recordar...

– ¡Pero comisario Dutra! –se exaltó Bug– ¡Eso significa que la víctima aún estaba con vida cuando él llegó a la casa! ¿Quién más pudo entonces...?

El detective se interrumpió cuando su jefe, Modiliani, se les acercó intempestivamente.

– Hay algo extraño con esta piedra –aseguró– Las huellas dactilares están *sólo* sobre las manchas de sangre. No hay ninguna en otra parte de la superficie...

Aún para un neófito como Edgar Dutra, aquello era incomprensible. Si esas huellas se correspondían con las del asesino, debían también encontrarse forzosamente, a ambos lados de la piedra por dónde ésta había sido aferrada *antes* que la sangre la cubriera.

– Entonces, el verdadero asesino ha usado guantes– sentenció, de pronto, Edgar con voz grave– Lo que demuestra un grado de inteligencia y premeditación del que carece Gervasio.

– Sólo acordaré con usted –manifestó Modiliani– si las huellas sobre la sangre pertenecen a Gervasio Tornasso, lo que tal vez podría indicarnos que él solamente se limitó a tomar la piedra... quizás para volver a ponerla en su lugar.

– ¡No puede ser más que de ese modo! – Se entusiasmó Edgar– Gervasio posee manos lo suficientemente grandes para aferrar este bloque sin necesidad de tomarse ningún trabajo ni hacer ningún esfuerzo. Quiero decir... ¡pudo asirlo con una sola mano para ubicarlo en su sitio!

– ¿Por qué? –Bordone lo preguntaba mientras se acercaba otra vez, pavoneándose – ¿Porque es un fanático del orden y la limpieza?

¿Cuándo acabaría con sus ironías? Edgar se encontró contestándose que jamás lo haría. Se disponía a fastidiarlo hasta el final.

– No lo es, desde luego– respondió, como si hubiera tomado en serio aquella pregunta –Pero en su manera precaria de razonar, una acción como ésa podría llegar a tener algún sentido. A menos que... –disfrutó por un instante con la atención concitada por su comentario– ¡Ni siquiera se trate de sus huellas dactilares!

No obstante, estaba prácticamente seguro que ésa era la conclusión más remota.

– ¿Y entonces, qué hacemos con la supuesta inteligencia del asesino? –Volvió a intervenir el detective "irónico"– ¿Utiliza guantes para no dejar huellas pero se los quita luego para plasmarlas sobre la sangre?

Edgar supo que no había modo de salir airoso de aquella encerrona. Sonrió a medias, como festejando la gracia y se volvió a buscar la mirada del detective Bug, que aún debía permanecer impactado por los dichos de Gervasio. Pero, aparentemente, había recuperado su disposición a la movilidad ansiosa y se encontraba precintando el perímetro que comprendía la galería de la enorme casa. Edgar rogó porque a Bordone no se le ocurriera decir algo como "esto es lo que debió hacer usted."

Entonces, Adriano Bug se distrajo un momento de la tarea, para expresar su parecer.

– Habrá que conseguir más explicaciones de Gervasio acerca de ese supuesto enojo de Lorenz *vivo*, cuando llegó a la casa...

– ¿Sabe lo que creímos todos los que se lo escuchamos decir? –Manifestó Edgar, empezando a acusar cierto agobio por su exceso de comentarios "al margen" –Que eso sólo ha formado parte de las fantasías de Gervasio. Suele decir cosas como ésas, que nunca se corresponden con la realidad...

– Ya veremos– le oyó farfullar.

Las primeras sombras de la tarde avanzada comenzaban a extenderse sobre la mayor parte del jardín, y una brisa que se volvía fría en aquellos primeros días otoñales, se arremolinó sobre las copas de los alisos, produciendo ese extraño lenguaje de gemidos que los árboles le murmuran al viento que los agita.

Por alguna razón, Edgar se sintió deprimido por sus propias aprensiones. Ya nadie dejaría de llamar a aquel lugar "la Casa del Crimen", porque así era como ocurrían los hechos en un pueblo pequeño como Río Ballais. Todos estarían de acuerdo en que ese acontecimiento no sería olvidado jamás y sería transmitido de padres a hijos hasta que la hermosa y solitaria mansión de Marco Lorenz se transformara en una vieja casona llena de misterios y, en lo posible, habitada por su propio fantasma.

Dejó de lado sus lúgubres pensamientos, cuando vio al detective Castor Modiliani, del otro lado de la cinta que Bug había colocado, y a punto de ingresar a la casa.

Modiliani parecía ser el más reservado de todos pero no había detalle ni palabra que escapara a su atención. Hasta había recordado el apellido de Gervasio, que él sólo había mencionado una única vez, ya que nadie se ocupaba de nombrarlo –él mismo inclusive– más que por su triste atributo de ser "el tonto". En un momento y mientras lo seguía, Edgar se encontró pensando que de haber conocido a tiempo aquella virtud del Detective Inspector, habría prescindido de su apropiado mote para cambiarlo por uno aun mejor: Memoria Prodigiosa.

Cuando la rodeó la fragancia de los malvones en los tiestos del patio de ingreso a la hostería, con una intrusa sensación de regreso a un lugar protector, la experiencia vivida esa tarde se convirtió para Isadora en el *fond de cave* que permanecía agrio pero domeñado sobre el borde de su recelo. Si llegaba a conseguir relajarse por completo, terminaría por comprender y aceptar que su vida pasada en el pueblo ya no era más que un conjunto de detalles, formando parte *también* del resto de esa existencia que la abarcaba como una prisión reducida al contorno de su piel, cada vez más con el paso de los años. Y que ese conjunto de detalles se extendía a todo lo demás, fundamentalmente, a todo aquello a lo que se había aferrado, en medio de los más agitados huracanes.

Era consciente que la mayor parte del tiempo, buscaba y rebuscaba en ella misma ser algo que, de hecho, no era. Y cuando se salía de allí, frustrada por su búsqueda infructuosa, llegaba a sentir no obstante, cierto alivio por haberse puesto al menos, en contacto con la realidad. Ni siquiera era un modo de resignarse a saber que jamás encontraría nada demasiado importante o valioso en su propio interior atormentado. Era, sencillamente, la mejor forma de *seguir viviendo*, a la sombra de los peores recuerdos.

El patio comenzaba a entregarse a la penumbra de los primeros momentos del anochecer. Los pocos huéspedes con los que se había cruzado por la tarde, ya estaban buscando su ubicación en el comedor, y ella podía verlos a través de un gran ventanal que arrastraba hasta allí toda la luminosidad posible durante el día, pero ahora sólo llevaba las primeras sombras de la noche en ciernes.

Se cenaba temprano en Río Ballais, se dijo. Y una parte de ella se dedicó a escuchar la lejana melodía que animaba la escena. Era Brian Holgan cantando "El Verano en que te Amaba", algo demasiado moderno para su gusto. Seguramente era Albertina quien seleccionaba aquellos temas musicales y no estaba nada mal desde el punto de vista del cuidado que le debía a su trabajo, ya que en esa época del año, la hostería solía recibir mayormente, a jóvenes estudiantes que tomaban unas breves vacaciones antes de regresar a La Ciudad, para dar sus exámenes. No tenía dudas de que Alberta se interesaría mucho más por los *blues* de Fatty Evans o por Gianni Moltoni entonando "Amor Olvidado".

Aquellos pensamientos lograron arrancarle una sonrisa. Y con ella plasmada en el rostro, Isadora ingresó al comedor para hacer lo que todo el mundo hacía allí: cenar temprano. Pero estaba inapetente...

Se ubicó frente a una pequeña mesa en el rincón más alejado, deseando pasar desapercibida, mientras buscaba con la mirada la presencia de Alberta en alguna parte. Le resultaba extraño a ella misma, pero lo cierto era que Alberta se había transformado en alguien con quien podía sentirse cómoda y a sus anchas, capaz de funcionar como una auténtica confidente, como si efectivamente hubiesen compartido una amistad de toda la vida. Isadora creía que esto se debía al hecho de que ella había sido la única persona (o, al menos, la primera) en hacerle comprender las razones de su regreso y, además, la animaba a aceptarlo como una buena decisión de su parte, restándole importancia *a* las cosas que, precisamente, más habían pesado en su propia vacilación.

Cuando la camarera se acercó a tomar su pedido, ella sólo pidió una taza de té y preguntó por su amiga.

– Está en la cocina, supervisando los últimos detalles de la cena...

– ¿Tendrías la amabilidad de decirle que me agradaría conversar un momento con ella?

La muchacha sonrió y se alejó para tomar otros pedidos, de modo que Isadora no estuvo demasiado segura de que recordara luego cumplir con el suyo. Sobre todo, cuando pudo observarla coquetear un largo rato con uno de los huéspedes, quien le sonreía con todo el ánimo de tontear también con ella.

Sin embargo, un momento después, Alberta en persona se acercaba a su mesa, trayendo la taza de té. Con una de esas sonrisas que sólo Alberta era capaz de prodigar, le reprochó suavemente su elección.

– ¿Cómo puedes perderte nuestra carne en salsa de romero con patatas asadas?

– Lo siento… – se disculpó– Suena delicioso pero no tengo apetito.

– *¿Suena delicioso?*– preguntó Alberta entre asombrada y divertida– ¡*Huele* delicioso, *sabe* delicioso y *es* delicioso!

Tenía la capacidad de transmitir su propia alegría. Por eso Isadora se echó a reír junto con ella, sintiendo que la calma interior había regresado por fin. Después de asegurarse que Alberta diera las indicaciones necesarias a sus asistentes, y contar así con el tiempo suficiente para una charla distendida, Isadora se animó con un pequeño bocadillo y una copa de *Chardonnay* helado.

– Vi a Blanca Amaltti esta tarde, en el pueblo…

Alberta soltó una risita.

– No necesitas decir "en el pueblo" todo el tiempo. Eso te convierte en una forastera… y no lo eres.

– Tienes razón – admitió Isadora, achispada por su primer sorbo de vino– Por favor, señálamelo todas las veces que sea necesario hasta corregirme.

– Eso haré, despreocúpate.

– ¡No me reconoció! ¿Puedes creerlo?

– Bueno… no estás precisamente igual al día en que te marchaste. Y Blanca ya es una anciana corta de vista.

– No sé –dudó Isadora– Aunque uno cambie con el transcurso del tiempo, me pareció que ella…podría…

– ¿Recordarte? Claro que lo haría si tú le dijeras quién eres. Todos aquí sabemos que su memoria permanece intacta. De modo que ella no ha olvidado lo que ocurrió en el pasado, sólo que no supo que se trataba de ti, al volver a verte.

Isadora tuvo la impresión de que sólo le hubiera faltado agregar "eso es todo" para que su tranquilidad fuera absoluta. ¡Alberta sí que sabía cómo decir ciertas cosas!

– Me sentí... mal. Quiero decir, incómoda por el encuentro– admitió.

– Eso tiene bastante sentido y es lógico que te ocurriera. Esta mujer viene acompañando a un mal trago de tu vida. Pero tienes que rescatar la parte positiva... ¿Recuerdas cómo te apoyó después? Creo que alguna vez te escuché comentarlo en la escuela...Si ese acompañamiento no prosperó, sólo fue porque tus padres no lo permitieron. Era lógico que estuvieran muy aprensivos por...la muerte de Anabel y te cuidaran a ti todo el tiempo...

Isadora clavó su mirada en el rostro amigable de Alberta Migliavacca.

– ¿Y tú cómo sabes eso? – se arrepintió enseguida por la brusquedad de su pregunta.

– ¿Quién dejó de saberlo en Río Balllais? – Se defendió Alberta de aquella abrupta intemperancia– Entiendo que hayas olvidado el modo en que suceden las cosas aquí...

– Tal vez mis padres sólo me vigilaban por considerarme un tanto... peligrosa. Lo siento –susurró, apenas al descubrir una expresión de contrariedad en su amiga– Es que no pasé un buen momento esta tarde, y aún estoy un poco... alterada.

– ¡Ni que lo digas!

Con aquella exclamación, Alberta daba por zanjado el asunto. Por un instante, Isadora envidió la manera conciliadora en que podía resolverlo todo.

– Tienes esa forma de poner los hechos en perspectiva y decir siempre las palabras justas... Pero, por favor, no olvides todo el dolor que acarreó a mi vida, precisamente *eso* a lo que tú puedes aludir con tu maravillosa franqueza.

Alberta se recostó en su silla y la observó sin ocultar su admiración.

– ¡Vaya! No has perdido el modo particular y elocuente en que siempre has sabido expresarte. Cuando éramos niñas, yo envidiaba a rabiar tu manera florida de decir las cosas.

– ¿En serio?

Isadora lo preguntaba con cierta gravedad tragicómica. Pero si de algo estaba convencida era de haber perdido aquel gracejo que Alberta le atribuía. Por lo visto, la naturaleza humana era de una disconformidad inacabable. Porque ella, en cambio, envidiaba de Alberta su encanto personal y la sencillez de su espíritu. Probablemente, la bucólica vida pueblerina producía esos efectos de carácter que ella había perdido mucho antes de poder siquiera reconocerlos en sí misma.

– Ha sido una tontería – comenzó a decir, convencida ya a esta altura que lo había sido, en efecto– Pero como la presencia de Blanca Amaltti removió lo más desagradable del pasado, no pude evitar recordar...aquella canción que los niños se solazaban en cantar a mi alrededor, en la escuela.

Había bajado la voz al decirlo. Como si una parte de aquel recuerdo que sólo *debía* ser doloroso, también la avergonzara. Era consciente de que aún reaccionaba con la indefensión propia del estilo infantil, cuando se trataba de aquella evocación.

– Tú lo has dicho... ¡Eso era una tontería de mocosos!

– Lo sé –*admitió* con lentitud– Pero por aquel tiempo, era algo que dolía de un modo atroz.

Alberta extendió una mano sobre la superficie de la mesa, para apretar la suya, en un gesto de cariño. Se limitó a observarla, a medias sonriente, tratando que le llegara cierto consuelo a través de su silencio. Isadora, le sonrió a su vez...

– Tú eras la única que se oponía a la burla. Aún recuerdo el modo en que me defendías... ¡Oh, debimos ser amigas por entonces! Pero yo sólo era una niña taciturna.

– ¿Y qué crees que era yo?

Rompieron a reír a carcajadas, dispuestas a superar el mal momento. El vino helado colaboraba en Isadora.

– ¿Sabes? ¡No debo ser injusta! –Exclamó, de pronto – ¡Había alguien más que salía en mi defensa, en ocasiones! No recuerdo su nombre... Estaba en el equipo de *football* de la escuela...

– ¡Edgar! ¡Edgar Dutra!– soltó Alberta con una voz atiplada.

Isadora hizo un esfuerzo por recordarlo.

– ¿Dutra? Sí... ¡Sí, era él!

– Hoy es el comisario de Río Ballais. ¡Y el futuro padre político de Albertina!

De pronto, la conversación se llenaba de detalles de la vida cotidiana y eso resultaba reconfortante. Isadora se dejó invadir por la intensidad de aquel momento. El lugar y la circunstancia eran perfectos para retenerlos, en medio de un digno aprovechamiento de la situación. El ventanal a su espalda acercaba un anochecer otoñal y maravilloso, mientras departía con una buena amiga, ganada al ayer. Y el resto de los recuerdos se rompía en mil añicos, *pero* silenciosamente, para no volver a importunarla. El "Plymouth" negro se hundía una vez más en la noche de su memoria y un caleidoscopio de formas caprichosas reordenaba las piezas en una apropiada perspectiva. La nostalgia podía funcionar como cierta alegría olvidada de los hechos del pasado; y un dulce homenaje a los mejores recuerdos volvía a dar color a aquel agrisado tiempo de su vida. Sin lugar a dudas, su regreso había conseguido ese propósito y, por un instante, ése fue motivo suficiente para sobrellevar todo lo demás

Su tercer sorbo de vino la encontró cavilando frívolamente sobre lo que había espiado tras la bruma preconsciente del olvido: para hacerlo surgir una vez más en el caleidoscopio, recuperado en contorno y contenido.

– ¿No estaba algo fuera de forma para la cuestión deportiva?– se detuvo en el rostro de Alberta que no había esperado aquella pregunta.

– ¿Eso crees? –Respondió con su misma alegría– Se decepcionaría si te escuchara decirlo. Tú sabes... él estaba un poco enamorado de ti.

– ¿A los diez años? ¿Cómo es posible?

– ¡Es la edad de la inocencia! ¿Hay otra mejor para enamorarse?

Isadora se ahogó con su propia risa, después de pensarlo por un momento.

– No, si quieres evitarte todas las complicaciones...

La conversación ya marchaba por el camino divertido y de no haber estado a cargo del comedor, Alberta también se hubiera servido una buena copa de vino para coronar la velada.

– ¿Y tú? –Preguntó Isadora, de pronto, recuperando parte de la seriedad– ¿Con quién te has casado?

– ¿Quién? ¿Yo? –repitió Alberta a lo tonto, reforzando una broma– Me hubiera casado con Marco Lorenz de haber sabido que iban a matarlo. ¡Y hoy sería la viuda más rica de Río Ballais!

Isadora trató de sostener algo de su propia sonrisa. Alberta ya le había referido el feo asunto del crimen pero ella, que apenas recordaba a la víctima como un hombre de costumbres solitarias y un gran pasar económico, no era allí donde deseaba centrar su interés. Después de todo, Marco Lorenz le era bastante indiferente en el recuerdo. En cambio, tenía toda la impresión de que Alberta acababa de escapar por la tangente con su propia historia.

Permaneció en silencio, observándola con repentina circunspección y a la espera de una revelación que no tardaría en llegar.

– Bueno... tú sabes... –Alberta no le sostuvo la mirada pero tampoco parecía abochornada por lo que iba a confesar– ¿Quién no cometió sus locuras en los setenta?

Isadora se odió por la respuesta que hubiera podido darle en ese momento. "Yo", habría podido contestar, sin temor a equivocarse. Pero, por supuesto, se reprimió a tiempo, segura de que hubiera sonado como una verdadera petulante. Y eso, siempre que Alberta no hiciera el esfuerzo de interpretar que lo suyo la asemejaba demasiado a una mujer insípida y aburrida. De todos modos, era evidente que su amiga no esperaba, en realidad, ninguna respuesta de su parte. La pregunta había sido puramente retórica y le servía de apoyo para seguir hablando.

– Cuando quedé embarazada, supe que no iba a encontrar precisamente comprensión a mi alrededor– ahora Alberta parecía dispuesta a encarar el tema sin ambages– Después de todo, ya conoces el dicho... *pueblo chico...*

Isadora asintió en tanto ella se interrumpía por un momento. Una parte de una vieja emoción que había creído olvidada, regresaba de pronto como un nudo de los mil demonios, atorado en medio de su garganta. Pero se repuso con una valentía tampoco olvidada.

– El resto es sólo la historia de una muchachita ingenua a quien se le hizo un poco tarde para comprender cómo eran las cosas, en realidad.

Y esta vez sí abarcó a Isadora con *toda* su mirada y un buen intento por burlarse de lo que había sido, hacía ya mucho tiempo, un gran drama en su vida.

– Seducida y abandonada...en el *infierno grande.* ¡Pero aquí estamos! –Se encogió de hombros, en un gesto que incluía mucho más que su simple resignación – ¡Albertina y yo!

Isadora no dudó en comprenderla y, además, admirarla por aquel valor con el que tuvo que asumir unas circunstancias que debieron ser necesariamente muy difíciles. No hizo ninguna pregunta al respecto ni dijo nada que pudiera perturbarla, después de su confesión. Le debía ésa, al menos...

– No me alejé de Río Ballais, sencillamente porque no tenía adónde ir ni quería complicar más las cosas para mí– continuó, agradeciendo sin decirlo, el prudente silencio de su amiga– Después de todo, sólo se trataba de dejar que la tormenta amainara por sí sola. ¡Y eso fue exactamente lo que ocurrió! ¿Qué crees que queda de ella después de veintitrés años? ¡Nada en lo absoluto! Seguí al frente de la empresa familiar cuando papá enfermó y todos fueron olvidando con el tiempo, mi comportamiento de pecadora...

Isadora estuvo segura que había alguna lección oculta en aquel relato. Pero el vino y esas últimas palabras causaron su hilarante reacción. De pronto, no podía dejar de reír, haciendo que Alberta terminara por contagiarse.

– Pero te confiaré un secreto – estableció Alberta al final– Papá fue el único a quien le pareció sencillamente maravillosa la perspectiva de tener una nieta. Tanto, que por un tiempo se esforzó por dejar de orinar en las habitaciones de la casa, que él *decía* confundir con el baño...

Isadora frunció el ceño y abandonó su actitud. ¿Sería cierto aquello que Albertina aseguraba con respecto a la negación de su madre acerca de reconocer la precoz demencia senil del abuelo?

– ¡No me digas! – exclamó, tratando de permanecer seria esta vez. Pero, al no lograrlo, procuró disculparse sin conseguir más que un par de gestos bastante torpes. Estaba ebria. Y había comenzado a disfrutarlo.

La brisa siempre se volvía fría y traviesa a esa hora del día. Esto era algo que ya sabía de memoria. Sacudía y levantaba su falda acampanada, obligándola a sujetarla con ambas manos. Aunque había notado que esto no la avergonzaba demasiado y, últimamente, estaba resultándole natural que así ocurriera, lejos de cualquier preocupación de su parte.

El hombre del rostro pálido que había aparecido en el puente, tan de improviso, no había dado muestras de querer acercársele, lo que en cierta forma le procuraba una sensación de tranquilidad y le permitía seguir con su juego de balancearse sobre la baranda un poco resbaladiza, por la humedad que ascendía desde el río.

Las perspectivas eran, a todas luces, fantásticas. Esperaría allí a que terminara la tarde, retozando a su manera, hasta que su padre llegara a buscarla y le pidiera con una voz un tanto impaciente, que dejara de hacer aquello de asomarse sobre el parapeto del puente, de ese modo tan peligroso. Ella fingiría obedecerlo pero, finalmente, volvería a lo mismo una y otra vez, con una porfía desmedida. Tenía la impresión de que su padre había adoptado una actitud un poco extraña: parecía preocuparse demasiado por todo lo que ocurría a su alrededor, sin darse cuenta que nada malo iba a suceder, de todos modos. Pero ni siquiera sabía de dónde sacaba aquella seguridad...

Los dijes de la pulsera de filigrana tintineaban alegremente en una de sus muñecas, y al percatarse del sonido que causaba al moverla, comenzó a sacudir el brazo de un lado a otro, como un metrónomo loco y fuera de control, marcando el *scherzo* final de una melodía.

Cada uno de esos dijes significaba un año más de vida, porque papá se los obsequiaba en el día de su cumpleaños y ya contaba con diez exactamente. Creía recordar algunas historias en relación con ellos. Los primeros habían permanecido bien guardados en el alhajero de mamá, hasta que ella tuvo edad suficiente para usarlos en su pulsera (que iba sumando eslabones para adaptarla a su crecimiento) sin desear quitarlos de allí... ¡o comérselos!

Ahora, la idea de comer dijes le resultaba muy graciosa pero parecía haber habido un tiempo de su vida en que había estado expuesta a arriesgarse con semejante tontería. Seguramente, cuando fue una niñita muy pequeña e inmadura. Y haberlo sido alguna vez era lo gracioso en el presente.

Allí estaban el elefante, el farol, las tijeras, el paraguas, una medialuna, un sol, dos estrellas unidas por algún enigma cósmico, la dulce paloma, el gatito con su larga cola y la flor de grandes pétalos coloridos. Cada uno de ellos llevaba engarzada una pequeña gema y tenía en sí mismo un significado, para los diversos momentos de su vida. Ya pensaría en ello más tarde, por lo menos mientras tuviera tiempo...

CUATRO
MOVIMIENTOS

La mesa aún permanecía tendida. Eso fue lo primero que vio al ingresar a la casa y fue algo que lo conmocionó inevitablemente. Pero Edgar hizo grandes esfuerzos por ocultar sus sentimientos, seguro de no querer volver a provocar comentarios desagradables de... Manos Como el Hielo. "*¡Sí, llámalo así, joder!*"

Se había hecho de noche, casi sin que nadie lo notara y a Edgar ya no le pareció un buen momento para continuar con la investigación. Se decidió por manifestarlo en voz alta...

– ¿No es un poco tarde para seguir con esto? Podríamos regresar mañana temprano...

Nadie le respondió. Los detectives encendieron sus linternas, por cierto muy potentes, y avanzaron por el lugar sin perder la agilidad con que lo hacían todo. Edgar ni siquiera preguntó por qué razón no encendían la luz de la sala principal ¡y ya! Sabía que Bordone, al menos, le respondería que aun con sus guantes de *látex* puestos, si bien no iban a agregar huellas dactilares innecesarias, corrían el riesgo de borrar las que pudiera haber en la tecla del interruptor, por ejemplo.

Había aprendido una lección humillante. Conocía todas las respuestas, aun antes de formular las preguntas, lo que en cierto modo le indicaba el sentido de obviedad que alguien allí podía atribuirle a cualquier cosa que él dijera.

Había un silencio tan profundo atrapado entre las sombras que comenzaban a penetrar, reptantes, sobre el lustroso piso de pinotea, para instalarse en los rincones de la habitación, que parecía provocar una especie de vacío físico y cosquilleante, en medio del estómago.

Con sus últimas fuerzas, Edgar volvió a atisbar en la oscuridad los detalles de la mesa de estilo francés que aún exhibía la vajilla que habían utilizado para cenar la noche anterior sobre el fino mantel de hilo bordado, ya que nunca había sido retirada de allí. Había también restos de comida cuidadosamente embolsados y listos para ser arrojados al cubo de la basura. Pero esto era algo que, evidentemente, Marco Lorenz no había tenido tiempo de hacer...

El comedor formaba parte del gran salón atestado de poltronas, sillones de estilo clásico y dos grandes sofás que, junto con el exceso de cuadros y objetos decorativos distribuidos en varias repisas y dos aparadores tallados, con molduras y relieves en dorado intenso, producían un efecto general sobrecargado, que no terminaba por decidirse en mostrar ningún buen gusto específico. Esto era algo que siempre había caracterizado a Marco, y Edgar lo aceptaba como una excentricidad muy notoria de su amigo: le había gustado reunir en un mismo lugar, todo objeto, mobiliario o cuadro que gritara a viva voz que se trataba de algo adquirido a gran costo en el mercado. Poco importaba cuánto podía combinar con el resto de la decoración o cuánto espacio ocupaba en medio de una habitación, a punto de volverse caótica.

– ¡Vaya!– exclamó Modiliani, con un silbido de sorprendida admiración– ¡Esto es... excesivo aun para un anticuario!

Edgar estuvo de acuerdo con lo expresado pero nada dijo al respecto, "devolviendo favores" por su silencio cuando propuso marcharse hasta el día siguiente. Tampoco quiso hacer acotaciones que nadie parecía interesado en escuchar. Pero a decir verdad, le hubiera gustado comentar algo más acerca de lo que había entusiasmado a Marco Lorenz en vida. Como organizar una o dos veces en el mes aquellas cenas que servía en la gran mesa de estilo, en el comedor anexado al salón atiborrado de muebles, desechando desde un principio cualquier idea vulgar acerca de una velada íntima en la ordinaria mesa de la cocina. No sabía ciertamente si alguien más que él había recibido aquellos honores de anfitrión alguna vez, aunque estaba a punto de establecer que nunca había sido así. Al menos, últimamente.

– Dígame que nadie ha entrado a este lugar por la mañana, cuando se presentó... esa turba irresponsable.

Una sonrisa burlona le dibujó una apretada línea entre los labios. Era imposible que el detective Luciano "Manos Como el Hielo" Bordone se perdiera la ocasión de manifestar uno de esos comentarios cargados de acerada agudeza. Algo no estaría funcionando bien, se dijo Edgar, si no lo hubiera hecho. Por un momento estuvo seguro que aquello formaba parte de alguna clase de actuación que le habían adjudicado, como a un mal actor en una obra aún peor.

– No he permitido tanto –aclaró– Pero, además, nadie se interesó en avanzar más allá de donde encontramos el cadáver.

Le agradó su propio tono de seguridad al decirlo.

– Entonces... ¿puede afirmar que todo se encuentra en su lugar, tal como lo vio usted anoche?

Edgar supo enseguida que no lo estaba. Su mirada había recorrido al momento, los pequeños detalles discordantes, entre los cuales, algunos podían relacionarse con acciones que Marco había llevado a cabo después que él se marchara. Como disponer los restos de comida en una bolsa plástica destinada al cubo de la basura. Pero había *otro* detalle que no parecía tener razón de ser en aquella escena. Una tontería quizás, se dijo; algo que debía tener alguna explicación que

Marco ya no podría dar pero que, sin embargo, ahora resaltaba con cierta incongruencia. Se trataba de una pequeña caja de fósforos apoyada, descuidadamente, sobre la mesa.

– No estaba anoche allí –dijo, señalándola– Ni Marco ni yo fumamos, de modo que...

El detective Bug se decidió por accionar el interruptor de la sala, con todo celo y cuidado, para no arruinar las posibles huellas dactilares. Pero la luz no se encendió...

– ¡*Voila!* – Exclamó, entonces– El mismo fue en busca de estos fósforos porque la electricidad se cortó en algún momento, después que usted se marchara.

Bordone se alejó hasta la caja de los fusibles, sensible a una mirada que su jefe acababa de echarle y cuyo mensaje parecía muy obvio para él. Un poco después regresaba con la noticia esperada.

– Alguien cortó los cables de la luz con toda la intención de dejar a la víctima sumida en la oscuridad y en medio de cierta indefensión.

– Un crimen premeditado...– mascullό Edgar.

Al momento se dio cuenta que en algún sentido, esta revelación favorecía la comprometida posición de Gervasio.

– Esto significa que el señor Lorenz fue atacado anoche muy tarde o cuando aún no había amanecido – estableció Modiliani en su misma línea de pensamiento– Gervasio Tornasso parece haber llegado a la casa esta mañana temprano. Aunque supongo que no lo suficiente para que aún no hubiera despuntado el día.

– ¡Lo que les dije!– confirmó entonces, Edgar– El no pudo verlo con vida... sólo lo imaginó.

Pero al mirar de soslayo la expresión circunspecta del detective Bug, comprendió que éste no estaba todavía lo bastante convencido.

– A propósito de todo este asunto de los horarios...– Bordone carraspeó sin engañar a Edgar acerca de que estuviera vacilando en preguntar – ¿Tendría usted la amabilidad de establecer a qué hora abandonó este lugar después de haber cenado?

"¡Cuándo no!"

A pesar de todo, la conversación entre Isadora y Alberta no logró trasponer aquellos primeros intentos de volverla divertida. Habían terminado por tocar ciertos asuntos que nada tenían de frívolos, y una copa de vino ni siquiera fue la excusa para quitarles la parte de dolor que les correspondía en el recuerdo.

Quizás por eso, cuando Isadora reunió el valor suficiente para nombrar a su padre, supo que no tendría retorno de su propia osadía. Pero se sintió dispuesta por primera vez en mucho tiempo, a abrirle su corazón a alguien que hasta la mañana de ese mismo día no había sido nadie importante en su vida ni en su memoria. Sin embargo, todo había dado un gran vuelco ahora y era importante para ella poder reconocerlo, porque esto significaba ofrecerles una oportunidad a sus sentimientos más íntimos y acallados. Necesitaba sacarlos "a tomar el fresco" de una buena vez...

Ponerse a hablar de Nicholas Vander Kooy era, en algún punto, la tarea de una hija destinada a tejer una y mil veces una historia que podía reunir todos los hilos de su trama, de las más diversas maneras. En ese urdir interminable se escabullían todas las explicaciones que le permitían asomarse a su propio pasado, precavida acerca de lo que iba a encontrar allí. Porque haberse sabido amada por su padre y haber contado con alguna prueba de ese amor, no había sido exactamente lo mismo. Especialmente, después que ella lo echara todo a perder...

¿Durante cuánto tiempo había creído, sencillamente, que no había habido espacio en la vida de su padre para tomarla en cuenta? ¿Y con qué sentimiento de menoscabo personal se correspondía semejante creencia? Porque a medida que los años pasaron y vio a su padre envejecer a su lado, negando al menos con su presencia y su silencio cualquier rencor que hubiera merecido, aquella vieja idea había tenido buenos motivos para desvanecerse lentamente. Sin embargo, había permanecido en ella como el musgo adherido a la piedra. Porque había habido un raro sabor de fondo en aquella actitud que jamás pudo dar por cierta.

Cada pequeño dije florentino agregado a su hermosa pulsera de filigrana debió significar un gesto de amor sincero y profundo en cada día de su cumpleaños, cuando el obsequio llegaba inclaudicablemente, para hacerle saber que allí estaba él, fuerte y seguro, como un escudo protector destinado a ofrecerle toda la felicidad posible, y defenderla de todos los peligros. No obstante, cuando aquellos obsequios se interrumpieron drásticamente –exactamente en su cumpleaños número ocho– el escudo que le había ofrecido tanta seguridad nunca bien ponderada, terminó convertido en su "manto de Sigfrido". Y el sufrimiento que antes apenas había consistido en unos tontos celos infantiles, comenzó de verdad y para siempre...

Ella había visto a su madre sonreír y menear la cabeza frente a aquellas escenas, a veces acompañadas de berrinches, y otras, de lloriqueos apagados en los rincones. Y aún conservaba fuerzas para decirse a sí misma que, pese a todo, ése había sido el mejor tiempo de su vida.

Alguien debió advertirlo y atribuirle mayor gravedad, se había dicho alguna vez. Y así se hubiera podido evitar aquel lamentable... *accidente*. Unos celos infantiles no siempre significaban un paso en el proceso inevitable de la relación entre hermanos. En ocasiones, podían preparar el terreno para acciones verdaderamente demenciales.

Isadora creía que éste había sido su caso y ahora, convertido en su estigma personal, en su letra escarlata sobre la frente, sus reflejos se habían perdido para siempre. Ya no podía responder con coherencia a aquéllos que, como Alberta, le aseguraban que iba siendo hora de dejarlo todo en el pasado. Y muy bien guardado, como un mal recuerdo y nada más. La inocencia de una niña de ocho años se lo había reclamado durante toda su vida...

Pero su padre protector, aunque adusto y distante, y su madre, bella y entregada a ciertos placeres egoístas, jamás detuvieron su mirada en aquel horizonte del infierno. Ni siquiera había sido fácil llamarse *Isadora,* cuando su hermana había llevado un nombre tan bonito como Anabel. Parecía que inevitablemente, ella había caído del lado de la tragedia, en tanto su hermana mayor lo había hecho del lado de la belleza, sin un atisbo de duda al respecto. Y un *hándicap* inalcanzable había reunido sus destinos alrededor de aquella envidia malsana que la obligaba a creerse *menos* amada por sus padres, sólo porque Anabel eclipsaba su pobre presencia de un modo contundente y radical. Sin dejarle mejores opciones que la de celarla desde las sombras, en medio de las tristezas y alegrías de su infancia. Este había sido su imperativo categórico, cómo olvidarlo...

Pero Nicholas Vander Kooy, quizás sin saberlo, (había siempre un modo de perdonar a un padre amado) había dado un paso más hacia aquél, su pequeño mundo desafortunado y poblado por el fantasma del resquemor. Y había penetrado en él, como un conquistador dispuesto a abatir cualquier obstáculo.

Isadora estaba segura, treinta y cinco años después, que ese hombre a quien sólo la senectud y la muerte habían derrotado, jamás le hubiera dicho una palabra al respecto. Pero cada vez que la miró –la *observó*, detenidamente– desde aquel día fatídico, avanzó hacia ella como si hubiera deseado lograr que la confusión la enloqueciera un día. Y jamás hizo nada para evitar el equívoco.

Tuvo suficiente coraje para decírselo a Alberta esa noche. Con esas mismas palabras. Las de su "decir florido", según apreciaciones de su nueva amiga. O, quizás, de la única amiga que ahora le quedaba. El efecto del vino ya había corrido por sus venas, como un calorcillo que prometió más de lo que había cumplido. Se sintió, de pronto, la última habitante de la tierra, una paria inservible en medio del inútil drama de su vida, convertido en el relato de una noche de copas.

– Sería bueno para ti regresar a la casa. Es allí donde debes volver a vivir...

Cuando Alberta le hizo escuchar su insensato consejo, ella se detuvo por un instante a contemplarla, como si hubiera dejado de comprender sus intenciones. O se hubiera equivocado desde un primer momento al juzgarla. ¿A eso se reducía el efecto de una confesión apresurada?

Pero lo que luego agregó a su comentario, la envolvió aún en una mayor sorpresa.

– Tienes que destruir ese fantasma que habla en tu cabeza todo el tiempo...

– Habrá sido alrededor de medianoche.

Era suficiente como respuesta. No se mataría por darle precisiones. Tendría que aprender a lidiar con la ufanía mordaz del detective Bordone, o no le alcanzarían los antiácidos de su botiquín hasta que aquel caso terminara. Cuando ya creía que volvería a arremeter con otras preguntas del mismo tono desagradable, Edgar lo vio alejarse, linterna en mano, hacia la puerta que llevaba directamente a la galería exterior.

Enfocó con el haz de luz el tapete de la entrada y un gran círculo luminoso alrededor de éste, puso en evidencia las manchas de sangre que se habían formado en esa parte del lustroso piso de madera. Eran redondas y pequeñas, por lo que habían podido pasar desapercibidas cuando ingresaron a la sala en penumbra, sin haber acostumbrado la vista a la oscuridad. Pero ahora se destacaban de un modo contundente, tanto como la expresión en el rostro del Detective Inspector Modiliani, que ya se había acercado a la escena. De pronto, los tres policías fueron conscientes del error cometido. No sólo habían pasado por alto la pista más importante, sino que ellos mismos pudieron contaminarla al trasponer la puerta. En su *argot*, "contaminar" significaba tanto adulterar como cambiar detalles y pistas en la escena del crimen. Pero en este caso, y por la contrariedad que se reflejaba en la expresión de todos, parecía que no hubiera sido excesivo agregar un nuevo significado: "torpeza".

Edgar lo disfrutó íntimamente. Por fin, aquellos personajes llegados de La Ciudad mostraban su lado humano. No obstante el descuido cometido, el desastre, por fortuna, no se había producido. Las manchas estaban intactas y la linterna de Bordone pudo establecer que comenzaban justo detrás de una pequeña mesa atestada de objetos decorativos, que también habían quedado salpicados con sangre.

– Esto indica varios hechos interesantes –meditó Castor Modiliani, observando aún con cierto asombro el recargado ambiente– Uno es que, evidentemente, el robo no ha sido el móvil del crimen. Y que la víctima no murió en el acto sino que tuvo tiempo de llegar hasta la galería, quizás en un intento de pedir ayuda...

– La fractura en su cráneo se comportó del modo esperable. No sangró demasiado al principio y lo hizo en forma intermitente, hasta que la hemorragia comenzó. Esto es lo que le dio algún tiempo extra de vida.

– Eso lo dirá la autopsia –enfatizó Modiliani al responder a Bordone, mostrando por primera vez cierta discrepancia con el comentario de un miembro de su equipo.

Era notorio que había sido suficiente para él con el descalabro del error cometido al ingresar a la sala. No estaba dispuesto, además, a dar lugar a aquellas conjeturas.

– Entonces...– se escuchó intervenir al detective Bug – ¿Por qué la piedra se encontraba fuera de la casa? ¿No hubiera tenido más sentido que el asesino la abandonara en el lugar donde perpetró su crimen?

– A menos que el asesino... sea alguien que no razona correctamente.

Edgar echó una mirada de desdén a su "enemigo natural". Tampoco era el caso que este *tipejo* se creyera que él estaba allí para asumir la defensa incondicional de Gervasio.

– O que la piedra no haya sido el arma utilizada –aventuró el detective Bug.

Modiliani pareció perder el peso que agobiaba su espalda, irguiéndose con más donaire.

– Lo que explicaría la ausencia de rastros ensangrentados en los bordes laterales –concluyó– Porque algo de la sangre debió caer allí, salpicarla en todas direcciones, al momento de asestar el golpe.

Dicho esto, las miradas se cruzaron construyendo un tácito acuerdo de comprensión acerca de lo que se hacía necesario llevar a cabo, a partir de ese momento. Los haces de luz de las linternas comenzaron a moverse con gran cuidado y detenimiento en cada objeto que había en la sala. Y había, obviamente, muchos...

Edgar tuvo un instante de introspección para darse cuenta que había sido el primero en cometer un error de apreciación, con el que había inducido al resto a aceptarlo, al menos, hasta que la autopsia hubiera determinado la verdadera estructura de la herida mortal, causada según otro objeto. Eso no era bueno para él, si acaso el detective Bordone estaba pensando en volver a ensañarse. De modo que ante aquella posibilidad, decidió salir al frente sin el menor dejo de cobardía.

– Al ver la piedra allí, cubierta de sangre... supuse que el asesino no sólo la había utilizado sino que también la había devuelto al lote, con las demás. ¡Qué error tan estúpido!

– Cualquiera hubiera confundido la evidencia en una primera observación– le aseguró Modiliani, haciendo que Edgar le pidiera perdón en silencio por haberlo llamado "Ojos de Hurón Malintencionado", alguna vez.

– Pero aún no damos con ningún otro objeto que...

El detective Bug enmudeció de pronto. Se apresuró a acercarse al atizador, que apenas oculto entre las demás herramientas de uso para el hogar, mostraba rastros de sangre ya coagulada, de un modo inequívoco.

– ¡*Voila*!

Edgar lo había escuchado antes expresarse de aquella manera, por lo que supuso que esa palabra acompañaba a sus reacciones toda vez que un buen descubrimiento lo ameritaba.

Modiliani se detuvo en mitad de la sala y parecía medir ciertas distancias con una mirada atenta y reconcentrada. Esa actitud generaba un extraño suspenso, difícil de soportar para Edgar, nada acostumbrado a esa clase de situaciones. Sin embargo, lo dejó hacer sin manifestar ningún comentario. No deseaba presionarlo ni distraerlo por ningún motivo. Por alguna razón y pese a su inexperiencia, tenía la impresión de que la perspicacia del detective se estaba desplegando de la forma apropiada y que pronto diría algo verdaderamente importante.

Entonces, el policía agitó sus manos en el aire y luego las sostuvo en alto, en un estilo absolutamente histriónico, a juicio de Edgar. Las palabras que acompañaron aquel movimiento, estaban cargadas de un exceso de dramatismo.

– Anoche había luz de luna, exactamente igual que esta noche – dijo – Eso explica cierta claridad que penetra por ese ventanal que da a la parte trasera del jardín. Y que tiene, entonces, que llegar de lleno durante la madrugada. El atacante debió esperarlo aquí, a medias oculto en el lugar en que la luz blanquecina no llegaba. ¡Justo contra la pared, al final del ventanal, entre éste y ese enorme reloj de pie! Ya se había metido con los fusibles, ya tenía el atizador entre las manos y aguardaba con todos sus músculos tensos como alambres, para dar su golpe mortal...apenas la víctima llegara al lugar. ¡Y cuando ésta, completamente desprevenida pero preocupada por el corte de luz, se movió hasta aquí, camino al sótano...el atizador cayó sobre su cabeza y la destrozó en un instante!

Edgar dejó escapar el aire de sus pulmones, recordando volver a respirar después de escuchar el fantástico relato de Modiliani.

– Eso sólo es consistente con el hecho de que, efectivamente, descubriera que la casa estaba a oscuras –estableció el detective Bug, mucho menos impresionado que Edgar– Ya veremos qué dice la autopsia acerca de la hora de su muerte. Pero me inclino a pensar que era lo bastante tarde para encontrarse ya durmiendo, por lo que es posible que algún ruido fuera de lugar lo haya despertado. Recién entonces descubrió la falta de electricidad...

Edgar no pudo evitar oír cierto tono de incertidumbre en el fondo de sus palabras.

– Hay algo que lo preocupa, ¿verdad, detective Bug? –se apresuró a preguntar, seguro de su impresión.

El policía asintió.

– Es algo que no encaja totalmente con la descripción de los hechos...

– Sólo estuve conjeturando –manifestó Modiliani– Es posible introducir cambios en lo que dije.

"¿No le temes a la ironía de Bordone?", se encontró preguntándose Edgar, para relajar su propia tensión.

– Aun así... – comenzó a explayarse Bug, mientras apartaba cuidadosamente el atizador, para colocarlo en una bolsa plástica –Esa caja de fósforos sobre la mesa...no debió quedar allí. La víctima iba camino al sótano a revisar los fusibles. ¿Por qué no llevarla con él?

– Quizás la tenía consigo al momento de ser atacado y el asesino la puso luego sobre la mesa – meditó Bordone.

– ¿Y eso por qué? –Intervino Edgar, feliz de haber encontrado un nuevo y pequeño atajo para su venganza – ¿Otro fanático del orden?

Bordone masculló una protesta ininteligible. En todo caso, no tuvo más remedio que aceptar que su idea no había sido brillante.

– Por supuesto nos llevaremos también la caja de fósforos – aclaró Modiliani– Y asumamos que Adriano tiene razón. No es para nada evidente la razón por la que esos fósforos no estaban en poder del occiso. Al menos, tendría más sentido que hubiera sido de ese modo.

Edgar siguió sacando el aire contenido en sus pulmones, hasta poder establecer su primera conjetura sólida.

– El crimen se perpetró en la sala. Marco sobrevivió el tiempo suficiente para poder salir a la galería. Allí lo descubrió Gervasio, al llegar por la mañana temprano...Se acercó al cuerpo, lo manipuló en algún sentido, se ensangrentó las manos, las limpió sobre su ropa y luego se apoyó en ese bloque de piedra que está allí afuera...

– Estaba –lo corrigió Bordone– Ya lo hemos retirado. Y no me gusta cuando dice que Gervasio *manipuló* el cadáver.

Edgar se encogió de hombros y extendió las manos en un gesto que intentaba abarcar lo inevitable.

– Pero es lo que hizo – se limitó a responderle, al tiempo que se percataba de aquel modo más relajado que había encontrado para enfrentarlo– ¡No puedo cambiar las cosas a su gusto, Bordone! Por alguna razón, se acercó, lo tocó...hasta pudo cambiarlo de lugar de haber querido.

– ¿Y ése es el motivo por el que había sangre de la víctima en su ropa y en sus manos?

– Ese es *un* posible motivo –aclaró el detective Bug– El otro es...que él sea el asesino.

– ¡Oh, vamos! –Exclamó Edgar, lamentando la reaparición de aquella teoría– ¡No empiecen otra vez con eso! Es la cosa más improbable que Gervasio haya planeado un crimen en estos términos. Su cabeza...– hizo el clásico gesto de un dedo girando cerca de su sien – no podría nunca funcionar así.

– ¿Y esto que él asegura acerca de haber visto a Lorenz con vida, al llegar a la casa...es *también* improbable?

Edgar le sonrió a la pertinaz duda instalada en el ánimo de Adriano Bug. Pero en un instante comprendió que ya no podía seguir comportándose como un poblador más de Río Ballais defendiendo sus propias creencias, de la gente llegada de otro lugar. Tenía que actuar como un policía de una buena vez, y olvidarse de esos tontos prejuicios pueblerinos. Esto hizo que su sonrisa desapareciera casi al momento de empezar.

– No lo volveré a poner de ese modo –manifestó, un poco renuente– Admito que me cuesta creer a Gervasio convertido en un asesino y todos aquí sabemos que suele imaginar cosas y contar historias ridículas. Pero...ya nada es improbable, ¿de acuerdo?

Mientras cierta satisfacción lo embargaba, por haber dado por fin con una verdadera respuesta profesional, vio a Modiliani volver al exterior de la casa, cuidando ahora de pasar por encima de las pequeñas manchas de sangre sin pisarlas.

– No son manchas de salpicaduras producidas por la caída del cuerpo de Lorenz al perder el sentido o morir –Le escuchó decir esforzadamente, para que los demás no se privaran de su comentario– Se desprendieron de la herida de su cabeza mientras se dirigía al lugar donde se desplomó. De lo contrario, deberían ser algo más alargadas e informes. Tienen el mismo tamaño y forma de las de la sala...

He ahí un hombre capaz de las más objetivas descripciones que su formación profesional le permitía, se dijo Edgar, ya convencido de su eficiencia. Por otra parte, su *argot* policial era impecable. Podía llamar "occiso" a la víctima y describir la escena de un crimen, basado en sus propias suposiciones. Sabía cómo separar la paja del trigo y no le gustaban los errores cometidos por descuido, ni siquiera para aceptar que cualquiera podía equivocarse. Ninguno de su equipo ni él mismo, entraban en esa categoría ni aun apretadamente.

Tampoco eran de su agrado las apreciaciones anticipadas, algo seguramente impropio de un investigador de su rango. En algún sentido, Edgar comenzaba a comprender cómo funcionaban las cosas en el equipo.

Y el Detective Inspector Castor Modiliani respondía acabadamente al perfil de un líder que sabía cavilar acerca de los hechos. Bug, más inquieto y propenso a la acción, acompañaba sus razonamientos, tanto para reforzarlos como para interpelarlos. Luciano Bordone, en cambio, estaba "puesto" allí para fastidiar y lograr de ese modo, que las piezas se movieran de su lugar en el tablero, todo el tiempo posible. Se complementaban, indudablemente...

– ¿Quién es el muchacho de la fotografía en el portarretratos?

Bordone había formulado la pregunta, justo cuando Edgar estaba a punto de salir a la galería. Se volvió para responderle, un poco desconcertado.

– No lo sé. Jamás lo había visto...

– Es comprensible – aceptó el detective Bug, señalando el innumerable conjunto de objetos decorativos.

Edgar temió que Bordone volviera a excederse con algún comentario fuera de lugar, al estilo del que había hecho acerca de su "dudosa entrepierna". Podía expresar, por ejemplo, que a un buen policía no se le escapaban los detalles en medio de nada, ni aun haciendo una simple visita de amigo. Se sonrió a medias, aceptando el desarrollo de su pequeña paranoia, pero se preocupó de todos modos por no haber contado con aquella respuesta. Hasta donde él recordaba, Marco jamás le había mencionado la existencia de ningún familiar.

– Ya veremos– masculló Bordone.

A Edgar le pareció toda una apreciación, para el momento.

Al despertar por la mañana, Isadora tuvo la sensación de haber dormido tan profundamente que había sido como caer y permanecer inmersa en un gran hueco oscuro y silencioso, donde cualquier sueño la había abandonado. No era como no recordar los detalles oníricos de la noche anterior o haberlos perdido apenas al abrir los ojos. Simplemente, la embargaba la idea de *no haber soñado.*

Su primera noche en Río Ballais había consistido en eso que algunos llamaban "una noche blanca". Tal vez era lo que había necesitado, después de un día agitado como había sido el de su regreso, para lograr un verdadero descanso.

En cambio, todo lo que Alberta le había dicho durante la cena, estaba detenido en su memoria, intacto y fresco, para que ella acudiera allí a rebuscar en aquellas palabras, cada vez que quisiera. Y aunque hubiera deseado lo contrario, eso fue lo que hizo exactamente.

Volver a la casa familiar era un asunto al que apenas había podido observar de soslayo, casi como una experiencia a la que no estaba en condiciones de enfrentar, más allá de aquella visita distante y cargada de aprensiones que había llevado a cabo la mañana anterior. Como muestra había sido más que suficiente. No había podido avanzar un solo paso, ni siquiera para llamar a su propia puerta y aguardar a que alguien acudiera al llamado; algo verdaderamente improbable, a menos que la insensata versión de usurpación resultara cierta. Sin embargo, sabía que eso era lo que hubiera hecho en aquel momento: *llamar* y *esperar*. Como una antigua vecina de buenos modales. En el fondo, sólo se ocultaba a sí misma aquello de lo que en realidad se trataba: su imposibilidad de tomar las llaves que descansaban en la cajuela del "Siena" y caminar hacia una puerta que no debía ofrecerle resistencia al intentar abrirla. ¡Una acción tan sencilla como aquélla y no había podido realizarla!

¡Y ahora Alberta, muy suelta de cuerpo, le decía que *tenía* que regresar, que ése era su lugar donde vivir y que más allá de eso no había demasiadas opciones! ¿No era todo una gran locura?

No obstante, y aunque le pesara profundamente, ese *todo* que llamaba locura estaba allí para recordarle que en esto había consistido su vida y no había escapatoria de un designio. Aun cuando se opusiera a creer que todavía era posible encontrar algún bien en el consejo de Alberta, no podía dejar de admitir (aunque fuera demasiado pronto para eso) que lo mejor de hacer con aquel ***todo***, sería en primer lugar comenzar a aceptarlo desde el fondo de su corazón. Sería un modo de hacerle justicia a lo que ella había hecho con su propia vida. Y, en algún punto, no estaba nada mal priorizar algunas alegrías, que también formaban parte del éter del recuerdo y, seguramente, podrían caer sobre ella como un inofensivo *confeti*, cada vez que abriera aquella puerta que no había podido traspasar, incluso en su propia imaginación.

¿Acaso no había cometido la transgresión de regresar al lugar donde *también* había sido feliz? ¿Acaso no había reconocido, en medio de su caos personal, que la promesa aún estaba allí y que no existía ninguna razón para abandonarla? ¿Por qué no volver a encontrar una parte de la felicidad perdida? ¿O construir una nueva, diferente, que además se merecía? ¿Cuál milagro de una imposible arquitectura había que invocar para que la felicidad existiera en esos términos? Ella no lo sabía, desde luego. Pero íntimamente creía en la posibilidad de dar con la respuesta, en algún momento. En el más inesperado momento...

Por lo pronto, y en base a sus ideas un poco neuróticas, se le ocurría que no haber soñado con nada la noche anterior, era un buen comienzo. Un buen indicio de algo que no estaba programado para hacerla sufrir, pese a todos los escollos que ella misma se había impuesto en el camino.

Recordaba una época de su vida en que permanecía despierta hasta no poder más. Hasta que el cansancio atenazaba su cuerpo y obnubilaba su mente, llevándola a un sopor profundo que luego la obligaba a dormir durante largas horas y haciéndola tomar conciencia después, de todo el tiempo en que había permanecido "fuera" de la realidad. Era, sencillamente, su terror a dormir y soñar con Anabel, su hermana muerta, lo que la sometía a aquel comportamiento obsesivo del que sus padres jamás tuvieron noticia. Al menos, no más que para sospechar que podía estar seriamente afectada por alguna extraña enfermedad, razón por la que la habían llevado a deambular por todos los consultorios médicos del pueblo y de La Ciudad.

Ella se encerraba en su cuarto y fingía cumplir con el ceremonial del descanso nocturno. Ese reposo había sido sólo una ficción durante largas, interminables noches de su infancia...

Y, entonces, en medio de la oscuridad y el silencio de la noche, cuando la casa era recorrida sólo por los sonidos leves y extraños que manos invisibles o movimientos inexplicables provocaban, cuando el mundo permanecía suspendido de su propia inmovilidad y las sombras podían mecerse sobre las paredes desnudas de la habitación, como señales de humo indescifrables o fantasmas aventados por las olvidadas pesadillas del infierno en la tierra, ella aceptaba detenerse en ese ámbito pletórico de terrores y amenazas, y quedar allí a la espera de que llegara el día. Todo era preferible a cerrar los ojos y hundirse en un sueño donde Anabel la buscaba, mientras las manos se le manchaban con su fatídico *hilo de sangre.*

Sin embargo, en un sentido que ni siquiera le resultaba contradictorio, esa casa –su hogar– había sido *también* un maravilloso mundo de alegrías y dichas inolvidables, de ésas que se atesoraban para siempre. Quizás, ésta era la parte a la que tendría que aferrarse ahora, para poder dar el primer paso de su regreso al lugar. Y quitarse de la cabeza toda esa tontería de usurpación, porque esto seguramente no era otra cosa que una simple leyenda pueblerina sobre "casas tomadas", que los habitantes de Río Ballais habían echado a rodar al modo de un vulgar chisme, después que ella y su padre (los "sobrevivientes" de la familia) se marcharan, clausurando puertas destinadas a no ser abiertas en mucho tiempo.

Ella siempre había sospechado, aunque él nunca se lo había dicho, que había llegado a un punto en su vida en que necesitó poner toda la distancia posible entre él y la casa donde alguna vez habían sido felices. Su padre no le había preguntado nada acerca de sus propios sentimientos ni hubiera tenido porqué hacerlo. Ella era por entonces, apenas una adolescente confundida que, además, hubiera merecido ser odiada por aquel hombre que, sin embargo, sólo se limitó a hacer silencio a su lado.

Y a prometer una nueva vida, lejos de Río Ballais...

El hombre del rostro pálido apenas le había dedicado una mirada de cierto interés. Como si al no saber quién era ella, sólo se hubiera encontrado con su presencia de un modo circunstancial. No obstante, no iba a engañarla tan fácilmente. Por alguna razón se encontraba allí, ya que había llegado a la escena mucho después que ella y ahora parecía dispuesto a quedarse por el tiempo que le diera en gana.

Le fastidiaban actitudes como ésa. Suponía que la gente debía ser más abierta y sincera con respecto a sus intenciones, como ella misma lo era. Pero salvando las distancias, comprendía que el comportamiento de un adulto estaba muy lejos de contar con la transparente franqueza de una niña. De igual modo, permanecía atenta, por si el hombre del rostro pálido intentaba acercarse, pese a haber demostrado escaso interés por ella.

La pulsera se movía en su pequeño y delicado brazo haciendo de su *tin–tín* una música maravillosa. La contempló sonriente, casi con el deseo de que quienes estaban allí pudieran percatarse de su belleza. Siempre le había ocurrido que cuando estaba segura de lucir algo hermoso a la vista de los demás, necesitaba hacer toda la ostentación posible. Según le había dicho su padre, esa actitud estaba destinada a provocar la envidia de los otros, un pecado capital del que era preciso arrepentirse. Pero como ella era apenas la causante y no la portadora del pecado, creía tener cierto derecho a pasarla en grande con eso. Tal vez allí se reconocía parecida a su madre, algo que seguramente su padre debía valorar en mucho, porque mucho también la había amado.

El pequeño elefante, con su trompa erecta y su único ojo de alabastro, atrapado en la belleza de su pulsera, representaba el deseo de una vida larga y tranquila. No recordaba de dónde había sabido aquello, aunque era muy posible que su propio padre se lo hubiera dicho, al obsequiárselo.

Una sonrisa con cierto rasgo de mordacidad había cruzado fugazmente por su rostro. No era algo agradable de ver en una niña, porque parecía una expresión demasiado madura y cínica para su edad. Pero a ella no le importó demasiado. Ahora sabía que no siempre se trataba de buenos deseos...

Edgar dejó que sus piernas cruzadas descansaran sobre el escritorio, algo que solía hacer cuando necesitaba meditar acerca de algún asunto delicado. ¡Y vaya que había un asunto delicado allí, aguardando para ser abordado de un modo que a su buen entender, carecía de cierto rigor elemental, pese a los esfuerzos de los tres detectives!

Había que producir un pasaje de la oscuridad a la luz (paradoja de lo que contrariamente había ocurrido en la casa de Marco Lorenz), y aunque la inquietante noche anterior ya había concluido, la luz como metáfora de comprensión y esclarecimiento... *¡brillaba!* por su ausencia. ¿No era graciosa la contradicción de aquel lugar común en el momento de mayor dificultad intelectual?

"Ya veremos", habían dicho tanto el detective Bug como Bordone, refiriéndose a diferentes hechos. Pero por el momento, tenía la acabada impresión que nadie allí estaba viendo absolutamente nada, con lo cual la figura retórica de la oscuridad avanzaba sin solución de continuidad.

La oficina del destacamento siempre había funcionado como su mejor refugio, toda vez que alguna dificultad personal lo había tenido a maltraer. Así había sido durante los últimos años de un matrimonio difícil y también cuando Adela murió de un infarto, sin darle tiempo a procesar sus propios sentimientos, en el mismo día en que había decidido pedirle el divorcio. Su oscura relación con Nora Duplay había invadido todos los espacios de su vida, casi sin que él mismo lo notara al principio. Para cuando pudo darse cuenta de la situación en que había caído, arrastrando a Adela a un dolor que pese a todo nunca había merecido, ya era tarde para cualquier reacción sensata. Suponía que Nora tenía sobre él ciertos efectos tóxicos que actuaban al modo de la nicotina para un fumador empedernido. Sabía cuánto daño era capaz de causarle pero no le interesaba ni siquiera intentar abandonar el hábito: un malsano hábito de buscarla cada vez que pensar en ella lo excitaba, haciendo que la sangre se le transformara en un río de lava ardiente, recorriéndole el cuerpo. Mientras volvía a pensarlo, una vez más, dejó que una sonrisa cómplice de aquellos pensamientos se dibujara en su rostro, permitiéndole un momento de distensión en el refugio. Pero su "Nirvana" saltó por el aire, apenas la presencia siempre torpe y ruidosa de Demetrio Loggino –su asistente– se internó en la oficina como un gran canto rodado, dispuesto a atropellar lo que hallara a su paso.

– ¡Buenos días!

Jamás se acostumbraría a su vozarrón, por mucho que lo intentara. Alzó una mano y la movió en el aire, para procurar que cierto equívoco prosperara. Podía indicar tanto un apropiado saludo como un urgente pedido de acallar aquella voz.

– ¿Qué hay de nuevo, viejo?

Edgar lo observó, como siempre asombrado por escuchar expresiones como ésa. ¿Acaso no eran las palabras de un *comic* animado de la televisión?

Decidió decirlo de todos modos, o la situación se volvería latosa en base a las insistencias de su curioso asistente.

– Yo diría que nada por ahora. Bueno...no mucho, al menos –concluyó, luego de pensarlo mejor.

Se quedó mirándolo, a punto de agradecerle el buen trabajo que había llevado a cabo en la casa, dibujando con sus elementos especiales el contorno del cuerpo de Marco, tal como había sido hallado sobre el piso de la galería. Desde luego, la orden de hacerlo había emanado de él, pero tenía que reconocer que Demetrio era bueno en eso. Sin embargo, prefirió expresar sus impresiones sobre el caso y no decir nada que halagara demasiado a un hombre de sus características. Seguramente, comenzaría a dar detalles y explicaciones sobre lo hecho y eso –Edgar lo sabía por experiencia– lo volvería sencillamente insoportable.

– La investigación recién comienza y aún no está el informe de la autopsia –dijo– Por supuesto, todo es demasiado incipiente. Al menos, encontramos el arma utilizada para matarlo...Un atizador, y no el bloque de piedra ensangrentado que descubrimos en el jardín. No obstante, me parece que están algo empecinados en detenerse demasiado sobre la presencia de Gervasio en el lugar...el detective Bug lo está, y yo creo que van a perder el tiempo por ese lado.

– Es lo mismo que pienso yo– se apresuró a establecer Demetrio, aunque aún no tenía idea del trabajo desplegado en la casa por los detectives– Lo incrimina nada más que una circunstancia fortuita...la de haber ido incidentalmente a la casa y mancharse con sangre, al tocar lo que no debía.

– Cometí el error de comentarles lo que había dicho sobre una supuesta aparición de Marco con vida – Edgar meneó la cabeza en señal de arrepentimiento – Ellos no saben que Gervasio suele contar historias como ésa...

Demetrio acercó una taza de café que había estado preparando, al escritorio de Edgar, y bebió del suyo mientras seguía en la línea de acordar en todo con su jefe.

– Ya lo sabrán cuando hablen con él. Porque seguramente nos pedirán que lo traigamos aquí a hacerle "desembuchar" cualquier cosa...

– No participaremos de ese interrogatorio –le advirtió a Demetrio con un dedo en alto– No quiero que nadie diga nada acerca de nuestra influencia en las eventuales respuestas de Gervasio.

"Nadie", desde luego, *era* Bordone. Mientras admitía que aquella idea desacomodaba una parte del respeto que se debía a sí mismo, se distrajo observando el movimiento en la calle principal, a través de la ventana. Era mayor que el acostumbrado, porque en esa época del año había una gran afluencia de jóvenes estudiantes que llegaban a Río Ballais por sus últimas distracciones, antes de regresar a La Ciudad para dar sus exámenes. Sabía por Gabino, su hijo, que esto era una especie de "rito de hermandad" que casi nadie dejaba de realizar, para no convertirse en la "oveja negra" del grupo, algo que se pagaba luego con burlas y pullas del peor tenor.

"Juventud idiota", se encontró pensando, con todos sus prejuicios a flor de piel. En realidad, lo que verdaderamente le desagradaba era saber que, tarde o temprano, alguno de aquellos jóvenes cargados de hormonas mal controladas, iba a causar algún problema en el pueblo.

Ya nadie hablaba de "delincuencia juvenil" por aquellos días, sobre todo porque las drogas y el alcohol habían organizado un parámetro bastante difícil de desagregar de las características de los delitos que se cometían, haciendo que aquella vieja categoría cayera en desuso, para ser reemplazada por otra en la que la edad del delincuente ya no era el rasgo destacado, sino su compulsión a una conducta desordenada y perversa en grado extremo. Afortunadamente, esto era algo que a pesar de los nuevos vientos que soplaban, estaba lejos aún de transformarse en la tendencia delictiva del lugar. Pero la brecha se estaba acortando, se lamentó Edgar, y esto había comenzado a inquietarlo. Esos jóvenes eran potencialmente peligrosos, a la hora de sus juergas desenfrenadas.

La actividad comercial de la mañana se desplegaba ya en su plenitud y la calle principal no sólo era recorrida por esa estudiantina exacerbada que regresaba a sus "nidos" después de una noche de parranda ininterrumpida, sino también por gente más pacífica, como lo eran los lugareños: amas de casa en procura de sus compras, niños marchando hacia la escuela, hombres al encuentro de sus negocios y tareas. Vio a Blanca Amaltti cruzar en dirección al puesto de revistas, como todas las mañanas, en busca del periódico y las revistas de palabras cruzadas que Martha, su hermana, necesitaba casi como al aire que respiraba, para entretener sus horas de ocio y de obligada quietud hogareña. Parecía un poco más apurada que de costumbre y cierta expresión en su rostro denotaba algo de una preocupación inocultable.

– ¡Caray! – Mascullό Edgar – Sé a qué se debe todo esto...

Se incorporó con la velocidad de un rayo y ganó la calle para ir a su encuentro.

A pesar de haberlo visto venir hacia ella con gran resolución, una especie de respingo le tensó el cuerpo, como si la hubiera tomado por sorpresa.

– ¡Señorita Amaltti!

El saludo debió parecerle un poco altisonante, porque se echó hacia atrás para observarlo con cierto reproche en la mirada. Edgar comprendió inmediatamente que no era correcto abordar a una anciana en plena calle, con aquel despliegue de efusividad. Sin embargo, estaba convencido que el motivo lo justificaba.

– Lamento sobresaltarla, señorita Amaltti – se disculpó – Pero lo que quiero en realidad, es tranquilizarla de algún modo, sobre lo que ha ocurrido y pedirle no obstante, que tome algunos recaudos en cuanto a cuidados y seguridad en su propia casa.

Blanca lo contempló con sus ojos acuosos y otro respingo sacudió su cuerpo magro y frágil.

– ¿Quiere asustarme o tranquilizarme? Parece estar haciendo ambas cosas al mismo tiempo...

Edgar le sonrió afablemente.

– Lo sé – dijo – Pero es que prefiero ser realista con mis vecinos. Alguien ha cometido un crimen aquí y hasta no conocer el móvil, tengo la obligación de pedirles que sepan cuidar de sí y resguardarse de cualquier descuido, en la seguridad del hogar.

– ¿Realmente *cree* que debemos hacer eso?

La pregunta estaba cargada de la misma tensión que Edgar había visto en su rostro, a través de la ventana del despacho. Se sintió algo cohibido ante su inevitable respuesta, pero decidió que no abandonaría aquel realismo que le había mencionado.

– Probablemente quien ha matado a Marco tenía...algunas cuentas pendientes con él, aunque me cueste creerlo – bajó la voz al decirlo, sin darse cuenta – Al menos es lo que se desprende de la investigación. Pero hasta no estar seguros, no puedo evitar mi recomendación, señorita Amaltti. Usted y su hermana son ya...personas mayores, indefensas. Martha ni siquiera podría...

– ¡Sé perfectamente lo que *no podría* Martha! –Lo interrumpió, un tanto exaltada– Trataré de tomar en cuenta su consejo, comisario Dutra...

Con la agilidad que no la había abandonado al envejecer, volvió a cruzar la calle y se marchó, con su compra de revistas bajo el brazo. Edgar se quedó mirándola alejarse, un poco fastidiado por su reacción. No era que Blanca Amaltti descollara por su simpatía, pero la había encontrado particularmente descortés en esa ocasión.

– ¡Vaya con esta clase de ancianitas locas! – Exclamó al regresar a la oficina – Sólo consideré oportuno tener una amabilidad con ella, al verla tan preocupada...

— ¿Y qué te hizo pensar que lo está? Hasta donde recuerdo, ese rostro de expresión amarga la acompañó toda la vida.

Demetrio tenía razón en esto y Edgar terminó por sentirse un entrometido.

– Creí que era mi deber proponerle algunas recomendaciones – concluyó hasta que apartó imaginariamente cualquier idea al respecto, agitando una mano en el aire– Hay un criminal en alguna parte pero dejaré de tomarme el trabajo de advertir a la gente, si van a reaccionar de este modo.

– Blanca siempre ha demostrado una gran predisposición a la autosuficiencia – comentó Demetrio– ¿Por qué iba a ser diferente esta vez?

– ¿Porque hay un asesino suelto y esto tiende a poner nerviosas a las personas?...

Se sentía un émulo de Luciano Bordone con aquella explicación de estilo interrogativo.

– Tengo la impresión que se necesita mucho más que eso para poner nerviosa a esta mujer.

Fuera de las veces en que Demetrio alzaba la voz indebidamente o se expresaba en un modo un tanto estrafalario, Edgar reconocía que contaba con mayor sentido común que él, para apreciar algunos hechos. Al menos, estaba acordando en ese momento con lo que le escuchaba decir acerca de la personalidad de Blanca, una mujer que había ajustado su carácter a las circunstancias de su vida, volviéndose dura como el acero para cuidar de su hermana enferma y olvidar que la soledad le había causado más daño que sabiduría.

– Con que un atizador, ¿eh?

El comentario llegaba demasiado tarde. Edgar asintió y se encogió de hombros. Por un momento, pensó en repetir la observación de Modiliani acerca de las primeras impresiones, pero finalmente decidió no traerlo a colación.

– Entonces esa piedra estaba allí para confundir– concluyó su ayudante.

– Es parte de lo que Gervasio no debió tocar – aseveró Edgar.

Demetrio apoyó toda su corpulencia contra el borde de su escritorio. Aún sostenía la taza de café en una de sus manazas y parecía un poco abstraído, al detener la mirada en la ventana.

– Desafortunadamente, es la peor época para que ocurra un crimen, con todos esos forasteros dando vueltas por allí... – dijo, por último.

Edgar lo miró con una penetrante gravedad en la expresión.

– ¿Crees que de tratarse de un forastero...ya haya abandonado el pueblo?

– Es lo que yo haría después de cometer mi fechoría – le aseguró Demetrio, en su simple pero eficaz línea de razonamiento– No me quedaría ni un minuto más de lo debido.

– Esto va a complicar las cosas – se escuchó decir, tomando a pies juntillas la idea de su asistente.

–Demasiado movimiento en nuestras calles...–meditó Demetrio– Que lo complica...lo complica.

– De todos modos...– Edgar comenzó a dejarse llevar por su propia teoría– ¿*Quién* en Río Ballais podría haber reunido tanto odio contra el viejo Marco durante todo este tiempo, para terminar matándolo? ¡No imagino a nadie así entre nuestros vecinos!

– Tampoco yo – Demetrio se sentía consustanciado con el tema– Pero a esta altura de mi vida, aún no diría que ya lo he visto todo.

Otra vez su sentido común salía a la luz. Edgar le sonrió, aceptando aquella conclusión y volvió nuevamente su mirada hacia la ventana.

El panorama en la calle no había variado. Era un día muy activo en el pueblo y ni siquiera la noticia del crimen había hecho quedar a sus habitantes en casa.

El "Siena" conducido por Isadora pasó a toda prisa frente al destacamento policial. Edgar supo enseguida que el coche no pertenecía a ningún lugareño.

"Una forastera más", se dijo, sin que le llamara particularmente la atención.

El ripio bajo los neumáticos volvía a dejarse oír con su sonido familiar y cadencioso. Esta vez, había avanzado lentamente, permitiéndose contemplar con mayor detenimiento la hilera de casas a un lado del camino, para tratar de asimilar aquellos detalles que antes le habían pasado inadvertidos. Por supuesto que se trataba de los detalles que guardaban relación con sus recuerdos que, en ese momento, se parecían a un gran conjunto de trastos viejos, apilados en el rincón más apartado de su memoria.

Isadora sabía que iba a dar el paso más trascendental de su vida, y no había modo de hacerlo si no cobraba el valor suficiente. Y ese valor no aparecía por ninguna parte, de modo que distraerse en la contemplación del paisaje a su alrededor, no sólo era un buen ejercicio para su nostalgia sino también un respiro en la agitación de sus pensamientos.

La casa de los Bernardi, con su señorial escalera de piedra, aún estaba allí, como un centinela de mejores tiempos. Algunos peldaños se veían rotos y a otros los cubría el musgo. ¿También *esa* casa estaba abandonada? Las celosías de los amplios ventanales permanecían cerradas pero esto no tenía que ser necesariamente un signo de abandono. A esa hora de la mañana, sus habitantes –quienesquiera que ellos fueran– podían encontrarse todavía durmiendo.

El resto de las casas, de construcción más humilde, mostraban vestigios de cierta actividad en su interior. Fuere porque las ventanas estaban abiertas y algunas luces se veían encendidas a través de las cortinas, fuere porque un pequeño perro ladraba en alguna parte o un niño lloriqueaba por alguna razón.

Eran las casas de su recuerdo, las que su memoria le devolvía en una especie de retablo ganado al olvido. ¿Serían también ellos, sus viejos vecinos, transformados por el paso de los años, quienes se movían detrás de aquellas paredes? ¿Cómo reconocerlos? ¿Cómo decirles "miren quién está de regreso"?

Había dejado la hostería a hurtadillas, porque estaba dispuesta a llevar a cabo el esfuerzo de su vuelta al hogar sin ayuda de nadie. Ni siquiera de la buena de Alberta que había metido aquella idea en su cabeza, como si ésta en realidad nunca hubiera estado allí, cuando *sí* había estado todo el tiempo, desde que volviera a Río Ballais. Pero que alguien se lo enrostrara con la sencillez de los hechos simples de la vida, había tenido el efecto de conmocionarla. De enfrentarla a lo más inverosímil de sus sentimientos y, sin embargo, a lo más auténtico de ellos.

También había sido importante la elección de la hora para llegar a la casa. La mañana parecía ser un momento del día en que la añoranza surgía, suave y delicada, como un néctar que al derramarse penetraba sin dañar en cada recoveco del pasado. Por eso, al descender del "Siena" sintió todavía cierta liviandad en sus movimientos. Evocar la presencia de su padre en aquel tiempo de su vida, podía destilar aún una alegría que hubiera desaparecido despiadadamente, de haber regresado a ella como un recuerdo *atardecido*, después que el transcurso del día agregara cansancios que todavía no estaban instalados en su silencioso rememorar.

Pero la nueva vida prometida nunca había llegado. De eso estaba completamente segura. Todo había consistido en la gran continuidad de un dolor del que no había logrado desprenderse. Eso había sido algo que ningún diagnóstico médico hubiera podido ubicar en su pequeño cuerpo de niña insomne. El alma enferma no figuraba como cuadro en ningún tratado de medicina...

Podía también evocar a su madre, a quien había perdido demasiado pronto. Podía recordarla, caminando por la casa, envuelta en sus vaporosos vestidos, mientras aseguraba que el mundo no era un lugar seguro para nadie y sonreía un momento después, "volcando" perfumes y esencias delicadísimas sobre su piel aun más delicada.

Las llaves iban apretadas en su mano, hasta hacerle daño. Esta vez las llevaba con ella...y avanzaba hacia la puerta de su antiguo hogar, cargada de *aquellos* recuerdos.

Por un instante incomprensible, se sintió feliz.

Edgar sabía que en cualquier momento, los detectives irrumpirían en su despacho, trayendo con ellos algunas conjeturas en relación con la investigación del día anterior.

Nadie le había aclarado el modo en que el informe de la autopsia practicada al cadáver de Marco llegaría hasta Río Ballais. ¿Sería enviado directamente a su oficina? ¿O lo traería Modiliani en propias manos? Y, en todo caso, ¿por qué llevaba aquello al extremo de una preocupación? Que llegara, de cualquier manera, era lo verdaderamente importante. Que los investigadores ingresaran al destacamento en algún momento, también lo era. Estaba en medio de una investigación criminal y no podría desprenderse de ninguna incomodidad hasta que aquel feo asunto terminara. ¡Por fin encontraba el punto! Su inquietud se basaba en el hecho de tener que poner allí, en el momento menos esperado, el nombre *real* de una persona *real* y conocer "cara a cara" al asesino de su viejo amigo. A *un* asesino, sin más. Jamás había tenido que vérselas con ninguno en todo el tiempo que había estado a cargo del trabajo policial. Y esto era perturbador, a su modo.

– ¡Imagínate! ¡Esa es la clase de pregunta para un delincuente!

Edgar había estado refiriéndole a Demetrio lo desagradable de la actitud del detective Bordone, al enfrentarlo con la pregunta acerca de la hora en que había abandonado la casa de Lorenz, después de la cena. Y esto, en parte, le servía para alejar las verdaderas preocupaciones.

–Es un error que creas eso – lo corrigió su asistente, con toda naturalidad– No sólo está descartándote como sospechoso sino que es un dato para conocer el tiempo transcurrido entre su muerte y tu partida.

– Eso lo dirá la autopsia...

– Pero lo que la autopsia no dirá es en qué momento de la noche, el asesino pudo deslizarse al interior de una casa donde ningún objeto fue robado y ninguna puerta fue violentada. Tal vez, estuvo afuera todo el tiempo, sólo aguardando a que tú te marcharas...

Edgar había aprendido a respetar aquellos comentarios de su asistente. Era una pena que la mayoría de las veces estropeara la claridad de sus pensamientos con su modo ramplón de expresarlos. Porque a decir verdad, se le ocurrían ideas interesantes y dignas de tomarse en cuenta. Se quedó mirándolo con detenimiento, no sólo atraído por lo que decía sino además, impresionado por el sentido de sus palabras que le causaron un escalofrío. Tan siquiera imaginar la escena que Demetrio acababa de describir, crispaba sus nervios.

Mientras Marco y él habían departido una divertida velada, libres de los problemas cotidianos hasta donde él recordaba, un misterioso asesino podría haber permanecido oculto y quieto en el jardín, aprovechando la oscuridad de la noche y a la espera de su mejor momento para ingresar a la casa. Se había deslizado con todo sigilo hacia algún rincón apropiado, desde donde pudo, quizás, escuchar su amena conversación y sus despreocupadas risotadas. Y allí había permanecido, aguardando como un monstruo al acecho...

Intentó obligar a su memoria a recordar algún ruido extraño o fuera de lugar que, pese a no haberle llamado la atención en ese momento, hubiera podido ser causado por las primeras hojas otoñales caídas de los alisos, crujiendo bajo las pisadas de alguien que se movía en la noche. ¡Qué tontería! ¡No había ocurrido nada de eso! Aunque de haber sido así, las huellas debían estar aún allí y, seguramente, los detectives iban a descubrirlas. Con todo este conjunto de ideas en su cabeza, la convicción de un crimen premeditado se afianzó todavía más en él.

– ¿Lo ves? –dijo, por último– Nada de lo que tú y yo sospechamos se ajusta al comportamiento de Gervasio. Este tonto está metido en el brete y habrá que sacarlo de allí en algún momento.

– Pero has dicho que no tomaremos parte en su interrogatorio...

– Lo que he dicho es que estaremos escuchándolo, de todos modos – hizo una breve pausa al hablar, dándose cuenta de la expresión en el rostro del asistente – No es demasiado inteligente mi comentario, ¿verdad? Gervasio no sabe ni siquiera expresarse...

–Ya veremos...

Esta vez lo miró con una actitud risueña y relajada.

–Todo el mundo dice eso–aseguró.

La conversación se interrumpió en el momento en que el detective Adriano Bug ingresó al despacho.

– Buenos días –saludó, circunspecto – Modiliani y Bordone están en la casa realizando nuevas pericias. Se trabajará mejor en algunas partes, a la luz del día. Usarán "luminol" en aquellos sitios que deban permanecer en penumbra; puesto que ninguna persiana se abrirá de momento. Usted y yo iremos por Gervasio y...por su ropa. La que usó en la mañana de ayer.

Por lo visto, el detective Bug era tan activo como pragmático. No perdía su tiempo en explicaciones superfluas. De todos modos, pensó que nada de esto cambiaba demasiado sus planes. Cuando regresaran al destacamento con Gervasio –seguramente asustado y lloriqueando como solía hacer cuando lo estaba– él dejaría a Bug a cargo de todo y se haría a un lado estratégicamente. No obstante, por un momento se preguntó si acaso aquella idea era tan poco inteligente como su comentario anterior...

CINCO
BIENVENIDAS

El pequeño paraguas cuya empuñadura remataba en un bonito topacio engarzado, también "tintineaba" sobre la delicada tersura de su piel, al compás del movimiento que ella le imprimía a sus brazos.

Tenía un significado maravilloso y, por algún tiempo, había respetado su mensaje al serle regalado en su primer cumpleaños. Un paraguas siempre cumplía con una función de abrigo y protección contra las inclemencias. Era un buen comienzo y un buen deseo para su vida.

Pero ahora, mientras la tarde comenzaba a declinar y el estrecho paisaje desde el puente que ella abarcaba con la mirada, se sumía en sus propias sombras, alargadas como dedos fantasmales, cierta inquietud asomó a su expresión, al darse cuenta que ya no estaba sola. No sólo se trataba de la presencia del hombre pálido, sino de otras presencias que por alguna razón, le pareció que se volvían amenazantes. Seguramente no era más que una idea descabellada...

En su ánimo, perduraban las ganas de continuar jugando allí, hasta que cayera la noche. Pero sabía que su padre no se lo permitiría. Y su intranquilidad se había exacerbado ya lo suficiente como para impedirle disfrutar de su propio deseo.

Cuando él llegara, le diría, con una voz que últimamente se cubría de impaciencia cada vez que le hablaba, que ya era hora de partir. Que pronto se haría de noche y ése no era el mejor lugar para encontrarse, cuando oscurecía. Aunque a ella seguía pareciéndole agradable reconocía, no obstante, que lo sería mucho más si sus *nuevos acompañantes* se marcharan. ¿Sería, acaso, que había comenzado a disfrutar de la soledad, a partir de los cambios que había sufrido su temperamento?

Era demasiado pronto para asegurarlo...

Cuando el hombre pálido hizo un gesto a la distancia, para llamar su atención, comprendió que estaba tratando de relacionarse con ella, por primera vez. Bueno, quizás de ese modo podría llegar a preguntarle qué estaba haciendo él sobre el puente, un lugar que no parecía apropiado a su presencia.

Sin embargo, no le resultó agradable verlo avanzar hacia ella.

Gervasio comprendió, a pesar de sus dificultades para razonar, que la llegada del señor Dutra a su casa, acompañado de ese hombre a quien desconocía, era un asunto delicado. Todo se había complicado en su vida a partir de la mañana del día anterior, nada más que por no poder recordar algunos hechos relacionados con sus propias acciones. Todo el mundo sabía que esto le sucedía con harta frecuencia, de modo que no le había parecido justo que lo hubiesen observado como si de pronto se tratara de un fenómeno circense.

Seguramente, el comisario y *ese* hombre venían por lo mismo. Para volver a observarlo y preguntarle acerca de lo que no podía responder. ¡Qué situación tan desagradable! Pero él se escaparía por los fondos, antes que ellos golpearan a su puerta. Era lo mejor que se le ocurría: huir y evitarse el sofocón de tener que decir "no sé" todo el tiempo.

El detective Bug echó una mirada de asombro a la miserable fachada de la vivienda. ¿Cómo podía un hombre sostener su existencia en un lugar tan sórdido? No se trataba de pobreza sino de una inopia de abandono formidable. Los marcos de las ventanas estaban rotos o fuera de lugar, faltaban vidrios reemplazados por paneles de cartón y la puerta de ingreso apenas conservaba una precaria posición, a medias inclinada por la ausencia del dintel y del umbral, que alguna vez debieron estar allí. Entre ella y la jamba había el espacio suficiente para ver lo que ocurría en el interior de la casa, si uno esforzaba la atención. Apenas una tranca de madera hacía las veces de cerradura y podía verse desde el otro lado, como a la espera de convencer a alguien sobre su función.

– Así vive desde que sus padres murieron –comentó Edgar– La casa se está derrumbando a su alrededor pero a él no parece importarle...

Se interrumpió al percatarse de cierto movimiento extraño detrás de la puerta, y comprendió de inmediato la nueva tontería que Gervasio estaba a punto de cometer. Hizo un gesto con la cabeza para que el detective se diera cuenta de lo que estaba ocurriendo y, entonces, juntos rodearon la casa en direcciones opuestas.

Atrapar a Gervasio en medio de su ingenuo intento de huir, fue tan sencillo como cazar a un pequeño animal herido. Al verse burlado en sus intenciones, sólo optó por echarse a llorar como un niño a quien acababan de arruinarle su mejor travesura. No opuso ninguna resistencia y volvió al interior de su horrible casa, esta vez acompañado por los policías.

Edgar estuvo seguro que en ese momento, Adriano Bug terminaba por comprender todo a cuanto él se había referido al describir a Gervasio. Era una buena ocasión para que, al menos, se diera cuenta que había que convencer al jefe acerca de rectificar el rumbo de la investigación si querían llegar a buen puerto. Y no era sospechando de un pobre retrasado mental que lo lograrían...

La mirada con que Edgar enfocó a Gervasio, sin embargo, no tenía nada de conmiserativa. Veía, horrorizado, que aún vestía la ropa ensangrentada del día anterior. Visiblemente ofuscado, se volvió hacia el detective Bug, como para asegurarse que a éste ya no le iban a caber más dudas sobre la personalidad del "tonto del pueblo".

– No habrá necesidad de pedirle que busque nada entre sus trapos – dijo – ¡Lleva puesta *esa* ropa desde ayer!

Pero el detective, para su sorpresa, no cedió en dejarse impresionar. Evidentemente, su profesionalismo lo había endurecido a fuerza de "haberlo visto todo".

– Mejor aún –se limitó a comentar– Así no tendremos que explicarle nada.

Se acercó a Gervasio y le sonrió como si estuviese a punto de invitarlo a un gran acontecimiento. Edgar le echó una mirada de sorprendido desagrado, indicándole que no compartía el comentario. El espectáculo de aquellas manchas ya oscurecidas sobre su ropa, era algo repulsivo en extremo. No obstante, asumió el desafío de no dar muestras de su estado de ánimo y tomó a Gervasio de un brazo para conducirlo al patrullero policial. Superada la prueba, Edgar se reacomodó en su propio malestar, decidido a que el resto del trabajo fuera asunto del detective Bug.

El ensalmo terminó cuando sólo un palmo de distancia la separó de la puerta de ingreso a la casa. ¿*Su* casa?

La posición era privilegiada porque desde allí podía observar una buena parte del jardín...absolutamente descuidado. Se notaba que los árboles no habían sido podados en años, la hierba crecía en forma silvestre y la mayor parte de las bellas plantas de otrora, con sus delicadas flores y su prolija ubicación en pequeños canteros, habían desaparecido o la maleza las había cubierto por entero.

Isadora retrocedió un paso, desalentada por el espectáculo. Aquello era un verdadero desastre. ¡Nadie había vuelto a estar en esa casa después que su padre y ella "huyeran" de allí, hacía ya tres décadas! ¿Qué esperaba encontrar en el interior de una casa abandonada, sino polvo y trastos viejos por todas partes?

Sin embargo, no había llegado hasta esa incómoda situación para volver a dejarlo todo, una vez más. Para huir nuevamente, como la auténtica cobarde que era. Esta vez no, se dijo...

Algo sobre la palidez de su rostro se convirtió en una tenue sonrisa. Al menos, estaba segura que *nadie* había usurpado el lugar, como habían sostenido los chismes de comadres en el pueblo y que no tendría necesidad de llamar a la puerta. Que sólo el silencio más oprobioso iba a darle la bienvenida, al traspasarla.

Con una mano fría y temblorosa, acercó la primera llave a la primera cerradura. Y ésta cedió, apenas con un imperceptible y chirriante sonido, que no fue indicio de ninguna resistencia.

En el maletero del "Siena" que permanecía estacionado sobre la calle, habían quedado sus escasos bolsos y su valija de viajera. Como si hubiera llegado hasta allí como una simple turista, una curiosa visitante del pasado, dispuesta a disfrutar de una tranquila temporada. Era todo su bagaje. Comenzaba una nueva vida, de regreso a un viejo lugar, y sólo unos pocos objetos preciados la acompañaban en la aventura. No había querido llegar demasiado "cargada". Sabía que eran los recuerdos los que verdaderamente ocupaban todo el espacio...

Por un momento, pensó en regresar por su equipaje, como si hubiera sido necesario. De todos modos, sabía que en poco tiempo más abriría el gran portón del garaje a su derecha, repitiendo las mismas viejas acciones que había visto desplegar a su padre, y enfrentaría el mismo antiguo olor del caucho de los neumáticos que se guardaban allí, llegándole en cálidas oleadas que el encierro había dejado atrapadas entre sus paredes.

Sabía además que, finalmente, aparcaría el "Siena" en el garaje, como máxima advertencia para sí misma: había llegado para quedarse.

Suspiró para alejar cualquier temor que tratara de interponerse entre ella y la puerta de doble hoja, fuertemente cerrada con un viejo candado oxidado y una larga falleba que la abarcaba en toda su extensión. Trató de infundirse valor y detener el vuelo de mariposas en su estómago. Más ruidos metálicos, más *clics* sorprendentes...

Y el inolvidable olor del caucho la invadió de golpe. Permanecía invariable, intocado por el tiempo. Pero otros olores intentaban superponérsele: el del encierro y la humedad acumulados como un *humus* venenoso en una enorme tumba de la Antigüedad.

Sus ojos descendieron con cautela sobre el repentino movimiento a sus pies. Instintivamente, buscó el interruptor pero supo enseguida que ninguna lamparilla se encendería por ninguna razón. No obstante, la luz de la mañana era suficiente para iluminar aquel interior oscuro y tétrico, sumido en un extraño orden que indicaba haber quedado de ese modo, estático y silencioso, durante treinta años.

El movimiento que la sobresaltara había sido el de una gorda rata chillona, huyendo de su inesperada presencia y más asustada aún que ella. De pronto, tomaba nota de aquel detalle que no había tenido en cuenta: tendría que ocuparse de limpiar a fondo una casa abandonada, que seguramente estaría plagada de alimañas. Llamaría a la Compañía de Fumigaciones esa misma mañana, apenas hiciera un acabado reconocimiento del resto del lugar.

Consciente de haber entrado en tema y apremiada por las circunstancias, regresó al automóvil para ingresarlo a la vieja cochera, a pesar de la rata y otros posibles habitantes indeseables. Recién entonces, con el "Siena" aparcado en su interior, reunió el valor suficiente para echar *aquella* mirada, lenta y penetrante, que le permitiría descubrir de qué modo, los objetos que alguna vez había atesorado su padre, todavía estaban allí, reclamando su atención después de todo el tiempo transcurrido. Fue una acción dolorosa y, a la vez, necesaria...

Todo estaba como siempre había estado. Un mundo perdido que, lentamente, regresaba a la superficie y le dejaba unir los últimos cabos sueltos de sus recuerdos. ¡Aquella caja de herramientas cubierta por el polvo! ¿Cuántas veces la había visto en las manos de su padre? ¡La repisa donde se apilaban pequeños frascos llenos de clavos de diversos tamaños! ¡Aún estaba allí! Las tapas de los frascos habían terminado oxidadas por el tiempo y el olvido...

Detalles de una vida pasada, se dijo Isadora. Precisamente porque *aquélla* había sido...una vida de detalles: sonrisas, miradas, palabras del pasado. Voces caídas en desuso pero aún presentes. Sonidos. Movimientos. Quizás se había tratado verdaderamente de "la búsqueda del tesoro", sólo que de niña, se había prestado a jugar sin saber que la vida se ocuparía de quitarle la alegría propia de cualquier juego. Ahora, eran solamente *detalles.* A secas...

Dejó a sus espaldas el garaje, sumido en los olores familiares y atiborrado de objetos de los que si había algo que decir, se relacionaba con aquel orden tan bien conservado, que erizaba la piel al observarlo.

El resto se trataba de comenzar a ascender por el terreno en declive, ayudada por peldaños enmohecidos, hasta llegar a una segunda puerta que se abría a una auténtica escalera de llegada al hogar.

"*Bienvenida*", se dijo a sí misma. Y su mirada se movió con mucha más rapidez que sus pasos...

De haber querido hallar el lado gracioso de la situación, Edgar se hubiera dicho que había todo un "comité de bienvenida" aguardándolo en el destacamento policial, cuando regresó en compañía del detective y de Gervasio.

Demetrio, Bordone y Modiliani se encontraban de pie en medio de la oficina, y en sus rostros había una rara mezcla de hierática y sombría circunspección.

El primero en reaccionar ante su presencia fue su asistente que, con el vozarrón que lo caracterizaba, comenzó a dar unas explicaciones que en principio, nadie le había pedido.

– Esta gente ha traído el informe sobre la autopsia...–dijo, sofocándose– ¡Santo Cielo! Era hora que llegaras porque no he podido quitárselo de las manos. ¡Dicen que debes recibirlo tú en primer lugar!

Edgar sonrió, porque a pesar de la insolencia innata de Bordone, Modiliani hacía las cosas como correspondía hacerlas. Y si bien creía que la expresión "esta gente" no había sido la apropiada, se percató de inmediato de la solidez que poseía Demetrio para manifestar sus pensamientos siempre osados, sin que se le moviera un pelo. Quizás, ésa era la razón por la que habían llegado a complementarse, en algún sentido. El era la parte moderada del equipo... ¡y vaya que lo había demostrado al tener que lidiar con los modales de Manos Como el Hielo!

Después de indicarle a Gervasio una silla de madera de rígido respaldar, su mirada se detuvo, ansiosa, en el rostro serio del Detective Inspector.

– Bien...lleve a este hombre a algún otro sitio para que podamos hablar.

El comentario lo había hecho Bordone, quien jamás dejaría de perseguirlo.

– ¿Tiene alguna importancia que permanezca aquí y nos escuche? –preguntó Edgar, molesto por haber logrado que se sentara en la incómoda silla, en vano– ¡No será capaz de comprender nada de lo que digamos!

– Es el procedimiento...– se apresuró a responderle Modiliani.

Como aquella observación provenía del Detective Inspector, Edgar no tuvo más remedio que aceptarla, dándose cuenta que otra vez había cometido un error "táctico". Tarde o temprano, Bordone iba a echárselo en cara y esto era lo que más lo mortificaba.

Le ordenó a Demetrio sacar a Gervasio de la habitación, apenas con una mirada de intenso disgusto, en tanto aquél se horrorizaba por el aspecto que ofrecía su ropa ensangrentada. No obstante, se apresuró a obedecer la orden de su jefe, para regresar solo a la oficina, un poco después.

Modiliani extendió un sobre por encima de su escritorio y Edgar lo tomó, mientras se acomodaba en su sillón. Por un momento se dedicó a leerlo con suma atención. La sensación de tener frente a sí la descripción fría y objetiva, plagada de detalles técnicos –muchos de ellos incomprensibles– acerca de la muerte violenta e inesperada de un amigo, fue un momentáneo punto de des acomodación en su ánimo. Pero se sobrepuso y concluyó con la lectura hasta el último renglón.

Poco después abandonaba la hoja del informe sobre la superficie de su mesa de trabajo y cruzaba las manos sobre el pecho, a la espera de los comentarios de rigor. No quería ser el primero en hablar y, mucho menos, causar una falsa impresión acerca de su propio entendimiento en el tema. Algunas cosas de lo que allí se decía, permanecían para él, en la más completa oscuridad.

Pero el Detective Inspector, que se veía particularmente insidioso ese día, no dijo una palabra al respecto. Era como si hubiera preferido que Edgar permaneciera aferrado a sus propias conclusiones o debatiéndose en medio de sus dudas. En cambio, comenzó a explicar elocuentemente, todo lo sucedido durante la segunda inspección de la escena del crimen, llevada a cabo esa misma mañana.

– Podríamos decir que nuestra nueva tarea en la casa ha sido de lo más...*sangrienta* – se echó a reír, festejando su propia chanza, al tiempo que mostraba un lado de su personalidad que, al menos Edgar, desconocía – Usamos "luminol" en los lugares más oscuros...Usted sabe que pone en evidencia la presencia de sangre seca, aun si se ha intentado removerla.

Edgar no sólo lo sabía sino que, por un momento, volvió a sentirse tratado como un ignorante policía de pueblo.

– No ha sido éste el caso –continuó Modiliani– El asesino no se ha tomado ninguna molestia en ese sentido, de manera que la sangre estaba allí, aguardando por nosotros.

– Algo verdaderamente extraño – intervino Bordone– Porque la hemos encontrado por distintos lugares de la sala, incluidos aquéllos por donde se supone que la víctima no debió pasar, tras su fatal encuentro con el intruso.

– Pero que cobra toda su explicación a la luz de lo que dice la autopsia – manifestó el Detective Inspector, ajustando su intervención a lo manifestado por Bordone.

Bueno, por fin se disponía a mencionar algo en relación con el dichoso informe. De alguna manera, Edgar se aferró a aquel pensamiento como si pudiera ofrecerle cierta tranquilidad, en medio de su desasosiego general. No podía dejar de reconocer que toda la situación había puesto a prueba el estado de sus nervios. Pero lo que de seguro no conseguía era encontrar esa supuesta relación que parecía tan evidente para los detectives.

– Marco Lorenz sobrevivió al brutal ataque, el tiempo suficiente para moverse por toda la sala, seguramente desesperado y aturdido, hasta poder dar con la salida hacia la galería– terminó por establecer Modiliani – Y cuando digo "el tiempo suficiente" me estoy refiriendo al que transcurrió desde el momento de ser atacado hasta las siete u ocho de la mañana...hora de su muerte.

– Lo que significa –retomó Bordone– que el tonto de Gervasio bien pudo verlo con vida al llegar a la casa, según usted le escuchó manifestar...

– Lo que aún no podemos probar es si ha estado allí antes del alba –continuó Modiliani– Ha comenzado el otoño y los días son ahora bastante más cortos. No amanece antes de las seis cero nueve, de acuerdo con el informe exacto del Canal del Tiempo. Lo he verificado anoche, aburriéndome con su programación.

– Según los datos de la autopsia, la víctima no pudo ser atacada más allá de las cinco treinta o seis de la madrugada. Aún no había amanecido, de ahí la importancia que el asesino le dio al hecho de cortar el suministro de electricidad. La sangre que permaneció coagulada y atrapada en el espacio intercraneal indica que ése es el lapso transcurrido entre el golpe con el atizador y el momento de la muerte. Es posible que en esa hora u hora y media, la víctima haya deambulado en algún momento, no demasiado prolongado por cierto, y se justifica la presencia de sangre consistente con salpicaduras producidas en diversas direcciones, algunas de ellas arrastradas por sus propios zapatos – Bordone se detuvo un instante, tras su larga explicación, para observar los rostros atentos de Edgar y Demetrio –¡Este hombre ha tenido una fea agonía, sin lugar a dudas!

El silencio que siguió a aquellas palabras resultó abrumador. El verdadero sentido de lo expresado pareció quedar flotando en el aire, sostenido por cierta ingravidez que no se correspondía con lo terrible de su significado. Edgar tuvo tiempo de volver a admirar la minuciosidad con que Modiliani encaraba su pesada tarea investigativa. ¡Tomarse el trabajo de conocer el momento exacto en que amanecía durante el otoño, era algo que a él mismo no se le hubiera ocurrido! Pero distraerse con esta idea no le sirvió de mucho, para olvidar lo horrible de la muerte de su amigo, con quien había estado apenas unas horas antes, ignorándolo todo acerca de aquel trágico final.

– Creo que es hora de regresar a la presencia de Gervasio Tornasso en el lugar –Modiliani daba la impresión de querer retirar a todos del mal trago originado por la explicación de Bordone– Porque esto ha hecho que algunas circunstancias se modificaran notoriamente...

De modo que a último momento, Edgar estuvo seguro que lo que Modiliani quería lograr en realidad, no era aliviar la tensión reinante, sino más bien concentrar el interés de todos en lo sustancial del problema. Fue la razón por la que movió su cabeza en un gesto de contrariedad que no pasó inadvertido por nadie. Pero a él no le importó en lo más mínimo. Seguía convencido que era una verdadera pena que la seriedad con que esos tres detectives se tomaban su trabajo, terminara dando por tierra, a partir de cierto empecinamiento para nada fructífero, en endilgar a un pobre tonto la culpabilidad de lo ocurrido.

El Detective Inspector había quedado expectante a cualquier reacción, pero Edgar optó por no darle el gusto. Sabía que un gesto más de subjetividad de su parte y Bordone se le echaría encima con sus ácidos señalamientos. Además, ya le había manifestado a Demetrio su intención de permanecer fuera del asunto de involucrarse en la defensa de Gervasio, cuando lo interrogaran. Sería un buen ejercicio, entonces, quedarse callado en esta ocasión y a la espera de más explicaciones de Modiliani.

Este hundió las manos en los bolsillos de su pantalón, y por un breve momento causó la impresión de abstraerse, volviéndose hacia la ventana. Cuando Edgar menos lo esperaba, regresó a su actitud anterior, si bien su comentario le llevó cierta tranquilidad.

– Sé lo que está pensando, Comisario –Expresó, sin perder un ápice de su acerado comportamiento de esa mañana– Y le diré algo al respecto...Yo también creo que Gervasio Tornasso no ha sido más que un lamentable e involuntario testigo de la tragedia ocurrida en casa de su amigo. Pero estoy seguro, además, que sin saberlo ha visto algo que, a estas alturas, tiene que ser de gran importancia para nuestra investigación. El problema consiste, en todo caso, en poder hacérselo decir...

¡Por fin alguien se volvía razonable, de pronto!, se dijo Edgar.

– Ha movido el cuerpo de la posición en que quedó al caer sobre el piso de la galería – aclaró Bordone – Las salpicaduras de impacto de la sangre están junto al sofá, en la sala. Las que *gotearon* de su cabeza hasta convertirse, por último, en una importante hemorragia, se encuentran por todas partes. Pero las que están alrededor y en el sitio donde quedó el cadáver, muestran que allí hubo manipulación y movimientos post–mortem. Esto significa que está demostrado fehacientemente que el arrastre de las mismas no pudo hacerlo la víctima, al moverse de cierto modo antes de morir. Luego, lo que deducimos es que Gervasio debió limpiar sus manos contra el bloque de piedra en el jardín...

– Si tomamos en cuenta que no miente ni fabula al decir que lo vio con vida...–intervino por primera vez el detective Bug, feliz de haber rescatado su teoría– entonces, lo más probable es que se haya acercado al cuerpo y lo haya sacudido también, creyendo que aún se encontraba vivo. ¡Eso explica todo!

– Eso explica...sólo una parte. Y no está probado que Gervasio Tornasso diga la verdad sobre este hecho– concluyó Modiliani, con firmeza.

Todos se volvieron a mirarlo. Todos, excepto Bordone que ya parecía saber a qué se estaba refiriendo.

El pequeño farol de su pulsera siempre le había parecido que brillaba, en verdad, con la misma intensidad del rubí en miniatura que imitaba su luz. Esta vez lo miró de reojo, apresuradamente. Sabía cuál era su significado: que la luz de la felicidad y de las buenas acciones no faltara jamás en su vida y guiara sus pasos en el camino. Pero en aquel momento había decidido no distraerse en nada que no fuera...la presencia del hombre pálido.

Se había acercado a ella con demasiada temeridad. Ahora, ya podía distinguir los rasgos angulosos de su rostro, la mirada oscura y penetrante, cierto rictus de amargura en sus labios apretados, como trazos hechos al descuido. Se le ocurría, de pronto, que parecía rodearlo un halo de angustia incomprensible. Como si un brillo similar al que el rubí del farol expandía, se hubiese detenido a su alrededor, profundizando su expresión lúgubre y desesperanzada.

Por un momento tuvo la certeza de que su padre estaba en lo correcto cada vez que le advertía acerca de ciertos peligros y se inquietaba porque ella se negaba a abandonar el puente. Temió que fuera demasiado tarde para darle la razón. Entonces, vio que junto al pequeño farol, también había una tijera en miniatura con una bella piedrecilla de alabastro. Se quedó mirándola, reconociendo que estaba allí para infundirle valor sobre los hechos con los que se hacía necesario *cortar* en la vida. Por primera vez se encontraba frente a una circunstancia de esas características y la emoción que la acompañaba, se asemejaba demasiado a un temor anticipativo de alguna calamidad que sobrevendría muy pronto.

Lo supo cuando el hombre pálido comenzó a sonreírle, exhibiendo un diente amarillento y mal alineado, que volvían desagradable y amenazante una expresión que alguna vez había sido afable y amistosa.

Ella retrocedió y quiso gritar. Pero ningún sonido salió de su garganta, reseca por el repentino pánico...

La huella de arrastre de la puerta sobre el umbral de piedra se veía extrañamente fresca y reciente. Isadora la observó, en tanto un gesto de preocupación le surcaba el rostro. Aquél era un indicio de algo que no tenía por qué haber ocurrido. Era una marca que no debía estar allí.

Porque no era ya que *las cosas no estaban como siempre habían estado* sino que, además, tuvo la perfecta sensación de que el "santuario" había sido profanado. ¿*Usurpación*?

No sintió temor alguno. El sentimiento de rabia que de pronto la invadió, era mucho más fuerte que el miedo o la angustia.

Alguien había estado allí, hacía apenas uno o dos días o, quizás, apenas unas horas. *Y había abierto la puerta de ingreso al patio principal...*

"¡Qué frescura!", se dijo, indignada. No había lugar en ella para temer por lo que pudiera enfrentar ahora, después de percatarse acerca de una presencia extraña que, incluso, *todavía* podía permanecer en la casa. Pero aquel encono abigarrado, cubierto hasta cierto punto por un raro deseo de venganza por la afrenta sufrida, cedió de golpe mientras descubría –como si fuera repentinamente un detalle importante– el oscuro hilo de herrumbre que se había formado a lo largo de la superficie de la puerta, entre sus goznes. Parecía... ("¡*sí, dilo*!"). Su corazón se transformó en un bloque de hielo que se rompería en mil pedazos.

Parecía...*un largo hilo de sangre.* Como aquél... ("¡*Sí, dilo*!"). Como aquél que la gente del pueblo había dicho que algunos vieran brotar del pequeño cuerpo inerte de su hermana. Ese que, sin embargo, ella *nunca* había visto. Quizás, por temor. O por lástima. ¡O por vergüenza!

¡Porque ella la había matado!

"¡No, no, no, Isadora!" aún podía escuchar la voz de su madre aquel día. *"¡Tú no la mataste! ¡Sólo...causaste su muerte, sin quererlo!"* Pero ya no estaba segura si aquéllas habían sido las palabras que ella dijera. Tal vez, sólo había dicho algo así como *"¡tú no eres responsable de nada!" "¡No tienes que sentirte culpable porque nada hiciste!" ¿O..."nada **quisiste** hacer"?* No podía recordarlo con exactitud. Aquellas evocaciones se enturbiaban en su memoria todo el tiempo...

Al menos ella había sido la única que intentara un poco de consuelo para su propio horror. Y era por eso que la evocaba abandonando su loco mundo frívolo, envuelto en sedas, joyas y perfumes caros, para acercarse al suyo, pequeño, inerme y destruido por un nuevo sentimiento, jamás antes experimentado. El remordimiento no le había permitido reconocer la diferencia entre *matar* y *causar* una muerte. Pudo comprenderlo, apenas algunos años después, cuando su madre ya no estaba allí para poder agradecerle aquel intento de alivio a su terrible pena. Si acaso aquéllas *habían sido* sus palabras...

Pero el hilo de sangre había existido. Había exacerbado la imaginación de los niños del pueblo que, por mucho tiempo, se habían dedicado a decirlo, en aquella infausta e irrespetuosa canción...

Está muerta. Está muerta. Cierra la puerta...

Obedeció el mandato. Y el portazo que la dejó definitivamente en el interior de la vieja casa familiar retumbó en su cabeza, con la fuerza de un golpe a destiempo.

Anabel –Hilo de Sangre– Vander Kooy sabría preparar una gran bienvenida, si acaso estaba allí...para recibirla.

– Hay un problema con las huellas en el jardín– aseguró Modiliani – Y eso hace que cualquier explicación se vuelva inextricable.

Bordone sonreía enigmáticamente. Edgar estaba ya tan acostumbrado a aquellas reacciones que supo enseguida lo que se avecinaba. En alguna parte, un pequeño escollo o uno muy grande se avizoraba en modo suficiente para poner a bailar las complicadas endorfinas de Manos Como el Hielo. Pero, de todas maneras, decidió abrir sus ojos como platos y aguardar por una nueva sorpresa, como el mejor de los desprevenidos.

–Los rastros de pisadas alrededor de los bloques de piedra apoyados contra el barandal de la galería son sólo los nuestros...aunque hay otro más.

Hasta allí, la explicación de Modiliani sonaba descriptiva y anodina. Seguramente, las huellas no identificadas correspondían a las del asesino. Por lo tanto, esto se constituía en un dato bastante promisorio. ¿No había sido Bug, acaso, quien le dijera que se podía cotejar con el resto de las suelas de zapatos de todo el mundo en Río Ballais? Todo un "trabajito" sin dudas, pero nada fatalmente imposible...

– Suponemos que las huellas ensangrentadas en el bloque de piedra son de Gervasio Tornasso – sostuvo Modiliani– De modo que si se apoyó sobre él, luego de mover el cuerpo, esas pisadas tienen que ser las suyas.

Edgar se dijo que éste era un detalle que había pasado por alto, al cometer la torpeza de creer que la expresión "nuestros" rastros había incluido a Gervasio. Ahora, ya no entendía el punto. Creía haber perdido de vista cualquier conclusión a la que se pudiera arribar a través de aquella descripción de los hechos. ¿Qué estaba aportando al caso, la presencia de las huellas de Gervasio? ¡Claro que se había encontrado en el lugar!

– Pero el análisis que nuestros expertos realizaron sobre la superficie de la piedra, asegura que sangre y restos de masa encefálica ya estaban allí, cuando Gervasio la tocó...– concluyó Bordone.

– Y las mismas pisadas del jardín se repiten en varios sitios de la sala, incluso sobre la sangre de la víctima. Lo hemos cotejado esta mañana, de acuerdo con las fotografías que se adjuntaron al informe de la autopsia...– aclaró el Detective Inspector, inusualmente comunicativo.

Edgar se inclinó aún más en su asiento y descubrió que la "sorpresa" sí lo había tomado desprevenido, finalmente. Pero luchó con todas sus fuerzas para no darlo a entender.

– ¿Pueden saberlo sólo por una fotografía? –se apresuró a preguntar Demetrio–, asombrado a su modo.

– Se trata de fotografías tomadas en un laboratorio científico –le explicó Bordone, también a su modo "condescendiente" con la ignorancia ajena– Cada marca y detalle se destaca con símbolos aplicables a cualquier vestigio en la suela del calzado real y también a su morfología, aun a simple vista...

Edgar carraspeó, preocupado. Algo debía decir por último, o todos allí creerían que estaba desoyendo las verdaderas conclusiones de los detectives. Una parte de aquella verdad acababa de caer sobre él, como un gran baldazo de agua helada.

– Es justo que comiencen con los zapatos de Gervasio –dijo– No tiene más que uno o dos pares y casi siempre lleva puesto el mismo todo el tiempo.

– Eso reducirá notablemente nuestra tarea, ¿no cree?– Bordone lucía en su sonrisa, su ironía mejor estudiada.

– Sus huellas dactilares sobre un bloque de piedra ya ensangrentado, como si lo hubiera tocado dos veces, ¿eh? Y los rastros de pisadas por toda la casa...Si éstos se corresponden con los suyos, ¿qué mejor teoría que la de un asesino tan descuidado...sólo por ser un retrasado mental?

¿Respondía con esto a Bordone, exactamente como se lo merecía?

– Pero entonces...Detective Inspector Modiliani –Demetrio causaba la impresión de haber estado hurgando en sus buenos modales hasta dar con ellos– ¿Por qué le parece a usted un testigo privilegiado mucho más que un sospechoso?

– Es muy buena su pregunta, asistente Loggino –Modiliani había retirado las manos de los bolsillos y se aprestaba a una de esas actuaciones cargadas de histrionismo que no le asentaban al conjunto de su temperamento– Cuando algunos indicios se combinan de este modo y hacen que alguien quede expuesto a pagar los platos rotos, es siempre el momento en que yo comienzo a creer en su inocencia...Mi olfato de viejo sabueso me dice que pocas veces me he equivocado con esto.

Fue notoria la mirada de desaprobación del detective Bug por el comentario. El pragmatismo con el que solía desempeñarse, le hacía menospreciar aquel nivel de comportamiento intuitivo, a pesar de venir avalado por la innegable experiencia de su jefe.

– No tengamos sorpresas con eso...– se limitó a mascullar.

Pero el Detective Inspector no le prestó ninguna atención, ocupado ahora con el informe de la autopsia entre sus manos.

– Veamos qué hay aquí definitivamente...– dijo, como si no lo hubiera repasado ya en otra oportunidad.

Edgar recordó en ese momento la razón por la que había elegido aquel apelativo con el que lo había nombrado en un principio: Ojos de

Hurón Malintencionado. Allí estaba otra vez, con sus ojillos empequeñecidos bajo el peso de la sapiencia, brillantes y oscuros, mirando a todos a su alrededor, como si temiera que alguien aún dudara de que estaba a punto de mencionar la Gran Verdad Revelada.

Como el silencio ya era casi reverencial, a estas alturas, se volvió sobre el papel entre sus manos, una vez más.

– La hora de la muerte queda establecida entre las siete y las ocho de la mañana. No murió en el momento del ataque. Este debió producirse alrededor de las cinco treinta o seis, mismo horario antemeridiano. ¿Qué ocurrió durante el transcurso de una hora u hora y media, antes de morir? Sabemos que en algún momento se movilizó por toda la sala. Seguramente, en los minutos inmediatamente posteriores al ataque. Luego, perdió fuerzas y cayó, y pudo permanecer así por algún tiempo. Hasta recuperarse en algún sentido y movilizarse hacia la galería, donde finalmente murió.

– ¿*Recuperarse*? –Repitió Edgar, incrédulo– ¡Marco agonizaba! ¡Nunca pudo recuperarse!

– ¿A qué cree usted que se refiere el informe de la autopsia cuando menciona *descompensación progresiva*?

La pregunta no había sido formulada en ningún tono agresivo. Ninguno, al menos, que resultara notorio. Pero Edgar, reconociendo que su ánimo había ingresado ya a la categoría de "lamentable", creyó percibir cierto movimiento mordaz bajo la aparente calma de aquellas palabras. Si se hubiera tratado de Bordone, no habría tenido dudas a las que remitirse...

– *Usted* dígame – casi siseó.

– Es un término médico –le aclaró Modiliani– Con el que estamos familiarizados en nuestro trabajo, desde luego. Indica que la muerte sólo sobreviene después de cierto tiempo, en el que uno o más órganos ingresan en falla de funcionamiento. Hasta el momento en que esto se produce, la víctima puede conservar ciertas reacciones vitales, aunque por lo general, éstas se deterioran rápidamente. En el caso de Marco Lorenz...ese tiempo se prolongó de cierto modo atípico.

– ¿*Atípico*? –Demetrio soltó una risita socarrona con la que indicaba definitivamente de qué lado del equipo iba a jugar– ¿Hay un modo atípico de morirse?

Bordone se fastidió por aquella reacción, como era de esperarse.

– Lo que el jefe intenta establecer es bastante sencillo de interpretar –dijo, señalando también él la línea divisoria– Perdió fuerzas durante mucho tiempo entre la hora del ataque y las siete u ocho de la mañana. Pero hubo un momento en que con esa reacción incomprensible y final de la agonía, consiguió llegar hasta la galería y, finalmente, morir allí...

– Se vuelve usted muy romántico para explicarlo –le aseguró Edgar, sin intentar disimular su propio fastidio– ¿Es eso posible?

La pregunta estaba dirigida al detective Modiliani.

– No sólo es posible –confirmó éste– Sino que *es* lo que ha ocurrido, con un altísimo grado de probabilidad.

– Pero nada de esto deja afuera del asunto a Gervasio, "nuestro" tonto – aseveró Bordone.

Edgar observó detenidamente al Detective Inspector, a quien le había escuchado manifestar su parecer sobre el tema. Al menos, él daba la impresión de haber tomado otra opción al respecto.

– Tráiganlo de regreso a la oficina –se limitó a expresar– Es hora de hacerle unas cuantas preguntas...

Las manos le temblaban sobre las pequeñas teclas del teléfono celular. Cuando Alberta respondió al llamado, ésta no daba crédito sobre el origen de aquella voz llorosa y entrecortada.

– ¿Eres tú...Isadora?

Veinte minutos más tarde llegaba hasta la vieja casa de los Vander Kooy, aparentemente para rescatar a una amiga en apuros. La encontró sumida en un extraño estado de desesperación, apoyada contra la última puerta que se había atrevido a cruzar, sin poder avanzar más allá.

Alberta insistió en que regresaran en su utilitario. Más tarde volverían por el "Siena".

– No estás en condiciones de conducir– le aseguró, mientras la llevaba hacia su propio coche – ¿Cómo es que se te ha ocurrido esta tontería?

Isadora no le respondió de inmediato. Se limitó a mirarla con algo de asombro, en medio de su expresión compungida.

– Creí que esto era lo que me habías pedido que hiciera... – dijo, por último, una vez ubicada en el interior del coche de Alberta.

Esta le acomodó un mechón de cabello, le acarició una mejilla húmeda de lágrimas y le sonrió a modo de cálido consuelo.

– ¡Claro que no! Elegiste la peor manera de seguir mi consejo...

Isadora se apoyó contra el respaldar del asiento. Parecía un poco más relajada.

– ¿Lo ves? –Murmuró con la mirada perdida en algún punto imaginario frente a ella– Nunca interpreto bien las consignas...

Alberta soltó una carcajada.

– ¿Consignas? –Repitió– No se ha tratado de consignas. Sólo intenté demostrarte que éste es el lugar donde te corresponde vivir, por derecho propio. ¡Pero no tenías que hacerlo de este modo! ¿Acaso pensaste que podías mudarte aquí con la misma facilidad que chasqueas los dedos? La casa ha estado desocupada por muchos años. Necesita limpieza, reparaciones y un buen reemplazo de trastos viejos.

Isadora volvió lentamente el rostro hacia el de su amiga, a su lado.

– Eso llevará tiempo...

– Tiempo y dinero. Nos ocuparemos de ambos –le aseguró Alberta– ¿Cuentas con algún ahorro importante? ¿Necesitarás tomar una hipoteca?

– He vendido mi antigua propiedad en La Ciudad. Supongo que resultará suficiente para la pintura y los arreglos –manifestó, ya más serena– Había pensado en llamar hoy mismo a la Compañía de Fumigaciones...

– Es una buena idea. Lo haremos de regreso a la hostería.

Pero algo no le gustaba a Alberta y se relacionaba con una extraña expresión de temor detenida en la mirada de Isadora, aun cuando ella intentaba quitarla de allí.

– ¿Qué fue *exactamente* lo que te puso tan mal? – Preguntó con suavidad– ¿Demasiados recuerdos?

Isadora negó con un movimiento de cabeza, mientras sus ojos volvían a enrojecer por las lágrimas.

– Estoy acostumbrada a ellos –dijo– No iban a hacerme más daño del que ya me hicieron. ¡Es que alguien ha estado en la casa recientemente!

– ¿Y tú como lo sabes?– la voz de Alberta trasuntaba su repentina preocupación por el comentario.

La pregunta concitaba cierta inevitable inquietud para Isadora.

– Por una marca de arrastre de la puerta sobre el umbral.

– ¿Estás segura? Quiero decir...tal vez ha estado allí todo este tiempo.

Isadora volvió a negar con un gesto enérgico.

– ¡Te digo que es reciente! Eso se nota...

– Es posible que alguien haya entrado para robar. ¿Qué delincuente no lo haría en una casa abandonada durante tantos años? ¡Casi sería como un despropósito que nadie lo hubiera intentado!

– ¿Y lo hace justamente por estos días, después de treinta largos años?

Alberta tuvo que reconocer que aquélla era una pregunta con sentido. No obstante, prefirió no intranquilizarla más de lo que ya estaba.

– Bueno...–vaciló– Puede tratarse de una gran coincidencia.

– ¡Sí, claro! – siseó Isadora, arrastrando las palabras para dar a entender su desacuerdo.

Se sentía contrariada en extremo, por lo que optó por dedicarse a observar el paisaje a través de la ventanilla del utilitario, haciendo silencio. Pero poco después se volvía hacia su amiga, con una confesión a duras penas arrancada a su propio disgusto.

– ¿Sabes? –Comentó con una voz diferente, más aplomada y serena– Todos los objetos de pertenencia de mi padre...están allí. Me refiero al garaje...Como si hubiera permanecido de ese modo por alguna razón reverencial. Daba escalofrío verlos...Parecía un mundo abandonado, en medio de una huída insensata, en la que ni siquiera hubo tiempo de desacomodar nada...

– Presumes así del pasado sólo para herirte a ti misma –le aseguró Alberta– Deja ya esa actitud.

– ¡No es una actitud! –Isadora había comenzado a ceder a su enojo, una vez más. Aquel sentimiento regresaba, sumiéndola en la ofuscación.

Alberta tuvo tiempo de reconocer la borrasca que se avecinaba.

– ¡Oh, no! –Exclamó, meneando su cabeza– No empieces ahora con ese empecinamiento por tus recuerdos dolorosos. Mira...las cosas están...

("*Como siempre estuvieron*"). La mirada de Isadora era de fuego, mientras la obsesión de esa idea le volvía como un mal resabio.

–...Simplemente como quedaron, porque ya nadie volvió a ocuparse de ellas. ¡Eso es todo! Un simple e incontrastable hecho de la vida – concluyó Alberta.

Isadora se movió incómoda y fastidiada.

– ¡Eres una necia! –Le arrojó al rostro– ¡Ahora comprendo por qué jamás fui tu amiga en la escuela! ¡Porque las niñas necias crecen *siendo* necias y jamás dejan de serlo!

– ¿Eso tiene alguna comprobación científica?

La pregunta sonaba ridícula y graciosa, en medio del calor que le agitaba la sangre. Pero Alberta la hacía con toda la tranquilidad de su espíritu, sencillo y bondadoso.

– ¡Las malditas valijas! –estalló, de pronto, Isadora, consiguiendo que Alberta la observara extrañada. La exclamación parecía empujada por el mismo ímpetu de su enfado– ¡Quedaron en el maletero del "Siena"!

Su amiga suspiró, resignada. Había que regresar, apenas agradeciendo que no se hubieran alejado de la casa más que por un breve tramo del camino.

– ¿Quién vive ahora en casa de los Bernardi?

A Alberta le intrigó la pregunta, especialmente porque no estaba relacionada con la preocupación del momento. Sin embargo, no pasó por alto la mirada de Isadora, detenida en las celosías recién abiertas a la claridad del día.

– Nora Duplay – respondió, no obstante– Hace años que paga una elevada renta y nadie sabe muy bien de dónde consigue el dinero, aunque todos lo imaginamos. Parece una solitaria pero no lo es. No se le conoce ninguna actividad lucrativa que justifique su tren de vida. Bueno, al menos nada de lo que pueda hablarse en voz alta...

Alberta no esperó ningún comentario sobre sus dichos. Habían llegado una vez más a las puertas de la vieja casa, y en medio de cierta risueña idea acerca de haber sido una "niña necia", se preguntó porqué Isadora no había valorado su sencilla actitud pueblerina, como en otras ocasiones, al intentar establecer alguna razón tranquilizadora.

Pero con el gran llavero que su amiga le había puesto en las manos, avanzó hacia la cochera, dispuesta a patear el trasero de la enorme rata...

La media luna tenía un ojo de amatista y era pequeña y delicada como el resto de los dijes, en la pulsera de filigrana.

Significaba, junto con las dos estrellas que rodeaban con sus rayos la tersa superficie de una perla, el augurio de toda la luz posible sobre las futuras noches de su vida. Como si alguien hubiera dado por supuesto que iba a haber muchas y podían ser ominosamente oscuras...

El hombre pálido se detuvo a un palmo de distancia. Acababa de extenderle una mano y parecía sonreírle pese a todo, con la buena intención de cierta bienvenida. Pero ella desconfió de aquella actitud, de inmediato. Algo, demasiado intenso y profundo, que había perdido su brillo recientemente, brotaba del fondo de su mirada como de un manantial de aguas oscuras, casi pútridas.

De pronto, la mano se agitó en el aire para señalar algo que estaba a sus espaldas. Ella no podía ver de qué se trataba, desde luego, pero una expresión de desasosiego en el rostro del hombre pálido, le anunciaba que cuando diera la vuelta, no iba a ser nada bueno lo que allí encontrara.

Una vez más, lamentó que hubiera comenzado a oscurecer y se preocupó porque su padre aún no había llegado a buscarla. No era propio de él aquella desconsideración...

– Molto felice, molto felice...molto...

– ¡Ya cierra la boca! – graznó Bordone, impaciente.

Apenas traído de regreso a la oficina, Gervasio pasó de su letanía "espantadora" de malas ondas a un gimoteo prolongado, acompañado de gestos abigarrados, como resultado del reto que acababa de ganarse.

Modiliani lo observó bastante desilusionado. Seguramente se estaba preguntando acerca del modo de abordarlo, con algún éxito. No parecía posible de momento, a menos que lograran que dejara de lloriquear. Y esto fue algo que llevó su tiempo...

Cuando la calma regresó a aquel supuesto espíritu inocente, el Detective Inspector no pudo evitar demostrar su alivio, revolviendo el cabello enmarañado de Gervasio, en un gesto paternal y cariñoso.

– Bueno, muchacho...– dijo, pronunciando con fuerza las palabras, como si quisiera asegurarse de ser comprendido a la perfección – Voy a pedirte que relates para nosotros todo lo que viste en casa del señor Lorenz, cuando llegaste por la mañana.

– No–fue–*por–la*–mañana...Fue–la–*otra*–mañana...

– ¡Claro! Eso es lo que quise decir...

Era evidente que Modiliani hubiera hecho o dicho cualquier cosa que sirviera para bien predisponer a Gervasio, ahora que habían conseguido que al menos, hablara.

Bordone, en cambio, ponía sus ojos en blanco y hacía gestos que eran, a medias, de resignación y de impaciencia.

Por alguna razón de ésas que siempre resultarían incomprensibles para él mismo, Edgar se abrió paso hasta quedar frente a Gervasio, decidido a intervenir, a pesar de haber asegurado lo contrario.

– Tienes que tratar de concentrarte en lo que el detective te va a preguntar. Y, *por favor* no te vayas por las ramas...

Al momento se arrepintió de su última expresión. Sabía que confundiría a Gervasio, cuya capacidad para comprender metáforas era prácticamente nula; pero al mismo tiempo deseaba establecer un par de reglas claras para que el interrogatorio avanzara, basadas en cierta confianza que seguramente Gervasio le prodigaría a él, más que a cualquiera de los detectives.

– No–hablaré–de–las–ramas. El señor Lorenz n–nunca me pidió que podara sus árboles. Sólo–quería–que...

– ¡Sí, sí, ya todos aquí sabemos lo que quería! – Lo interrumpió Bordone, consiguiendo una mirada de reproche de su jefe, que Edgar disfrutó sobremanera.

– Entonces... ¿Puedo–irme?

La pregunta tenía sentido para Gervasio. Si había algo que "todos sabían", no había ya necesidad de que él les dijera nada más. Su abuelo le había explicado alguna vez que no se repetían siempre las mismas cosas porque la gente se cansaba de escucharlas.

El Detective Inspector se tomó un momento para definir alguna estrategia que lo sacara de aquel insoportable brete "semántico" con alguien que, evidentemente, estaba incapacitado para comprender el sentido implícito de las palabras. Se volvió hacia el detective Bug y le pidió que se acercara. Luego, regresó su atención a Gervasio y procuró interrogarlo de un modo que no se prestara a ningún malentendido.

– ¿Esas son la ropa y las zapatillas que llevabas puestas cuando fuiste a la casa del señor Lorenz?

Gervasio asintió, sonriente esta vez.

– Bien... – continuó Modiliani – Tendrás que quitarte la camisa y el calzado y entregárselos al detective Bug. ¿Comprendes?

La sonrisa se borró de su rostro, inmediatamente.

– Son–m–míos...– se quejó.

– Lo sé. Y te prometo que en un par de horas te serán devueltos.

– ¿Q–qué...harán con ellos?

Modiliani contaba con la seguridad de que no habría sorpresas en cuanto a lo que las pruebas de laboratorio darían por resultado en relación con aquellas prendas de vestir. La sangre de la víctima estaba allí desde un principio y esto hacía que su promesa se volviera una mentira. Habría, desde luego, interés en conservarlas como elementos incriminatorios, lamentablemente, al menos hasta que aquello que esperanzaba a Modiliani y a Edgar Dutra en relación con la inocencia del pobre muchacho, lograra salir a la luz. Pero había que cumplir con las formalidades y asentar en un informe lo que ya se sabía...

Tomó otro buen tiempo convencer a Gervasio que nadie estaba tratando de robar sus pertenencias. Para el momento en que lograron hacerse con sus prendas, él ya había atravesado por todos los estados de ánimo imaginables, consiguiendo poner nervioso a todo el mundo, en medio de gritos, gemidos y torpe terquedad.

Pero la calma regresó finalmente, gracias al Detective Inspector, quien tomó a Gervasio por un brazo y lo llevó consigo a una solitaria oficina de trastienda.

– Aquí podremos hablar con tranquilidad, *tú y yo* – dijo, sin darle más opciones – ¿Qué es lo que viste en esa casa, Gervasio?

Cuando éste intentó alguna evasiva de última hora, Modiliani alzó un dedo admonitorio.

– Ah, ah, ah...– exclamó, con interjecciones persuasivas – Responderás a esta pregunta, sin más.

Gervasio lucía grotesco en su enorme cuerpo, con su fornido torso desnudo y sus pies descalzos. Parecía un personaje salido de una antigua película de culto, a quien nadie podría tomar en serio ni siquiera en esas circunstancias.

– El–señor–Lorenz–estaba–enojado...c–conmigo.

– ¿Eso fue lo que te dijo?

– N–no lo dijo...

– Entonces... ¿por qué crees que lo estaba?

La mirada del detective se repartió, por un instante, entre el rostro tenso y abotagado de Gervasio y la repentina presencia de Bordone, quien los había seguido hasta allí.

– Lo siento, jefe– dijo con cierta sencillez elaborada – Pero el procedimiento no permite que ningún sospechoso sea interrogado sin la presencia de otro policía como testigo. Usted lo sabe...– aquí su expresión se volvió un poco burlona y tal vez vengativa, por no haberse sentido bien tratado por Modiliani – Cualquier abogado defensor daría por tierra con un interrogatorio llevado a cabo en estas condiciones...

A su pesar, el Detective Inspector tuvo que aceptar que tenía razón en lo que acababa de expresar.

– De acuerdo, de acuerdo – estableció rápidamente – Pero vas a asegurarme que no volverás a fastidiarlo con tu impaciencia.

– No lo haré – prometió Bordone, con una sonrisa que parecía metida a la fuerza entre sus dientes.

Recién entonces, Modiliani se volvió hacia Gervasio, dispuesto a no perder el terreno ganado con él.

– Estabas diciéndome que el señor Lorenz se había enojado contigo, cuando lo viste la...*otra* mañana. ¿Por qué te dio esa impresión?

– Sus–ojos y...las mejillas.

Gervasio había comenzado a temblar. Sabía que se acercaba el momento en que sólo podría repetir una y mil veces que no sabía nada más al respecto, sencillamente porque nada podía recordar en relación con lo ocurrido.

– Tenía–los–ojos–abiertos...*muy* abiertos. Y las mejillas–rojas.

Una leve sonrisa se dibujó en la expresión adusta de Modiliani. Creía haber llegado al punto álgido de todo aquel asunto. Lo que Gervasio acababa de describir se correspondía, casi a pies juntillas, con el aspecto mórbido de alguien a punto de morir, tras sufrir un ataque brutal e inesperado: ojos desorbitados y mejillas manchadas con sangre.

Para una persona de corto entendimiento, se dijo el detective, era fácilmente confundible con un gesto de enojo o de disgusto, al compararlo seguramente, con expresiones que ya había visto en los rostros de aquéllos a quienes por una u otra razón, les hacía perder la paciencia por su lentitud para reaccionar frente a lo que se le decía. Bordone había sido un buen ejemplo, en ese sentido.

Las circunstancias se acomodaban como pequeñas piezas de un rompecabezas que comenzaban a tomar su correcta ubicación. El informe de la autopsia establecía que Marco Lorenz había muerto alrededor de las siete de la mañana y extendía una probabilidad cercana a las ocho. Había sobrevivido al golpe destructor del ataque, apenas por treinta minutos o una hora como máxima posibilidad. Modiliani creía, después de haber visto el Canal del Tiempo, que el ataque se había producido a una hora muy cercana al amanecer y que, la sobrevivencia de la víctima había sido de una hora escasa. Quizás, menos aún. Aturdimiento inicial, pérdida de fuerzas y de conocimiento, recuperación parcial de este último para provocar una reacción final y agónica de inesperada movilidad, habían formado parte de la sucesión de hechos coincidentes con la gran fortaleza de un hombre, la que luego menguaba hasta morir.

También creía que Gervasio había llegado a la casa, muy temprano en la mañana, en el preciso momento en que con aquellas últimas fuerzas, Marco Lorenz irrumpía en la galería y moría allí, ante la presencia de un hombre que confundía su expresión terminal de agonía con otra cosa. "¡ *Voila*!", hubiera dicho Adriano Bug.

El siguiente paso consistiría en hacerle decir a Gervasio, la hora *real* de su llegada al lugar. Modiliani sabía que no sería un tema de trámite fácil, como casi nada lo era con él...

– Veamos...– dijo – Tienes que recordar *para mí* qué hora era la otra mañana, cuando viste al señor Lorenz...*enojado.*

– ¿Sabes leer la hora en un reloj?

La intervención de Bordone fue brusca e impertinente. Pero Modiliani lo dejó hacer, como si también fuera necesario un poco de agitación verbal en aquel momento. Después de todo, era un buen tópico y un dato relevante para la ocasión.

– ¡Claro! – Sostuvo Gervasio casi indignado por la pregunta – La–aguja–g–grande–señalaba–el número seis y la –p–pequeña–tam–bién.

El "efecto Bordone" había dado buenos resultados esta vez. Pero el detective se volvió hacia Modiliani, con cierta inocultable malicia en la mirada.

– ¡Es la hora en que pudieron matar a Lorenz! – exclamó – Su ropa ensangrentada, el bloque de piedra donde se limpió las manos, con sus huellas, sus pisadas por todas partes... ¡pobre tonto! ¡Es el culpable perfecto!

El Detective Inspector meneó la cabeza en señal de desaprobación. Si bien estaba en condiciones de comprender la ironía de Bordone, también sabía que aquel razonamiento era el camino directo a una acusación formal de la Fiscalía.

– Habrá que trabajar muy duro en esto – dijo – y afianzar la probabilidad de que la muerte del occiso se produjo *alrededor* de las siete; las seis y treinta cae dentro de lo probable. Pero, de todos modos, el ataque fue cuanto menos media hora antes...El horario de su llegada sigue comprometiéndolo. No estoy seguro de poder sacarlo de este lío.

Edgar llegó a tiempo para escuchar todo el comentario.

SEIS
MISTERIOS

El sol con su incrustación de granate lo asemejaba a una vieja estrella en extinción. Sin embargo, siempre había significado luz y calidez como dulce contribución a la futura dicha de su vida. Se movió en su pulsera cuando el hombre pálido trató de tomarle la mano sin que ella lograra descifrar el sentido de su gesto. Parecía amistoso, pero no obstante, su recelo fue mayor. A su padre nunca le habían gustado las supuestas actitudes amigables de los extraños. Y de alguna manera, ella le deba la razón en esto. Había que estar prevenida todo el tiempo acerca de reacciones inesperadas o malintencionadas.

Retrocedió, un poco asustada y muy enfadada con el hombre pálido que había intentado tocar su mano. Había un brillo extraño en su mirada, a pesar de la inerte opacidad que persistía en el fondo de sus pupilas. Era algo semejante a un esfuerzo *casi* sobrehumano para transmitirle alguna idea o mensaje que no se sentía en condiciones de expresar en voz alta.

Ella lo interrogó con su propia mirada pero, aun así, tomó la decisión de alejarse de él lo más rápido posible. Sabía que había alguien más por detrás porque ya había procurado hacérselo notar. Pero de momento, sólo estaban allí los niños a quienes había visto antes. Niños que reían y se movían con el único deseo de divertirse y jugar sobre el puente; y una mujer regateando el precio de cierta mercancía a un paciente vendedor ambulante. A ella no la había visto antes y ni siquiera podía verla ahora, porque estaba ubicada de espaldas y su rostro permanecía oculto. Pero prefirió concentrar su atención en las raras intenciones del hombre pálido.

Otro dije se sacudió en su pulsera: una pequeña paloma con su ojo de topacio, tratando de tomar su vuelo. Quizás, procuraba huir a alguna parte...

"*No seré tan cobarde de huir si esa rata asquerosa aparece ante mi vista*", se dijo Alberta, procurando insuflarse ánimo, en caso de que la situación indeseada se produjera.

No le tomó más de un minuto abrir el portal, retirando el viejo candado cubierto de óxido que quedó en su mano, de momento, olvidado.

Lo supo enseguida: la rata estaba allí, en alguna parte, aunque no pudiera verla. Había algo inquietante y perturbador, como trasfondo de la escena. El orden apabullante que Isadora había mencionado y el olor del encierro prolongado se convertían en dos hechos antagónicos pero contundentemente reales, al punto de sobrepasar su propia apreciación. En algún punto, aquel espectáculo se volvía incongruente y fastidiaba al sentido común.

Alberta avanzó, incómoda, hacia el maletero del "Siena". De pronto, la acuciaba el deseo de acabar con el molesto trámite de retirar los bolsos, para poder marcharse de allí cuanto antes.

No quería dejar que su mirada se moviera en cualquier dirección. Se pedía cautela, sin saberlo. Si dejaba que sus ojos inspeccionaran más allá de la línea imaginaria a la altura de sus tobillos, podría efectivamente, encontrarse con una gorda y horrible rata. Si en cambio, miraba por encima de sus hombros las repisas prolijas y ordenadas, pero cubiertas de polvo, se volvían extrañas presencias de un mundo que parecía reprochar el haber sido abandonado de aquel modo. Y, por último, los viejos neumáticos arrumbados contra la pared del fondo, definitivamente arruinados por el transcurso del tiempo, daban la impresión de haberse transformado en centinelas de mil días y mil noches, atrapados en la lentitud de una larga vida. Pero, básicamente, estaban allí...para establecer de un modo definitivo, su intranquilizante posibilidad de esconder fantasmas que no deseaban mostrarse a la luz del día. Y que jugaban entre las sombras, dejando que un par de ojos profundamente oscuros y rodeados de enrojecidos contornos, parpadearan intensamente antes de desaparecer, absorbidos por la fuerza de la misma imaginación que les había dado vida.

"*¡Lárgate de aquí!*"

Fue su grito interior. Con una voz imperativa y urgente que provenía del lugar más irracional de sí misma.

Era la primera vez que Alberta estaba en el garaje de los Vander Kooy. El garaje de la casa *abandonada* de los Vander Kooy. El garaje de la casa abandonada y *maldita* de los Vander Kooy...

El resultado de las pruebas de laboratorio fue contundente contra Gervasio Tornasso...excepto por un extraño e inexplicable detalle.

El formato de las suelas de sus zapatillas no era coincidente con las del que se había encontrado en el interior de la sala, y sólo algunas de las halladas alrededor de la pila de bloques en el jardín, lo eran. Estas últimas también habían aparecido entremezcladas con todas las pisadas que, para horror de Bordone, habían quedado impresas sobre el piso de la galería.

Adriano Bug, que había decidido atesorar su propio recelo con respecto al tema, optó por alejarse de la actitud mayoritaria que adhería a no tomarse demasiado en serio la supuesta culpabilidad del pobre tonto. Hasta el propio detective Bordone había cedido a la duda razonable que implicaba contar con la sangre de la víctima en la ropa de Gervasio, extrañamente contradictoria de las huellas encontradas. Quizás, el malentendido básico radicaba en que sólo hubiera ensuciado su camisa, luego de que tocara el cuerpo y se limpiara las manos en ella. Le habían atribuido, además, la disposición a ingresar a la sala y caminar por allí en todas direcciones, sin darse cuenta que al hacerlo, pisaba las salpicaduras de sangre. En el fondo, ésta era la creencia que había prevalecido en los policías, como máximo "error" cometido por Gervasio. Pero, ahora, las pruebas del laboratorio contradecían esta supuesta circunstancia.

Modiliani comprendía que su teoría se afianzaba, pero no pudo hacer más que cumplir con el procedimiento establecido por una acusación formal que, pese a ser endeble, había sido hecha para ser ejecutada.

Gervasio fue encarcelado en la pequeña celda del destacamento policial que jamás había sido utilizada más que para el arresto de un par de ebrios revoltosos o algún ladronzuelo de ocasión. Ni siquiera alguno de aquellos estudiantes sospechosos de ciertas prácticas de juerga abusivas, había terminado dando con sus huesos allí...al menos hasta el momento.

– Las huellas en la sala son las del asesino – estableció el Detective Inspector, como si aquella conclusión le pesara demasiado – ¿Quién cometería la torpeza de dejarlas ahí, sabiendo que tarde o temprano nos conducirán a él?

– ¿Alguien lo suficientemente ignorante de los nuevos procedimientos científicos para establecer pruebas incriminatorias?

La pregunta había sido formulada por Bordone, en su inefable estilo sarcástico que casi siempre indicaba su completa seguridad acerca de la respuesta, como si ya ésta le fuera implícita. Sin embargo, esta vez algo en el tono de su voz planteaba una íntima duda al respecto.

– Esa clase de ignorancia – observó Modiliani, arrastrando las palabras – no es necesariamente exclusiva de un retrasado mental. Hay mucha gente que puede desconocer cualquier asunto relacionado con la ciencia forense...

– ¿Incluso un asesino que corta los cables de la electricidad y prepara de algún modo la escena del crimen?

Edgar lo preguntaba como quien esperaba que la evidencia fuese tan notoria para los demás como para sí mismo: nadie capaz de aquel nivel de premeditación podía volverse torpe o descuidado a la hora de abandonar los *rastros* de su delito.

– Hay todo un embrollo alrededor de los horarios –estableció Demetrio, de pronto – Quiero decir...hora del ataque, hora de la muerte, hora de llegada de Gervasio a la casa. Son los tres nudos de un hilo muy fino pero lo bastante fuerte para hacernos creer que en él queda enredado este tonto. Habrá que desanudarlo en algún momento, ¿no?

Todos se quedaron mirándolo, boquiabiertos. Edgar ya no tuvo dudas al respecto: bajo su aparente torpeza, su asistente era un verdadero policía. Y de los inteligentes.

Un pequeño gato con su ojo de nácar y una flor de brillantes pétalos multicolores se movieron en su pulsera al unísono. Ella se quedó contemplándolos por un momento, mientras trataba de evocar el significado de ambos, como presentes de cumpleaños. No obstante, por alguna razón no podía recordarlo...

La ausencia de aquel detalle en su memoria le resultaba, en algún sentido, llamativo. Era, en cierto modo, algo parecido a lo que ocurría con la desaparición de la vieja joyería del pueblo. Ya no estaba allí y ella no podía comprender por qué.

El vivo deseo de que su padre llegara a buscarla cuanto antes, surgió una vez más para sumirla en una inquietud angustiante.

El hombre pálido, ya al extremo de verse macilento a la distancia que ahora se encontraba, parecía no obstante, haberse alejado un poco...Nada más que para volver a caminar hacia ella y volver a avanzar para tocarla. Era como una escena que, extrañamente, se deshacía en el aire para repetir inmediatamente después, algunos momentos ya vividos.

Eso no tenía ningún sentido, se dijo. Seguramente era una falsa apreciación de su parte. Pero en lo más íntimo de sí sabía que no lo era. Los detalles, efectivamente, se repetían, aunque de un modo imperceptible. Por eso, sólo la sorprendió a medias, verlo una vez más hacer algunos gestos para llamar su atención...

– No es posible que haya alguien en la casa, aunque hayan intentado entrar en algún momento– aseguró Alberta, dispuesta a no mencionar una palabra acerca del "extraño ambiente" que había percibido en el garaje.

Isadora volvió a escuchar el crujir del ripio bajo los neumáticos del utilitario y los recuerdos golpearon entre sí, como pequeñas canicas rodando en el interior de una caja de madera. Con un ruido seco, potente, intenso. Por un momento, entornó los párpados como si estuviera dispuesta a ceder a su propia añoranza. Nunca supo que Alberta a su lado, aún luchaba por apaciguar los latidos de su corazón y perdía seguridad en cuanto a la voz que le había pedido de marcharse. "¡Lárgate de aquí!", bien pudo ser la exigencia del mismo lugar en el que acababa de estar. Sabía que esto era una tontería pero, por alguna razón, no lo descartaba totalmente...

Las lágrimas comenzaron a rodar por las mejillas de Isadora, como pequeños tramos de un río cuyo cauce era mucho más extenso y profundo; y no podía percibirse a simple vista.

– He podido recordar las estrofas que había olvidado...– balbuceó– Tal vez, mi regreso al pueblo ha conseguido, por fin, terminar con mi amnesia defensiva...

Alberta no apartó los ojos del camino pero su corazón le dio un vuelco, en base a su propia susceptibilidad.

– ¿De *qué* estás hablando? – preguntó, a medias sorprendida, a medias fastidiada.

En el fondo sabía a qué se refería pero, con todas sus fuerzas deseaba no darlo por sobreentendido.

– La maldita canción de los niños en la escuela...

La explicación le pareció tan obvia a Isadora que hubiera sido ella quien se molestara con su amiga, de no haberse sentido tan desanimada.

– ¿Ah sí? – Alberta no estaba dispuesta a hacer concesiones – ¿Por qué no la cantas para mí, entonces? O mejor aún... ¿por qué no la cantas para ti misma? ¡Así podrás hundirte hasta el cuello en ese enfermizo e innecesario dolor de tu vida y quedarte allí por todo el tiempo que te venga en gana!

Isadora la miró detenidamente y francamente asombrada por aquella reacción.

– ¿Estás tratando de ser...terapéutica? –le preguntó, por último.

– No – le aseguró Alberta con énfasis – ¡No soy más que una niña necia!

Un momento después, en el interior del utilitario sólo se escuchaban las estentóreas carcajadas de ambas. Por la razón que fuere, el alivio había llegado finalmente.

Isadora se recostó contra el respaldar de su asiento y en tanto el sonido de su risa se apagaba, íntimamente recuperaba otro sonido, otra *clase* de sonido: el estribillo monótono, a modo de letanía, de aquella "cancioncilla" que no se atrevió a recordar en voz alta...

Hilo de sangre, sí .Hilo de sangre, no. La niña muerta, sus ojos abrió...

Enseguida supo que ese estribillo no estaba completo, a pesar de todo.

El informe de las huellas dactilares halladas en el lugar del crimen, llegó esa misma tarde al destacamento de Río Ballais. Desde luego, había tomado más tiempo que el resto de la información, debido a la cantidad de huellas encontradas (algo siempre esperable en este tipo de investigación forense) y la búsqueda comparativa de las huellas dactilares de criminales conocidos que, por razones diversas, pudieran ofrecer un patrón de sospecha acerca de su participación en el delito, (un hecho bastante abstracto y alejado de cualquier posible o futura comprobación en el caso de Río Ballais). Por otra parte, también estaban las huellas "de contaminación", aquéllas de las personas que circunstancial o asiduamente hubieran visitado la casa, alguna vez. Entre estas últimas debería haber habido muchas indudablemente, además de las de la propia víctima. Pero esto no había resultado así: tal parecía que Marco Lorenz no había sido alguien propenso a la hospitalidad.

Edgar acababa de ofrecer las suyas para la comparación pertinente y el servicio doméstico había sido citado al destacamento, para cumplir con el mismo objetivo.

El Detective Inspector Modiliani a su vez, se había tomado el trabajo de descartar la presencia de las huellas de Gervasio en el interior de la casa. Estas sólo habían sido encontradas sobre el bloque de piedra y en ningún otro lugar. Algo, entonces, no cerraba bien allí, aunque desde luego significaba un punto a favor de su teoría. Al igual que Edgar, Modiliani creía a pies juntillas que un hombre de escasa capacidad intelectual nunca hubiera pensado en no dejar sus huellas dactilares o borrarlas, antes que ceder a su propio instinto de furia y hacer las cosas de cualquier manera, dejando sus marcas por todas partes. De forma tal que algo de su buen corazón lamentaba tener a Gervasio encerrado, "casi" seguramente de un modo injusto.

En esto cavilaba, cuando Demetrio distrajo su atención para anunciarle que el señor y la señora Morrone acababan de llegar.

Era una pareja ya entrada en años, de aspecto afable e inofensivo, aunque algo en la mirada de Clarisa Morrone indicaba que las tormentas se disipaban allí sólo porque no era bueno conservarlas por mucho tiempo. Los ojos de Amílcar, en cambio, contrarrestaban con una limpidez que sólo la honestidad de toda una vida podía causar, incluso a pesar de las privaciones que debieron haber sido muchas, ya que su aspecto humilde así lo delataba.

Edgar tomó a su cargo la tarea de explicarles de qué se trataba el procedimiento al que iban a ser sometidos y cuál era la razón del mismo. Procuró hacerlo con la mayor amabilidad posible, ya que para él era de gran importancia el buen trato hacia sus vecinos, aun cuando estuviera cumpliendo con su función de policía. Sin embargo, esto no iba a quitarle el sueño a Bordone, desde luego, quien ensució y limpió las yemas de sus dedos con bastante brusquedad, para su gusto.

Pero el matrimonio Morrone no pareció impresionarse por lo desaprensivo de aquella actitud. Amílcar nunca dejó de sonreír, mientras Clarisa observaba todo a su alrededor, con cierta curiosidad mal disimulada.

Poco después, fueron invitados por Modiliani a ponerse cómodos ("¡cómo si esto fuera posible!", se encontró pensando Edgar) para responder algunas preguntas útiles a la investigación.

– ¿Cuál es...cuál *era* el horario de trabajo en la casa?

Clarisa Morrone se movió en su asiento, aferró el bolso que tenía sobre la falda, y carraspeó varias veces. Era notorio que acostumbraba a llevar la voz cantante.

– Yo concurro todos los días de nueve a dieciocho. Excepto los domingos, además de mi tarde de descanso los miércoles. Y Amílcar se ocupa del cuidado del jardín, tres veces por semana...

– ¿Qué días exactamente?

El señor Morrone hizo el esfuerzo de responder por sí mismo a la pregunta del Detective Inspector. Pero su esposa frustró su propósito.

– Los lunes, los jueves y los sábados por la mañana.

– Bien... – fue estableciendo Modiliani con lentitud – El señor Lorenz fue asesinado el martes en la madrugada. De modo que era el día en que el jardinero no iba a concurrir a la casa. Pero sí usted, señora Morrone...

– No lo hice, de todos modos – aseguró Clarisa.

– La noticia del crimen corrió como reguero de pólvora por el pueblo, lo sé – aventuró Edgar, ganándose una mirada de reproche por parte de Modiliani – Debió enterarse antes de acudir a su trabajo...

Concluyó su idea, casi deseoso de demostrar que él era la autoridad en *su* destacamento y nadie tenía por qué molestarse si decidía hacer algunas intervenciones.

– Deje todas las presunciones a mi cargo, comisario – el Detective Inspector lo había apartado, tomándolo por un brazo y hablándole en voz baja – No estoy sobrepasando su autoridad, pero el procedimiento indica que sólo uno de nosotros, por vez, haga las preguntas o conjeturas del caso...

– Ustedes están llenos de procedimientos, por lo visto– Edgar lo miró con ojos desafiantes– Espero que con eso lleguen a alguna parte. Y...lo siento. No fue mi intención interrumpir.

En su último comentario, Modiliani creyó entrever cierta reacomodación a las circunstancias. Juntos se volvieron hacia la señora Morrone.

– Sencillamente, recibí un mensaje del señor Lorenz en mi teléfono celular, pidiéndome que no fuera a la casa esa mañana.

Esta vez, las miradas que cruzaron estaban cargadas de su propia perspicacia.

– ¿A qué hora fue eso? – preguntó Modiliani.

– Lo hizo muy temprano. No lo he borrado aún, de modo que puedo cerciorarme...

Dicho esto, Clarisa Morrone tomó su pequeño teléfono del bolso que descansaba en su falda y buscó por sí misma la respuesta.

– Lo recibí a...las seis cero dos...de la mañana, por supuesto – aclaró finalmente.

– Es un horario un poco inusual para recibir mensajes de su empleador, ¿no cree?

– ¡Desde luego! – Aseguró la mujer – Eso me llamó poderosamente la atención. El señor Lorenz *jamás* había utilizado el sistema de mensajes conmigo. Al principio, creí que lo había hecho por tratarse de una hora inapropiada para llamadas telefónicas. Aunque...me preocupé un poco, más tarde, al saber lo que le había ocurrido...

Ahora, meneaba su cabeza, absolutamente compungida.

– ¿En qué sentido *se preocupó*, señora Morrone?

– Es bastante obvio, ¿no le parece? – se apresuró a responderle al detective – Todo el mundo aquí ya sabe que ésa es la hora aproximada en que pudo ser atacado. Quizás...ese mensaje fue enviado apenas unos minutos antes de...bueno, usted me comprende – terminó por responder, evasivamente.

En ese momento, el Detective Inspector se echó hacia atrás. Fue evidente su propósito de apartarse de la escena, al menos provisoriamente, permitiendo que el detective Bug se hiciera cargo.

Edgar nunca dejaba de asombrarse por el modo premeditado en que actuaban y el aceitado "procedimiento" que utilizaban para ello.

– Señora Morrone...

El viejo Amílcar lo observaba con inocultable respeto reverencial. Adriano Bug, con sus manos hundidas en los bolsillos del pantalón y su mirada acerada, acercándose a su mujer, convertía aquel momento en una especie de ceremonia a la que había que asistir con los músculos en tensión. Bug supo aprovechar el efecto causado...

– Tal vez...no haya sido Marco Lorenz quien le envió ese mensaje. Y ésa fue la única razón por la que éste resultó ser el método más...*conveniente* para pedirle que no fuera a la casa ese día.

Clarisa Morrone volvió a moverse, incómoda en su asiento. En su expresión había un repentino asombro.

– ¿Se refiere a que... pudo ser enviado por el propio asesino?

– Es lo más probable, ¿no cree?

– Tiene sentido, sí – concluyó la señora Morrone, luego de pensarlo por un momento.

Bordone salió de las sombras que él mismo se había impuesto, para intervenir en el tema.

– Seis cero dos, ¿eh? Apuesto a que ya había atacado a Marco Lorenz al enviar el mensaje. Sería bastante ilógico que lo hubiera hecho del modo contrario...

– Y Gervasio llegó a la casa a las seis treinta – se escuchó decir a Demetrio – ¿Lo ven? La cuestión de los horarios sigue siendo lo importante...

Edgar sonreía, pensando que todo el procedimiento de Modiliani había ido a dar al traste, con tanta intervención de todo el mundo.

– No teníamos el dato de este mensaje telefónico, en el momento de incriminarlo – sostuvo Modiliani, de pronto –Por fin, algo a favor de ese pobre hombre...

– Como si no hubiera sido bastante que sus pisadas y huellas dactilares *no estuvieran* en la sala de Marco... – masculló Edgar, con cierta rabia contenida.

– ¿Han notado un detalle? – Preguntó el detective Bug, haciendo caso omiso al comentario de Edgar – ¡No había ningún teléfono celular en la escena del crimen!

El Detective Inspector volvió lentamente, una vez más, a aquella pose histriónica que siempre anunciaba cavilaciones profundas de su parte. Miraba a todos como si efectivamente se sintiera ubicado sobre un escenario, aguardando por los aplausos de su público. Pero en un movimiento de giro dramático, impulsó todo su cuerpo y su atención sobre la presencia de Edgar.

– ¿Su amigo era alguna clase de excéntrico, negado para los adminículos modernos como un teléfono celular?

– ¡Claro que no! – Aseguró Edgar – ¡Lo llevaba consigo todo el tiempo!

– Bien... – su voz conservaba un tono de dramatismo acorde con su expresión – El asesino lo tomó, lo utilizó para pedirle a la señora Morrone que no fuera a la casa y se lo llevó con él, seguramente.

– ¿Por qué haría eso? – preguntó el detective Bug.

– En ningún momento éste ha sido un crimen cuyo móvil fuera el robo. Quedarse con un teléfono celular sería apenas una ratería...– observó Edgar.

– Tal vez...tal vez... – concluyó Castor Modiliani en el pináculo de su actuación – ese teléfono esté aún en la casa...pero oculto.

– ¿Por qué razón? – preguntó Demetrio, con sincera ignorancia.

– Por *tantas* razones. ¿Una posible? Para darle a la policía el trabajo de descubrirlo. Como una especie de mensaje críptico...

Edgar lo observó, por un momento, convencido de que esta vez había llegado demasiado lejos con su histrionismo. Pero entonces escuchó al detective Bug carraspear nerviosamente a sus espaldas y se volvió para oír lo que tenía para decir al respecto.

– Creo que tengo la respuesta a mi propia pregunta – dijo, contrastando con su llaneza, con el tono altisonante y rebuscado de su jefe – Me recuerda el caso de aquel psicópata a quien le gustaba dejar algunas pistas sueltas por allí, aunque nunca eran más que *pistas falsas*...

– ¿No se referirá usted a Jack, verdad?

A Demetrio le gustaban las intervenciones descabelladas.

– No – aseguró Bordone con su petulancia de siempre – El se está refiriendo a ese tipo que *sí* dejaba pistas falsas, pero en los lugares *esperables*.

Otra vez el equipo funcionaba al unísono.

– ¿Y cuál sería el lugar...*esperable*, en este caso? – preguntó Modiliani lo bastante sonriente para dar a entender a todos que él ya conocía la respuesta.

– ¡El jardín! – Exclamó con toda sencillez el detective Bug – ¡El enorme jardín!...

Tironeó de su brazo y retrocedió para alejarse cuanto antes de él. Pero él avanzó, sin abandonar su osadía de intentar acercársele una vez más.

Una especie de desafío enloquecido se instaló en la mirada de ambos, con la que parecían medir su respectiva probabilidad de triunfo. Ella no estaba dispuesta a dejarlo salirse con la suya. El, a su vez, se mostraba decidido a volver a tocarla.

La escena recomenzaba tantas veces que se volvía monótona, a pesar de la intranquilidad que le causaba. La mujer continuaba regateando precios y los niños jugaban todo el tiempo, sin interesarse por nada de lo que ocurría a su alrededor.

De pronto, el aire mismo pareció detenerse y algo demasiado sutil para poder ser registrado, pero muy intenso, además, para no ser percibido, comenzó a envolverlos con una pátina invisible...

Por alguna razón, él dejó abruptamente de acosarla con sus intentos de acercarse. Estaba más pálido que nunca. Sus labios se movían en un espasmo incomprensible. Sin embargo, su mirada había adquirido un extraño aire de repentina resignación.

Ella intentó interrogarlo con su propia mirada. En aquel momento le parecía de gran importancia conocer lo que había en el fondo inerte y oscuro de sus ojos.

Entonces, un movimiento casi imperceptible a sus espaldas, la obligó a volverse, sobresaltada. Vio que uno de los niños se había apartado del grupo y había dejado de jugar. Le sonrió, a la distancia. Pero aquella sonrisa no era amigable. Cuando lo vio correr hasta donde ella se encontraba, quiso gritar con todas sus fuerzas.

Sin embargo, aquel grito jamás salió de su garganta...

– No sé porqué he hablado de "amnesia defensiva". ¿Qué clase de expresión es ésa?

Isadora descansaba, recostada a medias, sobre el pequeño sofá del vestíbulo, en la hostería. A su lado, Alberta sonreía mientras le ofrecía un vaso de agua fresca.

– Parece muy...*psicológica*, ¿no crees? Tal vez la hayas escuchado en boca de algún terapeuta.

– ¿Uno de los tantos que consulté a lo largo de mi vida?

– Eso lo sabrás tú...

Había un punto tácito en la conversación que ambas trataban de iniciar. Y tenían suficientes motivos para ello. Motivos irracionales, tal vez. Pero ninguna quería mencionarlos, como un modo de asegurarse que la realidad continuaba allí, a disposición, y era causa suficiente para estar en contacto con ella. Un "basta de tonterías" parecía flotar en el aire.

– ¿Dejarás que Albertina vaya en busca de tu coche, esta tarde? Es buena conductora...

De algún modo, Alberta sentía que remataba dos pájaros de un tiro. Encontraba la solución a un problema práctico y evitaba referirse a las absurdas aprensiones que la habían asaltado en aquel "estúpido" lugar. Recurrir a su propia hija era toda una cobardía de su parte. Se alarmó al respecto porque no se recordaba a sí misma haciendo algo como aquello, nunca antes. ¿Acaso había envejecido y comenzaba a sentirse débil o vulnerable? Pero la respuesta de Isadora le evitó cualquier inquietud.

– Será lo mejor, sí.

También ella parecía renuente a dar o pedir explicaciones. Había pasado un mal momento en la casa y no creía que fuera oportuno volver a insistir con el extraño asunto del supuesto "visitante"... (*¿Usurpador?*) o simple ladrón de casas abandonadas. Tenía que admitir que había sido una gran tontería creer que hubiera sido posible regresar al viejo hogar bajo aquellos términos. Y en cuanto al *hilo de óxido* sobre la puerta de entrada no tenía más sentido que el de estar allí por ser lo que era: un mudo testigo del paso del tiempo. ¿Qué ridícula imaginación la había llevado a pensar en...*su pobre hermana muerta*?

Quizás, se dijo, esos tontos sueños del pasado, aquéllos contra los que había luchado durante tanto tiempo cuando era niña, obligándose a permanecer despierta por las noches, pero cayendo vencida por el cansancio finalmente, no pudiendo impedir que invadieran su mente indefensa, en algún momento, habían dejado su huella, a pesar de todo.

A pesar del consuelo en las palabras de su madre.

A pesar de *las palabras* de sus viejos terapeutas.

A pesar de los treinta y cinco años que habían transcurrido desde entonces...

A pesar de no haber sido reconocida por Blanca Amaltti. A pesar de haber podido reunir todo el valor con el que aún contaba en su vida, para regresar al lugar donde había conocido a su más intensa felicidad –la de su infancia– y había enfrentado a su más oprobiosa tragedia.

– A pesar de todo... estoy aquí.

Extendió una mano para acariciar uno de los brazos de Alberta y ésta volvió a sonreírle. De algún modo, sabía que Isadora había estado a solas, por un momento, con su oscuro y pequeño mundo de fantasmas.

El señor y la señora Morrone se apoltronaron en el asiento trasero del coche policial. No se veían tan felices o cuanto menos, desprevenidos, como habían parecido estarlo al llegar al destacamento, esa tarde.

Habían escuchado al Detective Inspector Modiliani preguntarles –despejando toda duda al respecto– cuál *había sido* el horario de sus tareas en casa del señor Lorenz. Tomaban conciencia, de pronto, que habían perdido sus empleos de un momento para el otro y, más allá de lamentar la tragedia ocurrida, comprendían que estaban desocupados y apenas provistos de unos magros ahorros con los cuales enfrentar el oscuro porvenir.

Clarisa fue llevada de regreso al hogar, entristecida y silenciosa. Amílcar, en cambio, fue solicitado para acompañar a los policías hasta la casa del crimen. Estos creían que sus conocimientos como jardinero podían serles útiles en algún sentido, lo que generó cierta idea de menoscabo en la escaldada sensibilidad de su esposa. Esa mirada que solía tramitar con altura el paso álgido de una "tormenta", no pudo evitar esta vez que algo de ella se ofuscara y deseara permanecer con ellos o ser requerida también, por algún motivo. El bueno de Amílcar le palmeó la espalda por todo gesto de despedida, indicándole quizás que dejara ya de preocuparse.

En su visita previa al lugar, los detectives también habían precintando el perímetro total de la señorial casona, incluido el jardín. De modo que debieron tomar sus recaudos para ingresar a él.

Edgar volvió a pensar que se lo veía bastante descuidado, pese a los esfuerzos que seguramente había desplegado Amílcar Morrone.

Había que reconocer que estaba ya algo viejo y cansado para poder realizar aquel trabajo con verdadera idoneidad y era muy posible que Marco lo hubiera conservado como jardinero, nada más que por un poco de lástima y otro poco por la confianza depositada en él, durante tantos años. Si acaso alguna vez había conocido bien a su malogrado amigo, estaba casi en condiciones de asegurar que había tomado algún recaudo en relación con el retiro del matrimonio Morrone.

Una vez en el jardín, Adriano Bug se ofreció a acompañar a Amílcar en un "paseo" de reconocimiento. Estaba convencido que con su avezada mirada y por el conocimiento que tenía del sitio en cuestión, detectaría con alguna facilidad cualquier detalle fuera de lugar con el que se topara.

Cuando el Detective Inspector los vio caminar a cierta distancia, se volvió hacia Edgar y Bordone con la clara intención de formular algún comentario. Pero esta vez, no se mostraba en posición de sobreactuar ni dramatizar acerca de lo que iba a decir. Más bien, fue sombrío y parco al hablar.

–El asesino es alguien que conoce a los Morrone. Sabía que Amílcar no vendría ese día y que sí lo haría Clarisa. En todo caso...es alguien que no se ha perdido los *detalles* del movimiento de la casa.

A Edgar le pareció una apreciación correcta, propia de un policía que sabía hacer las cosas, como Modiliani. Se había ganado este reconocimiento de su parte, hacía ya algún tiempo.

– Es algo con lo cual empezar...– escuchó decir a Bordone.

Fue en ese momento que todos se percataron de la expresión del detective Bug a lo lejos, haciéndoles gestos desesperados para que acudieran al lugar donde se encontraba junto a Amílcar, tan sorprendido como él.

Lo que allí vieron, conmocionó a algunos y despistó a otros. En todo caso, Edgar no atinaba a comprender el punto. En la mirada del Detective Inspector, en cambio, se cruzó por un momento, la sombra de un reproche. Habían pasado por alto algunos detalles, en la escena del crimen. Quizás, esto fuera un poco más justificable que haber ingresado a la sala sin percatarse de las salpicaduras de sangre junto a la puerta, puesto que se trataba de un detalle muy logrado y sólo apreciable porque no pasaría desapercibido por la experimentada mirada de Amílcar.

Modiliani supo dos cosas en ese instante. Que pese a todo, se había tratado de una omisión peligrosa para la investigación y que el asesino había cometido el error de no comprender en su momento que "eso" sería descubierto más temprano que tarde por Amílcar Morrone.

Se trataba de una pequeña planta de jazmines que, por la tierra removida a su alrededor, sobre la que aún no había comenzado a crecer la hierba, era evidente que acababa de ser sembrada.

Con su tendencia a ser excesivamente riguroso consigo mismo y con su equipo, Modiliani se dijo que *al menos* esto debió haberles llamado la atención en su momento.

– Jamás planté estos jazmines...– aseguró Amílcar – Y nadie más que yo se ocupaba de esos menesteres.

Notoriamente feliz por haber ofrecido una valiosa colaboración al enigma, asintió cuando escuchó al detective Bug pedir una herramienta para desplantarlos.

Con buena agilidad para sus años, se apresuró a llegar al cobertizo, del que regresó con una pala. Mientras él llevaba a cabo su tarea, Adriano Bug, observándolo hacer, con sus brazos en jarra, volvía a pensar en aquel delincuente de las pistas falsas en los lugares esperables.

Algo debía haber enterrado bajo la planta de jazmines o ésta no estaría allí, tan notoriamente expuesta a la mirada de todos, como un elemento fuera de lugar para los observadores perspicaces.

Fueron apenas unos pocos minutos de suspenso, mientras aguardaban a que Amílcar acabara de retirar la planta. Cuando ésta quedó colgando de una de sus manos, con su raíz húmeda y sucia, como la barba de un decapitado, la sorpresa fue apoderándose de todos...

Alberta continuó sonriéndole, a sabiendas de lo que Isadora necesitaba perentoriamente en aquella ocasión. Un poco de consuelo a su reciente inquietud sería suficiente para tranquilizarla. ¿Acaso no estaba allí para eso? Si no podía cumplir con su cometido, entonces todo el mundo tendría derecho a llamarla necia. Porque sus propias aprensiones no habían tenido ningún sentido y quizás –sólo quizás– más tarde cambiaría de idea, decidiendo ir ella misma al rescate del "Siena".

Isadora se incorporó de su lugar en el sofá, reconfortada por la actitud de su amiga. Sabía que no había sido justo enfadarse con ella por una tontería que, además, respondía a su propia crispación interior y no a las palabras de aquel momento.

– No sé cómo ha ocurrido esto – dijo, esforzándose por demostrar básicamente una importante gratitud – Pero si no hubiera contado contigo en mi regreso, no sé si habría permanecido en el pueblo por más de un día. No estaba *tan* convencida de lo que estaba haciendo cuando llegué...aunque intenté decirme lo contrario, todo el tiempo.

– Me alegra haberte sido útil en eso, al menos...

– ¡Me has sido útil en *todo*! – Exclamó Isadora, repentinamente animada – ¡Y no hables de ti misma como de un utensilio de cocina!

Una vez más, el sonido estridente de sus risas volvió a reunirlas en aquella especie de complicidad que, en algún momento, habían aprendido a construir. Cuando la serenidad regresó a su ánimo, Isadora avanzó en la comodidad que comenzaba a sentir y en la que la presencia de Alberta no estaba ajena. Fue lo que la inspiró a continuar por aquel atajo de su alma entristecida, dispuesta a soslayar una parte del interminable dolor.

– Te confiaré algo que ha sido un secreto durante toda mi vida. Y que lo he guardado en el lugar más irreductible de mí misma...

Alberta recobró su seriedad y presintió que aquella confesión sería, definitivamente, un gran pacto entre las dos.

SIETE
MIRADAS

El entierro de Marco Lorenz, una semana después de su trágica muerte, se transformó en un gran acontecimiento para Río Ballais.

Algunos periodistas de La Ciudad llegaron, ávidos por hacerse con una de esas noticias con que llenar las páginas amarillas de los periódicos o alimentar la siempre alerta morbosidad de la gente, frente a las pantallas de sus televisores.

Con la brevedad de la fama repentina, el pueblo fue fotografiado, filmado y visitado en un solo día por muchos más forasteros que en cualquier temporada turística que sus habitantes recordaran, en años.

El pequeño cementerio –casi un camposanto oculto por el declive detrás de la capilla local– se convirtió en el escenario al que todo el pueblo asistió, seguro de rendir su postrer homenaje a un hombre, quizás solitario y algo extravagante, pero un buen vecino de toda una vida, en resumidas cuentas.

Esto no era algo que conmoviera en demasía, porque la mayoría de los que allí se reunieron, apenas habían intercambiado con Marco, el saludo impuesto por las buenas costumbres o una que otra charla de ocasión. No era mucho para transformar en un recuerdo valioso y, tal vez, si su muerte no hubiera resultado tan inesperada como horrible, no habría concitado aquel interés desmedido por estar presentes en su funeral.

Edgar Dutra era, a todas luces, el único verdaderamente conmocionado en la despedida. Y, por su parte, el señor y la señora Morrone lamentaban aquella trágica muerte, aun por encima del perjuicio que les ocasionaba en relación con la pérdida de sus empleos, porque el buen corazón los caracterizaba. Hasta podían prestarse a confusión, actuando como si hubieran sido sus únicos y verdaderos parientes. No olvidaban en aquel momento, los años compartidos en una rutina casi cotidiana.

Sin embargo, algo oscuro en la mirada de Amílcar Morrone parecía querer dar a entender que cierta preocupación altisonante agitaba su espíritu y no era, además, nada relacionado con lo penoso de sus sentimientos.

El otoño se había instalado ya de un modo acentuado, por lo que la brisa a esa hora de la tarde, se había transformado en un viento frío y molesto, que comenzaba a calar hondo. No obstante, todos permanecían en el lugar estoicamente, aguardando a que el sacerdote concluyera su oración fúnebre.

Las nubes habían empezado a reunirse abigarradamente sobre el lejano borde de las colinas, presagiando la lluvia que no tardaría en llegar. El día se agrisaba y se convertía en un triste adiós para Marco Lorenz...

Isadora y Alberta se habían ubicado de un modo bastante precavido, en el sentido de haber quedado por fuera de la mirada de los demás, a medias ocultas por cierta cauta distancia con el resto de los presentes. Aun sin decirlo, Alberta había considerado la posibilidad de que a Isadora no le resultara demasiado grato exponerse a la vista de todos, aunque bien sabía que pocos o nadie podrían ya reconocerla. Le parecía suficiente con que hubiera aceptado acompañarla sin poner reparos, aun temiendo la presencia de Blanca Amaltti. Ella no comprendía del todo la razón de aquella inquietud pero estaba dispuesta a respetarla, de todas formas. Afortunadamente, las hermanas Amaltti no habían asistido al funeral, lo que de algún modo parecía tranquilizador para Isadora.

Alguien más se mantenía a buena distancia del grupo, atendiendo a todos los movimientos con una mirada que acostumbraba a no perderse los detalles. Era el detective Adriano Bug...

Tenía las manos fuertemente hundidas en los bolsillos del pantalón y una sola idea cruzaba sus pensamientos en ese instante. Su experiencia le decía que no era para nada inusual que un asesino se acercara al cementerio en el momento de las exequias de su víctima y, excepcionalmente, podía cometer algún error, comportándose de un modo extraño o sospechoso. Todo indicaba entonces que al igual que sus compañeros de equipo, dar por sentada la culpabilidad de Gervasio era, cuanto menos, un hecho bastante azaroso.

Pero la ceremonia fúnebre transcurría en forma apacible. El sacerdote leía palabras de supuesto consuelo en su Biblia y todos parecían escucharlo respetuosamente, aunque algunos se veían en problemas para disimular su tedio. Y otros... ¡hacían lo suyo para no dejarse ganar por el aburrimiento!

El detective Bug sonrió a medias cuando una bella mujer enfundada en un apretado traje de chaqueta, se acercó solapadamente al comisario Dutra para colocarle su mano en las nalgas y apretar allí lo que había por debajo del pantalón, sin reparo alguno.

También Isadora y Alberta lo notaron y no pudieron evitar cruzar miradas cómplices y sonreír.

– Es Nora Duplay – le susurró Alberta al oído – Nadie aquí ignora que es la amante del comisario.

– ¿Nora Duplay? – preguntó Isadora, procurando recordar cuándo había escuchado aquel nombre anteriormente.

– Una de tus vecinas – le aclaró Alberta – La que renta la casa de los Bernardi...

Isadora asintió, descubriendo al mismo tiempo que ese hombre bastante apuesto que se veía sinceramente dolido entre todos los presentes, era Edgar Dutra, su antiguo compañero de la escuela elemental, actual comisario de Río Ballais y alguien un poco forzado en ese momento, a participar de cierta actitud fuera de lugar.

Un instante precioso acababa de instalarse en medio de la fría brisa de la tarde. Las miradas recorrían breves distancias y se acercaban unas a otras, tratando de transmitirse el tenor de los pensamientos. O de ocultárselo...

Edgar giró su cabeza lentamente, intentando comprobar hasta qué punto, el avance inoportuno de Nora, había pasado desapercibido para los demás. Fue entonces cuando descubrió a Alberta –¡justamente a ella, la futura madre política de su hijo!– procurando retirar su mirada del lugar inconveniente. Había quedado rezagada en relación con el resto y, ubicada a sus espaldas, era imposible que se hubiera perdido el espectáculo. Alguien a quien no reconoció la acompañaba y, convencido que podía tratarse de alguna periodista de las muchas que habían llegado a Río Ballais en ese día, una idea paranoica lo sacudió de pronto. ¡Lo único que le faltaba, frente a las embestidas de Bordone, era ser caracterizado como el payasesco y enamoradizo comisario de un pueblo, en las columnas de algún pasquín!

Afortunadamente, aquella mujer –por cierto muy atractiva en sus cuarenta– no parecía llevar con ella ninguna cámara de fotos, lo que no dejaba de ser promisorio. Un poco más sereno, se volvió para observarla, por segunda vez. Había algo familiar en la expresión de su rostro. Algo que parecía venir a recordarle un tiempo del pasado que no atinaba a precisar...

Poco después se percataba que otra mirada, aún más alejada pero infinitamente más aguda, se detenía con verdadero interés en la presencia de aquella mujer. Era la mirada de Adriano Bug, a quien no había visto hasta el momento. No evitó tropezar con aquellos ojos acerados y, por un instante, pareció transmitirle cierta aquiescencia en relación con algo establecido entre ambos, a modo de un secreto atesorado con complicidad. No obstante, se movió incómodo en su lugar por dos razones. Porque ignoraba cuánto de lo hecho por la atrevida Nora había estado a su disposición todo el tiempo y, porque no le había gustado para nada – ¡y vaya a saberse porqué!– el modo en que había recorrido con la mirada a la desconocida compañera de Alberta.

Isadora, completamente ajena a aquella circunstancia, acababa de encontrar en lo más íntimo de sus pensamientos, el inevitable camino ya tantas veces recorrido: un motivo más de tranquilidad para el momento era saber que su hermana no había sido enterrada allí. De lo contrario, no estaba segura de haber podido permanecer de pie en aquel lugar. Alberta, a su lado, recordaba repentinamente su confesión acerca de los sueños...

El ruido apagado de la Biblia al cerrarse en las manos del sacerdote, generó toda clase de movimientos entre los presentes.

Fue inevitable escuchar unos cuantos suspiros de alivio por ver finalizada la ceremonia, mientras algunos periodistas disparaban sus cámaras con el propósito de no perder la instantánea más preciada: la del momento del descenso del ataúd en su fosa. Algunos se estremecieron ante la escena, pensando que se trataba de algo muy morboso. Otros sonrieron para sí, recorridos por el mismo pensamiento. Pero todos, con mayor o menor premura, comenzaron a marcharse del lugar...

La lluvia era ya una amenaza inminente, de modo que la mayoría intentó alejarse en busca de refugio. Edgar no pudo evitar dar de lleno con la presencia de Alberta, al buscar la salida y fue notorio su embarazo al saludarla. Aunque midió, por un instante, la posibilidad de desentenderse del incómodo incidente, terminó por considerar que era mejor para la ocasión, la disculpa de un buen caballero.

– Lamento...lo de...

Fue tarde para darse cuenta que las palabras de justificación no acudirían en su ayuda.

– Deja eso...– lo compensó Alberta con un simpático gesto. Y entonces se volvió hacia Isadora para tomarla de un brazo – ¿No recuerdas a nuestra vieja compañera de escuela?

Isadora sonrió, agradeciendo que de todos los modos posibles para presentarla, hubiera escogido el que parecía ser el más inofensivo.

Una sombra de duda atravesó el entrecejo de Edgar. Unió su mirada a la de Isadora y, lentamente, asintió. ¡Con que allí estaba la razón de aquella especie de *deja vu* cuando girara para admirarla!

– Debí suponerlo – comenzó a decir, ya más aplomado – Supe de tu regreso en su momento. Me hubiera gustado darte una bienvenida apropiada, Isadora. Pero...bueno, el crimen de Marco me ha dejado con poco tiempo para otra cosa...

No era cierto. En el fondo, se preguntaba por qué había salido con esa excusa. No hubiera hecho absolutamente nada con aquella supuesta vuelta al terruño de una antigua conocida. Había sentido curiosidad, eso sí, ya que nunca dejaría de recordar la terrible tragedia que abatió a los Vander Kooy cuando él era apenas un muchachito travieso de doce años. Y no tuvo más remedio que preguntarse por qué alguien que de un modo tan aciago había tenido cierta amarga responsabilidad en los hechos, podía desear volver al lugar con el que debería haber preferido mantener una gran distancia por el resto de su vida.

Por un momento, Edgar temió que aquel pensamiento se plasmara en su expresión, arruinando el inesperado reencuentro. Pero Isadora continuaba sonriendo y se veía encantadora bajo aquel gesto de delicada aceptación de sus palabras.

– Es increíble que puedas recordarme – dijo– Ni siquiera éramos amigos en la escuela...

De pronto, la evocación anegaba cada rincón de sí misma, haciéndola sonrojar. ¡Pero aun así, solía defenderla de las burlas y el acoso de los otros niños!

– Eras *una* Vander Kooy...– admitió Edgar – ¿Eso lo explica todo?

Algo se heló repentinamente en la sonrisa de Isadora. Otra vez en retraso con sus propias circunstancias, Edgar comprendió demasiado tarde que no había dicho lo correcto.

– ¡Disculpa! – Exclamó, avergonzado – ¡No es lo que he querido decir! Me refiero a que...eras la hija de una familia muy respetada aquí y...no resultaba fácil acercarse a ti...

Buscó la mirada de Alberta como pidiendo auxilio para su traspié, en el preciso momento en que comenzaba a llover copiosamente. Por su expresión, Alberta le pareció dispuesta a repetir su "deja eso" como muletilla salvadora, aunque no lo hizo esta vez.

– ¡Esa no fue ninguna razón para que los demás niños dejaran de fastidiarme con sus pullas!... –Isadora lo expresó casi amargamente, mientras corrían al refugio del pórtico en la capilla.

Cuando los tres volvieron a reunirse, ahora protegidos de la inclemencia del clima, aquellas últimas palabras habían dejado un eco extraño flotando en el aire. Edgar no había pasado por alto ese antiguo encono infantil todavía agazapado en el corazón de Isadora, aflorando como una dura piedra en mitad de un camino ya de por sí difícil. Se sintió obligado a decir algo consolador al respecto, por un raro privilegio que parecía ofrecerle la vida, después de tantos años.

– ¡Esas fueron chiquilinadas! – Exclamó – ¡Nunca valió la pena que las tomaras en cuenta!

– ¡Es exactamente lo que ya le dije! – intervino Alberta, con su eterna actitud conciliadora.

Isadora los contempló, por un instante, dudando en aceptar el argumento. Pero se decidió finalmente por hacerlo.

– Sí, claro – estableció, de pronto – Seguramente muchos de esos niños, hoy son los buenos ciudadanos de este lugar.

– ¿Puedo ofrecerme a rescatar a dos damas en apuro?

La pregunta provenía de Bug, quien acababa de acercárseles, con cierta sonrisa cargada de promesas. Al ver expresamente el recelo en la expresión de Alberta, decidió presentarse.

– Soy el detective Adriano Bug – dijo, extendiendo su mano para saludar – Estoy en el pueblo colaborando con el comisario en el esclarecimiento del crimen. Puedo llevarlas en mi coche a cualquier parte que deseen...

Edgar agradeció íntimamente aquella consideración de buena educación que modificaba un poco los hechos. Se refería a la supuesta colaboración mencionada. Por lo demás, se sintió tan receloso como Alberta y comprendió enseguida que el verdadero interés del detective Bug estaba puesto en Isadora.

– Es muy amable con su ofrecimiento, detective – señaló Alberta – Pero mi amiga y yo hemos venido en el "Siena" que está estacionado allí...

El coche que por último Albertina había retirado de la cochera de los Vander Kooy mientras se preguntaba acerca de cierto temor incomprensible en la expresión de su madre y el extraño silencio de Isadora, estaba, efectivamente, aparcado a corta distancia. Cuando todos se volvieron a mirarlo, vieron a Nora Duplay correr por el sendero, rumbo al pórtico. Los músculos en el rostro de Edgar se tensaron.

– ¡Hola! – saludó alegremente al llegar, empapada de pies a cabeza.

El detective Bug no pudo evitar que su mirada resbalara con apenas algo de disimulo por ciertas partes de su atractiva anatomía que resaltaban bajo su ropa mojada.

– Hola, Nora...– respondió Alberta para que alguien allí le diera la bienvenida, percatándose de la incomodidad de Edgar.

–Será mejor que nos marchemos ahora – propuso Isadora – Antes que esta lluvia empeore...

Empujó a Alberta con ella, hasta alcanzar la portezuela del "Siena". Mientras encendía el motor, abrió la ventanilla y reparó un imperdonable olvido.

– ¡Fue un gusto volver a verte, Edgar!– gritó, a través de la lluvia.

El se quedó mirándola partir, con Nora colgada de su brazo y un contrariado detective, a su lado. Era una escena patética, en algún sentido...

Isadora le había manifestado su agrado por el encuentro con Edgar y había reído con todas sus ganas por el incidente con Nora Duplay.

– Disculpa...– terminó por decir – Sé que será parte de tu familia muy pronto. Tal vez no deba burlarme...

– No te preocupes – le aseguró Alberta – El pobre estaba tan alterado por lo ocurrido que ni hablar podía.

Ella también rió. Pero un momento después deseaba cambiar de tema. Seguía impresionada por su confesión de una semana antes y creía que aún faltaban algunos detalles en la historia...

Isadora se limitaba ahora a observar la lluvia, a través del gran ventanal del comedor, en la hostería.

– Ya no volverá el buen clima en mucho tiempo – dijo, con voz apesadumbrada – Recuerdo lo duros que son los inviernos en Río Ballais.

– Falta para eso – la consoló Alberta – Es probable que aún queden unas cuantas tardes de sol.

Isadora no respondió al comentario y permaneció callada y absorta. No era la lluvia golpeando los cristales lo que atraía su atención, sino el peso de sus propios pensamientos.

Cuando se volvió a buscar la presencia de su amiga, era notorio que aquel invisible puente de oro entre ambas, volvía a desplegarse para unirlas.

– ¿Qué crees acerca de mis sueños, Alberta? – la pregunta era circunspecta pero, además, intranquilizadora – ¿Es posible que tengan algún significado oculto?

Alberta se dio cuenta que tenía ante sí las mejores perspectivas para ridiculizar el tema y evitar de ese modo, enfrentarlo con la seriedad que merecía. Por lo demás, había historias de oráculos y tratados freudianos que hubieran podido acudir en su ayuda. Sin embargo, por alguna razón, supo que no era el momento para divagar sobre el punto.

– No lo sé – se limitó a decir oscuramente. Y se percató que hablaba con la parte más sincera de su corazón.

Durante años enteros, Isadora había tenido un sueño recurrente. No lo había contado a nadie, ni siquiera a los psicoanalistas que había consultado a lo largo de su vida, en procura de alivio a sus inevitables remordimientos, y ahora se preguntaba por la razón de haberlo puesto en conocimiento de una mujer a quien había consagrado como su mejor amiga, en muy poco tiempo.

Alberta era consciente de esto, sobre todo porque el contenido de lo que había funcionado como secreto durante toda su vida era muy perturbador, a su modo.

Isadora procuraba restarle importancia cuando decía en forma risueña, que sus terapias habían resultado ser como una mala confesión frente al sacerdote, ya que había ocultado adrede, aquella parte de su historia, para nada dispuesta a ponerla a consideración de los demás. Quizás, el transcurso de los años había vuelto demasiado pesada aquella carga...

– Yo sé que todo tiene una explicación, Alberta –parecía algo dicho mucho más para sí que para su amiga – Ese niño...el que está jugando con los demás, sobre el puente...¡soy yo misma! El contenido del sueño se ha ocupado de cambiar algunas cosas. Es un varón y no una niña, justamente para disfrazar de algún modo, la dolorosa realidad de ser... ¡quien empuja a Anabel y la hace caer contra las piedras del río! ¡Y yo tomo, en cambio, el lugar de quien va a ser la víctima!

– ¿Por qué estás tan convencida de que en el sueño tú eres Anabel?

– ¡Por esa pulsera que se mueve en mi brazo todo el tiempo!

– Pero tú me has dicho que también tenías una pulsera como ésa...

– ¡No es la misma! En el sueño... ¡*es* la pulsera de Anabel!

– ¿Cómo sabes eso?

De pronto, Alberta creyó que su pregunta era toda una tontería. Sólo se trataba de un sueño y, si Isadora decía que la pulsera no era suya, apenas era un detalle relacionado con el contenido del sueño. ¡Con lo que su cabeza *armaba* mientras dormía! No tenía más alcance que ése. No obstante, la respuesta no se hizo esperar.

– Porque algunas de las gemas engarzadas en los dijes eran auténticas piedras preciosas. En mi pulsera, en mi *verdadera* pulsera, sólo había piedras semipreciosas. No me preguntes porqué – se desalentó

Isadora de pronto – Tal vez era el precio que pagaba por ser la hermana menor. O...un oculto intento de mi padre por subestimarme con respecto a Anabel. ¡No lo sé!

– Eso que dices no tiene ningún sentido – le aseguró Alberta, dispuesta a alejarla de cualquier conclusión dolorosa – Sólo forma parte de aquellos ridículos celos que sentías por ella...

– ¿Y qué me llevaron a empujarla para que cayera del puente?

– ¡No! No he ido tan lejos con mi comentario.

– ¿Sabes qué? – exclamó Isadora, sin avanzar por un terreno tan escabroso – En el sueño, hay dos pequeños dijes de los que no puedo recordar su significado. ¿Te dije que todos ellos nos eran obsequiados con el propósito de cobrar un sentido en nuestras vidas?

Alberta asintió pero permaneció en silencio.

– Bien... – continuó Isadora – ¡Ahora me doy cuenta que esos dijes sólo estaban en la pulsera de Anabel, no en la mía! Por eso me fue imposible recordar su significado, aun *siendo* ella. Eran diez dijes en total por sus diez cumpleaños. ¡En mi pulsera...sólo había ocho dijes!

– Por favor, Isadora – la voz de Alberta se había vuelto atiplada– ¡Procura no olvidar que sólo se trata de un sueño!

Últimamente pensaba que Alberta podía manipular algunas situaciones basándose en su propia ingenuidad. Y esto hacía que terminara por sospechar que aquellos aires de inocente pueblerina no eran más que una pose muy bien estudiada para hacerse a un lado cuando lo creía conveniente. Pero aquel pensamiento apenas duraba un momento. Por lo general, cedía más bien a la idea de que Alberta había comenzado a defenderse, sin decirlo, de cierto temor agazapado. ¿Cómo era eso posible? Si lo pensaba con detenimiento, se percataba que era algo que había notado por primera vez el día que fuera a buscarla al viejo hogar abandonado...

– Vuelvo a mi primera pregunta – dijo, lentamente – ¿Habrá algún significado en esto de ser Anabel, en mi sueño?

– ¡Y yo vuelvo a mi anterior comentario! – Exclamó Alberta, un poco ofuscada – ¡No es nada más que un sueño!

Acababa de comprender que, después de todo, no estaba tan interesada en el tema como había creído. O, quizás...se trataba de algo que la sobrepasaba en sus fuerzas.

Porque aquel sueño había visitado las noches de Isadora, en medio de sus más terribles como inútiles esfuerzos por no dormir. Una y otra vez...repitiéndose en su oscura monotonía. Tan sólo imaginarlo, violentaba su espíritu. No había sido algo agradable de escuchar, básicamente...

No lo había sido.

Modiliani había logrado reunir, por último, un buen acopio de argumentos demostrando la inocencia de Gervasio. De igual modo, no se había sentido conforme cuando un abogado de oficio solicitó su excarcelación ante la Fiscalía, porque se daba cuenta que fuera de eso, no tenía *nada* que lo llevara a ninguna parte en la investigación.

El asesinato de Marco Lorenz era, indudablemente, un hecho rodeado de enigmas. Lo comprendía, sobre todo, después del descubrimiento llevado a cabo en el jardín. Poner a Gervasio en la escena del crimen como único sospechoso era ya, a esas alturas, algo que quedaba demasiado grande para ser ajustado allí. Lo único que lo relacionaba con el hecho eran unas manchas de sangre en su ropa, que nunca habían sido *salpicaduras de impacto* sino, sencillamente, manchas de arrastre que él mismo había causado al limpiarse en ella, después de tocar aquel bloque de piedra ensangrentado. También estaban las marcas de sus pisadas, pero no en mayor medida que las de la mitad de los vecinos del pueblo que habían acudido al lugar, alarmados por sus gritos. Ni siquiera se correspondían con las huellas ensangrentadas que el asesino había dejado sobre el piso de la sala. Y el hecho de haber sido el último en ver con vida a la víctima, según su relato hecho al modo "surrealista" que le dictaba su discapacidad intelectual, también lo convirtió, en algún sentido, en el sospechoso propicio.

Pero el Fiscal contaba ahora con nuevos datos, altamente extraños y, de algún modo, demasiado sofisticados ("retorcidos", también podía servir a su descripción) como para seguir sosteniendo que la escasa inteligencia de Gervasio Tornasso podía haber estado al servicio de pergeñar los detalles. De manera que, dos días después del entierro de Marco Lorenz, Gervasio fue liberado.

Ahora, Modiliani, que ya se permitía ocupar el escritorio de Edgar cuando éste no se encontraba en el destacamento policial, rumiaba esos pensamientos, aceptando penosamente la oscuridad que, de momento, rodeaba a aquel crimen. Repasaba mentalmente los detalles más significativos y menos comprensibles de toda la investigación, dándose cuenta, sin atinar a entender si esto podía significar algo en sí mismo, que todos ellos apuntaban a pequeños objetos concretos y materiales, que por alguna razón habían estado allí, en la escena del crimen, cumpliendo con algún objetivo por ahora desconocido. Eran pequeños objetos atrapados en medio de su obstinado silencio...

Alguno de ellos, como el teléfono celular, ni siquiera había podido ser encontrado todavía. Modiliani se preguntaba cuál podría haber sido el motivo por el que el asesino hubiese decidido llevarlo consigo, y siempre se repetía lo mismo. Era insensato que lo conservara con el propósito de volver a utilizarlo, ya que podría ser rastreado en algún momento. De modo que la razón debía ser otra cualquiera y no parecía fácil de ser dilucidada. A menos que sólo se hubiera tratado de retenerlo como trofeo, algo que algunos asesinos –sobre todo los seriales– solían hacer.

Estaban, además, la caja de fósforos y el retrato. Ninguno de ellos había aportado huellas dactilares. Ni siquiera las del propio Marco. Esto no era extraño con respecto a la caja, puesto que si había sido manipulada por el asesino, aunque fuese para encender un cigarrillo, tenía sentido que se hubiera ocupado de "limpiarla". En cuanto a esto, se habían avocado a la búsqueda de colillas por todas partes, sin dar con ninguna. Era bien sabido por cualquier policía de investigación criminal que las colillas de cigarrillos se prestaban en forma óptima para la concentración de saliva, necesaria en las pruebas genéticas. Era posible, se dijo Modiliani, que también el asesino lo supiera, por lo que se había cuidado de no dejar ninguna en la escena del crimen. Sin embargo, no se había mostrado tan cuidadoso en relación con las marcas de sus pisadas en la sala.

Con respecto al retrato, en cambio, el enigma era aún mayor. La señora Morrone había desconocido por completo su presencia, sobre una de las pequeñas mesas atestadas de objetos, en casa del anticuario. Su convicción coincidía con la del propio comisario Dutra, quien solía frecuentar el lugar. Tratándose de Edgar, hubiera podido deberse a una simple distracción de su parte. Pero no podía ser posible en el caso de Clarisa Morrone, a cargo de la limpieza de cada uno de ese sinnúmero de objetos. Y desde luego que lo más llamativo en relación con el retrato, era el hecho de encontrarse tan "limpio" como la misma caja de fósforos. Su instinto de avezado investigador le decía que esto sólo cobraba sentido en caso que el propio asesino lo hubiese tocado por alguna razón, y hubiera tenido que asegurarse de borrar sus huellas después.

La fotografía enmarcada era la de un muchachito no mayor de catorce o quince años. ¿De quién se trataba? Nadie había podido reconocerlo y aunque era bastante obvia la antigüedad de la foto, no podía serlo tanto como para tratarse de Marco Lorenz en su adolescencia. Sin embargo, Modiliani se dijo que pediría una datación del papel fotográfico, para tener mayor seguridad al respecto.

En cuanto al bloque de piedra ensangrentado, el asunto también se complicaba por ese lado. Las pruebas de laboratorio habían determinado que las huellas dactilares de Gervasio estaban claramente impresas *sobre* las manchas de sangre y restos de cabello de la víctima porque ya estaban allí al momento de tocarlo. Esto significaba que inequívocamente el asesino se había limpiado sus manos en la piedra o había entrado en contacto con ella por algún motivo, puesto que había quedado demostrado que nunca había sido el arma utilizada para matar a Lorenz, a pesar de haber provocado aquel error, en un principio.

Era bastante evidente que, por alguna razón, el asesino había llegado a ensuciarse las manos con la sangre del occiso. Modiliani se preguntaba cómo podía haber ocurrido esto, puesto que el atizador con el que lo golpeara permitía la suficiente distancia como para evitar que sucediera de ese modo.

Además, no había huellas de pisadas cerca del lugar donde habían quedado apilados los bloques de piedra que coincidieran con las de la sala. Aun habiendo quitado aquel bloque para devolverlo más tarde a su sitio –un hecho bastante improbable porque como acción en sí misma era insensata– tendría que haberse acercado lo suficiente para dejar sus propias pisadas.

Por lo menos el tema de la hora de la muerte era lo único que, finalmente, había quedado en claro. Gervasio Tornasso, aun en medio de sus dificultades para comprender algunos hechos, lo había declarado con total seguridad: eran las seis treinta cuando llegó a la casa para ver morir a Marco Lorenz, confundiendo su estado de agonía con otra cosa. Y por ser como era, Modiliani no podía creer que mintiera en esto. El ayudante del comisario había estado en lo cierto cuando asegurara que Gervasio había quedado atrapado en esa historia que parecía dividirse en tres momentos diferentes. Por alguna razón, Modiliani pensaba que el hecho de haberlo visto morir a determinada hora, reducía el merodeo del asesino y su ataque, a una hora probable que podía establecerse no más allá de las cinco cuarenta y cinco. Era, casualmente, la hora en que toda esa estudiantina que andaba de juergas por el pueblo, podía haber hecho que la presencia del asesino en las calles pasara un tanto desapercibida...si se trataba de alguien lo bastante joven para ser confundido con uno de ellos. O... ¡serlo, en el peor de los casos!

Para el Detective Inspector Modiliani, organizar en su mente una sospecha como aquélla, no era sino tomar un camino de presunciones confusas. Básicamente, no era el momento apropiado para dejarse llevar por su imaginación. Sobre todo porque algo había comenzado a preocuparlo mucho más...

Cuando Edgar recibió el mensaje de Modiliani en su teléfono celular, pidiéndole de reunirse con él en el destacamento, también una preocupación lo envolvía. Todos habían decidido guardar el secreto acerca del descubrimiento en el jardín de Marco, porque según los detectives esto podría llegar a funcionar en algún momento, como el "as en la manga" que los pusiera directamente en la pista del asesino. Este desconocía el hecho de que ellos habían descubierto lo que él ocultara y, a partir de este detalle, todo podía suceder. Que regresara un buen día en busca de aquel objeto o que, creyendo que sólo él sabía de qué se trataba, hiciese o dijese algo que lo delatara finalmente.

La razón que lo había llevado a enterrar aquello bajo la planta de jazmín era, por ahora, todo un enigma. Tratándose de algo que resultaba valioso a simple vista, todos se habían preguntado por qué no lo había llevado consigo, si acaso era el producto de un robo. Del *único* robo que, aparentemente, había perpetrado en la casa.

Sin embargo, su verdadera preocupación se centraba en la incierta probabilidad de tener por asegurado el silencio de todos los que habían visto de qué se trataba. Y cuando pensaba en ello, por supuesto era de Amílcar Morrone de quien más temía que llegara la ruptura del pacto. Era, obviamente, alguien muy apegado a su mujer y hasta cierto punto, sometido a la fuerza de su carácter. Y esto no era bueno para conservar un secreto frente a ella. De todos modos, se encomendó "a los dioses" en el asunto, porque no tenía más remedio.

En el destacamento ya se habían reunido los tres detectives cuando Edgar llegó, deprimido por su idea pesimista.

El Detective Inspector Modiliani, atento a todos los detalles, se puso de pie alejándose de su escritorio, para recibirlo con sus propias aprensiones.

– Hay algo que me ha llamado la atención desde el momento en que supe que, al menos a las seis treinta, Marco Lorenz aún estaba vivo. O que moría en ese preciso momento...

Edgar escudriñó los rostros de todos y enseguida comprendió que, como siempre, él iba a ser el último en enterarse de ciertas conclusiones.

– No es para nada usual que el informe de una autopsia tergiverse *tanto* la determinación de un dato como, por ejemplo, la hora de una muerte – continuó – La posible hora de las siete de la mañana se le aproxima bastante y esto la vuelve verosímil. Pero... ¿por qué extenderse hasta las ocho? Aquí ya se cae francamente en un error.

– ¿Le parece? – preguntó Edgar sinceramente interesado.

– También nosotros cometimos el nuestro... – dijo Modiliani por toda respuesta.

– ¿A qué se refiere, detective?

– ¿No es a las ocho de la mañana, cuando medio vecindario ya hacía un buen rato que había llegado a la casa, atraído por los gritos de Gervasio Tornasso?

Edgar asintió, en silencio.

– ¡Entonces esa hora nunca pudo ser la de la muerte de su amigo! – Concluyó – Sin embargo, no es lo más preocupante en todo esto... ¡Me refiero a que Gervasio tardó *demasiado* tiempo antes de echarse a gritar!

– ¿Vamos a *culparlo* nuevamente? – Se desalentó Edgar.

– De ninguna manera y no es eso a lo que apunto – estableció el Detective Inspector sin ambages – Está probado que Gervasio no pudo ser el asesino. Pero usted nos ha dicho, comisario, que aun antes de referirse al supuesto enojo que creyó ver en la expresión de la víctima, aseguró que estaba *ensangrentado* y *muerto*. Creo incluso recordar que lo manifestó en *ese* orden...

– Sí, fue lo primero que dijo – aseguró Edgar – Y luego comenzó a divagar con eso de...

– ¡No divagaba! – lo interrumpió el detective Bordone en su estilo autoritario – Si acaso hubo algo que me llevó a creer finalmente en su inocencia, fue la seguridad que demostró al establecer su hora de llegada a la casa y el énfasis que puso en su idea sobre la reacción de

Lorenz con vida. Ningún culpable hubiera dicho cosas como ésas. Y menos aún con sus...características de personalidad. No lo tomé en serio hasta escuchárselo decir.

Edgar lo observó detenidamente antes de volver a hablar.

– De modo que tiene usted la capacidad de cambiar sus opiniones y adaptar sus ideas a esos cambios...

– Supongo que esto es toda una virtud para mi profesión – aclaró el detective, por las dudas.

Edgar se encogió de hombros y se mostró dispuesto a seguir escuchando a Modiliani que aún no había arribado a ningún punto.

– Lo único que pudo conducir a error acerca de la hora de la muerte es alguna sustancia que haya provocado modificaciones en el cuerpo, sin dejar rastros – aseveró el Detective Inspector logrando que Edgar no pudiera salir de su asombro.

– ¿Está...seguro? – preguntó, cuando pudo hacerlo.

– No encuentro otra explicación. Conozco algunas sustancias como ésa. La *succinilcolina* es una de ellas. No es posible detectarla en una autopsia, a menos que se la busque expresamente.

– ¿Y cómo pudo llegar esa sustancia...a su estómago?

– *¿Estómago?* – La pregunta que era extremadamente irónica, provenía de Bordone – ¿Se la suministró usted durante la cena?

Edgar no daba crédito a lo que escuchaba, en tanto Modiliani y Bug sonreían sin ocultarlo. Quizás, ambos pensaban que era difícil saber hasta dónde podía llegar su compañero de equipo con la mordacidad que lo caracterizaba.

– Si ésa hubiera sido la vía, es probable que permaneciera allí unas cuantas horas – estableció el Detective Inspector – Las suficientes para ser detectada, aun sin análisis especiales. No, es seguro que le fue inoculada en algún momento. Posiblemente en el *primer* momento, cuando la víctima estaba completamente desprevenida.

– Ahora tiene sentido que el asesino haya manipulado la caja de fósforos –apreció el detective Bug, de pronto – Acababa de cortar los cables de la electricidad y necesitaba cargar una jeringa. Debía alumbrarse de alguna manera...

– ¿No es muy complicado hacerlo con dos manos solamente? – preguntó Edgar.

– Se las habrá ingeniado... O quizás ya traía consigo la jeringa con su contenido y sólo necesitaba cerciorarse de que todo estuviera en orden – respondió Bug, aunque ahora dudaba de su hipótesis.

– No habrá colillas, entonces...– dijo Bordone – ¡Qué pena! Me esperanzaba en que hallaríamos una en algún momento. Ese jardín guarda tantas sorpresas...

— Creo que la utilización de una sustancia paralizante es la máxima razón para disipar hasta el último vestigio de sospecha sobre Gervasio Tornasso – se explayó Modiliani – Pero tengo algunas ideas "caminando" en mi cabeza en este preciso momento...Me parece que el tonto del pueblo ha visto algo lo suficientemente importante para que me inquiete sobremanera el modo de hacérselo recordar.

– ¡Eso sí que será difícil! –Exclamó Edgar – El doctor Fernan podrá decirle qué cosas no andan bien en el cerebro de Gervasio. Suele olvidar las situaciones que supuestamente acaba de presenciar.

Un llamativo silencio se apoderó del lugar. Era evidente que cada uno se encontraba sumido en sus propios pensamientos y que éstos absorbían, de momento, toda la atención interior.

– Citemos al doctor Fernan...

Fue Modiliani quien rompió el silencio, mientras Edgar se volvía para enfrentarlo con cierta interrogación.

– ¿No hay demasiada especulación en esto de una sustancia inoculada en el cuerpo de...la víctima?

Tuvo tiempo de darse cuenta acerca de la distancia crítica que había aprendido a establecer con sus propios sentimientos, al nombrar a Marco de aquel modo, antes que Modiliani le respondiera.

– Dejará de ser una especulación cuando pidamos una orden para que el cadáver sea exhumado.

Finalmente, nunca llamaron a la Compañía de Fumigaciones, como si el asunto hubiera perdido importancia al tiempo que el temor por lo "supuestamente" visto en la casa, se aplacaba.

Por esos días, que a pesar de la lluvia y el frío seguían siendo apacibles, Isadora le comunicó a Alberta la intención de deshacerse de todo mueble y objeto que pudiera quedar en la casa, para recordarle el pasado. Tenía suficiente dinero para reemplazar cualquier pieza del mobiliario y le parecía que esto era lo mejor para hacer. También reemplazaría cortinas y artefactos eléctricos. Aun sin haber visto nada en el interior de su viejo hogar, aseguraba que tres décadas de abandono eran suficientes para haber arruinado todo lo que hubiera en el lugar, incluido aquello que en su momento, había sido valioso, como el antiguo aparador traído por sus abuelos de "tierras lejanas", como había solido decirse en la familia. Después llegaría el tiempo de la pintura y las reparaciones.

En el fondo, sabía que sería como quitarle el alma a la casa. Pero ¡qué remedio! No había otro modo para que ella pudiera volver a habitarla. En medio de sus decisiones inamovibles, retirar todo lo que hubiera quedado en el garaje –y esto sí había llegado a verlo– cobraba casi la forma de una obstinación.

A Alberta le hubiera gustado decir que se tomara un tiempo de reflexión antes de deshacerse de todo, porque iba a tratarse de una acción que no podría tener retrocesos ni arrepentimientos, una vez que la llevara a cabo. Pero con buena prudencia aceptó que se trataba de un asunto demasiado personal y, por lo tanto, su actitud debía ser la de permanecer al margen, dejando que Isadora tomara las decisiones que creyera necesarias. Después de todo... ¡sí que había un extraño ambiente en esa casa! De manera que remozarla y tirar trastos viejos podía ser un buen modo de "limpiarla" de su propio pasado. ¿Acaso no había sido ella la que le diera aquel consejo? ¡Claro que sí! Aunque ahora le parecía que la posición tomada por su amiga era drástica y extrema.

– ¿Entonces no dejarás *nada* que tal vez aún pueda servir o ser reparado?

Lamentó haber hecho la pregunta pero lo comprendió demasiado tarde. Finalmente se había entrometido...

– No lo sé – respondió Isadora, con aires de estar meditando en sus propias palabras – ¿Me acompañarías a ver si algo como eso que tú dices, puede ser salvado?

Alberta no tuvo dudas acerca de los efectos de su intromisión, al enfrentar algo que debía lamentar.

– ¿Te refieres a ir a la casa y hacer alguna clase de...inspección?

– Sí. ¿Por qué lo preguntas con tanto asombro?

– El asombro es porque pensé que tu decisión era contraria a eso.

– Quizás lo he pensado mejor...

– ¿No será que necesitas encontrarte con tus propios recuerdos una vez más?

– ¿Y qué hay de malo en eso? ¡Se trata de *mis* recuerdos y pertenecen a *mi* vida!

Alberta supo que en esto tenía razón. Había dedicado, incluso, largas conversaciones para convencerla de aceptar esa parte oscura y lamentable de su pasado, aun contando con la felicidad de su infancia, como si se tratara de un episodio al que era preciso incorporar al resto de los recuerdos sin demasiada sordidez traumática. Tenía la impresión de haber contribuido hasta donde había podido con esta idea. Quería sacar a Isadora de sus obcecados autorreproches, porque creía que una niña triste aún lloraba en ella, cargando con unos remordimientos innecesarios. Nadie, *a los ocho años de edad* se convertía en asesino, sólo por haber causado un involuntario accidente. Y esto era algo que ella debió aprender casi de memoria para seguir con su vida. Sin embargo, Isadora había crecido en medio de aquella amargura y, según le contara, también *en medio* del silencio perturbador de su padre.

Por alguna razón, Alberta pensaba además que en aquel aciago recuerdo faltaba cierta clase de conexión. No podía precisar el porqué de esa impresión y, en parte, lo atribuía al hecho de referirse a algo ocurrido en una época de la vida en que la propia memoria funciona de un modo encubridor y deformante, para que el imprescindible olvido acuda a restañar, a tiempo, las heridas.

Isadora había abandonado su abigarrada defensa de sí misma y parecía, de pronto, abatida y cansada. No tenía la menor idea acerca de los pensamientos de Alberta pero deseaba captarla una vez más, como su confidente.

– Creo que el hombre pálido de mi sueño es, en realidad, mi padre – terminó por decir – Y está allí para advertirme que algo muy malo está por ocurrir. ¡Claro, él piensa que soy Anabel! ¡Intenta ponerme sobre aviso acerca del niño que va a arrojarme del puente! ¡Pero ese niño *soy yo*! ¡Es a Anabel a quien quiere salvar! Yo sólo le importo porque represento un peligro para ella... ¿Cómo iba a tener el valor para hablar de esto con los médicos?

– No entiendo muy bien a qué te refieres – le aclaró su amiga – Quiero decir...no me parece una razón válida para no hablar de eso. Después de todo, sólo es un sueño y tú deberías haber tomado en serio tu propia terapia.

Isadora la observó, atónita.

– ¿Estás...juzgándome?

Era otra buena razón para tontear, pero Alberta no estuvo dispuesta a dejarse llevar por las circunstancias.

– Hay algo en tu sueño que permanece muy oscuro, aun para ti misma. En todo caso...eres tú quien no se está atreviendo a juzgar los hechos. Y esto de ponerte en dos lugares a la vez, para ser tu hermana y el niño que la ataca... – Alberta se interrumpió con un leve movimiento de negación – Bueno, todo es posible de ocurrir en los sueños...

Permaneció en silencio por un momento, como si estuviera luchando contra la idea que acababa de escuchar. Finalmente, la sombra tenue de una sonrisa acompañó sus palabras.

– Tal vez estés en lo cierto – dijo – Tal vez sea tan terrible lo que mi propio sueño oculta que no quiero saber nada con eso...

El doctor Fernan se detuvo un momento para saludar a Edgar, amigablemente. Luego, avanzó hacia donde lo esperaba el Detective Inspector.

– Todos en el pueblo celebramos que Gervasio haya quedado libre de sospechas – dijo, mientras carraspeaba – Es un atolondrado, seguro. Pero también es alguien incapaz de hacer ningún daño.

– No existe nadie así. Los espiritualistas dicen que por el solo hecho de caminar sobre la hierba, el daño se causa sin remedio...

Si había una expresión para definir lo que asomaba al rostro de Edgar en tanto oía aquellas palabras, sin lugar a dudas se trataba de perplejidad. ¡Bordone era capaz de expresar algo tan profundo! ¡Quién lo hubiera dicho! Pero, evidentemente, el efecto causado en el doctor Fernan no había sido el mismo. Este dejó de sonreír al momento de escucharlo.

– ¡Vaya! – Exclamó, desprevenido – ¡Eso sí que suena metafórico!

Fue evidente que aquélla no había sido la palabra que le hubiera gustado emplear. Edgar conocía cierto rasgo de petulancia en el viejo médico, por experiencia propia, y comprendía que había quedado descolocado. El "efecto Bordone", pensó, sonriendo para sí. Aún recordaba –y estaba seguro que jamás lo olvidaría– lo que había dicho al certificar la muerte de Adela, cinco años atrás, como ejemplo de su seguridad en una sapiencia que no sentía amenazada por ninguna parte.

"*Un infarto fatal te dejará pensando en el inevitable "cómo es posible*", había dicho en aquella oportunidad, "*pero es tan posible como cualquier otro hecho de la vida*."

Tal vez habían sido palabras sabias, se dijo Edgar, pero en aquel momento se había sentido conmocionado por sus propios remordimientos, como para creerlo simplemente.

Modiliani hizo bastante ruido a su alrededor para indicarle al viejo doctor un lugar cómodo dónde sentarse. Afortunadamente, esto fue suficiente para impedir que escuchara lo que Bordone había terminado por mascullar: "no es una metáfora".

– Tengo entendido que se ha ocupado de la salud de Gervasio Tornasso en alguna que otra ocasión...

– No tanto como hubiera querido, detective – aclaró el doctor – El muchacho es reacio a las consultas médicas y estoy seguro que ni siquiera toma la medicación que le indiqué.

– Medicación – repitió Modiliani – ¿Y es para...?

A veces, el Detective Inspector se volvía sencillo y obvio en su modo de preguntar.

– Gervasio padece de cierto deterioro neurológico de base que, en realidad, es independiente de su grado de oligofrenia...– el doctor Fernan volvió a carraspear como le gustaba hacer cuando se ponía a dar esa clase de explicaciones – Es epiléptico y los ataques convulsivos que sufre sólo son controlables con cierta medicación que él *no* está tomando...

– Comprendo – soltó alegremente Modiliani. Y en verdad se lo veía feliz y aliviado con su comentario.

– ¡Vaya! – Exclamó Bordone a sus espaldas – ¡Sí que tuvimos suerte que no le diera una de esas viarazas mientras estuvo encerrado!

Edgar contuvo una sonrisa, en tanto desaprobaba lo que acababa de escuchar. No iba a durarle demasiado su inclinación por el ascetismo, se dijo.

– Doctor Fernan...– Modiliani quería disponer de toda su atención en ese momento – ¿Esas convulsiones...lo ponen fuera de la realidad por un tiempo, digamos...más o menos prolongado?

El médico asintió con vehemencia.

– Definamos "prolongado" – exclamó – Los ataques suelen extenderse por varios minutos, desde el momento del pródromo hasta su desaparición. Pueden llegar a ser más de diez o quince. O aun *más o* menos que eso. Es todo bastante relativo...Con la medicación adecuada, el desenlace no suele ser tan...dramático. Y, en ocasiones, ni siquiera se produce.

– ¿Pródromo? – aventuró el detective Bug, esperando más explicaciones.

Ya maravillado de encontrarse ante un auditorio de legos, el doctor Fernan se dispuso a hacer algo contra aquella supina ignorancia.

– Se trata de un conjunto de indicios, algunos muy bizarros y otros apenas perceptibles, que indican la proximidad del ataque. Puedo aburrirlos describiéndoles algunos de ellos...

– No será necesario – se apresuró a establecer Modiliani – Sólo mencione aquello que pueda ser útil para comprender qué pudo causar el ataque de epilepsia de Gervasio Tornasso, el día que llegó a la casa de Marco Lorenz y en qué tiempo de inconsciencia lo sumió.

Algo en la mirada del viejo galeno se oscureció, mientras confrontaba con la expresión ansiosa en el rostro del detective. Parecía querer demostrar que no había demasiados puntos de coincidencia en sus respectivas profesiones que dieran lugar a respuestas tan precisas. Aferrado a su antigua práctica de médico pueblerino, el doctor Fernan se hubiera sorprendido de su propio error: lo ignoraba todo sobre el acercamiento logrado entre la medicina y la investigación policial, a partir de la tecnología forense.

– Si lo que usted quiere determinar – comenzó a decir con elaborada lentitud – es que tropezar con el cadáver ensangrentado del señor Lorenz pudo causarle una convulsión, me limitaré a señalar que no...necesariamente. Me refiero a que no existe nada explícitamente vinculante entre las dos situaciones.

– ¡Sólo limítese a decirme si acaso *pudo* ocurrir!

– Entiendo el punto – terminó por aceptar, asombrado de haber recibido ese "trato policial" tan poco apropiado y deseoso de tener su revancha – Tanto como el hecho de haber sufrido el encierro de la cárcel. ¿Acaso no lo dijo su compañero? Eso *pudo* ocurrir pero no ocurrió...

El Detective Inspector, consciente de haberse dejado llevar por cierta impaciencia inadecuada, decidió retomar sus buenos modales.

– A lo que yo me refiero, doctor Fernan – explicó con verdadero prurito esta vez – es al hecho de poder establecer, como situación de predisposición, todo aquello que por una u otra razón, pudiera causarle cualquier clase de preocupación o malestar a Gervasio Tornasso.

El médico lo observó detenidamente antes de responder. No parecía estar escogiendo sus palabras sino fastidiando a Modiliani en su propia ansiedad.

– Si *efectivamente* tuvo una convulsión ese día...su tiempo de inconsciencia pudo durar lo que ya le he mencionado...unos veinte minutos como máximo, tal vez. Aunque la recuperación total del ataque pudo extenderse un poco más. Otros veinte minutos, quince, quizás...

– Usted estuvo allí para certificar la muerte del occiso, ¿verdad? – la intervención de Adriano Bug fue brusca e inesperada.

El doctor Fernan asintió, preocupado. Edgar rogó porque a Bordone no se le diera por recordar las pisadas alrededor del cadáver.

– Entonces, tuvo oportunidad de ver a Gervasio, cuando llegó a la casa...

El médico continuaba confirmando sus respuestas, con leves y silenciosas cabeceadas.

– ¿Se veía como alguien que acababa de sufrir un ataque epiléptico?

Sintiéndose ya en medio de un auténtico interrogatorio policial, se dispuso a resguardarse en su ciencia, una vez más, sin dejarse intimidar.

– Estaba conmocionado, sí. ¡Y no era para menos! Se contradecía con sus tonterías de siempre...Que lo había visto muerto, que lo había visto vivo y enojado. Pero lo de su ataque es algo probable, nada más. Creí que ya había quedado establecido así, justamente porque una convulsión no deja efectos comprobables a simple vista, toda vez que ha pasado.

– ¿Ningún rastro de haber babeado o haber estado a punto de asfixiarse con su propia lengua?

La pregunta había provenido de Bordone.

– Eso último es sólo un mito, detective – fue la escueta respuesta del médico.

– No había rastros de saliva en su ropa – aventuró el detective Bug.

– No tenía por qué haberlos. Bien podría no haber estado más allá de su boca o sus mejillas – acotó el doctor Fernan – Y aún pudo ser una convulsión *en seco*...

Modiliani miraba a todos como si sus pensamientos estuvieran, de momento, ausentes del lugar.

– Veinte minutos, ¿eh? – parecía hablar para sí mismo – Llega a las seis y treinta... ve morir a Lorenz...se acerca, lo toca, se mancha con sangre...retrocede asustado...se apoya sobre uno de los bloques de piedra... se limpia en su propia ropa... comienza a sufrir el ataque epiléptico...vuelve en sí veinte minutos después...Ya son casi las siete de la mañana...pasa un tiempo desorientado, asustado, sin reacciones...Luego comienza a gritar y la gente acude al lugar.

– ¡Vaya recorrido!

Todos se volvieron a mirar a Demetrio que llegaba desde el fondo del despacho, con su comentario a flor de labios.

– Pudo incluso ver al asesino...y olvidarlo, después de una convulsión. O...lo conserva en su cabeza como algo muy confuso.

Modiliani sintió deseos de abrazarlo. ¡Por fin alguien pensaba lo mismo que él!

– Les recuerdo que el bloque ya tenía sangre cuando él lo tocó...– dijo Edgar, de pronto.

– ¡Y eso es bueno! – exclamó el Detective Inspector – ¡Quiero decir que, quizás, el asesino fue hasta él y allí limpió sus propias manos enguantadas, en presencia de Gervasio Tornasso, el tonto del pueblo, sabiendo que se quedaría mirándolo hacer, asombrado en su modo estupefacto y carente de reacciones! Lo único extraño es la ausencia de sus pisadas...

– Eso amerita preguntarse también si el asesino conocía a Gervasio – estableció el detective Bug.

– Incluso pudo verlo...

Esta vez la mirada de Modiliani se clavó en el ayudante policial, obligándolo a silenciarse. De todos modos, el doctor Fernan estaba muy lejos de comprender aquella conversación. Demostrando estar algo fastidiado porque ya nadie allí parecía tomarlo en cuenta, se puso de pie con la lentitud que sus años le imponían y arregló su saco, antes de volver a hablar.

– Señores... – dijo, en su modo atildado – El *grand mal* no funciona de esa manera.

Todos volvieron a prestarle atención. Y esto encantó al viejo doctor.

– Una vez que el ataque convulsivo ha comenzado, sus minutos de duración...diez, veinte o los que fueren, son de completa incapacidad para permanecer en contacto con la realidad. Y cuando el momento crítico ha pasado, aún pueden quedar algunos minutos más de plena confusión y sin que el enfermo siquiera sepa dónde se encuentra. En el caso de Gervasio, por la falta de medicación y su debilidad mental, esto es *prácticamente* lo único que puede sucederle. ¿Cómo podría haber visto al asesino si los hechos ocurrieron de ese modo?

– Podría haberlo visto – comenzó a explicar Edgar – *antes* de su ataque.

– Me está gustando lo que dice, comisario...

A estas alturas, el Detective Inspector Modiliani ya parecía un niño disfrutando de su mejor juguete.

– ¿Cuál es la probabilidad de que el asesino conociera a Gervasio?

El detective Bug repitió su teoría en aquella osada pregunta. El jefe se veía en el paroxismo de su emoción. Siempre lo había entusiasmado el momento de las conjeturas, pero esta vez quería llegar con ellas tan lejos como le fuera posible.

– No olvidemos el llamativo error de la autopsia en cuanto a la hora de la muerte – recordó, feliz– Debemos saber si alguna sustancia inoculada en su torrente sanguíneo pudo distorsionar ese momento. ¡Pero démoslo igualmente por válido, al menos para avanzar por este camino!

Edgar supo que ya se aprestaba a una de sus actuaciones que volvían cursi y exasperante la expresión forzada en su rostro. Cuando decía "torrente sanguíneo" en lugar de sangre, su lado profesional se reforzaba con el de actor fracasado. Obviamente, él lo prefería en su primer papel.

– ¿Para qué paralizarlo si pudo atacarlo por la espalda desde un primer momento, sin darle ninguna oportunidad de defenderse?

La pregunta del Detective inspector dejó a todos perplejos. Si una segunda autopsia lograba revelar que, efectivamente, la víctima había sido inoculada con alguna sustancia, antes de sufrir el ataque mortal, sólo había una respuesta posible.

– Allí está oculto el móvil del crimen – se contestó a sí mismo – Alguien que tenía viejas cuentas pendientes con Marco Lorenz y *necesitaba* echárselas en cara antes de matarlo. ¿Qué mejor modo para hacerlo que dejarlo absolutamente lúcido y absolutamente inmovilizado, por un tiempo?

Después de todo, Edgar se daba cuenta que el esperado histrionismo del Detective Inspector acababa de sucumbir a la seriedad con la que quería manifestar su argumento.

– Los ojos desorbitados y las mejillas enrojecidas – continuó – responden mucho más a su primera reacción luego de haber sido paralizado que a las consecuencias de un golpe. O, en todo caso, a una buena combinación de ambos hechos. Las salpicaduras de sangre en la sala demuestran que el ataque no fue lo bastante contundente. Algunas de ellas nos pasaron desapercibidas al ingresar al lugar...

– ¡Pero jefe! – Exclamó el detective Bordone – ¡La autopsia determinó que eso fue porque la sangre permaneció en la cavidad craneana, en lugar de manar en abundancia, al menos en un comienzo!

– La autopsia ya se ha equivocado bastante...

Modiliani se ganó una mirada cargada de reproches de los hombres de su equipo. Habían aprendido a respetar sus presunciones que, en ocasiones, resultaban acertadas. Pero esta vez pensaban que había llegado demasiado lejos con sus palabras.

– Pongámoslo de este modo... – se apresuró a decir para calmar los ánimos – El error se produjo desde un principio, porque esa sustancia alteró todos los parámetros de normalidad en el cuerpo de la víctima.

– ¡Ya estaba muerto! – Se escuchó decir a Demetrio con su inconfundible vozarrón y un gesto de incredulidad– ¿Hay cadáveres...normales?

Adriano Bug se echó a reír, en tanto Modiliani retomaba su relato, no sin antes mostrar su desagrado por el comentario.

– No fue su propia fortaleza lo que hizo sobrevivir a Marco Lorenz después del ataque con el atizador. ¡Fue, en primer lugar, esa sustancia intoxicante de la que no quedó rastros en la sangre!

El doctor Fernan, que había escuchado atentamente todo el relato hasta su desenlace en aquella conclusión, miraba al Detective inspector Modiliani, con desesperación inocultable.

– Pero, ¿acaso... no fue un golpe con un bloque de piedra...lo que causó su muerte?

¡Con que allí estaba el primer paso hacia la primera confusión! El propio médico del pueblo había certificado erróneamente la defunción de la víctima. Algo tan propio de viejos galenos petulantes, se descubrió pensando Modiliani. Sin embargo, con una mirada de fuerte contenido admonitorio, detuvo a tiempo cualquier comentario de Bordone.

Una promesa era para Alberta un compromiso ineludible. De modo que en la primera tarde soleada después de una persistente lluvia, se subió a su utilitario junto con Isadora y ambas emprendieron una segunda visita a la casa de los Vander Kooy.

Era la acción más testaruda de su vida, se dijo. Pero poco importaban ya las razones que la movían en aquella decisión. No tenía margen para ningún arrepentimiento y, además, estaba segura que igual hubiera callado, de haberlo tenido.

Isadora se veía resuelta y llena de un ímpetu avasallante, por primera vez. Era extraño, pero de todos modos, no echaría a perder aquella inesperada y novedosa actitud de su amiga. Seguramente, todo se debía a la excitación que le causaba la sola idea de enfrentar los restos de su propio pasado. Algo había en la casa que, superado el temor de adentrarse en ella, aún podía sacudir los más recónditos rincones de su emoción por el reencuentro.

–Allá vamos... – murmuró, simplemente.

Y, apenas quince minutos después, aparcaba sobre el crujiente ripio de la entrada. Sólo les llevó un poco más de tiempo, llegar hasta la puerta que se abría al patio interior: *la puerta del hilo de...óxido.*

Isadora sólo le había dedicado una rápida mirada de soslayo al garaje y lo mismo había hecho con esa parte de la puerta que ya la había inquietado en su oportunidad, luego de ascender por la breve escalera, con pasos ágiles y resueltos. Ahora, todo era cuestión de acciones que no denotaran ninguna vacilación...

Acaso cruzaron alguna mirada que tenía por finalidad infundirse ánimo mutuamente. Pero ninguna iba a reconocerlo, de modo que avanzaron un poco más sin decir palabra, tensas pero decididas. Después de todo, el patio estaba tal como lo habían imaginado: sucio, abandonado, con sus baldosas rotas y manchadas por los extraños fluidos del tiempo.

Isadora no se había permitido detener en aquellos detalles, en su frustrada visita anterior. En cierto sentido, esto le causaba alivio. Significaba que nadie había estado allí en *muchísimo* tiempo, como para ocuparse de su limpieza y conservación. O, simplemente significaba... ¡que algún posible habitante furtivo no se había ocupado de él en lo absoluto! Pero la idea era descabellada en sí misma. ¿De dónde le había aparecido ese estúpido pensamiento?, se preguntó, de pronto. De las inquietantes historias que había escuchado tantas veces de su padre, se respondió.

Había una segunda escalera. Era la que ascendía hasta la explanada que hacía las veces de terraza, antes de ingresar a la "impertérrita" galería. La que había estado allí, silenciosa y de pie durante todos aquello años transcurridos, soportando el paso del tiempo como una vieja guerrera derrotada en su último combate.

La pequeña puerta de acceso chirrió sobre sus goznes oxidados, al empuje de las temblorosas manos de Isadora. De pronto, estaba segura que en alguna vista panorámica del lugar, y a la distancia, la casa toda se vería como un sitio abandonado. Con sus paredes color ocre, descascaradas, y sus manchas de humedad en el breve borde del techo, que remataba sobre las amplias arcadas. Nadie podría sospechar al verla a lo lejos, cuánta felicidad y cuánto dolor había albergado alguna vez, entre las viejas paredes heridas por el tiempo. Tampoco era posible para ella, ahora, identificar aquellos antiguos sentimientos, en su propia emoción de ese instante.

La pequeña puerta no sólo había disparado su disonante chirrido sino otro sonido, además, que había estado allí aguardando por su regreso, para ser escuchado nuevamente: el pesado y seco ruido de arrastre de la madera deformada por la humedad, contra el piso de baldosas que ya no relucían como antaño.

El recuerdo fue inevitable...

Anabel y ella trataban de abrirla al mismo tiempo. Peleaban por hacerlo hasta que su hermana, mayor y más fuerte, la empujaba hacia atrás para alcanzar primero los brazos de su padre que, lentamente y con evidentes signos de disfrutar de la situación, llegaba para besar y sonreírle a la hija triunfante.

La mirada de Isadora recorrió la galería con la avidez propia de quien vuelve en busca de los viejos detalles. *Todo estaba allí como había estado siempre*...en tanto su vida transcurría en otro lugar y a cargo de otra historia.

–Abramos de una vez esa puerta...

La voz de Alberta, cargada con algo de impaciencia, la trajo de regreso al presente.

Quizás, el leve movimiento de la llave en la cerradura fue una especie de sacudón, en medio de un duermevela. El hecho de que calzara en su lugar y girara segura de haber estado esperando aquel despertar, como una princesa adormecida durante siglos a causa de un antiguo maleficio, tenía algo de increíble. Hubiera sido tal vez más lógico, encontrar cierta resistencia y aun la imposibilidad de abrirla. Bueno...pero no había sido así. Y ahora todo lo que restaba por hacer, consistía en tomar el pomo de la puerta y empujarla hacia el interior del viejo corredor, al que recordaba siempre en penumbra.

–No te atrevas a abrir esas persianas, Isadora...

La voz de su madre regresaba de algún olvidado y oscuro rincón del pasado. Y estaba allí, dentro de su cabeza, cantarina y dulce como lo había sido.

– No hay ningún paisaje digno de observar desde aquí. Y mi piel no resistiría el reflejo del sol que entra por las ventanas abiertas...

Los ojos de Isadora se habían anegado en lágrimas al cruzar la puerta, definitivamente superada como obstáculo, en lo real y en el recuerdo de aquellos momentos familiares, perdidos entre la bruma de un tiempo lejano y un poco cruel en el modo de devolver las viejas emociones.

Fue consciente de la presión de la mano de Alberta en su brazo. En ese momento, estuvo segura que ésos eran los recuerdos –los *buenos* recuerdos– que quería conservar para siempre. Recurrir a ellos cuando la vida la desanimara y preservarlos de cualquier dolor que intentara abatirla. Los otros...estaban allí nada más que para ser un telón de fondo del que nunca podría deshacerse, pero sí podría hacer de cuenta que no estorbaban en su vida, en ningún sentido. Sólo era cuestión de mentirse un poco a sí misma y no más que eso. ¿Quién no podría llevar a cabo una acción tan sencilla?

La pregunta se movilizó en su mente pero sin el tiempo suficiente para encontrar la respuesta. Su mirada la llevó tan lejos de ella que le hubiera sido imposible regresar a su propia introspección. Alberta, a su lado, exclamó algo ininteligible y oprimió con más fuerza su brazo...

"Datos preocupantes" era una expresión que regresaba a su memoria y que ahora le parecía perfectamente aplicable a ciertas nuevas circunstancias de su vida. ¿A qué se refería con eso?

Mientras se lo preguntaba, receloso de hallar por sí mismo cualquier respuesta de ésas que ya se conocen de antemano pero que uno prefiere negar enfáticamente, Edgar conducía su "Megane" particular, el que utilizaba cuando no estaba a cargo de ningún asunto oficial, rumbo a la hostería de Alberta.

Había hecho aquel camino muchas veces. Tenía por costumbre ser atento y obsequioso con las visitas a su futura familia, especialmente porque aún conservaba entre sus recuerdos, el amargo sabor de haber sido desaprensivo e indiferente con la suya propia –algo que sólo la muerte de Adela consiguió poner en perspectiva– y ya no había ningún modo de remediarlo, más que con sus esforzados intentos del presente por mantener a todos reunidos.

Se percataba que cada vez era menor el tiempo que dedicaba, en cambio, a sus encuentros con Nora. Estos se habían vuelto ya esporádicos y hasta fortuitos. Y suponía que cierto tedio se había adueñado de la relación sin que él mismo lo notara al principio. O, tal vez, se estaba poniendo viejo, simplemente...

Alberta lo vio cruzar el patio y saludarla a través del ventanal. Decidió salir a su encuentro. Edgar era siempre bienvenido, desde luego, pero en esta ocasión deseaba manifestarle especial cordialidad por si aún conservaba cierto pudor herido por el incidente en el cementerio.

– ¡Hola, Edgar! – Saludó, entusiasta– ¿Qué te trae por aquí?

– ¿Por qué lo preguntas? – respondió con una sonrisa incierta – ¿Acaso no suelo visitarte a menudo?

Por un momento se preguntó si su idea de "visitas asiduas" coincidiría con la de Alberta. Mientras aquella duda se instalaba en su ánimo, comprendió que esto no era bueno para él, especialmente en ese día.

Estaba allí porque deseaba volver a ver a Isadora Vander Kooy (*¡ya estaba! ¡Ya había tenido el coraje de decírselo a sí mismo!*) y anhelaba con todas sus fuerzas que eso no estuviera escrito como una letra escarlata, en la ansiedad de su expresión.

– Fue una pregunta retórica – manifestó Alberta, al abrazarlo – ¿Por qué estás tan susceptible?

Lamentó que la "famosa" perspicacia de Alberta y su naturalidad para expresarla, se metiera en el medio. No sabía ciertamente si lograría salir del brete.

– No...no...– comenzó a decir, convencido que su inseguridad bailoteaba ante ella – Nada de susceptibilidad. Sólo pensé que...era un buen momento para pasar a saludarte.

– ¡Claro que lo es!

Ella sonreía de un modo... ¡insoportable! Edgar estaba seguro que se había percatado de todo.

– Estuve tan ocupado...con el asunto del crimen. Y, probablemente, lo estaré aún más por estos días. Hoy tengo un buen respiro y...

– ¿Han avanzado en averiguar algo sobre la horrible muerte de Marco Lorenz? – Lo interrumpió Alberta, sinceramente interesada.

– Creo que no mucho – estableció, repasando mentalmente los puntos más notorios de todo lo actuado – Un poco de esto, un poco de aquello...Autopsias y esas cosas de los investigadores forenses. Para mí, lo único verdaderamente importante de lo hecho hasta aquí es haber demostrado que el pobre Gervasio no pudo ser el asesino.

Por un breve momento, Alberta llegó a preguntarse si no había sido una intromisión de su parte, tratar de saber algo acerca de un asunto que bien debía tener su lado oscuro para la policía. Aquel pensamiento coincidía con una extraña mirada de Edgar, procurando esforzarse en no parecer misterioso. Seguía obsesionado con la idea de mantener en el más estricto secreto, el descubrimiento en el jardín. Pero tampoco quería exponer sus evasivas de un modo evidente.

– Disculpa que te lo haya preguntado – dijo ella, de pronto – Entiendo que no es un tema para andar hablando con cualquiera.

– Tú no eres *cualquiera*, Alberta...– se disculpó él – Créeme, no hay demasiado para decir.

Supo enseguida que tampoco mencionaría el asunto de la posible exhumación del cuerpo y sus razones.

– Tú eras un buen amigo de Marco – recordó ella – Quizás el único que tenía por aquí...

– Sin embargo, nunca me manifestó temores o preocupaciones por lo que pudiera ocurrirle, si eso es lo que quieres decir.

– Sí, claro.

Alberta hizo silencio dándose cuenta que había vuelto a entrometerse indebidamente. Notó, además, que la mirada de Edgar se movía a su alrededor con cierto disimulo, por lo que creyó que ya no estaba interesado en el tema.

– Ella se hospeda aquí, ¿verdad?

Cuando comprendió que la pregunta había surgido de sus labios, de un modo tan franco e intimista que hubiera sido imposible volver atrás con lo que era prácticamente una confesión sobre intereses personales, sintió cómo su rostro se encendía de un rojo subido.

– Te refieres a Isadora...

¡A quién sino! Tal parecía que Alberta no se lo haría sencillo. El asintió, mientras una sonrisa estúpida se abría paso en su expresión.

– Viajó a La Ciudad esta mañana temprano...

– Ah, se ha marchado – algo en su interior cayó bajo el peso de una repentina decepción – Creí que estaba de regreso para quedarse...

– ¡Oh, sí! ¡Sí que lo está! – Las palabras de Alberta sonaron como música en sus oídos – Volverá por la noche, a más tardar. Tuvo que ir por cierta documentación...El título de propiedad de la casa y sus papeles que la acreditan como única heredera de la familia. Tú sabes...uno nunca se pone encima esa clase de cosas. Está todo en poder de sus abogados y allá fue en procura de...*eso* y algo de asesoramiento profesional.

– ¿Hay algún problema?

Su instinto le decía que sí. Conocía a Alberta lo suficiente para no haber pasado por alto cierto tono de preocupación en su voz. Además, todo su aspecto la mostraba, de pronto, abatida.

– No sé *exactamente* si se trata de un problema... – comenzó a explicar – En parte, diría que sí.

Se habían sentado ante la pequeña mesa junto al ventanal, que siempre era apreciada por los huéspedes como el lugar más reservado del comedor.

– ¿Sabes? Estoy tratando de imaginar si cometeré una infidencia al contártelo. Isadora suele tener algunos berrinches cuando digo algo que ella considera inconveniente, pero... ¡qué va! Eres el comisario del pueblo y creo que tienes que estar al tanto de esto.

Edgar se sintió obviamente interesado por el comentario y aguardó a que Alberta se explayara. Presentía que se trataba de algo inquietante...

– Estuvimos en su casa ayer por la tarde. Quiere volver a vivir allí definitivamente, pero aquello es un desastre. O, debería serlo, al menos...

Edgar carraspeó sin saber qué decir. Alberta se veía proclive a cierta confidencia preocupante, tal como él lo había presentido.

– El jardín en el frente y el patio se ven descuidados, abandonados a la mano de Dios, diría yo...Por supuesto es lo esperable porque la casa ha permanecido cerrada durante tanto tiempo...Pero hay algo extraño con todo lo demás...

– ¿A qué llamas *extraño*?

Alberta no se sentía cómoda en medio de aquellas explicaciones. Por un momento, creyó fehacientemente que había sido una torpeza comenzar con el relato de los hechos.

– Se trata de algo que a mi juicio resulta un poco...chocante. Y, desde luego, Isadora comparte esta idea – concluyó, renuente.

Edgar la interrogó con la mirada.

– En el interior de la casa, todo está ordenado, limpio y cuidado como si el tiempo no hubiera transcurrido. O, como si...*alguien* se hubiera estado ocupando del lugar.

– ¡Eso no es posible!

– Yo hubiera pensado de ese modo también, de no haberlo visto por mí misma – dijo, de pronto, con gravedad.

– Quizás no haya sido más que una falsa impresión. Las casas muy bien cerradas pueden conservarse lo suficientemente aisladas del exterior como para...

– ¡Deja de decir tonterías, Edgar! – Lo reprendió Alberta– Esa casa está en medio de una montaña y el polvo *debería* haber entrado por todas partes. Los muebles nunca fueron enfundados y, además, su disposición y la de ciertos objetos no se corresponden con lo que Isadora recuerda.

– Era apenas una adolescente cuando se marchó. Tal vez sus recuerdos estén un poco alterados por...

– ¿Por lo sucedido con su hermana? ¡Esa es otra tontería! ¿Por qué no podría recordar los hechos correctamente, al momento de dejar la casa?

Edgar se movió incómodo, resopló bruscamente y terminó por aceptar aquella verdad de Perogrullo.

– Sólo iba a decir que a esa edad la memoria puede tergiversar algunos detalles. Pero tienes razón – admitió – Y si las cosas son así... ¡habrá que averiguar qué ha sucedido allí!

Finalmente, su instinto de buen policía triunfaba, a pesar de su renuencia.

– Por lo pronto, Isadora ha decidido traer al pueblo sus títulos y derechos de propietaria por si se hace necesario expulsar a alguien de la casa.

– Quienquiera que sea, ya debe saber a estas alturas que ella está de regreso. Es muy probable que haya abandonado el lugar con gran apuro...

– Eso explicaría por qué no hemos hallado ropa ni objetos personales de ningún intruso.

Edgar prefirió barajar otras posibilidades.

– Tal vez no haya ningún intruso – dijo – Tal vez se trate de algún...loco o de un viejo admirador que haya querido darle, a su entender, una apropiada bienvenida.

– ¿Lo dices en serio?

– No – aceptó – Eso no tendría ningún sentido.

Una tenue sonrisa regresó a la expresión de Alberta.

– Tú podrías ser ese admirador. Pero no te imagino haciendo nada como eso.

Edgar fue consciente de haberse ruborizado.

– ¡Ni lo digas! – exclamó, en medio de su bochorno – Sólo pregunté por ella de un modo amistoso...

– Más te vale – Alberta amplió su sonrisa que terminó volviéndose francamente desembozada – Porque ha sido una testigo privilegiada de los...arrumacos de Nora.

Edgar supo que el tema se complicaba por ese lado. A veces lamentaba que Alberta fuera básicamente extrovertida y desconociera por completo el significado de la cautela, al hablar.

– No seas tan desconsiderada conmigo – la reprendió suavemente – Soy un pobre viudo solitario que busca algún consuelo de vez en cuando.

Alberta transformó su sonrisa en una estentórea carcajada.

– ¡Mira de qué modo lo dices! ¡Y hasta pones cara de estar atribulado!

Edgar recuperó su compostura para explayarse con un poco más de seriedad.

– Nora no ocupa un gran lugar en mi vida – dijo – Reconozco que nos hemos estado viendo por un tiempo, pero ella... no hace *eso* sólo conmigo.

– ¿Y tú no sientes celos?

– Quizás, al principio. Cuando aún no tenía muy en claro el sentido de esta relación. Pero... ¿cómo diablos hemos venido a dar con el tema?

Alberta aún recordaba el propósito de aliviar su bochorno por el incidente durante el funeral. Afortunadamente, sólo unos pocos habían podido presenciarlo, gracias a la ubicación de Edgar en el lugar, de modo que el asunto no revestía ninguna gravedad. Ya iba siendo hora de terminar con aquellos comentarios. En especial, porque acababa de comprender de dónde sacaba Nora Duplay su tren de vida. Y, sobre todo, porque en medio de aquella comprensión, había surgido un profundo conocimiento acerca de los verdaderos intereses de Edgar.

– ¿Puedo darte un buen consejo? – preguntó, de pronto.

Edgar la observó, desconfiado.

– Si se refiere a Nora...

– Se refiere a Isadora – lo interrumpió con firmeza – Si ella te agrada, tanto como te agradaba en el pasado, no omitas la oportunidad de decírselo. Los trenes que parten del andén con cierto retraso, no suelen volver a pasar...

El sonrió tímidamente.

– Y nada de eso de "*eres una Vander Kooy*". ¡No la trates como a un espécimen en extinción porque te mandará al cuerno! Y créeme que sé de lo que estoy hablando.

Edgar se sentía repentinamente entusiasmado como un adolescente, frente a las palabras de Alberta.

– De acuerdo – dijo, temerario – Volveré mañana con alguna invitación a cenar. ¿Me harás el favor de no aguar la sorpresa?

– Mantendré mi boca tan cerrada que nadie podrá reconocerme.

Rieron juntos, esta vez. Antes de que Edgar se marchara, Alberta lo obligó a volverse, gracias a su comentario de último momento.

– ¿Sabes qué fue lo más extraño de todo lo que vimos en la casa? Había dos grandes jarrones con flores. Con flores frescas, *recién cortadas*...

OCHO
DECISIONES

El Detective Inspector Modiliani bendecía el hecho de contar, al menos, con el arma utilizada para ultimar a la víctima de aquel crimen, por lo demás, misterioso y oscuro en casi todos sus detalles. No olvidaba que esto también había estado a punto de malograrse...

Sin embargo, algo lo mantenía en vilo. En ninguna de sus partes, el informe de la autopsia establecía que la herida infligida hubiera resultado mortal desde el comienzo, en el sentido de provocarle una muerte inmediata. Por lo tanto, la causa de ésta parecía ser un hecho apenas sobreentendido y tácito, ajustado a la circunstancia de que un pesado atizador había caído sobre el cráneo de Marco Lorenz, fracturándolo.

Había visto sobrevivir a algunas víctimas de ataques como ése, aun con mayor compromiso de la masa encefálica. Desde luego que cualquier médico forense hubiese rebatido su argumento, asegurándole que el fino hilo entre la vida y la muerte se cortaba, según los centros vitales afectados.

Pero el tema seguía preocupándolo, al punto de haber decidido ponerlo a consideración de los demás detectives. Por alguna razón, la autopsia se había excedido en la estimación de la hora de la muerte y, de acuerdo con su experiencia, esto siempre ocurría cuando el *rigor mortis* se retrasaba en aparecer, por una u otra causa.

"Ensangrentado y muerto", había dicho Gervasio Tornasso. Pero un momento antes de verlo en estas condiciones, lo había visto de pie en la galería, en el instante previo a caer, para morir allí mismo. ¿Había visto algo más "el tonto del pueblo"? ¿Había visto, acaso, al asesino aún merodeando en el lugar? Modiliani no lo imaginaba alejándose de la casa sin haberse asegurado que la víctima estaba muerta. En esa clase de crímenes, en el que el robo no era el móvil, el patrón de conducta del victimario solía darse de ese modo. Por lo tanto, era una posibilidad cierta que todavía hubiera estado allí, al llegar Gervasio. Y éste... ¿no podía recordarlo porque en ese momento y, afectado por la escena que estaba presenciando, había sufrido un ataque epiléptico? ¿O el propio ataque le había impedido ver al asesino abandonando la casa?

Todas eran preguntas y las respuestas no aparecían por ninguna parte. No obstante, algo terminaba de filtrarse en su osada teoría acerca de Gervasio como testigo involuntario de los hechos. Algo que no se había preguntado antes, pero aparecía ahora en su cabeza, como un gran cartel enmarcado en luces de neón. *¿Por qué diablos iba el asesino a cometer la torpeza de dejarse ver por Gervasio?*

Sólo había dos respuestas posibles a la pregunta. El asesino lo conocía –lo cual lo convertía en alguien que vivía en el pueblo– y sabía que el muchacho era incapaz de darse a comprender o relacionar los hechos con alguna facilidad. Aunque esta actitud no dejaba de ser riesgosa, puesto que no cubría por entero la posibilidad de no ser reconocido. O, había abandonado la escena del crimen sin haberse percatado de su presencia.

Había dos detalles en ambas respuestas que se unían peligrosamente. Si, en efecto, se trataba de un vecino más de Río Ballais, era muy posible que ya hubiera llegado a sus oídos la noticia de que Gervasio había estado en el lugar, había sido arrestado como sospechoso y luego liberado, al comprobarse su inocencia. Y, seguramente, esto lo habría puesto nervioso en relación con lo que hubiera llegado a decir al haber estado en contacto con la policía, más allá de su discapacidad intelectual.

Modiliani se sobresaltó en medio de aquel pensamiento. ¡La vida de Gervasio Tornasso podía estar en peligro!

Sólo lo distrajo la llegada de Amílcar Morrone. El anciano exhibía una expresión de máxima consternación en medio de la acentuada palidez del rostro.

– ¡Inspector Modiliani! – Exclamó, sin aliento – ¡No va a creer lo que vengo a decirle!

Por un momento, el detective se sintió a punto de refutar aquel comentario. Obviamente, el viejo jardinero no tenía la menor idea acerca de lo que era capaz de creer, a fuerza de haberlo visto casi todo. Sin embargo, optó por ceder a su propia preocupación.

– Dígame, por favor...

A Modiliani le fastidiaban las personas a punto de colapsar, pero se sentía obligado a hacer una excepción con Amílcar. Después de todo, era alguien que había visto por sí mismo aquello que ahora todos debían guardar como secreto, por lo que se hacía necesario andarse con cuidado en el trato con él. En el fondo, y sin saberlo, compartía el mismo recelo que el comisario del pueblo: era el más débil y difícil, a la hora de asegurar su silencio.

– Sólo quería...retirar mi calzado del cobertizo. Ingresé al lugar... ¡pero no hice nada incorrecto! Pedí la autorización del policía apostado frente a la casa. El me acompañó al entrar...

– ¡Los dos han hecho algo *incorrecto*! – se exaltó Modiliani, malhumorado, olvidando que se debía cautela con el anciano – ¡Nadie puede retirar nada de allí, bajo ninguna circunstancia!

La expresión de Amílcar se cubrió de bochorno.

– Eran sólo unos zapatos viejos que solía utilizar cuando trabajaba en el jardín – trató de justificarse – ¡Pero soy pobre, he perdido mi empleo y quién sabe cuándo podré volver a tener unos decentes!

A estas alturas, Modiliani trinaba. Si había que vérselas con toda clase de errores y estupideces cometidos por esa ignorante gente pueblerina,resolver aquel caso ya de por sí engorroso y sin pistas, se volvería una tarea ímproba.

– ¡Haré que ese policía se arrepienta de varias cosas por el día de hoy!

– No será necesario – le aseguró Amílcar – Y no se las tome usted con ese buen hombre, porque finalmente no pude retirar mis zapatos.

Ni siquiera la inocencia de aquel comentario logró conmoverlo.

El teléfono sobre el escritorio de Edgar comenzó a sonar con insistencia y Modiliani tomó el auricular como quien lo hace con algo que desea deshacer entre las manos. Estaba furioso y, paradójicamente, darse cuenta de esto lo enfurecía aún más. No necesitaba que nadie le recordara lo malo que era dejarse llevar por un estado anímico, en el trabajo policial.

– ¡Diga! – gritó

Alguien tragó saliva al otro lado de la línea, antes de responder.

– ¡Con que es usted! ¿Por qué permitió eso? ¡Pudo haber "fregado" el lugar!

El *argot* empleado fue suficiente para que Amílcar supiera con quién estaba hablando. Y, en algún sentido, lamentaba que aquel policía, seguramente muy asustado y arrepentido, se le adelantara a contar los hechos.

Modiliani hizo un breve silencio mientras escuchaba y empalidecía al mismo tiempo.

– Eso explica muchas cosas – siseó, finalmente – Creo que estamos tratando de dar con alguien *verdaderamente* astuto...

Colgó el teléfono de pronto, olvidando hacer más recriminaciones. Su atención regresó a la presencia de Amílcar, quien lo observaba aguardando por su siguiente reacción.

– De modo que ha usado esos viejos zapatos suyos para generar pistas falsas por toda la escena...

– ¡Las suelas están ensangrentadas! ¡Y algunas salpicaduras de sangre les han llegado por encima!... ¿Usted supone lo mismo que el policía?

– ¿Que se los puso muy campante para no dejar huellas de su propio calzado? ¡Seguro que sí! No es un ardid tan inusual como parece – Modiliani frunció repentinamente el ceño – Pero *muy bien* pensado...Ahora entiendo tanto desinterés por dejar pisadas ensangrentadas en la sala.

– ¿Eso...me compromete de alguna manera?

La pregunta estaba cargada de una tensión extra. En boca de aquel anciano, a quien todos allí sabían bonachón, humilde y respetuoso de la ley, sonaba casi hiperbólica. En lo que a él concernía, se dijo Modiliani, no permitiría que el caso los llevara nuevamente por los ríspidos desfiladeros de la sospecha acerca de las personas *menos sospechosas*. En esa clase de caminos, uno podía terminar perdiéndose irremediablemente...

– No lo creo – respondió, en tanto un pensamiento cobraba espesor en su mente – Y es posible que después de todo, no se trate de alguien tan astuto como creí hace un momento.

El anciano lo observó en medio de su propio alivio. Hubiera sido aterrador quedar enredado en alguna clase de sospecha como le había ocurrido al pobre Gervasio. Y en ese instante comprendía que aquello había sido lo que más lo empujara hacia el destacamento, en la necesidad de aclarar los hechos. Pero ahora, el Detective Inspector Modiliani, por quien Amílcar sentía un profundo respeto, se mostraba absorto en ciertas cavilaciones que no parecía dispuesto a compartir. Y, desde luego, él jamás le pediría que lo hiciera.

– Regrese a su casa, señor Morrone y tranquilícese – le pidió, finalmente – Lamento que ese par de zapatos ya no vaya a serle útil, pero en cambio, sí lo es ahora para nuestra investigación.

Amílcar esbozó una sonrisa tibia y resignada. Modiliani lo despidió con un gesto de cordialidad, acompañándolo hasta la puerta.

– Recuerde, por favor, no comentar nada de lo que ha visto el otro día en el jardín...ni siquiera con su esposa.

Amílcar asintió con un breve encogimiento de hombros. Pero ese gesto tampoco tranquilizó a Modiliani.

Se volvió sobre sus pasos, cargado de sus propios pensamientos, relacionados con lo que un torpe policía que, además no esperaba que fuera él quien respondiera a su llamada, acababa de manifestarle a través del teléfono. Los viejos zapatos ensangrentados habían sido encontrados a mitad de camino, entre unas palas y rastrillos, apoyados contra una pared interior del cobertizo, y algunas bolsas con semillas y almácigos destinadas al trabajo de jardinería. Según le había explicado el señor Morrone, no era ése precisamente el sitio donde él acostumbraba dejarlos, después de terminar su tarea en el jardín. Esto hizo que el avezado detective barruntara que, por alguna razón, habían sido abandonados allí. Y esa razón no podía ser otra que la de haberse visto compelido a dejar el lugar con cierta urgencia, sin poder volver a acomodarlos en donde los había encontrado, en caso de que, efectivamente, hubiera deseado que todas las sospechas recayeran sobre el jardinero. O arrojarlos en alguna otra parte donde ya fuera muy difícil descubrirlos si acaso sólo quería deshacerse de ellos, una vez cumplida su función.

Modiliani se inclinaba por la última probabilidad frustrada. No habría tenido sentido complicar al bueno del señor Morrone si, como él creía, había algún grado de comportamiento inteligente por parte del asesino. El hecho de haberse quitado su propio calzado así lo demostraba.

Lo malo continuaba siendo que, un lugar precintado y sujeto a investigación forense como el cobertizo, estuviera al cuidado de gente tan poco profesional como la que abundaba en ese pueblo...

El Detective Inspector solía tomarse su tiempo en esas reflexiones porque muchas veces se habían transformado en las grandes puertas de acceso a la verdad. En ese momento, y en base a su propia imaginación, se preguntaba si había sido la intempestiva llegada de Gervasio Tornasso, la razón de la prisa que debió imprimir a su salida de la casa. Pero algo más se movía en el trasfondo de aquel conjunto de ideas, de momento sueltas como las piezas de un rompecabezas sin resolver. El asesino de Marco Lorenz era un buen conocedor de los lugares y movimientos de aquella enorme casa, atestada de objetos antiguos y valiosos que, sin embargo, nunca habían sido el móvil de su crimen.

Sabía, por ejemplo, de la existencia de aquellos zapatos y sabía también que su dueño no iría a trabajar en ese día por ser martes, y sí lo haría, en cambio, su esposa. De ahí el mensaje que ella recibiera en su teléfono celular.

Seguramente había establecido ciertas prioridades en tanto planificaba su fechoría y una de ellas se relacionaba con la necesidad de mantener al ama de llaves lejos de la casa, en ese día, para poder moverse con comodidad y a sus anchas. Pero esta parte escondía algunos vericuetos preocupantes para Modiliani. Tal parecía que, en la cabeza de aquel asesino, el asunto no se había limitado a llegar, matar y marcharse. Algo en ese orden indicaba que las tres acciones habían requerido de cierto despliegue de un tiempo extra. Y lo único que vino "casi" a echar a perder las cosas, había sido la inesperada llegada de Gervasio. Quizás... ¡hasta que se le ocurrió utilizar su imprevista presencia para incriminarlo de alguna manera!

Entonces, si los hechos habían transcurrido de este modo, nada de lo ocurrido a Gervasio después –cuando quedó a merced de la policía– podía sobresaltarlo en ningún sentido, puesto que él mismo había provocado aquel resultado. Lo que había pensado, antes de conocer el asunto de los zapatos ensangrentados, parecía perder solidez. Aunque no haría totalmente a un lado esa teoría, por el momento.

Lo distrajo un portazo a sus espaldas, abandonando aquel cúmulo de pensamientos. Demetrio Loggino, a quien Modiliani no podía dejar de comparar con una gran locomotora que metía mucho ruido cada vez que llegaba a alguna parte, le extendió un sobre que traía entre las manos.

– Lo dejaron en el correo esta mañana. Y viene a su nombre...a pesar de que la dirección es la del destacamento.

Modiliani lo tomó y sonrió para sí. La "locomotora" además, sabía lanzar sus ironías tan bien como el propio Bordone. Se apartó para quedar fuera del alcance de Demetrio, mientras lo abría. Seguramente sería la respuesta a su pedido de exhumación del cuerpo, hecho a la Fiscalía. Pero no lo era. Se trataba de otra cosa...

Edgar lucía su mejor corbata y ahora sonreía al recordar el silbido de admiración con que lo había despedido su hijo. Sabino lo conocía lo suficiente para saber que la cita de aquella noche era algo especial. Pero la sonrisa se le heló entre los labios al percatarse que no había tal cita, en realidad. Sólo llegaría hasta la hostería, impulsado por un gran gesto de audacia, esperanzado en encontrar a Isadora dispuesta a aceptar su invitación a cenar. Caso contrario, sería como recibir un gran puntapié en el trasero.

Las peores probabilidades se agolparon, en un solo momento, frente a sus ojos, provocándole verdaderas imágenes de catástrofes. Y todas llevaban a un único y desesperante remate. Alberta había "soltado" todo finalmente, como la gran "boca–floja" que era, dándole a Isadora el tiempo necesario para elaborar algún pretexto, con rechazo incluido. ¡Y estaba, además, el maldito incidente con Nora! No podía cometer la torpeza de negarse a sí mismo que Isadora lo había presenciado y él tenía ahora que remontar esa pendiente, para llevarle cierta tranquilidad al respecto. ¿Se trataba, acaso, de tranquilidad?, se preguntaba de pronto. Ninguna mujer aceptaría las condiciones de un acuerdo donde el nombre de otra mujer estuviera flotando por allí, indebidamente. Lo que Isadora no sabía aún (¡y él acababa de confesárselo a sí mismo!) era que estaba dispuesto a alejarse de Nora definitivamente, porque desde luego, no era ningún patán ni la clase de hombre que se dedicaba a trastadas de ese estilo. Simplemente, se había comportado de un modo esperable hasta ese momento. No se había sentido comprometido en ninguna relación que le hubiera exigido fidelidad o respeto. No había vuelto a enamorarse después de su fracasado matrimonio con Adela y, sencillamente, había buscado un poco de alegría en medio de su soledad. Bueno, se dijo, tal vez se estaba mintiendo un poco a sí mismo, en alguna parte...

Sí había cometido trastadas en el pasado y lo había hecho precisamente engañando a su desprevenida esposa. Desde luego que no quería ahondar demasiado en el tema y, mucho menos, en una noche en que se disponía a relajarse y disfrutar de buena compañía. Sabía que aquel camino lo llevaba directamente hacia unos remordimientos que no había logrado domeñar por entero y, algunas veces, solían hacerle mucho daño.

Mientras aparcaba el "Megane" frente a la hostería, se maldijo por un detalle que, repentinamente, le parecía inapropiado para la ocasión. Llegaba *impregnado* del inconfundible aroma a "Old Spice" y enfundado en un traje que hubiera podido lucir tranquilamente en la futura boda de su hijo. Y con un gran acopio de valor que funcionaba como un golpe en medio de sus costillas, cruzó la calle y atravesó el patio.

Haberse encontrado con su propia obviedad y su empecinamiento en una cita que podía resultar fallida, lo hizo sentir tan estúpido y vulnerable como lo había sido cuando se quedaba bobaliconamente embelesado, mirando a Isadora departir con sus pocas amigas, en el patio de la escuela. Aquel tonto chiquillo le había jugado una mala pasada y él se lo había permitido sin más.

– ¡Hola!

El saludo le estalló sobre el rostro azorado, dándole apenas tiempo para recomponerse. Una sonrisa lo abandonó, lentamente.

– ¡Hola! ¿Cómo estás? – devolvió aquel saludo, en medio de un corazón desbocado.

– Con algunas preocupaciones, pero básicamente bien – fue la respuesta de Isadora.

Edgar recordó, de pronto, lo que Alberta le había referido acerca de la casa y su vacilación a contárselo. Permaneció en silencio, buscando sin saberlo, algún indicio alentador en el brillo de su mirada.

– No te daré la lata con eso – continuó ella – Llamaré a Alberta que, como siempre, está en medio de los preparativos de la cena...

Cuando ya giraba para cumplir con su cometido, Edgar la detuvo, tomándola suavemente por una mano. Fue un gesto impensado que dio en caer allí, equivocadamente, para sentir el contacto de su piel, suave y cálida, haciendo que su corazón latiera aún con más fuerza.

— ¡Oh, no! ¡No la molestes para nada! – exclamó, como un tonto – Sólo pasaba...

– ¿Vas a alguna parte? – también a Isadora la tomó por sorpresa su propia pregunta – Se te ve muy...muy elegante. Será para una ocasión especial...

¡Qué estaba diciendo! Acababa de enrojecer, odiándose por aquella observación fuera de lugar que ni siquiera comprendía de qué parte de ella misma había surgido.

– Gracias por el cumplido – respondió él, tontamente. Y luego permaneció en silencio, mirándola directamente a los ojos, por un tiempo que a ambos les pareció interminable.

Algunos huéspedes se movieron cerca de ellos sin que eso distrajera su atención. Fue necesaria la llegada de Alberta para que aquella especie de ensalmo se rompiera.

– ¡Vaya, vaya! ¡Mira quién está aquí! ¡Y tal parece que va camino a una boda!

Edgar estuvo seguro de que algún día iba a decirle cuánto la había odiado en aquel momento. Pero todo empeoró al acercársele para saludarla.

– ¡Umm! ¡Qué bien hueles! – exclamó Alberta, completando su comentario anterior.

La sonrisa que él mismo juzgaba tonta y abochornada no desapareció de su expresión al responderle.

– Suelo lucir así cuando no visto mi camisa de uniforme...eso es todo.

Ambas se quedaron contemplándolo como si, en efecto, buscaran corroborar aquello. Y entonces, Edgar decidió sellar su suerte...

– Pero, además, he venido a invitarte a cenar, Isadora. Soy un funcionario en este pueblo y... mereces que alguien te dé la bienvenida. Me estoy ofreciendo para eso...

Por un breve momento, deseó tomar la opción de cerrar los ojos para no enfrentar su seguro rechazo o la de salir huyendo. Era consciente de haberse explayado en unas estúpidas explicaciones poco creíbles y sentía que había hecho las cosas de la peor manera. ¡Otra vez lo sucedido con Nora en el cementerio, aparecía en su recuerdo para atormentarlo! Isadora no se arrojaría en aquella piscina sin medir los riesgos...

– ¡Qué amabilidad de tu parte! Pero tendrás que aguardar a que me mude de ropa. Tengo que ponerme a la altura de tu elegancia...

Cuando la vio alejarse, creyó por un instante, que el martilleo en sus sienes acabaría por escucharse, de tan fuerte que resultaba para él mismo. Aún no daba crédito a la sencillez que Isadora le había puesto a la situación, echando por tierra sus peores y más neuróticos temores.

Miró a Alberta inquisitivamente.

– No he abierto la boca, lo juro – le aseguró – Sé cumplir con mi palabra.

Si eso resultaba finalmente cierto (aunque ya comenzaba a importarle poco que lo fuera), todo estaba saliendo de maravillas.

– He tomado el turno de la noche. Mi jefe está ocupado hoy...

Demetrio acercó una taza de café a Modiliani, mientras éste suspiraba resignado. Apenas había comenzado a oscurecer, de modo que "la noche" se volvería particularmente larga. Y él iba a permanecer en la oficina, compartiéndola con "la locomotora", al menos hasta que pusiera en orden algunos papeles. Sobre todo, después de haber visto aquel sobre.

El café estaba en su punto, humeante y cargado como para mantener despierto a un elefante, de manera que resultó toda una sorpresa que Demetrio fuera, *además*, un eficiente "cadete". Mientras cedía a sus propios interrogantes, surgidos de la lectura del informe que acababa de llegar a sus manos, se percató de los infructuosos intentos del ayudante policial por hacerse con algo de la información que le había acercado y que él no estaba compartiendo. Aquella exhibición de curiosidad casi infantil terminó por arrancarle una sonrisa. Se volvió hacia Demetrio con simpatía.

– Ha demostrado ser bueno en el tratamiento de la escena del crimen – dijo el detective para su sorpresa – Me refiero al modo en que destacó el lugar en que cayó el cuerpo de la víctima y la posición en que fue encontrado.

– ¡Oh, eso! – Exclamó Demetrio como si no fuera la gran cosa – Yo lo llamo reproducción *lineal*. Fue pura teoría aplicada a la práctica. Es sólo algo que Edgar y yo aprendimos en los libros y jamás pensamos que íbamos a tener que utilizar algún día...

– Comprendo – estableció Modiliani – Río Ballais ha sido hasta ahora un pueblo apacible, lleno de vecinos cordiales.

– La mayor parte del tiempo, al menos.

– ¿Y qué *parte* del tiempo no lo ha sido?

Demetrio se encogió de hombros mientras bebía un sorbo de su propio café.

– En realidad, siempre están ocurriendo cosas en cualquier lugar. Aun en una pequeña comarca como ésta. Sin ánimo de ofender, Inspector Modiliani...ustedes, la gente de ciudad, piensan que nunca sucede nada en un sitio pequeño y supuestamente tranquilo.

El detective se apoltronó en un sillón, mostrándose interesado en la plática.

– Es posible, sí – admitió – Y eso funciona a veces como un horrible prejuicio. Pero usted, dígame...

– ¿Decirle *qué*?

– Hábleme de esas cosas que han estado ocurriendo aquí como en cualquier otro lugar...

– Son sólo tonterías – especuló Demetrio, restándole importancia al tema.

– Deje que yo decida eso.

– Nunca antes había habido un crimen, si es lo que espera escuchar – comenzaba a sentir que su locuacidad lo traicionaba – Hemos traído a muchos a dormir "la mona" aquí, en los fines de semana y, alguna vez, perseguimos a rateros de ocasión, con los bolsillos llenos del dinero ajeno. No es nada particularmente interesante. Yo lo llamaría trabajo de rutina...

– Ya lo creo – acordó Modiliani – Es una simple y básica tarea policial. Deberían sentirse agradecidos por eso.

– ¡Claro que los tiempos están cambiando! – continuó explayándose Demetrio – Mi jefe y yo estamos prácticamente convencidos que es pura suerte que esa loca turba juvenil que llega de La Ciudad todos los años, a disfrutar sus últimos días de ocio, no haya causado aún un problema mayor que el de ensuciar las calles y vociferar en medio de sus juergas. Esa gente se está volviendo incontrolable. ¡Gracias al Cielo ya se han marchado! Problema cancelado, al menos hasta el próximo verano...

– Usted los llama incontrolables – meditó Modiliani – ¿Es posible que alguno de ellos se haya pasado de la raya, en efecto?

– ¿Para matar a Marco Lorenz?

Demetrio había captado la idea con toda claridad. Modiliani asintió, aguzando la mirada al observarlo. Y esto hizo que el ayudante policial se sintiera, de pronto, el centro de atención del detective. No estaba nada mal, se dijo para sí, que alguien que se mostraba bastante petulante la mayoría de las veces, se encontrara en esta ocasión, tan pendiente de sus comentarios.

– Eso es algo difícil de establecer – concluyó – Lo único que avala esa teoría es el hecho de que sería más complicado aún atribuirle el crimen a alguno de nuestros vecinos. Aquí nos conocemos todos y nos vemos la cara casi todos los días. ¿Quién de nosotros podría haber odiado tanto al pobre e inofensivo Marco?

– ¿Significa que la teoría del forastero es la más plausible?

Demetrio se tomó tiempo para responder, apoyándose en un buen sorbo de café.

– Significa...que cualquiera pudo hacerlo. Pero con el corazón envenenado por algún antiguo rencor...

Hubo un breve silencio entre ambos que pareció funcionar a modo de tácita comprensión.

– Comparto lo que dice, ayudante Loggino. Lo comparto por entero.

– Pero no confía en mí.

La observación resultó breve y contundente. Tanto que, por un momento, desacomodó el ánimo del Detective Inspector.

– ¿Por qué lo dice? – preguntó, apenas pudo reaccionar.

– Ha estado ocultando el contenido de ese sobre desde que se lo entregué.

– ¡Oh, ya veo! – De pronto, el detective actuaba con la inocencia de un niño – Pero no es nada personal...

– Lo sé. Está a su nombre.

Modiliani lo observó sin atinar a comprenderlo. No había modo de saber, en realidad, si una vez más la "locomotora" Loggino ironizaba o, simplemente, interpretaba las cosas a su manera. Que, por cierto, en ocasiones le había dado la impresión que adolecía de cierta "inteligente" candidez. Por las dudas, decidió aclarárselo.

– Me refiero a que el contenido del sobre se relaciona con un informe de laboratorio. No ha de ser interesante para usted...

Demetrio dejó la taza de café sobre su escritorio y avanzó hacia él con parsimonia elaborada.

– Detective Inspector...– dijo, conciliador – Usted no tiene forma de saber qué es lo interesante o no, para mí.

– De acuerdo – aceptó Modiliani finalmente, rechazando su propia y acentuada idea de que las informaciones de relevancia no se compartían con un simple ayudante – Se trata de la datación de la fotografía del portarretrato que encontramos en casa de Marco Lorenz.

– ¿Y es necesario tanto misterio con eso?

– No es misterio. Es...el procedimiento apropiado.

En la mirada de Demetrio, algo oscureció como una brusca tormenta en un día de sol. Modiliani se percató, sin necesidad de que nadie se lo comunicara, que para la gente sencilla de Río Ballais, un procedimiento de investigación criminal resultaba tan extraño como un viaje por la Vía Láctea. Y comprendió también, que no era el momento adecuado para esa clase de explicaciones. El ayudante Loggino había sido amable y colaborador todo el tiempo, y se había mostrado propenso a las charlas esclarecedoras. Quizás no había que perder esa oportunidad aunque hubiera que salirse un poco del protocolo. Por eso, y sin que Demetrio necesitara agregar más preguntas, el Detective Inspector decidió tender, finalmente, aquel puente de plata.

– No se trata de una fotografía de Marco Lorenz en su más tierna juventud. El había cumplido sus setenta en la última primavera, de modo que al momento de haber sido tomada, hace unos treinta y cinco años, tenía que estar en sus treinta y cinco también. El jovencito de la fotografía es un adolescente de no más de catorce o quince años. Eso se observa perfectamente plasmado en sus rasgos...Además, por mucho que una persona cambie con el paso del tiempo, no hay ningún parecido con la víctima, en este rostro.

– Hace treinta y cinco años...– meditó Demetrio en voz lo suficientemente baja como para obligar a Modiliani a esforzar su atención.

– ¿Cómo dice?

– Sólo hablaba para mí mismo...Se trata nada más que de una coincidencia.

– ¿A qué se refiere?

Demetrio volvió a disfrutar del interés despertado en el detective. Hubiera deseado prolongar ese instante, porque la coincidencia mencionada terminaría siendo una verdadera tontería sin relación alguna con ninguna situación del presente. Y era así como lo imaginaba...

– En aquella época ocurrió un lamentable accidente en el pueblo. Algo que, en su momento, conmocionó a todos. Yo andaría en mis trece por entonces, y aún recuerdo a aquellas niñas con las que mis amigos y yo solíamos reunirnos en el puente para jugar por las tardes, hasta que caía el sol...

Fue un pequeño, casi imperceptible movimiento en la expresión de Modiliani lo que hizo suponer a Demetrio que, después de todo, sí había dado con algo que le estaba resultando interesante.

– Bueno...– continuó, entusiasmado por la atención concitada por su relato – Las niñas eran hermanas y pertenecían a una importante familia de Río Ballais. Pero después de la tragedia y tras la muerte de la señora de la casa, no duraron mucho más en este lugar. Algunos años después, se marcharon y nunca más se supo de ellos.

Modiliani seguía observándolo, en actitud de aguardar por más revelaciones.

– Ocurrió una de esas tardes...sobre el puente. Una de las niñas empujó a la otra...por supuesto, lo hizo mientras jugaba...aunque luego se dijo que había sido por una cuestión de celos y de rivalidad entre hermanas. Pero usted sabe cómo es la gente, cuando se trata de exagerar los detalles de un drama como aquél...

– ¿Y una de esas niñas cayó del puente al ser empujada?

– Cayó y golpeó contra las piedras junto al río – Demetrio meneaba ahora su cabeza, renegando de aquel mal recuerdo – Esa desgracia fue el resultado de la fatalidad. La hermana menor era de contextura pequeña, desde luego, y no tenía la fuerza suficiente para hacerla caer. Pero la otra niña resbaló en el borde mismo del puente, justo por el lado en que faltaba el parapeto del que hubiera podido aferrarse...y ya no hubo más nada que hacer.

– ¿Y usted estaba allí el día en que eso ocurrió?

– No...no estaba. Y creo que fue una verdadera suerte porque aquí como me ve, yo era un muchachito débil y enfermizo por entonces. Me hubiera impresionado demasiado al tener que presenciar semejante escena. Claro que no hubo uno solo de mis amigos que no me relatara después todo el incidente... ¡Y con lujo de detalles! No se habló de otra cosa por mucho tiempo, en Río Ballais. ¡Vaya revuelo el que se armó!

– Sí, es una historia impresionante – admitió Modiliani, aunque parecía un poco distraído en ese momento.

Demetrio se encontraba sumido en los recuerdos, dándose cuenta de la cantidad de detalles que conservaba alrededor de ese pasado. Seguramente, todo se debía al hecho de haber resultado doloroso y traumático para ese especial momento de su vida en que su infancia comenzaba a transformarse en pubertad y en que aún mantenía intacta su ignorancia acerca de la muerte, recibir el impacto de aquella muerte injusta y absurda que, en algún sentido, le tocaba de cerca.

– Los niños del pueblo...crueles a su modo, habían inventado una horrible canción...Le hicieron, le... *hicimos* mucho daño a esa pobre niña que, además de cargar con su pena y su remordimiento, tenía que escucharla cantar a su alrededor, en el patio de la escuela.

– Los niños suelen ser crueles – sentenció Modiliani – Y cuando, en efecto, lo son, no lo son a *su modo* sino al único modo en que se ejerce la crueldad. La inconsciencia de la inmadurez es el primer camino. El último...también proviene de allí, es tal vez el más largo y es el que puede amargar toda una vida.

Demetrio hizo silencio como si necesitara meditar sobre aquellas palabras. Cuando Modiliani tomó la fotografía que aún permanecía en el interior del sobre y la exhibió ante su vista, el recuerdo del final – en la forma en que se conserva en la memoria, sin orden ni sentido, encubriendo sus partes más oscuras– se disolvió en el aire como una pequeña burbuja.

– ¿Reconoce a este niño como uno de sus antiguos amigos?

Demetrio lo observó con detenimiento y luego respondió.

– No lo conozco en lo absoluto. Jamás jugué con él en el puente. Jamás lo he visto en toda mi vida en Río Ballais, porque nunca vivió aquí...

El Detective inspector se reacomodó en el sillón de cuero, convencido ahora que había valido la pena llegar a compartir el informe con el ayudante policial.

El muchachito del retrato seguía siendo un misterio pero por alguna razón creyó que la historia que le había relatado tenía su valor en sí misma. Aunque no formara parte del presente ni tuviera importancia para los hechos actuales. Si al menos Demetrio Loggino hubiera reconocido en aquel rostro de enigmática sonrisa a un viejo compañero de juegos, una primera pista podría haberse abierto por ese lado. Pero como continuaba siendo un perfecto desconocido, Modiliani reordenó sus propios interrogantes, a los que comenzaba a definir como los más intensos, en relación con el contenido que les atribuía.

No existía casualidad posible en el hecho de que la fotografía hubiera aparecido en medio de la barahúnda de objetos en la sala de Marco Lorenz, justamente después del crimen. No había estado antes allí y eso podía darlo por seguro, según lo confirmado por el ama de llaves y aun por el propio Edgar Dutra. ¿Era el asesino, acaso, quien lo había dejado en el lugar? ¿Y qué significado le atribuía al hecho, en caso de ser así? ¿Se trataba de la fotografía del propio asesino, treinta y cinco años antes? ¿O era la fotografía de alguien a quien Marco Lorenz, por algún motivo, había dañado, olvidado o perjudicado en algún sentido? En este último caso, y dada la antigüedad de la fotografía, era posible que ese niño que allí se mostraba sonriente y enigmático, ya hubiera muerto. Y que ésa fuera la razón por la que alguien había decidido un crimen por venganza...

Demetrio, a quien aquella evocación le había dejado cierta expresión de tristeza en la mirada, recordó de pronto otra coincidencia tan anodina como la anterior.

– Le escuché comentar al jefe que...la señorita Isadora Vander Kooy ha regresado al pueblo por estos días. Después de tantos años de ausencia...

Modiliani lo interrogó, frunciendo el ceño.

– Es la niña que empujó a su hermana aquel día, en el puente...

– Convertida en una mujer – lo corrigió el detective, consiguiendo una incierta sonrisa por parte de Demetrio.

– ¡Claro! – Exclamó – Lo de niña viene al caso por...

– Por el lado de los recuerdos que acaba de traer a la superficie, lo sé.

El ayudante lo recorrió con la mirada, a medias contrariado. Esa parecía ser una de las ocasiones en que Modiliani desplegaba su petulancia, confundiéndolo con sus observaciones.

– Siempre que "superficie" signifique ese lugar adonde van a parar las cosas que han estado tapadas durante mucho tiempo y son recordadas de pronto...

– Eso es exactamente lo que significa – admitió el Detective Inspector – Y allí la tenemos ahora a esa mujer, que regresa al pueblo, justo en el momento en que aquí se ha cometido un crimen.

– ¿Y eso tiene alguna relevancia?

– No lo sé – le respondió con lentitud – Sólo estaba pensando en esos treinta y cinco años transcurridos desde aquella desgracia. Es el mismo tiempo de antigüedad de la fotografía del niño misterioso...

– Ya se lo decía yo...

Demetrio enmudeció, de pronto, al percatarse que, después de todo, las coincidencias existían nada más que para serlo, o...para relacionar extrañas circunstancias.

Hacía mucho tiempo que Edgar había dejado de lado sus modales de caballero en una cita. Abrir la portezuela del coche para que Isadora descendiera y correr su silla a tiempo para que se ubicara frente a la mesa del restaurante elegido para cenar, eran acciones que por alguna razón había olvidado, o se había desentendido de ellas, desmotivado por no tener con quien ejercerlas. Probablemente, había sido Adela la única mujer a la que había dedicado sus gestos de caballerosidad, incluso en la mala época del desmoronamiento matrimonial.

El nerviosismo ya había cedido lugar a una especie de homeostasis perfecta y la sonrisa de su antigua compañera de escuela, de quien se había enamorado cuando sólo tenía doce años, flotaba ante su mirada admirativa, recordándole todas las razones de aquel enamoramiento infantil. Conservaba la blanca hermosura de las perlas auténticas en su sonrisa atravesada por cierto aire de inocencia que se negaba a abandonarla, a pesar del transcurso del tiempo.

– Sería una tontería decir que no recuerdo este lugar – manifestó Isadora, animada – Es evidente que se trata de un comedor abierto hace poco...

Edgar esbozó una sonrisa para responderle.

– Es el que está de moda. Pero veo que no has perdido la manera bucólica de expresarte, como todos aquí, en Río Ballais. Has dicho "comedor" en lugar de "restaurante"...

– ¿Y eso es bueno?

– Me gusta – le aclaró Edgar, un poco temeroso de haber hecho algún señalamiento inapropiado,

– Entonces... *es* bueno.

La sonrisa de Edgar fue ampliándose como si se tratara de una especie de lento éxtasis que derramaba toda clase de maravillosas promesas en su ánimo. Le agradaba aquella actitud límpida y sincera de Isadora para aceptar los hechos de la vida. O, por lo menos, los hechos de ese momento de *sus* vidas. Le parecía un gesto exento de cualquier histeria innecesaria, capaz de transmitirle calma y seguridad a raudales. Frente a sus mismos ojos, y sin que esto ya lo asombrara, Isadora Vander Kooy acababa de aceptar las reglas del juego.

– Cuéntame de tu vida, lejos de aquí, en estos años...

– ¿Es necesario?

– Puedo comenzar yo, si quieres...

Isadora se echó levemente hacia atrás y soltó una risa fresca y espontánea.

– No estaría mal – prefirió – Tu vida parece más interesante que la mía.

– ¿Por qué lo dices?

No terminaba de preguntarlo, cuando se lamentó con todas sus fuerzas por haber abierto aquella odiosa puerta. Ella no respondió y decidió permanecer observándolo, como si el momento ameritara cierta prudencia de su parte. Entonces, él bajó la vista, avergonzado, sintiendo sobre sí el peso inevitable de esa mirada. Tenía que decirlo ahora o perdería la mejor oportunidad para hacerlo.

– Si te refieres a Nora Duplay...no es lo que parece.

Comprendió a destiempo que su voz había adquirido un tono grave y áspero que se contradecía con el temblor de fondo.

Isadora rompió a reír, aumentando su malestar. Lo que Edgar no pudo detectar, sin embargo, fue una razón valedera para esa reacción. Y esto se debía, quizás, a que la propia Isadora se percataba que una parte de la hilaridad que le había causado presenciar aquella escena durante el funeral de Marco Lorenz, no le servía ahora para defenderse de cierto sentimiento nuevo y desconcertante, que llegaba para arrasar con la acostumbrada frialdad con que solía destruir a sus emociones más íntimas. Edgar la contemplaba, interrogante...

– ¿No es lo que siempre se dice en estos casos? *"No es lo que parece"* – y otra vez rompió a reír, pero con mayor nerviosismo.

Lo obligó a buscar más palabras justificadoras, que finalmente no halló en ninguna parte.

– Tal vez lo sea – su voz aún temblaba – Pero es...lo que es.

Isadora dejó de reír como si se decidiera por tomar en serio su comentario.

– Es una relación...de amantes, sí. No creo que Alberta haya dejado de mencionártelo – ahora hablaba con un pesado tono fatalista – Pero se ha modificado a lo largo de estos años...

– ¡*Años!*

La expresión retumbó en sus oídos. Enseguida comprendió que aquello sonaba aún peor.

– Con ciertas...discontinuidades – concluyó.

Ella volvió a apoyarse suavemente contra el respaldar de su silla. A medias, sonreía. A medias, sus ojos brillaban con una extraña intensidad que se apagaba de a ratos.

– ¿No lo estoy haciendo bien, verdad? – se rindió, por último.

– Depende de cuál sea el punto...

La respuesta le resultó tajante. Esta vez fue él quien permaneció en silencio, sintiéndose confundido.

– Me refiero a que no estarás tratando de seducirme, ¿cierto? Porque en ese caso no te alcanzarían las explicaciones.

Edgar supo que por mucho tiempo, aquel incómodo momento funcionaría en su recuerdo, como el peor de su vida. ¿Por qué había intentado "jugarla" de galán cuando el hilo se veía inevitablemente corto y delgado? Con las pocas fuerzas que logró reunir, trató de esbozar una sonrisa.

– ¿Lo has olvidado? – Preguntó, mordiendo por dentro su bochorno – Sólo estoy dándote la bienvenida que tu regreso merece. Es...casi un acto oficial.

– Entonces es seguro que me aburriré sobremanera...

– ¿Por qué lo dices?

Era consciente que preguntaba aquello por segunda vez. Como si una especie de muletilla loca girara en su cabeza, buscando salidas desesperadas. Algo era cierto: no estaba siendo, precisamente, ocurrente.

– Los actos oficiales suelen ser tediosos.

La respuesta le llegaba diferida. En parte había olvidado que remitía a su comentario y se distraía con sus propios pensamientos. ¿Era su idea o Isadora estaba jugando a confundirlo? La actitud contrastaba con su primera impresión y se sentía a punto de rebuscar entre sus ridículos prejuicios acerca de "esas incomprensibles criaturas, las mujeres", vieja frase acuñada por irredentos machistas. ¡Pero él no lo era, joder! De modo que decidió buscar aire, después de todo.

– Quizás no suena bien mi reconocimiento acerca de tener una amante, lo sé – admitió – Y cuando digo que ya no es lo que era, estoy siendo *absolutamente* sincero. Actualmente, no nos vemos más de un par de veces en el mes, quizás menos aún, y ella...tiene sus propias historias. Eso es algo que no me preocupa en lo absoluto.

– ¿No te preocupa la promiscuidad? – preguntó Isadora de improviso, dando muestras de sentirse asombrada.

– ¡Por lo visto estás dispuesta a incomodarme todas las veces posibles! – Aunque intentó decirlo a modo de gracia, cierto enojo se trasuntó en su voz – Tomo mis recaudos, eso es todo.

Un pesado silencio se instaló entre ambos y por un momento sólo se escuchó el ruido metálico del choque entre los cubiertos. La comida se veía deliciosa pero ninguno parecía disfrutarla. Más bien se los veía comer, como un modo de ocupar el tiempo en que no se atrevían a mirarse a los ojos. Hasta que Isadora comprendió que había sido injusta al frustrar los intentos de Edgar por avanzar en su explicación. Tal vez, eso era todo lo que él necesitaba para su desahogo.

– ¿Sabes qué creo? – dijo, de pronto – Que éste no es un acto oficial y que tú eres un agradable recuerdo de mi infancia. Me parecen dos buenas razones para escuchar...cualquier cosa que quieras decir.

– ¿Es tu forma de disculparte? – La pregunta se oía amable, pese a todo.

– ¿Tengo que hacerlo? – También Isadora lo era, de pronto.

– Por supuesto que no – Edgar abandonó sus cubiertos y el interés por su *lasagna a la salsa arrabiata* – Sólo déjame decirte que estoy aquí esta noche contigo...porque me atraes y me gustas como mujer. Es más de lo que he sentido por nadie en mucho tiempo.

Isadora se paralizó. Tal vez no había esperado aquella maravillosa sinceridad que llegaba, finalmente, para sacudir su profundo vacío sentimental hasta el límite de conmoverla. Sus ojos brillaron, humedecidos. Edgar malinterpretó aquella reacción...

– Lo siento – sin darse cuenta había tomado su mano por encima de la mesa– Fui un tonto al creer que preferías los atajos en lugar de los rodeos...

Ella comenzó a reír en medio de sus lágrimas. Se la veía vulnerable y confundida, como una quinceañera.

– ¿Atajos y rodeos? – preguntó cuando el nudo que atenazaba su garganta se lo permitió– ¿Eso no forma parte de las expresiones bucólicas de Río Ballais?

Aliviado, él también acompañó con su risa. Y ése fue el momento en que lograron llegar al tácito acuerdo de tomarse en serio el uno al otro. Como dos viejos conocidos que al volver a encontrarse, habían descubierto que el silencio de otro tiempo y su posterior olvido, se transformaba de pronto, en la fascinante posibilidad de aprender a reconocerse por todos aquellos detalles de sus vidas que jamás habían compartido antes.

– Nunca me casé – dijo Isadora, respondiendo a una pregunta de Edgar – NI he tenido hijos...

El la interrogó con la mirada. Era evidente que le resultaba difícil de creer. Y tampoco era fácil para ella continuar con aquella explicación.

– Creo que fue una elección personal...un poco inconsciente, sí. Alguien que empujó a su hermana causándole la muerte, no pudo tener demasiado interés en crear nuevos vínculos, con otros seres queridos a los que también podía lastimar...

Se produjo un silencio incómodo por el que Edgar no se dejó vencer.

– ¿Estás hablando de Isadora?

– Sí – admitió – Perdona si lo hice de un modo esquizofrénico.

– No tengo nada que perdonarte. Sólo me preguntaba por qué hablas de esa forma tan rebuscada...

– Ya no uso expresiones bucólicas, ¿verdad? – Sonrió con cierta resignación – En realidad, ésta es mi verdadera manera de expresarme.

Edgar se echó hacia atrás en el momento en que más deseaba acercarse íntimamente.

– No te hagas esto a ti misma – dijo – Todos tenemos siempre alguna responsabilidad en algo malo que le haya ocurrido a otros. Eso es todo.

– De ser así, no parece poca cosa...

– Soy responsable de la muerte de Adela, mi esposa. O, por lo menos es lo que he sentido por mucho tiempo.

– De modo que te casaste con Adela Demaque...

Isadora había recuperado su energía y ahora volvía a sentirse sinceramente interesada por los hechos del pasado.

– ¿Aún la recuerdas? – Edgar se sorprendía de su buena memoria.

– ¡Claro, cómo podría haberla olvidado! No fuimos grandes amigas pero se sentaba a un par de pupitres de distancia, en la escuela. Lamento escuchar que haya muerto...

– Fue un infarto tan fulminante como inesperado. Gabino y yo quedamos devastados...

Algo en la voz de Edgar había cambiado, endureciéndose.

– ¿Por qué te sientes responsable de eso?

Comprendió que para responder a aquella pregunta debía regresar, necesariamente, al tema que más incomodidad le causaba. No se escucharía bien que reconociera, en ese momento, que su aventura con Nora había sido la causa de un dolor intolerable para Adela. Que la había humillado frente a todo el pueblo, cuando en los corrillos comenzó a hablarse de su imprudente infidelidad y que había pensado en llegar tan lejos como pedirle el divorcio para no tener ya que ocultar su oscura pasión ante los ojos de nadie. Pensándolo retrospectivamente, aquello le parecía ahora una locura perteneciente a un tiempo absurdo de su vida. Se limitó a sonreír de un modo lastimero, dispuesto a abandonar en su lugar, aquella parte del pasado.

– Quizás...porque no pude evitarlo – dijo, escuetamente.

Isadora dejó que en su rostro se trasuntara la incomprensión por aquella respuesta. Sin embargo, por una cuestión de cautela supo que era mejor no profundizar en el tema.

– Me parece que es preferible regresar al presente – propuso, intentando imprimir una nota de alegría a su voz.

Por supuesto, él estuvo de acuerdo. Pero, entonces, la siguiente pregunta de Isadora lo descolocó como si le hubieran asestado un golpe en medio del estómago.

– ¿Crees en la existencia de fantasmas?

Eso, no era para Edgar, precisamente, su idea acerca del presente...

Adriano Bug no se veía feliz de haber sido convocado por su jefe al destacamento policial. Sabía, desde luego, que el suyo era un trabajo a destajo, pero también le parecía inapropiado estar a disposición, nada más que porque a alguien se le ocurría compartir sus pensamientos, en medio de la noche. Seguramente se trataba de un asunto que bien hubiera podido esperar hasta el otro día y, fue entonces cuando tuvo la impresión que Modiliani se había sentido solo y agobiado en la oficina, con la única compañía del latoso de Demetrio Loggino.

– Castor...– cuando lo llamaba por su nombre era sencillamente porque deseaba recriminarle algo, sin que resultara muy notorio – Espero que lo que tengas para decir valga la pena de haberme hecho venir hasta aquí.

El Detective Inspector no se mostró interesado en responderle. Se limitó a revolver entre sus papeles y a tomar la fotografía que era, de momento, el centro de toda su preocupación.

– ¿Quién es este muchachito de mirada vivaz y sonrisa incierta?

La pregunta era retórica y no estaba particularmente dirigida a nadie. El detective Bug aguardó a que continuara hablando.

– Tiene una antigüedad de treinta y cinco años. ¿Lo ves? Está tomada en blanco y negro y la terminación de sus bordes es característica de aquella época. Lleva una marca de agua en su anverso: A & F. ¿Las iniciales de los nombres de los fotógrafos? ¿El nombre de la casa de fotografías donde se tomó? Dudo que haya sido tomada en Río Ballais. El ayudante Loggino no reconoce en este rostro a ningún lugareño. Me inclino mucho más por La Ciudad…

– Las casas de fotografías están absolutamente pasadas de moda y la mayoría ha desaparecido. O se han transformado en otra cosa. No será tan simple rastrearla.

El detective Bug estaba malhumorado y deseaba demostrarlo sacando a la luz aquel escollo. Un par de horas antes había visitado la hostería de Alberta, procurando dar con la presencia de Isadora. Le hubiera gustado invitarla a tomar una copa pero su amiga, que había actuado con un evidente esfuerzo por defender los valores locales, le había asegurado con gran énfasis que Isadora había salido a cenar con el comisario Dutra. Eso lo había enfurecido en su momento. Que éste le ganara de mano con unas reglas de juego muy poco claras, ya que parecía estar relacionado con la pelirroja del pueblo, y aun así andar en busca de ampliar su "radio de acción", lo hacía sentir como un verdadero estúpido a quien le habían quitado la presa de entre las manos. Debió haberlo supuesto aquella tarde de lluvia en que ella se alejo en su "Siena", después del funeral, despidiéndose de Edgar Dutra de un modo bastante entusiasta.

Había sido sencillo averiguar dónde encontrar a Isadora Vander Kooy –aparentemente, una hija dilecta del lugar al que había regresado de improviso– a través de Demetrio, siempre dispuesto a hablar de lo que se le preguntara. Sin embargo, y a pesar de todo, se había enfrentado, en cambio, con la gran dificultad de no haber podido dar con ella porque alguien se le había adelantado. Esto lo mantenía lo suficientemente absorto en sus propios pensamientos, haciendo que las observaciones del jefe no despertaran del todo su interés. Hasta que comprendió que ése no era un comportamiento profesional esperable, reaccionando a tiempo, antes que Modiliani detectara la distracción.

– Nada es fácil en este caso – le aseguró el Detective Inspector – No obstante, algo me dice que ese portarretrato en la escena del crimen está en relación con él.

– Lo que le agrega una buena cuota de perversidad al asunto...

Modiliani estuvo de acuerdo con el comentario y lo ponderó.

– Es una buena observación y viniendo de ti, no la desaprovecharé. Ya sabes lo de las pistas falsas creadas con los zapatos de Amílcar Morrone – el detective sonrió para sí – Fuiste tú quien pensó en eso...

– No me alabes tanto, jefe – dijo Adriano Bug, un poco en broma – Puedes estar pensando en sobrecargar mi trabajo, en base a mi eficiencia. Además, las pistas falsas terminan siendo unas desesperadas ocurrencias de gente muy malvada, capaz de matar. Tarde o temprano se descubren, como pequeños peces en el agua.

– También admiro tu optimismo – admitió Modiliani – Espero que esto sea lo que ocurra en esta ocasión – y enseguida lo llevó al otro tema que había comenzado a inquietarlo – ¿Sabías que alguien que cometió un...llamémoslo crimen involuntario en este pueblo, hace casualmente treinta y cinco años, está de regreso y *también* casualmente apareció por aquí más o menos por el tiempo en que Lorenz fue asesinado?

El detective Bug pegó un respingo.

– ¡Vaya! – Exclamó – ¡Eso sí que es interesante! ¿De quién se trata?

– De una niña que empujó a su hermana desde un puente, mientras jugaban...

– ¡Oh, vamos! – Se desalentó Bug – Ahora comprendo lo de involuntario. Eso no ha sido ni siquiera un crimen. Se ha tratado de un lamentable accidente. Ocurre más a menudo de lo que supones, entre los niños. Y es una pena, sí.

– Todo eso que dices tiene sentido – aseveró el Detective Inspector, aunque se veía a punto de desplegar una nueva escena histriónica – Pero... *¿treinta y cinco años?* ¿El mismo tiempo de antigüedad que la datación hecha a la fotografía le atribuye?

Sin embargo, su actuación se detuvo exactamente allí. De pronto, se sentía abrumado por tantos enigmas sin resolver.

El detective Bug carraspeó antes de volver a hablar.

– Es mi impresión o... ¿estamos por ingresar al caso a una nueva sospechosa?

– Su nombre es Isadora Vander Kooy – le aclaró Modiliani, sin responder por entero a su pregunta – Ha pertenecido a una respetable familia de Río Ballais...

Adriano Bug empalideció al escucharlo.

Edgar le prestó atención hasta el final, aunque sabía lo que había ocurrido en la casa. No comprometería la infidencia de Alberta, de modo que ensayó, incluso, algunas expresiones de asombro.

– ¿De veras crees que el fantasma de tu hermana anda rondando por allí y se ha ocupado de limpiar y acomodar todo, para darte la bienvenida al hogar?

– No he dicho tanto... – se defendió Isadora sabiendo lo ridículo que aquello sonaba – Pero al menos puedes acordar conmigo en que esto es verdaderamente muy extraño.

– Puedo iniciar una investigación, si tú quieres...Lo más probable es que algún usurpador haya estado viviendo allí porque supo que la casa estuvo desocupada todo este tiempo. Al enterarse de tu regreso, salió huyendo para evitar cualquier problema.

Era la teoría que más le gustaba esgrimir. Al menos, era la única que parecía tener algún sentido.

– He escuchado historias de usurpación durante años, sí. Por alguna razón era mi padre quien las repetía y las rechazaba a la vez. ¡Ni siquiera sé de dónde las sacaba! – Isadora hizo un alto en su comentario, al darse cuenta de lo mucho que aún la afectaba todo aquello – Cada vez que hablaba de eso, yo me sentía perturbada. Jamás se lo dije pero hubiera preferido que nunca lo mencionara. Debió callar del mismo modo que lo hizo...acerca del accidente que le costó la vida a Anabel.

Edgar la miró interrogativamente. Ella sintió el agobio que le provocaba su mirada, como si estuviera a punto de lapidarla.

– Cualquiera hubiera pensado que ese silencio sobre la muerte de mi hermana se relacionaba con su deseo de no hacer aún más duro mi remordimiento – dijo, no obstante, con un valor inesperado – Pero *a mí* no me lo parecía, la mayor parte del tiempo...

– Tengo la impresión que estás juzgando a tu padre con demasiada rudeza.

Edgar extendió su mano sobre el mantel para tomar la de Isadora. Pero ella, por primera vez, lo rechazó.

– ¿Tú qué sabes de eso? – preguntó sin disimular su fastidio. Y también por primera vez, Edgar pudo comprobar que era sumamente sencillo encolerizarla y hacerle cambiar de ánimo bruscamente.

– ¡No sé nada! O, tal vez, no más que lo que se infiere de tu comentario...

La respuesta pareció devolverle el alma al cuerpo. Isadora se serenó como si hubiera comprendido a tiempo lo irracional de su actitud.

– Lo siento – dijo ya con otro tono de voz – Este no es uno de mis temas de conversación favoritos.

– Comprendo – aclaró Edgar, aceptando su tácita disculpa – Pero si me permites una observación más... ¡vende esa casa de una buena vez y deja de asomarte al pasado para hacerte daño!

– No, no comprendes nada, entonces – su voz volvía a endurecerse – No me hace ningún daño. Por el contrario, restaña todas mis heridas. ¡Daría cualquier cosa por volver a vivir allí! Es sólo que...es imposible evitar sentir cierta hostilidad en la casa.

– La hostilidad está dentro de ti – estableció Edgar, dispuesto a no dejarse vencer esta vez por su enojo, a pesar de lo escabroso del tema – Y la proyectas a todo lo que te rodea...

Isadora se sintió, de pronto, golpeada por unas palabras que jamás hubiera esperado de Edgar. Era evidente que había conseguido enfadarlo. Además, se daba cuenta que el relato en sí mismo no guardaba ninguna lógica para quien no había estado allí y hubiera podido percibir el cargado ambiente que se respiraba, especialmente en el garaje. Tenía la impresión que era Alberta la única que estaba en condiciones de comprender aquello de lo que hablaba.

El abrupto silencio de Isadora convenció a Edgar que había excedido el límite y se encontraba ahora en un lugar del que no le sería sencillo volver.

– Disculpa...– comenzó a decir despacio – Sólo he querido expresar el modo en que a veces confundimos nuestra propia actitud de rechazo con lo que nos inspiran las cosas a nuestro alrededor. No te has sentido feliz en tu regreso al viejo hogar abandonado y, desde luego, te alteró verlo tan limpio y cuidado como el último día en que estuviste allí.

Pero era lógico tu desasosiego, Isadora. ¡A cualquiera le hubiera ocurrido, más allá de la sorpresa que tuviste!

Al llegar a este punto, comprendió que ella lo había dejado hablar hasta el final, sin interrupciones y sin molestarse por nada de lo que dijera. Y había dicho demasiado...

De pronto, esto le pareció un mal indicio. Quedó a la espera de un gran estallido de ira de su parte. Pero nada de esto ocurrió. En cambio, se limitó a observarlo por un momento más y se dispuso a hablar, a pesar de todo, de otro que no parecía ser uno de sus temas favoritos de conversación.

– El supuesto usurpador debe ser alguien bastante extraño – dijo – Porque nadie que se esmera en mantener aseada y prolija una casa, hasta el punto de no parecer deshabitada, tal como yo suponía que estaba, acumula hojarasca y basura en el patio, como si no formara parte del mismo lugar.

La descripción era llamativa y su observación, también. Edgar estuvo de acuerdo.

– Alguien capaz de una acción tan descabellada como una usurpación, no debe estar en sus cabales.

– Es posible – aceptó Isadora – En cuanto a mi idea acerca de fantasmas...no vayas a pensar que soy tan básica en mis creencias. Esto no tiene que ver con la casa en orden sino con eso que tú llamas mi proyección hacia lo que me rodea.

– Te refieres a tus propios fantasmas, ¿verdad?

– Me refiero a mis propias debilidades y fortalezas – le aclaró – Pude llegar hasta la casa...sólo para salir huyendo. ¡Qué tontería!

Edgar sonrió, conciliador. Y ella le devolvió una sonrisa pletórica de felicidad por el momento que compartían. La nube pasajera ya se había disipado...

– ¿Sabes? – Dijo Isadora un poco después – A "nuestro" usurpador parecen agradarle las flores. Había un gran florero con jazmines, como centro de mesa, y otro sobre una de las cómodas.

En ese preciso instante, Edgar dejó de sonreír.

Por largo tiempo trató de convencerse a sí mismo que aquello sólo había sido una coincidencia. Que, al menos, lo más probable era que lo fuera y que rumiando esa idea no conseguía más que echar a perder su propia dicha por haber obtenido de Isadora, la promesa de una nueva cita.

Jazmines había por todas partes, se dijo Edgar, después de dejarla frente a la hostería, despidiéndose de ella con un recatado beso en la mejilla. A última hora había decidido no avanzar más allá de lo prudente y dejar que la propia Isadora insinuara el momento de pasar a un segundo nivel. También en esto se reconocía un caballero, uno de ésos que parecía salido de algún cúmulo de antiguallas. Y no se sentía demasiado seguro acerca de que así causara alguna buena impresión entre las damas. Hacía ya algún tiempo que había olvidado cómo saborear esas mieles. Pero su pensamiento lo forzaba a regresar a los jazmines...

La teoría del intruso que usurpaba una casa vacía, se daba de narices con la idea de alguien de buenos modales o de plena cordura. Edgar se inclinaba más bien por alguien con características de cierta peligrosidad y sin ninguna clase de escrúpulos, capaz de apropiarse de lo ajeno y lleno de ira por haber tenido que abandonar sus comodidades intempestivamente. Era, desde luego, una idea inquietante. El usurpador no podía ser sino alguien que había llegado al pueblo con propósitos aviesos y, un desconocido además, que no contaba con familiares o amigos dispuestos a darle albergue.

Por algún motivo había tomado, no obstante, la decisión de permanecer en Río Ballais por largo tiempo. Pero, entonces, era inevitable preguntarse qué clase de rutina le permitía movilizarse y actuar en el lugar, sin haber llamado nunca la atención como forastero. Porque de haber ocurrido esto, seguramente él, como comisario del pueblo no hubiera podido ignorarlo. Esa clase de hechos corrían como reguero en una comarca pequeña.

Establecida la probabilidad de su teoría, había algo más que lo inquietaba, causándole escalofríos. La relación entre los floreros con jazmines en la casa de Isadora y la planta en el jardín de Marco sólo podía desarrollarse en dos sentidos: se trataba de una simple coincidencia o no lo era. Y *si no lo era*... ¡el usurpador no podía ser otro que el asesino que estaban buscando!

Ese era un verdadero "dato preocupante", se dijo. Uno del que no había esperado disponer pero allí estaba, alterándolo lo suficiente como para tomar la decisión de no perder tiempo en reunirse con el equipo de detectives.

Todos lo escucharon en silencio reverencial, revelando el interés que su relato había despertado. Adriano Bug se mostraba, sin embargo, un poco hostil y esto no le pasó por alto a Edgar. Como prueba de la rapidez con que todo se sabía en el pueblo, y sin olvidar la atención que le había dispensado a Isadora al conocerla, Edgar no dudó en atribuir aquel encono mal disimulado, a su certeza de su cita con ella: algo que él ni siquiera había mencionado al hablar acerca de los floreros. Pero esto sólo podía significar que Alberta había actuado de infidente, lo que ponía al detective en la hostería, preguntando por Isadora. Por un momento se fastidió al comprobar que un rival en amores era lo que menos necesitaba en aquellas circunstancias.

– No habrá comentado con la dama en cuestión, su inquietud al respecto... – manifestó Modiliani, receloso de la respuesta.

– Desde luego que no – le aseguró Edgar – Pero mi mayor preocupación ahora es creer que la señorita Vander Kooy puede estar en peligro, sin saberlo.

– ¿Usted piensa que...si se tratara del asesino, él podría estar dispuesto a regresar a la casa o...a deshacerse de ella, justamente para poder facilitar su vuelta al lugar? – preguntó el detective Bordone, atreviéndose a darle nombre a sus peores temores.

– ¡No pienso nada! – Estableció Edgar, no obstante – ¡Sólo digo que no me resulta agradable la idea de que un psicópata haya estado en esa casa!

– Podría ser que se hubiera instalado allí por algún tiempo... – comenzó a especular el detective Bug – No sabemos cuánto...pero el necesario para permitirle preparar su plan criminal, hasta el día en que decidió dar el golpe y luego marcharse para siempre.

Edgar tuvo que admitir que no había pensado en esa posibilidad. ¡El asesino había utilizado una casa deshabitada para armar su propia base de operaciones! Sin embargo, algunos detalles no eran consistentes con esa teoría. ¿A qué ocuparse de asear el lugar hasta el extremo de poner flores en los jarrones, cuando sólo debía estar concentrado en el crimen que iba a cometer? Aunque en el fondo sabía que nadie podía asegurar, a ciencia cierta, qué pensamientos dirigían las acciones de un hombre. Sobre todo, tratándose de un criminal...

– Pero ¿qué tal si esta mujer ha construido esa historia en base a mentiras? – Todos se volvieron a mirar a Modiliani – ¿Qué tal si ella misma ha estado allí limpiando, trapeando y cortando flores para la decoración?

Edgar empalideció. No comprendía de ningún modo, cuál era el punto al que quería llegar el Detective Inspector. Antes de escuchar reacciones, Modiliani se dispuso a aclarar esta nueva teoría.

– Su regreso a Río Ballais, después de *treinta y cinco años* de ausencia – remarcó – se produce exactamente el mismo día en que Marco Lorenz es asesinado. ¿Coincidencia? ¿Sí? ¿No? Se trata de alguien que *accidentalmente* mató a su hermana mientras jugaban...

– ¡Oh, por Dios! – Exclamó Edgar, indignado – ¿Qué tiene eso que ver con el crimen que nos ocupa?

– Probablemente nada – respondió flemáticamente – Pero la fotografía del portarretrato en casa de la víctima, fue datada en una antigüedad de treinta y cinco años, también.

– ¡Eso es *nada* para sospechar de ella! – Se encolerizó Edgar.

– Es comprensible que intente defenderla, comisario – el detective continuaba hablando sin perder un ápice de su calma – Pero soy propenso a desconfiar de las coincidencias. ¿Acaso no le ha ocurrido a usted lo mismo con jazmines frescos en la casa Vander Kooy?

Edgar apretó los labios con gesto adusto.

– El problema con las coincidencias – dijo – es que pueden inducirnos a error.

– O a pasar por alto las verdades, si decidimos restarles importancia – sentenció Modiliani – No estoy hablando en el aire, de todos modos. Me acerqué a los vecinos del lugar para preguntarles por ella. ¡Qué tontería! ¿Cómo hubieran podido reconocer a alguien que se marchó un día hace tantos años, siendo apenas una niña? Pero, en cambio, sí pudieron recordar a un "Siena" metalizado que, casualmente, han visto en el lugar en varias ocasiones. Y, casualmente también, ese coche pertenece...a Isadora Vander Kooy. Todo esto ha llevado a preguntarme si acaso, la Dama del Regreso Inoportuno no ha contado con el tiempo necesario para ocuparse de la limpieza de su propia casa y luego salir a gritar "socorro".

Edgar tardó en encarar su pregunta. Cuando lo hizo, podía sentir el modo en que le hervía la sangre.

– ¿Qué está *usted* insinuando, Detective Inspector Modiliani? ¡Acaba de describir a alguien que parece muy desquiciado!

– Entonces, no he insinuado nada – respondió livianamente – Lo he dicho de un modo bien directo. Es posible que alguien que ha matado involuntariamente a su hermana, no quede en buen estado psíquico para otras acciones de su vida. No soy bueno para las cuestiones de la psicología, pero sí para hacer deducciones en base a hechos concretos. ¿Cómo es posible que ningún vecino haya visto jamás a ningún intruso entrar o salir de esa casa y, en cambio, hayan notado la presencia del automóvil de la propia señora Vander Kooy? ¿Qué hay de malo en los ojos de esa gente que los hace ver ciertas cosas y otras no?

El comentario había resultado demoledor. Y tuvo el efecto de instalar un silencio casi palpable entre todos ellos.

NUEVE
ACERCAMIENTOS

Esa tarde en el destacamento policial, Edgar y Demetrio se avocaron a sus tareas administrativas de rutina. Pusieron en orden los papeles que se veían desparramados sobre los escritorios, guardaron algunos documentos en sus carpetas y actualizaron la planilla de turnos semanales que había sido desatendida, en medio del interés brindado a otros asuntos de mayor peso.

Demetrio limpió con insólito esmero la superficie manchada de la máquina de café, brindándole un cuidado que nunca había demostrado antes. Parecía emplear ese tiempo, a la vez, para meditar acerca de sus propias preocupaciones.

Edgar, en cambio, había hundido sus manos en los bolsillos del pantalón, indicando que lo suyo ya estaba hecho y, ahora, se limitaba a atisbar por la ventana como si el mundo exterior se hubiera transformado en un paisaje desconocido para él. En realidad, se estaba preguntando acerca de todos los hechos extraños que podían estar ocurriendo, de pronto, en Río Ballais –crimen y usurpación, incluidos– y de los que él ni siquiera tenía un básico conocimiento. ¿Acaso había perdido el paso en algún momento sin darse cuenta, para quedar en desventaja con respecto a las circunstancias?

Cuando se volvió para mirar todo a su alrededor, también la oficina que acababan de ordenar le pareció convertida en un ámbito al que le costaba reconocer. Su mirada bizqueaba en todas direcciones y su ceño no era más que un conjunto de cuerdas tensas, a punto de romperse.

Su ayudante y él se habían esforzado en el aseo del lugar, para devolverle su apariencia anterior, con la intención de recuperar una parte de la rutina perdida. Pero el resultado apenas lo conformaba. Si bien la partida de los detectives hacia La Ciudad –adonde habían sido requeridos por la Fiscalía General para justificar el pedido de exhumación en base a cierto protocolo que debían completar– contribuía en algo a relajar su tensión y malhumor, persistía en él el sabor amargo de las osadas conjeturas de Modiliani.

– No hay nada de malo en los ojos de nadie – remedó, resentido, buscando captar la atención de Demetrio – Isadora no tenía ningún motivo para ocultarse cada vez que llegaba a su propia casa. El usurpador, en cambio, debió moverse con todo el sigilo para pasar desapercibido y, obviamente, eso es lo que ha logrado.

Demetrio le sonrió a la distancia, comprensivo.

– El Detective Inspector Modiliani es un buen policía – dijo – Pero se equivoca en algunas apreciaciones, tal vez llevado por su propio entusiasmo.

Edgar se acomodó detrás de su escritorio, dispuesto a continuar con aquella conversación, algo que rara vez hacía, cuando el interlocutor era su ayudante.

– Estuve cenando con Isadora anoche y te aseguro que es una mujer encantadora. Tú mismo debes recordarla de niña. Era linda como un pimpollo y el hecho de haber pasado por aquella tragedia no la convierte en un monstruo, ni mucho menos...

Demetrio no respondió a su comentario. Esto le dio a Edgar el tiempo para quedar a solas, por un instante, con sus propias palabras. ¡Claro que era encantadora! Pero...Una pequeña lasca saltó de aquella roca sólida y perfecta. Tampoco podía negar que se había tornado áspera y oscura, cuando algo no resultó de su agrado. Bueno, ¿y qué con eso? ¿Acaso no se comportaban de ese modo la mayoría de las personas al ser contrariadas?

– Tengo que confesarte algo, jefe...

Demetrio comenzó a acercarse y toda su actitud era la de quien sabía que pronto le harían arrepentirse de su confesión. Pero aun así, y bajo la mirada interrogante de Edgar, no retrocedió un ápice en su propósito.

– Yo fui el tonto que lo puso en la pista de Isadora Vander Kooy – dijo, con aplomo – Pero todo cuanto hice no fue más que mencionar lo que había ocurrido con ella en el pasado. Ese policía sí que sabe sonsacarte cosas...

"Como si eso fuera algo tan difícil contigo, *bocazas*", se encontró pensando Edgar, un poco ofuscado.

– Se ha empecinado en armar cierta relación con el portarretrato – intentó defenderse Demetrio – ¡Eso es una necedad! Modiliani es de los que creen en la crueldad infantil innata. Por lo menos es lo que le escuché decir...

El acerado brillo en la mirada de Edgar se profundizó hasta el punto en que Demetrio tuvo deseos de retroceder. Pero estoicamente enfrentó su pregunta.

– ¿Quieres decir que está basando toda su sospecha sobre Isadora en la creencia de que mató a su hermana, adrede?

– No lo dijo por eso – se apresuró en aclararle – Más bien lo mencionó cuando yo recordé las burlas que soportó en la escuela, después del incidente. Hablaba, en realidad, de la crueldad de los *otros* niños. Aunque con su facilidad para relacionar algunos hechos...

Esta vez Demetrio no llegó a incluirse entre aquellos muchachitos mordaces y fastidiosos. Por un momento, temió que su olvidada asma infantil regresara para ponerlo al tanto de sus propios remordimientos.

– Está bien – Edgar se puso de pie y comenzó a caminar, inquieto, por la oficina – Dejemos a Modiliani con sus ideas, ya tendrá tiempo de descubrir su error.

Demetrio permaneció en silencio por largo rato, agradeciendo que el jefe no la hubiera emprendido con él, después de todo. Porque de haber sido así, en esta ocasión sentía que lo hubiera tenido merecido. Se enfrascó en su tarea sobre el escritorio y ya nada dijo, hasta que recordó la última recomendación del Detective Inspector, antes de marcharse.

– Tendré que visitar a Gervasio – dijo – No sé por qué demonios me ha pedido que lo vigile y si no te molesta que cumpla órdenes emanadas de él, eso es lo que haré más tarde.

– No me molesta – masculló Edgar – ¡Pero nada me dijo a mí al respecto! ¿Acaso vuelve a ponerlo en su loca lista de sospechosos?

– No creo que me lo haya pedido por eso – meditó Demetrio – Parecía más bien preocupado por el tonto.

– Eso es raro – se limitó a decir Edgar.

Se desentendió del asunto cuando el teléfono sobre su escritorio comenzó a sonar con su habitual estridencia.

Alberta disfrutaba de la confesión de su amiga. Era bueno que Edgar se hubiera atrevido, por fin, a dar un paso en el buen sentido, para su vida. Y le parecía que su elección para hacerlo, no podía ser mejor.

– ¡Va a dejar a Nora Duplay! – le aseguró a Isadora – Ya era hora que terminara con esa ridícula historia.

– ¿Tú crees que verdaderamente lo hará?

– No sólo lo creo... ¡Estoy convencida! No tienes nada que temer al respecto.

Isadora rompió a reír, sintiéndose un poco tonta en medio de sus inseguridades.

– ¡Este parece un diálogo extraído de una novela de Jane Austen!

– No sé qué quieres decir con eso – estableció Alberta – Pero te diré que si en algo conozco a ese hombre, eres tú lo que está haciéndole falta para tomar en serio su vida. El te agrada, ¿verdad?

Isadora la observaba, aceptando su propia emoción, algo no asiduo en ella.

– Bueno...– comenzó a decir, un poco enigmática al principio – Convengamos en que ya no se parece en nada a aquel muchachito regordete con el que tropezaba en el patio de la escuela...

– Tropezabas con él porque estaba allí todo el tiempo, para verte pasar. ¿Sabes qué creo? Si hubieran tenido la edad suficiente para comprender estas cosas, él jamás te hubiera dejado marchar del pueblo y se hubiera casado contigo y no con la pobre pero insulsa Adela, que en paz descanse. Tú lo habrías hecho feliz y él jamás hubiera salido a buscar...otra clase de distracciones.

A esta altura de aquel descabellado relato, Isadora ya no dejaba de reír. Cuando pudo volver a hablar, su mirada brillaba de un modo especial. Y, aunque aún bromeaba, su voz tenía un timbre de extraña circunspección.

– Sólo te faltó agregar un "*érase una vez*" por allí y un "*fueron felices por siempre*" por acá. Puede que no conozcas a Jane Austen pero tienes su misma imaginación...

Alberta la observó, tomando muy en serio sus palabras.

– ¿Te refieres a que me agrada reunir a la gente y verla feliz? Es algo que me viene de aquella fea época de mi vida en que estuve sola y desesperada. Creo que una aprende a reconocer el valor de ciertas cosas en base a haber experimentado su carencia...

– Tal vez mi caso sea aún peor que el tuyo – admitió Isadora en tren de confidencias – Sólo supe vivir con el corazón protegido de cualquier sentimiento, como si hubiera sentido el temor de amar a los demás y no poder evitar hacerles daño.

Sus ojos se oscurecieron de pronto, adquiriendo una intensa opacidad. De igual modo, Alberta buscó su mirada esquiva en ese momento.

– Debería agregar que también esto ocurrió en base a mi propia experiencia – concluyó.

Alberta decidió reaccionar frente a aquel comentario.

– Ninguna vida es lo suficientemente fácil para que creamos en el Paraíso Terrenal al alcance de la mano. Pero la mayoría procuramos aprender de nuestros errores...

– ¡Yo ni siquiera me equivoqué, Alberta! Lo mío fue, sencillamente, una mala acción. Una de ésas que se pagan para siempre.

– ¡Oye, oye! – no estaba dispuesta a dejar que Isadora volviera a recorrer aquel inútil atajo – Se trataría de una mala acción si hubieras puesto en ella algún propósito de malicia. Pero...*aquello* no fue más que un impensable accidente. ¡Y ya deja de rumiar en eso, en lugar de dedicarte a disfrutar de este momento!

Isadora se mostró dispuesta a valorar el pensamiento de su amiga. Pero su ánimo no se lo permitía, realmente.

– ¿Ves? Todo lo que siempre hago es amargar cualquier intento de felicidad...

– No es justo para ti misma.

– Lo sé – su voz se había transformado en una especie de susurro – Se trata de lo inevitable como destino. Soy la sobreviviente de una tragedia en la que mi propia hermana perdió la vida. No me siento con ningún derecho a disfrutar de nada.

– Tendrás que cambiar ese modo de pensar porque alguien ha llegado a tu vida y, seguramente, está dispuesto a pedírtelo.

– ¿Pedirme *qué*? ¿Que sea feliz?

Alberta detectó aquel tono de voz cargado de la incomprensión con que Isadora se había habituado a tratarse a sí misma. Tenía el sabor de la hiel y se escuchaba como un penoso autorreproche. Se percató que sería en vano su intento de sacarla de allí porque una parte de su propia piel estaba adherida a esa fría piedra de dolor. Lo había estado por tanto tiempo que no había un modo eficaz de apartarla, evitando que sus remordimientos saliesen a impedir que se marchara del único lugar que podía reconocer como propio.

– ¿Sabes? – Dijo lentamente, procurando que sus palabras terminaran siendo el bálsamo que Isadora necesitaba – Hay una parte de mi vida que no te he contado. Antes de tomar la verdadera y más sabia decisión de aquel momento, llegué con Albertina recién nacida a las puertas mismas del viejo Asilo de Huérfanos de La Ciudad, dispuesta a dejarla allí porque estaba convencida que no tendría el valor suficiente para salir adelante con ella, en medio de mi soledad...

La voz de Alberta se quebró, al punto que debió interrumpirse en su relato. Un apretón de manos de Isadora le dio la fuerza para continuar.

– Y eso fue lo que hice. Llegué una mañana muy temprano, besé su suave y pequeña frente y la abandoné sobre una fría escalinata...como si se hubiera tratado de un objeto. Huí del lugar como una fugitiva. Apenas había caminado unos cien metros, cuando la única parte sensata de mí se preguntó por qué demonios estaba haciendo aquello. Desesperada y asustada a la vez, volví sobre mis pasos, con la esperanza de que no fuera demasiado tarde...y cuando la vi, quietecita y dormida, ignorante de todo lo que pasaba a su alrededor, corrí hacia ella, la abracé con todas mis fuerzas, le pedí perdón en silencio...y regresamos juntas a casa. ¡Jamás tuve el valor de contárselo! ¿Qué clase de madre estuve a punto de ser? ¿Crees, acaso, que ésa no ha sido *también* una horrible acción y que yo no cuento con mis propios remordimientos?

Alberta necesitó reacomodar su espíritu, después d aquella confesión. Sabía que la lección para Isadora quedaba en pie, pero ella se sentía devastada. Había abierto las pequeñas puertas de su infierno personal para que su amiga comprendiera, definitivamente, que todos, en un sentido o en otro, tenían cosas para ocultar bajo la alfombra.

Isadora, por su parte, aceptó que el límite a su imperecedero sentimiento de culpabilidad era ése. Que estaba consustanciado en el dolor de Alberta y aun en el de Edgar, que procuraba asumir una pesada responsabilidad por la muerte de Adela. Había gente a su alrededor, tratando de mitigar los efectos de su antigua pena y, casualmente, era la misma que había intentado hacerlo también con la suya, muchos años atrás, defendiéndola de las burlas de los niños en la escuela. No volvería a dejarse ganar por su propia amargura. En aquel momento y por alguna razón, le parecía sumamente injusto.

Alberta secó sus lágrimas y apenas sonrió, ya aliviada.

– He tomado una decisión – dijo Isadora, acompañando sus palabras con una caricia, como último gesto de consuelo – Volveré a vivir en mi verdadero hogar. No desaprovecharé el increíble estado de conservación en que se encuentra la casa por dentro. Ordenaré algunas cosas, me desharé de otras y reacomodaré algunas más. Tengo mis documentos de propiedad en orden, de modo que...nada puede detenerme. Es algo que necesito hacer para seguir con mi vida.

Sabía que el cambio de tema era un poco brusco pero necesario.

– Eres muy valiente – le aseguró Alberta – Y, además, es tu mejor decisión...

– Edgar quiere iniciar una investigación acerca de la usurpación. ¿Qué piensas de eso?

Alberta se encogió de hombros.

– Si se ha tomado el propósito de hacerlo, nada le hará cambiar de idea. Aunque no estoy segura de que llegue a algún resultado. Claro que están esos detectives que vinieron de La Ciudad. Tal vez con su ayuda...

Isadora rió, otra vez con ganas.

– ¿Dudas de su capacidad como policía?

– No, no es eso – aclaró Alberta – Pero si en un lugar tan pequeño como éste, *nadie* ha tenido jamás noticias de ese intruso, no puede ser un asunto fácil de investigar.

– Admito que es extraño...Sin embargo, mi padre se pasó la vida hablando de posibles usurpaciones.

– Tú lo has dicho – Alberta carraspeó, nerviosa – *Posibles*. Pero ésta se trata de una bien real...

– ¿De dónde crees que sacó aquella idea?

– No lo sé – respondió a la pregunta de Isadora – Seguramente de las habladurías del pueblo.

– El nunca volvió a estar en contacto con nadie del lugar...

– ¿Puedes asegurarlo?

Isadora pareció meditarlo por un momento.

– No – terminó por decir – Pero entonces... ¿de dónde salieron las habladurías de los demás?

– Yo misma escuché esa clase de chismes en alguna ocasión. Siempre se trataba de bromas y esas cosas – Alberta cambió su tono de voz, preparándose para el siguiente comentario – Siento decirte esto pero...una casa deshabitada, en medio de una montaña, funcionó todo el tiempo como una gran fábrica de fantasías en la imaginación de todo el mundo. Las madres regañan a sus hijos desobedientes, asustándolos con historias de fantasmas y los vecinos nunca se sienten tranquilos si deben acercarse demasiado...

– Pero nadie vio jamás a un desconocido rondando. A un verdadero usurpador, a eso me refiero...

– Desde luego que no – aseveró Alberta, disponiéndose a enfrentar la mirada de Isadora, acerada y circunspecta.

– Entonces... ¿Por qué todos estamos asegurando que se trata de un intruso?

– Parece la teoría más creíble. ¿Quién si no se habría tomado el trabajo de conservar tu casa en esas condiciones?

– Es una buena pregunta – meditó Isadora – ¿Por cuánto tiempo estuvo haciéndolo? ¿Por un par de semanas? ¿Por un mes? ¿Por muchos años? ¿Se ha tratado siempre de la misma persona? ¿O ha habido más de un intruso a lo largo del tiempo? Por lo que recuerdo, mi padre ya se refería a esto, cuando yo era apenas una jovencita.

– Quizás tu padre sólo especulaba con la idea de que una casa abandonada era propicia para cualquiera que buscara un lugar cómodo y barato donde vivir...

Isadora dudó de aquel recuerdo. Tal vez, Alberta tenía razón porque a decir verdad, no existía ningún motivo que la llevara a pensar que su padre hablaba con algún conocimiento de causa. Lo más probable era que sus propias aprensiones acerca del destino corrido por la vieja casa familiar, lo hubiera impulsado a sostener suposiciones de aquel tenor. Pero en aquel momento se preguntaba por qué jamás había demostrado la menor intención ni el deseo de regresar allí, a lo largo de tantos años...

– De todos modos – Isadora intentaba aferrarse a otra clase de conclusiones– la teoría del usurpador no es de tan fácil comprobación. Sólo espero que Edgar sepa ser prudente con esto.

Alberta se limitó a observarla, preguntándose qué estaría tratando de establecer.

Demetrio condujo a lo largo de la calle principal que, pretensiosamente, todos en el pueblo llamaban "avenida". Canturreaba algo ininteligible mientras, una y otra vez, volvían a su memoria los recuerdos de los juegos de la infancia sobre el puente. Desde luego que habían estado allí, por entonces, sin el consentimiento de sus padres, tomando un poco del tiempo que les restaba para regresar a casa, después de la escuela. En las frías tardes de invierno, solían aprovechar los últimos rayos del sol y, durante la canícula, gozaban de la umbrosa protección de los sauces que crecían junto al río. Aún podía evocar aquellos momentos, porque para su condición de niño asmático, habían sido como dulces quitados al frasco de la alacena, en medio del descuido de los mayores. Era algo de lo que había podido disfrutar sólo a escondidas. Inexplicablemente, correr y agitarse mientras jugaba, jamás había tenido consecuencias sobre su enfermedad.

Cuando la evocación desapareció de su mente, como una pompa de jabón que estallaba en el aire, giró hacia la estrecha calle de tierra que se abría paso a su izquierda y condujo directamente hacia los suburbios. Siempre le había parecido que había algo de una implícita desolación en el paisaje que circundaba a la parte urbanizada del pueblo y, quizás, esto era así porque el efecto inhóspito surgía abruptamente, tomándolo a uno desprevenido. Allí, parecía percibirse en el aire, que los primeros fríos crudos del invierno llegarían antes de tiempo ese año, ya de por sí complicado por un crimen que aún permanecía sin resolver. Su instinto de policía, no totalmente atrofiado bajo la rutinaria actividad pueblerina, le decía que cuando esto ocurría, cuando el tiempo transcurría por fuera de toda resolución de un delito tan extremo como aquél y así fluía, sin soluciones a la vista, algo oscuro y denso crecía a su alrededor, como una peligrosa telaraña.

No tardó en divisar la miserable casa, casi en ruinas, a lo lejos. Y fue entonces cuando tuvo la impresión de que se veía más apartada que nunca del resto que la rodeaba, como si el pueblo estuviera muy por delante de ella, quedando aislada y sombría en su miseria.

Gervasio se encontraba atareado en acarrear la leña que había cortado seguramente temprano, en la mañana. Ese pobre muchachote sin inteligencia, se dijo, se movía siempre como una gran marioneta cuyos hilos se habían enredado hacía ya mucho tiempo. Y sus movimientos bizarros y desmadejados, eran lo primero en delatar que se trataba de un retrasado mental. Incluso, observado a la distancia, como lo hacía él en ese momento. Había logrado permanecer a salvo de cualquier decisión médica o judicial de ser internado en algún asilo que pudiera hacerse cargo de él, básicamente y porque a pesar de todo, parecía arreglárselas bastante bien con su propia vida simple y precaria.

Estuvo a punto de dar la vuelta y marcharse, convencido que había cumplido con la solicitud de Modiliani. El "tonto del pueblo" se veía bien, metido como siempre en su propio mundo sencillo. Pero después de vacilar por un instante, pensó que no iba a ser tan mala idea, acercarse y saludarlo gentilmente, como un modo de reconocer que no había sido justo que lo pasara tan mal, por causa de la policía. Quizás, al Detective Inspector no lo conformara el simple gesto de haber estado allí para verlo, sin cruzar ninguna palabra con él y preguntarle cómo se encontraba. Y aunque no era su jefe ni estaba obligado a recibir sus órdenes, creía que sería mejor complacerlo en lo que le había pedido. No fuera que con los extraños y "aceitados" movimientos de sus teorías, terminara por encontrar inapropiado que no se hubiera tomado el trabajo de saludarlo, al menos.

Demetrio descendió del coche policial, estiró las piernas y se acercó a la inefable sonrisa de bienvenida de Gervasio Tornasso.

– ¿Cómo estás, muchacho? – exclamó con su mano en alto.

Sabía que aquella actitud al llegar, le daría a Gervasio la seguridad de que estaba saludándolo amigablemente. El respondía mucho mejor a los gestos que a las palabras.

– B–bien...s–señor Loggino...Me preparo para el frío que...v–vendrá.

Demetrio se asombró del modo en que había logrado reunir una respuesta adecuada. Pero, entonces, recordó el compromiso del doctor Fernan el día que estuvo en el destacamento, acerca de ocuparse personalmente de la medicación de Gervasio, para que no quedara librado a la suerte de recordar tomarla, algo que no hacía la mayoría de las veces. Era notoria la mejoría alcanzada. Tal vez, Modiliani –en el fondo, un "alma noble" como pocas– había querido asegurarse de aquel progreso y ése era el verdadero motivo de haberle pedido que lo visitara.

– Es correcto lo que haces – le manifestó para alentarlo.

Gervasio dejó a un lado el pesado leño que sostenía, se quitó los guantes con los que protegía sus manos (todo un detalle de exquisita delicadeza que nunca había tenido en cuenta antes, se dijo Demetrio) y se acercó a él.

– Recordé...al–go – expresó, de pronto, señalándose un lado de la cabeza – No estaba antes...a–quí.

Se refería, obviamente, a su empobrecido cerebro y el ayudante policial tuvo un instante de piedad por su esfuerzo.

– Dime de qué se trata, Gervasio...

Lo miraba con intensa atención, cada vez más asombrado de sus progresos.

– La mujer que...q–que vi, s–se marchaba...

– ¿Viste a una mujer *marchándose*? – Gervasio asentía ante la pregunta – ¿De dónde se marchaba?

– De–la–casa...de la c–casa del–señor–Lorenz...

Demetrio supo que acababa de tropezar con un tesoro semienterrado.

– ¿Y eso ocurrió el día en que tú estuviste allí? ¿El día del crimen?

Gervasio asintió, en silencio.

– Se trataría de la señora Morrone...

El ayudante sabía que eso era improbable porque Clarisa había recibido un mensaje en su teléfono celular, pidiéndole que no fuera a la casa ese día.

– N–no–era–ella...

– ¿*Quién era*? ¡Dilo, por Dios!

– No s–sé...Se marchaba. Le–jos. Ya estaba lejos...La–vi–salir...Pañuelo–en–la–cabeza. Es...estaba–de–espaldas...s–se iba.

– ¿Cómo sabes entonces que no era la señora Morrone?

– Modo...m–modo de caminar...

Demetrio volvía al punto: Gervasio siempre había permanecido atento a los gestos y actitudes de los demás. Así era como podía, muchas veces, reconocer a las personas.

Quería continuar indagándolo pero, al mismo tiempo, temía hacerlo sentir acosado, porque era probable que esto lo disgustara y ya no deseara seguir hablando. No era sencillo mantener un diálogo apropiado con Gervasio, en medio de su latosa prosodia, aunque podía esforzar su atención si acaso sus dichos continuaban en aquella dirección.

– Dime algo, ¿quieres? – trató de mostrarse interesado pero afable– ¿Hay algún detalle que puedas recordar acerca de esa mujer?

– Casi c–corría. Era...ágil.

¿Ágil? ¿Había utilizado efectivamente aquella expresión? Gervasio había progresado de un modo llamativo. Demetrio le sonrió, complaciente.

– ¿Ves cómo puedes emplear algunas palabras y conocer su significado?

– También–puedo–decir...*croquembouche*.

– ¡Guau! – Exclamó Demetrio silbando, asombrado – ¡Esa sí que es difícil!

– Difícil...sí.

Gervasio se reía como un niño inocente metido en un cuerpo equivocado.

– ¿Qué ropa llevaba puesta?

Se detuvo, confundido.

– Me refiero a la mujer que viste esa mañana – le aclaró Demetrio.

– Pañuelo–negro–e–en–la–cabeza. Saco negro, también...

La descripción no servía. En todo caso, era evidente que ese modo de estar vestida adolecía de toda la intención de pasar desapercibida.

Demetrio dejó a Gervasio ocupado en su tarea, convencido que se llevaba consigo un dato que aportaba una buena novedad a la investigación.

Aunque quizás, no resultara del agrado de Edgar, su jefe.

Edgar, por su parte, había acudido al llamado telefónico recibido y esperaba no arrepentirse de haberlo hecho. No quería ninguna complicación con eso y prefería pensar lo mismo que al escuchar la insinuante voz de Nora al otro lado de la línea. Sin importarle lo que ella quisiera, aprovecharía la ocasión para terminar con una relación que ya no era más que un estorbo en su vida.

Por primera vez en mucho tiempo, había utilizado su automóvil particular en aquella visita, maldiciéndose por unos pequeños pero imperdonables actos de corrupción de otrora, cuando llegaba conduciendo, ostentosamente, el coche policial, al que dejaba aparcado casi a las puertas de la casa de Nora Duplay, sin importarle los comentarios que provocaba en los demás. Eso no había estado bien, desde luego, y esta vez, haciendo las cosas como correspondía hacerlas, estacionó su "Megane" color canela, a una distancia óptima del lugar, llegando hasta allí por sus propios medios.

Como tantas veces le había ocurrido antes, resbaló peligrosamente sobre el musgo adherido a los peldaños del frente poniendo en riesgo su equilibrio, sólo que en esta ocasión le disgustó su propio descuido, preguntándose por qué *demonios* Nora nunca se había ocupado de limpiar adecuadamente esa parte de la escalinata.

Pero Nora, completamente ajena a su fastidio y su propósito, lo aguardaba con caricias y besos que él comenzó a rechazar, apenas al trasponer la puerta. Llevaba puesta una bata de seda sobre su ondulante cuerpo desnudo y en algún breve instante, el calor que despertaba su cercanía estuvo a punto de traicionarlo. No obstante, retrocedió a tiempo, retirando el abrazo de sus atrapantes manos, que le habían rodeado el cuello.

– ¡Vamos, cariño! – Exclamó la mujer, con un mohín que a medias intentaba mostrar contrariedad – ¿Qué está pasando contigo?

La pregunta lo tomó por sorpresa. Porque, extrañamente, era la primera ocasión en que Nora parecía percatarse de su frialdad que, a decir verdad, ya se había manifestado antes, al menos en cierto distanciamiento y en la progresiva infrecuencia de sus visitas.

Edgar creía que, básicamente, ésta era la ocasión en que su desapego se volvía lo suficientemente notorio y definitivo, como para ofrecerle la posibilidad de afrontar el tema, de una vez por todas.

– No he venido por lo que tú crees, Nora – dijo, sin más – Quiero que las cosas queden perfectamente aclaradas entre nosotros para que nadie diga después que sale lastimado de esta situación.

Una sonrisa envilecida por un rencor anticipado, se dibujó en los sensuales labios de Nora.

– Cuando dices "nadie" te refieres sólo a mí, ¿verdad? Y cuando dices "situación" estás tratando de menospreciar a nuestra intensa relación de años...

– Bien – continuó Edgar sin reparar en su propia impiedad – Ya que comprendes todo al respecto, voy a pedirte que no vuelvas a llamarme... y menos aún al teléfono del destacamento policial.

– ¿En serio? – se notaba en Nora el intento de encontrar su mejor actitud de ironía – Porque también recuerdo que hace ya unas semanas atrás...juraría que hace casi un mes, también me pediste que no llamara a tu casa, porque no te gustaba la idea de que Gabino escuchara la "clase" de conversación que sueles tener conmigo. Un prurito de último momento, diría yo...

Cuando Nora volvió a intentar acercarse, él retrocedió sin disimular su rechazo. Esto la enfureció.

– ¿No es un poco tarde para esa clase de preocupaciones? – le gritó en el rostro – ¿O debo decir también que ya no tiene sentido llamar *ni siquiera* a tu teléfono celular, que siempre tienes apagado *para mí*?

El permaneció observándola sin responder a su bravuconada. Estaba preguntándose, en medio de ese amargo resabio de decepción que todo final conlleva, por qué nunca antes había notado aquel rictus tenso y estereotipado en Nora, por debajo de su recargado maquillaje, ni el mal gusto con el que siempre se vestía, para atraer la atención de todo el mundo sobre su voluptuoso cuerpo. Y aunque en ese momento no se la veía precisamente "vestida", sino más bien lo contrario, aquel pensamiento se instaló con la fuerza de un axioma irrebatible. Había comenzado a odiarla...

Se volvió lentamente, procurando marcharse. En lo que a él concernía, daba por seguro que había llegado al final del camino y la sensación que esto le provocaba era, exactamente, de alivio. Pero Nora no se mostraba dispuesta a simplificarle las cosas. Corrió por delante de él para interponerse a su salida por la puerta principal y se apoyó contra ella, con sus brazos cruzados por detrás. El movimiento hizo que la bata se le abriera por el frente, sugestivamente, dejando sus senos al descubierto. Lejos de intentar cubrirse, permaneció en aquella actitud esperando resultados. Pero éstos nunca llegaron...

Edgar estuvo a un paso de hacerla a un lado con violencia. Finalmente, se decidió por los modales adecuados, nada más que para no empeorar las cosas.

– Hazme un favor, Nora, y háztelo a ti misma. Deja que me marche de una buena vez...

– No haré eso – le respondió, provocativa.

– Los dos sabemos que esto que tú acabas de llamar una relación, hace tiempo que ha dejado de funcionar...

– No me parece.

– ¡Pero me parece *a mí*! – se exaltó, al notar el modo en que refutaba cada argumento – ¿Acaso no te sobran hombres con quienes pasarla mucho mejor que conmigo?

En la mirada de Nora habían comenzado a reunirse los nubarrones de una gran borrasca.

– Siempre supiste de *eso* y nunca te importó – procuró decir, pese a todo, con calma – Además...tú conoces muy bien la diferencia.

– ¿A qué diferencia te refieres? – en la voz de Edgar vibraba la promesa de no dejarse amedrentar por nada que ella dijera.

– Entre tú...y esos hombres.

Nora había extendido una mano para juguetear con los botones de la camisa de su antiguo amante. Y cuando él intentó retirarla de allí, ella se transformó en una fiera salvaje. Sus largas uñas color carmesí cruzaron el rostro de Edgar, dejando gruesos surcos rojizos que ardieron sobre su piel, intensamente.

– ¡Eres una...!

Se interrumpió sabiendo que no sería con insultos que podría mejorar su posición.

– Sé, al menos, lo que no soy – dijo Nora con una extraña voz en calma – ¡No soy ciega ni estúpida!

Su estallido final retiró el efecto previo de impuesta serenidad.

Edgar no tuvo dudas acerca de lo que vendría después de aquel grito destemplado. No olvidaba que Nora había presenciado el modo en que Isadora y él se habían saludado en el cementerio. Ahora que lo pensaba mejor, no sólo él había puesto su interés y agrado en aquel fortuito encuentro; también ella lo había hecho y eso era algo que ya no podía negarse a sí mismo. La idea le dio el valor suficiente para intentar marcharse una vez más.

– Aléjate de mí – le dijo, mirándola directamente a los ojos – Ya no quiero ningún problema más contigo...

Entonces, de un modo inesperado, las lágrimas comenzaron a rodar sobre las suaves mejillas de Nora.

– ¡Eres muy cruel, *comisario* Dutra! – Exclamó, ahogada en su propio sollozo – ¡Cruel, egoísta y cobarde! ¡Siempre lo fuiste! ¡Toda tu vida lo fuiste! ¡Adela me daría la razón si pudiera hacerlo! ¡Y ella sí que sabía de lo que estoy hablando!

Edgar había comenzado a luchar por disociarse de un horrible y creciente deseo de golpear aquel rostro que, alguna vez, había admirado en la plenitud de su belleza. Pero ahora, transformado para él en una máscara malévola, lo incitaba a su propia perdición. No le importaban las lágrimas ni el dolor de Nora; quería acallarla de una vez y a como diera lugar.

Después de un largo momento de silencio en que parecía que ya nada volvería a decir, porque había decidido pasar simplemente a la acción, la señaló con un dedo enhiesto y sus palabras fueron como venablos lanzados al aire, sin ninguna dirección.

– ¡Eso que dices...es perverso y obsceno! ¡Solamente alguien de tu calaña recurriría a algo tan bajo para intentar remover viejas heridas!

Nora, sorbiendo ahora sus lágrimas y, en apariencia, ya más tranquila, no se inmutó ante el comentario.

– No me importa lo que sea – siseó, alineando la mirada con la suya – Es, ante todo, *una verdad* en tu vida...Pero, ¿sabes qué? No tiene sentido gastar palabras con un ser tan egoísta como tú. ¿Quieres marcharte para siempre, eh? ¡Puedes hacerlo sin ningún problema! ¡Pero cuando estés al otro lado de esta puerta será tarde para cualquier arrepentimiento!

Edgar la contemplaba con un desdén exacerbado por el ardor en su rostro. Sabía perfectamente que no había nada ya de lo que pudiera arrepentirse cuando se marchara. Pero Nora continuó arengándolo, imperturbable en su propio encono.

– ¡Esa mujer medio loca con aires de dama exquisita arruinará tu vida! ¿Qué quieres sacar en limpio de alguien con un pasado tan sórdido?

El pensó en ese instante que si había que hablar del pasado, el de Nora estaba bien comprometido con la sordidez, de manera que era muy estúpida al avanzar por allí. De todos modos, y en lugar de enfadarse por el comentario sobre Isadora, sintió de pronto deseos de echarse a reír de aquello que consideraba una tontería. ¡Claro que jamás iba a arrepentirse de la decisión que estaba tomando! Y ya dispuesto a no prolongar la tortura de permanecer un momento más en el lugar, la hizo a un lado, empujándola por un hombro, con la mayor delicadeza que logró reunir. Su mano temblaba cuando alcanzó el picaporte, pero no perdió más tiempo en salir de allí. Se sentía sofocado...

Sin embargo, Nora lo siguió hasta la pequeña galería del frente, con toda la intención de atormentarlo hasta el final.

– ¡Ya encontrarás alguna vez a alguien que arruinará tu vida, imbécil! ¡Aunque yo creo que *ya* la has encontrado!

Afortunadamente, Edgar recordó evitar la zona de musgos sobre los escalones. No le hubiera agradado deslizarse y caer frente a la mirada de aquella mujer enfurecida.

Por su expresión, era notorio que el Detective Inspector Modiliani estaba de buen humor. Y, quizás, tenía motivos para ello. No sólo había logrado la autorización para exhumar el cuerpo de Marco Lorenz sino que, también se esperanzaba en algún resultado positivo sobre los viejos zapatos del señor Morrone, a los que había enviado al laboratorio. Al menos, era la primera vez que procuraba no decirse a sí mismo que estaban a las puertas de un "caso frío". En la jerga policial, ésta era la expresión utilizada para dar cuenta de una investigación con la que no se estaba llegando a ninguna parte ni exhibía pistas significativas, hasta caer en punto muerto e, incluso, cerrarse como caso. Algo había logrado quitar de entre todos los enigmas planteados y estaba convencido que, tanto la exhumación como el análisis en el interior del calzado, arrojarían resultados dignos de tomarse en cuenta.

Y así había sido, en efecto...

Las pruebas realizadas sobre los viejos zapatos habían provocado varias circunstancias previas. No demasiado convencido del papel que su jefe le asignara, el detective Bordone se había presentado en la casa de los Morrone con media docena de calcetines de lana para Amílcar, a quien le pidió a cambio, la entrega de todos aquéllos que él había usado durante su tarea de jardinero en casa de la víctima.

Dando muestras de su extrema pobreza, el bueno de Amílcar Morrone le había entregado dos miserables pares, pulcros pero gastados por el uso, que Bordone colocó en sendas bolsas de plástico. Luego de asegurarse que el anciano no olvidaba dar ningún otro, selló aquellas bolsas de modo que ya nada pudiera quitarse o agregarse en ellas.

Ahora, Modiliani contaba en su poder con la descripción exhaustiva de cada posible fibra que hubiera quedado adherida al interior del zapato, (siempre quedaban muchas más de lo esperado), y éstas coincidían con la trama del tejido en los viejos calcetines de Amílcar. Pero había algunas otras, que fueron descartadas como pertenecientes a éstos...

Lo malo del asunto era que no tenían nada con que poder comparar esas fibras diferentes, aunque los policías sabían, sin lugar a dudas, a los calcetines de *quién* pertenecían. De todos modos, Modiliani creía que era un paso adelante en la investigación. Tal vez, con un poco de suerte a favor, llegaría la ocasión de dar utilidad a aquel descubrimiento. Se esperanzaba en ello tanto como en el secreto, hasta ahora muy bien guardado, de lo que habían hallado bajo una planta de jazmín desenterrada *ex profeso*, acerca de que un buen día causara alguna acción o reacción por parte del asesino.

Adriano Bug no lo había pasado mejor en cuanto a lo que el jefe le había encomendado. Quizás, por su malhumorado comentario acerca de las casas de fotografías, tuvo que dedicarle todo el tiempo de su estadía en La Ciudad, a remover cielo y tierra en procura de alguna que cubriera las expectativas de Modiliani, con respecto a la que estaba buscando. Pero el detective no sólo jamás pudo dar con ninguna que en el presente o en el pasado hubiera respondido a la marca de agua de la fotografía en el portarretrato, sino que tal como él lo había imaginado, no quedaba en el lugar ninguna que aún tuviera sus puertas abiertas al público. Con el tiempo, habían sido reemplazadas por negocios de venta tecnológica y electrónica, en los que un pequeño espacio se dedicaba al revelado de fotografías.

Como único resultado de la infructuosa búsqueda, solamente había conseguido un dato incierto. Había habido una casa de fotografías de algún renombre en La Ciudad, hacía ya muchos años atrás, pero el memorioso que lo recordaba le había asegurado que, hasta donde él sabía, A&F no era nada que tuviera que ver con ella ni con su antiguo dueño, quien probablemente había muerto.

De todos modos, el detective Bug había arrojado su pequeña libreta de anotaciones sobre el escritorio de su jefe, con aires de haberse mareado en una puerta giratoria.

– La casa funcionaba todavía hace treinta y cinco años. ¿Su nombre? "La Espiga de Oro". Su dueño se llamaba Orestes Gramma y no entiendo qué relación le encontró al nombre de su negocio con el arte de fotografiar.

Modiliani se había limitado a sonreírle, sin darle ninguna importancia a su esforzada tarea.

Ahora, de regreso en Río Ballais, todo prometía volverse aún peor...

Edgar había abandonado aquella casa, temblando. El corazón todavía le retumbaba en el pecho como un tambor llamando a la guerra. Y en medio de aquel sentimiento de desgarro interior, lo que más dolía se relacionaba con la admisión de su verdad más insoportable.

Había sido un irredento egoísta en los asuntos del amor y le llegaba el momento de aceptarlo y avergonzarse. ¿Hasta qué punto un hombre decepcionado podía causar mucho daño a su alrededor aun sin proponérselo? ¿Era suficiente razón el hecho de haber perdido los sueños y las ilusiones, en una apuesta en que la vida se había quedado con todas las fichas? ¿Acaso podía culpar a Adela por no haberse dado cuenta a tiempo acerca de las cosas que él necesitaba y que ella no le estaba ofreciendo? Sin embargo, había sido una buena mujer y no podía acusarla más que de haber vivido del único modo en que la habían educado para hacerlo. Quizás, aquel infarto fatal llegó a estar más relacionado con sus profundas represiones y con su incapacidad para sostener su propio deseo que con la traición y la infidelidad provenientes de él. Quizás...

Pero nada de esto lo eximía de asumir el daño que su proceder había irrogado.

Sus apasionados encuentros con Nora Duplay en el pasado, también habían formado parte de aquel egoísmo del que se había valido para equivocar el camino. Había ido por ella cada vez que su entrepierna parecía enloquecer por su evocación, para decirlo sin tapujos. Se había apartado cuando consideraba que su presencia lo comprometía más de la cuenta.

Y en ese claroscuro de su vida, jamás había comprendido del todo las reglas de juego. Las había comprendido sólo a medias, percatándose que algunas veces era preferible tomar el control de la situación en lugar de dejarse llevar como un pequeño barco de papel, en medio de la tempestad. Porque permitirle al deseo salir a cazar tan libremente, había sido en algún punto, un gran dolor de cabeza. Lamentablemente, se daba cuenta demasiado tarde, ya que acababa de comprobarlo.

Isadora tenía que ser lo mejor que le ocurriera en la vida. Era su primera promesa en serio, se dijo. Y, mientras su juramento parecía correrle por las venas con el calor especial de las ilusiones intactas, su mirada recorría una y otra vez, la fachada abandonada de la casa Vander Kooy, adonde se había detenido, en procura de recuperar la calma recientemente pérdida.

Pero *esa* casa, no devolvía la calma a nadie. Guardaba demasiados secretos y se veía ominosamente oscura y peligrosa. El portón del garaje, sellado con una herrumbrada cadena que atravesaba las manillas del frente para rematar en el candado que la aseguraba, parecía ocultar un viejo latido, un antiguo rezongo del tiempo que, por dentro, sólo había transcurrido en silencio y a oscuras. O, quizás...

Edgar pisó a fondo el acelerador y se marchó del lugar, deseoso de pronto, de no concluir ninguna frase que acudiera a su mente.

DIEZ
COMPLICACIONES

El resultado obtenido tras la exhumación del cuerpo de Marco Lorenz, había sido el esperado por el Detective Inspector.

Cuando cuarenta y ocho horas después, y ya olvidado el siempre desagradable momento de presenciar cómo el ataúd era retirado de la fosa –algo que sacudía las entrañas mismas, como si se ocuparan de recordarle a uno lo malo que era interrumpir el descanso eterno de los muertos– las más oscuras sospechas de Modiliani fueron confirmadas.

Una extraña sustancia que sólo era posible obtener de la corteza de cierto árbol que crecía en la jungla de países tropicales, había sido introducida en el torrente sanguíneo de la víctima, por inoculación. A veces, Modiliani creía que a esa altura de su profesión, había desarrollado un sexto sentido muy particular que le permitía dar con ciertas pistas que pasarían desapercibidas para otros, al menos en un primer momento...

Un pequeño punto casi imperceptible, a un lado del cuello, que por supuesto no había sido detectado antes, mostraba ahora a las claras, cómo la víctima había sido atacada por la espalda e inmovilizada por el efecto de la sustancia inoculada. A pesar del estado de descomposición en que ya se encontraba el cuerpo, existió la suerte suficiente para dar con aquella prueba incontrastable.

De modo que la circunstancia imaginada por la afiebrada capacidad de Modiliani para crear situaciones potenciales –su sexto sentido había sido su mejor aliado– a partir de los datos de una supuesta realidad, se corroboraba en forma contundente, al menos en este caso.

La rara sustancia se llamaba *miocicaína*, era un preparado prácticamente natural (se lo utilizaba apenas degradado con agua) y su efecto era muy similar al de la *succinilcolina*, en cuanto a producir parálisis muscular. Al no dejar rastros de su presencia en la sangre, y sólo detectable por métodos de búsqueda específica, esta parálisis podía ser fácilmente confundida con los primeros signos del *rigor mortis*. Todo esto explicaba el error cometido, inevitablemente, al establecer la hora del fallecimiento de la víctima, pero por primera vez a lo largo de una investigación que no había arrojado resultados importantes hasta el momento, permitía reducir cierta averiguación hasta el punto de transformarla en el atajo de un complicado y dificultoso camino: *alguien había tenido al alcance de la mano una sustancia proveniente de un exótico árbol llamado berbés, cuyo nombre científico era ocygamus berberis, de difícil presencia en el lugar y que, por lo tanto, sólo permitía elucubrar que la miocicaína había sido obtenida por medios bastante rebuscados*. Era importante para el equipo de detectives, pensar en cuáles...

– El informe del laboratorio es extenso acerca de esta sustancia – estableció Modiliani ante la interesada atención de Edgar Dutra y su ayudante – Contiene una toxina similar al veneno del *curare*, aunque en una proporción lo suficientemente baja para no volverla mortífera. En cantidades ínfimas suele formar parte de ansiolíticos y cierta medicación psiquiátrica. ¡Oh, sí! Aunque les parezca mentira, también se emplea en la preparación de algunos dulces para repostería. ¿Esto les dice algo en especial?

Edgar y Demetrio se observaron entre sí. Por un momento, creyeron enfrentarse a la pregunta maldita del profesor más exigente de la escuela, como en esas pesadillas en que uno todavía se encuentra dando el examen final en la secundaria, que nunca antes había aprobado.

– No demasiado – se atrevió Edgar con su respuesta – Quiero decir... *¿una sustancia proveniente de un árbol tropical?* ¡Es una locura!

– A pesar de esa apariencia – le aseguró el detective – Nos pone a buscar a alguien que por una razón que aún desconocemos, ha logrado hacerse con ella por algún medio. Y ha demostrado saber del tema, sin lugar a dudas...

– ¿Y quién podría ser esa persona? ¡No conozco a nadie así en todo Río Ballais! – exclamó Demetrio, que acababa de llegar para ponerlos al tanto de lo dicho por Gervasio. Algo que, en algún sentido, podía terminar por complicar aquel feo asunto. Sobre todo, si Modiliani se empecinaba en relacionarlo con sus propias elucubraciones. Pero aun así, sabía que había llegado el momento de manifestarlo, porque el dato era demasiado importante para la investigación y no podía ser dejado de lado.

Adriano Bug sonrió a medias, un poco antes de expresar su pensamiento.

– Siempre hay diferencias entre lo que creemos conocer y lo que conocemos realmente – dijo – ¿Acaso no tenemos aquí, frente a nosotros, a un hombre con su rostro atravesado por un gran rasguño de mujer? ¡Quién lo diría, comisario Dutra! ¡Otra vez a las andadas!

Edgar empalideció, tomado de sorpresa por el comentario.

– ¿Qué dice?...– se ahogó en su propia pregunta.

Pero lejos de arrepentirse por lo expresado, el detective Bug hundió su estilete a fondo.

– No imagino a la señorita Vander Kooy, a quien considero toda una dama, como a la autora de esas feas líneas rojas en su cara... – se acercó a Edgar con gran provocación, observando su herida casi de un modo irrespetuoso – Alguien más ha andado por aquí...

– ¡Ya basta! – Lo interrumpió Edgar, fuera de sí.

Lo había tomado por las solapas del saco y se sentía dispuesto a golpearlo, sin importarle las consecuencias. En el fondo de su mente, en un pequeño lugar al que había preservado de su estallido de ira, aún se lamentaba de que todo se hubiera echado a perder entre él y Bug. Si una situación como ésta se hubiera producido con Luciano Bordone, hasta se habría tratado de un alivio para él, puesto que hubiera sido el perfecto correlato de una relación difícil. Pero no era éste el caso, y terminó debatiéndose entre el odio y la pena. Soltó las solapas de Bug y retrocedió, todavía indignado.

– Una dama...no obstante, un poco enigmática, ¿verdad?

Las palabras del Detective Inspector resonaron con fuerza en medio del silencio de todos, que aún permanecían afectados por la escena que había tenido lugar.

Demetrio cerró los ojos y una mueca de disgusto anticipado por lo que sobrevendría, atravesó la expresión de su rostro. Se sintió, de pronto, en el punto de afelio de su vida, buscando un sol lejano que, de momento, no iba a regresar. Edgar lo odiaría para siempre...

– Estuve con Gervasio...– dijo– Y es evidente que la medicación del doctor Fernan ha hecho milagros con él. Pudo...recordar ciertas cosas.

El sol empequeñecía a pasos agigantados en su imaginación. No había retorno de esto, se decía. Y no era que él hubiera pensado en algún momento, que la mujer que Gervasio recordaba abandonando el jardín de Marco Lorenz el día del crimen, fuera Isadora. Pero no desconocía el hecho de que Modiliani, en cambio, sí lo pensaría.

– Vio a alguien dejar la escena del crimen. Se alejaba por el jardín, rápidamente...

– ¡Lo sabía! – Exclamó Modiliani – ¡Sabía que el muchacho había llegado al lugar en forma privilegiada para presenciar algo!...Su ataque de epilepsia debió sobrevenir *después* de comprobar que el señor Lorenz estaba muerto y...ensangrentado, según se expresó.

– ¿Qué datos dio sobre esa persona? Si es que pudo hacerlo...

La pregunta y la observación provenían del detective Bordone, quien había permanecido sombríamente callado hasta el momento, de un modo atípico en él.

Demetrio tuvo tiempo de sentir una suerte de admiración por las teorías del Detective Inspector, que una a una iban resultando ciertas. Después, cumplió con su deber de informar...

– Era una mujer. Pero no pudo identificarla. Sólo la vio de espaldas, cuando se marchaba. Llevaba puesto un saco negro y un pañuelo del mismo color, sobre la cabeza. Sólo dijo que era ágil porque caminaba con suma rapidez. ¡Ah, sí! También descartó que se tratara de la señora Morrone, ya que no reconoció en ella, su modo de caminar. Además, una anciana no podría darle agilidad a sus pasos.

– Una mujer, ¿eh?

El breve comentario acotado por Modiliani, le causó a Demetrio la impresión de que ése era el primer atajo hacia una más de sus terribles deducciones. No deseaba ver la expresión de nadie en ese momento y decidió darles la espalda a todos, mientras el Detective Inspector se explayaba en lo suyo.

– No parece ser un crimen cometido por una mujer – dijo, de pronto, sobresaltando a Demetrio con aquella conclusión que no esperaba y obligándolo a girar en redondo.

Sin comprender demasiado por qué el ayudante policial se mostraba tan afectado y sorprendido, Modiliani continuó hablando.

– Marco Lorenz era un hombre alto y corpulento a pesar de su edad avanzada. No creo que una mujer tuviera la fuerza suficiente para inmovilizarlo por la espalda y menos aún, para provocar aquella herida blandiendo un atizador que, ya lo hemos comprobado, es *muy* pesado. No, definitivamente, ninguna mujer pudo cometer un crimen de esas características.

A Demetrio le hubiera gustado decir que él había pensado exactamente lo mismo, aunque sabía que no era cierto porque ni siquiera contaba con la avezada capacidad deductiva de Modiliani. Se limitó a sonreír, sintiéndose aliviado y se volvió hacia su jefe, con renovadas fuerzas.

– Pero si estaba allí y se marchaba, al ver a la víctima caída en la galería, ¿qué otra cosa podría ser más que...*cómplice* del criminal?

Pudo observar la mirada de Edgar, mientras las palabras del detective se desgranaban a sus espaldas. Había virado a un negro profundo y perdido todo brillo en ella. Demetrio no tuvo dudas que Edgar esperaba por lo peor. Ya había tenido un anticipo de aquello que Modiliani sostenía con impávida valentía. Sufrió por él en ese momento, mucho más que por sí mismo.

– ¿Seguimos hablando de la gente de Río Ballais? – preguntó Bordone, quien ese día en especial parecía a cargo de los datos que rodeaban al caso, en una segunda línea – ¿De los viejos y queridos vecinos de este pueblo tranquilo, donde cada uno sabe lo que el otro hace? ¿O de alguien que ha llegado al lugar, siendo un perfecto forastero, con las peores intenciones?

–...Y ha vivido oculto en la casa Vander Kooy – concluyó el detective Bug.

– No necesariamente – se escuchó decir a Modiliani.

Fue el momento en que Edgar se preguntó si tendría que soportar una nueva actuación de ese hombre desconcertante. Era consciente que Demetrio se estaba moviendo frente a él con más torpeza que nunca. Parecía querer pavonearse, por alguna razón, aunque al afinar la observación comprendió que era su modo de mostrarse por demás de incómodo. Seguramente, preveía lo que vendría a continuación y se sentía culpable en algún sentido, porque siempre parecía ser él quien ofrecía las pistas que Modiliani reclamaba para unas teorías que Edgar consideraba descabelladas.

–Este pueblo ha demostrado no ser nada tranquilo, después de todo. Y se me ocurre que guarda sus buenos secretos – el Detective Inspector tronó sus dedos en el aire, en un gesto que denotaba concentración – El Ayudante Loggino también es partidario de esta idea...

Los movimientos de Demetrio se volvieron casi espasmódicos. ¿En qué lío quería meterlo para empeorar su ya muy mala situación?

– El cree que en un pueblo pequeño también ocurren cosas. Y yo comparto esto.

– Bueno...– una sonrisa lastimera colgaba de su boca – No he querido decir tanto...

–...Ni tanto ni tan poco – concluyó por él, Modiliani – Pero alguien pretende que compremos cierta teoría de un misterioso usurpador a quien nadie jamás le ha visto el rostro. Y, llamativamente, de quien surge esta historia es de una mujer que regresa a su lugar natal, después de muchos años de ausencia, el mismo día en que se comete un crimen aquí. No debo olvidar decir que lo hace arrastrando con ella, un doloroso pasado...

– La última pincelada en ese cuadro – se escuchó aseverar a Bordone – es *una* mujer, precisamente, en el jardín de Marco Lorenz.

Edgar, por supuesto, no daba crédito a lo que volvía a escuchar por segunda vez, en pocos días. ¡Nadie allí conocía a Isadora! ¡Ella no podía estar involucrada en aquel sórdido asunto de ninguna manera! Modiliani poseía la capacidad de descubrir algunos hechos, en base a sus propias deducciones, pero se "despistaba" en otros, sin medias tintas.

– ¿Saben qué creo? – Estalló por fin – ¡Que estamos bien locos si llegamos a comprar tanto "pescado podrido"! ¡Hasta es posible que ésta sea una nueva fabulación...o alucinación de Gervasio!

– ¿*Nueva*? – Bordone acababa de ingresar al terreno en el que más le gustaba enfrentar al comisario – Hasta donde sabemos, no alucinó haber visto a la víctima con vida. ¡Estaba *aún* vivo, cuando él llegó!

– ¡Me refiero a que siempre inventa cosas como ésas!

– Ya lo había mencionado antes, comisario – le recordó Modiliani sin inmutarse.

–Y no resultó cierto – concluyó Bordone.

– También *usted* ya ha mencionado antes sus ridículas sospechas sobre Isadora Vander Kooy...

En la voz de Edgar podía oírse palpitar un ciego rencor. Entonces, Demetrio tomó la iniciativa de intentar mejorar todo lo malo que aquello parecía proponer. Quizás, fuera un modo de hacerse perdonar por las infidencias que habían llevado todo el asunto hasta allí.

– Señores...señores... – dijo, para atraer hacia sí la atención – Me parece que hemos llegado a un punto que construimos innecesariamente con un exceso de circunstancias que no tienen por qué ser coincidentes.

Edgar entrecerró los ojos para contemplarlo, acostumbrado a aquella clase de intervenciones de su ayudante. En cambio, el Detective Inspector Modiliani lo observaba horrorizado por su atrevimiento. Los demás, simplemente parecían aguardar por la continuidad de un comentario que, en principio, se escuchaba un poco complicado.

– ¿Qué es eso tan confuso que está diciendo, Ayudante Loggino?

La pregunta saltó por el aire como una tensa saeta. Castor Modiliani no quería admitir que un simple y pueblerino acólito policial poseía la capacidad de comportarse como un vanidoso Sherlock Holmes.

– No es confuso – le aseguró Demetrio, ajeno a sus prejuicios – Será muy sencillo de comprender si se disponen a escuchar bien lo que voy a decir...– y luego de recorrer a todos con la mirada, prosiguió su relato – Que Isadora, una vieja amiga de la infancia, haya causado alguna vez un triste accidente siendo muy pequeña, no la transforma en una criminal. ¡Ni en cómplice de criminales! Que haya regresado el mismo día en que el señor Lorenz fue asesinado, tampoco la convierte en sospechosa de un modo directo. Aunque al respecto diré que no debe ser dificultoso determinar su hora de llegada al pueblo y compararla con la hora del crimen...

– Que por causa de una sustancia llamada *miocicaína* ha quedado en entredicho – estableció Bordone.

– Aun así – ponderó Demetrio luego de contemplarlo con cierto desdén contenido – Creo que la comparación podría realizarse para dejarnos tranquilos. En cuanto al hecho de haber sido vista cerca de su antigua casa, o al menos, el haber sido reconocido su coche por los vecinos, no es más que un gesto natural y esperable de cualquiera.

¿Quién no iría a ver el lugar donde transcurrió parte de su vida, después de tantos años de ausencia? El comisario cree que su despreocupación por ser vista allí por los demás, es a causa de que nada tuvo que ocultar, en su regreso. ¿Y saben qué? – finalmente, aspiró el aire con fruición para dar cierto tono de convicción profunda a sus palabras – Yo creo lo mismo.

A pesar de la fuerza con que había pronunciado su apologético discurso, Demetrio temió por sus efectos durante un momento. Se detuvo a escudriñar, fundamentalmente, en la reacción de su jefe, ya que era la que más le interesaba. Luego giró hacia la presencia de Bordone.

– Pero hay algo más para decir – remató – Comprobables o no...Gervasio *sí* cuenta historias fabuladas por él. Y hace ya muchos años que los chismes sobre la usurpación de la casa Vander Kooy corren por este pueblo como el agua bajo el puente.

– Y aunque hayan sido leyendas pueblerinas por largo tiempo – comenzó a decir el detective Bug, fastidiado del protagonismo de Demetrio, pero además deseoso de expresar algún parecer favorable a Isadora – un buen día, el mito se hizo realidad.

Modiliani reprochó su comentario con la mirada.

– ¿Tú también crees eso? – le preguntó.

– Jefe...no nos cerremos a otras posibilidades.

Bug sabía que, en ocasiones, el Detective Inspector se volvía muy testarudo en sus presunciones. Y que, algunas veces, esto no era bueno para una investigación policial.

– De acuerdo...– Modiliani retrocedió un palmo en sus dichos – De momento, aceptaremos a esta "leyenda" en medio de nuestro caso – y luego sonrió, a su modo, cómplice de sí mismo – Hagamos venir al equipo científico y tráiganme una buena orden de registro. Después de todo, si encontramos algo...*sí* contamos con qué compararlo.

La tarde se había vuelto apacible. La amenaza de lluvia que había estado presente durante toda la mañana, desapareció definitivamente hacia el mediodía y un maravilloso sol que ya no era posible disfrutar a diario en esa época, iluminaba un cielo de azul intenso.

La temperatura había ascendido y el frío, que parecía detenido entre las ramas desnudas de los árboles y en el borde final de las nubes que morían detrás de las montañas, se había decidido por perder su notoria agresividad, tornándose soportable hasta el límite de lo increíble.

Isadora se dijo que había que hacer algo para aprovechar esa tarde maravillosa, arrancada de algún milagro de calendario. Y su idea de esto no fue otra que la de abandonar la hostería por una buena caminata. ¡Tenía tanto en qué pensar!

Deambular por los lugares conocidos, ayudaría a despejar sus más complicadas preocupaciones. Estaba demasiado segura al respecto y, al principio, sólo decidió dejar que su mente vagara en libertad por su pequeño mundo de proyectos.

Suponía que el regreso definitivo a la casa, terminaría por ser su mejor decisión. Al menos, aquélla que la acercaría a sus sentimientos más profundos: los rescatados de un tiempo en que todo fue felicidad alimentada con la pureza de una química irrepetible. El hecho de que ese tiempo cayera después en entredicho, no significaba que la gran puerta de las oportunidades no se abriría jamás para ella. En todo caso, su horrible culpa de niña la había inducido a creer que ése era el modo en que la trataría la vida. Reducida a caminar por el filoso borde de una profecía auto cumplida, le había permitido a su corazón estar en soledad por demasiado tiempo.

No sabía si llegaría un día a enamorarse de Edgar Dutra pero, en cambio, sí sabía que estaba dispuesta a una máxima concesión para que él pudiera entrar a su vida, como nunca antes lo había intentado con nadie.

Creía firmemente en la idea de dejar que las cosas a su alrededor fueran acomodándose por sí solas, en algún sentido. No para comportarse como una espectadora pasiva de sus propias emociones, al igual que lo había hecho en el pasado, sino para darse a sí misma cierto tiempo de reflexión acerca de sus verdaderos sentimientos.

Por alguna razón, recordaba algo que había escuchado, en ocasiones, en boca de su madre. Ella solía decir que, *entre minués y paspiés,* la vida ofrecía una vastedad de posibilidades, pero que sólo se necesitaba reconocer a unas pocas para llegar a moverse un día como un avezado bailarín.

¡Qué torpe había resultado ser por no haber sabido recoger a tiempo aquella enseñanza! Más bien había creído ciegamente en la búsqueda de una perfección que jamás la había llevado a ninguna parte. Sin embargo, se excusaba de esto diciéndose que la intensa presencia de su padre "hablándole" todo el tiempo desde su silencio perturbador, no le había dejado otra alternativa.

Ser perfecta había tenido en la vida de Isadora el valor de un mandato portador de un significado concreto: si algún día llegaba a cometer otro de *esos* errores imperdonables, el remordimiento por la muerte de Anabel volvería a caer sobre ella como la más virulenta de las retaliaciones. Y no era que los remordimientos no hubieran perdurado a lo largo del tiempo, si bien podía reconocer que, de algún modo, había aprendido al menos, a quitarles su fuerza destructiva. No obstante, ni siquiera se había permitido admitir con absoluta sinceridad, que vivir sin equivocarse era un desafío humano imposible de llevar a cabo.

Había tomado por un camino diferente. Pero en sus pensamientos, empeñada en disfrutar del paseo y ordenar el resabio de sus últimas dudas, sus pasos la llevaban por los viejos lugares jamás olvidados, aquéllos que la niñez había dejado en sus recuerdos, acendrados por el fuego sagrado de lo antiguo.

Se veía a sí misma descendiendo por el sendero escalonado que llevaba al río. Y podía escuchar el murmullo de las aguas tranquilas, que atravesaban la compuerta instalada por debajo del puente. El que siempre le había inspirado cierto respeto temeroso, porque se lo veía sumamente angosto y resbaladizo, aun en su idea infantil del peligro.

Nunca había sido como el *otro* pequeño puente que atravesaba una de las aceras de la amplia calle principal, junto a la joyería que el tiempo y el progreso se habían llevado hacia la nada. Sin embargo...

Dudó por un momento en decírselo a sí misma, aunque se sentía lo bastante liviana de espíritu como para recuperar el valor de hacerlo inmediatamente. *Aquel puente donde habían transcurrido algunos de sus juegos más divertidos, en compañía de su hermana y otros niños; el que parecía seguro y tranquilo para desplegar toda su diversión...pero había sido el lugar "elegido" por la impiadosa mano de la tragedia.* Era consciente que algunas veces se refería al accidente sufrido por Anabel de ese modo eufemístico que le permitía ubicarse en cierta distancia crítica y hacer a un lado, por un breve tiempo de absurda negación, su inevitable responsabilidad en él. Y, como quien espía a través de los pliegues de una pesada cortina, sabía que después debía regresar a su eterno rincón de penitente.

Ahora estaba recorriendo el largo y polvoriento camino que la traía desde la montaña hacia el bullicio del pueblo. Lo hacía tan compenetrada en sus recuerdos que no se daba cuenta que, en realidad, se había aventurado a llegar más allá del centro comercial. Que las calles se volvían más silenciosas y apartadas y que aquél era el sitio al que nunca le habían permitido ir a solas, cuando era pequeña.

Había sido una niña cuidada. De eso estaba completamente segura. Sus padres nunca habían escatimado consejos, advertencias y reprimendas cuando se trataba de proveerla de protección y seguridades que ella podía poner en riesgo con sus travesuras. Tenía que reconocerlo: no habían hecho ninguna clase de diferencia en esta atención parental, entre ella y su hermana. Sólo a ella le había parecido por entonces, que la expresión "tienes que dar el ejemplo a tu hermana menor", se cargaba de intenciones despreciativas hacia su propia disposición. Y sólo el tiempo le había demostrado que pudo estar bien equivocada en esto. Que en aquellas palabras había existido el amor suficiente para ambas. Tanto como en el gesto de su padre al tomarla de un brazo para cruzar las calles, aun cuando ella ya se sentía lo bastante mayor para hacerlo, sin la atención de nadie. Por aquel tiempo había creído que era considerada muy tonta o inepta para cruzar una calle por sus propios medios. En cierta ocasión, un viejo terapeuta le había preguntado, en medio de su propio asombro: *"¿Acaso nunca se le ocurrió pensar que la tomaba por un brazo para demostrarle su amor?"*

No. Nunca se le había ocurrido pensarlo...

El recuerdo fue tan poderoso que todo lo que la rodeaba en ese momento desapareció de su campo visual. No estaba allí, en la parte más alejada del pueblo. Estaba otra vez inmersa en un mundo en el que creía haber crecido, alimentando ridículamente su inútil equívoco. Confundiéndolo con la normalidad de su propia vida...

Lentamente, el panorama frente a ella fue recuperando su forma real. Estaba detenida sobre el áspero ripio central de un camino de tierra, rodeada por rododendros silvestres y los primeros árboles que crecían junto al sendero que llegaba hasta la montaña.

Un lindo tordillo de pelaje brillante la observaba, aunque sin curiosidad, y por momentos se distraía devorando su heno. Era el único vestigio de vida a su alrededor: un hermoso animal solitario, cuyo dueño no se veía por ninguna parte.

El paisaje era verdaderamente bucólico. Formaba parte de ese resto maravilloso que había abandonado en la lejana galaxia de su niñez, como una ocurrencia demasiado perfecta y chispeante para poder ser mencionada nuevamente. Permanecía como telón de fondo de sus recuerdos del lugar. En La Ciudad, el sol del estío y las tardes de otoño nunca habían recuperado aquel misterio...

A lo lejos podía ver una pequeña casa, humilde como todo lo que la rodeaba. Una mecedora pintada de blanco pero despintada por el tiempo, había quedado abandonada en la galería para presenciar el transcurso de los años a la intemperie. Sólo su chimenea humeante era otro vestigio de vida. Alguna mano anónima había encendido el fuego en su interior.

Y nada más.

Ella y el silencio que parecía descender de la montaña, arrastrado por el propio viento: eso era todo cuanto quedaba. Sus ojos tuvieron tiempo de acomodarse a aquella imponencia. Poco después, una voz a sus espaldas la hizo girar, estremecida, y deseosa de no haber estado nunca allí.

– Te reconocí aquella tarde cuando nos encontramos en la calle...

¡Era Blanca Amaltti! Erguida y delgada como un junco; envejecida como un fruto putrefacto.

Isadora retrocedió instintivamente un paso y pegó un respingo de desagradable sorpresa. Permaneció en silencio, observándola, nada más que porque no sabía qué decir.

– Te vi pasar y decidí seguirte esta vez...

Si aquello hubiera tenido algún sentido, Isadora habría jurado que había un cierto tono amenazante en su voz. Pero no tenía *ningún* sentido...

– Estoy muy vieja, sí, lo sé. Y tú ya no eres precisamente una niñita.

Por un breve instante, Isadora se representó su muerte. Lo hacía como tantas veces en el pasado, cuando había pensado en ella. Ya había reconocido que su parte más retorcida la inspiraba a pensar en eso. Pero por lo general, nunca había sido otra cosa más que un estúpido "juego de supervivencia": se trataba de personas que le eran absolutamente indiferentes o desconocidas, que alguna vez se habían cruzado, casualmente, en su vida. Y, entonces, se preguntaba si vivirían o estarían muertas. No obstante, no era el caso de Blanca Amaltti. Y la pregunta había girado muchas veces como un trompo, muy difícil de detener. Para hacerlo, siempre se había respondido que sí. Que *seguramente* había muerto...

Pero estaba allí. Como aquella tarde en que la había sorprendido verla. Con su mirada de ojos acuosos y empañados por la senilidad, pero penetrantes e incisivos como un frío estilete. Un rictus extraño pendía de su media sonrisa y parecía rebosante de deseos de dañarla.

Isadora creía que el encuentro la había alterado y la obligaba a pensar necedades. Blanca ni siquiera tenía motivos para odiarla. Siempre había sido un poco altanera y hosca para expresarse y, quizás era eso lo que le causaba aquella impresión.

– ¿Tú me reconociste?

Blanca aguardó por la respuesta. Isadora apenas asintió con un gesto.

– ¿Por qué no te diste a conocer?

Otra pregunta acuciante. Ella ya no pudo sostenerle la mirada.

– Creo...creo que me asusté. Sí...sentí miedo.

– *¿Miedo*? ¿Miedo de qué?

Sabía que iba a encarar un diálogo absurdo. Que nada de lo que dijera cubriría las expectativas de aquella anciana dura y adusta en que Blanca se había convertido. Que todo sonaría a pretextos para sus oídos...

– No lo sé – respondió, sintiéndose incómodamente ridícula.

– No soy la clase de persona que puede inspirar miedo. Respeto, tal vez...

No respondería a su comentario. Que Blanca creyera lo que le diera en gana. Algunas personas confundían precisamente el respeto con el miedo. Suponía que sería insensato hacérselo saber en ese momento.

– ¿Recuerdas cómo te gustaba jugar en nuestro jardín mientras tu padre hacía las compras?

La pregunta funcionó como el conjuro mágico capaz de llevarla de regreso al tiempo maravilloso de la infancia. Había en ella un mecanismo inconsciente de respuestas automatizadas a ciertos estímulos esperables y repetidos. Y ése era el modo al que podía responder a las más prosaicas inquietudes, las que conservaban aún el sabor cotidiano de la obviedad en cada día de una vida. Cuando Blanca se refería a *aquel* jardín, no podía sino llamarlo "nuestro" porque su hermana Martha formaba parte de su propio esquematismo mental.

Se trataba de una simbiosis alimentada por una vida en común, donde los límites y las autonomías se habían borrado como trazos mal delineados. Del mismo modo, cuando ella relacionaba a su padre con las compras diarias que cualquier ama de casa asumiría, lo hacía con la naturalidad de quien había crecido junto a una madre que cuidaba de su piel, frágil y delicada, tanto como para no exponerse a salidas innecesarias. En ese evanescente mundo perdido pero siempre reconocible, lo expresado por Blanca Amaltti se cubría de un sentido absolutamente apropiado. Y no sólo el jardín había funcionado como un lejano lugar de aquel mundo infantil desaparecido...

– Veo que los años te han vuelto poco comunicativa – aseveró la anciana, aunque no parecía dispuesta a escuchar demasiado – De igual modo me gustaría invitarte a casa. Tal vez quieras saludar a Martha. Como en los viejos tiempos...

Isadora asintió sin saber que lo estaba haciendo.

Si aun hubiera estado con los ojos cerrados, habría reconocido el lugar donde se encontraba. Lo inolvidable era el mejor territorio de su mundo, porque no sólo le había permitido sobrevivir sino, además, hacer de algunos recuerdos el santuario de su propia historia.

Con esos retazos –recuerdos olfativos, visiones que ahora le parecían vetustas– Isadora había construido la parte sana y necesaria de su vida.

Cuando muchos años atrás, Blanca le había permitido atravesar la pequeña puerta que la llevaba de la tahona al comedor de su hogar, sin ningún motivo aparente más que el de brindarle su aprecio y confortarla por el dolor de haber perdido a su hermana en circunstancias tan trágicas, no sabía que había abierto en mitad de su alma, un pequeño rincón de alegrías sencillas, de ésas que sólo dejan el recuerdo de momentos sin magia pero intensos.

De pronto, estaba de regreso en ese lugar asombroso. Donde los olores familiares del almizcle y la humedad seguían detenidos entre sus paredes, para que ella jamás dejara de saber que se encontraba en el comedor de la casa de las Amaltti.

"*De las señoritas Amaltti!*", remedaba la voz de su madre, en un intento por pulir sus modales.

El viejo tapiz de las paredes –¡*también*!– seguía siendo el mismo. Y ahora que Isadora lo enfrentaba una vez más, se preguntaba cómo era posible que volviera a surgir en la memoria, a la que evidentemente nunca había abandonado, en realidad. Como si un antiguo hechizo lo trajera de regreso para causar el mismo efecto de entonces. Una niña perdida en su mirada reconoció aquellas paredes tapizadas de verde *muy* oscuro, con horribles arabescos blancos. Y un aleteo de mariposas en su estómago le devolvió la sensación de no haber dejado nunca de observar aquel escenario prestado a su infancia.

Pero junto a esos recuerdos que no podía hacer a un lado, maravillada como estaba por haberlos recuperado, y sin atinar a comprender por qué se encontraba nuevamente allí, una especie de decepción incontenible comenzó a treparle por la sangre. Tampoco había olvidado el modo en que un día Blanca se había apartado hasta ya no volver a invitarla a pasar al comedor, y cómo sus ojos se volvieron fríos y hostiles...como si de una sola vez hubiera revisado el sentido de aquella extraña amistad, sin poder encontrarlo.

Isadora no quería engañarse en este punto. Nunca habían sido verdaderas amigas. Y no se trataba siquiera de una evidente diferencia generacional sino de algo que había parecido brillar a la distancia, como un tesoro semienterrado y, de pronto, había desaparecido del horizonte. Sin ningún sentido, sin explicaciones posibles, apenas como un raro perfume que se desvanece en el aire.

Al principio, cuando Martha llegaba de su habitación trayendo su colección de muñecas de porcelana y le obsequiaba pequeños cuadernos con coloridas tapas de grueso cartón, donde le había enseñado a escribir en bastardilla, logrando como efecto corregir su horrorosa caligrafía, Isadora –en medio de aquella inocencia perdida– aceptaba las reglas de un juego que le parecía maravilloso. Pero luego quiso avanzar en sus pretensiones. Comenzó a divertirla el hecho de poder mudar de ropa a las viejas muñecas de rostro antiguo y se deleitaba en sentir la aspereza de las pesadas telas de sus vestidos, a los que acariciaba como una pequeña experta en moda. A Martha la divertía tanto como a ella. Sin embargo, no pareció ocurrir lo mismo con Blanca quien un buen día, malhumorada y severamente, las arrancó de sus manos para decir que el juego había terminado.

Durante mucho tiempo pensó que aquél había sido el verdadero motivo de su distanciamiento. ¡El temor a que terminara por romper alguna de las valiosas muñecas! Y en su tristeza de niña que no sabía pedir explicaciones, miró por última vez el rostro apenado de Martha Amaltti y ya no recordaba haberla vuelto a ver.

Hasta esa tarde de su regreso al lugar. Ahora, aquel mismo rostro, envejecido por el inexorable paso del tiempo, volvía a observarla con una mirada que, pese a todo, había conservado una chispa de alegría. Aunque pareciera no haber motivos en su vida, para eso...

– ¿Eres tú...verdaderamente?

La voz se le había vuelto cascada. Era la voz de una mujer vieja, mucho más vieja que lo que su aspecto trasuntaba. Se la veía agobiada y patética en su silla de ruedas y a Isadora le dio toda la impresión de haber llegado hasta allí, nada más que para compadecerse de ella. No de Martha. De *ella misma*... Que volvería a habitar su viejo hogar para ya no ser nadie. Para abandonar el círculo de luz al que todavía podía aferrarse. Para descubrir que no había ninguna posibilidad de ser heroica, en medio de las tinieblas que jamás pudo dejar atrás.

Por algún motivo, aquel extraño reencuentro se transformaba en un punto de inflexión. Quiso arrodillarse a su lado y abrazarla. Y dejar que sus ojos se anegaran en lágrimas. Hubiera sido el único modo de demostrarle cómo se alteraba alguien hasta lo inaudito, por enfrentarse inesperadamente con un retazo de su infancia, arrancado al cuadro general de la vida. Pero no hizo nada de eso. Permaneció de pie, conteniendo todas sus emociones y sonriéndole, apenas.

Martha avanzó en su máquina infernal que dejaba escapar un leve sonido chirriante y también le sonrió.

– Ya no jugaremos a las muñecas – le dijo– Sino a los crucigramas...

Parecía retomar un diálogo abandonado muchos años atrás.

Aun sin verla, porque se encontraba a sus espaldas, Isadora pudo adivinar un movimiento de incomodidad en Blanca. Y las palabras que de inmediato le escuchó decir, corroboraron su impresión.

– No la fastidies con tus tonterías, Martha – había un tono de impaciencia muy concreto en su voz– Isadora sólo ha pasado a saludarte.

Una parte de *eso* no era cierto. Ella sentía que había sido obligada a estar allí, nada más porque no había sabido qué decir para negarse.

– Pero los crucigramas...son interesantes.

Parecía un poco lela hablando de ese modo. De pronto, se percató que idiotizarse por senilidad era lo más probable que le hubiera ocurrido. Y aunque rechazó su propio pensamiento por inadecuado y desagradable, la convicción permaneció bajo la superficie.

– No le hagas caso. A veces se pone así de latosa...

Isadora malgastó una sonrisa comprensiva que en realidad no comprendía nada. Si hubiera tenido que tomar partido por alguna de las Amaltti, lo hubiera hecho por Martha sin dudarlo. Tal vez la senectud le había quitado lucidez pero seguía siendo, por lejos, su preferida. Al menos, no la ponía nerviosa como lo hacía su inquietante y autoritaria hermana.

– Invítala a tomar el té – pidió Martha.

– Ya tengo que irme. Gracias...

La excusa era y sonaba torpe en extremo. Pero en ese instante, no le pareció que su actitud tuviera ninguna importancia. Una de las hermanas Amaltti estaba ida; lo bastante "chalada" para no percatarse de nada. Y la otra, ni siquiera gozaba de su simpatía.

– Como quieras.

Por lo visto, Blanca no se iba con miramientos. Alertada de su incomodidad, se hizo a un lado, invitándola a marcharse. En medio de su prisa por hacerlo, Isadora se volvió un poco arrepentida.

– Fue un placer...volver a verlas – mintió.

– ¿Por qué no? – comentó Blanca con sorna.

Sólo cuando pudo dejar atrás el aire cargado de olores rancios de aquel salón oscuro y cerrado, Isadora tuvo un acto de sinceramiento consigo misma. Volver a ver a Martha Amaltti no había sido la parte mala del asunto...

Modiliani rechazaba sus propias encrucijadas. Sus conjeturas le parecían ahora, una retahíla de insensateces en las que tendría que rebuscar con mucha fuerza si quería sacar algo en limpio.

Había sido un golpe de suerte fantástico descubrir *miocicaína* en la sangre de la víctima. Pero hubiera sido aún mejor que la sustancia no perteneciera al raro grupo de los venenos vegetales y le diera una posibilidad –al menos una– de especular con la idea de su compra en alguna farmacia o laboratorio que pudiera proveerla con alguna indebida licencia, en pequeños frascos, bajo nombres químicos. El hecho de que se encontrara en cierta medicación anti psicótica, en bajas proporciones, lo volvía inocuo para el propósito de aquella mente criminal. Además, había quedado establecido que la sustancia había sido *inoculada* en estado puro.

Estaba convencido que esto lo arruinaba todo por ese lado ya que no podía circunscribir una búsqueda que, en una primera apreciación, parecía ser excesivamente vasta y difusa.

De igual modo, había tomado la costumbre de representarse la escena y el momento del crimen, tantas veces como le fuera necesario para introducir todos los detalles – lo que también incluía objetos reales– que formaban parte, a su manera misteriosa e insensata, de cada pregunta sin responder que giraba en sus pensamientos.

Admitía que se sentía desanimado y en ese último esfuerzo procuraba poner a salvo algunas pocas certezas...

El asesino había llegado a la casa de su víctima, en medio de una madrugada especialmente bulliciosa, porque la estudiantina que se había marchado del pueblo hacía ya algunas semanas, estaba de juergas en aquella ocasión. Seguramente, le había sido útil para pasar desapercibido en las calles, mucho más al marcharse que al llegar, considerando que lo hacía cuando había comenzado a amanecer.

Existía la posibilidad de que hubiera corrido a ocultarse en el cobertizo, a la espera de tomar la decisión de ingresar a la casa y elegir el mejor modo de hacerlo. Así había descubierto, por pura casualidad, los viejos zapatos de jardinero de Amílcar Morrone, lo que le había proporcionado aquella idea de imponer rastros falsos en la escena. Una conclusión más osada era la de haber ido exactamente al sitio donde sabía que iba a dar con ellos...

El asesino había demostrado conocer algunos detalles del movimiento de la casa, por lo que Modiliani no iba a descartar esa posibilidad, aun por remota que fuera. Y he ahí un hecho para destacar: el conocimiento previo de ciertas circunstancias, como el horario de trabajo del jardinero y del ama de llaves, sólo podía darse de dos maneras. O había llevado a cabo un minucioso y prolongado trabajo de observación – (¿nadie en el pueblo había visto a alguien en una actitud tan sospechosa?)– o conocía muy bien el terreno donde iba a moverse. Esto último era para el Detective Inspector, la conclusión más cercana a la realidad, puesto que se relacionaba directamente con la idea de algún conocido de la víctima y de un móvil para el crimen que podía, incluso, proveer de sentido a la aparición del misterioso portarretrato.

Bien...Ahora tenía al asesino cruzando el jardín a grandes pasos, protegido por la oscuridad más intensa, la que es anterior al momento del amanecer. No había requerido forzar ninguna de las ventanas del contrafrente ya que el occiso había sido alguien bastante descuidado en cuanto a la seguridad de la casa y aun era posible que hubiera podido ingresar por la puerta principal, logrando encontrarse finalmente en la sala. Esta era la ocasión en que una dichosa caja de fósforos, dejada al descuido sobre la mesa del comedor, donde aún se veían los vestigios de una cena, entraba a tallar con su importancia. Lo que había ocurrido alrededor de ella limitaba las posibilidades a dos, más o menos verosímiles. El asesino fue en su búsqueda, sabiendo que la encontraría en la cocina – (¿más conocimientos sobre el lugar o deducción lógica?)– en algún momento previo a su delicado trabajo de electricista psicópata. *"¡Podría haber llevado una linterna con él, joder!"*

Pensándolo de un modo lógico, era probable que hubiera tenido una para movilizarse, porque sabía que iba a cortar el suministro eléctrico. Bueno, descartaba la idea del asesino en busca de los fósforos...

Estos habían llegado a la sala en manos de la víctima, ya despierto por un inquietante ruido en el interior de la casa, después de comprobar que estaba a oscuras. Pero entonces... ¿por qué no había ninguna huella en la caja? La respuesta no era *porque alguien se había ocupado de limpiarla cuidadosamente.* La respuesta debía ser *porque por alguna razón el asesino había entrado en contacto con ella.*

Nada improbable, se dijo Modiliani, imaginando alguna situación de lucha entre él y su víctima que, a pesar de ser un anciano, había sido fuerte y saludable hasta ese día, al menos. Lo irónico de su pensamiento lo llevó a otra situación, de momento imaginaria, que se hacía necesario determinar fehacientemente...

Debió haber sido de suma importancia para el asesino, tener ya dispuesta su jeringa para ser utilizada con toda rapidez y certeza, sin dejar tiempo para reacciones peligrosas, al momento que Marco Lorenz ingresó a la sala. Era un instante crucial en el plan. Y también era lo que había acercado la investigación al móvil de aquel crimen: una venganza. Nadie se tomaba tales molestias por alguien a quien no deseaba hacerle sufrir la vulnerabilidad de su situación, antes de morir.

La segunda autopsia había establecido claramente que la cantidad de *miocicaína* empleada no alcanzaba para ser letal sino para provocar el efecto buscado: inmovilizar a la víctima de un modo tan extremo, que a partir de ese momento, ya no pudo volver a defenderse.

Modiliani se estremeció. ¿Había algo más horrible para alguien que ser consciente de su cuerpo paralizado hasta el punto de impedirle siquiera un leve parpadeo, y contar, en cambio, con su capacidad mental intacta, capaz de procesar este horror, en tanto veía y escuchaba todo lo que ocurría a su alrededor?

¿Qué había sucedido a partir de aquel momento?...

Lorenz quedó tendido en el piso, sobre el que se había desplomado pesadamente, como un fardo, como una marioneta a la que le hubieran cortado los hilos. Una tenue claridad lechosa comenzaba a penetrar por el ventanal, devolviendo el contorno a los objetos, incluida la silueta de su asesino. Esa escena debió estar cargada de una gran violencia: probablemente también, de reproches y hasta de palabras obscenas. Pero no era posible desplegar más que un monólogo. Uno de ellos estaba allí para manifestar todo lo que su odio le inspiraba, mientras el otro sólo estaba obligado a escuchar... ¡vaya a saberse qué! Ese *qué* hacía toda la diferencia, y por el momento, se lo había llevado el occiso a su tumba...

¿Cuánto tiempo había transcurrido hasta que la víctima pudo dejar atrás, lentamente, los efectos de la sustancia que corría por su sangre? ¿Y que aún obnubilado y confundido, lograra ponerse en pie a duras penas?

Unos largos veinte minutos, había establecido la autopsia, tras la exhumación. "Largos" no era una expresión técnica y, por supuesto, no había figurado en el informe, sino era la que Modiliani empleaba para corroborar que ese tiempo se ajustaba perfectamente al lapso transcurrido entre el momento de aquel primer ataque, cuando ya amanecía, según lo había comprobado en el Canal del Tiempo, y el momento en que Lorenz irrumpía en la galería, para morir allí. Esta situación se afianzaba en la gran seguridad obsesiva desplegada por Gervasio acerca de su hora de llegada a la casa.

Otra escena para imaginar...

La víctima lograba, finalmente, incorporarse. Con lentitud y con torpeza, desde luego. Quizás, incapacitado para medir todos los riesgos a su alrededor, es decir, la amenazante presencia del victimario. Se encontraba desprevenido y aturdido. Entonces, no fue ni siquiera una gran hazaña para el atacante, tomar el pesado atizador y hundirlo con fuerza en el cráneo de Marco Lorenz.

Lo demás era historia conocida. Gervasio Tornasso, lo bastante torpe para confundir las cosas, lo había visto morir. Aquí los hechos se complicaban y mucho. Era el momento a partir del cual las especulaciones de Modiliani ingresaban en un cono de sombras, donde le era muy difícil avizorar lo que probablemente había ocurrido. De todos modos, ése era el motivo por el que avanzaba con mayor esfuerzo y decisión, dispuesto a no dejarse abatir por la parte opaca de las circunstancias, aunque por momentos se sintiera un poco perdido y desanimado.

Un bloque de piedra ensangrentado lo complicaba todo...

Era seguro que la inesperada presencia de Gervasio había tomado por sorpresa al asesino. Era algo que no había previsto y, por lo tanto, era algo que se había salido de control. Suponía que esto lo había obligado a tomar decisiones nuevas y apresuradas, que nunca habían formado parte del plan. Su experiencia le decía que ése era el momento en que la mayoría de los criminales cometían su primera gran equivocación. La que tarde o temprano, los ponía al descubierto.

Por alguna razón, algo le porfiaba a Modiliani que ese bloque manchado con sangre, donde se destacaban las huellas dactilares de Gervasio, formaba parte de ese error...

Pero había otra cosa que gravitaba con peso propio en toda la historia. Y era el increíble trabajo que el atacante se había tomado, al ocultar aquel objeto en el jardín de la casa. ¿Lo había retirado del interior para luego volver a salir y enterrar su pequeño "tesoro"? ¿O lo había llevado consigo desde un principio, como probablemente lo había hecho también con el portarretrato? De ser así, ambos objetos se convertían en símbolos de fuerte valor referencial para el asesino, estrechamente relacionados con la causa del crimen. ¿Había plantado luego aquellos jazmines con el único propósito de demarcar el lugar donde lo dejaba? Al detective le palpitaba que sí, dada la extensión del jardín, por lo demás bastante ralo en esa parte, al menos.

Entonces, lo esperable era que un buen día, quizás cuando creyera que la investigación había caído en punto muerto y el crimen hubiera quedado lo suficientemente olvidado, pensara en regresar en su búsqueda.

Parecía un pensamiento demencial o, cuanto menos, poco inteligente. Pero él sabía que en la mente de un criminal, muchas veces, pensamientos como aquél se consolidaban bajo la forma de un esquema intelectual obnubilado por el propio desquicio. Algo funcionaba siempre mal y hacía mucho ruido en una cabeza averiada...

Insistía con esto. Nadie que cometía un crimen, aun admitiendo razones de venganza personal, o sólo atendibles para él, estaba en su sano juicio. *Al chaleco...caput.*

Si aquel regreso se producía un día, ése sería otro gran error de su parte...

Y quedaban luego los *cabos sueltos.* Tanto o más preocupantes que el bloque de piedra ornamental. Al menos, éste mostraba razones obvias para haber formado parte de la escena del crimen. Pero un teléfono móvil aún no aparecía y una mujer ingresaba al cuadro surrealista, para abrir algunas hipótesis interesantes, que de momento no eran sino caminos enmarañados que no llevaban demasiado lejos. Modiliani sabía muy bien lo que había conjeturado al respecto y no podía hacer otra cosa que tomar en cuenta su propio punto de vista. Pero de ahí a incriminar a una persona sólo por mostrarse llamativamente cercana a aquella "zona de riesgo", no dejaba de parecerle impropio. Trataría de mostrarse más cauto la próxima vez que abordara el asunto. Sobre todo porque ahora estaba al tanto de cómo se habían ordenado los lazos sociales en Río Ballais.

Bueno, había llegado la hora de visitar la casa Vander Kooy, en un nuevo intento por profundizar la investigación. Si la *leyenda del usurpador* contaba con alguna posibilidad de acceder a la realidad, él sabía por dónde comenzar a buscar...

Isadora se preguntaba por qué *rayos* había permitido que le ocurriera aquello de regresar a un lugar al que hubiera preferido no volver a ver por el resto de su vida.

Los recuerdos tienen la capacidad de rescatar lo mejor o lo peor de los detalles del pasado y, en este caso, ella había conseguido guardar una postal exageradamente sublimada de aquel momento infantil. Al contrastarlo con la realidad del presente, le habían resultado demasiado notorios los lugares por donde la imagen se resquebrajaba y supuraba, rezumando fluidos innombrables. Lo lamentaba básicamente por

Martha, porque una parte de ella se había congratulado de volver a verla. No obstante, todo lo demás pesaba como un gran saco lleno de piedras...

Esas dos ancianitas –una con su mirada torva y desconfiada; la otra con su ingenuidad senil– no eran precisamente el mejor modo de asomarse a espiar unos momentos felices de otro tiempo.

No le parecía ni siquiera casual que frente a aquella vista horrorosamente vieja, de un comedor que apenas recordaba como el lugar donde alguna vez lo había pasado en grande, la hubiera enfrentado con toda crudeza, con un pensamiento que nunca antes se había atrevido a mostrar la mala hilacha.

Se trataba del error que cometería al regresar a su antiguo hogar. Así lo había vislumbrado, a través de ese clima de vetusto pasado. Y tampoco le había quedado en claro el motivo por el que Blanca la había llevado a la casa, con esa estúpida excusa de saludar a su hermana.

De pronto, se sintió afiebrada en medio de la noche, mientras daba interminables vueltas sobre la cama, sin poder conciliar el sueño. No era para nada apropiado haberse avocado a recordar los extraños momentos de aquel extraño día que, en principio, le había parecido un milagro de calendario.

Terminó por dormirse, vencida por el cansancio típico de los insomnes. Ella mucho sabía de eso. Y, entonces, después de tanto tiempo, el sueño regresó...

ONCE
DEFENSAS

Edgar había dejado pasar aquellos días con el propósito de conservar cierto reparo interior que le permitiera ejercitar un tiempo de reflexión. No lo admitía totalmente para sí mismo, pero también quería que las marcas de uñas en su rostro se disiparan un poco más, antes de volver a ver a Isadora.

Aunque lo más importante era que había tomado decisiones trascendentales que implicaban un cambio en su vida. Y quería partir de cero. Como un acto de purificación y un modo de conocer un poco más acerca de sus sentimientos, siempre tan esquivos para él mismo.

Se había debatido entre la tristeza y el optimismo *ahora y siempre*. Era su letanía y un permanente movimiento pendular en su ánimo que jamás lo había llevado más allá de esa distancia, íntima y exacta, para saber de antemano hasta dónde se dejaría arrastrar por cualquier acontecimiento de su vida. "*Un verdadero asco*", se dijo. Y "arrastrar" no le pareció ni siquiera la palabra apropiada.

El optimismo se relacionaba, frecuentemente, con Gabino. Como una necesidad de conservar su imagen de hombre fuerte, capaz de todo, y la de un padre que siempre estaría allí para cumplir con su función. "*Una mierda de omnipotencia*", pensó en ese momento. Algo que algún día le costaría rodar por la pendiente, como si hubiera resbalado sobre el musgo en la escalinata de Nora Duplay. En todo caso, se mantendría alerta sobre eso para poder evitar que le ocurriera. Aunque en el fondo sabía que alguna vez iba a fallar y, entonces, viviría su propia vulnerabilidad con mucha vergüenza.

Si acaso fuera un buen padre, se recriminaba en ciertas ocasiones, no andaría dando esa clase de lecciones ridículas a su hijo. Trataría de prepararlo mejor para los golpes de la vida. Como cuando Adela había muerto y no supo qué hacer para enjugar sus lágrimas. Había sido de tal oscuridad su propia desazón y su desconcierto, que apenas pudo vislumbrar el dolor de Gabino. Y mucho menos, consolarlo. Se había centrado, egoístamente, en preguntarse si lo que él sentía *también* podía llamarse dolor. Pero su respuesta acerca de esto, aún seguía siendo dubitativa y temerosa. Creía que sí y, sin embargo, la palabra "remordimiento" continuaba apareciendo en su cabeza. A veces, hasta causarle una jaqueca...

Así y con todo había llegado a ese punto de su vida en que no había demasiadas cosas de qué quejarse. Tenía un buen empleo que le permitía vivir holgadamente y hacer lo que le gustaba. Gabino había crecido para convertirse en un buen hombre, a punto de graduarse como abogado. Su madre habría estado tan orgullosa como él y, a veces, lo apenaba pensar que no había sido justo que ella se lo perdiera.

Pero a los cuarenta y siete años, cuando uno ya no puede hablar de tener toda la vida por delante, acababa de descubrir que todavía podía construir un nuevo proyecto. Un nuevo sueño...Buen motivo para alejar la tristeza, esa otra parte negativa de su personalidad insatisfecha. Porque tenía que admitir que todos los bienes mencionados, con los que la mayoría sentiría sus vidas realizadas, no alcanzaban en modo suficiente para cubrir esa extraña oquedad, esa especie de agujero en medio de la nada, por donde solía asomarse para *reconocerse* básicamente desdichado.

El hecho de haber podido dejar atrás su historia con Nora, le parecía al menos un paso importante, dado en el buen sentido. Quizás, había sido un poco ingrato y hasta injusto con ella, pero la necesidad de sacarla de su vida había sido muy fuerte, a partir de haber vuelto a ver a Isadora. No porque aún conservara algún recuerdo digno de mención de su antiguo amor infantil por ella. Esas eran cosas que la vida siempre se ocupaba de abandonar en alguna parte, apenas dejaban de tener sentido. "*Como si se fueran un día por un gran resumidero*", pensó. Pero la metáfora le pareció espantosa.

Tampoco estaba para decir que el final de su relación con Nora había sido, exclusivamente, producto de este hallazgo remozado de su pasado más remoto. Hacía ya un largo tiempo que le dejaba ganar a la tristeza, cuando comprendía que ni siquiera Nora –o quizás ella menos que nadie– quitaba de su vida la enorme soledad que a veces sentía: un vacío giratorio que podía llegar a marearlo, el vórtice de un huracán que se llevaba todo con él, dejándolo desnudo frente al espejo. ¡Y maldita sea que sólo el espejo quedaba en pie, para que pudiera reflejar toda su miseria!

Al menos, si pudiera decidirse por aceptar que la vida le había quitado tanto como le había dado, sería capaz de encontrar un pequeño refugio, un hito a mitad de camino, donde poder resguardarse de algunas inclemencias. Pero le costaba verlo de ese modo...

Quizás, no era más que un estúpido egocéntrico a quien le parecía que la vida le debía aún un buen encuentro con el destino. En alguna parte había leído que el egocentrismo no era más que uno de los tantos mecanismos de defensa que las personas utilizaban para negar su propia inermidad.

Sabía que la muerte de su mejor amigo lo había sensibilizado y dejado listo para escoger aquella clase de filosofía. *Touché*...Pero también sabía que cada vez que Marco lo había escuchado confesarse en ese sentido, no había hecho mucho más que palmearle la espalda. Por supuesto que había sido un buen amigo, de todos modos, y no estaba en tren de recriminaciones; mucho menos con alguien que ya no podía defenderse.

Tal vez, todo lo que Marco había intentado hacer no era más que impedirle deprimirse, en aquellas veladas que, supuestamente, sólo debían prestarse para una buena algarabía. Y si había algo que iba a agradecer toda su vida era, precisamente, haber contado con alguien con quien había podido ser él mismo, sin avergonzarse de nada.

Del mismo modo, creía que Marco había sido sincero y franco hasta el hueso, al menos con él. Uno de esos tipos que miraban de frente, palmeaba la espalda y sonreían siempre, en señal de estar aceptándolo a uno. También era cierto que el hecho de no haberse enredado nunca en confidencias ni complicaciones, lo volvía anodino y poco profundo en sus charlas de café o de sobremesa. Pero así había sido Marco, su amigo. Y así quería recordarlo para siempre.

La idea de que hubiera sido atacado en medio de la oscuridad y asesinado en su propia casa, no hacía sino organizar un gran interrogante acerca de todo eso. ¿Quién podría haber odiado tanto a un hombre sonriente y pacífico que jamás había dicho una palabra fuera de lugar?

Las palabras fuera de lugar –él sabía un largo trecho sobre eso– corrían por cuenta de Demetrio, se dijo, sonriendo para sí. No conocía a nadie como su inefable ayudante, capaz de decir lo que le viniera a la mente, aun si lo hacía frente a un auditorio de diez mil personas atentas a sus dichos, o frente al mismísimo Papa. Todo era igual para él, en ese sentido, y lo que la mayoría de las veces sólo conseguía ser una gran imprudencia, en ocasiones se adornaba con verdaderos rasgos de agudeza. Edgar reconocía que alguna vez esto lograba divertirlo, aunque mayoritariamente lo aburría o lo ponía de mal humor.

Pero algo tenía que dar por bueno y a su favor, cuando se percató del modo en que había defendido las circunstancias de Isadora frente a Modiliani, si bien un poco a cuenta de sentirse responsable de aquellas especulaciones. No creía que lo hubiera hecho sólo para congraciarse con él, de todos modos. Demetrio había sido un compañero de juegos de las hermanas Vander Kooy, en su niñez, y seguramente esto había tenido su peso en la defensa.

En la misma línea de pensamiento que su ayudante, creía que se habían cargado las tintas innecesariamente, alrededor de la figura de Isadora. Y era consciente que le costaba mantenerse al margen de cierto resentimiento hacia el detective, por esta razón. Sabía que no era bueno que esto le ocurriera porque indicaba que había un tabique faltante en medio de dos asuntos que debían conservarse separados: sus emociones personales y el trabajo policial. Sonrió levemente al imaginar a Bordone llamando a esto "falta de profesionalismo". Aunque sabía que lo era...

Pero su convencimiento acerca de estar yendo por un camino equivocado si se quería hacer prosperar aquella teoría, se mantenía con la firmeza de una convicción. Y él conocía el valor de sus corazonadas. Como la vez que le pidiera a Marco posponer sus vacaciones de verano, para disfrutar juntos de un par de días de pesca, en el gran río detrás de las montañas. Marco había aceptado y el avión que debió abordar en aquella oportunidad, de haber continuado con su plan de vacacionar lejos del país, se precipitó al mar. No sólo habían pasado un fin de semana agradable, en una cómoda carpa de campamento, sino que estaba seguro que su amistad se había cimentado por aquellos días. Y eso sin contar que, por algún tiempo, Marco lo consideró una especie de clarividente maravilloso.

El recuerdo lo llenó de nostalgia por un momento. Era algo valioso del pasado que regresaba en forma de imágenes, en las que la mayor parte de los detalles se habían perdido. Pero conservaban el sentido que las aglutinaba para que él pudiera reconocerlas como las portadoras de una buena época de su vida. Así era como se "sentían" y Marco mismo no lo hubiera podido expresar mejor, ya que aun a pesar de su tendencia a no profundizar en nada, solía decir cosas floridas. Sobre todo si no tenían que ver con él mismo...

Por alguna razón, como si una cosa llevara a la otra, algo apareció de pronto en medio de aquel vuelo de la nostalgia. Era Marco diciéndole una tarde que había llegado hasta el destacamento (¿o había sido durante una cena en su casa?) "*¿Por qué crees que me apasiona mi oficio de anticuario? Todos esos objetos que me rodean son lo único valioso que me ha dejado el pasado*".

¿Era su idea o eso *sí* que había sonado como una confesión de algún velado tono personal? ¿Qué había querido decir? ¿Por qué, en su oportunidad, lo había pasado por alto sin reconocer nada allí? Claro, que lo asparan si no era porque a la luz de los nuevos acontecimientos –nada menos que su asesinato– podía resignificar aquellas palabras.

¿Qué había habido en el pasado de Marco Lorenz, "el hombre sonriente", que lo impulsara a expresarse así? O, mejor aún... ¿qué había *faltado* de valioso en él?

Adriano Bug había llegado a pensar en términos de "batalla final" su intento por acercarse una vez más a Isadora Vander Kooy.

En el fondo, desconfiaba de las conjeturas del jefe que en ocasiones como aquélla, solía extralimitarse. Pero, por si acaso, sentía que no estaría nada mal indagar un poco por su lado. Y como estaba casi seguro que ella no había estado contando historias raras acerca de un usurpador, sólo para encubrir una disparatada mentira, y menos aún podía haber otra cosa que una coincidencia en su regreso al pueblo el día del crimen, no estaba de más que en tanto comprobaba todo esto, buscara su premio personal con ella.

Lo incomodaba un poco el hecho de haber planeado aquel movimiento en soledad, como un lobo estepario. Seguramente, Modiliani no estaría de acuerdo y, de haberlo sabido, hubiera puesto el grito en el cielo. Pero no se trataba de ninguna traición ni nada que se le pareciera. Por el contrario, creía que podía llegar a ser algo verdaderamente útil para la investigación. Convencido por sí mismo que así estaban las cosas, llegó a la hostería de Alberta, en procura de encontrarse con Isadora.

Alberta lo miró avanzar por el patio, a través del ventanal, con el mismo recelo que la primera vez. No le gustaba que la policía anduviera cerca de su amiga, ya bastante herida por algunas circunstancias, como si intuyera que aquel acercamiento podía llegar a ser peligroso. Incómodo, en el mejor de los casos. Aún no estaba lo bastante segura de las verdaderas intenciones de aquel hombre.

El detective Bug tampoco perdió ocasión de descubrir el resquemor de esa mirada, a través del cristal. Ya había probado un poco del acíbar de aquella mujer, la primera vez que preguntara por Isadora. Y también creía recordar cierta actitud de frialdad, cuando se encontraron en el funeral de Lorenz. Era más que evidente que ése era el trato reservado a los forasteros, se dijo, y que a él le correspondía un estigma mayor por el hecho de ser policía. En el fondo, disfrutaba de todo eso, por lo que ingresó al comedor pavoneándose como un gran macho dominante, preparado para un cortejo de apareamiento.

– Buenos días, señora Alberta – en su tono de voz había una cuota de seguridad extra para impresionar y dejar en claro que en esta ocasión no estaba dispuesto a marcharse con las manos vacías – Quisiera hablar con la señorita Vander Kooy. Es un asunto oficial...

La mentira acerca de esto último era sólo a medias.

Alberta sacó a relucir su expresión de "*no te creo una palabra*" y no quiso disimular que lo hacía. Aunque no lo hubiera dicho la vez anterior, ella ahora ya no tenía dudas acerca de su propósito.

– No se sentía muy bien esta mañana... – comenzó a decir.

– ¡Oh, lamento escuchar eso!

– Pasó una mala noche y quiere descansar hasta tarde – concluyó Alberta.

El detective Bug se dio cuenta que las cosas se complicaban un poco para él. Si Isadora había pedido no ser molestada, sería un gesto de muy mala educación de su parte insistir en verla. Sin embargo, decidió que el asunto oficial que había mencionado tenía que ser un "ábrete sésamo" nada despreciable. Y, entonces, puso toda su artillería contra la notoria resistencia de Alberta a facilitarle las cosas.

– Es una pena, sí – admitió con aires de no tragarse aquel sapo – Pero verá usted, es *realmente* importante que hable con ella...

Un atisbo de duda cruzó por la expresión de Alberta. ¿Estaría diciendo la verdad? Después de todo, ella no desconocía el hecho de que se estaba investigando un crimen en el pueblo y, aunque no entendía la relación con Isadora, lo que había visto en su casa aquel día, era suficiente para organizar su idea acerca de lo que la policía quería hacer con ese feo asunto. Edgar conocía los detalles y, seguramente, iban a iniciar una investigación porque la presencia de un desconocido y probable usurpador *sí* era algo que podía considerarse preocupante. Tal vez, todo venía por ese lado y ella no podía obstaculizar el trabajo de la policía. De modo que se dio por vencida...

– Está bien – aceptó a regañadientes – Iré a ver si puede atenderlo.

Estuvo a punto de agregar "más le vale que no esté enredándome en ninguna patraña, porque entonces no habrá otra oportunidad para usted, aquí en mi hostería". Pero sabía que no podía soltarlo, sin más.

Cuando regresó, lo hizo para presidir la aparición de Isadora. Había un gesto mal domeñado en su rostro con el que sonreía casi siempre agradablemente, a todo el mundo. Pero esta vez parecía contener una advertencia y se cristalizaba en un rictus no tan agradable.

Sin embargo, no agregó ya ningún comentario y se perdió tras la puerta rebatible de la cocina. Despejado el ambiente de su presencia, el detective Bug se sintió aliviado y disfrutó de la llegada de Isadora, que se acercaba con expresión preocupada.

– ¿Detective Bug? – la pregunta era, por supuesto, retórica – ¿Qué lo trae por aquí? Alberta me ha dicho que...

– Estoy seguro que su amiga ha exagerado un poco los hechos – se apresuró en responderle, dudando de lo expresado por Alberta – Se trata de algunas preguntas que necesito hacerle y...he venido, además, a comunicarle que vamos a registrar su casa, porque es importante descartar o encontrar alguna pista relacionada con ese supuesto usurpador. Tenemos una orden para hacerlo, aunque quizás no sea necesario exhibirla, si usted accede a que lo hagamos...

Isadora lo observaba, entre horrorizada y confundida. ¿Cómo era que aquel asunto había llegado tan lejos y se había salido de control? ¿Por qué la policía estaba al tanto de algo que ella hubiera preferido mantener en reserva, al menos de momento? ¡Ah, sí, ahora recordaba que Edgar se había mostrado interesado en investigar lo que había ocurrido en la casa! Pero ella había imaginado que estaba dispuesto a hacerlo de un modo un poco más reservado. De pronto, se sentía llena de ira contra lo que consideraba una intromisión innecesaria.

Por su parte, el detective Bug no pasó por alto la transformación en el rostro de Isadora. Comprendió algo tarde que había "soltado" demasiada información y, que lo había hecho con una afluencia de palabras contraproducentes, y que ahora ella se sentía invadida por el significado de su largo comentario, del que no había podido protegerse a tiempo. Quizás, se dijo el detective, hubiera sido preferible abordarla con la verdadera razón que lo había animado a visitarla y haber dejado un poco de lado aquello, para después.

Se daba cuenta de dos hechos lamentables: había incomodado sobremanera a Isadora y se había anticipado, impropiamente, a advertirla sobre una orden de registro policial, a sabiendas de que no había sido autorizado para eso. Estaba en un brete y trató de retroceder, a medias convencido de poder hacerlo y, más bien desesperado, por la necedad cometida.

– Lo siento – dijo, secamente – No debí ser tan brusco para decirle algo que...Es sólo que quise ponerla sobre aviso, nada más que para que no la tomen desprevenida. Agradecería que cuando llegue a sus manos esa notificación, no le mencione a nadie que estaba esperándola y que ya lo sabía...– una sonrisa vulgar asomó al temblor de sus labios– No me haría quedar muy bien.

Isadora lo invitó a sentarse a una de las mesas del comedor y procuró calmarse. Pero no lo consiguió.

– ¿Y cómo es que usted hace todo esto por mí, comprometiendo su propia posición?

– ¿Le parece extraño?

Bug sabía que su pregunta sonaba tonta y ridícula y que la de Isadora, en cambio, tenía verdadero sentido. Para empeorarlo todo, ella se limitó a asentir en silencio, por toda respuesta. Entonces, el detective supo que no le quedaban opciones si quería remediar una parte del problema. Tendría que comportarse de manera explícita...

– Señorita Vander Kooy...Espero de todo corazón que sepa recibir con agrado lo que voy a decirle. Soy un poco torpe en estas cuestiones pero desde ya que no procedo así normalmente...no sea cosa que vaya usted a creer que la torpeza de la que hablo se relaciona con mi trabajo. Debo reconocer que lo hago porque usted me parece una mujer encantadora y yo...y yo quisiera poder ayudarla en lo que me sea posible. Debe sentirse muy sola en este pueblo, después de tantos años de ausencia...

– ¡Oh, ya basta! – se exasperó Isadora, de pronto – ¡De veras que tiene usted una capacidad increíble para decir tonterías!

El detective Bug asimiló el golpe con la actitud de un perro apaleado. Bajó la mirada, avergonzado, hasta el borde del mantel y permaneció callado y compungido, sabiendo que ya había hablado demasiado. ¿Qué podía agregar ahora que rectificara, en parte, todos los errores cometidos hasta el momento?

Pero, entonces, ocurrió algo sorpresivo. El talante de Isadora tomó un cariz inesperado y con expresión de verdadero arrepentimiento, extendió una mano sobre la superficie de la mesa para dejarla caer suavemente sobre su brazo.

– Lo siento – dijo con una delicadeza insólita para las circunstancias – No suelo comportarme de un modo tan grosero. He sido descortés y le pido disculpas...

El detective la enfocó con ojos llenos de tardío agradecimiento.

– ¡Oh, no! No tiene que disculparse...Merecía sus palabras de reproche, señorita Vander Kooy. En todo caso, soy yo quien debe pedir perdón y...

– ¡Nada de eso! – Isadora fue terminante y la sonrisa que la acompañaba resultó un aditamento maravilloso. En realidad, quería evitar que ese policía *pelmazo* volviera a inaugurar su "ciclo de conferencias".

Su instinto lo puso sobre aviso y el detective Bug, también sonrió.

– Sólo soy bueno para la acción, no para las palabras. Es un defecto incorregible...– admitió.

La sonrisa de Isadora se transformó en una límpida carcajada que sirvió para aliviar toda la tensión que se había acumulado, como un nubarrón sobre sus cabezas.

– Lamentablemente, detective Bug, eso se le nota a simple vista. Y ahora dígame... ¿Qué preguntas deseaba hacerme?

El carraspeó y se movió incómodo en su silla. No quería hacerla sentir presionada, justamente ahora que habían logrado cierto entendimiento. Procuró decir las cosas con ocurrencia...

– Una es... ¿aceptará no decirle a nadie que la he puesto al tanto del registro en la casa?

Isadora asintió, mordiendo su rabia.

– ¿Y la otra?

– La otra es...bueno, ésta no tiene demasiada importancia pero se trata de un simple dato que queremos agregar a la investigación. Es sólo una pregunta de rutina y...

– ¡Detective Bug! – Él reconoció aquel tono de voz – ¿Vuelve usted a perderse por los caminos de Dios?

Adriano Bug recogió su propio sayo, dejando de lado todas las evasivas.

– ¿A qué hora estuvo de regreso en el pueblo el día en que lo hizo?

Isadora se sintió tomada por sorpresa. No era la clase de pregunta que había esperado y no comprendía, al menos por ahora, para qué podía servir su respuesta. Sin embargo, contestó sin dilaciones.

–Fue un martes por la tarde. Alrededor de las cuatro o cinco...

– Bien, gracias – el detective había recuperado, por primera vez en toda la velada, su perdido aire de profesionalismo – Fue por la tarde del día en que asesinaron a Marco Lorenz.

– Sí, ahora que lo menciona...así fue. ¿Qué tiene eso que ver con *mi* usurpador?

El se limitó a mirarla, sin responder. Isadora se percató de inmediato acerca del giro imprevisto en la conversación.

– Entiendo – dijo con un gesto adusto – Usted hablaba de la investigación sobre el crimen y yo creí que se refería a lo sucedido en mi vieja casa.

– Le advertí que no era más que una pregunta de rutina...

– ¿Queda alguna otra?

El detective lamentó que un poco de la tensión superada regresara, precisamente, en el momento en que la restante pregunta requería de cierta sagacidad de su parte y de la buena disposición de Isadora.

– Sí... – manifestó de un modo dubitativo y esperanzado en aprovechar su propia actitud de temor anticipado, para conmoverla – Me asusta decírselo...De acuerdo, lo haré... ¿Aceptaría una invitación a cenar o...a dar un simple paseo? Tal vez no más que...una charla amena, diferente a ésta.

Arrugando el ceño confirmaba su seguridad acerca de no haberlo pasado bien en la ocasión. Y esperaba no haberla abrumado con sus opciones.

Isadora pareció tomarse un tiempo que se le hizo eterno, para darle su respuesta. El nunca supo que, simplemente, estaba ponderando sus recientes circunstancias. Hacía dos días que no tenía noticias de Edgar. Y la primera que le llegaba se refería a su gran bocaza abierta, en donde nadie se lo había pedido. ¡Al cuerno con él!

– ¡Claro! – exclamó con un entusiasmo que no sentía.

Modiliani volvía a estar animado. Después de su sano ejercicio intelectual para acomodar algunas piezas sueltas, creía haber dado con los lugares apropiados o, por lo menos, los probables.

Ahora tenía la sensación de haber encontrado cierto orden tranquilizador en los hechos y eso lo mantenía optimista. Para cuando Edgar llegó al destacamento, casi tan temprano como él, todo ese proceso interior rezumaba buenos efectos.

A Edgar, en cambio, se lo veía más bien de regreso de un corto viaje por el infierno. Había estado en contacto con una parte de él mismo que casi siempre ocultaba bajo la alfombra, aunque sabía que no lo hacía llevado por la cobardía de enfrentarla sino, sencillamente, porque amaba la íntima comodidad de no hacerse preguntas fastidiosas. Pero algo había cambiado en él, y ahora prefería los tropezones en lugar de los caminos allanados por su propia negación neurótica. El cambio le asentaba en algún sentido, si bien aún se lo veía alterado y confuso.

– ¿Ha descansado lo suficiente anoche, comisario?

La pregunta insinuaba demasiadas cosas, se dijo Edgar. O, quizás, era más lineal de lo que parecía. Sonrió para aceptarla, de todos modos.

– Todo lo que me permitió cierto viajecito por mi propio terreno escarpado.

– Buena metáfora – acordó el Detective Inspector, rescatando la nueva actitud de Edgar que, hasta donde recordaba, siempre se había mostrado un poco a la defensiva.

Acordaron tomar café y distenderse, mientras aguardaban la llegada del resto del equipo. Modiliani sonrió para sí al percatarse del modo disimulado con que Edgar procuró observarse en el reflejo del cristal de la mampara que separaba la oficina interior. Estaba buscando el rastro de aquel feo rasguño que le cruzaba la mejilla y que aún era notorio sobre la piel, aunque se veía un poco más atenuado.

– ¿Preferiría que fuera alguno de nosotros quien acercara la orden de registro a la señorita Vander Kooy? Me refiero a mí mismo o a cualquiera de mis hombres...

– Está bien por mí, Detective Inspector – al hablar, se volvió hacia él, impetuosamente, como si hubiera sido un chiquillo pillado en falta – En realidad, creo que lo mejor será que lo haga personalmente. Y me sobran razones para esto...

Modiliani parecía compenetrado en su deseo de ayudar en las circunstancias.

– Una de esas razones está a la vista. ¿Podrá explicarse en forma satisfactoria?

– ¡Claro que sí! – Exclamó Edgar con más seguridad de la que sentía – Me parece que le debo esa explicación y no quiero desaprovechar la ocasión para hacerlo.

Como Modiliani se quedara observándolo, apoyado contra el borde de su escritorio y con la taza de café olvidada entre las manos, Edgar –o al menos la parte de sí que creía haber comprendido algunas cosas en esas últimas horas– sintió la necesidad de ahondar en su propio comentario.

– No la he vuelto a ver en dos días, esperando que el maldito rasguño desaparezca. Pero también quería tomarme mi tiempo y darle a ella la oportunidad de tomarse el suyo. Me refiero a...pensar muy bien en cómo van a ser las cosas de ahora en adelante. ¿Sabe?...No vengo de una buena historia y creo que ella ha sufrido mucho en el pasado. Me parece que son buenos motivos para ir despacio. A propósito... – algo en su mirada volvió a ser oscuro y penetrante; más allá de su inesperada actitud de confesiones íntimas no iba a dejar de lado aquel "dato preocupante" – ¿Le dará la oportunidad de demostrar que no puede ser una sospechosa en el crimen?

Modiliani se movió hacia un rincón del despacho, como si lo hubiera impelido una fuerza imperceptible.

– Nunca la llamé *sospechosa*, comisario – dijo – Sería impropio hacerlo sólo por un par de conjeturas de coincidencia. A lo que me refería es a no perder de vista que su regreso a este lugar pudo haber movilizado algunas cuestiones del pasado. Eso es todo...

Edgar se mostró implacable en ese tema.

– No lo es – aseguró – Recuerdo muy bien lo que insinuó...Que ella misma pudo armar esa historia sobre un usurpador.

– Lo siento – manifestó el detective, asombrando a Edgar por la humildad que nunca antes había notado en él – Si eso fue lo que di a entender, creo que me extralimité en mis suposiciones. Pero, por favor, no haga que abandone la teoría acerca de lo demás...

En ese momento, la puerta del despacho se abrió con gran estrépito y la figura torpe de Demetrio metiendo el innecesario ruido habitual, apareció con una bolsa de galletas para el desayuno.

– Veo que han empezado sin mí – dijo, señalando las tazas de café humeante, sobre uno de los escritorios – Desde el cierre de la panadería Amaltti, ya no se consigue buena repostería por aquí. Pero creo que estas galletas son aceptables...

Edgar lo contempló con odio y sin prestar atención a lo que decía. Se sentía interrumpido en un buen momento de la conversación con Modiliani. Decidió retomar el punto, haciendo caso omiso de aquel comentario.

– ¿Se refiere a lo de alguna relación con el pasado? – preguntó.

El Detective Inspector, tan resignado como él a sobrellevar la ruidosa presencia del ayudante, asintió.

Edgar reflexionó en aquella idea. No era del todo disparatada. Algo que había ocurrido en un tiempo pretérito parecía haber sido el móvil de un horrible crimen.

– A propósito...he recordado lo que una vez comentó Marco, precisamente en relación con el pasado. Lo más probable es...que no sea nada. ¡Una tontería, eso debe ser! No sé por qué he venido a encontrarle alguna importancia...

– Déjeme juzgar eso.

Se miraron sin recelo. Por primera vez, ambos estuvieron seguros de estar jugando en el mismo equipo. Iba siendo tiempo de dejar atrás las suspicacias. Si alguna vez el Detective Inspector se había permitido actuar con cierto aire de superioridad por subestimar el trabajo que llevaba a cabo un policía de pueblo, en comparación con el suyo, ése era el momento para arrepentirse de haberlo hecho. Y, en lo que concernía a Edgar, éste comprendía que una buena parte del menoscabo con el que se había sentido tratado, había dependido mucho más de él que de los demás. Al menos, no tenía que anotar justamente a Modiliani en esa "tabla de posiciones".

Tenía las manos fuertemente hundidas en los bolsillos del pantalón y una expresión sorprendida en el rostro. Era increíble cómo algunas cosas que habían sido consideradas insustanciales y enviadas al trasto por esa misma razón, resurgían de pronto en la memoria como las manos putrefactas de un cadáver que volvía a la vida y removía la tierra todavía húmeda de su tumba. O como borbotones sobre la superficie cenagosa de un pantano...Era horrible admitir que el recuerdo de Marco estaba ahora tan cercano a comparaciones sólo relacionadas con la muerte.

– El me dijo una vez algo acerca de los objetos antiguos que coleccionaba de ese modo ávido y desprolijo que usted mismo ha podido comprobar – estaba dándose tiempo al hablar, como si íntimamente aún creyera que no había nada allí digno de mencionarse – Dijo que esos objetos eran lo *único* valioso que había traído del pasado. O lo único que el pasado le había dejado. En su momento, pensé que se refería al pasado en términos históricos, quiero decir...en la relación de esas antigüedades con determinadas épocas. No sé...tal vez no era eso lo que estaba diciendo,

– O, tal vez, sólo se refería al hecho de haber vivido lo suficiente para haber perdido a sus seres queridos. Y eso fue todo lo que quiso decir.

Se volvieron a escuchar aquel comentario, sorprendidos de la presencia de Bordone que, al contrario de Demetrio, solía moverse silenciosamente para pasar inadvertido. O, al menos, éste era el efecto que causaba.

– No me parece – aseguró Modiliani – ¿Saben que hay una palabra allí, en medio de todo lo expresado, que llama poderosamente la atención?

Bordone terminó de acomodarse en el despacho, fue hasta la máquina de café sin esperar a que nadie le ofreciera uno y luego se quedó observando al jefe, a la espera de sus inevitables acotaciones.

– ¿Él dijo "lo único"? ¿Esa fue exactamente la expresión que utilizó? – preguntó Modiliani.

Edgar confirmó su relato, al tiempo que rebatía las conjeturas de Bordone.

– Marco no tenía hermanos. Tampoco tuvo hijos y nunca se casó. A pesar de su edad, no hacía demasiado tiempo que había perdido a sus padres, que murieron longevos y felices, atendidos por los mejores médicos y profesionales que ayudaban en su cuidado personal. Todos por aquí los recordamos...No hará más de diez años que fallecieron.

– ¿Y todo eso lo hacía menos nostálgico?

La pregunta al "estilo Bordone" ni siquiera lo alteró. Mientras dejaba a sus pensamientos partir hacia alguna parte, vio al detective Bug ingresar al despacho y cierta actitud en él que no atinaba a describir, fastidió sus sentidos. Lucía el aspecto de alguien que regresaba del campo de batalla, disfrutando de una pírrica victoria, aunque los demás no tuvieran ni idea de por qué esto era así. Le parecía muy lejano el tiempo en que Adriano Bug lo había impresionado como el "más aceptable" del equipo. Acababa de trasladar sus preferencias a Modiliani.

No sabía, en realidad, si había razones para que Marco no se volviera nostálgico en base a su historia personal. Hubiera sido una necedad de su parte responder a la pregunta de Bordone. Por algún motivo recordó que Isadora también había permanecido soltera y sin descendencia, aduciendo una dramática causa relacionada con su insensato temor a construir lazos afectivos con los que luego podía llegar a lastimar a sus propios seres queridos. Por supuesto no era difícil deducir la clase de correlato que se instalaba en medio de aquellos sentimientos, con la tragedia vivida en su infancia.

Pero esta idea lo llevó, por el mismo derrotero, a creer que, entonces, siempre había razones íntimas, personales y hasta inconscientes que organizaban el destino de las personas. Como una opción más allá de los límites racionales, aceptando la mano que Dios les tendía, para poder protegerse de los propios temores ingobernables.

Esto mismo pudo ocurrirle a Marco. Si no hubiera sido tan hermético y reservado en relación con sus sentimientos, probablemente habría podido conjeturar algo más al respecto. ¡Pero allí estaba la clave de todo! ¡La condición de su silencio no era sino el imperioso deseo de acallar algo que había ocurrido en su vida y que le había causado mucho daño! "*No vale la pena pensar demasiado en eso...*"

Quizás movilizado por aquellos pensamientos, vio cruzar por su horizonte interior, el rayo de unas palabras que parecían surgir de la propia oscuridad y reverberaban sin sentido alguno, en su mente. Sabía que eran trozos desperdigados de un recuerdo...

"*...Amargaría mi espíritu.*"

Recuerdos como voces. Como los murmullos que hablan en nuestra cabeza en el momento de adormecernos: voces hipnagógicas, arrastrando viejos ecos que habían estado olvidados. Y no lo estaban, en realidad.

Edgar no dudó ni por un instante que esas palabras regresaban, dichas por la voz de Marco. ¡Era él quien las había pronunciado alguna vez! ¿Cuándo había sido eso? ¿Por qué lo había dicho? No podía recordarlo. Y, sin embargo, ahora sabía que eran palabras importantes.

De pronto, se percató del modo en que lo observaban los demás.

– Lo siento – dijo, como sacudiéndose un fantasma de los hombros – Creí recordar algo...

Pero ya se escapaba del círculo luminoso de su conciencia. Regresaba a la oscuridad de la que provenía y volvía a decantar todo su sentido.

– No...ya no está allí. Lo he vuelto a perder – concluyó.

Modiliani todavía conservaba su mirada detenida en él, con inocultable curiosidad. En tanto Bordone intentó retomar el hilo perdido de la conversación anterior.

– Si no había demasiado que añorar del pasado por parte de la víctima – estableció – eso que dijo en relación con las antigüedades se parece a un premio de consolación más que a cualquier otra cosa.

Pero Edgar estaba seguro que no lo era.

– ¿En qué trabajaremos hoy, jefe? – preguntó el detective Bug con el mismo aire forzado con el que había llegado al destacamento, aunque procuraba sonreír.

– En los cabos sueltos – respondió Modiliani – El comisario Dutra llevará la orden de registro a la señorita Vander Kooy...

Sólo Demetrio captó, en aquel momento, que el detective Bug había dejado de sonreír. No le habían dado tiempo para ofrecerse a hacerlo él en persona, lo que en algún sentido le podía causar cierto inconveniente. No podía asegurar que Isadora mantuviera su promesa frente al comisario. Bordone hubiera sido preferible en aquella misión. Aunque pensándolo mejor, Dutra estaría en problemas, apenas ella enfocara su rostro. ¡Y eso...eso *sí* que era bueno para él!

Alberta no se había mostrado comprensiva con las intenciones del detective Bug, apenas Isadora le hablara de ellas. Desde un primer momento había sospechado que el policía sólo hacía sus propios méritos para conquistarla. A ella no le agradaba eso. Edgar era y sería siempre su favorito. Hasta cierto punto, se arrepintió de haber accedido a su requerimiento, sobre todo porque Isadora no había sido demasiado clara acerca del bendito asunto oficial que él había invocado.

– ¿Preguntas acerca de la hora en que llegaste a Río Ballais aquel día? ¿Qué tiene que ver eso con lo que ocurrió en tu casa?

– Es lo mismo que yo pensé – un surco de preocupación se había profundizado en su ceño – Pero en realidad parecía más interesado en relacionar mi llegada con...otra cosa.

– ¿Otra cosa?

– Con el crimen de Marco Lorenz.

Los ojos de Alberta se agrandaron como platos.

– ¡Eso no tiene ningún sentido! – Exclamó – ¿Ahora eres una sospechosa sólo por haber regresado el día en que mataron a Lorenz?

– ¿Tú crees que puede existir alguna relación entre el usurpador y el crimen?

– Bueno...– vaciló Alberta – Esa sería, entonces, la razón por la que quiso saberlo. En ese caso...

Pero Isadora interrumpió la línea de sus pensamientos, al estremecerse abiertamente.

– ¡Es horrible, Alberta! ¿Un criminal ocultándose en mi casa? ¡No puedo soportar la idea!

Alberta, como tantas veces antes, se sintió obligada a calmarla.

– No te sientas así. Lo más probable es que se trate de una coincidencia. Alguien se ha aprovechado de una casa cerrada por tantos años y luego se marchó a los apurones, al conocer la noticia de tu regreso. ¡No tiene por qué tratarse de ningún asesino!

– Este asunto me gusta cada vez menos – fue su escueto comentario.

Por dentro sentía como si el mismo infierno hubiera violentado su intimidad, para volver a devastarla con los viejos embates conocidos. ¡Jamás hallaría paz en ninguna parte!, se dijo, alterada. Era el precio que pagaba por lo que había hecho en el pasado...

Alberta había aprendido, en una especie de curso acelerado, a leer en aquellas expresiones de Isadora. Sabía cuándo estaba dispuesta a recorrer los atajos y cuándo veía estrecharse los caminos frente a ella. Este era uno de esos momentos de caminos estrechos y, quizás, hasta enmarañados. El hecho de no haber podido descansar del modo adecuado la noche anterior, ya era todo un indicio en sí mismo.

Se veía tan pálida y ojerosa que parecía enferma. De pronto, la vio girar el rostro para ocultar unas lágrimas que no deseaba mostrar. Pero fue inevitable que lo hiciera y Alberta sintió el impulso de abrazarla y consolarla, aunque no sabía muy bien de qué. En algún rasgo de sencillez de su personalidad pueblerina, creía que la promesa de buenos y futuros momentos junto a Edgar, debía funcionar como un hecho proveedor de felicidad anticipada. Y que ése era un motivo más que suficiente para sostener su ánimo. Y que Isadora no tenía que alejarse de aquel círculo dichoso para poder encontrar su norte en la vida. En el fondo, sabía que una lejana muchacha abandonada por la mano del amor, era la única capaz de pensar en aquellos términos dentro de sí misma. "*Pero vale*", se dijo, "*no es algo para desaprovechar, martirizándose con penas inútiles*".

– Deberías pensar en algo menos amargo...

– ¿Cómo qué? – Otra vez esa exasperación en el rostro y el rictus denotando la tensión interior.

Alberta supo que lo mejor sería ni siquiera mencionar a Edgar. Ese no era, evidentemente, el momento apropiado.

Aquellos estados de ánimo eran en Isadora como horribles íncubos agitándola para transformarla en una persona más bien desagradable y hosca. Eran reacciones repentinas e inmanejables que Alberta ya había visto surgir de su espíritu atormentado, en otras ocasiones. Daban la impresión de provenir de un ímpetu que contrariaba la propia realidad y la obligaba a creer que todo se volvía contra ella, oponiéndosele tenazmente para fastidiarla.

En aquel momento comprendió que por la razón que fuere, Edgar había dejado de ser el buen motivo en el que ella creyera.

– No me hagas caso. No puedo, a veces, con mi maldito hábito de dar consejos que nadie me pide.

Alberta conocía la expresión *"mutis por el foro"* y sabía cómo aplicarla en sus propias circunstancias. Esa era la ocasión de retraer cualquier comentario, echarse cierta culpa por entrometida y dejar que el nubarrón se disipara. Quizás no era tan consciente de que, por lo general, esta era la actitud que la reivindicaba a los ojos de Isadora y derribaba cualquier mecanismo de defensa en ella. Pero, de todos modos, mantenía sus expectativas en alto.

Sin embargo, Isadora no se disculpó. Sencillamente comenzó a ordenar sus pensamientos y a transformarlos en aquello que había funcionado como causa de su ira.

– No quiero pensar en Edgar, de momento. No he vuelto a saber de él en dos días...

De buena gana hubiera agregado que mucho más la mantenía furiosa el hecho de que hubiera metido a la policía en el tema de la usurpación. Pero recordó lo que le había prometido al detective Bug y permaneció en prudente silencio.

– Debe haber tenido un buen motivo para eso. Edgar no es así...

– *¿Edgar no es así?* ¿Y *cómo* es Edgar, en realidad? ¡Tú lo conoces mucho mejor que yo!

Alberta se percató que el enojo no había desaparecido de Isadora. Que estaba allí, en medio de su agitación, solapado y destructivo. Era una pena, pensó, si acaso iba a arruinarlo todo por tan poca cosa. Pero entonces, vio las lágrimas que anegaban sus mejillas pálidas y sintió una profunda conmiseración.

– Te pasas la vida contemplándola a través de un cristal, sin poder nunca quitarte el miedo de hacer algo más que mirar. Quieres quedarte ahí todo el tiempo sabiendo que de ese modo nada va a ocurrirte...ni de lo bueno ni de lo malo. Una sombra de ti misma, en eso te conviertes...

– ¿Crees que no conozco ese sentimiento? – Ahora Alberta estaba dispuesta a luchar por la comprensión de Isadora– ¿Que todo ha sido un chasquear los dedos en mi propia vida?

Isadora sabía que no pero la observó como si no la reconociera. Las lágrimas fluían aún en abundancia.

– ¡Tú, al menos, has tenido una hija! ¡No te has quedado inmóvil o incapacitada para aceptar tus sentimientos! En cambio, yo... ¡mira a mi alrededor, Alberta! ¿Qué he construido que valiera la pena? ¡Todo lo que he amado se esfumó con el tiempo!

El abrupto silencio que siguió a aquellas palabras fue insoportable para Alberta. Cuando Isadora volvió a enfocarla con sus ojos llorosos y tristes, tuvo la impresión de que alguien la había empujado hasta el borde de un profundo abismo. "¡*No mires hacia abajo*!", quería gritarse a sí misma.

– Edgar es...era...todo cuanto yo había logrado comenzar a amar. ¡O *desear* amar, al menos! ¿Por qué me ha hecho esto?

– ¡Edgar no te ha hecho absolutamente nada! – no estaba dispuesta a una defensa débil o poco fructífera. A Isadora la herían demasiado pronto las frustraciones, aunque tratándose de ella, hasta cierto punto le parecía lógico. Pero no iba a ceder a la confusión de aquellas emociones – ¡Seguramente, hoy mismo tendrás noticias de él! ¡Está metido hasta el cuello en la investigación del crimen! ¡No puede disponer de su tiempo como quisiera! ¡Eso es todo! ¡Tienes que comprenderlo!

Isadora pareció meditar algo al respecto.

–Aunque lo comprendiera – dijo, procurando calmarse – ha hecho algo aún peor. ¿Cómo crees que Bug sabía lo del usurpador? – Sin aguardar por la respuesta a su pregunta y sin importarle ya incumplir con su promesa, continuó hablando – ¡Fue Edgar el que habló de más con esos policías que lo acompañan y ahora tienen una orden de registro para mi casa!

– ¡Era su deber hacerlo! ¿Cómo esperabas, acaso, que procediera?

– ¡Debió preguntarme, al menos, si yo estaba de acuerdo!

– ¡Por Dios, Isadora! ¡Estás haciendo un mundo por nada! ¡Él *es* un policía y actúa como tal! ¡No puedes sentirte ofendida por esto!

Nunca había visto a su amiga tan porfiadamente empeñada en defender un argumento frente a ella. Era notorio cuánto apreciaba a

Edgar y, por un momento, envidió aquel sentimiento. Se suponía que ella debía sentir algo como eso si acaso quería acercarse un poco –un poco, al menos– a poder asegurar que estaba enamorada. Sentía que en ese terreno se encontraba en inferioridad de condiciones. ¡Nunca alcanzaría aquel nivel emocional al que podía reaccionar Alberta! Ella no era más que una pobre mujer perseguida por sus propias pesadillas. Y eso era algo que le quitaba fuerzas para todo lo demás.

– Es posible que tengas razón – terminó por admitir – Tal vez...me he apresurado a juzgarlo.

Alberta se alegró de aquel regreso a una actitud razonable.

–Eso está mejor. Mucho mejor... – aseguró.

Hubo un nuevo momento de silencio cargado de la particular densidad que la conversación había dejado. Pero había algo más, en medio de esa repentina quietud: como un barco fantasma meciéndose en aguas demasiado calmas, sospechosamente calmas...

La sonrisa de Isadora fue tímida y lastimera, cuando volvió a hacer oír su voz.

– Tuve otra vez uno...de *esos* sueños del pasado. ¡Es increíble! – exclamó – Y en esta ocasión...el hombre pálido estuvo tan cerca de mí que he podido memorizar cada rasgo de su rostro.

Cuando Edgar Dutra llegó a la hostería, el ánimo de Isadora debía haber desistido de continuar por el camino de su contrariedad, a raíz de su plática con Alberta un par de horas antes. Se suponía que había entrado en razón y había tenido tiempo de madurar cierto sentido lógico de los hechos, como para poder al menos, escuchar sus explicaciones.

Sin embargo, su breve alegría al verlo cruzar el patio, comenzó a desvanecerse apenas él traspuso la puerta. Traía aires de venir en medio de un asunto oficial –lo dedujo por un papel en su mano derecha– y lo que de pronto veía, atravesando una de sus mejillas, le heló el alma. ¡Había algo que no podía ser otra cosa que un gran rasguño! ¿*Quién* le había hecho eso? ¿Y *cómo* se lo había ganado? Fue inevitable pensar en Nora Duplay.

Edgar, por su parte, se dio cuenta en el momento del modo en que la expresión de Isadora se había transformado al verlo. ¡Pensar que se había esperanzado en que el feo raspón pasara inadvertido después de aquellos días! Ahora, su único plan consistía en dar las explicaciones del caso y esperar a ser comprendido. Sabía que no sería fácil porque la historia que lo precedía complicaba las cosas.

– Si vuelves a decir "*no es lo que parece*", te echaré de aquí con cajas destempladas... – dijo Isadora, señalándole el rostro.

No se había tomado la molestia de saludarlo pero su voz tampoco sonaba enojada o rencorosa, pese al tenor de la advertencia. Edgar la comparó con una impasible vestal, hierática y majestuosa, dedicando su mirada a un miserable mortal.

Decidió eludir el golpe. Ya hablaría de eso más tarde y ni siquiera lo hacía como estrategia desesperada. Simplemente, lo primero era lo primero.

– Buenos días, Isadora – dijo, también él, circunspecto – traigo una orden de registro sobre tu casa. El asunto del usurpador nos tiene preocupados a todos...

Tomó el papel que él le extendía, en tanto ambos se contemplaban como midiendo sus mutuas fuerzas. Hasta donde se veía, sus miradas intentaban ocultar el temor que cada uno sentía por la reacción del otro.

Isadora estaba horrorizada ante la idea de que aquella llegada intempestiva de un hombre en medio de su tarea policial, sólo significara que todo lo demás había sido olvidado y descartado como simple tontería de un momento. Edgar se esforzaba en quitar de su expresión, su inquietud por ser rechazado sin más, de ahí en adelante. Pero ninguno abordó el tema...

Isadora desplegó el papel entre sus manos y lo leyó detenidamente. Edgar había esperado que ella ni siquiera se tomara esa molestia, como un signo de confianza hacia su actitud, y se desmoralizó al verla tan pendiente de la lectura. Cuando Isadora volvió a alzar la mirada, el infierno ya no era un límite para él.

– Esperaba que este asunto quedara sólo entre nosotros. Te lo digo, a fuerza de ser honesta contigo. ¡No quería a la policía metida en esto!

Supo que no sería necesario mencionar a Adriano Bug y su conocimiento acerca de la bendita orden de registro. Al propósito de menospreciar lo que Edgar había hecho con un supuesto comentario en la intimidad de una charla, resultaba más apropiada su falsa sorpresa del momento. Se alegraba de no haber tenido que faltar a su promesa.

– Estaba en la obligación de proceder de esta manera – su voz temblaba y él odiaba eso porque era absolutamente sincero en lo que manifestaba – Soy un policía, Isadora. No puedes olvidarlo…

– Puedo olvidar tantas cosas…– su expresión seguía siendo gélida y casi amenazante, ahora.

– ¿Tengo que preguntar a qué te refieres?

– No necesariamente.

Edgar desvió la mirada por un momento y, al volver a enfocarla después sobre su rostro inexpresivo y a la vez temible, inexplicablemente, todas sus aprensiones se disiparon.

– Lleguemos a un acuerdo mínimo, ¿quieres? – Su voz ya no temblaba y había recuperado el aplomo – Hablaremos de esto cuando tú lo desees. Me lo he ganado por ti, de modo que no hay ningún problema con eso – Había señalado su propio rostro al decirlo, en tanto divisaba un cambio favorable en la mirada de Isadora– Pero no me culpes de algo que ha sido inevitable en relación con esta orden de registro. ¡Ha habido un crimen en Río Ballais y no tenemos *nada* acerca del asesino! Vendrá un equipo científico de La Ciudad para buscar cualquier rastro, cualquier indicio que sirva para conocer si el criminal y el usurpador son la misma persona. ¿Cómo crees que yo solo podría abordar esa clase de investigación o…podría reservarme tu comentario sin faltar a mi deber?

Aquella especie de arenga improvisada le había hecho comprender el error cometido. Después de todo, los asuntos policiales eran delicados y ella había intentado ignorarlo. Pero la herida ya cicatrizada en el rostro de Edgar seguía estando allí y era algo muy diferente. Y a pesar de lo que acababa de escuchar, no se sentía con fuerzas para asimilarlo y aún menos al sospechar que su desaparición durante dos largos días estaba directamente relacionada con su deseo de no exhibir su mejilla lastimada –al menos no, en su peor momento.

– Creo que mi decepción más profunda va por otro camino – comenzó a decir sin ninguna seguridad acerca del punto al que quería llegar – ¡Y se relaciona con un hecho por demás de sencillo! Había cierta clase de expectativa de mi parte en relación con el modo en que iban a darse las cosas entre nosotros. Supongo que lo mismo debió ocurrirte a ti…Siempre hay algo que uno espera que el otro haga, si bien jamás llega a ajustarse a la realidad. A eso es a lo que llamo decepción…

Edgar esbozó una sonrisa comprensiva que se ampliaba a medida que expresaba su parecer.

– Creo que esa expectativa que mencionas no es otra cosa que tu propia fantasía romántica. ¡Y me encanta la idea de que la hayas tenido conmigo! ¡Imagínate! ¡Eres alguien que no se ha permitido demasiado en ese terreno, según tus propias palabras!

– No avances tan rápido, Edgar...– se defendió débilmente.

– No lo haré – puso su mano en alto, en señal de arrepentimiento por sus dichos – Te lo prometo.

– ¡Aún me debes una seria explicación sobre esa horrible marca en tu rostro!

–Cuando sepas de qué se trató esto, verás que será muy fácil perdonarme – se había acercado a ella hasta hablarle de un modo tan intimista que Isadora se sintió estremecer por dentro – Es que no hay nada que perdonar, en realidad.

– Eso voy a decidirlo yo – dijo ella con voz entrecortada.

Edgar volvió a sonreír.

– Ya te pareces a Modiliani...

– ¿Quién es Modiliani?

Edgar la puso al tanto. Y manifestó su propio aditamento.

– ¡Él ni siquiera cree que ese usurpador exista!

Isadora enarcó las cejas en un gesto de asombro.

– No lo tomes a mal – comenzó a decir, ya en tren de mejores confidencias – Pero tuve que defenderte de ciertas insinuaciones extrañas de ese hombre.

– ¡Aclárame eso! – aun sin quererlo, se había puesto nerviosa y tensa.

– El Detective Inspector tiene una afiebrada imaginación a la hora de hacer sus conjeturas, eso es todo.

Isadora continuó observándolo en absoluta actitud de incredulidad.

– Está bien – aceptó él finalmente – Pero tienes que prometerme que no le tomarás ojeriza por esto. Es un buen policía y sólo cumple con su trabajo.

– ¡Dilo de una vez! – la expresión apenas era amable, a medias.

– En un comienzo pensó que tú misma podías haberte encargado de contar esa historia. Por supuesto no lo aseguraba...Sólo lo admitía como una posibilidad.

– ¡Pero eso es completamente absurdo! – exclamó, en el punto más alto de su indignación.

– Lo sé, Isadora. Y es lo mismo que dije al respecto. Sólo se basó en habladurías de vecinos, sobre la presencia de tu coche en el lugar y en el hecho de que nadie vio jamás a ningún extraño merodear por allí. ¡Todo es una gran tontería!

Edgar prefirió evitar la mención de otras sospechas en relación con alguna vinculación del pasado y el crimen de Marco, en la que ella podía ser un misterioso nexo. Lo más probable era que Modiliani ya hubiera aplacado esa parte de sus conjeturas también, según su último comportamiento, de modo que no se hacía necesario hablar de aquello.

Sabía que se engañaba a sí mismo. El hecho de silenciar otros comentarios sólo tenía que ver con ganar tiempo para sí. Necesitaba a Isadora comprensiva y en calma para poder contar la parte de la historia que le concernía. Aunque en el fondo admitía que era completamente innecesario despertarle cualquier preocupación acerca de los detalles de un crimen en el que no estaba involucrada. No al menos desde su punto de vista y a pesar de las desesperadas pistas que Modiliani buscaba.

De pronto, Isadora expresó algo inesperado.

– Iré contigo hasta el destacamento – dijo – Tal vez ese detective esté necesitando hablar conmigo, personalmente.

Gervasio aún repetía "*molto felice*", toda vez que deseaba apartar algún pensamiento doloroso. Algo extraño le estaba ocurriendo a su mente y, a pesar de sus dificultades, él lo comprendía bien.

Los recuerdos más recientes habían recuperado una claridad particular, a la que nunca había logrado llegar antes. Siempre había podido evocar aquellos hechos de su infancia que añoraba, sobre todo los relacionados con sus abuelos, cargados de detalles increíbles.

En cambio, todo lo relacionado con su memoria cercana se desvanecía casi siempre en medio de una bruma densa y oscura, que no le permitía ordenar ningún recuerdo, especialmente después de esos extraños espasmos que de pronto sacudían su cuerpo, con una fuerza tal que muchas veces creía que sus huesos acabarían rotos y molidos como polvo.

Sin embargo, las convulsiones habían comenzado a ceder últimamente y, aunque él no lo relacionaba en forma directa con la medicina que le había recetado el doctor Fernan –y que esta vez estaba tomando regularmente– se daba cuenta del modo en que había mejorado su salud.

Esto era lo que le permitía tararear *"molto felice"* mientras acarreaba la leña o hacía algún recado para los vecinos, en tanto una sonrisa tan amplia que le abarcaba toda la expresión simplona del rostro, era lo que todos veían en él en esos últimos días. Las cosas parecían ir muy bien para Gervasio, al menos en la medida de lo posible...

Pero ese día en particular, su exclamación favorita había vuelto a ser su muletilla contra los malos pensamientos. Algo estaba empujando en su cabeza como si se tratara de alguna clase de monstruo fuerte y poderoso, que trataba de aflorar a la superficie desde su negra guarida. Y el esfuerzo de Gervasio por impedírselo era tan intenso que, a esa altura del día, ya se había ganado una molesta jaqueca.

Molto felice. Molto felice...

No obstante, él procuraba ignorar lo que ocurría. Y cuando su intento fracasaba, canturreaba casi a los gritos para silenciar el extraño ruido que aquel monstruo desconocido producía.

¡Molto felice! ¡Molto felice!

Pero nada era suficiente...

Una sombra se movía detrás de una puerta. Y un grito informe abandonaba la garganta del hombre de los ojos enormes. El había conocido a ese hombre alguna vez. Ahora no podía recordar su nombre pero ya lo haría. Porque últimamente podía recordar casi todo. *Había sangre por todas partes y ese par de ojos desorbitados lo observaban como si quisieran explicar una situación que resultaba incomprensible y que no podía ser expresada con palabras.*

Cuando otros hombres llegaron a preguntarle qué había ocurrido, él aún sonreía. Porque por dentro, su talismán estaba funcionando a toda máquina. *Molto felice...*

Escuchó un ruido sordo y canturreó más fuerte. El hombre cerraba sus ojos finalmente y caía con todo su peso. Apenas volvió a moverse en el piso. Quiso llegar hasta él y tocarlo. Giró a su alrededor con toda la intención de sacudirlo para que despertara.

Pero nunca lo hizo...

La sombra atravesó la puerta y avanzó hacia él. Tropezó con el cuerpo caído al retroceder, haciendo que éste cambiara su posición. Trastabilló pero se recuperó para seguir huyendo.

¡Ahora venía por él! ¡*Molto felice*!

Los ojos en blanco, hacia atrás. Ya no podía ver y el horrible sacudón recorrió cada fibra de sus músculos hasta dejarlos tensos y fríos como alambres. Pero por un instante, antes de perder la conciencia, cuando todo su cuerpo temblaba como si un terremoto estuviera atravesándolo, sus ojos volvieron a alinearse y pudo observar cómo la sombra tomaba un bloque de piedra.

Mol...to.

Ya no podía tararear. Ni hablar. Ni pensar...

Vio unas manos enguantadas alzar la piedra, justo sobre su cabeza. Incongruentemente, estaba descalzo. "*Guantes–pero–no–calzado*", atinó a pensar deshilvanadamente. Y aunque le dio la impresión de que era extraño, nunca llegó a decirse por qué.

Luego, un grito que venía de lejos pareció interrumpir algún propósito. Un grito de mujer...

Unas voces se mezclaron en sus oídos. La sombra se detuvo y, como si se hubiera tomado el tiempo necesario para pensarlo, regresó hasta el cadáver, ensució la piedra con su sangre, regresó a su lado y restregó su mano contra ella. El sólo podía dejarlo hacer. Estaba tendido en el piso, sacudiéndose espasmódicamente.

Guan...tes. San...gre. Pie...dra.

Fueron exactamente esas tres palabras las que consiguió formar en su mente. Se parecían más a imágenes que a expresiones.

La convulsión fue insoportable. Perdió el sentido. Todo se hizo oscuridad...

Ahora, increíblemente, lo recordaba. Cuando pudo reaccionar, descubrió la piedra a su lado y trató de ubicarla en su lugar. Por puro automatismo, él hacía cosas como ésa. Estaba sucia y pegajosa. También recordaba el efecto de su desagradable contacto.

De pronto, el cine en su cabeza anunciaba el reestreno de la vieja película olvidada. Y la sombra, por fin, recuperaba su rostro.

El monstruo había logrado salir de la oscuridad...

La llegada de Isadora Vander Kooy al destacamento de Río Ballais, acompañada por el comisario Edgar Dutra, hubiera podido considerarse un hecho de la crónica policial a los ojos de un pueblo que aún no superaba el asombro y la preocupación por el crimen ocurrido a finales del verano.

Sólo algunos de los adultos y la mayoría de los memoriosos recordaban el pasado trágico de aquella mujer de porte altivo y distinguido, y podían llegar a considerarla la figura perfecta para ajustarse al novedoso misterio del lugar. Y eso, sólo en el caso de que hubieran podido reconocerla...

Sin embargo, su llegada al destacamento policial pasó totalmente inadvertida para todos, en medio de una tarde de desapacible crudeza invernal.

El frío que los recién llegados atrajeron al interior de la oficina, al trasponer la puerta, hizo estremecer a los policías que, además, no esperaban por aquella presencia femenina. Quien más pareció sorprenderse, bajo su visible estremecimiento, fue el detective Adriano Bug. Pero superado el momento de la primera impresión, se apresuró en abordarla con una sonrisa y una mano extendida que pretendió apresar la suya sin conseguirlo.

– ¡Isadora! – la exclamación procuraba ser una agradable bienvenida, pero enseguida puso sobre aviso a Edgar acerca de confianzas y familiaridades inapropiadas.

Los ojos del comisario detenidos en él fueron motivo suficiente para hacerle abortar cualquier otro intento de acercamiento. En el fondo, una sola cosa lo preocupaba y trató de sondear en la expresión de ambos, para conocer de antemano si acaso había sido traicionado.

Modiliani se abrió paso para llegar hasta una silla que indicó como el lugar que le ofrecía para ponerse cómoda, en tanto la saludaba amistosamente.

Ella se quitó los guantes y el abrigo con gestos parsimoniosos y aceptó la silla que le ofrecía. El Detective Inspector se apresuró a ocupar su propio lugar al otro lado del escritorio –el de Demetrio, en esta ocasión– que como siempre estaba atestado de papeles.

– Disculpe el desorden – dijo – Usted sabe...policías trabajando.

Era un modo de romper el hielo, aunque Isadora no ignoraba que estaba allí para una conversación difícil.

– De modo que van a registrar mi casa – soltó por fin, como si se tratara de mencionar un mal trago que había que superar de una vez – Después de todo y pensándolo bien, me alegra que así sea. Van a poder comprobar con sus propios ojos de policías entrenados, cómo una casa que permaneció cerrada durante treinta años, se ha conservado limpia y ordenada hasta el límite de lo absurdo.

– Haremos mucho más que eso, señorita Vander Kooy – intervino Bordone para fastidio de Modiliani – Comprobaremos si, efectivamente, eso es lo que ha ocurrido.

– Comprendo – estableció Isadora que, sin perder su distinción al hablar, dejaba ver su orgullo herido como lo más imperdonable del equívoco – Ustedes no me conocen y *creen* tener el derecho de sospechar que yo misma pude armar toda la escena...Pero, desde luego, vaya a saberse con qué propósito. A menos que me consideren completamente insana.

Edgar logró volver a ver a la hierática vestal asomada a su expresión. Modiliani, en cambio, detuvo su mirada en el comisario, deseoso de poder transmitirle su desagrado por haber dicho más de lo debido.

En su momento, Demetrio se acercó con una taza de café que puso sobre el escritorio, frente a Isadora.

– Yo *sí* la conozco – indicó sin más – ¿Usted no me recuerda? Solíamos jugar juntos sobre el puente, a la salida de la escuela...

El Detective Inspector no tuvo dudas que el ayudante Loggino había llegado a rozar el límite de su paciencia, con esa clase de desubicaciones. Ya estaba a punto de recriminar aquella intervención, cuando su reacción quedó en suspenso al observar el modo en que Isadora dulcificaba su mirada y sonreía.

– ¡Demetrio! – se puso de pie, a medias, y extendiendo sus brazos lo aferró por los hombros, en un gesto de extremo reconocimiento – ¡Claro que sí! ¿Cómo hubiera podido olvidarte?

El ayudante recuperó su postura y se echó hacia atrás, aceptando la familiaridad del trato.

– ¿Tal vez porque es lo que debiste hacer con un niño enfermizo y latoso?

Isadora lo interrogó con la mirada.

– Yo formaba parte del coro infernal que te mortificaba. Me refiero a la canción...

– ¡Oh, vamos! – Movió una de sus delicadas manos en el aire como si ahuyentara una tonta idea – ¡Sólo eran cosas de niños! ¿Qué rencor puedo guardar por eso?

Mentía. Mentía a muerte. Aquel recuerdo todavía dolía como una herida abierta y tratada con sal. Con la sal de la vida...

Edgar no pasó por alto el comentario. Si algo había llegado a conocer de Isadora en ese tiempo, era el modo en que ese viejo episodio infantil la había afectado. Quizás, Alberta, mucho más que él, había conseguido convencerla de la poca importancia de ese penoso recuerdo. Pero aun así, dudaba de su sinceridad al responderle a Demetrio. Pensó que su buena educación era lo único que la obligaba a mentir.

– Señorita Vander Kooy – Modiliani quería atraer nuevamente su atención y, al mismo tiempo, deseaba no mostrarse impaciente – Nadie la está juzgando a usted tan desagradablemente como supone. Y asumo la total responsabilidad sobre esa...descabellada sospecha.

Si había algo que el Detective Inspector no podía llevar a cabo con naturalidad era, precisamente, aceptar sus propios errores frente a sus hombres. De hecho, lo hacía si acaso esto se tornaba inevitable, pero todo era al precio de buscar con desesperación un modo de salir airoso de ese lugar. De manera que una vez establecida la circunstancia desfavorable para su orgullo profesional, se volvía imperativo no ceder más de lo necesario y mucho menos de lo notorio.

Repentinamente, abrió uno de los cajones del escritorio que utilizaba como propio y tomó la fotografía que, de inmediato, puso frente a Isadora. No sólo era un buen pretexto para cambiar de tema, sino que el hecho de que la mujer estuviera allí sin que nadie se lo hubiera pedido, volvía procedente la cuestión.

– ¿Reconoce a este niño? – preguntó, perentorio.

Isadora dejó que su mirada viajara de la fotografía al rostro expectante del policía y luego se apoyó contra el respaldar de su asiento, con cierto aire insolente.

– ¿Debería?

– Por favor, obsérvela con más detenimiento.

Lo hizo, después de un instante que pareció tomarse para pensarlo.

– No lo reconozco en lo absoluto – concluyó.

Modiliani echó una mirada sobre el grupo a espaldas de Isadora. Se sentía desalentado con todo lo relacionado con la fotografía del portarretrato. Nadie sabía acerca de ese niño de sonrisa fingida –quizás propia de la tensión de estar posando– y de mirada severa y penetrante, capaz de contradecir lo que sus labios mostraban.

– Seguimos a oscuras en este tema – fue su comentario.

El detective Bug conocía al dedillo las frustraciones y las impaciencias de Modiliani, cuando un caso se le volvía tan difícil como aquél.

– Volveré a La Ciudad en procura de determinar de una buena vez, de dónde ha salido esta dichosa fotografía. La marca de agua tendrá que decirnos algo, tarde o temprano.

– Creía que habías agotado esa vía – le recriminó el Detective Inspector.

– Siempre falta el último esfuerzo – estableció Bug, pasando por alto el fastidio del jefe.

–" Por muy profunda que sea la noche, siempre aspira al esplendor del sol".

Edgar estuvo a punto de recoger su mandíbula del piso. Aquellas palabras habían sido pronunciadas por Bordone, sin ninguna pretensión de formalidad.

Cuando el detective captó en el aire las miradas de asombro, se limitó a una única aclaración.

– Georges Bataille. Solía leerlo en mi juventud...

"*¡Ironía y sapiencia! ¡Qué mezcla*!", llegó a pensar Edgar, al borde de una carcajada.

En la expresión de Modiliani se había instalado la misma clase de asombro. Bug fallaba en la perfección de sus acciones y lo admitía –algo le estaba ocurriendo a *su muchacho*– y Bordone intentaba por el lado de la ilustración. "*Así, nos estrellamos*", se dijo. Sus manos se volvieron torpes al regresar la fotografía a un conjunto de otras que debían estar guardadas en un sobre pero que, lamentablemente, terminaron desparramadas sobre la superficie del escritorio. ¡Eran las fotografías de autopsia de Marco Lorenz!

– Lo siento – se disculpó frente a la expresión horrorizada de Isadora, mientras que con la misma torpeza intentaba volverlas a su lugar.

Pero ella no comprendía a qué se estaba refiriendo. Algo mucho peor que la contemplación de aquellas desagradables fotografías, la trascendía en ese momento. Era algo que la obligaba a detenerse en el rictus del rostro muerto de Marco Lorenz...

¡Conocía a ese hombre, aunque ni siquiera lo recordaba de su infancia! ¡Lo conocía de otra parte, de otro lugar...que no se encontraba a disposición!

DOCE
AVANCES

Amílcar Morrone sabía que los ahorros se estaban terminando. Que las pocas tareas de jardinería que había conseguido por aquellos días, se debían mucho más a la conmiseración de los buenos vecinos que a la necesidad de éstos de contar con su ayuda.

Se estaba haciendo viejo, sin dudas, y ya no iba a encontrar un trabajo estable como jardinero, en ninguna parte. Clarisa, su mujer, tampoco estaba en el esplendor de la vida ni en condiciones de emplearse como mucama, debido a su edad.

Las buenas referencias de haber trabajado durante tantos años para Marco Lorenz no alcanzaban para evitar que todos los consideraran dos ancianos ya inútiles para las labores pesadas.

No habían tenido hijos, de modo que la manutención de su vejez era un asunto delicado, puesto que no había ningún familiar que pudiera ayudarlos económicamente o hacerse cargo de ellos, en algún sentido. Un panorama muy desalentador para sus vidas, destinadas a depender del Departamento de la Seguridad Social.

Por eso, cuando esa mañana el cartero golpeó a la puerta de los Morrone y le entregó a Amílcar un sobre a su nombre, con el rótulo oficial del Banco de La Ciudad, el pobre hombre se sobresaltó con gran preocupación acerca de lo que el contenido de aquella carta pudiera depararle.

A decir verdad, era un poco supersticioso y en una parte de sí mismo a la que trataba de mantener a raya, una vocecilla maldita le decía que las malas rachas, cuando empezaban, se daban el lujo de continuar por un buen tiempo.

Sus manos artríticas se apresuraron a desgarrar el borde del sobre, aunque él seguía sin querer saber acerca de lo que iba a leer allí.

En su cabeza, giraban ideas catastróficas como la del banco anunciándole que sus ahorros se habían esfumado, incluidos los intereses, y entonces él, comprendería demasiado tarde que había hecho mal sus propios cálculos, ya que había creído que las "arcas" no se vaciarían al menos hasta la próxima primavera, si sabían ser cuidadosos.

En medio de aquel desasosiego, se le nubló la vista y aunque se esforzaba por enfocar el papel frente a sus ojos, las letras bailoteaban y se volvían ilegibles. Cuando pudo calmar una parte de su ansiedad, se dio cuenta que no llevaba sus gafas puestas y que ése era el único motivo que le impedía leer la carta entre sus manos. Fue a por ellas y solucionó el pequeño inconveniente. Pero a partir de ese momento la comprensión de lo que leía se le volvió imposible.

Terminó por llamar a Clarisa que siempre conseguía salir airosa de esos trances, gracias a la fortaleza de su carácter.

– ¡Dame eso! – Le exigió su mujer, arrancándole el papel de las manos al comprobar su lamentable estado de ánimo.

Poco después, con una expresión de absoluta incredulidad, se volvía hacia su esposo y nuevamente regresaba la vista al papel: una y otra vez.

Amílcar ya no tuvo dudas. Las noticias debían ser terribles o Clarisa, capaz de soportar una lluvia de piedras sobre su cabeza, no estaría reaccionando de ese modo.

– ¡Dilo y ya! – Gritó fuera de sí – ¡Si me ves caer fulminado aquí mismo, por favor no intentes reanimarme!

– ¿*Reanimarte*? – Articuló Clarisa con voz temblorosa – ¡Si esto no te reanima, hombre, entonces nada lo hará!

La vacilación por decidirse por un rayo fulminante que acabara con su vida se disipó de su rostro azorado.

– ¿Qué...dices? – farfulló, temiendo que de cualquier manera todo resultara excesivo para su salud.

– ¡Que Dios nos ha bendecido y el señor Lorenz también! ¡Este es el título de un fondo de pensión, a cobrar por el resto de nuestras vidas!

Hasta Clarisa, siempre flemática frente a todas las circunstancias, parecía salida de sus cabales.

– ¡Jesús querido! – Exclamaba Amílcar, aún incrédulo – ¿Es eso cierto?

– ¡Tan cierto como la luz que entra por esta ventana!

– ¡Déjame leer eso de una *puta* vez! – Ahora era él quien arrancaba la carta de sus manos y se esforzaba por comprender el significado de lo que allí estaba escrito – ¡Esto es...*grandioso*, mujer!

– ¡Ya decía yo que el pobre señor Lorenz era un verdadero santo! – Los ojos de Clarisa estaban anegados en lágrimas de emoción – ¡Mira que pensar en nosotros, en caso de que a él le ocurriera algo!

– Ha estado pagando nuestro retiro todos estos años...– la voz de Amílcar se quebró en ese instante – ¡Y jamás nos ha quitado un centavo de nuestra paga por eso! ¡Ha corrido con el gasto y es...maravilloso!

– Le llevaremos unas flores a su tumba y rezaremos una plegaria por su alma. Es lo menos que podemos hacer...

La sencillez con que Clarisa parecía saldar su agradecimiento movió a Amílcar a reír nerviosamente. Cuando dejó de hacerlo, su expresión era de una profunda tristeza.

– Quien le haya quitado la vida por tan poca cosa...es un verdadero monstruo – aseguró, de pronto.

Su mujer lo observó con preocupación.

– *¿Por tan poca cosa*? – Remedó – ¿Qué sabes tú de eso?

El comprendió enseguida que había mencionado sin darse cuenta, algo que estaba en relación con su promesa de silencio hecha a la policía. Pero también comprendió que, lamentablemente, aquella infidencia no tenía remedio, si acaso conocía a Clarisa.

– ¡Nada, mujer!– se apresuró a responder, no obstante.

– ¡No me tomes por tonta! ¡No hablarías de ese modo si no supieras algo!

Amílcar sabía que no se quitaría de encima fácilmente su insistencia.

– Deja eso, ¿quieres? ¡No he querido decir nada!

– Amílcar...

– Amílcar *¿qué*? ¿No podemos dedicarnos a disfrutar del milagro con el que fuimos bendecidos y nada más?

– Si sabes algo...debes decírselo a la policía.

– No es nada que la policía no sepa.

Acababa de sellar su suerte. En ese comentario estaba inscripta la prueba de que, en efecto, se refería a algún asunto en concreto.

– ¡Eso quiere decir que la única que lo ignora soy yo! – se indignó Clarisa – ¿Desde cuándo andas con secretos conmigo?

Amílcar se dio por vencido. Ya no le quedaba otra salida que confiar en su mujer, o todos los antiácidos del mundo no servirían para calmar sus gastritis recurrentes. La contempló con cierto recelo al principio y, finalmente, se decidió por ceder a las consecuencias de su propio desliz.

– Está bien – dijo, a secas – ¡Te lo diré de una vez y ya! ¡Pero asegúrame que de tu boca jamás saldrá una palabra de esto con *nadie*!

– ¿Me ves acaso rodeada de gente, hablando todo el día? ¡Sólo la paso dentro de esta casa...ahora, que me he quedado sin trabajo!

Amílcar meneó la cabeza en señal de entregar su último baluarte de defensa.

— De acuerdo...Había algo enterrado en el jardín del señor Lorenz. Quiero decir...recientemente enterrado. ¡La policía me ha pedido prudencia porque creen que es un dato importante para la investigación! – Estuvo a punto de insistir acerca del silencio que ella debía guardar ahora, pero desistió de hacerlo – Descubrí una planta de jazmines a un lado de la casa, que yo nunca había plantado allí. Y el modo en que la tierra estaba removida mostraba que el trabajo se había hecho hacía poco tiempo. Cavé y la desenterré...a pedido de la policía, por supuesto. Lo que encontramos bajo los jazmines no parecía tener ningún sentido. Aunque era valioso, no lo era lo suficiente para merecer todo el esfuerzo de enterrarlo en el jardín. ¿Y con qué motivo? ¡Había tantos objetos de valor para robar!... ¿Por qué elegiría una tonta pulsera? Y, además...dejarla allí en lugar de llevarla con él. Me refiero al asesino, claro...

– ¿Una pulsera? – Preguntó su mujer, extrañada – Jamás he visto una pulsera en esa casa y he limpiado cada rincón de ella, durante veinte años.

– Tal vez, simplemente se te pasó por alto. Se trata de algo pequeño, que puede guardarse en cualquier parte.

– ¿Pasárseme por alto algo *a mí*? – se sorprendió Clarisa – No sabes lo que dices...

Amílcar se limitó a encogerse de hombros. Increíblemente, haberle confiado aquello le había causado alivio, más que cualquier otra cosa.

– ¡Hola! – dijo alguien a sus espaldas.

A Gervasio le molestó que vinieran a interrumpir sus pensamientos recién rescatados.

Cuando la vio acercarse con gran desparpajo, él retrocedió instintivamente. Como si hubiera querido preservarse de la picadura ponzoñosa de una víbora. Siempre se había sentido cohibido en presencia de una mujer hermosa y desenvuelta, porque algo inquietante le agitaba la sangre y no podía tener control sobre ello.

Conocía a Nora Duplay, por supuesto. Todos en el pueblo la conocían y Gervasio no era la excepción. Pero en honor a la verdad, nunca había intimado con ella ni la había siquiera saludado, alguna vez. Siempre había bajado la vista, avergonzado, cuando la cruzaba en la calle. Y no sólo por la inquietud que le generaba a su ánimo sino porque, además, se sentía indigno de recibir una mirada suya. En el fondo, temía que ella pudiera leer en sus pensamientos, si acaso se atrevía a contemplarla.

Y ahora, esa mujer había llegado hasta el patio de su casa, le sonreía alegremente y lo observaba con una atención inusitada.

– Gervasio, ¿verdad? Ese es tu nombre...

Nora movía los labios y se esforzaba en hablar en voz muy alta, como si estuviera haciéndolo con un sordo. De haber contado con algo de inteligencia, Gervasio hubiera podido comprender que la mayoría de las personas se dirigían a él de aquel modo, sencillamente porque relacionaban su discapacidad intelectual con incapacidad auditiva; lo que por supuesto, era una gran necedad.

El se limitó a asentir, sonriendo a medias, bajo el peso de cierta desconfianza.

– ¡Qué lindo eres! – Exclamó, de pronto, Nora, admirando los bien torneados bíceps de Gervasio – Apuesto a que esa fuerza en tu cuerpo es tu mejor virtud.

– Cla...cla...ro.

Había comenzado a tartamudear en su estilo de siempre. Si bien eso también había mejorado con la medicación, la perturbación que sentía en el momento, contribuía a entorpecer su lengua.

La visión de Nora, acercándose hasta rozarle un brazo con las puntas de sus dedos, hizo que un escalofrío le recorriera todo el cuerpo. Las rojas uñas afiladas presionaban sobre su piel dejando suaves surcos hasta que él, ofuscado de pronto, se echó hacia atrás.

– No...n–no haga eso.

– ¿Acaso no te gusta? – preguntó ella, con voz insinuante.

Gervasio la observaba, al tiempo que escuchaba a su propio corazón retumbándole en el pecho, como el sonido de un tambor salvaje en medio de la selva. Se sentía acalorado, a pesar del frío reinante y de su torso desnudo, porque acostumbraba a quitarse su *jersey* raído para cortar la leña, pese a la inclemencia del clima.

– Sí…me gus–ta.

La admisión provenía de su apabullante sinceridad. Gervasio, como un verdadero niño inocente, no sabía mentir.

– Entonces… ¿Por qué quieres que me detenga?

El calor en sus mejillas se intensificaba.

– Estaba pensando…Ahora–no–pue–do…

Nora soltó una risita fingida.

– ¡Oh, qué tierno eres! – Exclamó, avanzando con una caricia sobre su cabello revuelto – Nadie por aquí necesita que pienses, cariño.

– ¿Por…por…qué…ha venido, señorita–Nora?

– Es que requiero de un muchacho fuerte como tú para hacer cierto trabajo en casa…

Ahora el aliento de Nora había llegado a su rostro en pleno, haciendo que cierto "calorcillo" especial bajara desde allí hasta su entrepierna, pasando antes por su torso desnudo.

– Iré. ¿Cuán–do?

– ¡Vaya! ¡Qué simple es llegar a un acuerdo contigo!

Nora había escuchado hablar de la proverbial terquedad de Gervasio, producto de su corta capacidad de comprensión. Sólo por eso había llegado con toda la intención de convencerlo a cualquier precio, para que se ocupara de remover, limpiar y volver a su lugar aquel par de peldaños de la escalinata que el musgo rebelde había arruinado. Por supuesto, ella no conocía ningún modo de convencer a un hombre para hacer algo, más que insinuándole la promesa de todas las mieles posibles de ofrecer con su cuerpo cargado de sensualidad. Era un alivio que Gervasio ya hubiera accedido a hacer el trabajo sin señalar ninguna objeción, como había temido en un principio. De modo que no sería necesario llegar al desagradable extremo de acostarse con un imbécil.

– Te espero esta tarde, lo más temprano que puedas. ¿Sabes leer? Aquí tienes anotada la dirección…

Su tono de voz había cambiado. Se había vuelto imperativo y gélido. El "calorcillo" desapareció en ese momento y Gervasio comenzó a sentir el frío sobre su piel desnuda. Se quedó, no obstante, un largo rato observándola mientras se marchaba.

Pudo ver a alguien más a la distancia, girando para volverse de espaldas rápidamente y alejarse, en tanto pasaba junto a Nora Duplay, quien apenas le prestó atención.

Gervasio entró a la casa y comenzó a masturbarse con una irrefrenable compulsión...

La atmósfera en el destacamento se había tensado, a partir de la extrema palidez que cubrió el rostro de Isadora.

– ¿Ocurre algo malo, señorita Vander Kooy?

La pregunta de Modiliani –el único que podía verla directamente a los ojos por su posición frente al escritorio– hizo flotar una extraña inquietud en el aire, por el desconcertado énfasis conque la formuló.

Edgar se acercó para apoyar suavemente una mano sobre su hombro. Y ella, en un gesto de necesidad por alguna clase de ayuda, colocó la suya sobre aquélla y la acarició, agradeciendo tácitamente que estuviera allí.

Quizás, en otro momento de su vida se hubiera negado enfáticamente a responder aquella pregunta. Tal vez ni siquiera hubiera apreciado la actitud de Edgar por confortarla. En su interior aún sobrevivía el recelo de una pequeña niña asustada, luego convertida en una adolescente que desconocía su propio rumbo. Si se imaginaba regresando a *ellas*, en un imposible movimiento del tiempo, seguramente las encontraría todavía aguardando por las respuestas que nunca les había dado la vida. El silencio perturbador de su padre, con el que había crecido, llamándolo y sabiéndolo "amor" a pesar de todo, necesitando de él a pesar de todo...era lo que surgía en su memoria como un aprendizaje doloroso pero inevitable.

Así había sido el amor para ella: callado, presunto, no dicho. Y ahora, cuando por primera vez descubría una pequeña grieta de luz en aquella muralla que había permanecido inexpugnable, desesperada creía que sólo aceptando la comprensión de los demás podría alcanzar algo parecido, al menos, a un sentimiento verdadero.

Entonces, la pregunta de Modiliani fue como un suave declive por donde se deslizó hacia ese lugar oscuro de sí misma que nunca había deseado mostrar. Porque sabía que allí, inexplicablemente, ella era Anabel...

– ¿En un *sueño*? ¿Usted ha visto el rostro de Marco Lorenz...en un sueño?

La pregunta del Detective Inspector rebozaba de un asombro que ni siquiera intentó disimular, después de escucharla.

– El rostro *muerto* de Marco Lorenz, sí – lo corrigió ella.

Un apagado corrillo de murmullos incrédulos se oyó a sus espaldas, como el sonido de las aguas en el lecho pedregoso de un río.

– En mis sueños lo llamo "el hombre pálido". Ahora entiendo por qué...

Comenzaba a sentir cierta extraña comodidad agregando los detalles. Era como recuperar una parte de sí misma de la que siempre se había avergonzado y, que por primera vez aceptaba como propia y la exhibía frente a los demás sin ningún prurito. Estaba segura que no había sido *tan* difícil, después de ocultársela siempre a psiquiatras y terapeutas. Que había sido casi más sencillo que confesárselo a Alberta.

– Isadora – Modiliani luchaba por recuperar su propia comodidad, moviéndose en su asiento y utilizando, de pronto, aquel trato menos formal y distante para continuar su conversación con ella – Seguramente, usted recuerda a Marco Lorenz de otro tiempo. Quiero decir...de cuando era apenas una niña. Y lo ha mantenido oculto en la memoria, sin saberlo...

– No logrará hacerme decir lo que no es – Isadora hablaba de un modo resuelto y contundente – Tiene que ver con mis sueños y con ninguna otra cosa.

Bordone avanzó hasta el borde del escritorio y se apoyó en él. Por un momento fugaz la observó como quien se maravilla de algún espectáculo circense. A Edgar le desagradó lo que aquella mirada expresaba, como le desagradaba prácticamente todo lo que provenía de él.

El detective sonrió de improviso, volviendo más grotesca su explicación.

– Hay razones psicológicas para mantener un recuerdo fuera de lugar, por mucho tiempo...– comenzó a decir.

¡De modo que Bordone era toda una caja de sorpresas con sus comentarios!

– Sé a lo que se refiere – indicó Isadora con la voz endurecida por un incipiente enojo – Y no me dejaré impresionar por eso.

Se interrumpió en el punto en que había pensado en agregar que toda una cohorte de psiquiatras, a lo largo de su vida, lo había mencionado alguna vez. Pero, de pronto, creyó que aquello no ayudaría en su posición frente a la policía...cualquiera fuera ésta. Y eso, sencillamente, terminó por enfurecerla con aquel petulante.

A esta altura, la sonrisa de Bordone había desaparecido con la misma rapidez con que se había dibujado en su boca de gesto desdeñoso.

– ¿Es usted una avezada conocedora de sus reacciones *inconscientes*, señorita Vander Kooy?

La pregunta le había sonado insultante –no por su contenido sino por las formas. Y la expresión "inconscientes" tenía todo el aspecto de haber sido remarcada adrede.

Su "niña asustada" y su "adolescente perdida" la observaban desde algún lugar del pasado. Y lo hacían, incitándola a defenderse. Era seguro que jamás podría regresar a ellas, pero ellas, en cambio, podían buscarla para recriminarle cosas, todo el tiempo.

– ¿Qué clase de pregunta es ésa?

Edgar acababa de reaccionar del modo menos profesional posible. Pero avanzó hacia Bordone, ostentando su propio enojo. No iba a permitir que tratara a Isadora como a una paciente en el manicomio.

Modiliani se vio obligado a intervenir. Y, a su pesar, no fue precisamente delicado al hacerlo.

– ¡Tendrá que alejarse de la oficina, comisario! – exclamó – ¡No puede mezclar aquí cuestiones personales y lo sabe!

Había alzado la mirada, desde su lugar detrás del escritorio, enfrentando a Edgar sin ningún miramiento.

– Lo siento...– no pedía disculpas, en realidad. Estaba siendo tan sarcástico como había aprendido de Bordone – Si acaso esta clase de interrogatorio también forma parte del procedimiento... ¡no es como hacemos las cosas en Río Ballais!

– ¡Las defensas locales no me conmueven! – gritó Modiliani, verdaderamente exasperado – Por favor...salga de aquí antes de arruinarlo todo.

Isadora se volvió hacia él con una mirada agradecida pero suplicante.

– Está bien, Edgar – dijo – Haz lo que el detective Modiliani te pide.

La tensión del clima hizo que tardara su tiempo en reacomodarse. El comisario abandonó el lugar dando un portazo, en tanto Demetrio se ocupaba de servir café a todo el mundo, como si eso contribuyera a calmar los ánimos.

Bordone había dejado de lado su actitud, aunque aún parecía disfrutar de haber causado la ofuscación de Edgar. Adriano Bug se había vuelto "invisible" para la ocasión y permanecía en el fondo del despacho, en silencio y cabizbajo.

Finalmente, el Detective Inspector logró recuperar su aplomo y regresó su atención a Isadora.

– De acuerdo, señorita Vander Kooy – dijo, aclarándose la voz – Voy a aceptar en forma definitiva su explicación acerca del sueño. Claro que...con esto no vamos a ninguna parte.

A Isadora no le importaba demasiado. Se sentía íntimamente conmovida por la experiencia de haber revelado para sí misma, la identidad del hombre pálido. Que los demás reaccionaran como quisieran, porque ella no le iba a quitar un ápice a su verdad.

– Ha tenido usted un verdadero arranque de mal genio, detective Modiliani – se limitó a expresar – En ocasiones, eso es lo que suele ocurrirme también a mí.

– ¿En serio? – La pregunta no parecía incluida entre las ironías – Es imposible que una dama como usted caiga en esa clase de exabruptos...

Isadora temió, por un momento, haber manifestado más de lo debido acerca de sí misma. Con la policía, nunca se podía saber cuándo se decía lo conveniente. De todos modos, sonrió complacida.

– Me halaga su concepto de mí, detective.

– ¿Volvemos al tema que nos ocupa?

Isadora lo miró, interrogante.

– Me refiero a sus sueños – le aclaró Modiliani – Hábleme de ellos.

– Lo haré. Siempre que antes me diga qué verdadera razón lo impulsa a registrar mi casa. Creo que eso está un poco confuso para mí. Y, en realidad, he venido hasta aquí para preguntárselo...

Quizás, por un breve instante apenas perceptible, midieron sus mutuas fuerzas en una mirada que sólo trataba de disimularlo, lográndolo apenas. Modiliani sabía que Isadora no le perdonaría fácilmente el supuesto "arranque de mal genio" con el comisario, aun cuando esto hubiera servido para dejar en evidencia cuánto estaba él dispuesto a defenderla. Isadora, por su parte, no desconocía que el cargo de Detective Inspector no se obtenía sino en base a méritos y virtudes policiales, de ésas que convertían a su poseedor en una especie de sabueso sagaz y atento a todos los detalles a su alrededor. Ambos se temían, sin habérselo hecho saber el uno al otro en ningún momento.

– Si ha habido un usurpador en su casa – comenzó a explicar Modiliani, aceptando las reglas de juego – queremos saber quién es. En primer lugar, y por el modo en que ha procedido, parece alguien bastante desquiciado. En segundo lugar...queremos saber si es el asesino de Marco Lorenz o está relacionado con el crimen, de alguna manera.

– ¿Qué le hace sospechar eso? – Isadora había comenzado a inquietarse, como le ocurría cada vez que surgía aquella posibilidad.

– ¿Y qué es lo que no me lo haría sospechar? Tengo que descartar hechos y circunstancias, señorita Vander Kooy. De eso se trata mi trabajo...

– ¿Podría llamarme por mi nombre de pila? – preguntó, de pronto – Lo de "señorita"...a mis cuarenta y tres años...

No concluyó su frase pero meneó la cabeza con desaprobación. El Detective Inspector sonrió y, por primera vez desde que ella se sentara frente a su escritorio, percibió un gesto humano en su expresión.

Edgar fumaba con fruición el cigarrillo que había encendido, después de quince años de haber dejado su adicción al tabaco. Demetrio, que finalmente lo había acompañado a su "exilio" fuera del despacho, lo observaba sorprendido.

Estaban apoyados contra el parapeto del pequeño *hall* de ingreso al destacamento, uno con la mirada perdida en el paisaje de la calle, y el otro, más bien pendiente de una próxima reacción.

Como el silencio que se había instalado, persistía, el ayudante arremetió con la lógica propia de sus pensamientos.

– Si querías congraciarte con Isadora después de que viera lo que le ocurrió a tu rostro, creo que lo has conseguido por salir a defenderla con ese ímpetu.

Edgar volvió su mirada para intentar matarlo con ella.

– ¿Te has vuelto loco? – preguntó, sin sorprenderse demasiado, no obstante, por un comentario más, fuera de lugar, de su parte – ¡Eso no ha tenido nada que ver!

– No digo que tuviera que ver. Digo que...fue conveniente.

– ¿Quieres dejar de fastidiarme? ¡Estoy verdaderamente molesto con Bordone, con Modiliani y *también* con el detective Bug! ¡Por favor, no te sumes a la lista!

Demetrio volvió a hacer silencio por un momento, que no duró demasiado.

– No me trago eso de que Isadora me reconociera. Éramos apenas unos niños por entonces. Tú debiste hablarle de mí...

– Tal vez lo hice, no lo recuerdo. ¿Y qué?

– Era sólo un comentario...

Demetrio calló y puso su mirada al frente, desentendiéndose de Edgar. Obviaente era un mal momento para conversaciones.

– ¿Cultivaban jazmines en los jardines de la casa?

Isadora se sorprendió con la pregunta.

– Creo que...no – respondió, dubitativa – Pero tampoco puedo asegurarlo. ¿Por qué?

– Porque usted ha dicho que vio algunos jarrones con flores sobre los muebles. Creo recordar que mencionó jazmines...

– Nunca se lo dije a usted...

Otra vez la mirada de gélido disgusto asomaba a su rostro, perdiendo una vez más su suavidad.

– Se lo dijo al comisario Dutra, lo sé – admitió Modiliani, algo impaciente – Pero no perdamos tiempo con ningún prurito.

– No lo haré – aceptó ella, resignada a ahondar un poco más en la infidencia de Edgar – Lo que no comprendo es qué importancia pueda tener que se trate de jazmines.

El Detective Inspector sabía que debía salir de aquel lugar, inmediatamente.

– Bien – dijo – Es algo en relación con la investigación y está bajo secreto. De todos modos, ya nos ocuparemos de saber si las flores pudieron provenir de otra parte.

Isadora bebió un sorbo de su café que le supo amargo. Además, se había enfriado, tanto como su ánimo. Lo abandonó sobre el escritorio con un gesto de desagrado.

– Le contaré los detalles de mi sueño – dijo – Quiero que sepa, exactamente, cómo aparecía...el hombre pálido en él.

La puerta del destacamento se abrió y, una vez más, una ola de frío del exterior penetró en el lugar. Edgar y Demetrio regresaron y sin decir palabra, se instalaron en la oficina detrás de la mampara.

Isadora los vio pasar a su lado y notó el desafío que había en la actitud de Edgar. Era como si estuviera diciendo "nadie me saca de mi propio despacho".

Se recostó delicadamente contra el respaldo de la silla antes de encarar el tema. Finalmente, con una voz sombría pero firme, comenzó a hablar.

– El escenario del sueño es el mismo en el que transcurrió mi infancia. Se trata del pequeño puente sobre la calle del pueblo, donde solían arremolinarse los vendedores de baratijas en otro tiempo. Todo eso ha cambiado por completo...Allí nos gustaba detenernos a jugar, a la salida de la escuela.

– Lo sé – la interrumpió Modiliani – El ayudante Loggino ya lo contó.

– Por lo que veo, han estado hablando de mí a lo grande.

Si había enojo en su expresión, supo ocultarlo tras una sonrisa un poco forzada.

El detective le sonrió, a su vez, simplemente aguardando a que avanzara con su relato.

– Sin embargo – continuó Isadora, superando su propio comentario– las escenas no dejan dudas acerca de su pertenencia al presente.

– ¿Por qué lo dice?

– No sólo por la presencia de Marco Lorenz. Quiero decir...ahora sé que se trata de él. ¡Que, además, tiene ese horrible aspecto de estar muerto! Sino también porque hay un detalle que me desconcierta al principio...Junto al puente, hubo en el pasado una joyería que ya no puedo ver allí. Y eso coincide con el tiempo actual. Hay otro comercio en su lugar...

– Usted las llama "escenas del presente" – meditó Modiliani.

Isadora asintió, en silencio.

– ¿Alguna vez leyó a Freud, señorita?

Bajo el mismo mutismo, negó con un movimiento de la cabeza.

– Su teoría sostiene que en todo sueño se repiten los hechos de nuestro pasado infantil. Y alguna idea que ha concitado nuestra atención durante el día, se asocia como resto, para crear la ficción del sueño.

– ¡Qué interesante! – manifestó Isadora, preguntándose adónde quería llegar el detective con aquella explicación – En mi caso, la premisa parece cumplirse al pie de la letra.

– En parte sí – sostuvo Modiliani – Pero me llaman la atención los elementos anticipativos.

Por primera vez en toda la velada, se puso de pie y comenzó a caminar por el despacho, cuidando de permanecer dentro del campo visual de Isadora. La escena se volvió grotesca para ella. Se sentía a punto de comenzar una de sus sesiones terapéuticas, como tantas veces en el pasado. Ahora, se dijo, el policía se transformaba en psicoanalista, buscaba su libreta de anotaciones y comenzaba con las preguntas indiscretas. Pero en lugar de incomodarla, la situación se le puso por demás de graciosa. Y, de pronto, se echó a reír con una frescura que nadie había esperado de ella en esa ocasión. Consciente del modo en que todos la observaban, se sintió obligada a decir algo.

– Disculpen... – concluyó – Por un momento creí que... ¡Oh, por favor, olvídenlo!

Adriano Bug se acercó, abandonando su llamativo hermetismo.

– Sí, a veces el Detective Inspector Modiliani actúa como un verdadero terapeuta – dijo, repentinamente atraído por la escena, bajo un agudo movimiento de comprensión acerca de lo que había causado su hilaridad – Pero no se confunda, Isadora. Jamás deja de ser un policía...

Aquello último parecía haber sido una advertencia para alguien. Aunque nadie supo claramente a quién iba dirigida.

– Me refiero al hecho de que haya podido ver en su sueño a Lorenz muerto y a la joyería desaparecida – continuó Modiliani, sin tomar en cuenta el comentario del detective Bug ni la reacción de Isadora – Usted no tenía forma de saber nada de esto por el tiempo en que lo soñó...

– Un sueño premonitorio – estableció Bordone.

– Tal vez, en parte – Isadora parecía ocupada en sus propias presunciones – En realidad, mi sueño se despliega en varios episodios. Y no los he soñado a todos en una misma noche...

– Premonitorio y recurrente.

Modiliani se impacientó. Nunca había sido partidario de poner nombres y rótulos a los hechos. Consideraba que, en algún sentido, eso los constreñía a ser tratados de una única manera esquemática. No era algo conveniente para una investigación policial.

– Deme los detalles, Isadora – volvió a su lugar detrás del escritorio – No es lo que pensé en un principio, pero ahora creo que puede haber algo más en ese sueño...No sé, esto es apenas una corazonada.

La tarde transcurría bajo una fuerte amenaza de tormenta. Nora escrutaba tras la cortina de la sala, preguntándose si acaso Gervasio, que como todos sabían, apenas razonaba como un niño, acudiría a su casa. Tal vez le temía a las tormentas o, tal vez, simplemente había olvidado su encargo o había extraviado el papel con la dirección.

Se estaba arrepintiendo de haberle confiado aquella tarea. Tenía fama de ser fuerte y darse maña para el trabajo físico, pero ahora dudaba que ésas fueran virtudes suficientes para lo que le había encomendado.

De todos modos, ya era tarde para arrepentirse. No le quedaba más remedio que aguardar por él, si acaso se decidía a llegar.

Finalmente, lo vio acercarse hasta el borde de la escalinata del frente. Traía un pequeño bolso consigo, donde seguramente guardaba algunas herramientas de trabajo. ¡No era tan tonto, entonces! La sola idea la enterneció y, con una sonrisa de bienvenida, salió a recibirlo.

– ¡Hola, Gervasio! – Lo saludó desde la puerta entreabierta – ¡Sube para que te explique lo que debes hacer! ¡Pero no vayas a resbalar sobre los peldaños que necesitan reparación!

Seguía hablándole a los gritos aunque ahora parecía justificado por la distancia. Gervasio comenzó a ascender uno a uno los escalones, hasta quedar frente a ella. La miró largamente...

Y a Nora, siempre dispuesta a dejarse admirar, no le gustó el modo en que lo hizo.

– El se acerca y yo comienzo a sentir miedo por su presencia. Quizás no al principio. Pero llega un momento en que su mirada se me vuelve insoportable. No termino de comprender sus intenciones...

– Se refiere al que usted llama "el hombre pálido" – comentó Modiliani, nada más que para asegurarse que no había perdido el hilo de la explicación.

– Quien, en realidad, es Marco Lorenz – aseveró Isadora – Pero no es el único que está en el puente. Hay otras personas con nosotros...

– ¿Quiénes son? ¿Puede reconocerlos?

– La mayoría son niños – sin darse cuenta buscó la mirada de Demetrio como si hubiera necesitado corroborar que él no había estado allí, en su sueño, como lo había estado en el pasado real – Están por detrás de mí. En realidad, no veo sus rostros, pero sé que están allí, jugando quizás. Y hay, además, una mujer...

El silencio en el despacho había adquirido una densidad mórbida. Todos estaban pendientes de aquel relato, de un modo casi obsesivo. Para tratarse de algo que había sido menospreciado en su importancia por Modiliani, ahora era evidente que le insumía toda la atención.

– Está haciendo sus compras entre los vendedores callejeros. A ellos no los veo, pero sé que están allí, ocultos en medio de las sombras que se extienden a mi alrededor. Y no puedo saber quién es ella, porque se encuentra de espaldas a mí...

El Detective Inspector pensó que era un relato fascinante. No importaba que no aportara absolutamente nada a la investigación del crimen. Las palabras de Isadora vibraban bajo una extraña emoción relacionada con la intensidad de algo tan íntimo y conmovedor que casi parecían sugerir que, en un punto, el sueño y la realidad se confundían.

– El sonido de las aguas corriendo bajo el puente me da cierta calma y alegría. Me tranquiliza, en algún sentido. Hace que la presencia del hombre pálido no resulte tan...ominosa. Al mismo tiempo, espero que mi padre pase a buscarme en cualquier momento. Está oscureciendo y hay una idea de peligro en el aire que, en realidad, no proviene de mí.

– *¿En realidad*, señorita Vander Kooy? ¡Usted sólo lo está soñando!

Todos pegaron un respingo como si un resorte se hubiera cortado repentinamente, después de haberse tensado hasta lo inaudito. Esta vez, toda la atención se desvió hacia Bordone, por su comentario fuera de lugar. Modiliani temió otra reacción por parte de Edgar, de modo que alzó una mano en el aire para indicar que no estaba dispuesto a soportar esa clase de interrupciones. Con ese gesto, Isadora se sintió confiada para continuar su relato.

– Si la escena repite lo que verdaderamente ocurría cuando regresábamos de la escuela, por aquel tiempo, y *eso* es lo que quise decir – remarcó, rencorosa – mi padre nunca se había enterado por entonces que nos deteníamos allí por un par de travesuras antes de volver a casa...

Demetrio asentía, compartiendo la parte perdida de la magia de aquellos recuerdos.

– De modo que jamás hubiera ido por mí hasta el puente. Por mí o por mi hermana...

– Anabel – confirmó Modiliani.

– De eso quiero hablar, precisamente – aclaró Isadora, alterándose – ¡Yo no formo parte de mi propio sueño! ¡No estoy allí! Simplemente... ¡yo soy Anabel!

La tensión volvió a electrizar el aire. No era más que una cuestión reactiva a los sentimientos de Isadora, deslizándose bajo sus palabras como pequeñas tempestades subterráneas.

– Bueno... – su voz temblaba ahora, expuesta a su propia inermidad – Que no estoy allí, no es más que un modo de decirlo. ¡Claro que estoy! ¡Sé que soy ese niño que, de pronto, se destaca en medio del grupo y...comienza a acercarse para hacerme daño! ¡Necesito cambiar mi identidad para sobrellevar el episodio en que Anabel...es decir yo misma en el sueño, soy torpemente empujada...para caer desde el puente! Pero esto jamás llega a suceder. Me despierto antes. Un modo de restañar la horrible realidad de lo que verdaderamente ocurrió...

Cuando Isadora intentó volver a aferrar la taza de café que había abandonado antes sobre el escritorio –quizás olvidando lo mal que sabía– mostró sus manos que habían perdido firmeza y dejó escapar un ronco sollozo.

Edgar corrió a su lado, pero esta vez ella lo apartó. Simplemente, decidió proseguir hablando como si la amarga catarsis hubiera llegado, por fin.

– Entonces...por ese maldito episodio en el puente...mi padre supo...aquel maldito día...que nos habíamos detenido a jugar...esa tarde, al menos. ¡Y jamás...*jamás* preguntó nada más! No sé si alguna vez se enteró...o sospechó que ésa era nuestra rutina casi a diario. En realidad...él nunca preguntó ni averiguó *nada* acerca de aquel horrible día. Quiero decir...sólo se limitó a mirarme en silencio, hasta el día en que murió. Tal vez...fue su modo de perdonarme, aunque nunca lo haya mencionado.

Y el telón cayó. Pero, desde luego, no hubo aplausos. Todos permanecieron en silencio, impresionados por aquel dolor de una vida que, una niña atravesada por la tragedia, traía de regreso, desde el oscuro fondo del pasado.

– ¿Estás segura de ser Anabel en tu sueño? ¿Cómo lo sabes?

Era Demetrio quien lo preguntaba. Con su vozarrón, logró romper la tensión del momento y hacer que todos dejaran de lado su propio anonadamiento. Isadora tuvo fuerzas para recomponer su ánimo. Secó sus lágrimas y suspiró hondamente.

– Me doy cuenta que siento y pienso como ella. Mi verdadera personalidad no está en mí y, además, todo el tiempo veo la pulsera de Anabel, colgando de mi brazo. Con sus diez dijes florentinos de gemas engarzadas...

Modiliani se echó hacia atrás repentinamente. Y, por un instante perdió el aliento. Fue el momento en que supo que, después de todo, *sí* había tenido una corazonada. Ni siquiera comprendía el sentido de todo aquello. Pero estaba allí...

Había llegado al primer hito de un largo camino de enigmas.

Quizás, en esta ocasión, no podía sentirse *molto felice*. Ni estaba en ánimo de tararear la muletilla y despejar así su malestar.

Gervasio podía recordar esta vez, todo lo ocurrido. Cada pensamiento era un mundo de detalles insoportables. La sonrisa de bienvenida de la mujer que había conseguido hacerle hervir la sangre, había resultado una mentira atroz. El no sabía exactamente en qué consistía una mentira ni qué se sentía al mentir. Pero sabía que las personas eran capaces de hacerlo de muchas maneras: ocultando, negando, simulando. Y aunque no podía pensarlo en esos términos, la sensación que lo embargaba en ese momento le permitía vislumbrar cómo eran estas cosas, en algún sentido.

También se recordaba a sí mismo, en medio de la afanosa tarea de remover los dos grandes bloques de piedra que formaban parte de los peldaños invadidos por un musgo aterciopelado y resbaladizo que los volvía peligrosos para cualquiera que los subiera desprevenido.

En algún momento, el contacto con la áspera superficie de las piedras trajo a su memoria lo sucedido en casa del señor Lorenz. Y este recuerdo lo agitó aún más que la cercanía del irresistible perfume en la piel de Nora Duplay.

Pero, afortunadamente, consiguió superarlo para poder concluir un trabajo que fue apreciado y ponderado adecuadamente. Se había magullado un par de dedos pero eso ya no tenía ninguna importancia.

Entonces, él también sonrió y aguardó por su paga. Fue *verdaderamente* feliz cuando ella extendió su mano y, con inesperada delicadeza, acarició su mejilla sucia y sudorosa. Pero cuando él intentó devolver el gesto, ella retrocedió asustada. Sabía muy bien lo que expresaban sus ojos. Había sentido repulsión, como si la hubiera tocado una alimaña infecta. Eso era lo que manifestaba *exactamente* su mirada. Y Gervasio se dijo que no era algo bueno para él...

Ahora, de regreso en su casa, sollozaba y moqueaba, dolorido por aquella experiencia de rechazo. Y aunque no era algo que le ocurría por primera vez ni sería, seguramente, la última, había tenido el efecto de ser fuerte y penosa en particular. Como si le hubieran retirado de entre las manos, un vaso de agua fresca que se disponía a beber en medio de la sed abrasadora del desierto.

Enjugando las lágrimas de a ratos, comenzó a revolver entre las herramientas de su bolso. Buscaba un pañuelo que siempre llevaba con él. Lo encontró, desde luego, pero estaba manchado con sangre...

TRECE
PROFUNDIDADES

En el destacamento policial, los hechos se sucedieron del modo más inesperado y vertiginoso.

Modiliani no olvidaba que ése había sido el día elegido para profundizar en lo que él llamaba los "cabos sueltos" de la investigación: el teléfono celular desaparecido, la caja de fósforos manipulada, el enigmático portarretrato, la utilización de una sustancia paralizante contra la víctima y ahora, además, una misteriosa mujer vestida de negro que, a todas luces, había sido partícipe o cómplice del crimen.

Con su larga experiencia de viejo policía sabía que, muchas veces, arrojar sobre el tapete los cabos sueltos como dados tirados al azar producía efectos inesperados, según la disposición que adoptaran. Tanto Bug como Bordone estaban preparados para el desafío y conocían muy bien el modo de proceder con todas las posibilidades que pudieran surgir. De tanto en vez, el recuerdo de algún caso de similares características o la comparación de situaciones, extrañas o no, podían ayudar en la búsqueda de pruebas y conclusiones. Esto siempre era bueno cuando ocurría y Modiliani no ignoraba cuánto podía llegar a despejarse ocasionalmente, aun en los casos más oscuros, procediendo de esta manera. De modo que ésa había sido la idea desde un principio, a pesar de lo mucho que todo se oponía al esclarecimiento, al menos hasta el momento. Desde luego que esto era considerado como "ayuda de barricada" en la jerga y no formaba parte de la rigurosidad investigativa.

Pero la llegada de Isadora Vander Kooy había cambiado sustancialmente aquel plan. Y cuando todos le escucharon mencionar la pulsera de su hermana quedaron impactados por la sorpresa. ¡Su descripción se correspondía en todos sus detalles con la que ellos habían desenterrado del jardín de Marco Lorenz! Y, por supuesto, esto quedó corroborado en forma fehaciente, cuando el Detective Inspector, convencido de lo que estaba haciendo la exhibió frente a ella...

No se había equivocado –una vez más su corazonada había funcionado del modo correcto– al establecer la idea de una relación hasta ahora muy misteriosa, entre el crimen y ciertos hechos del pasado que implicaban a esa mujer de regreso al lugar donde la felicidad de la infancia y el dolor de un desenlace por demás de trágico en su vida, cuando apenas empezaba a vivir, habían determinado aun de forma equivocada al tomar en cuenta los primeros datos a disposición, aquello que le había hecho expresar su presunción, ahora confirmada.

Isadora, por su parte, sin dar crédito a lo que tenía ante sus ojos, había tomado entre las manos la pequeña bolsa plástica en cuyo interior se destacaba la pulsera, para no dejar en ella ninguna duda al respecto. Su mirada se había empañado en lágrimas, en ese preciso momento.

– Es... ¡es la pulsera de Anabel! – Atinó a exclamar entrecortadamente – ¿Por qué la tienen ustedes? ¿Dónde la hallaron? ¡La he dado por perdida desde siempre!

– ¿*Desde siempre*? – Era Bordone quien lo había preguntado, demostrando una ansiedad particular – ¿Qué quiere decir exactamente con eso?

Ella parecía tan apenada como confundida.

– Difícilmente olvidaba usarla – manifestó, mientras se esforzaba en recuperar un tono de voz adecuado – Por lo que es probable...que la llevara puesta el día...de...su caída del puente. Jamás volví a dar con ella y seguramente habré pensado que la había perdido en el río...al caer. ¿Es allí donde la encontraron?

– No, Isadora. No ha sido en el río – le había asegurado Modiliani – Pero, de momento, tampoco le diré adónde.

– ¿Por qué no? ¡Tengo derecho a saberlo!

– Lo siento – se mostraba inmutable – Es algo que está bajo secreto de investigación. No puedo decírselo...

Quizás, Isadora hubiera luchado con todas sus fuerzas por conseguir aquella información. Pero no tuvo tiempo de hacerlo, porque un alterado vecino del pueblo ingresó al destacamento con grandes aspavientos.

– ¡Ha habido otro crimen! ¡Ha habido otro crimen! – gritaba, atónito.

El cielo se había oscurecido como si hubiera sido plena noche a las cinco y treinta de la tarde. Sobre el limbo lejano de los nubarrones, el destello de los relámpagos iluminaba sus abultadas formas y volvía más ominosa y amenazante la oscuridad que los envolvía, al desaparecer la intermitente luz.

No tardaría en desatarse una terrible tormenta. Su presencia se olía en el aire, cuando los detectives llegaron a la casa de Nora Duplay, para encontrarla tendida sobre la escalinata de la entrada, con signos de haberse roto el cuello, quizás como producto de una caída accidental.

Le habían pedido expresamente a Edgar que no se acercara al lugar. En realidad, había sido el detective Bug quien se lo había pedido. Sabía que la víctima de aquel accidente o crimen había sido alguien muy "allegada" a él, por llamarlo de algún modo. Bordone y Modiliani no habían permanecido exentos de conocer el corrillo de chismes del pueblo y, tal vez, este último, con un poco más de consideración por el comisario, se había limitado a acordar con la propuesta de Bug, en cuanto a la problemática circunstancia. En el fondo, creía que aunque sus sentimientos hubieran variado sustancialmente, lo mejor sería evitarle la desagradable situación de toparse con el cadáver de su antigua amante.

Bordone, en cambio, había expresado uno de sus ácidos comentarios, aunque se había cuidado esta vez de no ser escuchado por Edgar.

– Primero matan a su mejor amigo y ahora a la mujer con la que se acostaba. Siempre se trata de alguien de su círculo más íntimo. ¿No es llamativo?

Adriano Bug había disfrutado de aquellas palabras, aun habiéndolas considerado excesivas e innecesarias. Pero el Detective Inspector las había rechazado por improcedentes.

– En Nueva York o en París, tal vez. ¿Pero en un pueblo de las dimensiones de Río Ballais? ¡Claro que no es llamativo!

Los hombres sabían que la conclusión de Modiliani era tan válida como la redondez de la luna. Podía tener uno su inquina personal con el comisario y el otro, su desagradable deformación profesional, pero eran policías avezados y no podían dejar de admitir el razonamiento del jefe.

Este observó el cielo con preocupación.

– Va a comenzar a llover en cualquier momento – dijo – Y lo hará torrencialmente. Será mejor que tomemos las principales muestras cuanto antes. Porque sea accidente o crimen, las evidencias se lavarán sin remedio...

La presencia de los vecinos no se había hecho esperar. Mientras los detectives se colocaban sus guantes y tomaban hisopos y bolsas plásticas, eran conscientes de los murmullos incrédulos a sus espaldas.

Afortunadamente, habían llegado a tiempo para impedir que avanzaran más allá del límite de la calle, para poder evitar así el desastre de rastros de pisadas que había generado tanta confusión en el jardín y la galería de la casa de Marco Lorenz.

Había algo discordante en la escena. Modiliani y sus hombres lo percibieron enseguida. Era algo que no encajaba bien en la teoría de un probable accidente. Podía pasar como tal en un primer momento y, quizás sería conveniente de sostener esta conclusión por un tiempo prudencial y por dos razones valederas. No estaría nada mal convencer a los vecinos que sólo se había tratado de una lamentable y fatal caída sobre la escalinata, para mantenerlos al menos bajo cierta tranquilidad e impedir que un incipiente pánico se apoderara de ellos, con la idea de un asesino suelto en el pueblo donde, supuestamente, todos conocían a su vecino de al lado.

Por otra parte, si acaso se trataba, efectivamente, de un nuevo crimen y de la misma persona que lo había cometido, era mejor que el asesino terminara creyendo que los tontos policías se habían equivocado esta vez. Quizás, hasta se había esforzado por darle una verdadera apariencia de accidente, como si…

Modiliani detuvo sus pensamientos exactamente en ese punto. Acababa de descubrir algo más que no encajaba en el feo asunto.

Demetrio presentía que Edgar e Isadora tenían demasiados temas que abordar, sobre todo a partir de la noticia que había llegado al destacamento, por lo que se había recluido en la oficina interior para proporcionarles intimidad.

Afuera, había comenzado a diluviar…

– ¡No me siento afectado por su muerte en el sentido que lo insinúas!

Isadora no intentaba disimular su resquemor.

– ¡Vi tu expresión demudada, Edgar! ¡No puedes negarlo!

Estaba mucho más molesta consigo misma que con él, porque no le agradaba lo que acababa de descubrir en sus propios sentimientos. Se había convertido en una mujer completamente ofuscada por sus celos y eso la obligaba a sentirse desilusionada de lo que le ofrecía la realidad. ¿Por qué tenía que estar tan brava con Edgar? ¿Porque había mantenido un amorío con una mujer con quien no sólo había terminado a partir de estar con ella, sino que además, ahora ya estaba muerta? ¿No había creído por entero la historia del rasguño en su rostro, tal como finalmente se la contara? ¿O era, en todo caso, su falta de experiencia en relaciones amorosas –al menos en las serias y duraderas– lo que la impulsaba a esa horrible desconfianza?

En el fondo, creía que era lógico que Edgar se hubiera sentido afectado por la muerte de Nora Duplay, sencillamente porque había estado con ella el tiempo suficiente para no poder reaccionar a eso con ninguna clase de indiferencia. De haber sido así, ella no lo hubiera comprendido. De modo que su actitud para con él era odiosa y absurda, pero lo peor de todo era que, igualmente, deseaba hacerle notar su injusto malestar.

– ¡Cómo voy a negarlo! – Exclamó él, un poco exasperado – ¿Qué esperabas que hiciera? ¿Echarme a reír o algo parecido?

– No lo sé – se limitó a responderle. Y decía la verdad porque íntimamente todo lo que sobresalía en su disgusto era su propia contradicción acerca de lo que sentía.

– No creo que estés en un buen momento, Isadora – manifestó Edgar, convencido de su confusión – No después de haber narrado tu sueño, ver la fotografía de Marco y la pulsera de Anabel. Será mejor que dejemos esta conversación para más tarde.

– ¿Por qué? – Preguntó ella, desafiante – ¿Temes que siga hablando de lo que te incomoda? ¿Que te pregunte, por ejemplo, dónde encontraron la pulsera y tengas que responderme que no me lo dirás porque actúas como un policía?

Edgar entrecerró los ojos para observarla como si la viera por primera vez y permaneció un momento en silencio. Parecía estar meditando en algo mucho más profundo que todo eso.

– No...– terminó por decir con una voz enronquecida por su propia decepción – Sólo estaba preguntándome por qué te comportas todo el tiempo a la defensiva conmigo. Pero ni siquiera deseo que me respondas...

La puerta del destacamento se abrió y los detectives, empapados como esponjas, ingresaron al despacho para obligarlos a dar por terminada la conversación.

Edgar se volvió a mirarlos, tenso y preocupado.

– Y bien... ¿Qué fue lo que ocurrió exactamente? – les preguntó, superado por la ansiedad.

– Pudo haber rodado por la escalera, fracturándose el cuello – comentó el detective Bug.

– ¡Claro! ¡No ha sido un crimen sino un accidente! Hay unos peldaños cubiertos de musgo y se han vuelto muy resbaladizos. Había que andar con cuidado en esa parte.

Edgar se dijo que, afortunadamente, "*había que andar*" indicaba con toda claridad que el presente quedaba taxativamente excluido para él. Esperaba que Isadora hubiera pesquisado aquella expresión aunque se sentía lo bastante enfadado con ella para no señalárselo él mismo.

– Eso explica la reciente reparación en un par de peldaños. Nos llamó la atención ese detalle, si bien puede no significar nada importante. Sólo que el musgo ya no está allí – concluyó Bordone.

– ¿No lo está? – Se asombró Edgar – ¿Cómo pudo, entonces, resbalar?

– Tal vez...la "resbalaron" – manifestó Modiliani, quitándose un abrigo que chorreaba agua – Porque no se ha tratado de un accidente, aunque pudiera parecerlo a simple vista. Y les pido a todos discreción en este sentido. De momento, será mejor que todos crean que eso fue lo que realmente ocurrió...

Por supuesto, era Isadora a quien más parecían dirigidas aquellas palabras.

– ¿Podrá colaborar con nosotros en esto, señorita?

– Desde luego, Detective Inspector – dijo como susurrándolo – Desde luego...Y ahora me marcho para que ustedes puedan trabajar a sus anchas.

– Llueve torrencialmente, Isadora. La acercaré con el coche... – se ofreció, solícito, el detective Bug.

Pero alguien se ocupó de abortar aquel plan.

– Que lo haga el ayudante Loggino. Te necesito aquí... – Modiliani acababa de dar una orden de ésas que nadie se atrevía a cuestionar.

Cuando el clima se reacomodó en el interior del despacho, después que Isadora y Demetrio se marcharan, el Detective Inspector arremetió con las explicaciones del caso. Quería poner a Edgar al tanto de todo, a sabiendas de que eso era lo que correspondía hacer.

– Detectamos sangre y piel bajo las uñas de la víctima. Es el detalle que vuelve improbable la teoría del accidente...

Edgar se tomó la molestia de echar un "mal vistazo" a Adriano Bug. Aunque desde un principio lo sabía, había intentado jugar por un momento con su ingenuidad. Imperdonable, se dijo. Y volvió a prestar su atención a Modiliani.

– Obviamente, ha utilizado una vieja práctica defensiva con su atacante, clavándole las uñas...

– ¡Y vaya uñas que tenía! – Aclaró el detective Bug en su "nuevo" estilo mordaz – ¡Parece ser que se dedicaba a rasguñar a quien se le ponía por delante...si acaso tenía que defenderse, claro!

Edgar empalideció al escucharlo pero básicamente preocupado por la idea de otro crimen en el pueblo, pasó por alto la ironía.

– ¿Quién podría...?

– Cualquiera pudo hacerlo – arremetió Bordone, interrumpiendo su pregunta – La vida que llevaba esa mujer se prestaba para que algo así le sucediera un buen día. Como ven, he escuchado las habladurías de la gente...

– Pero también es posible que "cualquiera" coincida con el asesino que buscamos – explicó el detective Bug – Tendremos su patrón genético finalmente pero sólo si la suerte nos ayuda, alguna vez podremos encontrar algo con qué cotejarlo.

– Algo que tal vez, sólo tal vez, puede estar esperándonos en el baño de la casa Vander Kooy – agregó Bordone – ¡Oh, sí! Ese es el lugar ideal para dar con algo de material genético que..."cualquiera" pudo dejar allí, sin saberlo.

Edgar se sentía apabullado. Era como al principio, pensó, cuando el despliegue de procedimientos con que el equipo de detectives hacía su trabajo, le había proporcionado la idea justa de su escasa preparación para afrontar una investigación criminal, haciéndolo sentir disminuido.

– Aunque tenemos un pequeño problema... – la voz de Modiliani se escuchó áspera y sonora, en medio de aquellas elucubraciones. Era algo que se había guardado para sí hasta el momento, como le gustaba hacer para desesperación de los demás.

Con una mirada al grupo que lo observaba interesado, y apenas consciente de que todos esperaban otra inevitable "actuación" de su parte, hundió las manos en sus bolsillos y se dedicó al tema.

– ¿Se trata *efectivamente* del mismo asesino? No hay verdaderas coincidencias en el comportamiento criminal. Quiero decir...el móvil más fuerte que establecimos con respecto a la muerte de Marco Lorenz fue el de una venganza. Ningún robo en una casa atestada de objetos valiosos, la *miocicaína* inyectada con el propósito de inmovilizarlo por un tiempo, el portarretrato surgido de la nada, la pulsera de Anabel Vander Kooy enterrada en el jardín. ¡Todo esto sí que tiene un sentido oculto y válido para el asesino! ¿Pero qué hay en este nuevo crimen? La víctima aparece tendida...o arrojada sobre la escalinata de su casa con el cuello roto...Como si el propio atacante hubiera preparado la escena para imponer la idea de un accidente. O, en todo caso, su ataque sólo fue una acción impensada, surgida apenas de un impulso del momento. Como ven, no hay coincidencias en la modalidad de ambos crímenes. Ninguna, en lo absoluto...

– Sí, eso es raro – acordó Bordone.

– Mañana llega un equipo científico de La Ciudad. Se trata de la gente que nos ayudará con el registro en la casa Vander Kooy. Tenemos otra para agregar a la lista...la de Nora Duplay – concluyó Modiliani.

– Si los peldaños estaban reparados – meditó Edgar en voz alta, arrepintiéndose poco después de haberlo hecho – es porque alguien se ocupó de hacerlo. ¿Qué hay de quien estuvo allí con ese propósito? No es la clase de trabajo que hubiera encarado Nora por su cuenta. Debió pagar a alguien para que lo hiciera...

– Es una buena pista por dónde empezar – aseguró Modiliani.

Demetrio regresaba en ese momento, logrando que agua, frío y ruidos de toda intensidad se metieran en el despacho junto con él. A Edgar le causó cierta gracia amarga. Los días de lluvia parecían volver más ruidoso e insoportable a su ayudante. Pero detrás de aquel pensamiento, otro muy preocupante se instaló como una sombra. Todos sabían en el pueblo que para esa clase de trabajos había sólo una persona a quien la mayoría recurría...

El regreso a casa se le hizo largo y lleno de obstáculos. Había dejado de llover pero comenzaba a caer un aguanieve que transformaba en lodo resbaladizo y peligroso para la conducción, la tierra que el viento había arrastrado antes y que ahora se acumulaba en las calles.

Seguía molesto con Isadora pero se percataba de que el enojo se había convertido en fastidio y si se decidía a profundizar un poco más, quizás también en tristeza. Alimento para su parte neurótica – pensó– para la peor parte de sí mismo. Esa que podía llegar a deprimirlo hasta hacerle tomar las decisiones más desacertadas.

Si su ánimo se hubiera encontrado en mejor disposición, habría tenido un gesto de agradecimiento con Modiliani, por haber apartado al detective Bug de su intención de acompañar de regreso a Isadora y por su actitud de confianza hacia ella, al hacer su comentario sobre lo sucedido a Nora. Aun a pesar de su pedido de discreción. Pero había dejado pasar la oportunidad y sabía que ya no sacaría el tema.

¡Maldición! Estaba en uno de esos días de poca confianza en sí mismo. Sentía que formaba parte de una humanidad desquiciada que había aprendido, con resignación, a construir sus sueños bajo un cielo de estrellas vacías. Y que la mayoría de esos sueños no se cumplían jamás...

De cualquier manera, decidió que otros pensamientos todavía más preocupantes absorbían su atención, y que se ocuparía de ellos al llegar a casa. No quería distraerse mientras conducía, porque el pavimento no se presentaba como para desatenderlo.

¡Pero tampoco quería llegar a casa, joder! Había demasiado barullo en su cabeza como para desear una noche de aburrida rutina en su vida.

Gabino estaría visitando a Albertina si se había decidido a salir, a pesar del clima. Encontraría alguna nota suya sobre la mesa de la cocina. "Hay carne para calentar en el horno", o algo por el estilo. Desecharía la carne y se prepararía un emparedado de queso y mostaza, tal vez acompañado con un poco de sopa bien caliente. Más tarde se sentaría frente al televisor, sintonizaría el canal de deportes y se quedaría allí bebiendo un par de cervezas, hasta que le diera el sueño. Quizás, cabecearía un buen rato antes de tomar la decisión de acostarse. Quizás, Gabino llegaría antes de que lo hiciera, con tiempo para intercambiar un saludo y alguna pregunta anodina acerca de sus respectivas jornadas. Siempre se respondían lo mismo, de modo que esa parte ya se la sabía de memoria...

¡Oh, no! Esta vez había algo verdaderamente duro para comentar, como el día en que mataron a Marco. ¡Habían asesinado a Nora Duplay, la mujer que en los últimos años de su vida le había dado calor a buena parte de sus noches frías! Gabino llegaría a casa sin desconocer la noticia, porque nadie en Río Ballais habría dejado de comentarlo. Preguntaría si era cierto que se había tratado de un accidente y él le diría que no. Pero que fuera prudente con esa información porque las cosas estaban muy complicadas y...

¡Ay, qué horror! Repentinamente sentía que no tendría fuerzas para encarar toda esa explicación. No deseaba encontrar en la mirada de su hijo, aquella vieja expresión de reproche que alguna vez le dedicara tras la muerte de Adela. Nada más que en su imaginación era una especie de sombra que preguntaba solapadamente *"¿no habrás tenido algo que ver?"* y que dolía muy hondo porque ninguna respuesta parecía la apropiada.

Pero él sabía que lo peor de enfrentar, como aquella vez, era su propia pregunta interior: silenciosa y punzante como la mordedura de una víbora. "*¿Sientes verdadero dolor por su muerte?*".

Rompería el espejo antes de mirarse en él. Porque conocía de antemano que no podría acallar la respuesta. Estaba allí, enredada en medio de su peor pesadilla, transformada ahora en el mejor sueño posible...

Una estrella vacía menos, vagaba en su cielo negro. Un sueño que *sí* se cumplía: el peor, el innombrable, el que sólo dejaba un resabio de hiel mal degustada. "¡*Dilo de una vez!*"

No quería decirlo. ¡Claro que no quería! Pero el pensamiento se salía de su escondite y, obscenamente, se mostraba tal cual era...

"*Alivio*", se dijo, ya sin defensas, "*alivio es lo que siento, ahora que está muerta.*"

Supo que en ese amargo y solitario atardecer, tomaría sus cervezas muy lejos de casa...

Isadora y Alberta se habían quedado mirando, embelesadas, la despedida de Gabino y Albertina, bajo el reparo insuficiente del pequeño vestíbulo que desembocaba en el amplio patio de la hostería.

Por distintas razones, una y otra se sintieron atraídas por aquel arrobamiento. Eran la imagen viva de dos enamorados que sólo esperaban mieles y felicidad, en su paso ilusionado por la vida. Compartían la edad de los sueños más fecundos para acompañar el irrefrenable alboroto de sus hormonas. ¿Qué mejor combinación para hacer de una sonrisa y un beso, la promesa de amor más profunda?

– Se casarán el próximo verano – acotó Alberta – Ellos serán felices y yo... ¡tendré muchos nietos!

Isadora se volvió a mirarla y se alejó, por fin, de la escena que tanto la había abstraído.

– ¿Es...sencillamente *así*? – preguntó.

– ¿Qué quieres decir?

Quería decir tantas cosas. Pero la expresión de su amiga la desalentó para continuar.

– Nada – se limitó a responder – No quiero decir más que eso...

– Te preguntabas si la vida tiene que resultar tan bella y perfecta...

– Bueno. Si sabes a qué me refería... – no concluyó su frase porque la obviedad ya estaba expuesta.

– El miedo a que no lo sea y la seguridad de que no lo será, siempre están presentes en uno como un mal gusto en la boca – había un rictus de tensión en la expresión de Alberta – ¿Crees que no he temido ver crecer a Albertina en medio del sufrimiento...con su madre soltera, un padre inexistente y todos los chismes malintencionados del pueblo a su alrededor? Cuando mi padre murió pensé que la pérdida de su abuelo a quien ella adoraba, tenía que ser el máximo dolor que conociera. ¡No quería más de eso para ella! Ciertamente no sé cómo ha resultado pero mírala por ti misma...Es una buena muchacha que ha sabido encontrar el amor con verdadera sabiduría – entonces se encogió de hombros y se echó a reír – ¡Nada que ver conmigo!

– Sí...nada que ver contigo, gran bobalicona enamoradiza – ahora Isadora arrastraba las palabras para mostrar cierta complacencia con su propio comentario – Como si no te hubieras quedado con el mejor premio, después del apurón. ¡Tienes una hija maravillosa!

– Lo sé. Y es lo que acabo de decir...

– Entonces, la vida ha sido perfecta para ti.

Alberta contempló el comedor que ya había quedado vacío a esa hora de la noche. Los pocos huéspedes alojados fuera de temporada se habían retirado a sus habitaciones y el silencio que las rodeaba en ese momento, desapareció con el regreso de Albertina llena de algarabía.

– ¿Aún despiertas? – preguntó.

– Como tiburones – respondió su madre – Ve tranquila, hija. Yo me ocuparé de apagar las luces.

La muchacha se alejó con un andar cadencioso y una sonrisa que parecía destinada a no borrarse jamás.

– ¿Por qué tengo la sensación de que siempre estás comparándote con los demás para alimentar la idea de tu propia desdicha?

La pregunta tomó por sorpresa a Isadora. Habían quedado solas, frente a frente, y aquél no le parecía un buen tópico de conversación. No en ese momento. No en esa noche...

– Ahora soy yo la que no sé a qué te refieres...– trató de defenderse, a medias.

– Lo sabes muy bien y es por lo que acabas de decir. La vida no es perfecta para nadie...

Como si no diera verdadera importancia a sus palabras, Alberta echó las cortinas al ventanal mientras hablaba. Regresó hasta donde se encontraba Isadora pero, por un instante, una sombra de duda se instaló en su expresión. Volvió hasta el ventanal y, con una mano sigilosa, descorrió a medias una de las cortinas. Contempló el patio antes de activar el interruptor para dejarlo a oscuras. Una vez más observó a Isadora y se decidió por cambiar totalmente de tema.

Quería hablar de lo sucedido a Nora Duplay. Pero hubiera jurado haber visto una sombra, moviéndose en el patio para perderse luego en medio de la oscuridad. Seguramente, sólo lo había imaginado...

Era un monstruo. Ya no tenía ninguna duda al respecto. Sólo así se justificaba que aquel horroroso pensamiento hubiera invadido su conciencia, para dejarlo desnudo frente al espejo.

Se había detenido a beber en el único bar que permanecía abierto toda la noche. Roque, su propietario, era un insomne histórico del pueblo y conocía a cada uno de sus parroquianos por la clase de bebida que pedían y hasta por el modo de escanciar sus copas. Los dividía en ansiosos, festivos y deprimidos. En términos generales, todos pertenecían a alguno de esos tres grandes grupos, aunque muchas veces, llegaban a pasarse de uno a otro, después de unos cuantos tragos.

Pero tratándose del comisario Edgar Dutra, las cosas eran un poco diferentes. En primer lugar, sus visitas al bar no eran habituales, de modo que cuando ocurrían, Roque sospechaba que alguna espina mal clavada lo acercaba hasta allí. Apenas saludaba con una mano en alto y una media sonrisa, y enseguida se escabullía hacia el rincón más apartado que encontraba, con ánimo de no ser molestado. Bebía lo suyo y luego se marchaba sin haber cruzado una palabra con nadie. Sólo pedía dos o tres vasos de cerveza, como máximo. Nunca nada más fuerte que eso, lo que evidenciaba su intención de no perder la sobriedad, sino dedicarle su tiempo a alguna reflexión incómoda. No encajaba en ninguno de los grupos de Roque...

Cuando él en persona se acercó a su mesa para tomar el pedido, Edgar temió por un momento que lo hubiera hecho con toda la intención de hablarle de la inesperada muerte de Nora. Todos en el pueblo sabían o, al menos, sospechaban que algo había habido entre ellos y no sería fácil evitar a algún entrometido, arrimándose por averiguaciones de última hora. Sobre todo, porque suponían que el comisario debía estar al tanto de lo ocurrido y mucho más tratándose de su ex amante. Pero lo que más temió Edgar al ver al corpulento Roque acercársele, fue encontrar en su mirada lo mismo que alguna vez había visto en la de su hijo.

– Buenas noches, comisario. ¿Lo de siempre?

Una nota de perplejidad lo hizo parpadear, consciente de que sus visitas al bar eran lo suficientemente espaciadas como para haber impedido cualquier clase de rutina en la elección de su bebida. Aunque *siempre* pidiera cerveza. No dudó, en ese instante, que Roque era de los que no olvidaban ni pasaban nada por alto.

Hubiera preferido algo más fuerte en esta ocasión. Un buen vaso de whisky o ginebra habrían sido sus preferidos. Pero modificar un hábito que el propietario del bar parecía llevar tan bien apuntado en la memoria, habría sido un detalle chocante para el caso. Ni siquiera con esto, deseaba provocar alguna situación que lo llevara a preguntar algo inconveniente, sorprendido por el cambio.

– Sí – sonrió, complaciente – Una cerveza, por favor.

Roque lo observó detenidamente por un momento. Como si se hubiera percatado de su intención de pedir otra cosa. Y luego se alejó sin decir palabra.

Edgar hubiera deseado quedarse sentado allí, toda la noche. Hasta ser el último parroquiano en marcharse. Tenía tanto en qué pensar...Pero sabía de antemano que no lo haría. Porque eso sería lo mismo que confesar públicamente que se encontraba en alguna clase de aprieto moral. Y la muerte de Nora (aún no lo llamaba crimen, íntimamente) aparecería como la causa de cualquier actitud diferente que adoptara. No quería esa clase de sospecha sobre él. Además, esto no era toda la raíz de su preocupación...

Ya había enviado a la "trastienda" sus autorreproches más acuciantes y se sentía mucho más interesado en dedicar alguna reflexión a su reciente problema real: Isadora.

Al pensar en ella se maldijo por no haberse permitido, finalmente, su vaso de whisky. Después de todo, y aún siendo a su pesar una figura pública, a nadie tenía que importarle lo que él hiciera al final del día, cuando ya no estaba de servicio. "*Eres el comisario, estás de servicio las veinticuatro horas*", le recriminaba una voz interior. Pero había dejado a Demetrio a cargo, todos en el pueblo sabían que así era como funcionaban las cosas en el destacamento policial de Río Ballais y... ¡se estaba dando excesivas explicaciones a sí mismo!

Era un signo inequívoco del lugar al que habían llegado los hechos. *"Negación de negaciones"*, se dijo. Admitía sus propios argumentos como un chiquillo contrariado por la realidad. Hasta había aceptado la propuesta de Adriano Bug acerca de permanecer en el despacho esa tarde para evitar conmoverse innecesariamente ante la vista del cadáver de Nora. Sabía que su comentario había sido dicho con toda la intención de ponerlo en apuros frente a Isadora (como si ya no lo estuviera de todos modos), señalando una circunstancia que a ella le había molestado injustamente, para empeorar las cosas: que la impresión por su muerte podía llegar a desbordarlo.

No le había recordado a nadie que ya había pasado por eso cuando mataron a su mejor amigo y que, por lo tanto, estaba profesionalmente preparado para afrontarlo. Prefirió quedarse con Isadora en la oficina para poder aclarar algún asunto pendiente. Pero, por último, esto no había salido bien.

Isadora parecía ofuscada por sus propios celos y a él le había llamado la atención el modo desproporcionado en que lo expresaba. Un temor inevitable se había apoderado de él, al escucharla. ¿Sería ella la mujer con quien podría llegar a ser feliz? ¿O volvería a confundirse irremediablemente, para repetir algún oscuro esquematismo de elecciones equivocadas?

– Una noche cruda después de la tormenta...

El comentario fue como una explosión en sus oídos. Había estado lo bastante absorto en sus propios y agitados pensamientos para ser sorprendido por el regreso de Roque. La botella golpeó contra la superficie de la mesa con un ruido seco. Roque le recordó a Demetrio en alguna forma. Por su escaso sentido de la oportunidad, quizás.

Edgar sonrió débilmente, asintiendo a sus palabras. No quería comprometerse con nada más complicado que eso.

– Tendremos invierno para un largo rato – insistió Roque sin inmutarse por la falta de receptividad a sus dichos – Alguien comentó que va a escasear la provisión de leña en cualquier momento. Hasta en la casa de los Morrison han encendido la chimenea...

"¡*Oh, ya lárgate*!" era lo único que mostraba la mirada desinteresada de Edgar. De modo que el propietario del bar se alejó, frustrado, sin poder cumplir su cometido. Sólo había esperado un poco menos de indiferencia del otro lado, para arrojar el "comentario del millón". "¡*Qué día ha elegido Nora* Duplay *para rodar por las escaleras*!".

Edgar hizo girar la botella entre sus manos y luego bebió un largo trago directamente de ella, desechando el vaso que la acompañaba.

En algún momento tendría que encarar su preocupación con los detectives. No podría dejar de decirles que era Gervasio quien siempre se ocupaba de reparaciones como la que se había llevado a cabo en casa de Nora, porque todos en el pueblo sabían que ése era el único medio con el que el pobre tonto se ganaba la vida. Ese y el cortar la leña para los demás, cuando se acercaba la temporada de invierno.

Claro que tratándose de Nora... ¡cualquier hombre hubiera podido hacerlo, atraído por un apetecible pago de favores, si ella se lo hubiera insinuado! Deseaba con todas sus fuerzas que así hubiesen ocurrido los hechos, pero lamentablemente, en el fondo, guardaba pocas esperanzas al respecto. Quizás, aun en el caso de haber sido Gervasio el que había estado en su casa reparando los peldaños, esto tampoco tenía por qué significar su culpabilidad, necesariamente. Sólo que, una vez más, quedaba atrapado en el lugar preferencial del sospechoso: era, probablemente, la última persona en haberla visto con vida, como en el caso de Marco. Una vez más había quedado incriminado...

De todos modos, él seguía pensando que Gervasio Tornasso poseía el cerebro de un niño no mayor de diez años y que, por lo tanto, una inocencia infantil innata acompañaba todas sus acciones. No podía ser capaz de ningún acto violento...

Aunque algo más se unía ahora a sus preocupaciones. También creía que la excitación sexual en alguien como Gervasio no podía ser algo fácilmente manejable. Y Nora había disfrutado de excitar a todos los hombres que se le acercaban, sin fijarse demasiado en los detalles. No fuera cosa que esta vez, el diablo hubiese metido la cola en serio...

"No vale la pena pensar demasiado en eso. Amargaría mi espíritu". Otra vez aquellas palabras regresaban de un largo periplo por la oscuridad de su mente. Las había pronunciado Marco alguna vez. Y, seguramente, se referían a algo que por alguna razón él había olvidado por completo. Por haberle parecido banal e intrascendente en su momento. Por no haberle prestado la debida atención. ¡O por haber requerido de alguna clase de olvido necesario acerca de lo que *no debía ser recordado*!

Ahora, esas palabras estaban otra vez allí, fastidiándolo. Justamente porque dejaban en él la sensación de quien ha recorrido un largo camino para descubrir que no ha llegado a ninguna parte. Sin embargo, en esta ocasión, rescataba al menos la idea de que habían aparecido nuevamente para acomodarse a su penoso recelo acerca de

Gervasio. Una relación puramente retórica, se dijo. No tenía sentido insistir en eso y, una vez más, le soltó la mano a la incompletud de su recuerdo.

Cuando bebió su segundo trago, ya estaba ocupado en pedirle perdón a Nora, a solas y en silencio...

Alberta se daba cuenta que no había obtenido ninguna información sustancial acerca del acontecimiento del día. ¡Y eso que Isadora había estado en el destacamento, donde era seguro que éste había sido tratado como noticia relevante! Hasta tuvo la impresión de que había intentado utilizar algún subterfugio para no hacerse cargo del tema.

¡Qué tonta era! ¿Cómo no podía comprender que a partir de su relación con Edgar, Nora Duplay –muerta o viva– se había convertido en un asunto indeseable para ella?

Igualmente, no era la primera vez que Isadora actuaba con evasivas, a veces airadas, de modo que sabía por experiencia que era mejor dejarla decantar los peores detritos de sus sentimientos. Tarde o temprano, terminaba por mostrar alguna pequeña chispa de arrepentimiento.

Con las luces del comedor apagadas a sus espaldas, caminó hacia su habitación sintiéndose exhausta. Fue un ruido apenas perceptible el que la obligó a girar al escucharlo. Había sido primero como un sonido de arrastre seguido por un crujido seco, como de algo al romperse.

Casi podía jurar que lo había imaginado. Pero lo mismo le había sucedido con la sombra fugaz en el patio, un poco antes. De modo que ahora los dos hechos se unían para inquietarla.

Se detuvo por un momento y aguardó, atenta, para cerciorarse acerca de lo real de aquel ruido. Nada sucedió esta vez. Sintiendo cómo el alivio le descendía por la sangre, volvió a encaminarse hacia su habitación. Hasta que el sonido se repitió, como una maldición...

Alberta quiso asegurarse a sí misma que su imaginación le estaba jugando una mala pasada. Se sentía afectada por la extraña muerte de Nora y, de algún modo no demasiado consciente, esto funcionaba para alterarla por un simple ruido...que no debía escucharse allí. ¡Pero esto también era una gran tontería! El hecho de haber vivido en el lugar toda su vida, no la convertía necesariamente en una experta en ruidos acostumbrados o reconocibles. Cualquier sonido podía modificarse o ser uno nuevo y diferente, especialmente en una noche de cruda borrasca como ésta, en el patio de su hostería.

Pero el ruido insistió. Y ella quedó paralizada por un tiempo parecido a la eternidad. Hasta que estuvo segura que ya no volvería a repetirse...

Lentamente, llegó hasta el ventanal y escrutó a través de las cortinas que descorrió con manos temblorosas. Estaba asustada y sería una tonta si intentaba negarlo. No obstante, afuera sólo contempló la noche cerrada. Sin embargo...algo llamó de pronto su atención.

En medio de la oscuridad, vio el extraño resplandor de un objeto, junto a uno de sus canteros de caléndulas. Era una luz fría y brillante, de un ligero tinte azulino.

Dudó un instante en abrir la puerta y llegar hasta el lugar para ver de qué se trataba. Pero estaba asustada y el miedo había comenzado a treparle por el cuerpo como una caricia indeseada del infierno. ¿Qué podía significar ese objeto puesto allí? ¿Y *quién* lo había llevado hasta el lugar? ¿Y si acaso sólo se trataba del teléfono móvil de alguno de sus huéspedes, al que había perdido por ahí sin darse cuenta?

De pronto intentó procurarse ánimo con esta idea. ¡Tenía que ser eso, qué otra cosa! Demasiado sensibilizada por el otro acontecimiento, se le habían ocurrido sólo disparates. Alberta hubiera jurado ahora que se trataba de la clásica luz en la pequeña pantalla de un teléfono celular.

Alguien había estado intentando comunicarse en vano y la luz de la pantalla se había activado automáticamente. Nada más simple que aquella explicación lógica y racional.

Sonriendo para sí, con ánimo de burlarse de sí misma, decidió afrontar el frío de la noche y recuperar el teléfono para su propietario. El aguanieve podía averiarlo y retirarlo de allí por la mañana podría llegar a ser demasiado tarde...

Con movimientos apresurados y subiéndose el cuello de su *jersey* para defenderse del frío, abrió la puerta y corrió por el patio con pequeños saltitos con los que trataba de evitar los charcos sobre las baldosas. Se inclinó sobre el cantero para tomar lo que había ido a buscar. ¡Era, *en efecto*, un teléfono celular! Pero el alivio por su comprobación no duró demasiado...

No tuvo tiempo de ver a quien se le acercaba por detrás y cuando el pesado golpe en su cabeza la aturdió, abatiéndola sobre el gélido piso del patio, apenas logró escuchar una voz, áspera y disonante, susurrándole que *aquello* no era precisamente para ella.

De no haber caído en la completa oscuridad de la inconsciencia, tal vez su último pensamiento se hubiera puesto a divagar acerca de los extraños hechos que estaban desatándose en Río Ballais. Al menos, lo hubiera pensado de haber podido llegar hasta el pequeño teléfono arrojado allí...

CATORCE
DESCUBRIMIENTOS

El día amaneció frío pero muy soleado, contrario a lo anticipado por todos los pronósticos del tiempo. Las nubes habían desaparecido y un cielo diáfano, de azul intenso, se elevaba por encima de las montañas convirtiendo a la mañana en la maravillosa calma después de la tormenta.

En el destacamento policial, los ánimos parecían acompañar el buen clima del día, casi como un alivio en el alma de algunos...

Adriano Bug había partido hacia La Ciudad, muy temprano, dispuesto a cerrar el complicado asunto de las casas de fotografías que, según creía, aún podía contar con ciertos resquicios por donde tratar de hacer algunas averiguaciones pertinentes. En todo caso, había recuperado esa parte inquieta de su personalidad, que lo llevaba al plano de la acción y a la búsqueda de respuestas.

Después de haberlo visto actuar de un modo torpe y nada habitual en él, Modiliani se esperanzó en que por fin, su "viejo muchacho" hubiese regresado. Igualmente, se sentía mucho más avocado a sus propias conjeturas, de modo que olvidando el tema, se preguntaba por el verdadero sentido en los sueños de Isadora Vander Kooy.

Nunca había sido un hombre propenso a creencias esotéricas. Su propia profesión lo impulsaba a rechazar cualquier misterio, porque consideraba que tarde o temprano, una tarea policial bien hecha podía demostrar que los misterios sólo estaban para ser resueltos.

En el fondo, pensaba –con cierto aire de convencimiento– que Isadora había construido sus sueños con antiguos elementos olvidados y, sin saberlo, el rostro de Marco Lorenz había permanecido como uno de ellos, en su preconsciente. El hecho de haberlo soñado *muerto* cuando aún estaba vivo, no era más que algo casual, propio del mundo de lo onírico. Pero, por alguna razón, intuía que esta última explicación era la única que no encajaba en la situación general. Y la palabra "casual" le sonaba inapropiada, en algún sentido. Incluso, incorrecta. Con lo cual, la mitad de sus argumentos se quedaba "pataleando" en el aire.

Cuando Edgar se acercó con su comentario acerca de que *debía* decir algo que consideraba importante, el Detective Inspector ya había abandonado su pequeño traspié intelectual, para no desanimarse en medio de aquella bella mañana invernal. Y no pasó por alto un brillo en la mirada del comisario, indicativo de que algo no estaba del todo bien.

– Si alguien ha hecho el arreglo en los peldaños de la escalinata, ése no pudo ser otro que Gervasio...

Lo había "soltado" de una sola vez, como si de ese modo pudiera conjurar el agobio que sus propias palabras le producía.

Modiliani lo observó, sorprendido.

– ¡Oh, no! – Exclamó por fin – ¿Lo tenemos *otra vez* metido en un problema?

Edgar meneó la cabeza para indicar su contrariedad.

– Quisiera creer que no. Pero no me quedan demasiadas dudas al respecto. De todos modos... – vaciló por un momento antes de arremeter con la teoría en la que había meditado en el bar de Roque la noche anterior– También he pensado acerca del asesino de Nora y me he dicho que la gran probabilidad es que se trate del mismo que mató a Marco.

– ¿Por qué dice eso? No hay coincidencias en el *modus operandi*...

– Lo sé – admitió Edgar – Y no lo estoy haciendo esta vez por defender incondicionalmente al pobre Gervasio. Es que me cuesta creer que la tasa de delitos graves en nuestro pueblo se haya incrementado de un modo tan alarmante. ¡Sencillamente, no es posible!

– ¿Tiene alguna hipótesis de reemplazo, comisario?

– Tengo al menos un interrogante – respondió, ya que no le agradaba demasiado esa expresión complicada– El crimen de Marco, de seguro ha tenido por causa una venganza. Pero ¿qué impide pensar que el asesino pudo volver a matar por alguna otra razón, quizás emparentada con el primer crimen y sin que esto hubiera estado en sus planes desde un principio?

– ¿Y cuál es su idea acerca de eso?

Al menos, Modiliani había tomado en cuenta su teoría. Edgar recuperó una parte de la confianza en sí mismo, diciéndose que lo suyo no había sido tan sólo una ocurrencia descabellada, producto de unas cuantas cervezas y nada más.

– Bueno... Nora era una mujer...cómo decirlo...con una vida social bastante intensa. Pudo haber conocido al asesino y aun sin saberlo, ver o...escuchar algo que éste consideró inconveniente para él.

– ¿Por qué no se lo contó, entonces, a usted cuando se encontraban todavía en buenos términos?

Edgar se sonrojó, un poco avergonzado por aquella pregunta.

– Quizás no lo supo o no lo comprendió en su momento y...cuando finalmente relacionó alguna circunstancia, fue demasiado tarde para ella.

El Detective Inspector permaneció en silencio por unos breves instantes, como si meditara acerca de lo que acababa de escuchar y no se decidiera por aceptarlo totalmente.

– Interesante – concluyó, por último – Podría llegar a ser una hipótesis de trabajo para no descartar en principio. De cualquier modo, aguardaremos por los resultados de la autopsia. Seguramente nos dirán algo más al respecto...

Demetrio se les acercó con una hoja de facsímil en las manos.

– Nos informan que el equipo científico llegará en un par de horas más – confirmó.

– Bien – estableció Modiliani – Al menos eso está encaminado.

El teléfono celular de Edgar comenzó a vibrar en el bolsillo de su chaqueta. Lo tomó para responder y comprobó que era una llamada de Gabino. Después de algunas exclamaciones de desagradable sorpresa y con el rostro demudado, cortó la comunicación y puso al tanto del mensaje al Detective Inspector.

– ¡Han atacado a Alberta, anoche en la hostería! ¡Albertina la encontró esta mañana, inconsciente y sangrando, en el patio! La han llevado al sanatorio local. ¡Está muy grave!

Modiliani se limitó a preguntar acerca de Alberta, a quien no conocía, y Edgar apenas se tomó el tiempo para responderle, antes de desaparecer rumbo al hospital.

A Bordone le hubiera gustado contar en voz alta al tercer allegado al comisario que había caído en problemas. Pero recordó a tiempo que se encontraban en un pequeño lugar llamado Río Ballais...

Cuando Albertina lo vio llegar, caminando a prisa por el largo corredor del hospital, dejó los brazos de Gabino y acudió a los de Edgar que, de algún modo que nunca había advertido conscientemente, funcionaba como el padre que no había conocido jamás.

– ¡Dios mío! – Exclamó éste, estrechándola con cariño – ¿Qué es lo que ha ocurrido?

Ni siquiera lo preguntaba como policía. Apreciaba sinceramente a Alberta y en ese momento temía por lo peor.

– No lo sabemos exactamente – respondió Albertina entre sollozos – La encontré en el patio, esta mañana temprano. ¡Debió salir en algún momento durante la noche! ¡Aún vestía su ropa del día anterior!...Es obvio que no había llegado a acostarse y...no escuché un solo ruido que me alertara sobre nada...

– Suponemos que salió al patio porque algo o alguien llamó su atención – concluyó Gabino, para eximir a su novia del esfuerzo de hablar, sobre todo porque estaba agobiada por un injusto sentimiento de culpa acerca de su incapacidad por no haberla encontrado antes o percatarse de algún ruido extraño que nunca llegó a sus oídos.

Los tres se acercaron a unas sillas de rígido respaldar y se dejaron caer allí, como si las fuerzas para estar de pie los hubieran abandonado.

Isadora llegó en ese momento con una pequeña bandeja y tres vasos plásticos con café de máquina. Titubeó por un segundo en avanzar, al ver a Edgar. Pero recuperó su aplomo al instante y se acercó, con una débil sonrisa de bienvenida que de inmediato se borró de su expresión pero sólo para indicar que así lo ameritaba la circunstancia.

– Te traeré un café...– dijo a modo de recibimiento, mientras distribuía los otros.

– No, está bien, gracias. Estoy cuidándome de la cafeína.

– Hay descafeinado...

Edgar negó con un movimiento de cabeza y una tenue sonrisa. Ambos sentían que aun en medio de aquella tragedia, se estaban comportando como dos tontos que no sabían cómo retomar un diálogo interrumpido.

– Dile, Isadora – pidió de pronto Albertina – Y...muéstrale lo que encontramos.

– Es lo que iba a hacer en este momento – comenzó a explicar como si el tema le exigiera de un gran esfuerzo, mientras retiraba algo de su bolso – Seguramente esto es lo que debió divisar en medio del patio y la obligó a salir. De otro modo, no se entiende cómo pudo llegar hasta allí, en medio del terrible frío de la noche y sin ningún abrigo más que su *jersey*.

Edgar la escuchaba a medias. El corazón le había dado un vuelco al observar lo que Isadora sostenía ahora entre las manos. Lo hubiera reconocido entre miles. ¡Era el teléfono celular de Marco, desaparecido el día del crimen!

– Es un poco tarde para preguntarte si debimos resguardarlo de nuestras propias huellas. Lo siento, ni Albertina ni yo pensamos nada más que en tomarlo y...

Isadora interrumpió su explicación. Parecía azorada por algún motivo que no estaba en claro. Pero Edgar apenas lo notaba, en medio de su propio desasosiego. Se escuchó a sí mismo decir algo como "*no es importante. No estarán allí las huellas de quien buscamos. Sabe lo que hace, nunca hubiera cometido ese descuido.*" Pensaba que llevaría el teléfono al destacamento para beneplácito de los detectives y que Bordone no se privaría de señalar la desprolijidad de retirarlo simplemente del bolsillo de su chaqueta, por tratarse de un objeto sujeto a investigación.

– ¡Tienes que leer el mensaje en su pantalla! – logró concluir Isadora, superando sus repentinas lágrimas.

Edgar volvió a tomar contacto con la realidad. Por un breve momento, la contempló como si le costara comprender el sentido de lo que decía. Pero, finalmente, tomó el teléfono que ella le extendía y con una mano no demasiado firme, pulsó sus teclas.

Las palabras bailotearon ante sus ojos cargados de un pavoroso asombro...

"*¿Por qué me hiciste eso? ¿Por qué? Anabel.*"

Se le nubló la vista cuando volvió a enfocar el rostro de Isadora. Era lo más tenebroso que hubiera esperado encontrar escrito y ni siquiera comprendía su sentido. En cambio, podía imaginar el modo en que ella había reaccionado al leer aquel mensaje del infierno y que aún permanecía expresado en la descompostura de su expresión.

– ¿Quién pudo...? – Isadora no se atrevía a responder a su propia pregunta – ¡Esto es algo verdaderamente canallesco!

Hubiera querido abrazarla en ese momento y enjugar sus lágrimas. Pero, al mismo tiempo, sus pensamientos le impedían cualquier reacción. Se sentía paralizado ante tanto horror.

Se impuso algo de calma para poder pensar con mayor sensatez. ¿Por qué se horrorizaba, después de todo? ¡Quien había escrito aquel perverso mensaje era el mismo que había cometido un crimen y, acaso, dos! Nadie podía pedirle mesura a un oscuro asesino...

Gabino y Albertina habían escuchado acerca de la tragedia de los Vander Kooy. Si bien no tenía para ellos más sentido que el de cualquier habladuría de las que solían recorrer el pueblo, ya que eran demasiado jóvenes y sólo habían conocido la historia de boca de sus mayores, el nombre de Anabel Vander Kooy les resultaba intenso en el recuerdo, por estar asociado a uno de los hechos más terribles ocurrido en el lugar. Sabían, además, que Isadora era su hermana y que en un juego con final trágico, se había convertido en la responsable de su muerte. De modo que el mensaje en el teléfono celular dejado *ex profeso* en el patio de la hostería y lo ocurrido a Alberta, eran dos hechos tan escalofriantes que habían causado también, su propia y desesperada angustia.

– ¿Cómo alguien pudo escribir en nombre de una niña muerta hace tantos años? – preguntaba Albertina, sin decidirse a elegir a nadie en busca de una respuesta.

– Sólo un loco pudo hacerlo.

Fue Gabino quien se hizo cargo de contestar, mientras acariciaba su cabello, procurando consolarla.

– Me siento responsable por lo que le ocurrió a mamá – insistía con la voz quebrada por sus incontenibles sollozos – Anoche me acosté apenas te fuiste...y me quedé profundamente dormida. ¡Ni siquiera pude escucharla gritar!

– Tampoco yo la escuché, Albertina – Isadora olvidaba su propia angustia para calmarla– Y estuve con ella hasta apenas unos minutos antes de que decidiera ir a acostarse. La dejé ocupada en apagar las luces, de modo que yo no debía estar siquiera dormida, cuando todo ocurrió. Seguramente, no vio a su atacante ni tuvo tiempo de gritar...

Un médico se acercaba desde el fondo del corredor y los cuatro quedaron a la espera de que llegara a informarles sobre el estado de salud de Alberta. Fue un momento cargado de tensión para todos.

– Tendremos que aguardar al menos cuarenta y ocho horas para tener mayores certezas sobre su evolución – les dijo – Aunque el pronóstico no es tan desalentador como creímos en un principio. Si no se produce ninguna complicación en las próximas horas, es posible que salga adelante. Y, con suerte, sólo tendrá un gran resfriado, después de pasar la noche a la intemperie...

Aquellas palabras tuvieron el efecto de una tabla de salvación a la cual aferrarse, especialmente para Albertina.

– Fue golpeada en medio de la cabeza con algún objeto filoso pero no lo bastante pesado, afortunadamente – continuó explicando el médico – Ha sangrado mucho pero la herida no es tan profunda y sólo ha llegado a causar una leve fisura al hueso. No hay una lesión cerebral que indique alguna probabilidad de daño permanente, de modo que sólo tendremos que esperar a que reaccione de la fuerte conmoción sufrida. Por el momento está sedada y descansa...

Edgar se desvió en su camino de regreso. Quería pasar por el patio de la hostería antes de volver al destacamento con su escalofriante trofeo.

Tenía una corazonada y creía poder probar que el atacante de Alberta había utilizado algún objeto del lugar para golpearla. Era bastante obvio que había estado en el patio con la sola intención de dejar allí el teléfono celular. Y que éste, con su macabro mensaje, le estaba destinado a Isadora, a quien seguramente esperaba que su amiga se lo entregara al día siguiente, al descubrir lo que estaba escrito en su pantalla.

En ningún momento había previsto que Alberta lo viera a través de la ventana antes de tiempo, de modo que su decisión de atacar nuevamente había sido un hecho fortuito.

El ataque había sobrevenido, básicamente, por haberse sentido amenazado al haber temido ser descubierto por Alberta. Su plan no era ése. Ella o cualquier otro tenía que hallar el pequeño teléfono cuando él ya no estuviera en el lugar. Ese cambio de último momento no había sido conveniente y lo había obligado a atacar.

Algunos detalles le preocupaban. ¿Cuál era la relación de todo lo sucedido en Río Ballais y el regreso de Isadora, a quien obviamente el asesino involucraba por alguna extraña razón? O, quizás, esa razón no era en realidad tan extraña sino más bien evidente: la muerte de Anabel era un oscuro hilo conductor en sus desquiciados pensamientos. Esto ya había comenzado a vislumbrarse a partir de saber que lo que habían desenterrado en el jardín de Marco se trataba de su antigua pulsera infantil. Pero el mensaje en el teléfono móvil parecía cerrar un siniestro pacto con la locura...

Los pocos huéspedes de la hostería estaban conmocionados por lo sucedido y observaban los movimientos de Edgar, a través del ventanal.

Edgar se había detenido junto a la mancha de sangre que, como un pequeño lago seco y oscuro se destacaba cerca de uno de los canteros de flores que Alberta cuidaba y preparaba con tanto esmero, al final de cada invierno.

Había puesto sus brazos en jarra y, en una actitud panóptica, buscaba con la mirada el objeto utilizado para el ataque. No se esperanzaba en huellas dactilares, desde luego, pero era importante para él encontrarlo de una buena vez y asegurarse así que su teoría era la correcta. En el hospital, le había preguntado a Albertina por este supuesto objeto pero como era lógico suponer, ella no había reparado en nada más que en su madre tendida en el piso, gravemente herida.

De pronto lo vio. Estaba caído detrás del cantero y uno de sus bordes se veía notoriamente manchado con sangre. Era una pequeña azada de jardinería que seguramente la propia Alberta había dejado allí para un próximo trabajo.

Tomó un pañuelo de su bolsillo y la envolvió con él. Procedía así, sólo para no complicar la tarea en el laboratorio, agregándole sus propias huellas, aunque no hallarían siquiera las de Alberta, puesto que la tormenta de aguanieve las habría borrado y el atacante no era un tonto que dejaría las suyas; eso ya lo había demostrado. Más bien él se ocupaba de crear otras, falsas, como había hecho con los zapatos de Amílcar.

Al tomarla entre las manos la sintió bastante liviana. Eso había sido una suerte, en palabras del médico. Pero su filo, en cambio, se veía peligroso. Edgar se preguntó por qué el atacante no había utilizado la fuerza suficiente para convertir a su arma en un objeto letal. Era extraño, se dijo, porque una vez obligado a actuar, ése tendría que haber sido su propósito. Probablemente, sólo se había tratado de algún error de cálculo en la fuerza aplicada...

Un momento después regresaba al coche policial. Estaba angustiado porque sabía y presentía que algo oscuro y reptante había abandonado su guarida para empezar a moverse en las calles de Río Ballais. No tenía idea de qué se trataba. Qué era esa fuerza siniestra que impelía a alguien a cometer aquellas atrocidades. Por qué estaba allí y hacía tanto daño. Pero en el corazón le palpitaba la sensación casi brutal de que no iba a detenerse...

Y otra vez un pensamiento aparecía en el horizonte de su zona de preocupaciones. Y otra vez estaba sesgado por su intrínseca oscuridad. Se sintió incómodo al no poder retirarlo de allí, abandonando su esfuerzo para no irritarse consigo mismo.

En el destacamento había una actividad inusitada...

Demetrio observaba a todos con un aire de reprobación. Cuando Edgar ingresó al despacho, se aferró a su presencia como si se tratara de lo primero seguro y reconocible con que contara.

– Este ejército de alienígenas ha puesto el lugar patas para arriba...

Edgar no pudo evitar sonreír. Era la gente del equipo científico, recién llegada de La Ciudad. Habían dejado sus maletines de trabajo sobre uno de los escritorios y ocupaban ahora la oficina interior, aprontándose para su tarea. En realidad, parecían hablar todos al mismo tiempo y discutían algunos detalles con Modiliani quien, evidentemente, seguía comportándose como el jefe.

– Si tú lo dices... – acotó al comentario de su ayudante.

El Detective Inspector lo llamó para las presentaciones, justo a tiempo para que él no le recordara a Demetrio sus propias e insoportables actitudes ruidosas. Edgar cumplió con los saludos de rigor y apartó a Modiliani, ansioso por mostrar su "tesoro".

– Venga a mi escritorio, detective – lo empujaba por un brazo para llevarlo con él – Usted y sus hombres se caerán de espaldas cuando vean lo que he encontrado *por ahí*, casi como un golpe de suerte.

Los demás ya se marchaban, de modo que aguardaron por un breve momento a que el lugar volviera a su tranquilidad habitual. Entonces, Edgar vio a Bordone acercándose y se sintió henchido de placer. ¡Por fin iba a demostrarle al petulante que él también sabía hacer las cosas!

En ese momento, dudó acerca de haber debido entregarlo al equipo científico, aunque Modiliani lo tranquilizó después, asegurándole que no era así como funcionaban las cosas ni había porqué mezclarlas. Lo que había que hacer era respetar el protocolo de envío al laboratorio bajo su firma como detective a cargo. El equipo tenía otros asuntos específicos de qué ocuparse.

Había formas que probablemente Edgar jamás entendería porque para él poseían todo el aspecto de ser liosas y complicadas, a propósito del modo en que eran resueltas. Y, en aquel momento, desechó la idea ya que su asunto le urgía por otro lado.

El teléfono celular y la pequeña azada ensangrentada, envuelta en el pañuelo, que había estado en sus manos todo el tiempo sin llamar la atención de nadie, transformaron la mirada de todos, en un interrogante sorprendido.

Edgar explicó los hallazgos y soportó la observación de Bordone sobre el descuido cometido con el teléfono celular. Pero Modiliani acordó con él en que no podía tener huellas dactilares del asesino y el laboratorio lo confirmaría más tarde.

– ¡Vaya! – Exclamó el Detective Inspector, casi en estado de admiración – ¡Sí que hemos avanzado en el caso! Todos estos cabos sueltos no lo serán ya por mucho tiempo.

– No esté tan seguro, jefe – replicó Bordone – La única esperanza que nos queda es que esa señora...Alberta reconozca a quien la atacó, cuando recupere la conciencia.

– Dudo que pueda hacerlo...– manifestó Edgar.

– ¡Pero usted dijo que hay una gran probabilidad de que se recupere! – exclamó Modiliani, apenado.

– ¡Oh, no es a lo que me refiero! – le aclaró – Quise decir que es bastante improbable que haya logrado verlo. La atacó por la espalda y era noche cerrada...

– Sí, es cierto – se desmoralizó el Detective Inspector – Es mejor que no esperemos nada por ese lado.

Edgar tenía una pregunta acuciante clavada aún en medio de su angustia. Pero dudaba en hacerla sobre todo porque temía a la respuesta del hombre que había señalado aquella posible relación con el pasado de Isadora, cuando todavía nada hacía suponerla.

– Diré algo con las mejores intenciones – expresó, de pronto, Modiliani– Y lo aclaro para no quedar convertido en un arrogante policía diciéndoles que sí sabía de lo que hablaba, cuando les planteé mi teoría. El asesino de Marco Lorenz y Anabel Vander Kooy constituyen el nudo de todo este enigma. No me pregunten por qué creo que Isadora debería saber o recordar algo en relación con todo esto. Si pudiéramos dilucidarlo, conoceríamos a la persona que cometió el crimen.

– O, mejor aún, los crímenes... — arriesgó Edgar.

– Todavía no hemos podido establecer la relación con la muerte de Nora Duplay – replicó Modiliani – Pero no olvido su apreciación acerca de una improbable estadística en el pueblo, comisario Dutra.

– A propósito...– Intervino Bordone – ¿No sería hora de visitar a Gervasio Tornasso? Es usted quien lo ha mencionado en el caso Duplay, comisario...

Edgar agradecía que el Detective Inspector se hubiera adelantado con su comentario a lo que él no se había atrevido a preguntar. Ya tenía la respuesta en su poder y la había obtenido del modo menos angustiante posible. Al menos, no había tenido que exponer sus propias dudas acerca del lugar que Isadora ocupaba en todo aquel asunto.

En cuanto al recordatorio del detective Bordone, se dijo que por lamentable que le resultara, era una parte de la realidad a la que no era posible renunciar. Decidió hacerse cargo de ir por Gervasio para no dejar las cosas en manos de ninguno de ellos. Sabía que el muchacho no reaccionaría bien a la presencia de los policías, sobre todo después de su arresto y sus días en prisión.

– Antes que se marche, comisario – lo detuvo el Detective Inspector – Quisiera intercambiar un par de ideas con usted sobre los posibles hallazgos en la casa Vander Kooy...

Bordone lo observó con recelo. ¿Desde cuándo el jefe compartía esa clase de apreciaciones con un simple policía de pueblo? Comprendió que el cambio en su actitud significaba que, en algún momento, Edgar Dutra se había ganado su respeto. Eso era algo propio del jefe. Parecía poner a la gente en observación por un tiempo prudencial antes de aceptarla o rechazarla. No estaba nada mal como método, se dijo con suspicacia.

– Me ha visto hablar con la gente del equipo. No es lo que hago habitualmente – se veía, *en verdad*, dispuesto a toda una larga explicación – No es conveniente predisponerlos a la búsqueda de nada determinado porque eso puede entorpecer la tarea, en algún sentido. De modo que no les gustó lo que hice, pero para alguien que construye sus teorías en el aire y atrapa una de vez en cuando con la mano, no estuvo del todo incorrecto advertirles que buscaran fibras textiles y restos de césped en cualquier lugar de la casa, especialmente cerca de una cama, en el cesto de la ropa sucia, si es que quedó alguno por ahí... ¡Ah, sí! ¡Y que vieran si hay jazmines en el jardín del frente y en el interior!

Edgar imaginaba por donde iba el asunto y eso fue bueno para él, porque así no pasaba por simplón y pueblerino frente a Bordone. Recordaba perfectamente lo que habían encontrado adherido en el interior de los zapatos de Amílcar Morrone. De todos modos, le parecía que ésta era una pista bastante endeble, que no ofrecía mucho para esperar de ella. Pero no dijo nada al respecto, para no arruinar el buen ánimo de Modiliani, entusiasmado con la aparición del teléfono celular. Sin embargo, esto no duró por mucho tiempo...

Para tranquilidad de Bordone, el Detective Inspector lo tomó con el recaudo necesario para preservarlo del contacto de sus manos.

– ¡Igual, olvídate! – Exclamó al ver la expresión en su rostro – Estuvo a la intemperie toda la noche bajo el aguanieve y el asesino se ha comportado inteligentemente hasta el momento. Además, ya ha sido manipulado por demasiada gente. Advertiremos al laboratorio sobre esto. Sólo lo hago para no complicarles más la tarea...

Poco después maldecía y torcía el gesto, decepcionado.

– Lo que imaginé – dijo con voz enronquecida – El mensaje a la señora Morrone y el que hace "firmar" a la malograda Anabel son los últimos. De modo que fueron hechos en los lugares esperables: la propia casa de Lorenz y el patio de la hostería. No obtendremos nada por aquí. Veremos qué ocurre con las llamadas...Pero me aventuraré a decir que el asesino no ha hecho uso de este teléfono más que para su última maldad. ¿Y tú esperas que haya dejado sus huellas? ¡Qué tontería!

Buen discurso para mayor beneplácito del descuidado comisario, se dijo Bordone un poco resentido.

– Al fin de cuentas, no tenemos a los dioses a nuestro favor – fue su rebuscado comentario.

Edgar le dedicó una media sonrisa forzada. Y se marchó en busca de Gervasio.

Castor Modiliani se había apropiado de algunas ideas de última hora. No las consideraba lo bastante maduras para compartirlas pero eran en conjunto, un buen atajo hacia unas pocas evidencias.

Si la pulsera de Anabel Vander Kooy había estado en poder del asesino durante todos aquellos años y terminaba ocultándola bajo tierra, en el mismo lugar y el mismo día en que había cometido su crimen, no había modo de ignorar la importancia que le atribuía al hecho de desprenderse de algo considerado tan valioso para conservarlo por tanto tiempo. Pero ¿cuál había sido, finalmente, la razón que lo llevara a deshacerse de ella y en tan crípticos términos? Esto sí que lo tenía completamente desorientado...

En cuanto al teléfono celular que había dejado en el patio de la hostería, con intenciones tan aviesas, se esperanzaba un poco más en encontrarle algún sentido. Al menos, había uno que saltaba a simple vista...

Si bien por algún tiempo había creído que lo había ocultado, al igual que a la pulsera, en el jardín de la víctima o en algún otro lugar que hubiera imaginado seguro, nada más que para generar más pistas falsas en las que hacerles perder el tiempo, (al punto de haberle hecho pensar últimamente en una excavación masiva del jardín) ahora comprendía que lo que había en la cabeza de ese pervertido era demasiado macabro para poder dilucidar, de momento.

No creía que hubiera hecho ninguna llamada con él –en el laboratorio descartarían las de su víctima– desde ningún lugar que permitiera rastrearlo, de modo que su idea más cercana a la finalidad que le había atribuido al teléfono celular era la de haber sido usado en esa única ocasión. Esto ponía a Isadora en el centro de toda su atención...

La pulsera... ¡La dichosa pulsera! También podía sospechar que había estado en casa del occiso y la había retirado de allí, casi al modo de un único y absurdo móvil de robo. Pero su intuición le decía que no era así como habían ocurrido los hechos y esto se reforzaba con la presencia del portarretrato que *también* parecía ser algo que el propio asesino había llevado hasta allí. Sin olvidar que no hubiera tenido ningún sentido robarla para dejarla luego, oculta en el lugar.

"Una especie de fetichista", se dijo, rebuscando en su propio intento por comenzar a darle alguna forma al perfil de tan siniestro asesino. Pero en el fondo sabía que sólo se trataba de una suerte de taxinomia mal aprendida que no ayudaba a despejar ningún rasgo

descollante de su personalidad. Que lo fuera o no, sólo era más de lo mismo: ese tipo estaba verdaderamente desquiciado y punto.

También había hecho en su momento, las averiguaciones pertinentes en cuanto a la herencia de Marco Lorenz. Sobre todo después de saber por los dichos de Edgar, que no contaba con parientes que pudieran estar interesados en el tema. Y esto era, en efecto, así. La fortuna del occiso –todas sus antigüedades y su valiosa propiedad– pasarían a manos del Estado.

¿Dónde estaba, entonces, la causa de aquel crimen? Su pensamiento regresaba a Isadora. ¿Había alguna relación directa o indirecta con la muerte de Nora Duplay? No podía establecerlo aún, y tampoco estaba completamente seguro de poder hacerlo a partir del informe forense que recibiría en cuestión de horas. Lo único importante en él –al menos hasta el momento– era el patrón genético que quedaría establecido, a partir de los restos de piel bajo las uñas de la mujer. Un "pequeño" error de su asesino más que comprensible si, lamentablemente, llegara a tratarse de Gervasio.

Pero no iba a dejarse llevar por apariencias, como casi nunca lo hacía. Su experiencia le había enseñado que lo sustancial de cualquier caso se conseguía después de meterse uno en todas las profundidades posibles. Esas que quedaban sumergidas bajo el peso de lo que a simple vista lucía como obvio o demasiado evidente. Y en este caso...bueno, no había *nada* como eso, se dijo con cierto sentimiento de vergüenza que le costaba admitir. Sobre todo porque siempre involucraba a alguien a quien de veras deseaba, con todas sus fuerzas, dejar afuera del caso. Y le resultaba imposible. Estaba pensando en Isadora...

Había algo que lo presionaba en la base de todas sus dudas al respecto. Por eso había utilizado el artilugio de la repentina confianza, al manifestar en su presencia que Nora Duplay había sido asesinada. Seguramente, para los demás se había tratado de un gesto de confiabilidad de su parte y era así como había querido que se viera. Pero su único interés había consistido en observar la reacción de Isadora. Bueno, nada hubo por allí, se dijo. Ella había permanecido impasible, más allá de la impresión esperable, pero esta clase de reacción tampoco tenía ninguna importancia.

No la conocía en lo absoluto. De modo que no le era posible detectar su capacidad para fingir. Por lo tanto, sólo debía conformarse con ordenar ciertas ideas acerca del comportamiento humano. Porque en esta ocasión, su supuesta intuición de policía debía confrontar con la hierática personalidad de Isadora Vander Kooy y descubrir que podía superarlo en todo sentido.

Y porque el hecho de Isadora con su extraña personalidad (¡otra vez ella!) encontrándose en medio de un amorío con el comisario y éste habiendo sido el amante de Nora Duplay... ¡joder, no quería decir absolutamente nada!

Aunque en el fondo supiera cuántos horrores se cometían en nombre de los celos...

El camino de acceso a la casa de Gervasio, en aquel apartado suburbio del pueblo, estaba prácticamente intransitable, cubierto del lodo en que se había convertido el aguanieve de la noche anterior. Edgar tuvo que hacer un gran esfuerzo para conducir el coche policial, más que nada en ese último tramo, evitando quedar empantanado.

La misma sensación de desasosiego que lo embargaba cada vez que se encontraba en el lugar, volvió a invadirlo. Era deprimente contemplar la miserable casa a punto de convertirse en una tapera, sólo porque Gervasio era incapaz de notar el modo en que se había arruinado con el transcurso del tiempo y tomar a su cargo los arreglos necesarios.

En ese preciso momento se decidió por hacer algo al respecto. Pediría la ayuda de los vecinos y entre todos podrían ocuparse de comprar algunos materiales para la reparación de puertas y ventanas y algo de pintura. Era el comisario y tenía derecho a pedírselos. Seguramente, nadie iba a negarse a llevar a cabo una buena acción como ésa. "¡*Oh, vamos*!", se dijo de pronto, mientras salía del coche y enfrentaba el frío de una mañana gris en medio de la desolación del lugar, "*no es el momento de pensar en esto. Agradece que este tonto no esté metido en otro lío y eso será suficiente.*"

Avanzó evitando las zonas donde el lodo se había acumulado. Le llamó la atención que Gervasio no estuviera ocupado en su tarea habitual de cortar la leña, aunque al notar la impresionante cantidad de maderos apilados desordenadamente, a un lado de la casa, comprobó que allí estaba la razón de su ocio. Había leña suficiente para dos inviernos tan crudos como ése y recordó lo que Roque le había dicho en el bar, en relación con la posible escasez de madera para encender el fuego en todos los hogares del pueblo.

Una vez más tuvo la impresión de que otro pensamiento desmadejado rondaba por su cabeza y casi estuvo seguro de que ya había estado antes allí. Sonrió, diciéndose que Roque había aprendido a exagerar por tantas noches que pasaba en pie, detrás del mostrador de su negocio. Porque muchos vecinos estaban modernizados y ya no utilizaban la leña más que para barbacoas en los patios traseros o para conservar cierto *esnobismo* en la decoración de sus salas, con hogares que sólo funcionaban para adornar el ambiente. No habría escasez de madera este invierno ni ningún otro en Río Ballais...

En tanto, se acercó y golpeó a la puerta de Gervasio, aguardando por ser recibido. Ya sabía que era bastante sencillo fisgonear en el interior a través del espacio que la puerta conservaba con su jamba o algo que alguna vez debió serlo y, además, con sólo introducir la mano podía incluso quitar la pequeña traba, sin ninguna dificultad. Pensó en hacerlo, al no recibir respuesta a su llamado pero, finalmente, optó por esperar un poco más. Sólo había silencio al otro lado y por alguna razón inexplicable, se preocupó de pronto.

Se corrió hacia una pequeña ventana para observar mejor el interior de la casa, pero una cortina descolorida le impidió la visión. Como un panel de vidrio había sido reemplazado por un simple cartón, sólo tuvo que empujarlo para quitarlo de allí.

A esta altura, su preocupación se había convertido en un mal presentimiento. No era posible que Gervasio no se encontrara en casa, porque la inútil traba de la puerta estaba puesta por dentro. Y él no la había quitado, sólo por mantenerse prudente.

Entonces, lo vio y cierta tranquilidad le volvió al cuerpo...

Estaba inclinado cerca de su desvencijada estufa y parecía dispuesto a acomodar la leña en ella. Seguramente, acababa de cortar los últimos maderos antes de que él llegara, y ésa era la razón por la que no se encontraba afuera en su tarea habitual.

Lo llamó a voz en cuello, a través del hueco dejado por el vidrio faltante, pero Gervasio no dio muestras de inmutarse.

– ¡Abre de una maldita vez! – le gritó, ya convencido que demostrar que no lo escuchaba era otra de sus tontas estratagemas, que a veces utilizaba cuando quería desentenderse de algún posible problema.

Edgar no sólo se impacientó sino que, además, pensó que se estaba comportando como un verdadero culpable. Para su escasa inteligencia, no darse por aludido podía ser un modo de ganar un estúpido tiempo a su favor.

Pero, entonces, algo más llamó su atención...

Gervasio no sólo no lo escuchaba sino que *tampoco* se movía. ¿Cómo era posible que ningún movimiento fuera perceptible en un cuerpo que se encontraba en aquel ángulo de inclinación, mientras acomodaba la leña?

Lentamente, otros detalles fueron incorporándose al campo de su conciencia, cuando su mirada extrañada comenzó a recorrer la grotesca figura inmóvil de Gervasio, de espaldas a él.

No tenía los brazos por delante, como si hubieran estado ocupados en alguna tarea, sino que éstos caían a los costados de su cuerpo, fláccidamente. Parecía una vieja marioneta en desuso, olvidada por su titiritero. El sucio *jersey* que siempre llevaba puesto, se veía más sucio que nunca con una gran mancha oscura que le humedecía los lados y mostraba que algo lo había ensuciado por delante y ya se pasaba al resto de la prenda.

¿Algo? ¡Sangre! ¡Lo que manchaba su *jersey* era sangre! ¡Mucha sangre! ¡Y ésta goteaba sobre el piso, donde había formado un charco considerable, bajo los pies de Gervasio!

Edgar regresó a la puerta y la abrió de un solo golpe, sin tomarse siquiera la molestia de quitar la traba, a la que hizo saltar por el aire. Apenas era consciente del bajo sonido gutural que abandonaba su garganta, mientras avanzaba hacia Gervasio. Ya sabía que estaba muerto y ahora podía ver la desvencijada puerta trasera abierta, por donde su atacante había ingresado sin encontrar ninguna dificultad para hacerlo, a causa de su precario estado.

Pero algo lo horrorizaba de un modo insoportable. ¿Cómo podía mantenerse en pie...si *estaba muerto?*

No debió llevarle más que unos pocos segundos llegar junto a él. No obstante le pareció que ese tiempo transcurría con gran lentitud. Y así, pudo comprobar por qué razón el cuerpo de Gervasio se mantenía en aquella imposible posición...

El hacha con la que había cortado su leña hasta ese día estaba clavada en su pecho. Se notaba a simple vista que había estado *profundamente* clavada pero ahora, una parte de ella sobresalía por el esfuerzo de sostener el peso de la víctima y el resto había quedado trabado entre sus costillas. Le había causado una herida enorme y desgarrante a la que, obviamente, no hubiera podido sobrevivir. Y el astil descansaba apoyado en el zócalo del piso, en un ángulo de cómoda inclinación, como una pequeña torre de Pisa, lo que permitía que aquel cuerpo muerto se mantuviera sostenido por ella, para no caer.

La escena en sí era horrorosa. Edgar retrocedió, en medio de su espanto, impresionado y descompuesto como pocas veces se había sentido en su vida. Quizás, sólo la muerte de Adela lo había conmocionado del mismo modo, aunque por razones diferentes.

Salió de la casa casi huyendo. Si Bordone lo hubiera acompañado ése habría sido el momento en que se burlara de él con sus peores ironías, al comprobar que "el policía del pueblo" no había estado a la altura de las circunstancias.

Cuando todo su cuerpo dejó de temblar y las náuseas que ascendían de su estómago maltrecho comenzaron a ceder, se sintió en condiciones de subir al coche y marcharse de allí, como si escapara de la persecución del demonio en persona. Un sudor frío reemplazaba ahora a su anterior malestar y el corazón recién le dejaba de latir desbocado. A duras penas, logró eludir los malditos escollos de lodo en el camino y conducir hacia la calle principal.

Una idea enloquecía en su cabeza, como un fiero animal atrapado en una trampa. La repetía como una muletilla insensata y compulsiva, que arrasaba con todo a su paso...

¡*Aquello* oscuro y reptante había vuelto a matar! Estaba suelto allí afuera, como un monstruo que sabía atacar en medio de la desprevención de un pueblo que siempre había sido tranquilo y feliz...al menos, en los últimos *treinta y cinco años*. Pero ahora, había salido de la oscuridad y parecía...demasiado sediento de sangre.

Su siguiente idea fue absurda pero reconfortante. Había visto en el rostro de Gervasio, una serenidad recién ganada a la muerte. Como si, por fin, su pobre alma destinada a acompañar un cuerpo inútil, hubiera podido encontrarse a sí misma...

Isadora suspiró, aferrada al alfeizar del ventanal, en el patio de la hostería. Egoístamente, sólo pensaba en sí misma y una especie de marea interior acercaba la peor resaca a su lejana playa de recuerdos. *Anabel–hilo de sangre–Vander Kooy. Cierra la puerta...Cierra la puerta. ¡O ella te atrapará!*

La canción regresaba. La sangre que nunca había visto en el cuerpo de su hermana muerta regresaba. El "Plymouth" negro recorriendo la antigua calle principal – la de entonces– regresaba. En sus recuerdos, la repetición jamás se detenía...

La única que no lo hacía era... ¡ella misma! Nunca terminaba de cerrar aquella parte de su historia. No se había tratado solamente de su vuelta a Río Ballais. ¡Necesitaba *regresar* a su viejo hogar, a su verdadero hogar!

Ya había comenzado a superar casi todas sus aprensiones, incluidas aquéllas destinadas a interrogarse acerca de un usurpador. Lamentablemente, lo ocurrido a Alberta venía a complicar sus planes. Y aunque ni siquiera podía decírselo a sí misma, su frustración era superior a su dolor. Pero le había prometido a Albertina quedarse en la hostería y ayudar en lo que fuera necesario, por el tiempo necesario. En el fondo, no dejaba de preguntarse acerca de la recuperación de su amiga. De modo que hasta cierto punto, podía engañarse a sí misma sobre las razones de su preocupación.

Hasta el momento, ningún médico les daba la seguridad absoluta en relación con alguna posible secuela, más allá de que todos sabían que Alberta era una mujer fuerte y saludable y la herida sufrida no había resultado tan grave, después de todo.

Esa era la parte de sí que más odiaba: aun en medio de su preocupación por el restablecimiento de Alberta, temía el modo en que su propio futuro pudiera quedar comprometido en aquella inusitada situación.

¿Dónde diablos había estado la pulsera de su hermana todos esos años? ¿Por qué la policía la conservaba como un elemento relevante en la investigación de un crimen? Esas sí que eran unas preguntas que deseaba responderse...

¡Necesitaba sentir dolor! ¡Deseaba sentir dolor! Suponía que apreciaba a Alberta lo bastante para estar pendiente de ella. Durante los casi cuatro meses que ya llevaba de estadía en el pueblo, habían sido amigas de un modo intenso. Tenía que dolerle lo que le había ocurrido y, de hecho, así era. Pero sus sentimientos no parecían enterarse tan fácilmente.

El personal de limpieza ya se había ocupado de lavar la sangre sobre las baldosas y retirar todo resto de la tormenta del día anterior. El patio relucía ahora y ya no era posible imaginarlo el escenario de un hecho tan horrible como el que allí había sucedido. Eso parecía traer cierta tranquilidad al espíritu. Quizás era *eso* lo que, en realidad, le impedía sentir con un poco más de emoción.

"No conseguirás nada con lágrimas, Isadora."

Era la voz de su madre. Esa voz que recorría sus evocaciones y que, muchas veces, se confundía con la suya propia. Que había madurado en ella a lo largo de los años hasta parecérsele demasiado. Había sido la frase dedicada a sus berrinches. A desdeñar sus caprichos y sus pataleos de niña... ¿malcriada? Había una palabra que le iba mejor y ella lo sabía. Con el tiempo había aprendido a pronunciarla con su voz interior, ésa que podía llegar a confundir con la de su madre. *De niña...celosa. Celosa de su hermana.*

Bueno, no importaba ahora. Sólo estaba a la vista el resultado. Quizás, también había aprendido mal aquella enseñanza. Como tantas otras. Y había creído que ése tenía que ser un aprendizaje para todos los hechos de la vida. No debía llorar...casi por nada.

Sin embargo, claro que había derramado lágrimas a lo largo de aquellos años amargos. Pero si se detenía a pensarlo con rigurosidad, comprendía que la mayor parte de su llanto siempre había estado dedicado... ¡a sí misma! ¡A su propia conmiseración!

Los detalles de su egoísmo la mortificaban: acostumbrada a vivir sin apremios económicos, protegida por una fortuna familiar que, además, le recordaba todo el tiempo que nunca había tenido que compartir con nadie, convertida en única heredera por un destino aciago que ella misma se había impuesto. Había sido casi inevitable reconocer esa cómoda muralla protectora para esa parte de su vida. *Había crecido sin necesidades...*

¡Qué ridículo!, se dijo. En realidad no desconocía que lo había hecho en medio de todas las carencias afectivas inimaginables. Había perdido a su madre cuando apenas empezaba a dejar atrás su infancia. Ni siquiera había contado con ella en el terrible momento de su menarca. Nadie a quien preguntar y nadie quien le respondiera sobre ese paso decisivo de niña a mujer.

Su primera mancha de sangre en las bragas la había horrorizado. El "hilo de sangre" que corrió entre sus piernas, era la inevitable venganza de Anabel, alcanzándola por fin. *¡Ella te atrapará!"*

A esa altura, ya no le quedaban siquiera sus amigas, pequeñas confidentes unidas por un secreto común, dispuestas a compartirlo en medio de apagadas risitas cómplices. La cancioncilla maldita la había apartado, incluso de su hermoso mundo de juegos y chismes infantiles. Y un padre que sólo se dedicaba a observarla con una mirada extraña y penetrante, en la que no era fácil traducir sus sentimientos, completó el circuito de aquel desierto que la rodeaba.

En esos términos, la mayor parte de sí misma había quedado inhabilitada para el amor. Como si una especie de entumecimiento interior le hubiera impedido encender a tiempo las alarmas necesarias. ¿Quién podía recriminarle, entonces, que no supiera poner sus prioridades en orden? Seguramente, deseaba con todas sus fuerzas que Alberta se recuperara lo antes posible. Pero no podía evitar que en aquel sentimiento se filtrara su necesidad de retomar su propia vida.

En cuanto a Edgar...Esa era la peor parte de aceptar de sí. Porque no tenía la menor idea acerca de cómo era estar enamorada. Y como si el amor fuera una construcción imposible, en lugar de una impronta del corazón, ella se obligaba a invertir los tiempos de sus sentimientos...

Comenzaba por creer que el camino a recorrer estaría plagado de dificultades. ¿Acaso no había sido Nora Duplay una de ellas? ¿Qué quedaba de un hombre que había sido el amante de *esa clase* de mujer, por tanto tiempo? ¿Qué podía ofrecerle a ella? ¿Qué podían descubrir juntos a esa altura de sus vidas? ¿Cómo iba a percatarse que el amor era posible entre ellos para brindarles una nueva oportunidad?

Solamente lograba identificar a sus propios celos. Siempre, los *malditos* celos. Si acaso éstos eran una respuesta a su enamoramiento, tenía que admitir, al menos, que más bien parecían un concepto desagradable sobre la posesión y el control de otro cuerpo.

Deseaba avergonzarse de esa parte oscura y salvaje a la que no podía domeñar, tanto como de su insuficiente dolor por lo sucedido a Alberta. Sabía que todo esto provenía del mismo lugar: de su egoísmo y su incapacidad para pensar un poco más allá de sus propios límites.

Quizás, se dijo amargamente, ésa era la misma y fría parte de sí con la que había empujado a su hermana, aquel lejano día...

Modiliani había empalidecido y contemplaba a Edgar que, con el mismo aspecto fantasmal, acababa de informarle de la muerte de Gervasio.

– ¡Desde un principio temí que esto ocurriera! – El Detective Inspector se veía ahora más bien desconsolado – ¡Debimos brindarle protección y no lo hicimos! ¡Somos un hato de imbéciles!

– ¡Vamos, jefe, que no se diga! – Bordone lo observaba, dando muestras de ser el único que conservaba el control o intentaba, al menos, imponer el sentido común – ¡Usted no puede ceder a sus propias tinieblas! ¡Han pasado casi cuatro meses desde el crimen! ¡Sólo nosotros sabemos cómo hemos complicado nuestras vidas yendo y viniendo d aquí a La Ciudad y a su inversa, durante todo este tiempo! Todo indicaba que el asesino se detendría allí, que no estaba interesado en volver a matar. Ni olvide que el móvil establecido fue… ¡venganza! ¡Era un asunto personal contra Marco Lorenz!

El Detective Inspector lo contempló por un momento, dudando en aceptar aquel consuelo. Finalmente, negó con la cabeza, rechazando el intento.

– Hemos descansado estúpidamente en ese móvil sin darnos cuenta de otros hechos importantes a su alrededor. Hay demasiados indicios de que se trata, de todos modos, de un vengador peligroso y complicado. ¡Alguien que entierra una pulsera y deja un portarretrato en la escena del crimen, no es previsible en lo absoluto! ¿Acaso olvidamos que Gervasio Tornasso estuvo allí? ¿Que pudo ver algo que comprometía al asesino?

La palidez de Edgar se acentuó. Sobreponiéndose a su malestar, decidió intervenir en el diálogo.

– Algo cambió para que nuestro escurridizo asesino haya decidido volver a la acción – dijo – ¡Y esto corrobora que, por alguna razón, conocía la incapacidad de Gervasio para recordar hechos o relatarlos con alguna coherencia! Entonces… ¡no es alguien *tan* ajeno al pueblo!

– ¿Y qué es eso que ha cambiado, según usted? – fue la pregunta de Bordone.

Edgar se percató que por primera vez el detective se interesaba seriamente en su comentario, sin tratar de expresar ninguna actitud irónica. Algo más había cambiado…

– ¡La notoria mejoría de Gervasio, gracias a la medicación del doctor Fernan! No es algo que haya pasado desapercibido en el pueblo. Aquí, todo se sabe de un modo inevitable. Y Gervasio mismo se ocupaba de demostrarlo, cuando acudía a cortar la leña de sus vecinos o a reparar cualquier cosa que le encargaran. ¡Yo mismo he escuchado los comentarios al respecto! ¡Si estos comentarios llegaron a oídos del asesino, como seguramente ocurrió, debe haberse sentido amenazado en su anonimato!

– Alguien así... – estableció Modiliani con lentitud premeditada – es alguien que *nunca* se ha marchado del pueblo.

– Creo que mi teoría de que ha vuelto a matar obligado por las circunstancias muestra exactamente por qué no había coincidencias en la modalidad del último crimen – Edgar miró a todos, dispuesto a compartir la gloria – Y cuando digo "último", debería aclarar que me refiero en realidad al...*penúltimo*.

Bordone asintió, como si un rayo de luz hubiera atravesado, de pronto, su propia oscuridad.

– Usted se refiere a que Nora Duplay y el tonto estuvieron *juntos* el pasado día, ya que él acudió a su casa por el arreglo de los peldaños...

– Y, *casualmente*, los dos mueren...un poco después – concluyó Edgar.

Modiliani sonreía a ambos, luego de abandonar su aspecto sombrío.

– Esto es lo que yo llamo haber remado duro para llegar a la otra orilla – dijo – ¡Me gusta el cariz de esta deducción!

Edgar pareció contagiarse del mismo entusiasmo. Esto y cierta mesura en el trato de Bordone, también modificaron su ánimo.

– ¿Saben? – preguntó de un modo retórico – Hay algo que Gabino, mi hijo, comentó esta mañana en el hospital, en relación con el asunto del mensaje en el teléfono. "*Solamente un loco pudo hacerlo*", dijo con toda sencillez. Creo que ha hecho la única y perfecta descripción del hombre que estamos buscando...

El Detective Inspector Castor Modiliani era, indudablemente, un hombre de imaginación abierta y atrevida.

En ocasiones, sabía caminar a ciegas para llegar a dar de lleno con la resolución de algún caso, aunque debía admitir que muchas veces esto mismo podía hacer que se perdiera en el camino. Cuando esto ocurría, su propia desorientación solía mellar su espíritu, deprimiéndolo o enfureciéndolo, según las circunstancias.

Para esta vez se había reservado una actitud que él mismo reconocía bastante neurótica. Cuando se sobreponía al desánimo se obsesionaba con los pequeños detalles del caso, ésos en los que nadie parecía reparar. Al menos así había ocurrido hasta la identificación de la pulsera...

El "pequeño detalle" era Isadora. Comprendía que al momento de desorientarse con ella –de algún modo tenía que llamarlo– algo muy poderoso lo había anclado definitivamente a su presencia en el caso. Hasta el momento no había conseguido darle forma y, quizás, esto contribuía de algún modo a profundizar su nueva desorientación. Era algo relacionado con el relato de sus sueños –lo cual lo volvía aún más absurdo, a su buen entender– pero tampoco podía asegurarlo completamente.

Habían pasado, en efecto, cuatro meses desde el homicidio que lo había llevado hasta Río Ballais con su equipo. Y aunque sabía que para una investigación policial esto no podía definirse en términos de mucho tiempo, en parte admitía que para este caso parecía serlo. Había habido algunos avances pero éstos terminaban siempre metidos en el mismo atolladero. Y eso no era bueno para nadie...

Aún no se había podido hacer justicia por la víctima, lo que para muchos se traducía en la imposibilidad de que descansara en paz. Y él permanecía sin resolver *un* caso, lo que significaba que en algún momento esto podía hacer menguar la estima que alguno de sus superiores le tenía. Si bien esto no le quitaba el sueño, sabía que a cinco años de su retiro, había aún algún ascenso al que le interesaba llegar.

Pero lo peor de todo el asunto, aquello que no admitía dilaciones de ningún tipo, era el hecho de contar todavía con un peligroso homicida que permanecía entre las sombras y podía en algún momento...volver a matar.

¿Había, acaso, una próxima víctima? ¿Y quién podía llegar a ser ésta? Desde luego, no estaba dispuesto a dejar que algo se le pasara por alto, como había ocurrido con el pobre Gervasio. Porque sabía que no se lo perdonaría a sí mismo por el resto de su vida, aunque Bordone o quien fuere, utilizara "discursitos" consoladores con él. "*¡Patrañas!*", se dijo malhumorado. El era ante todo un policía y su misión en el mundo era atrapar malhechores y ayudar a enviarlos a la cárcel. Mejor aún si lo lograba antes de permitirles causar un daño mayor...

¿Podía, Isadora Vander Kooy, ser *esa* próxima víctima? ¿Podía encontrarse, por alguna razón desconocida, en la mira del asesino? ¿Cuándo se detendría éste en su macabra tarea de sangre? ¿O, acaso, ya lo había hecho? Quería esperanzarse en que así fuera, pero algo le decía que era mejor no confiar en eso. Incluso si sus últimos crímenes habían sido el resultado de su necesidad de acallar a quienes podían llegar a complicarlo, esto no era motivo para relajar la tensión.

Río Ballais, que había visto interrumpida su calma pueblerina, convertida ahora en un agazapado e inocultable temor de todos, era un pueblo pequeño. Sus dimensiones le permitían a uno hacerse a la idea de que el asesino –que nunca se había ido del lugar– había escogido, sabiamente, dónde ocultarse, para impedirles a los policías descubrirlo, pese a todo. Y esto era algo que mantenía a Modiliani en vilo y preocupado...

¿*Dónde* se ocultaba? ¿Lo había hecho, efectivamente, en la casa Vander Kooy por un tiempo y se había visto obligado a cambiar de escondite con la llegada de Isadora? ¿Era ésta la causa de su resentimiento con ella?

No lo creía. Francamente, estaba convencido que sus motivos –si acaso los había– eran mucho más antiguos y profundos que aquél. Pero de algo sí estaba completamente seguro: la descripción aportada por la simple observación del hijo del comisario era la acertada. Sólo un loco actuaba de ese modo. Un loco que se ocultaba en algún lugar, en un pequeño pueblo...

Ya deseaba ceder a sus propias imprecaciones, maldiciéndose por no poder dar con él, aun bajo aquellas circunstancias, cuando un ruido confuso y tumultuoso a las puertas del destacamento, desvió totalmente su atención.

El ruido se transformó, de pronto, en una cacofonía de voces airadas y gritos altisonantes que pedían por la presencia del comisario Dutra. Este, que había estado sentado detrás de su escritorio, mientras fingía ordenar algunos papeles y procuraba en realidad, quitar de su recuerdo la imagen atroz de Gervasio con el pecho destrozado por su propia hacha, saltó de su lugar y acudió a la puerta, a la que abrió con la velocidad de un rayo.

Se encontró con una escena inusitada que jamás le había tocado enfrentar en todos sus años de policía en el pueblo. Medio centenar de vecinos de Río Ballais se habían agolpado frente al destacamento, exigiendo respuestas y soluciones al grave asunto de los crímenes.

Lo que se veía en el gesto exasperado de sus rostros y en sus manos alzadas aventando el aire, era ese inevitable mecanismo de defensa que se organiza en la expresión física de un cuerpo, cuando un terror profundo lo conmueve.

– ¿Qué está haciendo la policía para terminar con esto de una vez por todas?

– ¿A cuántos más de nosotros va a matar ese psicópata?

– ¡Marco era su amigo! ¿Nunca pensó en hacer algo al respecto?

– ¡Ya nadie cree aquí que lo de Nora haya sido un accidente!

– ¿Tampoco le importa su muerte?

– ¡Y el pobre Gervasio que nunca hizo mal a nadie... terminó en las manos de ese asesino!

– ¡Seguramente también intentó matar a Alberta Migliavacca!

Eran voces roncas y destempladas cruzando el aire frío de esa tarde gris, como saetas que terminaban arrojadas sobre el rostro azorado de Edgar.

Lo peor de todo aquello era que ese grupo de vecinos exacerbados por un sentimiento de pánico creciente que no podían controlar, tenían razón en todo lo que expresaban y en hacerlo de aquel modo. Una impotencia enfurecida guiaba sus acciones y Edgar comprendió que no tenía a su alcance demasiados recursos con que aplacar su furia.

No obstante, extendió sus brazos por delante, en un gesto que parecía ser defensivo, aunque sólo procuraba calmarlos para ser escuchado.

– ¡Por favor! – Le gritó a la multitud – ¡Hagan silencio para que pueda explicarles algunas cosas!

– ¿Qué cosas, comisario Dutra? ¡No queremos explicaciones! ¡Queremos soluciones!

– ¡Estamos haciendo lo posible! – vociferó esta vez para hacerse escuchar por encima del griterío general – ¡Los mejores detectives de La Ciudad están aquí, trabajando en el caso! ¡Ustedes lo saben!

– ¿Y qué han logrado hasta el momento? – preguntó una voz desconfiada.

– ¡Nada! – Le respondió alguien de la multitud – ¡Después de todos estos meses ha vuelto a matar con toda impunidad!

– ¡Ni en la época de la descontrolada presencia de los estudiantes que vienen por sus vacaciones estamos expuestos a tantos peligros!

Edgar comenzó a sentir que algo parecido a un negro nubarrón se instalaba por sobre su cabeza y estaba a punto de tragarlo. Toda esa gente estaba en lo cierto. Mirado desde esa perspectiva, el asunto se veía cada vez más oscuro y complicado. ¡Era tan poco lo averiguado hasta el momento! Ahora se esperanzaba en que el equipo científico hubiera conseguido reunir algunos elementos significativos en el viejo hogar de Isadora, algo en lo que no había confiado demasiado pero le parecía, al menos, importante en ese momento.

– ¡Hay un equipo del laboratorio forense trabajando en el pueblo! – Comenzó a explicarles, convencido de que esto los calmaría– ¡En la casa Vander Kooy y en la de Nora Duplay! ¡En la primera, porque ha permanecido cerrada por muchos años, reuniendo a su alrededor tantas historias de usurpaciones que hemos decidido investigar qué hay de cierto en eso! ¡Tal vez el asesino se ocultó allí en algún momento!

– ¡No hay nada de cierto! – Gritó alguien por allí – ¡Usted lo ha dicho! ¡Son historias, sólo historias! ¿Qué van a descubrir por ese lado?

Edgar dudó en responder a aquella escéptica pregunta y, por último, se decidió por continuar con su explicación.

– ¡Y esperamos comprobar que Nora también fue muerta por este criminal y encontrar sus huellas allí!

En algún momento fue consciente de estar ofreciendo información que, supuestamente, convenía mantener en reserva y lejos de la opinión pública. Pero se dijo a sí mismo que las circunstancias ya no lo permitían y mandaría al diablo al primero de los detectives que se lo reprochara. Era él –y no ellos– el que estaba sobrellevando ese bochorno…

Sin embargo, no se atrevió a avanzar en comentarles acerca de la piel bajo sus uñas. Eso sería lo mismo que asegurarles que habían hecho rodar adrede la versión de un accidente. Y esas personas no estaban de ánimo para escuchar que, de algún modo, se les había mentido, aunque hubiera sido para preservarlos del pánico que ahora los desbordaba. Por otra parte, si el comentario llegaba a oídos del asesino podía causar alguna reacción inconveniente de su parte, como huir del pueblo definitivamente o volver a atacar, si su grado de locura era el que todos suponían.

– ¡Casas cerradas! – Exclamó alguien en tono despectivo – ¡Ni siquiera es la única! ¡Qué manera de perder el tiempo!

Edgar sabía que aquella gente malhumorada y fuera de sí se estaba cargando con su respeto. No era algo agradable de experimentar pero no encontraba el modo de defenderse. Y aunque se sentía injustamente atacado, sobre todo porque la responsabilidad de la resolución del caso no descansaba sobre sus espaldas, se resignó a aceptar la peor parte.

Fue entonces cuando vio, de pronto, al detective Bordone. Estaba a su lado, con las manos en alto, exigiendo el silencio de aquella ruidosa muchedumbre. Su presencia los hizo callar repentinamente. Nadie allí lo reconocía como uno de los investigadores llegados de La Ciudad, pero aun así sabían de quién se trataba y estuvieron dispuestos a darle la oportunidad de ser escuchado. Luego de presentarse, Bordone los arengó con su impávida insolencia de siempre.

– ¡Esta investigación llegará a buen puerto en poco tiempo más! – Aseguró, impertérrito – ¡Y el comisario Dutra está prestando toda su colaboración para que así suceda!

Edgar se volvió a mirarlo, con asombro. No podía creer que ese hombre estuviera allí, junto a él, compartiendo la responsabilidad de enfrentar a una turba enardecida y... ¡defendiéndolo con aquella convicción! Bordone –el "filósofo", el "irónico"– era alguien lleno de sorpresas...

– ¡Ustedes no tienen ninguna experiencia en esto! – agregó.

Algunos rostros volvieron a mirarlo con desagrado.

"¡Oh, no! ¡No vayas por ahí, petulante!", se encontró pensando Edgar, *"¡Regresa a tu estado anterior!"*

– ¡Me refiero a que jamás han tenido que vérselas con un asunto tan delicado como éste, en un lugar de proverbial tranquilidad como Río Ballais!

A todos les volvía el alma al cuerpo. ¡Esas eran las palabras indicadas!

–Un procedimiento de investigación criminal es engorroso y lleva su tiempo avanzar en medio de los obstáculos, las pistas que no siempre resultan buenas y, desde luego, el artero comportamiento de un asesino. Hay avances y retrocesos todo el tiempo...

De pronto se escuchaban algunos murmullos de aprobación. Era increíble, según pensaba Edgar, pero Bordone estaba a punto de convencerlos de algo.

– ¡Muchas veces a todos nos embarga la desesperanza cuando vemos transcurrir el tiempo sin obtener los resultados esperados! ¡Con más razón aún, después de estos otros dos crímenes que, a decir verdad, no esperábamos de ningún modo y nos toman por sorpresa, a mitad de nuestro trabajo! ¡Pero, créanme, el asesino ha tenido que abandonar su escondite para salir a matar nuevamente...porque por alguna razón se ha sentido amenazado y ha temido ser descubierto! ¡Gervasio Tornasso y Nora Duplay deben haber visto o recordado algo que lo exponía totalmente! ¡Ese es el móvil de sus últimos crímenes, lo que quiere decir que tarde o temprano, terminará cometiendo algún error! ¡Pero aunque no lo haga, aquí estamos nosotros, los detectives y el comisario, para caerle encima muy pronto! ¡Eso es lo que haremos y se los dejo como promesa! ¡Confíen en nosotros porque será la única manera de no quedarse solos con su propio miedo!

Hubo quienes parecieron a punto de aplaudir. El murmullo creció en aceptación de aquella arenga.

– ¡Vuelvan a sus casas! – Concluyó Bordone – ¡Y déjennos hacer nuestro trabajo por el bien de todos!

Aquellas últimas palabras tuvieron el efecto de generalizar el convencimiento de todo el grupo. Aun el de los más tercos y remisos en aceptarlo.

Cuando Edgar y Bordone regresaron al interior del destacamento, encontraron a Modiliani aguardándolos, en franca actitud de incredulidad. Tenía los brazos en jarra y meneaba enérgicamente la cabeza.

– ¡No sé cómo puedes enfrentar a una chusma irracional, esgrimir argumentos tan frágiles y conseguir esa clase de resultados, Bordone! – exclamó.

– Le agradezco su gesto conmigo – dijo Edgar, menos incrédulo que el Detective Inspector – Nobleza obliga...

Bordone les sonrió a ambos. Y luego les dedicó la clase de mirada que parecía indicar que los veía, por primera vez.

– Acabo de hacer una promesa – se limitó a decir – Y me parece que va siendo hora de pensar en cumplirla...

QUINCE
IMÁGENES

Por aquellos días, Edgar pensaba que la actitud del buen enfrentamiento de Bordone con los vecinos hubiera sido algo que él, al menos, habría esperado mucho más de Modiliani que de ese detective de modales desagradables y reacciones fuera de lugar.

El Detective Inspector, por su parte, creía que la promesa de la que había hablado Bordone no estaba aún tan cerca de cumplirse. Y ya le habían dado razones para creerlo todos los informes recibidos hasta el momento. Lo que aún desconocía era el inesperado vuelco que pronto tomaría el caso...

Bordone, a su vez, para llevar a Edgar al colmo de su asombro con él, le había aclarado que la recuperación del teléfono celular y aun el descubrimiento de la azada con la que Alberta había sido golpeada – y a pesar de que esto último no agregaba nada al caso, a excepción del convencimiento sobre la improvisación con que el asesino había debido actuar – eran dos buenos motivos para haber ponderado su colaboración. Especialmente porque haberse tomado personalmente la molestia de encontrar el objeto utilizado para el ataque, resaltaba sus dotes de buen policía. Y como Edgar se quedara contemplándolo con incredulidad, pese a su explicación, sonrió de cierto modo condescendiente para decirle que su manera de ser, irónica y despectiva, no era sino una pose que utilizaba en su trabajo profesional, para "ablandar los huesos" de todo el mundo. Bueno, en realidad nunca terminó de aclarar que sólo una parte de esto era cierta y que la otra parte indicaba que, en ocasiones, *era* y *se sentía* sarcástico, sin necesidad de fingirlo. "Adaptación de carácter", había que llamarlo...

Todo esto había conseguido que Edgar comprendiera que algunas cosas habían cambiado para bien. Nadie había hecho reproches acerca del exceso cometido en la información pública y el propio Bordone se había apoyado en la confirmación sobre el crimen de Nora. Estaban comenzando a funcionar con la compenetración propia de un equipo de trabajo. Y hasta se sentía capaz de sobreponerse a su recelo recientemente adquirido por Adriano Bug, cuando éste regresara de La Ciudad.

Pero el hallazgo en la casa Vander Kooy había resultado decepcionante, oscureciendo el ánimo de todos. Era una suerte haber descubierto ese punto de apoyo que ahora le permitía a Edgar sostenerse como parte del equipo, porque de lo contrario, ése hubiera sido el peor momento para sobrellevar el desencanto. Y también lo hubiera sido para los demás.

Aunque no contaban con ninguna respuesta cierta, les hacía bien interrogarse entre ellos con toda clase de preguntas desorientadas. Edgar ya lo consideraba como una parte del procedimiento...

Lo cierto era que *había* una bella planta de jazmines en el jardín interior de la casa de Isadora. En este sentido, su recuerdo acerca de ella había fallado estrepitosamente. Incluso, se había podido comprobar, gracias a la idoneidad de los expertos, que algunas flores habían sido arrancadas más o menos en forma reciente. Lo que continuaba siendo un misterio era el medio por el que habían ido a parar a aquellos jarrones. ¿*Quién* las había colocado allí? Los policías se dijeron que, en algún momento, deberían enfrentar las posibles respuestas.

Tampoco se obtuvo ningún éxito en la comparación de fibras, de modo que el fracaso de aquella búsqueda fue absoluto. Modiliani se había convencido de que en algo se estaban equivocando. Algo que les impedía ver un poco más allá de los hechos concretos del caso.

Y ya que el laboratorio había confirmado que las flores en los jarrones procedían del jardín de la casa, poco y nada se mantenía en pie, en relación con la planta de jazmines del jardín de Marco Lorenz. El hecho de que las mismas flores aparecieran en ambas escenas, podía tratarse de una coincidencia tanto como no serlo. De modo que tampoco se avanzaba por allí. La ausencia de rastros, además, los dejaba completamente a oscuras con respecto a la historia de un usurpador en la casa Vander Kooy. El enigma de las flores en los jarrones causaba la impresión de "salpicar" en algún sentido a Isadora. Porque ella parecía ser la única explicación posible. Sin embargo, Modiliani se abstuvo de más comentarios al respecto.

En cuanto a la casa de Nora Duplay, sólo podía decirse que también estaba tan "limpia" como un templo, para la investigación. Habían podido demostrar que había sido atacada sobre la misma escalinata, durante la noche anterior al descubrimiento del crimen. Y, por lo tanto, de acuerdo con el *argot* policial, fue declarada "muerta en la escena".

Era absolutamente valiosa la preservación del material genético hallado bajo sus uñas, aunque no contaban con bases de datos ni archivos conocidos, como en otros sistemas de investigación criminal más avanzados, para la comparación pertinente.

De todos modos, era un aporte invaluable porque todos se esperanzaban en que, tarde o temprano, darían con el asesino y entonces, esto se convertiría en una prueba irrefutable para incriminarlo.

En el caso de la autopsia de Gervasio Tornasso, más allá de determinar la obvia causa de la muerte que se describía con toda clase de observaciones técnicas en el informe, no fue posible encontrar sobre el cadáver ni a su alrededor (lo mismo había ocurrido con la occisa Nora Duplay) ninguna huella del asesino. Era bien conocido su *modus operandi*, en este sentido. Por supuesto no había hallado un calzado alternativo como la primera vez, para crear pistas falsas, pero no había pasado por alto el detalle de cuidarse de dejar las verdaderas en la escena.

Podía haberse descalzado; era una posibilidad. O bien, haber utilizado ese tipo de calzado rústico cuya suela es tan lisa como la frente de un bebé, que todo el mundo calza en los pueblos de montaña y no imprime huellas con ninguna característica específica. O, simplemente, se había tomado el trabajo de borrarlas minuciosamente.

En cualquier caso, había sido toda una suerte para él (o quizás lo había premeditado así) que la tormenta de aguanieve hubiera borrado todas las huellas alrededor de la miserable casa de Gervasio. Y el aterciopelado césped que rodeaba la escalinata en la casa de Nora, abarcando toda el área de ingreso al lugar, evitaba también la impresión de las huellas que, además, se había cuidado de no dejar sobre los escalones.

¿Cómo imaginaba Modiliani esta última escena?

Seguramente, el asesino había generado alguna situación que obligara a la víctima a salir de la casa. Un hombre joven y fuerte podía mantenerse, aguardándola, sobre el terreno cuyo declive era suave y firme, sin necesidad de caminar sobre la escalinata, hasta tomarla por sorpresa. Sí, era casi seguro que ése era el modo en que había ocurrido...

En el caso de Gervasio, todo debió resultarle aún más sencillo porque no había verdaderos impedimentos para ingresar a su desguarnecido hogar. No había dudas de que estaban frente a alguien tan peligroso como inteligente.

Para completar el cuadro de frustraciones que venían sobrellevando hasta el momento, la investigación sobre el teléfono celular no arrojó ninguna información valiosa. Si bien Modiliani había sospechado desde un primer momento que así sería, el resultado final no dejó de disgustarlo. Los únicos mensajes del asesino eran los conocidos, hechos desde los lugares esperables, aun cuando estos no dejaban registro de su procedencia, y no había habido llamadas que pudieran comprometerlo. "*Loco pero muy astuto*", lo definió Modiliani para sí. Pero fue entonces cuando la idea misma del teléfono lo llevó casi de un modo brutal, a la convicción de que en el último mensaje –¡el que estaba destinado a Isadora!– había estado frente a sus ojos todo el tiempo, la prueba más acabada de que ella sería, indudablemente, su próxima víctima.

El asesino mataba sólo movido por su propio y oscuro deseo de venganza. Tomar el lugar de la niña muerta no sólo formaba parte de un juego macabro... ¡"Regresaba" del más allá para recriminarle a su victimaria lo sucedido, abriendo el camino hacia una nueva venganza!

El punto a dilucidar consistía, entonces, en descubrir los hechos en común del pasado: Marco Lorenz e Isadora Vander Kooy eran el objetivo de odio de alguien que, por alguna razón, los reunía en aquel enfermizo sentimiento.

El problema radicaba en que la gran diferencia de tiempo generacional volvía muy difícil imaginar cuál podía ser esa terrible razón...

Dudó en decírselo a Edgar. No quería volver a tener de su parte, más reacciones de orden personal. Pero sabía que no sería posible ocultar el sol con la mano, en medio de aquella engorrosa investigación.

Cuando los huéspedes de la hostería llegaron al destacamento para declarar como testigos (¿o posibles sospechosos?) en el caso del ataque a Alberta Migliavacca, el Detective Inspector Modiliani tenía sus nervios destrozados. Comprendía que se entremezclaban a su alrededor toda clase de complicaciones, poniendo al horizonte cada vez más lejos.

Por eso, cuando el señor Abdul Mankosh, un regordete viajante con marcado acento extranjero, explicó con tanta seguridad lo que él había visto, Modiliani dudó en anotar su declaración entre lo interesante o lo complicado. De cualquier modo, las palabras de aquel hombre se salieron del cuadro general de tediosa rutina con que transcurría el interrogatorio a los demás, en medio de gestos que negaban haber visto o escuchado nada y escuetas respuestas de compromiso.

– Estoy completamente seguro de lo que vi – aclaró el señor Mankosh – La ventana de mi habitación tiene una vista privilegiada del patio. La vi moverse con sigilo a lo largo de una de las paredes y era evidente que buscaba un lugar donde dejar algo...

Modiliani se dijo que tal vez esta afirmación venía influenciada por el hecho de saber que habían encontrado un teléfono móvil arrojado por allí y al señor Mankosh ni se le cruzaba la idea de que cualquiera de los huéspedes podía haber perdido el suyo en algún descuido y tratarse sólo de eso, sin ninguna relación con el ataque sufrido por Alberta. Pero otra cosa era lo importante...

– ¿*La* vio, señor Mankosh? ¿Tan seguro está de que se trataba de una mujer?

– ¡Por supuesto! – aseguró el testigo – Y aunque no vi sus facciones...estaba muy oscuro...era imposible hacerlo...debía ser una mujer joven. Se la veía ágil al caminar.

Modiliani acababa de enfrentarse con uno de sus peores errores. Tal vez, se trataba de un error menor pero no por eso dejaba de tener su importancia. Gervasio, que ahora estaba muerto, también había mencionado a una mujer y había destacado aquella misma característica. En aquel momento, lo que el pobre muchacho le había manifestado al ayudante Loggino le había parecido suficiente. Pero ahora, ciertamente lo dudaba...

Se había conformado con creer que el policía, con su carácter "espeso" e insistente, sumado al conocimiento que tenía de Gervasio, había obtenido toda la información necesaria. Y ésta había sido importante pero escasa: una mujer vista de espaldas, totalmente vestida de negro. Lo único valioso y rescatable, porque se unía ahora a lo declarado por el huésped de la hostería, era el dato en común de que se trataba, aparentemente, de una mujer *joven*. Como las trescientas cincuenta mujeres jóvenes restantes que había en Río Ballais...

Era una aguja en un pajar. Y cuando Modiliani recurría a frases hechas para dar cuenta de algún detalle, era porque se sentía carente de otros recursos un poco más sólidos para *explicarse* los hechos.

– ¿Ustedes qué creen? — preguntó tímidamente a los demás – Porque yo, por mi parte, estoy convencido que no hay demasiados atajos para llegar a encontrar a una mujer que siempre se las ingenia para ocultarse apropiadamente.

– Como el mismo asesino – comentó Bordone, como al pasar.

Modiliani lo contempló por un momento, absorto en lo que acababa de decir, como si se hubiera tratado de la gran cosa.

– Casi...como si fuera su maestra. O su mejor alumna – concluyó, por último.

Pero un instante después, sólo supuso que había dicho una tontería.

– Lo único que se me ocurre a mí – comenzó a explicar Edgar – es que ha sido una suerte para Alberta que se tratara de una mujer. Porque es lo que explica que la fuerza del ataque no haya sido fatal.

– También explica algo más – aclaró el Detective Inspector en medio de una repentina inspiración – Tal parece que el asesino le encomienda los "trabajos" menores...

En ese momento, Adriano Bug ingresó al destacamento policial, de regreso de La Ciudad. Traía la expresión de alguien que, finalmente, había atrapado al zorro con las manos.

Alberta fue perdiendo, lentamente, su máscara de serenidad para parpadear con levedad al principio y luego, de un modo intenso e inconfundible. Estaba despertando, después de un coma de cuarenta y ocho horas...

Isadora, que la contemplaba desde el borde de su cama en la Sala de Cuidados Intensivos, enfocó sobre ella una enorme sonrisa de alivio y felicidad. Por un instante, la provocó la idea de sondear en aquel sentimiento para descubrirle la sinceridad que le atribuía –un ejercicio que hacía ya tiempo había declarado insano y "maloliente"– pero la alegría del momento fue superior a cualquier tontería neurótica.

Alberta, a su vez, la miró y también le sonrió, apenas. Estaba comenzando a conectarse nuevamente con una realidad que había abandonado una noche gélida en el patio de la hostería. Ese era su último recuerdo y todo lo que ahora la rodeaba parecía venirle de una lejana nebulosa, en la que la habían metido sin que ella se hubiera percatado. No era exactamente lo mismo que regresar de un viaje, aunque se sintiera como recién llegada de otro lugar.

– ¿Isadora? – preguntó con una voz apenas audible.

– Shhh... – le acarició suavemente la frente – No te esfuerces en hablar. ¡Ya es bastante bueno que hayas despertado!

Un médico acompañado por una enfermera de mirada atenta y actitud profesional, se acercaron a observarla y también le sonrieron.

– Bienvenida al mundo, Alberta...– fue el saludo del joven doctor – Estuvimos preocupados por usted, pero sabíamos que no nos defraudaría.

Enseguida preguntó por Albertina, deseando tenerla a su lado con todas sus fuerzas.

– Estuvo aquí toda la noche – le aseguró Isadora – Vine a reemplazarla esta mañana temprano. ¡Ya hubieras despertado antes si tanto querías verla!

Alberta recibió la chanza de buena gana. Y todos a su alrededor se encontraron con la buena noticia de que, en una primera impresión al menos, su memoria aparecía muy bien resguardada. El cuadro era por demás de alentador...

Albertina, acompañada de Gabino, llegó al hospital con la rapidez de un rayo, apenas fuera avisada de lo que ella calificó como un milagro por el que agradecería eternamente al Cielo. En realidad, la noticia de la recuperación de Alberta fue el comentario de todo el pueblo en no más de diez minutos, después de haberse producido.

Una hora más tarde y en base a su propia ansiedad, le prometieron que regresaría a casa al día siguiente, luego de algunos estudios complementarios.

Cuando Edgar llegó hasta su cama, la expresión en el rostro de Alberta ya había perdido todo vestigio de su desorientación inicial. Se sentía bien ubicada en tiempo y espacio y lo esperó con el comentario que todos temían en el fondo.

– Si vienes a preguntarme quién trató de agujerear mi cabeza, pierdes el tiempo. En ningún momento me percaté de su ataque a mansalva...

– Es lo que suponíamos – estableció Edgar – Pero estoy aquí en calidad de amigo, feliz por tu recuperación y poniéndome a tu disposición para lo que necesites.

Un poco más allá, Isadora escuchaba aquellas palabras y una sana envidia le sacudía el alma. ¡Cómo hubiera deseado ser su destinataria! Sabía que las cosas no habían quedado bien entre ellos y no tenía la menor idea acerca de qué hacer para retomar una relación a la que había maltratado tanto. Había sido una necia y ahora se encontraba perdida en medio de su propia estupidez, sin saber qué hacer ni qué decir.

Edgar apenas la había saludado, frío y distante, y no parecía interesado en pedir ni dar explicaciones. Una vez más, había quemado las naves y se encontraba aislada, rodeada de su interminable soledad, despojada de cualquier promesa de felicidad futura...

Con el sentimiento de ser quien estaba de más en la escena, se acercó a Alberta para despedirse.

– Volveré a la hostería – le dijo – Albertina se quedará contigo un buen rato y alguien tiene que ocuparse de todo aquello...

Saludó imperceptiblemente a Edgar con una inclinación de cabeza y se marchó. Cuando recorría el largo corredor hacia la salida, la paralizó una voz que la llamó por su nombre. La reconoció enseguida y se volvió con lentitud para enfrentarlo.

– ¿Quieres que te lleve de regreso? – preguntó Edgar, que ya la había alcanzado.

– ¿Ella te pidió que lo hicieras?

Se maldijo al instante por aquellas palabras. Sabía que ésa era la parte de ella misma que él más odiaba. ¡Realmente se la pasaba arruinándolo todo!

– Lo siento – dijo inmediatamente, para disculparse – ¿Crees que alguna vez lograré que esta boca deje de decir insensateces?

Edgar le sonrió como aquella primera vez, cuando cenaron juntos. Parecía dispuesto a aceptar su disculpa. ¿Lo estaría también para perdonarla por todo lo demás?

Demetrio miró a todos con recelo y estuvo dispuesto a cumplir con el papel que siempre esperaban de él: el del torpe que hablaba sin el sentido de la sutileza y al que nunca incluían en ninguna conversación importante. Pero esta vez ese mismo rol lo ubicaba en un lugar favorable porque, sin llamar la atención de nadie, estaba dispuesto a ser "los oídos" de su jefe que acababa de salir disparado hacia el hospital.

Tenía la impresión que el detective Bug había llegado con una buena noticia o con información relevante pero había estado esperando que Edgar se marchara para no compartirla con él.

En el fondo, Demetrio disfrutaba de esa estúpida situación de revancha personal, porque a él nadie le quitaba de la cabeza que Bug deseaba disputarle el interés de Isadora Vander Kooy y no había dudas de que venía en desventaja. De todos modos no tenía mucho sentido que Bug le retaceara cualquier información porque sabía que el Detective Inspector no se lo ocultaría ni permitiría que eso ocurriera. Pero no era posible ignorar lo que significaba para un policía no recibir el informe de primera mano de un colega. "Desprecio" era la palabra que acudía a sus pensamientos, para definirlo.

– ¿Recuerdan a Orestes Gramma, el dueño de una vieja y conocida casa de fotografías en La Ciudad? – Les preguntó el detective Bug sin ocultar el brillo de entusiasmo en la mirada.

– Tenía un nombre que no parecía ir de acuerdo con el rubro del negocio...– rememoró Modiliani.

– "La Espiga de Oro" – confirmó Adriano Bug – Su primo, Calixto Ferraro, fue su socio poco después de cerrar su negocio de panadería. Y ésa es la razón del nombre que adoptaron para su nueva actividad. Pero creo que las cosas sólo anduvieron bien entre ellos por un tiempo y, como en casi toda sociedad, no tardaron en llegar las discusiones y las discrepancias. Ferraro estuvo de acuerdo en venderle su parte a Gramma y hasta le permitió conservar el nombre que ya se había hecho de cierto prestigio en el lugar. Así éste continuó con el negocio, en tanto su primo se perdió de vista por algún tiempo. Y no se supo nada más de él hasta la época en que estuvo trabajando como fotógrafo en el Asilo de Huérfanos. Sin embargo, su vieja afición por la repostería no había desaparecido totalmente...

Modiliani lo contemplaba, absorbiendo cada palabra con un desmedido interés. Su sexto sentido se había puesto a funcionar como un indómito tordillo que galopaba en medio de una gran pradera. No lo detendría y dejaría que retozara a sus anchas, hasta comprender por entero hacia dónde se dirigía Adriano con su relato.

– A decir verdad, Calixto Ferraro resultó ser todo un personaje. Panadero venido a menos, fotógrafo aficionado por entonces y filántropo. Tenía la capacidad de relacionar cada una de sus actividades y de conducirlas a un mismo fin. Trabajó un largo tiempo para el Asilo de Huérfanos, donde todos los niños lo consideraban una especie de protector. Se ocupaba de tomar las fotografías en cumpleaños y fiestas en general y era alguien muy querido por los niños. Parece ser que poseía un carácter amistoso y alegre y esto le facilitaba la relación con los pequeños huérfanos. En algún momento, tomó la decisión de volver a su viejo oficio y con la anuencia del director del Asilo, instaló su humilde negocio de panadería, puertas adentro del establecimiento y repartió su tiempo entre fotografías, panes y pasteles. Los niños lo adoraban...

– ¿Quién te ha dado tanta información? – Lo interrumpió, de pronto, Bordone – Estás hablando de gente que parece haber desaparecido hace ya tiempo...

Adriano Bug sonrió con su perspicacia, recientemente adquirida.

– No los niños de entonces – respondió – Hice contacto con uno de ellos, por casualidad. Esas cosas que ocurren cuando te pones a hacer preguntas aquí y allá. Tú sabes...

Bordone sabía, desde luego, a qué se refería y lo dejó seguir con su relato. Bug pareció perder el hilo de la narración por un momento, luego de la digresión, pero enseguida consiguió retomarlo.

– Hoy es un padre de familia y un respetable ciudadano que se mostró razonablemente predispuesto a contar esta historia. Por supuesto que algunos detalles ya no estaban en su memoria...Bien, lo que recordaba perfectamente era el intenso y particular apego que uno de los pequeños huérfanos desarrolló por Calixto, llamando la atención de todos. Porque se trataba de un niño muy hosco y solitario que no se relacionaba con nadie y tenía cierta inclinación perversa a hacer daño y cometer acciones malvadas...

Modiliani comenzó a vislumbrar la luz al final del túnel. De pronto, comprendía hacia dónde iban y se sintió muy a gusto en medio de aquel relato que empezaba a resultarle fascinante.

– Pero Calixto lo adoptó como su pupilo y lo puso a trabajar con él, logrando que por un tiempo el pequeño desadaptado olvidara su mal comportamiento. Debía tener unos trece años por entonces y aunque todos allí comentaban que sus padres vivían pero habían decidido abandonarlo, mi informante recordaba que su madre lo visitaba de vez en cuando y en una oportunidad se lo llevó con ella, por un tiempo. Cuando regresó al Asilo, todo parecía estar peor que nunca en la relación entre el niño y la madre. Hubo comentarios...extraños comentarios. Pero, por su corta edad, él no recordaba el significado de lo que había escuchado. En todo caso, Calixto volvió a tomarlo bajo su protección y los rumores se acallaron hasta que todos dejaron de mencionar el tema – el detective Bug suspiró, sintiendo el alivio de haber logrado darle perfecta coherencia a su extenso relato – A partir de esta historia, y con todos estos datos en mi poder, comencé a ordenar algunas conjeturas. Desde luego que no lo hice antes de visitar el Asilo y pedir la antigua documentación archivada...

A esta altura, Modiliani y Bordone esperaban por el resto de la información, casi sin aliento.

– Para el tiempo en que todo esto sucedió, había cuatro niños de esa edad en el Asilo. Aquí tengo sus nombres...– extrajo una pequeña libreta de anotaciones de uno de los bolsillos de su americana y se puso a leerlos en voz alta – Enrico A., Paulo H., César A. y Silvio M.

– ¿Es broma? – Preguntó Bordone, sorprendido – ¿Qué es lo que pasa con los apellidos? ¿Por qué figuran sólo las iniciales?

– Son huérfanos – le aclaró el detective Bug, apesadumbrado – Los apellidos se conservaban bajo estricto secreto por aquella época. Porque se trataba, generalmente, sólo del apellido materno. Y aquellas mujeres, las que dejaban allí a sus niños, tenían sobradas razones para requerir discreción. Eran, muchas veces y contrario a lo que podemos suponer, damas de renombre en la sociedad, que terminaban arrojando su "pecadillo" en el Asilo para continuar con sus supuestas vidas decentes.

– ¡Qué horror! – Masculló Modiliani, dando a entender que nunca se daba por sentado el haber escuchado todo – Pero complica nuestro trabajo...

– ¿Qué *trabajo*? – Se exasperó Bordone – ¡No entiendo el punto!

El detective Bug acudió en busca de su sonrisita de estilo enigmático.

– Eso, compañero, porque aún no he dicho que mi informante... ¡reconoció al niño de la fotografía en el portarretrato!

– Adriano, ¡te levantaré un monumento! – estalló el Detective Inspector, rebosante de entusiasmo.

– Era, desde luego, uno de aquellos huérfanos. Precisamente, el que Calixto Ferraro rescató como su ayudante – concluyó.

El corto recorrido del regreso a la hostería fue tenso en extremo y pareció durar una eternidad. Tanto Edgar como Isadora se veían claramente incómodos en la situación.

Por un momento, Isadora sintió un profundo arrepentimiento por haber aceptado el ofrecimiento de Edgar. Y éste, mientras tanto, rebuscaba entre sus palabras para ver si aparecía alguna que lo ayudara a salir del paso.

Cuando aparcó frente a la hostería, ya había decidido que sólo deseaba despedirse en buenos términos. Tal vez, insinuar la posibilidad de alguna conversación futura que les sirviera para aclarar las cosas, pero no mucho más que eso. No quería comprometer sus sentimientos nuevamente, hasta tanto no saber con más serenidad interior, hacia dónde podía llevarlo aquella relación.

– Gracias por acercarme...

La voz de Isadora, agradeciéndole el favor con un temblor de temerosa levedad, lo regresó al momento. Tomó a tiempo su mano, abandonada en el regazo, cuando ya había llevado la otra a la manilla de la portezuela, para descender notoriamente triste y frustrada, a pesar de su desesperado esfuerzo por disimularlo.

– Aguarda...– fue una palabra acompañada de un suspiro – Sé que necesito decir algo en relación con nuestra discusión por...

Se interrumpió en medio de su propia vacilación. ¿Había sido por sus supuestas emociones con respecto a la muerte de Nora? ¿Había sido porque Isadora nunca le perdonaría el feo rasguño que había visto en su rostro? ¿Porque no estaba dispuesto a compartir con ella algunos datos de la investigación? ¿O por todo esto a la vez?

– No fue *nuestra* discusión, Edgar – se apresuró a responderle ella, con un tono de voz lastimero – He sido yo. Simplemente, siempre soy yo...

Sabía que estaba a punto de echarse a llorar y no quería cometer esa torpeza. Esperó a que el impulso pasara para volver a hablar.

– Soy una especialista en malograr los asuntos más delicados – de pronto, maravillada de sí misma, se encontraba con su parte más auténtica, dispuesta a exponer sus verdaderos sentimientos – Por lo menos, los asuntos que ciertamente me interesan. Y tú *eras* uno de ellos. Lo siento, es posible que aún no esté preparada para amar, sino sólo para lastimar...como siempre ha sido.

– No digas eso. Por favor, ya no lo digas.

Dejó de mirarla en ese preciso momento. Sus ojos buscaron algún punto imaginario, a través del parabrisas del patrullero. Lejos de allí, lejos de ella y de todo...

Las lágrimas rodaron, finalmente, por las mejillas de Isadora. Un gran desencuentro acababa de separarlos, imperceptiblemente. Un corazón que se abría a la verdad de su más profundo temor a sostener la felicidad que siempre le parecía inalcanzable, se desgarraba al golpear contra otro, que ya había perdido su seguridad en sí mismo...

– No han encontrado rastros de ningún usurpador en tu casa – dijo, de pronto, sin saber si aquello servía, acaso, para moderar el momento.

Ella se volvió a mirarlo sólo de soslayo.

– ¿Esa es información que puedes compartir conmigo?

Lo vio, apenas, desaprobar con un gesto.

– Lo sé – agregó Isadora – No te acostumbras a mi modo de ser. Siempre hago preguntas relacionadas con cosas que me han molestado en su momento. Soy una *verdadera* rencorosa. Casi un arquetipo de libro, lo siento...

– ¿No te decepciona saberlo? – preguntó Edgar, como si deseara jugar con el equívoco.

– Si te refieres a lo de la casa...sólo me intriga. Alguien se ocupó de ordenar aquella sala. Ni papá ni yo lo hicimos de esa manera, al marcharnos.

La portezuela se abrió al impulso de la mano que hizo girar la manilla, por fin. Aquel leve sonido fue como un pequeño camino de regreso al interior del coche, para Edgar, absorto en el último comentario de Isadora. Y a su cercanía, si bien ya se mostraba dispuesta a alejarse, resignada al olvido.

Nada podía terminar de ese modo, se dijo, dolido de pronto, frente a las circunstancias. ¡Ni siquiera se habían dado una oportunidad y eso no le parecía justo!

– Estamos cansados ahora, pero tal vez podamos reunirnos más adelante para aclarar un poco más las cosas...

Lo estaba soltando a borbotones y no encontraba el centro de lo importante. Quería decirle que *debían* darse esa oportunidad, ahora perdida. Que otra cosa no tendría sentido...

– Me parece que eso estaría bien.

La voz de Isadora era trémula y apenas audible. Pero él no encontraba el modo de quitarle el mutismo a su propio y terco corazón.

– De acuerdo. Sí, eso haremos...

Se miraron, aceptando aquellas últimas palabras como única despedida.

– Vi fotografías de ese niño tomadas por Calixto Ferraro en las fiestas del Asilo. ¡Una docena de ellas! El niño de nuestro portarretrato estaba allí, retratado en medio de otros niños. Las fotografías aún permanecen colgadas en las paredes del gran corredor y la sala de recepción. Son una especie de recordatorio de la vieja época del lugar. Y les aseguro que...causa escalofríos verlas.

– ¿A qué te refieres? – preguntó Bordone, intrigado.

– Al rostro de César A. – confirmó Bug – Cuando obtuve estos nombres, regresé a mi informante que por los años transcurridos o, tal vez, por alguna extraña necesidad de olvidar un tiempo nada feliz de su vida, no había podido recordar el nombre, en su momento. Me esperancé en que lo haría si le mencionaba los que había conseguido en los archivos del orfelinato y, afortunadamente, así ocurrió. Lo reconoció con la misma seguridad con que antes lo había olvidado. Y... ¿saben qué? – el detective observó a todos antes de continuar– César A. aparece fotografiado como un pequeño lobo en medio de un rebaño de corderos...

– Adriano, ¡explícate! – le exigió Modiliani.

– ¡Ese niño tiene algo siniestro en la mirada! – argumentó Adriano Bug, convencido de su apreciación personal al contemplarlo – Siempre me lo pareció en la fotografía del portarretrato...algo *muy* malvado, bajo cierta máscara angelical. Pero si ustedes hubieran visto las otras fotografías... ¡ah, eso sí que era horrible! Escenas de fiestas infantiles, niños felices frente a un pastel de cumpleaños, sonriendo a la cámara que los fotografiaba y él...él, en cambio, *siempre* mirando a los niños, con la expresión de alguien...que está poniendo demasiado interés en lo que hace.

Fue un instante en que toda la tensión que se respiraba en el ambiente, se deshizo en el aire como una brisa que escapaba por la ventana. Algo espeso y oscuro que había oprimido sus gargantas desaparecía y, en su lugar, algo luminoso y esclarecedor les regresaba al alma. Todos se miraron comprensivos de aquel momento.

– Es nuestro asesino – estableció el Detective Inspector, como quien se aferra a la realidad al despertar de una pesadilla– Hoy debe tener unos cuarenta y ocho años. Ese es el hombre que estamos buscando...

– Lo hacíamos más joven. ¿Por qué siempre suponemos que la fuerza y la agilidad acompañan a la juventud y terminamos en un error de apreciación como ése?

Bordone se sentía contrariado, a pesar de todo. No le gustaba reconocer que existían supuestos que, en ocasiones, entorpecían su trabajo.

– A los cuarenta y ocho años, con un adecuado cuidado del cuerpo y buen ejercicio puedes conservar una excelente condición física – Modiliani sonreía feliz, porque esto no había sido, finalmente, el nudo de ningún error importante – ¡Sino mírate tú, Luciano! ¡Te ves muy saludable en tus cincuenta!

– ¡Eh, no te abuses! No los he cumplido aún...

– ¿Saben cómo se formó la marca de agua en la fotografía? – Adriano Bug quería recuperar su atención – Calixto Ferraro estaba tan interesado en conseguir que el pequeño César se reivindicara por fin, que llevó su condición de ayudante a la de "socio". Por supuesto sólo se trataba de una especie de juego. Pero las iniciales de sus apellidos fueron utilizadas para reconocer la producción de fotografías que Ferraro tomaba en el Asilo...

– Debemos acceder a los archivos secretos – comenzó a explicar Modiliani – Tenemos que conocer por entero la identidad de nuestro hombre. Luciano, consigue una orden...

– No conseguiremos nada – lo interrumpió el detective Bug – ¿Crees que de haber sido posible lo hubiera pasado por alto? Los archivos se destruyen cuando los huérfanos alcanzan su mayoría de edad y dejan el Asilo...

– ¡Esto sí que no me lo esperaba! – exclamó Modiliani, contrariado.

– ¿Quieren conocer el final de la historia?

– ¿Hay más?

La pregunta era de Bordone que se había mostrado impresionado por el relato y aún lo asombraba que quedara un resto por contar.

– Calixto Ferraro tuvo una extraña muerte. Aparentemente, un accidente por descuido lo llevó a caer sobre el borde de una de sus mesas de trabajo, en la pequeña cuadra de la panadería del Asilo. El caso se cerró bajo el rótulo de "muerte accidental" y no se investigó absolutamente nada, pero... ¿fue eso realmente lo que le ocurrió? No olvidemos que estaba peligrosamente cerca de *ese* niño...

– ¿Y cuál podría haber sido la razón para matar a un hombre a quien sólo le debía toda clase de agradecimientos?

La pregunta del Detective Inspector pareció flotar en el aire por un momento, hasta volverse un interrogante de peso.

Isadora contempló la vieja avenida y se dio cuenta que, en muchas de sus partes, no la reconocía. ¡Un comercio de comidas rápidas en el lugar donde había estado emplazada la joyería! Y si bien no era la primera vez que lo veía, sí era la primera vez que sentía estrujársele el corazón.

Lo percibía como una afrenta, reservada sólo para ella. Al menos, en su sueño, cierta piedad onírica le impedía ver otra cosa más que ausencia: lo que el tiempo se había llevado y la pequeña Anabel era incapaz de comprender.

El aire se había impregnado del olor rancio del refrito saturado en aceites insalubres y esto no era más que un dato prosaico de la realidad inmediata. Algo insoportable...

Si alejaba un poco la mirada, con la osadía propia de quien regresa al lugar del crimen, podía ver la silueta del pequeño puente que atravesaba la acera, llamándola a revivir todo un mundo abandonado, en medio de la irrepetible química de su infancia: los juegos, las travesuras, la canción maldita, el sonido de las aguas del río abriéndose paso sobre el lecho pedregoso, una sonrisa por la felicidad de un momento, el "accidente" de Anabel –como un tropiezo, el más doloroso de su vida, por la oscuridad de una muerte inaudita– Blanca Amaltti contemplándola con una mezcla de conmiseración y desprecio...

"¿Qué has hecho?" "¡Mira, tu hermana está muerta!"

Ya no recordaría el estribillo ni la horrible canción. Nunca les permitiría volver a salir de la oscuridad de sus peores recuerdos. Odiaba que hablaran de un hilo de sangre, oscuro, reptante y mortal...

Apenas había asomado un rostro pálido, demudado, sobre el borde faltante en el parapeto del puente; el filo maldito de un abismo. Y el paisaje que su mirada podía abarcar, a pesar del horror que había comenzado a trepar por su pequeño cuerpo tenso y expectante: una roca cubierta de musgo, resbaladiza y peligrosa; un hilo (de sangre –¡no!–) de agua, recorriéndola. Todo era una imagen detenida...

En sólo unos minutos, el mundo había cambiado para siempre.

Fue Blanca la primera en reaccionar y correr, arrojándose prácticamente hacia la roca saliente del río. Se escuchó algún grito sofocado, a sus espaldas. Los niños permanecieron paralizados, como pequeñas estatuas de semblantes pálidos.

Ella, en cambio, avanzó unos pasos: los mismos que había obligado a recorrer a su hermana un momento antes, al empujarla...

Aún conservaba en su mano, la sensación del contacto áspero con el *jersey* de mezclilla de Anabel. Por mucho tiempo, ése sería el último recuerdo de su hermana: la impresión en su mano que se había impuesto a su imposibilidad de volver a acariciar a alguien.

Minutos, sólo minutos. Cuando pudo enfrentar la escena, Anabel parecía dormida entre los brazos de Blanca...

Regreso a la realidad. Para buscar un hueco, nada más que un pequeño hueco donde ocultarse de los recuerdos. La parte faltante del parapeto había sido reparada hacía mucho tiempo...

Pero la imagen que evocaba tenía la insistencia propia del dolor que jamás termina, que se aferra, obstinado, a los remordimientos de un instante de la vida, ése que nunca se podrá cambiar.

– La nostalgia le asienta al rostro, Isadora.

La voz le llegaba de alguna parte y no le era completamente desconocida. Como el sol apenas cálido de la tarde le daba de lleno en los ojos, tuvo que hacer un esfuerzo para enfocar la mirada en el recién llegado. Era el detective Adriano Bug, con su latosa actitud de avanzar una vez más a por ella.

Le sonrió débilmente. No quería volver a ser descortés con él, pero también deseaba insinuarle que había sido interrumpida en algún momento de íntima meditación. Se mantuvo en silencio, apretando los labios, obligándolos a callar sus verdaderos sentimientos.

– Debe ser hermoso y triste a la vez recorrer los lugares que conoció de niña...

– Lo es – afirmó Isadora por todo comentario.

– ¿Pero qué ha quedado de nuestra cita?

Ese hombre poseía el tacto de un rinoceronte, se dijo, repentinamente enfadada. Era tan evidente que sólo se interesaba por sus logros con ella, que cualquier otra cosa que dijera se volvía anodina y olvidable.

– Ha quedado en...nada.

La respuesta escondía una oculta insinuación vengativa. La causaba aquel modo de ser obstinado y perseverante, en el mal sentido.

– ¿Se refiere a que...no aceptará salir conmigo o a que no hemos hecho los últimos arreglos?

¡Vaya pregunta! Directa, despejante, cargada con grandes balas de cañón. Era la típica pregunta de un policía troglodita, básico como un ábaco antiguo. Era una oportunidad para retirarle cualquier esperanza, de todos modos.

– Sólo habíamos hablado de una conversación un poco más distendida que la que tuvimos en la hostería. ¿Sería eso una cita?

– Usted dígame...

El detective Bug tenía las manos fuertemente hundidas en los bolsillos de su abrigo, las piernas un tanto separadas y los ojos ligeramente entrecerrados, tal vez buscando esconder una mirada de preocupación. Aun cuando Isadora sólo estuviera intentando tontear con él, apegada a cierta mítica coquetería femenina – aunque no era en absoluto el caso– él no hubiera estado en condiciones de comprender las reglas de juego.

– No, no lo sería– dijo, lentamente, mirándolo de frente con toda valentía – Y, difícilmente, llegará a serlo alguna vez...

Por alguna razón que no estaba a disposición para ser interpretada en ese momento, supo que ese modo directo y bastante rudo de decir las cosas, era lo único capaz de "perforar" el entendimiento del detective. Había que darle de beber de su propia medicina...

La expresión del rostro se transformó hasta asemejar la mueca rígida de una marioneta. No hubo reacciones en un primer momento, más que aquella expresión de "muerte súbita". Luego, retrocedió con lentitud, como si deseara poner una distancia insalvable. Sacó una de sus manos del bolsillo del abrigo para mesarse el cabello y la pregunta se desgranó en su voz, casi sin que él mismo se diera cuenta.

– ¿Está...enamorada de Edgar Dutra, el comisario?

¿Por qué decía "el comisario" como si hubiera alguna necesidad de aclarar quién era Edgar? Isadora pensó que el comentario sonaba algo despreciativo y lo odió por eso.

– No estoy obligada a responderle – exclamó, a secas – No suelo hablar de temas íntimos con nadie...

– ¿Olvida que ya lo hizo? – el tono era ahora abiertamente hostil – ¿En el destacamento, contando sus estrambóticos sueños?

– Detective Bug...Eso tuvo que ver con mis explicaciones acerca de la fotografía de Marco Lorenz...

De pronto, una oscura nube de ofuscación atravesó el rostro de Isadora, haciendo que se interrumpiera al hablar.

– ¿*Estrambóticos?*– Lo preguntaba ahora, incrédula y fuera de sí – ¿Cómo se atreve a llamar de ese modo a algo que ha perturbado mi descanso por tanto tiempo? ¡Era apenas una niña, cargada de remordimientos! ¡Me esforzaba por no dormir para no tener que soñar! ¿Puede comprender eso?

A Adriano Bug, aun a su pesar, se le había plasmado una sonrisa sardónica en el rostro, cargándolo de cierta malignidad que nunca había estado antes allí. Isadora, siempre propensa a creer en los "avisos" del destino, pensó que aquella brusca expresión indicaba que el detective acababa de convertirse en su enemigo y esto no sería algo bueno para ella, desde luego. La policía solía contar con métodos de persuasión especiales cuando se trataba de demostrar enemistad.

– No soy el tonto que sólo habla demasiado y torpemente, Isadora – comenzó a decir – Soy un hombre al que usted acaba de lastimar por refugiarse en unos sentimientos que no le servirán de nada...– el sonido de una risa gutural y malintencionada acompañó a sus palabras – Edgar Dutra... ¡vaya! ¿Qué espera conseguir de ese hombre a quien he visto *destruido* por la muerte de Nora Duplay? ¿Que se enamore de usted? ¿Y cuándo cree que ocurrirá eso?

Ella comenzó a sentir que su interior se convertía en una mezcla informe de odio desesperado e impotencia destinada a dañarla hasta el límite de lo soportable. Hacía grandes esfuerzos por no creer en lo que decía, por entender que sólo se dejaba llevar por el despecho, al haber sido rechazado. Pero el indócil gusanillo de los celos estaba otra vez en ella, acuciándola y destrozando cualquier intento de sensatez de su parte.

Isadora había empalidecido bajo la fuerza de aquella tormenta interior y lo contemplaba ahora, con una mirada encendida por su propio resentimiento inmanejable.

– ¡No tiene derecho a hablarme de ese modo! – Dijo, no obstante, con un poco de aplomo sobreviviente a la catástrofe – ¡Usted no conoce a Edgar ni a sus sentimientos!

De pronto, deseó salir huyendo. Acababa de abrir una puerta muy peligrosa por donde el detective Bug podría dejar pasar a sus peores deducciones, para explayarse en el tema. Y ella no quería estar allí para escucharlo...

Sin embargo, Adriano Bug no respondió a su bravata. El rictus mordaz estaba aún en su rostro, pero parecía haberse calmado íntimamente.

– Isadora...Isadora. Yo, en su lugar, recapacitaría acerca de ciertas circunstancias.

Había adoptado un tono, a medias, conciliador. Ahora parecía, apenas un buen amigo, procurando dar algún consejo. Pero ella no estuvo dispuesta a dejarse engañar. Sólo un momento antes había comprobado lo hiriente y desagradable que podía llegar a ser ese hombre.

– ¡No está en mi lugar! Y ésa sí que es *toda* una circunstancia...

Seguía defendiéndose a ciegas y no se sentía compensada de todo el estrago que los comentarios de Bug le habían causado. Era, obviamente, una de esas situaciones que debían darse por concluidas.

– Buenas tardes, detective. Sólo por educación diré... que fue un placer volver a verlo.

Le dio la espalda y se alejó, con más prisa de la que hubiera preferido demostrar. Pero algo que él le dijo, en ese momento, detuvo su partida bruscamente.

– La pulsera de su hermana... ¡La encontramos enterrada en el jardín de Marco Lorenz! ¿Alguna vez nos dirá lo que sabe acerca de esto?

Edgar se había tomado la tarde libre. Necesitaba darle un poco de sosiego a sus pensamientos, aun cuando sabía que le sería muy difícil lograrlo, metido como estaba en toda clase de problemas.

Modiliani ya lo había puesto al tanto de las importantes novedades traídas por Adriano Bug de La Ciudad y también había soportado con estoicismo, las apreciaciones personales de Demetrio acerca del asunto, cargadas de detalles en los que hacía hincapié para resaltar un supuesto *boicot* y malas intenciones del detective Bug. Todo esto había contribuido a acrecentar el malestar que, básicamente, había sobrellevado durante todo el día, después de la conversación con Isadora. Aún creía que algo seguía funcionando de un modo incompleto y complicado entre ellos y no se esperanzaba en poder remediarlo en un futuro inmediato. Quizás, se habían separado para siempre, terminando con aquello que no habían tenido el valor de comenzar, siquiera. La depresión se le espesaba en la sangre, al encarar toda la cuestión desde un lugar tan poco atractivo para sus expectativas. Pero, en el fondo, seguía pensando que aquello no tenía remedio...

Para empeorar las cosas, había comenzado a creer –y también a temer– que el crimen de Marco estaba corriendo un considerable riesgo de quedar impune. Habían transcurrido ya más de cuatro meses sin que hubieran encontrado un solo rastro açerca de un sospechoso y el transcurso del tiempo siempre era un factor que jugaba en contra de cualquier investigación criminal. Afortunadamente, algo parecía haber cambiado en este sentido, con la información que acababa de aportar el detective Bug. Y esto se había transformado en lo único alentador con lo que contaba para animarse. No era mucho pero era algo, se dijo.

Sabía perfectamente que en este caso no sólo estaba en juego el hecho de hacer justicia sino, además, hacerla por alguien a quien había empezado a echar de menos porque había sido un buen amigo con quien contar para algunas confidencias en sus días malos. También pensaba en Nora y Gervasio, pero era Marco su pena más acuciante.

Marco no acostumbraba a hablar de sí o de sus problemas pero había poseído la buena capacidad de escuchar, cuando él se había acercado con algún enredo en medio del corazón. Y Edgar era consciente de que había tenido muchos, entre los remordimientos por su prematura viudez, un hijo de quien siempre temía insospechados reproches y cierta vida libertina para algunas ocasiones. Estaba seguro que hubiera encontrado en él, el mejor consejo, de haberle podido referir lo que estaba ocurriéndole con Isadora.

"Lo único valioso que me ha dejado el pasado..."

Sí, aquéllas habían sido sus palabras. Estaba convencido –cada vez más, a medida que volvían a dar vueltas en su recuerdo– que se habían debido a alguna razón que, quizás, Marco había mencionado superficialmente, casi como al pasar, y él no le había prestado la debida atención. Cuando se esforzaba, un retazo oculto de aquella evocación precaria parecía tender sus débiles hilos hacia una asociación de ideas donde algo importante faltaba, donde la ilación se perdía en sí misma, dejando sólo el oscuro agujero de su amnesia.

"No vale la pena pensar en eso. Amargaría mi espíritu."

También esto estaba allí, girando en su propia e inexplicable carencia de sentido: un arcaísmo de voces inmemoriosas, regresando a él para obligarlo a pensar en aquello que otra parte de sí, olvidaba.

Un lugar. Necesitaba evocar un lugar que le sirviera de contexto a la conversación con Marco. ¿Por qué lo había dicho? ¿A qué se estaba refiriendo? ¿De *qué* hablaban en aquel momento? ¿*Dónde* se encontraban? ¿Había sido en el comedor de su casa, frente a la mesa de estilo francés? ¿O en el suyo, menos pretensioso pero también más luminoso y acogedor? ¿Y por qué era tan importante recordar el lugar? Probablemente, porque aquellas palabras sólo podían responder a algún momento en que se hubiera sentido propenso a un rarísimo deseo de confesiones íntimas de su parte que, seguramente, dejó que se perdiera poco después...

No había habido conversaciones como ésa ni en su casa ni en la de Marco, mucho menos si alguna vez habían compartido unos tragos en lo de Roque y ni qué hablar de alguna esporádica visita al destacamento, acompañada del típico "pasaba por aquí".

¿*Dónde*? El esfuerzo por recordar había puesto surcos de preocupación en su frente...

De pronto, saltando de aquella oscuridad enervante, un detalle vino a agregarse al conjunto incierto que flotaba en su cabeza, como una nube solitaria en cielo abierto. ¡Era el rumor cadencioso y monótono de las aguas del río, corriendo sobre las piedras de su lecho! ¡Era el río detrás de las montañas, ése que al llegar al pueblo se tornaba manso y estrecho, como un sendero en suave movimiento!

¡Claro que sí! ¡Cómo no se le había ocurrido antes! Había sido en uno de aquellos días en que salieron de pesca y acamparon en medio de la agreste naturaleza que existía al otro lado de Río Ballais. El lugar perfecto para que el espíritu de un hombre se abandonara a sus propias emociones. Aun el de los más reservados...

Ya contaba con el lugar y las palabras. Pero todavía le restaba encontrar la referencia. Sabía que estaba allí, en alguna parte de sí mismo, aguardando, para salir también ella de aquel pequeño mundo de detalles que había sido abandonado en el pasado, sin tomar en cuenta su propio valor...

La sorpresa de Isadora no pudo ser mayor.

Alberta, sentada sobre el sillón de pana del pequeño recibidor, rodeada de la alegría y los cuidados de Albertina, le sonreía feliz, a su regreso a la hostería.

Corrió a abrazarla, dejando morir en su corazón, toda la furia que el incidente con Adriano Bug le había procurado. Al verla, tan recuperada y, al mismo tiempo, tan vulnerable y pálida, después de aquellos días en el hospital, una especie de remordimiento por su decisión, tomada apenas una hora antes, le oprimió el alma. Pero aun así, superó el momento, íntimamente feliz de encontrarla de regreso.

–¡Bienvenida! ¡Mil veces bienvenida! ¡Te ves maravillosa!

Sus palabras y su abrazo fueron de una sinceridad conmovedora. Alberta lo percibió así y la propia Isadora se sorprendió de la soltura de sus emociones. Les hubiera dado gusto quedarse conversando un largo rato pero Albertina llegó para poner orden, obligando a su madre a tomar un descanso en el dormitorio. Alberta se dejó guiar bajo protesta y le aseguró a Isadora que al día siguiente, ya estaría al frente de las principales tareas. Ambas sabían que no era cierto, pero lo rescatable era, desde luego, la actitud...

Por la mañana, mientras Isadora ayudaba a Albertina a supervisar el desayuno, recibieron la visita de Edgar. Se saludaron con toda cortesía, como dos viejos amigos, pero las palabras que cruzaron estaban impregnadas de una evidente frialdad. El abismo entre ellos parecía ahondarse, aun en medio de la incomprensión de ambos.

La decisión de Isadora se profundizaba. Necesitaba un lugar donde la presencia de Edgar no formara parte de él...

Por eso, cuando al despedirse, la pregunta que acudió a sus labios le dio la convicción de habérsela hecho a un desconocido, Isadora ni siquiera se sorprendió de sí misma.

El Detective Inspector estuvo largo rato observando la fotografía, con la que jugaba entre sus manos.

Tenía ante sí el rostro del asesino y le resultaba bastante impresionante –algo por fuera de su ruda experiencia de policía que lo había visto *casi* todo– verlo como un niño, nada más que como un niño. Alguien de quien nunca se esperaba la capacidad de daño propia de un criminal.

Seguramente, por el tiempo en que la fotografía había sido tomada, César A. ni siquiera había cometido un crimen. Pese al comportamiento antisocial que lo precedía y las insinuaciones del detective Bug acerca de la misteriosa muerte de su protector, Calixto Ferraro, quizás por aquella época sólo se trataba de un niño como cualquier otro, un poco problemático y no más que eso. En todo caso, alguien lo había dañado de forma suficiente, para convertirlo en el monstruo insensible que había llegado a ser.

Modiliani tuvo de pronto la seguridad de contar con la resolución del caso entre las manos, exactamente como tenía aquella fotografía cuyo misterio comenzaría a disiparse, si acaso lograba reunirlo con la joven mujer que parecía pasearse por Río Ballais y estar en estrecha relación con el asesino. Tal vez, agregándole descubrir por qué razón había decidido matar, finalmente, a Gervasio Tornasso y a Nora Duplay después de haber estado juntos en casa de esta última, tendría ante sus ojos a todas las piezas en su lugar. No podía estar tan lejos de ese punto de la trama, se dijo, mucho más esperanzado que antes.

Cuando descubrió la presencia de Demetrio, observándolo desde el fondo de la oficina, con una expresión que indicaba toda su intención de abordarlo, suspiró resignado. Quizás, de no haber estado de aquel talante, no habría aceptado que se le acercara siquiera. Pero algo en su espíritu se acomodaba, liviano y predispuesto.

– Necesita decir algo, ¿verdad?

A pesar de sus desubicaciones permanentes, Demetrio sabía que no le sería fácil hablar en esta ocasión. Asintió con un leve movimiento de cabeza y acortó la distancia con el detective, despacio y con cautela.

– ¡Vamos, *desembuche*!

La exclamación era lo bastante ramplona como para hacerle saber que las circunstancias eran propicias. De todos modos, lo seguía pensando, no demasiado convencido. Por último, tomó valor y...*desembuchó*.

– El detective Bug no está haciendo bien las cosas y eso puede causar problemas.

Modiliani cambió la expresión de su rostro a asombro e incredulidad.

– ¿De *qué* habla? – preguntó – ¿Se está refiriendo al hombre que nos ha traído información de primera clase para el caso?

– No se trata de eso – ya estaba en el baile y bailaría – ¿No ha notado el modo en que se ha interesado por Isadora Vander Kooy? Es algo que ha causado cierta rivalidad con el comisario. Se ve a simple vista que hay un gran chisporroteo en el aire, cuando están juntos.

– ¿Y esto qué significa? ¿También debo ocuparme de los asuntos del corazón?

– No, Detective Inspector Modiliani – a Demetrio siempre le había gustado nombrarlo de aquel modo – Sólo significa que yo, en su lugar, andaría con cuidado sobre ciertas reacciones...demasiado humanas, para mi gusto.

– *¿Su gusto?* – No había deseado expresarlo así, pero una nota de oculta indignación se tradujo en su voz – ¡Me parece, ayudante Loggino, que eso es algo que está fuera de toda discusión! ¡Usted acaba de exceder el límite!

– Lo siento – Demetrio se sentía herido en su amor propio y un poco arrepentido de haber tratado de ponerlo al tanto – Temía que reaccionara de este modo. Pero igual me sentí en la obligación de advertírselo...

El doctor Fernan ingresó al destacamento, justo en el momento en que Modiliani, liberado ya de la presencia de Demetrio, aceptaba para sí y sólo en parte, que Adriano Bug –su preferido– había estado actuando de un modo un poco extraño, últimamente.

No obstante, si esto era algo que podía incidir negativamente sobre la investigación, no parecía ser tan evidente, después de la información conseguida y recopilada, gracias a él. Cuando el pensamiento se extinguió al borde mismo de su conciencia, tuvo tiempo de preguntarse acerca de la razón de aquella inesperada presencia.

– Es un gusto volver a verlo, doctor Fernan – mintió, con una sonrisa impostada.

El viejo era bastante latoso y petulante pero no había más remedio que soportarlo.

– Estoy aquí en nombre de los vecinos del pueblo – comenzó a explicar el médico – Hemos decidido ser un poco más ordenados y respetuosos esta vez para acercarnos a preguntar sobre los avances en la investigación. Vengo a ser algo así como un delegado en el tema...

Modiliani lo contempló, seguro de que aquel supuesto rol encajaba a la perfección en su personalidad, y carraspeó antes de responderle.

– No quisiera menoscabar el derecho que tienen a la información, doctor Fernan, pero no podemos trabajar bajo presión.

– No estoy aquí para presionarlo...

– Lo sé...lo sé. Tal vez no haya sabido expresarme. Me refiero a que no podemos divulgar datos ni detalles que forman parte del secreto investigativo.

El doctor Fernan tomó su pipa de uno de los bolsillos de su abrigo y tanteó en otro, en busca de una caja de fósforos con que encenderla. Parecía parsimonioso y tranquilo, en medio de cierto ceremonial. Luego de un par de intentos logró extraer un humo de delicado aroma de su adminículo, aspirando de la boquilla con fruición.

– Un vicio poco saludable – dijo – Pero a mi edad ya no espero consecuencias catastróficas de casi nada...

El Detective Inspector lo miró hacer y detuvo su mirada en la caja de fósforos que el médico abandonó descuidadamente sobre el escritorio, en lugar de volver a guardarla en su bolsillo. Pareció recriminárselo con un gesto inoportuno del entrecejo, aunque su pensamiento era otro muy distinto.

El médico estaba cómodamente sentado, ya que no había esperado a ser invitado para hacerlo, y se lo veía en abierta intención de permanecer en el lugar por un buen tiempo. De pronto, volvió a tomar el hilo de la conversación, sin tener en cuenta la expresión poco amistosa en el rostro del detective.

– ¿Existe tal secreto? – Preguntó – ¿O es el modo en que la policía se cubre a sí misma cuando no hay mucho para explicar?

Modiliani comprendió, al llegar a ese punto, que el doctor Fernan podía estar acusándolo solapadamente de inepcia, tanto como acuciándolo para hacerle decir lo que no debía. En uno u otro caso, él sabía que su mejor reacción sería permanecer hierático y calmo como una esfinge. Se limitó a volverse hacia su escritorio para retirar de un cajón, la fotografía del portarretrato. Con un movimiento raudo y preciso, guardó algo en él, al mismo tiempo. También fue rápido para exhibirla frente al desprevenido médico.

– ¿Lo reconoce? – Preguntó, de pronto, jugándose por una respuesta afirmativa.

En ningún momento pasó por alto, la repentina palidez en el rostro del anciano.

– Mi vista ya no es buena pero...diría que no.

Parecía hacer un gran esfuerzo para observarla con detenimiento. Por alguna razón, el Detective Inspector sabía que estaba fingiendo. Aquel niño ya había estado lo bastante enfermo en el pasado

(Modiliani no ignoraba que se refería a sus problemas mentales, expresamente), como para haber sido asistido alguna vez por algún médico del lugar. La Ciudad no era exactamente *ese* lugar, pero estaba lo bastante cerca y... ¿por qué no el doctor Fernan? Decidió tocar algunos hilos de su sensible vanidad.

– ¿Un médico de su prestigio *nunca* fue consultado por la salud de los niños del Asilo de Huérfanos?

– Todo el tiempo – dijo, tajante – Pero... ¿Cómo cree que podría recordar sus rostros después de tantos años?

– ¿Cómo sabe que este niño pertenece al pasado? ¿No lo consultan en la actualidad? Usted no se ha retirado aún...

– La fotografía se ve antigua – estableció con seguridad – Y es verdad que no me he retirado pero ya no me ocupo de ciertos menesteres...

Modiliani meneaba su cabeza, como aceptando los hechos sólo a medias.

– Me esperanzaba en su buena memoria, doctor Fernan, eso es todo... – se limitó a expresar.

El médico lo contempló con una mirada astuta, en la que seguramente un buen observador como el policía, había detectado cierta comprensión acerca del "jueguito" en el que estaba invitándolo a entrar. Por lo mismo, supo que se mantendría al margen de aquel comentario.

– Estuve en casa de las hermanas Amaltti – manifestó, de pronto – La salud de Martha se ha deteriorado últimamente. No es que hubiera andado de juergas antes, pero tampoco parecía que se vendría a menos tan pronto. Si el cuadro no se revierte, me temo que la pobre no llegará a la primavera...

Había sido un buen modo de evadir el tema de su incomodidad. Pero Modiliani no conocía a las Amaltti ni lo entusiasmaba ocuparse de la frágil salud de una de ellas.

– Lamento escuchar eso – dijo, no obstante, con un adecuado tono de cortesía – Volviendo al niño de la fotografía...

– ¡Detective Modiliani! – Exclamó, impaciente – ¡No insista con algo en lo que no puedo ayudarlo! Le recuerdo que estoy aquí, más bien para ser informado *por usted* acerca de los hechos...

No había nada mejor que un buen ataque como defensa, se dijo el Detective Inspector. Ya no tuvo dudas que el médico conocía al niño. Por alguna razón, se había encontrado con César A. en el pasado y por alguna razón también, deseaba negarlo.

El avezado policía volvía a reunirse con su intuición, finalmente. La había puesto a prueba en ocasión de hacerse algunas incómodas preguntas acerca de Isadora Vander Kooy, al menos hasta lograr reordenar su cuadro de situación que, aunque todavía incompleto, también había abierto algunas hipótesis interesantes. Pero la prodigalidad con la que el doctor Fernan aportaba nuevos datos a la investigación, lo llevaba casi al entusiasmo paroxístico de juramentarse seguir por ese camino hasta el final.

Lo vio tantear algo en sus bolsillos al ponerse de pie para marcharse, con su pipa nuevamente apagada entre las manos. Modiliani no sólo no iba a contestar a su bravuconada de último momento, sino que se limitó a sonreírle como única respuesta. Esperaba que supiera interpretar la actitud. Por fortuna, así lo hizo, evitando insistir en el inútil propósito que lo había llevado hasta allí.

– Diré a los vecinos que…todo está bajo secreto investigativo – el doctor Fernan también sonrió – Me gusta esa expresión. Tiene estilo…– y de inmediato se avocó a otro tema – Siempre olvido traer fósforos encima. ¿Encendí antes mi pipa con los suyos? Dé gracias que, además, no los guardé en mi propio bolsillo. Suelo hacer cosas así…

Modiliani se encogió de hombros.

– Seguramente – respondió con sequedad.

Olvidado ya de lo que había estado rebuscando entre su ropa, el viejo médico se alejó del destacamento para alivio de Modiliani, que acababa de comprobar que su memoria inmediata era, efectivamente, escasa y frágil. No había podido recordar que la pequeña caja de fósforos había quedado abandonada sobre el escritorio; algo que el detective no había desaprovechado en la ocasión.

Pero su memoria remota, en cambio, estaba intacta…

DIECISEIS
LUCES Y SOMBRAS

Alberta la observaba, a medias entristecida por la noticia.

– ¿Te marchas? – le preguntó con un hilo de voz.

– Apenas te vea completamente restablecida – le respondió Isadora – y eso será en pocos días, seguramente.

– Me apena que lo digas...

– No olvides que esto es lo que me aconsejaste hacer desde un principio.

– Lo sé. Pero eso fue antes de volverme cobarde y meliflua por lo ocurrido. Lo que se dice, una verdadera sentimental.

Isadora le sonrió, cómplice de sus palabras.

– Como si alguna vez no lo hubieses sido. Pero ya no puedo seguir abusando de tu hospitalidad. Albertina sólo está aceptando pagas muy exiguas por mi estadía aquí y eso no es justo para el negocio.

– Bah...no tiene ninguna importancia. ¿Crees que no puedo darme el gusto de complacer a una amiga?

– Lo que creo – dijo ahora con voz grave – es que tengo que enfrentar mi propia vida alguna vez...

– Lo haces por Edgar, ¿verdad? – Era muy difícil oponerse a la sabia intuición de Alberta – Puedo pedirle que deje de venir por un tiempo. Después de todo, sus visitas son sólo de pura cortesía y no tan frecuentes.

– ¡No, no quiero que hagas eso! – La interrumpió Isadora – Serán familia muy pronto y no tengo derecho a interferir.

– ¿Tan mal están las cosas entre ustedes?

La pregunta ni siquiera la tomó por sorpresa. Pero aun así, optó por la respuesta más sencilla: un simple gesto de asentimiento.

– ¡Qué par de tontos! – mascculló Alberta, aunque asegurándose de ser escuchada por su amiga.

– Creo que todo es por mi culpa. Malogré las cosas con mis celos infundados y él es demasiado orgulloso para retractarse en sus decisiones.

– Tú sólo eres un arquetipo para eso de sentirte culpable. Y él es orgulloso, sí...pero no me parece un terco empecinado en lo que hace. Puedo hablar con él, si quieres...

– ¡Claro que no quiero! – Sonreía a su pesar, por la ocurrencia de Alberta – Deja sólo que siga adelante con mi plan. Hoy mismo llamaré a la Compañía de Fumigaciones. ¿Recuerdas que, finalmente, no lo hicimos en su oportunidad? La sala, el comedor y el corredor se ven muy limpios y ordenados...pero no sé cómo estará el resto de la casa.

Alberta la contemplaba, de pronto, en medio de la seguridad de que sería inútil tratar de convencerla de otra cosa. Después de todo, era llamativo cómo se expresaba acerca de ciertos hechos extraños en la casa, con una naturalidad que parecía recientemente adquirida.

– Estará...como tú quieras que esté – dijo, por último – Cómoda y acogedora. O...solitaria y fría. Tu punto de vista será determinante. Mejor dicho...tendrá que ver con el modo en que te decidas a aceptar el hogar al que regresas. Aunque supongo que si lo haces, será porque tu actitud es positiva.

Isadora le devolvió una mirada aguda y comprensiva, si bien no pudo sostenerla por mucho tiempo.

– Lo sé – concluyó, admitiendo resignadamente una verdad de Perogrullo.

– Tienes que evitar vivir en contacto con el pasado, Isadora...

Una interrogación se abrió paso en la expresión de su rostro.

– ¿Por qué lo dices?

– Nunca me dijiste que habías visitado a las Amaltti en su casa. ¿No es, acaso, el lugar donde jugabas con unas antiguas muñecas de porcelana, siendo niña? Es lo que me contaste una vez...

– Esa es la parte *feliz* de mi pasado. ¿Por qué no debería estar en contacto con eso?

Isadora se odió, de pronto, por haber hecho aquella pregunta que sonaba inocente, hasta cierto punto. No estaba segura acerca de su propia sinceridad al atribuirle una supuesta felicidad a esa parte de su infancia. Seguramente, lo había sido en algún momento porque había estado extrañamente fascinada por aquellas muñecas. Pero también recordaba el modo en que el juego había terminado, el enojo y la mirada ofuscada de Blanca, la tristeza de Martha por la reacción de su hermana y aquel ambiente oscuro y ominoso que aún permanecía intacto, en casa de las Amaltti.

– No te dije nada al respecto, sencillamente porque olvidé hacerlo – mintió – ¿Cómo es que lo supiste?

– Blanca fue a visitarme al hospital. Un gesto amable de su parte. No suele tenerlos muy a menudo...

Isadora sabía, íntimamente, que no había deseado hablar de aquel episodio con nadie. Prácticamente obligada por Blanca para ir a saludar a su hermana inválida, aún recordaba su perentorio deseo de salir huyendo del lugar...

El Detective Inspector Modiliani estaba tan pálido como un cadáver. Uno de ésos que yacían sobre camillas de acero, después que él los encontraba en la escena del crimen. Lo que Edgar Dutra acababa de contarle, sobrepasaba todos los límites imaginados por él.

No le interesaba el profundo resentimiento que había movido al comisario, ni el nivel de infidencias que aquello implicaba. A su entender, se trataba de un gran escándalo. Algo que no terminaba de aceptar y que no iba a pasar por alto, desde luego.

Cuando estuvo frente a Adriano Bug para hacérselo saber, su ánimo había empeorado lo suficiente para lograr una mirada de solapado temor por parte de su subalterno. Lo que más lo alteraba era descubrir a último momento –aunque había habido ciertos indicios y el ayudante Loggino lo había advertido al respecto– esa zona de incomprensibles claroscuros en un policía de excelente actuación profesional, capaz de haber aportado al caso uno de los datos con el que se había conseguido un importante avance, en un camino hasta allí, empantanado...

– ¿Cómo pudiste cometer esa tontería? – a pesar de preguntarlo, lo afirmaba y no esperaba por respuestas razonables – ¡El lugar del descubrimiento de la pulsera está...*estaba* bajo secreto investigativo! ¡Quizás, Isadora Vander Kooy es la persona menos indicada para saberlo!

Trató de ensayar alguna apreciación personal acerca de lo que había creído alguna vez: que sería Amílcar Morrone el posible y hasta inevitable "bocón" en el asunto. Pero... *¿él?* *¿Su mejor policía?* Finalmente, optó por no decir nada más al respecto.

El detective Bug apenas esbozaba un gesto de sorpresa. Las cosas se sabían con demasiada rapidez en Río Ballais. Y aceptaba que el salvoconducto no había sido otro que el comisario Dutra, puesto al tanto por su tonta damisela.

– ¡Tal parece que te volviste más que insinuante con esa mujer! ¡Ella sostiene que dabas la impresión de advertirla de algo y acusarla de saber más de lo que dice! ¿Acaso te has quedado detenido en mi primera y superada teoría acerca de ella? ¿Justo cuando estamos temiendo que se convierta en la próxima víctima de este asesino?

El detective decidió defenderse, finalmente.

– ¡No estaba incriminándola! – Explicó – ¡Sino protegiéndola de un peligro! ¡Es importante que ella sepa *dónde* fue encontrada la pulsera de su hermana! ¡Seguramente la ayudará a recordar algo de la relación de la víctima con su victimario! ¡Tengo la impresión, y creo que tú también la tienes, que esta mujer ha olvidado algo lo bastante importante y lo bastante traumático para mantenerla en situación de amnesia! ¡Y es algo que, no obstante, puede ser la llave que nos abra todas las puertas!

Por un momento, Modiliani vaciló acerca de su siguiente comentario. Más allá de la imperdonable infidencia cometida, había un fondo de sentido en su explicación. Pero enseguida rechazó la idea. No había sido, en todo caso, un modo profesional ni apropiado de obtener información o alguna reacción por parte de Isadora.

– No acepto esos métodos y lo sabes – le recriminó, enfadado como nunca pensó que alguna vez lo estaría con Adriano Bug.

– Bueno, lo hecho...hecho está. ¿Qué puedo hacer para remediarlo?

La pregunta no iba en serio y así era cómo se escuchaba.

– ¡No te vuelvas retórico en ese punto! – Estalló – Sabes que puedo sacarte del caso por esto...

– ¿Y lo harías?

Una mirada oscura llegó hasta el Detective Inspector, acompañada de algo que esta vez, el detective Bug preguntaba con toda seriedad y preocupación.

Modiliani trastabilló en su seguridad pero no estaba dispuesto a mostrarse débil ni irresoluto.

– ¡Por supuesto que lo haría! – Respondió – ¿Qué pasa contigo, torpe solterón enamoradizo? ¿Vas a fregar todo un asunto por dejarte llevar emocionalmente?

– *¿Torpe solterón enamoradizo?*

Ahora, Adriano Bug reaccionaba con sorna, quizás como un modo de alejar sus temores. Modiliani se sintió ofendido por la observación a su comentario.

– ¿De qué otra forma habría que llamarte? ¡Vamos, muchacho! – pese a todo, comenzaba a mostrarse conciliador – Esa mujer jamás va a prestarte atención porque está enamorada de otro hombre. ¿Que no puedes aceptarlo y ya? ¡Nos iría mejor a todos si lo hicieras! ¡Ni qué hablar de ti mismo! Deja de hacer el ridículo, por favor...

Tal vez aquellas palabras fueron como un trallazo para Adriano Bug. Se había acostumbrado a pavonear entre las mujeres, impresionándolas con su profesión de policía, lleno de hazañas y de historias heroicas a la hora de buscar réditos sexuales. Con su verborragia particular, algo errática pero contundente, había obtenido casi siempre logros increíbles. Esta vez se la habían puesto difícil y una parte de esa torpeza que Modiliani mencionaba, había quedado, efectivamente, en evidencia.

– Castor...– la voz se le había enronquecido y lo llamaba por su nombre, algo que rara vez hacía, indicando que con su actitud buscaba algún punto de conciliación – No tomes a la ligera mis sentimientos, por favor. Ese comisario no la merece y no encuentro el modo de hacérselo saber...

– ¿Y tú sí? Hasta donde recuerdo, eres un mujeriego empedernido y nunca llegas a ninguna parte con tus amoríos...

– ¡Esta vez es diferente!

– ¿Dónde será que escuché esas palabras alguna vez?

– Deja de burlarte de mí...

– No estoy burlándome – Modiliani había recuperado su mirada de disgusto – ¡Estoy demasiado enfadado contigo y me siento metido en un brete por tu "asuntito" de amor!

– ¿Qué quieres decir con eso? – Lo contempló como si lo desconociera.

– ¿Ahora eres tú el que se burla? ¿O quieres ganar tiempo conmigo? Sabes bien a qué me refiero...

Se trataba de tomar o no la difícil decisión de apartarlo del caso. Pero mientras hablaba, Modiliani había abierto el cajón de su escritorio para retirar de él algo que terminó arrojando sobre su superficie.

– Averigua lo que puedas sobre la procedencia de esta caja de fósforos – dijo – Eres el mejor en esto, de modo que no me defraudes esta vez...o las cosas no andarán bien para ti.

Adriano Bug lo miró, sorprendido.

– ¿Pero no es la misma que...?

El Detective Inspector lo interrumpió bruscamente.

– No lo es. Esta la traía consigo el doctor Fernan. ¿Sabes? Algo se movió en mi cabeza cuando la vi. ¿Te has fijado que no es una marca de las que abundan en el mercado? ¡Y tratándose de fósforos, puedo asegurarte que no hay en existencia demasiadas! Esta parece ser de producción local. Averigua algo al respecto y ya veremos...

– ¿Crees que nos puede conducir a alguna parte? – preguntó el detective Bug, un poco desalentado si acaso su suerte quedaba unida al resultado de sus averiguaciones.

– Espero que sí – recibió por única respuesta.

Adriano Bug concluyó el pensamiento de su jefe: *"Por tu bien."*

En unos pocos días, Isadora llevó a cabo su plan. Sabía que si se extendía en el tiempo, el arrepentimiento podía llegar a aguar su decisión. Quizás, porque en el fondo temía que su resolución no fuera tan fuerte y la menor vacilación la hiciera echarse atrás.

La Compañía de Fumigaciones se hizo cargo del trabajo "sucio", con la gran recomendación de no tocar ni mover de su sitio a ningún objeto del viejo garaje. Desde un principio había creído en la necesidad de deshacerse de todas esas cosas, ya inútiles e inservibles, que pululaban en el lugar y exhibían, patéticamente, el abandono al que las había sometido el paso del tiempo. Sin embargo, llegado el momento, su decisión había obrado en contrario y ahora necesitaba, perentoriamente, conservar y atesorar cada antigua pertenencia de su padre, con un celo desmedido. Aquel cambio de opinión ni siquiera la había asombrado...

Si bien no tenía demasiado en claro la razón por la que deseaba ahora mantener intacto el lugar, como si se tratara de una especie de santuario, donde sólo era posible reverenciar lo que allí había, la idea le generaba, incluso, cierto bienestar interior. Quizás, una loca superchería la obligaba a creer que algún oculto maleficio que había permanecido atrapado entre aquellas paredes durante todo el tiempo transcurrido, podía despertar de pronto y volverse peligroso e inmanejable. Pero su parte racional sabía que esto era sólo una idea descabellada, que nada de eso ocurriría y que nada más que su imaginación le había jugado algunas malas pasadas en sus anteriores visitas a la casa.

Había quedado demostrado que ningún usurpador había estado allí, finalmente. Podía sentirse tranquila y segura en ese sentido. Claro que quedaba pendiente alguna explicación lógica acerca del orden y la limpieza que había encontrado, treinta años después, en algunos lugares de su antiguo hogar. Ni aun aceptando que su memoria podía haber cometido errores acerca del modo en que todo quedó dispuesto cuando su padre y ella se marcharon, había forma de comprender cómo era que todo pudo permanecer *tan* pulcro y libre de polvo. Pero lo más impresionante habían sido... ¡aquellos jarrones llenos de flores *frescas*! Como si alguien hubiera pensado en una apropiada bienvenida...

Los pintores contratados habían llevado a cabo su tarea en el tiempo estipulado por Isadora: ¡lo más rápido posible! Y así fue como en cinco días escasos, la casa recuperó su vieja y perdida lozanía. Su estilo campestre parecía volver a relucir y destacarse, en medio del resto de las viviendas que la rodeaban.

La Compañía de Limpieza también hizo lo suyo y lo hizo correctamente. Toda la hojarasca acumulada en el patio de ingreso desapareció, dejando que su acentuada belleza rústica resurgiera, dándole a Isadora la sensación de no haberse marchado jamás del lugar. Aquello que había permanecido en su memoria como su pequeño rincón de felicidad perdida, regresaba adornado con los mismos sutiles pero infaltables detalles de su evocación.

Cuando contempló la obra general ya terminada, una última pincelada de irrealidad cayó sobre ella: se sintió de regreso en el viejo mundo perdido y allí estaba la nostalgia, para darle una calurosa bienvenida. Sólo faltaba el antiguo "Plymouth" de su padre, aparcado al frente, para que el retorno fuera completo en su arcaica plenitud.

Solamente una parte de ella reaccionó con cierta incomodidad ante una sensación que volvía a desordenar algunas piezas que ya habían sido puestas en su lugar, hacía mucho tiempo. Pero era lo de siempre: su estigma transformado en tantas cosas como oportunidades le había dado la vida para pensar en ello. Y aun para olvidarlo, sin que nunca tomara el desafío.

La Compañía de Limpieza se retiró de la casa una fría tarde de invierno. Había concluido con su trabajo y ahora, ella sabía que todo pretexto terminaba allí.

Estuvo en condiciones de instalarse definitivamente, al día siguiente. Unas pocas compras de provisiones hicieron todo lo demás...

Alberta se limitó a encogerse de hombros y a sonreírle. No trató de persuadirla de nada a último momento, lo que Isadora le agradeció en silencio. De todos modos, parecía triste por su partida, a pesar de los intentos por ocultarlo.

– Supongo que ahora nos visitaremos como dos formales señoritas inglesas...– fue su jocoso comentario de despedida.

– ¡Claro!

Isadora la abrazó y no dijo nada más. Tenía la voz estrangulada por la emoción y no quería mostrarse en ninguna actitud de debilidad.

– Cuídate – le pidió su amiga, al devolverle el abrazo del adiós.

Se fue caminando despacio hacia el "Siena" que la aguardaba aparcado a las puertas de la hostería. Mientras se marchaba con aquella lentitud de propósito, alzó una mano y la agitó en el aire.

– Eso haré...Eso haré... – le respondió en voz baja.

– Cajas de fósforos con historia local. De las grandes y de las pequeñas también...

Modiliani enarcó una ceja y se tomó un momento para valorar la explicación. Había puesto a Adriano Bug a "remojar sus barbas" y esta vez no se mostraría entusiasmado con lo que, básicamente, no sabía si serviría de algo conocer. Después de todo, su corazonada no había sido ni brillante ni excluyente de nada.

Había tomado "prestada" aquella caja de fósforos sólo por haberla visto idéntica a la encontrada en casa de Lorenz, que ahora se atesoraba en el laboratorio forense de La Ciudad, con resultados inertes hasta el momento y sin tener idea acerca de dónde podía llegar por ese camino. Pero por un instante, temió sentirse embaucado por un policía que había perdido gran parte de su prestigio frente a él, y necesitaba recuperarlo a cualquier precio. Andaría con cuidado en ese asunto, se dijo. Si el detective Bug había dado con algo importante él sabría reconocerlo de inmediato...

– Estas cajas llevan fecha de elaboración de su producto, ¿lo ves? Está escrita en el borde superior derecho, en su anverso. La he comparado con la de la otra pequeña caja, según la descripción que nos enviaron en el informe...

– ¿Y bien?

La pregunta sonaba como un pedido perentorio de ir a lo importante de la cuestión, sin dilaciones.

– Se trata de fechas antiguas...

– Lo sé. Tengo ojos para algo.

Modiliani se mostraba irreductible y Adriano Bug sonreía para sí. Sabía muchas cosas a esas alturas...

Por supuesto que no lo había hecho feliz ser descubierto en su peor debilidad –las mujeres– pero ahora que el malestar había pasado, comprendía que el jefe era de los que hacían mucho ruido pero jamás dejaban que su enojo estropeara las cosas. No era tan tonto para desentenderse de un buen policía en una investigación fatigosa. De modo que su actitud, aún levemente recriminatoria, le causaba más gracia que preocupación. Todo el asunto no había sido más que un vendaval sin consecuencias.

– Esto debió llamarnos la atención desde un comienzo.

– ¿A qué te refieres?

Lo contempló por un momento, sopesando lo oportuno de lo que iba a decir.

– Cambia de actitud, ¿quieres, Castor? No te comportes como si me hubiera vuelto torpe o insensato de pronto...

– ¿No es, acaso, en lo que te has convertido?

– Si vamos a mezclar las cosas en base a ironías, al menos sé que no llegaremos a ninguna parte.

Modiliani suspiró, dejando que su rabia cediera. Adriano tenía toda la razón en ese punto.

– De acuerdo – dijo – Dime qué piensas sobre eso.

– La pequeña fábrica de fósforos que estaba ubicada en las afueras del pueblo, ha cerrado sus puertas hace más de cinco años...

El Detective Inspector pegó un respingo y frunció el ceño.

– No me agrada decirlo – continuó Bug – pero debimos prestar atención a este detalle. ¿Cuántas cajas de fósforos como éstas pueden aún quedar en Río Ballais? Su circulación ya es inexistente, de modo que deben contarse con los dedos de una mano a quienes todavía conservan alguna en su poder. Y eso sin tomar en cuenta que un fósforo no es sino un pequeño adminículo de rápida desaparición.

Modiliani se irguió como una víbora amenazada y a punto de atacar.

– Marco Lorenz y el doctor Fernan son dos de ellos – meditó, por último – Siempre que el primero haya tenido, en efecto, esa caja en su propia casa. Sería muy bueno saber esto. Pero, en todo caso... ¿qué es lo que esos dos hombres tienen en común?

– Tu pregunta puede ser absurda – lo hostigó el detective Bug, a modo de chanza – ¡La gente compra cajas de fósforos todo el tiempo! ¡No necesitan coincidir en nada para hacerlo! – luego, bajó su tono de voz adrede – Sin embargo...se trata de fósforos cuya marca ya no se fabrica, lo que quizás los provea, finalmente, de algún rasgo característico.

Modiliani asintió como si pudiera seguir cada línea del pensamiento de Adriano Bug, como un buen sabueso a su presa.

– Los jóvenes no deben tener en su poder unos fósforos que ya han desaparecido del mercado – indicó – Ellos encienden sus cigarrillos con adminículos más elegantes y, además, no son gente conservadora.

– Descartados, entonces...– aprobó Bug.

– Tenemos a César A., un asesino de unos cincuenta años o un poco menos tal vez, y a una mujer precisamente joven que parece ser su cómplice. La caja de fósforos estaba en casa de la víctima o la proveyó su victimario. Insisto...habría que conseguir dilucidar este punto...

– ¡Oh, vamos, Castor! – Lo interrumpió el detective Bug – ¿Adónde quieres llegar? Lo importante aquí es determinar, en primer lugar, *quiénes* del círculo íntimo de Marco Lorenz pueden aún utilizar esos fósforos y *cuántos* de ellos podrían acercarnos a César A. ¡No sé si exista tal relación!

– El doctor Fernan – dijo Modiliani con determinación – Estoy seguro que reconoció al niño de la fotografía y, por alguna razón que deberemos investigar, decidió negarlo.

– ¿Hablas en serio? – preguntó Bug, asombrado por aquella revelación. El jefe rara vez se equivocaba con su intuición.

– Completamente.

– Es bastante extraño esto de contar con la fotografía del asesino cuando aún era un muchachito, y no tener la menor idea de quién es él, en el presente...

– Es porque debemos buscar nuestras respuestas en el pasado. En la hermana muerta de Isadora Vander Kooy, ya que el asesino le ha atribuido algún valor simbólico a su pulsera – meditó en voz alta el Detective Inspector – Una pulsera que, por algún medio, llegó a su poder...

– Todo eso está bien claro – concluyó Bug – ¿Por qué crees que intenté presionar a Isadora? Entre traumas, sentimientos de culpa y sueños recurrentes, ella debe guardar algo en su inconsciente que puede darnos la clave de todo esto.

– No insistas con tus pretextos, *Detective del Amor*. O lograrás volver a enfadarme...

– De acuerdo. Tal vez debí ser más cauto con mi proceder – admitió Bug, mintiéndose a sí mismo acerca del verdadero motivo de su revelación – Pero ahora debemos concentrarnos en la procedencia de la caja de fósforos...

De pronto, la mirada del detective se llenó de un raro brillo de sapiencia anticipada.

– Si el doctor Fernan conoció a César A. en el pasado y llevaba en su poder una caja de fósforos idéntica a la que encontramos en casa del occiso y...como se trata de un producto que ya no se fabrica...¡caray! ¡Sé que esto tiene que significar algo!

Modiliani asintió y, en ese momento, una especie de orgullo casi "paternal" anegó su expresión. Adriano era, sin dudas, uno de esos policías a quienes había que poner en acción todo el tiempo, porque cuando regresaban de su "movida", siempre traían algo entre manos. Comprendió que hubiera sido un error apartarlo del caso y estuvo dispuesto a perdonarlo y olvidar su estúpida infidencia...

Entonces, el inquieto detective soltó una risotada, a medias, cómplice de sí mismo. Modiliani lo interrogó con la mirada porque nada le había parecido gracioso.

– Me he referido al círculo íntimo de Lorenz, ¿eh? – Manifestó, calmándose – ¡Quedará pésimo que sea yo quien recuerde ahora que el comisario Dutra forma parte de él!

Percatándose dónde estaba la gracia del asunto, el Detective Inspector tomó en serio el comentario, de todos modos.

– ¿Crees que él es de los que todavía guardan una de esas cajas? ¿O que recuerda dónde las ha visto?–

– Se lo preguntaremos...

El detective Bug echó una mirada lánguida a su alrededor. Daba la impresión de haber cambiado de pensamientos.

– ¿Existe, al menos, una duda razonable acerca de César A.? ¿Es, *efectivamente*, el asesino que buscamos?

La pregunta tenía en el fondo, el sentido y la necesidad de una confirmación personal. Bug sabía que sí lo era y que aquel avance en la investigación era de su exclusivo mérito. Pero incluso así, le temía al gran nubarrón que aún oscurecía el sol...

– Su personalidad y la presencia del portarretrato con su fotografía en el lugar del crimen nos llevan hacia esa certeza. ¿Qué es lo que te preocupa al respecto?

– ¿Por qué una fotografía tomada cuando era apenas un muchachito? – se preguntó Bug en voz alta y procuró luego dar con su propia respuesta – Creo que a esa edad y abandonado en un asilo, encontró su mejor época de resentimiento para convertirse un día en un peligroso criminal. Pero... ¿cuál era el sentido de dejar su fotografía de niño...*en la casa de Marco Lorenz*?

Las miradas que cruzaron en ese instante, hubieran brillado en la oscuridad.

– ¡Él era su padre! – Exclamó Modiliani – ¿Cómo es que no lo sospechamos antes?

Esta vez se trataba de una soledad diferente...

Se trataba de mirar en torno a ella y descubrir que el silencio poseía un sonido propio, que las sombras y luces que danzaban sobre las paredes, desplegaban su inquieta y misteriosa vida en una disquinesia de movimientos mórbidos. Si aguzaba el oído podía incluso oír las voces que llegaban desde el fondo de la historia que, alguna vez, había tenido lugar en la casa. Que aún con sus paredes pintadas a nuevo y algunas piezas de mobiliario que había hecho traer de La Ciudad, no había perdido su viejo color sepia (dado su esfuerzo por reemplazar el color, respetando el estilo) ni su antigua disposición familiar, como marca de un pasado que se negaba a abandonarla.

Y no era ni siquiera extraño para ella, sentirse dichosa en medio de esa memoriosa soledad, atiborrada de aquellos retazos de su vida pasada. ¿Acaso no había aguardado por el reencuentro desde su llegada al pueblo? Si le había temido al desencanto, éste no se había presentado en ningún momento. Pero estaba dispuesta, además, a no reincidir en los mismos errores de siempre.

Ya no confundiría hilos de óxido con hilos de sangre. Ni dedicaría un solo minuto de su tiempo a rebuscar en los recuerdos el estribillo final de la canción que tanto dolor le había causado, al escucharla de niña. (Quizás había llegado el tiempo de tararearla ella misma, sin grandes preocupaciones al respecto).

En cambio, llenaría los jarrones con nuevas flores –no jazmines, porque los detestaba– tal vez caléndulas y mimosas, que también crecían en el jardín interior. Y abriría las persianas que su madre había ordenado mantener cerradas, de par en par. Para que el sol entrara a raudales, a llevarse de una buena vez las penumbras del pasado.

Construiría una vida...

Y acabaría con aquellas contradicciones que la obligaban a conservar intactos los recuerdos, mientras realizaba toda clase de acciones para arrumbarlos en el último rincón de la nostalgia.

Olvidaría el "Plymouth" negro, aparcado en el garaje, al que había ordenado mantener en su rígida disposición de antaño, con sus pequeños objetos ubicados en los lugares de siempre. Olvidaría los jarrones con jazmines frescos, con que había sido recibida algunas semanas antes.

Olvidaría lo posible de ser olvidado...

"*Casi nada*", se prometía a sí misma, sometida a una especie de empecinamiento neurótico.

Cierta idea acerca de la hostilidad de la casa, le parecía ahora, muy lejana. *Esa* casa era su hogar. Jamás había dejado de serlo. ¿Cómo podía, acaso, recibirla con malos modos? ¿Cómo podía intentar recriminarle su regreso?

Su padre la observaba desde alguna parte. La contemplaba con aquella mirada impertérrita y oscura, en la que ella se sentía obligada a interpretar sus sentimientos. No era más que un pálido reflejo que le llegaba desde algún lugar íntimo y absolutamente personal, de creación propia. Sin embargo, parecía deambular a su alrededor en busca de lograr su aceptación. Como si todavía quedara en ella algún resquemor insalvable por su conducta del pasado.

Las historias de usurpación no habían sido una buena idea. Su permanente silencio admonitorio, tampoco. ¡Oh, si estuviera allí para hacérselo saber de una vez por todas! Estaba segura que eso le daría cierto alivio a su pena, jamás negociada con la realidad de la vida...

Un ácrono dolor interminable la había conducido hasta el borde de un abismo. Como si se hubiera tratado...*del borde de un puente*. ¿Por qué nadie la había empujado a ella también, para poder terminar definitivamente con la amarga sabiduría de los remordimientos?

De pronto, se le ocurría que no había magnitud en aquel modo de pensar los hechos. El pasado ocultaba ese filo peligroso de su herida nunca bien cicatrizada y la obligaba a moverse, en ocasiones, con buen sigilo. Para no despertar a los fantasmas adormecidos...

Era un poco más de lo mismo, se aseguraba a veces. Como cuando de niña, procuraba mantenerse despierta para evitar que Anabel la visitara en sus sueños. No había *construido* una vida. Sólo había construido un extraño modo de vivirla. Y era hora de cambiar todo esto.

Aprendería nuevas consignas...

Eso se dijo en algún momento. Mientras recorría el jardín en procura de flores frescas. O mientras acomodaba algunas provisiones en la alacena. Tal vez, se lo había dicho cuando sus manos, no demasiado firmes, volvieron a abrir las puertas del antiguo aparador que había pertenecido a sus abuelos: aún espacioso y resistente, digno de la historia que lo precedía.

Isadora pasó su primera tarde en la casa, recorriéndola, como si necesitara volver a ganarse su confianza. Como si tuviera que convencerla de que era *ella*, en efecto, quien había regresado. En el fondo, sabía que era una manera hasta cierto punto "cómoda", de no dejarse ganar por la melancolía de un reencuentro que había tardado treinta años.

Había encendido una especie de mecanismo de advertencia: una señal clara e inconfundible de que no se dejaría derrotar en esta batalla. Básicamente, porque estaba a cargo de su propia soledad, en el antiguo hogar de voces apagadas y extintas que, de pronto, podían volver a hablar para inquietarla...

Pero estaba rodeada de un mundo diferente. Y tenía que reunir mucho valor para permanecer allí el resto de su vida, desoyendo los ecos del pasado.

Sin embargo, algo temblaba todavía en su íntimo reconocimiento de aquello que, alguna vez, le había pertenecido, en medio de la luz y la penumbra de su propia vida. Y todavía lo conservaba al alcance de la mano, para que al cerrar los ojos –si acaso se lo proponía– todo regresara a ella como un juramento nunca olvidado.

Ni siquiera requería de un gran esfuerzo de la memoria. Se trataba de una evocación. De la simple evocación acerca de una vida pasada, que aún permanecía fresca y palpitante, como si hubiera ocurrido ayer.

Regresaría a esos recuerdos cuantas veces quisiera...

Estaba llegando la noche, la temida noche de su primer día en la casa. Y eso la obligaba a aferrarse a sus esquemas de pensamiento. En realidad, había muy pocas cosas que ella deseaba cambiar, seriamente. No obstante, amaba sus contradicciones –aquéllas de las que renegara un momento antes– porque la hacían sentir viva. Si las voces callaban o hablaban a su alrededor, esto era apenas una disquisición nada delicada de su propia percepción de los hechos. O de sus estados de ánimo, por qué no. Poco importaba ya la diferencia...

Había llegado la noche, sí. Sería su prueba de fuego porque si algo había soñado hacer, con toda la fuerza de su imaginación, era volver a echarse en la mecedora de la galería alguna vez, con un buen vaso de *merlot* para disfrutar, apaciblemente, y poder construir un gran momento feliz, otra vez de regreso al lugar donde la felicidad estuvo y se disipó después, como bruma evanescente. Hasta que los párpados le pesaran y su idea acerca de la falta de un amor verdadero terminara convertida en un pequeño punto, en la lejanía de sus pensamientos. Y hasta que su lenidad consigo misma le indicara que se encontraba en ese momento del día en que podía exiliarse en su propio y piadoso olvido.

Por primera vez a lo largo de aquel tiempo de su regreso a Río Ballais, una pregunta insidiosa y carente de toda respuesta, logró rasgar el pesado telón de sus negaciones. *¿Quién había asesinado a Marco Lorenz?*

El resto de las preguntas comenzaron a llegarle en una irrefrenable avalancha que no era sino consecuencia de haber prestado atención, finalmente, a aquella pequeña mancha que ahora se expandía hasta tomar dimensiones inconmensurables en sus pensamientos, siempre expuestos a la distracción provocada por los viejos recuerdos. *¿Por qué lo había hecho? ¿Por qué había asesinado luego a Nora Dumont y a Gervasio Tornasso? ¿Por qué se sentía extrañamente involucrada en el crimen? ¿Qué significaba la perdida pulsera de Anabel, enterrada bajo una planta de jazmines en el jardín del anticuario asesinado?*

Se preguntaría acerca de la vida y la muerte...

Pero lo haría ampliando su oscurecido horizonte, tan lineal y predecible, que sólo la conducía una y otra vez a su eterno rincón de penitente. Quería saber hasta cierto punto –lo necesitaba, además– qué razón innombrable e ineludible podía arrastrar a alguien a cometer un crimen. Porque sería el único modo de poder establecer una sustancial diferencia entre una acción envilecida por el propio deseo...*y lo que ella le había hecho a su hermana.*

Creía, en realidad, que no había demasiados motivos que llevaran a una persona a las puertas mismas de tan fatídica decisión. Generalmente, uno terminaba por descubrir, cuando el móvil de un crimen quedaba en evidencia, que siempre se trataba de dinero por un lado, o de oscuras pasiones acerca de la víctima, por el otro. No había mucho más que eso, se dijo. Entre estas últimas se podían mencionar, incluso, unas pocas razones: un amor enfermizo (pero nadie mata por amor, también pensaba), un odio irrefrenable o, como plus, un deseo de venganza necesitado de la desaparición física de quien provocaba aquellos oscuros sentimientos.

Pero en su caso... ("*tendrás que pensarlo seriamente alguna vez"*) *¿Qué razón había dirigido a su voluntad aquel día, en que todo transcurría en medio de la inocente acción de un juego?*

Está muerta... Está muerta...

Su mano, simplemente, se había extendido hacia Anabel, como si sólo hubiera buscado su contacto. En su actitud hubiera podido existir hasta el deseo mismo de una caricia, de un inadvertido acercamiento... Sin embargo, no había sido así. El destino había querido que se tratara de otra cosa. Que ella *intentara* otra cosa.

Cierra la puerta...

Las puertas de su mente estaban abiertas de par en par. Como lo habían estado las celosías del corredor, durante el día. El vaso de *merlot* en su mano atrapaba los movedizos reflejos de la luz artificial. Quería ahondar en aquella pregunta. Necesitaba hacerlo de un modo intenso y contundente, como si al mismo tiempo desenterrara las viejas piezas arqueológicas de un recuerdo mal guardado, desdibujado y empalidecido por el paso del tiempo.

¿Qué clase de pensamiento –exactamente, qué clase de pensamiento– la ocupaba en el preciso momento en que empujó a Anabel contra el parapeto del puente?

Ella no sabía que el parapeto estaba roto. ¡Podía asegurar a gritos que no lo sabía! Era su primer recuerdo concreto de aquel momento. Había jugado allí, con Anabel y sus amigos, tantas veces como le era posible recordar. Sin embargo, *nunca* había reparado en la falta de la baranda (seguramente, algo propio de la dispersa atención de los niños), al final del pequeño puente que remataba en un grueso pilar inútil, que no sirvió para detener su caída, aunque ella la había visto intentar aferrarse a él, en un último gesto desesperado.

Del mismo modo, otra seguridad la embargaba, si se detenía a pensar en ello a conciencia... Esa tarde se sentía especialmente feliz. Su padre les había prometido un paseo por La Ciudad, con cena en su mejor restaurante incluida, el próximo fin de semana. ¡Y su madre había aceptado aquella salida familiar, sin comentarios adicionales acerca de la delicadeza de su piel! Ese mismo día, había coincidido con Anabel en que estaban a punto de tocar el cielo con las manos...

Entonces, ¿por qué la había empujado?

Mientras tomaba otro sorbo de vino, se lo preguntó, cadenciosamente. Pero con toda la firmeza del caso. *Jamás había albergado esa idea. Jamás...*

Quizás, algunas voces maliciosas habían hablado de celos entre hermanas, rencores infantiles que podían haber desatado la tragedia. Por un tiempo, ella trató de completar aquella idea con el resabio amargo de sus propios sentimientos. Algo de sí se detenía ante esas palabras porque no podía reconocerlas por entero. Pero había abrevado de aquellas aguas infestas, como si un mandato no dicho se lo hubiera impuesto. Había terminado por creer que unos ridículos celos (la frustración de ver en Anabel virtudes que ella no poseía) habían sido la terrible causa de su decisión de último momento. *Pero jamás había albergado esa idea. Jamás.* ¡Ella *admiraba* a Anabel! ¡Y sólo *creía* que era la favorita de sus padres!

Tal vez el efecto del vino rojo que ya había dejado de saborear para beberlo simplemente, estaba causando esa reacción en ella. Eso que la acercaba a una conclusión íntima y radical acerca de sí misma, en aquella tarde de juegos. *Nunca había pensado en arrojar a su hermana desde el puente.*

¿Por qué esa seguridad le llegaba tan tarde? ¿Era su contacto con el viejo hogar el que volvía a poner todo en perspectiva? No tenía ninguna respuesta al alcance de la mano. Sólo sus sentimientos reaccionaban como antiguos guerreros regresando de un letárgico lugar de olvidada sabiduría.

Bastaría con mirar a su alrededor, en medio del leve vértigo que la ebriedad le producía, y *ellos* volverían a hacerse presentes. Allí estaban... *Con ella. Acompañándola para siempre...*

Su madre sonreía de aquel modo que solía embellecerle el rostro. Su padre intentaba recriminar algo que no dejaba de ser, a medias, enigmático. Anabel también sonreía. *Casi* para tranquilizarlos.

Ella se quedó profundamente dormida...

El hombre pálido dejó de avanzar y de alguna manera percibió que cualquier intento de su parte para evitar algo, sería perfectamente inútil. Ella lo advertía en la opacidad de su mirada inerte: lo inevitable estaba a punto de cumplirse. Y una especie de amenaza ineludible se sostenía, en suspenso, en el aire...

Giró sobre sus talones y, entonces, por fin pudo verlo. Algunos rasgos de su rostro estaban desdibujados por el reflejo del sol que actuaba como si un cristal expuesto a la luz, impidiera la visión completa de su sonrisa maligna y de sus ojos vivaces, que exhibían una oscura e insana intención.

Movió sus manos frente a sí para alejarlo y el tintineo de su pulsera al sacudirse, se escuchó como una lejana campanilla, repiqueteando una vez más. Un poco más apartada de la escena, todavía estaba en su lugar la mujer que regateaba con los vendedores callejeros.

Ella retrocedió sin necesidad de ser empujada. Al hacerlo, sintió que sus pies sólo encontraban el vacío y comenzó a caer hacia un abismo interminable. Como si una mano atenazadora la hubiera obligado a aquella acción descabellada.

En ese preciso momento, la mujer se volvió para mirarla, de modo que ella fue su última visión sobre el puente. Era Blanca Amaltti.

Despertó en medio de un sobresalto que le desbocó el corazón. La copa de vino ya vacía se hizo añicos contra el piso. Y eso fue lo que la arrancó de la profundidad del sueño...

Hubiera jurado que la había dejado sobre la pequeña mesa junto a la mecedora, un momento antes de dormirse. Pero también era posible que sólo hubiera pensado en hacerlo y que aún conservara la copa en la mano, cuando el sueño la venció. Estaba lo bastante ebria para no recordarlo. Tal vez, dormida, la había *empujado*... ¡ejecutando la acción del niño que se le acercó en sueños para hacerle daño!

Recordaba haber leído en alguna parte, que este típico comportamiento de los sonámbulos podía, eventualmente, imponer movimientos involuntarios, acompañando al contenido del sueño. El pequeño detalle faltante era que ella jamás había sufrido de sonambulismo aunque siempre había una primera vez para todo y aquello, además, podía tratarse de un episodio aislado, provocado por la intensa emoción del sueño. No tenía ninguna importancia, se dijo, como una especie de diletante, contrariada por su propio saber.

Se intranquilizó al comprobar que su pesadilla recurrente acababa de desplegarse en su fantasía onírica con nuevos e inquietantes detalles. Como si hubiera llegado a un final largamente esperado, a su desenlace más trágico pero –aun así– con algunos cambios impuestos a la realidad en la que el sueño se había inspirado...

Anabel había "elegido" caer, finalmente, por sus propios medios, sin ser empujada por nadie. *Buen intento, chica. Pero no alcanzará para redimirte.* Y, una vez más, ella, la *verdadera* Isadora, era sólo un niño, uno más de los tantos que aquel día estuvieron allí. Así era como se veía a sí misma bajo un semblante impropio. Ni siquiera podía captar sus rasgos al *verse* (de ese singular modo en que uno se desdobla y se extraña de sí, en los sueños) porque el reflejo del sol desdibujaba la expresión de "su" rostro. Si bien, y pese a todo, el rictus perverso de su sonrisa –algún detalle de maldad no se borraría, para aceptar el castigo del destino– había permanecido perfectamente detectable para ella que...*se observaba, aun sin ser ella.* Aunque esto *tampoco* se relacionaba con la realidad.

La pregunta no tardó en llegar, si bien la rechazó por improcedente. ¿No era un rasgo de inocultable esquizofrenia poder *ser* dos personas al mismo tiempo? Pero ¿quién aseguraba aquello, sino ella misma?...

En algún momento pensó que eso era lo bueno de los sueños: en ellos toda explicación excedía el límite racional del buen juicio. No era necesario que se juzgara a sí misma con tanta rudeza como lo hacía en su vida de vigilia.

Se quedó un largo rato contemplando los trozos de vidrio esparcidos a sus pies. Parecía momentáneamente aletargada, en medio de esa confusión y ese desacomodamiento que sigue a un despertar abrupto. Lentamente, como la niebla que bajaba de las montañas, la figura de Blanca Amaltti apareció en el circuito de su conciencia. De modo que la mujer *en sus compras y regateos*... ¡había sido ella todo el tiempo! Logró sonreír pensando en su propio deseo de fastidiarse: ¡quién iba a ser, si no!

Se reacomodó en la mecedora y meditó por un momento más. Luego decidió que ya era hora de levantar los vidrios esparcidos por todas partes. Mientras se ocupaba pensó que la calefacción no había sido bien reparada porque el frío de la noche había comenzado a hacerse sentir como si hubiera penetrado, suave y delicadamente, desde el exterior.

Algo más pensó...

Las ideas se reunían en su mente, en un aquelarre de imágenes insoportables: la pulsera enterrada en el jardín de Marco Lorenz, con su enigma a cuestas, estaba enloqueciéndola. Y el mensaje en el teléfono celular, claramente destinado a ella, la involucraba del peor de los modos.

Había elegido una buena estrategia para el sueño que la persiguió de niña y que ahora regresaba, implacable. Si ella *era* Anabel, evitaba a toda costa, el desagradable trámite de ver a su hermana en el sueño. En este caso, no se "permitía" verse a sí misma porque esto sería lo mismo que enfrentar la presencia de Anabel mientras soñaba. El inconsciente poseía, en algún sentido, una profunda sabiduría...

Soñar con ella era algo que había procurado eludir toda su vida, aun al precio de obligarse a permanecer despierta. Por alguna razón creía que si acaso esto ocurría y el hermoso rostro muerto de su hermana se le aparecía en medio de las tinieblas de alguna pesadilla, ella, simplemente, no lo resistiría. Ya era bastante horrible lo que decía la canción, para dejar que algo de eso también estuviera en sus sueños.

Y porque la había amado. Porque la había conocido tanto como a ella misma. Porque jamás había pensado en hacerle daño. Unos tontos celos, no más...

No sólo se apresuraba a cruzar la pequeña puerta de la galería para llegar primera, a los brazos de su padre. También compartía con ella su muñeca favorita. No sólo se burlaba de sus moños de niñita remilgada. También le dejaba lucir su falda roja de volados que ella adoraba. Conocía sus gustos en todo, conocía sus caprichos, sus luces y sus sombras infantiles. Pero... *"¿Jazmines, Anabel?"*

DIECISIETE
VISITAS

– Hemos iniciado otras investigaciones con mucho menos que todo esto y las hemos podido llevar a buen puerto. ¿Por qué no habría de ser así en este caso?

Modiliani respondía a una pregunta de Edgar, marcada por la frustración y el abatimiento.

– Ustedes son los expertos – señaló – Pero me parece que seguimos a oscuras, y sin que esto sea chistoso, andar tras las cajas de fósforos no arrojará luz en ningún sentido. Cualquiera puede tener una guardada en su alacena...

– Descartamos a quienes no la tendrían. Y eso es algo – aventuró el Detective Inspector – Esperaba el aporte de alguna de sus ideas al respecto...

Edgar lo contempló por un buen rato, esperanzado en que su expresión de escepticismo resultara suficiente como respuesta. Finalmente, optó por decir algo que, en el fondo, consideraba una gran tontería como comentario.

– Sólo hay una persona en este pueblo capaz de coleccionarlas. ¡Y no estoy diciendo que lo haga! Pero se ha dedicado a reunir chucherías de ese estilo y jugar a los crucigramas desde que su hermana le tirara a la basura su colección de muñecas de porcelana.

– ¡Oh! – Exclamó Modiliani sorprendido de una acción como ésa – ¿Y por qué lo haría?

– Vaya a saberse...Discusiones y arrebatos entre hermanas, supongo.

– ¿De quién estamos hablando?

– De Martha Amaltti – terminó por aclararle – Ella y su hermana atendieron durante toda su vida la panadería del pueblo, después que sus padres murieron. Dos mujeres dedicadas al trabajo duro. Cerraron sus puertas recién el año pasado...Para tratarse de dos ancianas, eso ha sido mucho tiempo. Bueno, en honor a la verdad, fue Blanca quien sacó el negocio adelante en estos últimos años. Martha está...un poco chalada.

El detective recordaba ese nombre. Lo había escuchado en boca del doctor Fernan.

– Esa mujer...Martha, está gravemente enferma. Creo que a punto de morir...

Modiliani avanzó en su explicación acerca de lo dicho por el médico, en ocasión de su comedida presencia en el destacamento.

– Lamento escuchar eso – se condolió Edgar – Les haré una visita hoy mismo.

– Y yo lo acompañaré...

– Si esto viene a cuenta de las cajas de fósforos y acerca de lo que dije sobre Martha...

– Comisario – Modiliani emitió un chasquido en señal de reprobación – No se vuelva usted tan susceptible cuando estamos en medio de una investigación. ¿No sería hora de empezar a dejar de lado esa actitud de defensa permanente sobre lo local?

– De acuerdo. Que sea como usted quiere...

Edgar parecía resignado, una vez más, a aceptar las reglas de juego del Detective Inspector. No le había agradado su último comentario y se percataba, además, que éste lo observaba de un modo particular, como si se encontrara al borde de una vacilación sobre sus próximas palabras.

– ¿Desea decir algo más? – lo animó con su pregunta.

Modiliani asintió.

– Hemos construido cierta conjetura, bastante sólida por cierto, acerca de la relación entre el niño de la fotografía y el señor Lorenz.

– ¿Se refiere a César A. ...?

Edgar percibió una especie de alarma tañendo a lo lejos, como una vieja campana herrumbrada. Sabía muy bien a quién se refería Modiliani y su modo casi retórico de preguntarlo no era más que su necesidad de poner un poco más de distancia con la inminente respuesta que estaba a punto de recibir.

– Debe tratarse de su hijo.

Las palabras del detective sonaron contundentes. Pero fueron dichas con lentitud intencional, como si buscara sondear en la reacción de Edgar, mientras hablaba.

– *¿Su hijo*? –Otra pregunta de respuesta implícita. Esta vez, Edgar fue consciente de su extraña manera de abordar el asunto – ¡Marco no tuvo hijos! – exclamó, por último.

– ¿Puede asegurarlo rotundamente?

– Puedo asegurarlo. Y eso me basta.

– ¿Por qué? – Preguntó Modiliani en actitud desafiante – ¿Porque era su amigo y ésta es la clase de confidencia que nunca hubiera eludido con usted?

Edgar empalideció, de pronto. Increíblemente, como una especie de relámpago iluminando un cielo que había permanecido a oscuras, todo surgió ante él del prolijo modo en que cada una de las piezas de un rompecabezas se acomoda en su lugar, por fin. *Confidencia...*

La palabra había abierto el camino. Todo estaba allí, aguardando a ser descubierto como un territorio desconocido al que, pese a todo, llegaba por *segunda* vez. La evocación no podía ser ahora más completa y perfecta...

Habían encendido una fogata. La cena, un fantástico ritual al aire libre, digno de dos hombres que habían dedicado el día a pescar, había consistido en pequeñas truchas cocidas a fuego vivo y frijoles de lata para acompañarlas. ¡Espantoso y maravilloso a la vez! ¡Un goce tan efímero y especial que sólo podía disfrutarse en el recuerdo!

Un cielo tachonado de todas las estrellas del Universo –por efecto de encontrarse lejos de las luces nocturnas del pueblo– se desplegaba sobre sus miradas, mientras conversaban y el paisaje les señalaba, sin piedad, la pequeñez humana. Pero ellos sonreían y se sentían felices...

Edgar podía recordar ahora, su particular modo de percibir la felicidad, en aquella noche de...confidencias.

Marco había bebido algunas cervezas de más, desafiando a su proverbial sobriedad y soportaba estoicamente algunas bromas al respecto, restándole toda importancia. Si acaso existían los momentos mágicos, ése tenía que ser uno de ellos, sin ninguna duda. Y ambos parecían compartir aquella idea, tácitamente. Transmitiéndosela uno al otro, sin necesidad de mirarse a los ojos; apenas les bastaba con su mutua cercanía.

Sin embargo, por alguna razón de ésas que no abundan en la racionalidad de ciertas circunstancias, la perfección del momento, decayó en algún punto oscuro. Una parte del espíritu de ambos se apartó de la magia y después de un breve silencio, Marco enfrentó – por primera vez con él, al menos– un antiguo dolor jamás explicitado.

Edgar notó enseguida que se trataba de palabras que habían permanecido ocultas en la profundidad de una incertidumbre que los años no habían conseguido apagar.

– Fue una de esas locuras de juventud. No me hagas decir a qué me refiero...– se censuró a sí mismo – Pero puedes suponerlo si vives en este pueblo, donde ciertos hechos se silencian en la medida de lo posible. Es una suerte, en todo caso, que aquello no haya prosperado en el tiempo. Está olvidado...por todos, creo. ¡Y es mejor así! Hubo rumores por entonces... ¡y te aseguro que no fueron agradables! Ella parecía llevar una vida un tanto disipada...o enigmática, no sé. Y jamás terminó de asegurarme... ¡oh, vamos! Trato de pensar que mis bellas antigüedades

son lo único valioso que me dejó el pasado. ¿Qué más? ¡A esta altura de mi vida, pensar en cualquier otra cosa...amargaría mi espíritu!

Lentamente, la comprensión le llegó desde aquel desierto de silencios que había estado antes, en ese lugar. El por qué de sus blancos y lagunas en un recuerdo que, de pronto cobraba todo su sentido, estaba relacionado, seguramente, con una confesión en la que Marco jamás había admitido explícitamente la existencia de un supuesto hijo. El tema de los rumores y su reconocimiento acerca de no haber contado con la completa seguridad acerca de su paternidad, parecían haber funcionado como un gran manto de olvido sobre el sentido de aquella lejana conversación.

De lo único que no estaba completamente seguro era de la razón que lo había asistido a Marco al decir que esas cosas se acallaban en el pueblo. No pudo evitar en ese momento la comparación con lo ocurrido a Alberta en el pasado. No había sido así en su caso. Todo el mundo se había ensañado con ella y sólo el tiempo le sirvió de ayuda. El tiempo y su fortaleza, si en algo la conocía. Tal vez se trataba de marcas culturales inauditas, que mostraban a las claras cómo eran las cosas según hubiera un *status* social o no, en el medio.

"*Bueno, no es el momento de irte por las ramas", se* dijo, "*Modiliani está esperando por tu respuesta."*

– Lo lamento – expresó, sintiéndose tan consternado que parecía ahogarse en su propia voz – ¡He sido un necio todo este tiempo! ¡Ahora lo recuerdo todo perfectamente!

Edgar no le ahorró detalles al Detective Inspector, quien lo escuchaba con extrema atención. Algunos de sus *cabos sueltos* comenzaban a unirse y el resultado final mostraba su aspecto más aterrador.

– Un día tomó la decisión de matar a su propio padre – sostuvo finalmente – Esa sí que es la peor de las venganzas.

– Marco tenía dudas acerca de su paternidad – recordó Edgar con la seguridad que antes había perdido – La clase de comentario que hizo al respecto lo demuestra...

– Pero me parece que *su hijo* no tenía sus mismas dudas.

– ¿Cree que pudo matarlo por esa razón?

Modiliani, casi feliz de haber encontrado el pequeño camino hacia cierta asombrosa revelación, se preparó para responder con una de sus fastidiosas sobreactuaciones.

– Pasó una larga y desdichada infancia en un orfanato. Tenía un padre rico que nunca lo reconoció y con quien no podía contar en ningún sentido. Convertido en un hombre y después de pasar años alimentando sólo odio y rencor por quien siempre lo había rechazado, un buen día decidió que ya era hora de ir a escupirle un par de cosas a la cara. Pero para eso necesitaba asegurarse que sería escuchado de principio a fin...Y escogió el método más apropiado: paralizarlo por unas horas, de modo que pudiera enunciar cómodamente todos y cada uno de sus reproches, sabiendo que nunca sería interrumpido. Quizás, también disfrutó anunciándole que luego lo mataría...

– ¡Oh, no! – Se horrorizó Edgar – ¡Eso es algo demasiado cruel! ¡Pobre Marco! ¡No merecía ese tormento!

– ¿Es lo que piensa, comisario? – Preguntó Modiliani, aún en medio de sus histriónicos aspavientos – Porque no parece coincidir con el pensamiento de César A. El sí creía en que merecía sufrir por todo el desprecio soportado...

Aquel encuentro con una verdad olvidada, había puesto a Edgar en una especial susceptibilidad. No podía admitir que su mejor amigo, alguien a quien recordaba siempre en actitudes afables, hubiera despreciado adrede, desde el fondo de su corazón, a un supuesto hijo, producto de una relación sentimental poco segura, de la que jamás había dicho una palabra.

En aquel tiempo no hubiera sido posible determinar su paternidad por ningún examen genético, de modo que sólo habría tenido que conformarse con sospechar a medias esa posibilidad, apenas sostenida por un parecido físico que, en el caso del muchachito del portarretrato, ni siquiera existía.

Aquel lugar de su memoria que había permanecido a oscuras, brillaba ahora como si hubiera olvidado allí una luz encendida en plena noche cerrada. Había omitido recordar durante mucho tiempo la conversación de aquel fin de semana y sólo había rescatado los detalles de los buenos momentos pasados en el lugar. Tenía sentido, se dijo. El siempre había sido bastante selectivo con sus recuerdos y tendía a conservar las generalidades, mucho más que lo específico. Aun ahora guardaba la impresión de que la confidencia de Marco había sido vaga y poco explícita. Tal vez eso era lo que había colaborado con su olvido...

– César A. nunca ha vivido en este pueblo...

Las palabras de Modiliani lo arrancaron de sus pensamientos. Lo contempló por un instante, un poco desorientado acerca de lo que acababa de decir.

– Me refiero a que alguien aquí...usted mismo, su ayudante...lo habrían visto alguna vez de ser así – concluyó el Detective Inspector.

– ¿Cómo saberlo? – Preguntó Edgar de pronto, sorprendido – ¡El rostro de la fotografía ya no tiene nada que ver con el hombre adulto en que hoy se ha convertido! ¡Podría ser cualquiera! ¡Cualquiera que se haya instalado a vivir en Río Ballais en los últimos treinta años!

La mirada de Modiliani brilló al efecto de su propia y repentina comprensión.

– ¡Más fácil que buscar coleccionistas de cajas de fósforos! – Exclamó, sofocado por su entusiasmo – ¡Dígame que este destacamento cuenta con padrones que puedan brindarnos esa información!

– ¡Desde luego que sí! – Pero sólo compartió la euforia del detective por un momento – Lo que no puedo asegurarle es que estén actualizados o completos. Habrá que tomar en cuenta los óbitos y la gente que se ha marchado del pueblo...

– Como los Vander Kooy – indicó Modiliani, haciendo empalidecer a Edgar – Si hay algo de cierto en su hipótesis, comisario... ¿por qué sería que ellos se marcharon por la época en que César A. pudo llegar para instalarse aquí?

Ambos se detuvieron a meditar en aquellas palabras, a sabiendas de la relación nunca aclarada entre la pulsera de Anabel Vander Kooy y el asesino. ¿Qué había allí que estorbaba a la comprensión de todos pero oscurecía cualquier suposición al respecto? Modiliani se preguntó si, acaso, Adriano Bug no había tenido alguna razón al acuciar a Isadora, si ésta tenía en su poder algún conocimiento inconsciente que escapaba, de momento, a su propia aceptación y si en algún sentido, el sueño recurrente que había tenido de niña, no estaba allí para indicarle un camino demasiado escabroso para formar parte de su realidad y su conciencia...

– ¿Cree que ha seguido utilizando su verdadero nombre a lo largo del tiempo? Porque en ese caso – se animó Modiliani – el asunto se nos simplifica bastante. ¿Lo cree posible?

Edgar no contaba con una respuesta confiable. Ni siquiera recordaba a nadie llamado César que viviera en el pueblo por entonces. De pronto, su propia idea le pareció un tanto peregrina. Pero, al menos, sacaba al detective de su empecinamiento en las cajas de fósforos. No vendría mal probar por el lado de los padrones, después de todo.

– Ya veremos – se limitó a responderle.

– Hay algo que me he estado preguntando...

Modiliani se había calmado y ya no se movía como un actor fracasado tratando de probar su valía. Eso tranquilizaba a Edgar en algún sentido, si bien le hacía pensar acerca de cuál sería la mejor actitud para los atrevidos razonamientos del experto policía. No olvidaba, que con trompicones y todo, había intuido desde un principio, la relación entre el crimen y la presencia de Isadora, de regreso en el pueblo. Aún no se acostumbraba a la idea, pero ya no podía dejarla de lado después de saber que la pulsera desenterrada había pertenecido a su pequeña hermana muerta.

Lo contempló, esperando que desplegara su idea.

– Se trata de la sustancia paralizante que utilizó. Es importante que sepamos de una vez por todas de dónde ha podido obtenerla. Creo que la muerte de Calixto Ferraro y la *miocicaína* no son dos hechos aislados. Sin embargo, hay algo que no está nada claro en todo esto...

Edgar sonrió, a medias, como si apenas deseara denotar su ironía.

– Si no lo está para usted, cuánto menos para mí – dijo – Siempre que razona de ese modo, debo admitir que no puedo seguirlo.

– ¿Recuerda lo que el informe del laboratorio explicaba en relación con esta sustancia?

La respuesta fue un encogimiento de hombros.

– Algo... sí – dudó Edgar.

– Nos romperíamos el cerebro si tratamos de seguir su pista por el lado del extraño árbol del cual se obtiene – ahora Modiliani volvía a meterse en sí mismo, como un caracol en su concha – Pero el informe nos aclara que se trata de una sustancia utilizada en repostería... ¡Y Ferraro era un gran repostero!

– Bien...muy bien – en la expresión de Edgar comenzaba a acomodarse su propia comprensión de los hechos – Entonces, el pequeño psicópata decide robar la sustancia de la panadería de Ferraro. Sabe dónde la guarda, y ya su enferma cabecita pergeña que va a utilizarla para hacer mucho daño. Pero Ferraro lo descubre y César A. no tiene más remedio que matarlo, aun tratándose de la única persona que había demostrado interés y afecto por él.

– Pero los psicópatas, en cambio, no pueden sentir afecto por nadie – le advirtió Modiliani – En cuanto al resto de su razonamiento, creo que se ajusta apropiadamente al modo en que sucedieron los hechos.

El Detective Inspector le estaba sonriendo con gran simpatía. Acababa de aprobar la forma en que Edgar Dutra, un aburrido comisario de pueblo que jamás había enfrentado una verdadera acción policial a lo largo de su carrera profesional, había comenzado a reaccionar como todo un detective de investigación criminal.

– ¿Por qué será, entonces, que tengo la impresión de que ha quedado algún cabo suelto para usted?

La pregunta parecía oportuna. En algún sentido, Edgar era capaz de captar el reconocimiento y la estima de Modiliani, tanto como su disconformidad por algunos detalles que no le resultaban adecuados.

– Es porque ese niño que por alguna razón llegó a conocer los efectos que la *miocicaína* podía causar, utilizada en dosis inapropiadas, no pudo conservarla todo el tiempo, premeditando un crimen que cometería tantos años más tarde…

– Calixto Ferraro pudo ponerlo al tanto de esos efectos – especuló Edgar – Tengo entendido que era alguien de carácter afable y que solía ganarse la confianza de los niños, a través de sus historias divertidas y anécdotas de toda clase. Quizás, en un acto de gran ingenuidad, llegó a confiárselo. En cuanto a lo demás…

– Todo está bien hasta allí – agregó Modiliani, interrumpiéndolo, ansioso – Pero… ¿matar a Calixto por obtener la sustancia? ¿Qué tenía en mente por entonces? ¿Y cómo logró conservarla sin que perdiera sus propiedades? En el informe de la segunda autopsia se menciona la fragilidad de esta sustancia en relación con el transcurso del tiempo. ¡Es todo esto lo que no da en la tecla de lo que estoy buscando!

– Hagámonos una pregunta por vez y quizás así logremos encontrar las respuestas – manifestó Edgar, sabiamente – Me refiero a que la ansiedad puede jugarnos en contra…

El Detective Inspector se le acercó para palmearle la espalda, en señal de aprobación.

– Comisario, usted está avanzando por el camino correcto. Me parece que en esta ocasión, me estoy comportando como un necio– comentó, sin ningún prurito.

Un poco abochornado por el halago, se deshizo de aquel contacto físico para ir hasta la máquina en busca de dos buenas tazas de café.

– Como noto que está dando crédito a mis apreciaciones, le hablaré de algo que ha estado preocupándome. ¿Sabe?...A veces, me parece que estamos frente a un caso en el que perdemos de vista los detalles más obvios y evidentes.

– Ansiosos y descuidados, ¿eh? – Modiliani meditó por un momento – Ninguno de mis hombres ni yo mismo aceptaríamos esto...

– ¡Detective Inspector! – Edgar disfrutó por un instante con el comentario – No se trata de una acusación directa. ¿Acaso me cree capaz de tanto atrevimiento?

– Me gusta esa actitud – indicó Modiliani – Hay algo en usted que ha empezado a luchar contra todas sus dudas. Y me parece que lo hace con mucha fuerza. No me ahorre disgustos, comisario. Quiero *verdaderamente* escuchar lo que tenga para decir...

Edgar le ofreció una de las tazas de humeante café y buscó luego ubicación detrás de su escritorio. Se tomaba un momento para ordenar el modo en que expondría su argumento. Era consciente de haberse ganado el respeto de aquel hombre, en base a ensayos y errores, y no quería malograr la ocasión de demostrarle que no sólo servía para alcanzarle objetos sino que estaba preparado para sus propias conjeturas.

– ¿No cree que ha sido una tontería dejar de lado lo sucedido en la casa Vander Kooy, nada más que porque el informe forense no ofreció los resultados esperados?

– Si se refiere a mí... ¡no he dejado nada de lado! – El Detective Inspector se mostraba liviano como una burbuja – Me alegra que su línea de pensamientos vaya por el mismo rumbo que la mía.

Edgar lo miró, apreciando su buen estado de ánimo pero dejando que se decidiera a decirlo él mismo. Quería estar seguro de aquella supuesta coincidencia en las mutuas cavilaciones.

– Eso es tan evidente, comisario...Flores frescas en los jarrones e insólito orden y limpieza en la casa. Alguien *estuvo* allí, después que los Vander Kooy se marcharan.

– Alguien...– concluyó Edgar – que no usurpó el lugar pero se las apañó muy bien para dejar un mensaje de advertencia para Isadora: *"estuve aquí y puedo regresar en cualquier momento."*

– De acuerdo – carraspeó Modiliani – Usted le ha puesto algunos detalles pintorescos en los que yo no había pensado. Pero, dígame, comisario... ¿para qué volver a una casa vacía?

Edgar estaba tan serio y tan pálido al responder, que por un momento el viejo detective lo creyó repentinamente enfermo.

– Porque ya no lo está – contestó de un modo lúgubre – Sé que Isadora acaba de mudarse a la casa...

El ánimo de ambos no era el mejor. No, después de haber alimentado mutuamente sus peores recelos y pese a haber dispuesto algunas medidas de seguridad alrededor de Isadora que resultaran lo bastante discretas para no despertar las sospechas de nadie.

A Modiliani no le llevó demasiado tiempo descubrir que tratándose de Río Ballais, esas medidas eran precarias y endebles y su éxito sólo dependía de la mirada atenta del ayudante Loggino y de un inexperto policía que recibía órdenes directamente emanadas de él y delegadas por el comisario Dutra.

Al final, terminó por comprender que esto había conseguido ponerlo aún más nervioso. En cuanto a la visita a casa de las hermanas Amaltti era un asunto que, en algún sentido, consideraba delicado por tratarse de dos ancianas que, seguramente, tendrían todas sus aprensiones en alerta, después de los crímenes ocurridos en el pueblo. Sabía por experiencia que a las personas ancianas no les gustaba recibir la visita de la policía, con excepción del comisario, claro, puesto que para la ocasión sólo estaba comportándose como un vecino atento y considerado.

Como no estaba dispuesto a abandonar el tema de las cajas de fósforos, sólo porque las pistas en los padrones que revisaría más tarde, resultara más atractivo y prometedor a simple vista, conocer a las ancianas no le parecía que fuera nada más que un asunto de sobras.

Cuando Blanca Amaltti salió a recibirlos, abriéndoles las puertas de su casa, que por fuera se veía pulcra y sencilla, él tuvo la impresión de ingresar a una especie de santuario donde el tiempo se había detenido por un esforzado movimiento de la nostalgia, cristalizada en la memoria de aquellas viejas damas.

Enseguida detectó el olor rancio del encierro, en una sala atestada de muebles antiguos, cuyas paredes tapizadas, mostraban el gran desafío que le habían impuesto al tiempo transcurrido. Todo allí se veía viejo y gastado...

De algún modo se vio sorprendido por el contraste entre la fachada y el interior de la casa. El exterior, blanco y reluciente, moría en medio de una penumbra sofocante y recargada, donde el tapiz antiguo y la vieja pintura enmohecida daban al ambiente la perspectiva de un lugar abandonado al transcurso de sus perdidos y mejores años.

Había algunos cuadros de mal gusto y retratos de familia colgados en las paredes, seguramente recuerdos de un pasado feliz, donde se veía a la anciana que acababa de recibirlos, más joven, más entera, más ilusionada por la vida. En la mayoría de las fotografías estaba acompañada de otra muchacha de mirada alegre –probablemente la hermana enferma, pensó Modiliani– y de una pareja mayor y de expresión adusta que debieron ser sus padres. Algunas escenas habían sido tomadas en la cuadra y el viejo negocio de panadería, como una muestra del esfuerzo y el trabajo cotidiano que impulsaba sus vidas: instantes de esas vidas, atrapados y detenidos en un tiempo irrepetible en el que aquellas mujeres, ahora encerradas en su memorioso santuario, habían sido maravillosamente jóvenes, antes de envejecer junto con sus sueños, jamás cumplidos.

Edgar, por su parte, no parecía impresionado del mismo modo y conservaba una aceptable sonrisa de cordialidad cuando traspuso la puerta. Era probable que aquélla no fuera su primera visita a la casa, de manera que su mirada se acomodaba a lo que veía, sin denotar ningún asombro.

Después de presentar al Detective Inspector con el protocolo que éste, evidentemente, disfrutaba, tomaron asiento en un desvencijado sofá que rechinó y se quejó en repetidas oportunidades, antes de aceptar el peso de sus cuerpos.

– ¿A qué debo el honor de esta visita? – preguntó Blanca, ocupando un estrecho sillón, con algo de dificultad en sus movimientos.

Edgar parpadeó y sonrió, dejando que cierto gesto de preocupación asomara a su rostro.

– Supimos que Martha está muy enferma y he...hemos venido a interesarnos por su estado de salud.

– ¡Oh, eso! – Blanca parecía en parte aliviada, al conocer el motivo – Con todas esas cosas horribles que han estado ocurriendo, creí que venían a advertirme de algún peligro...

Edgar recordó la vez que la cruzara en la calle, demostrándole su interés, como buen policía, de aconsejarla acerca de ciertas precauciones, convencido como estaba que Blanca se mostraba preocupada o asustada al respecto. Había terminado por llevarse una buena sorpresa en ese sentido, porque ella había reaccionado fastidiada por su intromisión. Pero algo había cambiado en su carácter –probablemente la aceptación de que los hechos se habían complicado ya bastante– porque ahora se veía insegura y temerosa como nunca antes lo había estado.

– Bueno, señorita Amaltti. Lo que usted dice es verdad pero no deseamos aumentar sus preocupaciones – Modiliani había optado por su estilo atildado para hablar con Blanca, como correspondía a un rudo detective en presencia de una anciana – Suponemos que la salud de su hermana es un tema prioritario para usted.

– Martha está en manos de Dios – dijo, bajando el tono de voz como si temiera ser escuchada por ella – Hay días en que parece mejorar y hasta recobra un poco de su apetito. Pero tiene otros en que...– Blanca meneó la cabeza, dejando que la vista descansara en su regazo – me temo que no sobrevivirá por mucho tiempo.

– Lamento escuchar eso – expresó Edgar, compungido – ¿Qué es lo que tiene? Exceptuando su progresiva dificultad para caminar, por lo demás se la veía saludable...

– Senilidad – Blanca había alzado la mirada para enfocarlos como si aguardara el efecto de aquella palabra que sonaba como una sentencia – Camilo...quiero decir, el doctor Fernan no lo atribuye a otra cosa. Ustedes saben...un cuerpo viejo y cansado que, lentamente, va buscando, sin saberlo, su momento para descansar...

Modiliani tomó nota mentalmente de todo su comentario y la observó con cierto disimulo. El era un hombre de detalles y, difícilmente, los pasaba por alto. Aquella encantadora anciana había llegado a ese punto de la vida en que ya era posible imaginar, sin temor alguno, el inevitable "camino del elefante".

Había cierto efecto de benevolencia del tiempo en esa apreciación: la vejez nos prepara para hablar de la muerte como de un próximo lugar al cual llegar, ya muy livianos de equipaje. También se percató del íntimo modo en que se había referido al viejo médico del pueblo. Una amistad de muchos años lo justificaba, seguramente, si bien la pudorosa Blanca procuró rectificarlo al momento.

– ¿Podemos verla para saludarla? – preguntó Edgar, de pronto.

Algo en la mirada de Blanca se desordenó por un instante. Como si una sombra imperceptible hubiera apenas apagado el brillo de sus ojos glaucos.

– Bueno...ella...– vaciló – no conoce al detective Modoliani. Tal vez la altere un poco su presencia.

– Modiliani – la corrigió el Detective Inspector con una sonrisa – Dejaré que el comisario se ocupe de los saludos, entonces. No quiero importunar a la enferma...

"*Día de sorpresas*", se aseguró Edgar para sí, al comprobar los remilgados modales del detective.

Blanca se puso de pie para acompañar a Edgar a la habitación. Rechazó con un gesto de amabilidad la ayuda que Modiliani corrió a brindarle, al verla incorporarse y, por último lo hizo, un poco insegura y con lentitud.

Ingresaron juntos a una alcoba en penumbras y mal calefaccionada, donde la luz mortecina de un pequeño velador, sobre la mesa de noche, apenas iluminaba el rostro macilento pero sereno de Martha Amaltti. Se la veía empequeñecida y absolutamente vulnerable, en medio de su enorme cama, cubierta con pesadas mantas de lana y blancas sábanas. Parecía dormida...

Pero al acercarse Edgar al borde de la cama, ella abrió sus ojos desmesuradamente, al punto de sobresaltarlo. La serenidad de su expresión desapareció al momento y Edgar pudo comprobar que sus gestos eran torpes y rígidos, como si hubiera sufrido una apoplejía. Un hilillo de saliva le corrió por la comisura de los labios, apretados en una línea drástica y patética, como su mirada desahuciada.

Edgar trató de sonreírle, a pesar de la profunda pena que lo embargaba. Aquella anciana ya en nada se parecía a la que él había conocido en el pasado. Martha siempre había sido una mujer alegre y de buen talante, muy distinta a su hermana, de carácter distante y adusto.

– Hola, Martha... – murmuró, a su lado – Supe que estaba enferma y vine a saludarla. Tendrá que ponerse bien muy pronto...

Sin embargo, el aspecto de la anciana no se prestaba a demasiadas esperanzas en ese sentido. Edgar sabía que estaba mintiendo, que sería muy difícil que Martha recobrara su salud y sólo esperaba que ella no estuviera lo suficientemente lúcida, para así poder creer en su mentira.

La visión de la mujer enferma llegó a ser tan dolorosa que, pese a sus esfuerzos por no hacerlo y para no darle una mala impresión después de sus palabras, desvió la vista y la enfocó en Blanca que acomodaba sus mantas con movimientos nerviosos.

Martha había comenzado a emitir pequeños y roncos gemidos, como si deseara quejarse por algo pero le resultara absolutamente imposible manifestarlo de otro modo.

– Ya...ya...querida. No te preocupes, todo está bien. Sólo descansa...

Obviamente, la enfermedad de su hermana había dulcificado el temperamento de Blanca. Se la veía solícita y cariñosa, atendiéndola con denodado interés. Edgar pensó que era todo un milagro que hubiera reaccionado corrigiendo sus defectos de carácter en lugar de profundizarlos, como solía ocurrir en esos casos.

Sin embargo, Martha no se veía resignada a sufrir su agonía, si eso era lo que había tratado de transmitirles Blanca con su idea acerca de la búsqueda del descanso eterno. Por el contrario, parecía asustada dentro de su cuerpo sufriente y sus ojos se movían en todas direcciones, como pidiendo una ayuda que nadie podía ofrecerle.

De pronto, una de sus manos de venas y huesos marcados hasta conferirle el aspecto de una garra, aferró el brazo de Edgar con esforzada desesperación. Este se vio obligado a inclinarse sobre ella y acercar su rostro al suyo, al notar su intento por hablarle.

– Palabras...cruzadas...

Edgar la contempló con el ceño fruncido, sin comprender. Vio a Blanca menear su cabeza y sonreír, compasiva. El también lo hizo por encima del cuerpo yacente de la anciana.

Pero Martha insistió.

– Palabras...cruzadas...

– Se ha pasado diciendo eso desde ayer – dijo Blanca en voz muy baja, aunque era imposible que Martha no la escuchara – Es terrible verla caer en estos estados de desvarío.

Sus ojos se anegaron en lágrimas, de manera que se apartó para correr las pesadas cortinas de terciopelo que acabaron con la escasa luz que llegaba desde el pequeño jardín trasero. Si bien fue un modo de evitarle a Edgar el espectáculo de su tristeza.

No obstante, nada de esto le pasó a él por alto. Pensó que debía ser una circunstancia muy dolorosa para Blanca ver apagarse la vida de su hermana y asumir que en poco tiempo más la perdería, para quedar absolutamente sola, en aquella casa cargada de todos los recuerdos del pasado.

Fue entonces que, al volver su compasiva mirada al rostro de Martha, vio aquel papel doblado asomando por debajo de su almohada y, en un impulso irrefrenable, lo tomó y lo guardó en uno de sus bolsillos, aprovechando que Blanca, de espaldas a él y ocupada con las cortinas, no pudo observar sus movimientos. Incluso, había tenido la impresión de que los ojos de Martha se esforzaban por señalárselo. Y procurando, quizás, no sentirse un maldito entrometido a cargo de una función policial que no había ido a desplegar allí en ese día, no pudo impedir que su parte profesional lo traicionara.

Cuando regresaron a la sala, el Detective Inspector Modiliani se encontraba de pie, frente a algunos retratos de familia, colgados en una de las paredes, contemplándolos con manifiesto detenimiento.

– ¡Oh, ya están de regreso! – exclamó, como si lo hubieran tomado por sorpresa.

Pero algo le decía a Edgar que el detective estaba en medio de una de sus actuaciones.

Ambos se pusieron a disposición de Blanca Amaltti, para todo lo que llegara a necesitar. Fue un gesto de gran amabilidad y cortesía que ella agradeció, visiblemente conmovida.

Se marcharon, sintiéndose como dos grandes comedidos, un poco excedidos en su cordialidad, haciendo de ésta casi una atildada exageración.

Demetrio Loggino observaba la escena a sabiendas de que, una vez más, no sería tomado en cuenta a la hora de esas fantásticas hipótesis y especulaciones con que los detectives se mantenían ocupados.

Adriano Bug llevaba en el rostro la extraña expresión de alguien que, debiéndose sentir contrariado por alguna razón, se decidía por mostrar una sonrisa de tranquila beatitud. Era imposible saber si lo que colaboraba íntimamente para mostrarlo en ese estado de particular *nirvana*, era algo relacionado con haber recibido el tácito perdón de su jefe, o algún pensamiento que lo había acercado, nuevamente, al objeto de su interés, Isadora Vander Kooy.

Luciano Bordone parecía desinteresado de todo y de todos, mientras permanecía contemplando el movimiento en el exterior, a través de la ventana del destacamento. Se lo veía absorto en sus pensamientos, si bien éstos no eran en realidad, demasiado profundos. Sólo pensaba que a esa hora del día, Río Ballais se comportaba como un pueblo palpitante, lleno de una vitalidad que emanaba del incesante ajetreo de su gente volcada a las calles; esa gente, supuestamente pacífica y laboriosa que, no obstante, ocultaba entre ellos la existencia de un peligroso asesino.

Bordone miraba sus rostros preguntándose quién de ellos escondía tras su anodina apariencia, un oscuro deseo de odio y de sangre. El comentario del comisario Dutra ya había llegado a sus oídos. *"Cualquiera podría serlo"*, había dicho. Y lo asistía toda la razón del mundo. Nadie guardaba grandes similitudes con su propia y antigua fotografía de la adolescencia. En ese mismo momento, César A. podía estar paseándose por la avenida del pueblo, con la tranquilidad de saber que había hecho muy bien las cosas, que ninguno de ellos podría reconocerlo como al niño del portarretrato y, de ese modo, tenía asegurada su impunidad.

Bordone también recordaba otro atinado comentario de Edgar Dutra, el día que señalara algo dicho por su hijo Gabino. Y si bien sólo parecía una expresión más que evidente, desprendiéndose de los propios hechos de la realidad, había algo en la palabra "loco" que estremecía con un gran escalofrío, en el profundo fondo de su sentido.

Para el momento en que su jefe y el comisario se hicieron presentes, el detective Bordone ya había desarrollado un aprecio incipiente por el hombre a quien había hostigado, apenas al conocerlo. Eso no había estado bien, se dijo, y por esa misma razón le había reconocido su respeto por la colaboración prestada, pese a todo. Y aquello simplemente significaba que había sabido sobrellevar su pesada presencia, con cierta dignidad que él no estaba seguro de haber podido manifestar bajo las mismas circunstancias.

Edgar y Modiliani irrumpieron en aquella supuesta calma del destacamento, a su regreso de la casa de las Amaltti. Cada uno por su lado traía pensamientos y conjeturas que, en algún momento, se mostrarían propensos a compartir. Desde luego que el Detective Inspector llegó dispuesto a poner al tanto de todo a sus hombres.

– Las visitas siempre son acciones sociales importantes – concluyó Bug, después de escucharlo. Y si bien parecía algo enigmático al decirlo, no agregó nada más a su comentario.

– Esas mujeres viven en un horrible confinamiento – meditó Modiliani – Rodeadas de recuerdos, solitarias y...probablemente amargadas por el inevitable dolor de la vida transcurrida.

– Es un poco patético expresarlo de ese modo – manifestó Edgar – Pero hay algo de verdad en lo que dice. No creo que la vida haya sido particularmente benévola con ellas...

– Es evidente que han debido trabajar mucho y eso ha quedado plasmado en todas esas fotografías tomadas en su vieja panadería.

El Detective Inspector no parecía, en todo caso, dispuesto a dejar de lado aquel patetismo.

– Pero, al menos, el trabajo organizaba y llenaba sus vidas, en algún sentido. Hoy por hoy, sólo se trata de dos ancianas, una de ellas al borde de la muerte y la otra...obligada a hacerse a la idea de la soledad que la abatirá muy pronto, cuando su hermana muera.

– ¿Y usted llama *patético* al jefe? – la pregunta provenía de Bug y estaba matizada con algo de sarcasmo.

– Tal parece que ambos han regresado bastante impresionados de esa visita...– señaló Bordone.

Edgar los contemplaba al tiempo que sentía que los "datos preocupantes", aquéllos por los que había bregado desde un comienzo para proteger cierta posición personal de importancia en la investigación, habían llegado finalmente; justo cuando su innecesario complejo de inferioridad profesional ya lo había abandonado.

– A ver... – señaló Modiliani, devolviéndole su mirada – Creo que hay algo que lo preocupa, comisario...

– Se trata de Blanca – dijo, dubitativo – Se la veía tan abatida, tan torpe en sus movimientos...

– Es lo esperable en una anciana – indicó Modiliani.

– ¡Precisamente ése es el punto! Blanca siempre ha sido una mujer a quien la edad no parecía haberla perjudicado en ese sentido. ¿Es posible que la enfermedad de su hermana haya consumido sus fuerzas?

– He escuchado decir que así es como ocurre el deterioro senil – aportó Bordone – Repentinamente...

– Es posible que lo de su hermana haya sido el detonante para eso, sí. ¿Por qué no?

El último comentario del Detective Inspector tampoco pareció conformar por completo a Edgar.

– Puede ser... – masculló, sin convicción.

Entonces recordó el papel que había retirado de debajo de la almohada de Martha y había guardado en uno de sus bolsillos. Lo tomó y lo extendió sobre la superficie de su escritorio. Era la página arrancada de una revista, donde un juego de palabras cruzadas a medio terminar, había sido escrito con letras grandes, desparejas y temblorosas, quizás propias de la mano de una anciana enferma como Martha.

– ¿Qué es eso? – preguntó el detective Bug acercándose a observar el papel.

– Lo encontré bajo la almohada de Martha Amaltti. Probablemente, no sea nada – respondió Edgar.

Una sombra de preocupada comprensión recorrió la expresión de Modiliani.

– En algún momento – meditó – deberemos cambiar nuestro sistema de probabilidades. Estoy seguro que será un modo de avanzar en el caso...

Parecían las palabras de alguien que acababa de dar un giro de importancia a sus pensamientos. Logró concitar el interés de los demás que sólo esperaban porque ningún gesto de su consabido histrionismo malograra aquel momento.

– Hay gente en este pueblo que parece conocer en profundidad algunos misterios del pasado – manifestó – Marco Lorenz tuvo un hijo bastardo a quien se negó a reconocer y alguien le hizo pagar por su pecado. Me parece que es un buen motivo para que algunos ancianos del lugar se hayan propuesto guardar silencio al respecto. El doctor Fernan reconoció a César A. cuando le mostré su fotografía...Pero en ningún momento lo hizo explícito. Tal parece que uno debe andar deduciendo ciertas cosas por expresiones y miradas, tanto como por la contemplación de antiguas fotografías familiares...

Edgar no tuvo dudas acerca de su último comentario por lo que le había visto hacer en casa de las Amaltti. ¿Qué era lo que había descubierto allí?

– Se trata de esas pequeñas cajas de fósforos en desuso... – explicó, enigmático.

Había recuperado olores y fragancias con la fuerza de una memoria olfativa que nunca había imaginado tan intensa. Y esto sólo la hacía feliz a medias. Una parte de su nostalgia se movía, agazapada, detrás del regreso de aquellos recuerdos y la envolvía con cierto aire de tristeza por el tiempo irrecuperable y perdido. Se decía a sí misma que, en el fondo, aquello no era más que una tontería. Se trataba del transcurso de la vida y no de la contemplación de viejas postales inmóviles. Nadie podía evitar que el tiempo fluyera en su cauce imparable...De manera que sus dosis de tristeza y de felicidad tenían que acomodarse del modo apropiado para darle su verdadero sentido a las cosas.

Había pasado gran parte de la tarde observando la lejanía de las montañas que se abrían paso frente a la galería de su casa (su hogar, le parecía la mejor manera de nombrarlo) y había conseguido recuperar algunos detalles de su inmemorial presencia. Unidos a los recuerdos olfativos habían terminado por constituirse en el regreso a su pequeño mundo de la infancia, retratado en sus mejores momentos.

Para Isadora era inexplicable poder sentirse acompañada por aquel cúmulo de imágenes y de voces que retornaban del pasado, como viejas amigas a un reencuentro esperado desde siempre. *"Así debe ser la vida, en realidad"*, se decía, convencida de haber hallado por fin el camino correcto. Y por primera vez en mucho tiempo, se sentía en paz...

Tal vez sin notarlo al principio, había dejado que todos en el pueblo la trataran como si creyeran que dentro de ella, guardaba tapadas bajo escombros a todas sus verdades: las crueles y las que no lo eran tanto; aun aquéllas que podían aflorar desde alguna evocación feliz.

Seguramente, había llegado el tiempo de poner remedio a tan absurdas circunstancias. Se encontraba, por fin, en el lugar que le correspondía. Estaba acompañada por el rumor apacible de un pasado al que nunca debió renunciar. Esa paz que ahora la anegaba era, sin dudas, el resultado de su maravillosa y definitiva aceptación.

Cuando escuchó que llamaban a la puerta, lamentó ser interrumpida en ese momento de tranquila introspección, porque era como si la obligaran a abandonar la degustación de cierto manjar que apenas había comenzado a disfrutar. Pero al encontrarse frente a la intensa mirada de Edgar Dutra, algo nuevamente cálido y feliz se apoderó de su ánimo.

– ¡Qué...agradable sorpresa!

Sonrió y lo besó en la mejilla. Era la primera vez que se permitía llegar tan lejos con sus sentimientos, sin esperar nada a cambio.

Edgar, sólo se sorprendió a medias, por la bienvenida. Por alguna razón, él sabía que bajo los grandes témpanos siempre se ocultaban los grandes fuegos. Y en el caso de Isadora, se dijo, era notorio que aquella regla se cumplía. Después de todo, era una pena que sólo mostrara esa parte de sí, en unos celos ingobernables que únicamente la lastimaban a ella. Era posible que el regreso a su antiguo hogar, hubiera abierto finalmente, las compuertas cerradas durante tanto tiempo y del modo correcto.

– ¿Recuerdas que nos debíamos una plática?

Esperaba que su pregunta fuera como un delicado hilo de oro tendido hacia la zona de peligro.

– ¡Claro que lo recuerdo! – Isadora no había perdido su entusiasmo.

Los siguientes veinte minutos fueron dedicados a recorrer una casa refaccionada en parte y vuelta a la vida, que Isadora mostraba con orgullo y alegría, como una madre a su chiquillo recién nacido.

– Los fantasmas huyeron por la ventana al verme llegar – fue su jocoso comentario – Pero luego regresaron por la puerta y me preguntaron si podían quedarse aquí conmigo.

– ¿Y qué les respondiste? – preguntó Edgar, para seguir el tren de su broma.

– Bueno...tú sabes. Es difícil oponerse a lo que ellos desean.

Edgar frunció el entrecejo pero de un modo risueño. Ya era suficiente de aquella conversación sin sentido. Quería encarar la razón de encontrarse allí, frente a la mujer que alguna vez –siendo niños– le había quitado el sueño. Y, de alguna manera, esperaba recuperar aquel sentimiento.

Ella lo tomó de una mano y lo obligó a seguirlo.

– Ven – dijo – Tomaremos un té o algo así. Quiero ser *realmente* obsequiosa con mi primera visita.

– ¿Soy tu primera visita?

Isadora giró sobre sus talones y se detuvo a contemplarlo.

– Eres... mi primera ilusión, en mucho tiempo.

De golpe, se ruborizó. ¿De dónde sacaba tanta osadía y desparpajo para hablarle a un hombre? ¡Aquella actitud no tenía nada que ver con ella! De inmediato, inclinó los párpados para traslucir su bochorno.

– Lo siento...yo...

Cuando alzó nuevamente sus ojos, lo miró horrorizada, sin saber qué decir. Si Edgar echaba a correr en ese preciso momento, a ella no la asombraría en lo absoluto. Pero él, se limitó a acariciar su cabello como si acomodara algún mechón rebelde. En sus ojos había sólo complacencia.

– Por favor... – apenas susurraba – ¡No vayas a arrepentirte de tus palabras!

– No es eso. Es que... me he comportado con demasiado atrevimiento – algo se oscurecía en su interior, desanimándola – Tal vez...sólo estás aquí para decirme...que ya nada es posible entre nosotros. Y créeme...lo entendería. Y aceptaría tu decisión.

– ¿Eso harías? – Edgar seguía mostrándose risueño.

– Sí...

Su afirmación fue suave, temerosa y expectante. Se oponía rotundamente a su comportamiento anterior.

– Sería una pena – manifestó él, mirándola a los ojos hasta incomodarla – Preferiría que estuvieras dispuesta a luchar por mí.

Isadora sintió el pequeño y conocido tironeo en su interior. Siempre le había ocurrido eso de reaccionar defensivamente frente a los avances amorosos de un hombre, sin discriminar lo que era agradable para ella de lo que no lo era, del modo apropiado. Y si bien esta vez no había sido la excepción, supo que iba a poder lidiar con aquel sentimiento hasta arrinconarlo y volverlo invisible e inocuo. Una sonrisa de aceptación feliz ocupó el lugar de esa antigua reacción, ya inservible a su ánimo.

Se besaron, olvidando la promesa de su plática. Lo que sentían en aquel momento podía suplir a mil palabras...

El Detective Inspector Modiliani observaba a sus hombres, esperanzado en que alguno de ellos pudiera quitar la espina clavada en su incipiente recelo, de un modo que le devolviera la tranquilidad a sus pensamientos. Sin embargo, nada había dicho frente al único que tal vez hubiera podido interferir en sus ideas, precisamente para eludir la posibilidad de una defensa cerrada de los supuestos y los prejuicios pueblerinos conservados durante toda una vida. Y lo había dejado marcharse, para sentirse libre de aquel condicionamiento. Pero era la primera vez que afrontaba un extraño deseo de que su intuición fallara, a riesgo de dejarlo sin estrategias. No obstante, algo le decía que eso no iba a ocurrir...

La fotografía había estado allí, ante su vista, y había tenido todo el tiempo del mundo para contemplarla, mientras el comisario Dutra se ocupaba de su visita frente al lecho de enferma de Martha Amaltti.

En realidad, podía significar tantas cosas... Pero, en el fondo, presentía que el margen de respuestas a sus preguntas no podía ser tan amplio como él hubiera preferido.

Se trataba de un retrato familiar tomado en el ámbito del trabajo diario, como un orgullo extra por el hecho en sí. Era una fotografía de inconcebible nitidez por haber sido tomada con alguna vieja cámara de poco alcance y resolución, y en ella recordaba haber visto, apoyada sobre una de las grandes tablas de trabajo en la antigua cuadra del negocio de panadería, una insignificante caja de fósforos cuya fecha de fabricación era correlativa a la de aquélla encontrada en casa de Marco Lorenz. ¡Y eso tenía que significar algo!

Por lo general, las cajas de fósforos se compraban en lotes de seis u ocho–especialmente en la compra al por mayor para un negocio– ¡de modo que aquéllas dos debieron pertenecer al mismo lote!

Era todo un hallazgo, se dijo Modiliani, pero al mismo tiempo se percataba de que ponía a dos dulces e inofensivas ancianitas en una extraña y comprometida posición.

– Lo único extraño de lo que usted dice, es que Blanca pueda ser así de encantadora como la describe...

La intervención de Demetrio, siempre a cargo de sus llamativos comentarios le hizo tomar en cuenta una observación que también había escuchado del comisario. Y esto profundizó su preocupación, sin estar seguro de cuál era el punto en la cuestión del carácter de aquella mujer.

– Más extraño aún – escuchó decir al detective Bordone – es que una caja de fósforos haya sido conservada por tanto tiempo sin que ni siquiera se haya deteriorado. ¿Qué clase de persona se requiere ser para ocuparse de un asunto tan poco interesante?

El detective Bug abandonó el destacamento, un poco apesadumbrado por el propio peso de sus pensamientos. Había sido muy interesante todo lo que había escuchado allí pero le faltaba el entusiasmo necesario para ocuparse de eso, de la manera apropiada. En realidad, sabía que su lado profesional no se mostraba brillante cuando sus preocupaciones personales lo fastidiaban.

Edgar Dutra había ido a visitar a Isadora, ya definitivamente instalada en su antiguo hogar, y por mucho que se había propuesto dejar de lado aquel asunto –por improductivo para sus sentimientos– volvía a rumiarlo, como en esta ocasión, con mucha rabia contenida.

Estaba seguro que aquella visita iba a significar un reencuentro porque los rumores que había estado recogiendo de los allegados, sobre cierto distanciamiento entre ellos, parecía tocar a su fin, a partir de ese momento. De modo que no se sentía para nada feliz, en medio de sus conclusiones.

Caminó a lo largo de la ancha avenida del pueblo, vacilando acerca del rumbo que deseaba tomar. El día era desapacible, frío y cargado de una ominosa amenaza de nieve. El odiaba el invierno y en aquel momento pensó que su malestar anímico sería más llevadero en cualquier otra estación del año. Pero así estaban las cosas, se dijo, sin resignarse no obstante...

Iría a visitarla. ¿Por qué no? La idea acudió de golpe a su mente, como un intruso en medio de la noche, sobresaltándolo. ¿Sería lo correcto? Hacía un largo tiempo que sus pensamientos habían dado muchas vueltas en la posibilidad de volver a abordarla, cuando ya sabía que ella y el comisario se habían distanciado. De modo que tenía que admitir que se había dejado estar en sus decisiones y ahora parecía un poco tarde para resolverlo.

En todo caso, se había alejado de la calle que conducía a su casa, sobre la montaña. Se detuvo por un instante para recapacitar acerca de lo que haría en aquel momento. Pero, aun sin pensarlo, volvió sobre sus pasos y se encaminó a su destino.

El frío se había intensificado y el lugar hasta el que había llegado, imbuido en sus pensamientos, se veía muy solitario. Sólo por precaución, tanteó su pistola apoyada contra las costillas, bajo el abrigo...

Isadora se abrazó a su pecho desnudo y acercó sus labios para un nuevo beso apasionado. Edgar, tendido a su lado, la había estado contemplando con un arrobamiento que ella estaba segura de no haber provocado en ningún hombre, hacía ya mucho tiempo. Le sonrió, feliz, deseosa de no perder el instante de aquella mirada...

– ¿Sabes? – dijo, apretada contra su cuerpo – Cuando era una veinteañera inexperta, creía que el amor crecía como los frutos en los árboles. Lo buscaba por todas partes y terminaba frustrada por no encontrarlo jamás. Ahora que soy una cuarentona insegura de todo, me sorprende que los sentimientos fluyan en los momentos menos esperados. ¿Aguardaré a ser toda una sexagenaria para atreverme a decir que el amor es lo más maravilloso del mundo?

– Dilo ahora y te evitarás seguir calificando de ese espantoso modo las diferentes etapas de tu vida...

Los dos rieron con verdaderas ganas. Isadora se sentía a punto de explotar de alegría. Acababa de recuperar una felicidad que había creído perdida para siempre y se acomodaba a aquella sensación con la seguridad de que, por fuera de todo eso, sólo había quedado lo innecesario para recordar.

– Es como ver en la televisión esas viejas películas de amor que nos han conmovido en su momento – continuó explicando, eufórica – Al menos yo, soy capaz de verlas cada vez que las pasan, a condición de que tengan un final feliz...

Edgar rió por lo bajo. Le acariciaba el rostro como si acabara de descubrir a otra mujer, bajo su piel.

– Esto del amor, no se te ha vuelto tan complicado como decías al principio – la alentó – Eres capaz de amar como cualquiera y no necesitas esperar más tiempo para descubrirlo...

Isadora tomó a pecho aquellas palabras. Y se conmovió hasta las lágrimas.

– ¿Prometes ayudarme en esto? – preguntó seriamente y con la voz entrecortada.

– ¡Claro! – exclamó Edgar, aceptando el desafío – ¡Verás que lo lograremos!

Ella se entusiasmó nuevamente, por aquel optimismo. Hasta que percibió una sombra en la mirada de Edgar que, dadas las circunstancias, no *debía* estar allí.

– ¿Ocurre algo? – se atrevió a preguntar, temerosa.

– Nada que pueda afectar este momento a tu lado...

– Pero... *ocurre* algo – aseveró, en base a la respuesta recibida.

Habían hecho el amor y ahora sentían que sus cuerpos podían reconocerse en su modo de reaccionar, aun cuando intentaran ocultarlo. Edgar suspiró, resignado y dispuesto a decir de qué se trataba aquel leve gesto de preocupación en su rostro. Después de comprobar lo bien que podía sentirse en medio del éxtasis recién descubierto por sus sentidos, sabía que debía afrontar una parte dolorosa de la realidad.

– Modiliani y yo hemos decidido dejar una vigilancia permanente frente a la casa – le confesó – Estás demasiado sola aquí y por mucho que lo desee, no podré acompañarte todo el tiempo...

– ¿Piensan que es...necesario?

Aunque intentara darle cierto tono de liviandad a sus comentarios, Edgar comprendía que el trasfondo de sus palabras siempre sería inquietante.

– Bueno...quizás, no. No lo sabemos con seguridad. Pero es mejor así, Isadora. Alguien ha estado aquí durante tu ausencia y ése es un dato de la realidad que no podemos soslayar...

– Y creen que puede regresar.

No lo preguntaba sino que, sencillamente, lo afirmaba. Sin embargo, no parecía haberse alterado frente a aquella conclusión.

– Claro... – Edgar hizo un leve encogimiento de hombros, como restando importancia a lo que decía.

Ella dejó suaves besos sobre su pecho y le sonrió, comprensiva.

– Estaré bien – fue su observación – Ni estoy tan sola como parece ni todos mis supuestos visitantes pueden resultar indeseables...

Edgar la contempló y dejó que una sonrisa un poco incierta se deslizara por la comisura de sus labios. El comentario de Isadora le había resultado algo confuso si bien podía haberse referido a él mismo, pero no quiso indagar en ello. Sólo deseaba volver a hacerle el amor...

DIECIOCHO
DESAPARICIONES

Modiliani echó la silla hacia atrás y se acomodó frente al escritorio. Por un momento, permaneció contemplando las gruesas carpetas que allí había, como si dudara acerca de la tarea que iba a encarar. Finalmente, suspiró resignado, si bien lo que más sentía en esa ocasión, era una gran ansiedad.

Sobre las portadas de aquellas carpetas se leía en grandes letras doradas la palabra "Padrón" y su lectura prometía ser, en parte, aburrida y monótona. Pero Modiliani sabía que, al mismo tiempo podría provocarle alguna sorpresa, de ésas que él esperaba, ilusionado.

Una leve sonrisa distendió, de pronto, la expresión de su rostro adusto. ¡Sí que había una sorpresa y funcionaba en un sentido prometedor! Aquellos padrones estaban confeccionados en un auténtico estilo pueblerino. No se trataba solamente de las interminables listas con los nombres de los habitantes de Río Ballais, incluidos los nacimientos y los óbitos, sino que se habían tomado el trabajo de escribir verdaderas crónicas acerca de los hechos que, increíblemente, habían considerado importantes y que habían tenido lugar en el pueblo. Ahora comprendía a qué se había referido el comisario Dutra al hablar de desactualizaciones, ya que esas crónicas habían terminado de asentarse muchos años atrás.

Allí se encontraba el anuncio de un importante viaje al extranjero de las hermanas Amaltti y la fecha registrada se remontaba a 1954. También había quedado asentada la búsqueda de "Bronco" Migliavacca, perdido en las montañas a raíz de su enfermedad mental (nadie conocía el nombre de Alzheimer por esa época), alegrándose todos de haberlo encontrado sano y salvo, algunas horas después de su desaparición.

Las descripciones eran pintorescas en extremo. A Modiliani le despertó la curiosidad saber quién o quiénes habían tenido a su cargo la tarea de asentar los relatos y cuál era el criterio utilizado para determinar su valor o su importancia y ameritar el hecho de figurar en las páginas de aquellas viejas carpetas. No debía olvidar preguntar acerca de todo esto al comisario, más tarde. Así como tampoco debía olvidar conocer la razón por la cual las crónicas habían dejado de escribirse, abruptamente, en determinada época.

De pronto comprendió que no necesitaba esperar a reencontrarse con él para averiguar sobre el tema. ¡Allí estaba el Ayudante Loggino que, por cierto, siempre se mostraría deseoso de acercar sus comentarios al respecto!

Mientras tanto, echó una buena hojeada al listado de ciudadanos. Pero las cosas se complicaron por ese lado. Los nombres de los niños no figuraban por ninguna parte, de modo que basándose en la supuesta edad actual de César A., comenzó su búsqueda en la década de los setenta. Calculaba que por ese tiempo, aquel muchacho había adquirido su mayoría de edad, ganándose su *status* de ciudadano en Río Ballais.

A partir de esa fecha, había conseguido descubrir, exactamente, a catorce personas llamadas César, cuyo apellido no llevaba por inicial la letra A.

Se preguntó entonces, si acaso la letra podía no ser más que un artilugio para ocultar el verdadero nombre del niño huérfano, aunque concluyó en que esto no tenía demasiado sentido. Ninguna institución seria, como se suponía que lo era el Asilo de Huérfanos de La Ciudad, se prestaría ni remotamente a la posibilidad de cometer el delito de supresión de identidad.

Demetrio acudió a su llamado, un poco después. Presintió que iba a ser requerido para cierto asunto de importancia, y esto hizo que se sintiera a punto de estallar de orgullo. Su predisposición a responder sobre cualquier cosa que se le preguntara, era más que notoria.

Sin embargo, no dejaba de lado el hecho de haberse sentido menospreciado todo el tiempo por ese hombre que apenas aceptaba necesitar de él en contadas ocasiones y no lo tomaba en cuenta la mayoría de las veces. Pero cuando lo hacía, prefería mostrarse amigable en el trato y oficioso en cuanto a proporcionar cualquier información que le pidiera. No podía evitar ser como era y lo único que se permitía era olvidar su menosprecio y comprender, hasta cierto punto, que un detective inspector podía arrogarse ese trato con un policía sin promoción profesional, si así lo quería.

También notó cómo había modificado su modo de tratar al jefe y había sentido algo de envidia por eso. Hasta Bordone había mandado a guardar sus malos modales. En cambio, con él las cosas no habían cambiado demasiado y seguían siendo un poco desaprensivas para su gusto. Tenía que enterarse de los hechos a hurtadillas y, en ocasiones, mordía su lengua antes de preguntar por qué *diantres* los notaba a todos bastante desorientados.

Demetrio no pudo evitar cierta sonrisa de complacencia al recordar que aquella expresión –*diantres*– era la que solía usar cuando aún era un niño enfermizo y asmático, que no contaba con muchos amigos y a quien su madre sobreprotegía con inclaudicable dedicación. Con esa misma sonrisa se acercó a Modiliani cuando éste le pidió que lo hiciera...

– ¿Quién es el autor de estas crónicas? – preguntó, bajando la montura de sus anteojos hasta la punta de la nariz.

– Más bien los autores – respondió Demetrio – Cuando alguien consideraba que había una historia digna de quedar asentada en los anales de nuestro pueblo, pagaba una pequeña contribución al municipio y la escribía. No se requería la firma del responsable pero sí su compromiso de aceptar que su trabajo sería revisado y rechazado en caso de contar con inexactitudes, engaños, groserías u ofensas. Era un modo de asegurarse que la gente se lo tomara en serio...

– Por lo que veo es algo que ha dejado de hacerse hace ya mucho tiempo...

– Sí...Y está relacionado con el acontecimiento más terrible que tuvo lugar aquí, en el pasado. ¡Diantres! Todo en el pueblo parece que ha girado alrededor de ese asunto, desde siempre –Demetrio se había avergonzado al momento de que su vieja expresión infantil volviera a la superficie, como una regurgitación inevitable – Lo siento...acostumbraba a decirlo cuando era un niño tonto...*diantres*... a eso me refiero.

– ¿Y se disculpa por eso?

La pregunta de Modiliani parecía destinada a impulsarlo a seguir hablando. Pero a Demetrio le pareció, además, un buen modo de pedirle que no se incomodara. Después de todo, el Detective Inspector le había reservado, por fin, el trato apropiado.

– Lo que le ocurrió a Anabel Vander Kooy fue un acontecimiento que nadie quiso o tuvo el valor de asentar en las crónicas. La muerte accidental de una niña...en manos de su hermana menor... ¿Quién hubiera querido escribir sobre eso? Su familia era muy respetable y estimada...Era demasiado dolor para lastimarla, mencionándolo.

– Umm... ¿Usted cree?

Demetrio no dejó de percatarse que un brillo en la expresión de su mirada, indicaba que Modiliani ya había echado la red por si había algo más para pescar.

– Si está tratando de hacerme recordar algo al respecto – estableció por las dudas – no olvide que yo era apenas un niño...

– Sí, claro. Uno que acostumbraba a decir *¡diantres!...*

Los dos se contemplaron por un instante, antes de echarse a reír a carcajadas. Demetrio había temido por un momento, ser el blanco de alguna burla pesada y Modiliani de haberlo fastidiado innecesariamente. Pero el efecto, en cambio, había sido el de provocar cierto acercamiento en el trato.

– Comprendo – terminó por admitir el ayudante de policía – Usted quiere decir que ahora, estoy lo bastante crecido para sacar mis propias conclusiones.

– No espero otra cosa de usted, Ayudante Loggino...

Sí, era una buena palmada en la espalda de su autoestima.

– Supongo que los Vander Kooy tenían dinero suficiente para impedir que nada se escribiera sobre aquello... Y en cuanto a por qué ya nunca se volvieron a utilizar las crónicas, lo único que se me ocurre es que con el tiempo, la gente dejó de interesarse en el tema...

– Como si nada fuera digno de escribirse, después de saltearse aquel acontecimiento tan trágico.

A Demetrio le pareció más que acertada, la conclusión del Detective Inspector. Se sentía en buena predisposición con él y decidido a admitir cuanto dijera. Iría a hacer su ronda de última hora de la tarde, con algo nuevo instalado en medio de su pecho, justo por detrás de la placa que llevaba prendida a su camisa de uniforme: Modiliani también lo había aceptado *a él*, finalmente.

Isadora tenía la sensación de haber regresado a un mundo al que nunca había pertenecido, en realidad. Pero lejos de encontrarlo contradictorio, le parecía que era su primera gran revancha con la vida. Al menos, con la vida que se había impuesto vivir desde que el horror de sus remordimientos la inhibiera para todo lo que no fuera enrostrarse su deber de *no ser feliz*.

Edgar ya se había marchado pero la promesa que quedara flotando en el aire entre ellos, era algo tan maravilloso que ahora sabía que ya no renunciaría a aquellas mieles ni aun en sus peores momentos de auto destructiva reflexión.

Hacía rato que el recuerdo de los jazmines frescos en los jarrones ya no la inquietaba. Sólo la preocupaba el detalle de tratarse de las flores que su hermana había detestado siempre. *"Ese perfume, tan penetrante... ¡no lo soporto!"* Le parecía escucharla aún decirlo, con su vocecita chillona y alegre: la de una niña que, como correspondía a su edad, vivía su tiempo despreocupada de todo.

Lo único malo para decir allí era que ella no le había permitido avanzar mucho más allá de su tiempo infantil. Punto final para Anabel. *"Adiós, querida hermanita, jamás te olvidaré"*. Y había cumplido con aquella promesa hasta el inaudito límite de su propia minusvalía en la vida, a causa de un recuerdo que funcionó como una herida sangrante en medio de su corazón.

Pero algo, una parte de sí salvada del desastre, le aseguraba que ahora llegaba el tiempo de poder volver a hurgar en aquel recuerdo con cierto alivio y menos sentimientos de culpa. De la fatalidad no había que culparse, se dijo. Y aunque no estaba segura de que esas palabras no le fueran dictadas desde algún rincón de la casa, al menos supo que la casa (*su hogar*) la había acogido para mostrarle un nuevo camino posible hacia la felicidad.

Sí, la casa la había cambiado. Había puesto arrebol en sus mejillas y un soplo de alegría en medio de cualquier disparatada nostalgia. Y Edgar formaba parte de aquel pacto (porque *tenía* que ser un pacto, aunque nadie se lo hubiera dicho) con ella misma y con cuanto la rodeaba en el lugar.

El llamado a la puerta volvió a reproducir su sentimiento de ser arrancada de un rincón cálido, íntimo y seguro, al que no quería renunciar y maldijo la interrupción de su fructífera soledad.

Quedó atónita, al ver a quien se encontraba al otro lado de la puerta...

– Hola – apenas pudo balbucear.

La tarde se estaba volviendo noche. Era el momento del día que Demetrio prefería que lo encontrara ocupado para no soltar la tristeza o la nostalgia que siempre se guardaba en el sucio ático de los recuerdos. Las sombras alargándose como dedos retorcidos que intentaban alcanzarlo a uno sin conseguirlo, y el sonido de fondo de la vida alrededor del silencioso vacío de uno mismo, eran hechos dolorosos.

Demetrio no era más que un solterón apegado a sus hábitos y nunca había pensado seriamente en enamorarse. Consideraba que su trabajo y los hijos de su hermana visitándolo una vez al año eran suficientes motivos para sostenerse en medio de su pacífica rutina, sin salir demasiado lastimado por nada. Sabía que se engañaba a sí mismo, que todo aquello no era sino una gran porquería pero, se había acostumbrado a no ahondar en los detalles. En ocasiones pensaba que había nacido, efectivamente, para ser un grandulón solitario y sólo procuraba agradar a los demás, para que su soledad no fuera una carga demasiado pesada. Pero también sabía que era bastante torpe para el trato social, de modo que no le era sencillo el esfuerzo de mantener esa apariencia.

Lo avergonzaba un poco que, a su edad, la mayor parte de su tristeza estuviera ligada a la muerte de su madre muchos años atrás y que esto se hubiera convertido en un hecho al que le costaba superar, como si se tratara de un niño grande (*y asmático...y tonto*) abandonado en una noche de tormenta. Pero lo cierto era que este dolor lacerante, que sólo se había tratado de una inevitable circunstancia de la vida –perder a los padres cuando son muy ancianos es, en cualquier caso, lo esperable– había tallado su personalidad de un modo intenso y profundo. Y ahora no era más que un hombre de modales poco refinados que se maravillaba cuando alguien lo aceptaba sin más.

Cuando esa tarde descendió de la patrulla policial para recorrer las solitarias callejuelas del pueblo, esos pensamientos se estaban acomodando en su cabeza junto con la alegría de haber sido reconocido por el Detective Inspector Modiliani, quizás por primera vez. Ni siquiera el día que le relatara lo ocurrido sobre el pequeño puente de piedra, cuando él era sólo un niño y la fatalidad se había llevado la vida de Anabel Vander Kooy, se había sentido tan cerca de ese reconocimiento. Y entonces, henchido de un orgullo muy especial, comenzó a caminar y a moverse como un viejo *Cisco Kid* que regresaba del olvido...

Se desplazó por la vereda que se extendía contra el jardín trasero de la casa, ahora a oscuras y silenciosa, de Marco Lorenz. Después del crimen, ese lugar le daba escalofríos y cada vez que hacía su ronda por allí, procuraba apurar el paso y no detenerse un solo momento por nada del mundo. Pero esta vez, algo llamó su atención de modo suficiente para que permaneciera escuchando aquel leve sonido que, incluso, podía haber imaginado.

Tendría que ver de qué se trataba y comportarse *profesionalmente* para mantener en alto su autoestima. Nadie iba a esperar menos de él en aquellas circunstancias y tuvo tiempo de imaginar la mirada aprobadora de Modiliani antes de adentrarse en el jardín, saltando la pequeña valla de pircas y maderos.

Repentinamente, estaba nervioso. De no haber sido un policía y *sentirse* como tal en ese momento gracias a cierta actitud reivindicativa del Detective Inspector, hubiera admitido que habría podido ser confundido con un fisgón obsceno, en medio de las sombras de un jardín abandonado.

Avanzó hasta ocultarse tras el grueso tronco de un viejo roble solitario que crecía en los fondos de la casa. Escudriñaba a través de la oscuridad y aunque aún no era noche cerrada, hacía un buen rato ya que se había vuelto difícil percibir más que bultos y contornos, a cierta distancia.

Sabía que desde donde se encontraba podía observar la parte del jardín donde el asesino, en un acto de inexplicable irracionalidad hasta el momento, había enterrado una pulsera que Isadora Vander Kooy había reconocido como perteneciente a su hermana y plantado un arbusto de jazmines encima, procurando armar un misterioso escondite. Nadie le había comentado nada sobre este hecho al que trataron de mantener bajo estricta reserva, pero él había llegado a conocerlo gracias a su perspicacia para escuchar frases sueltas y atar cabos tan sueltos como esas frases.

Era bueno para esa clase de cuestiones más bien teóricas, se dijo, pero pésimo para estarse al acecho de algo que no sabía muy bien de qué se trataba y, en algún sentido, se presentaba como una situación intranquilizadora...

Alguien se estaba moviendo con sigilo entre las sombras del jardín y se volvía a mirar sobre su hombro todo el tiempo, para asegurarse de que nadie había allí, observándolo. ¿Acaso había causado sin querer, algún ruido que delataba su presencia?

Demetrio sentía al corazón retumbando en medio de su pecho y un poco de sequedad contra el paladar: signos inequívocos de pánico profundo. Pero estaba dispuesto a no hacer caso de sí mismo en un momento en que le resultaba primordial determinar *quién* era el intruso en el jardín de Marco Lorenz.

En medio de la noche que había caído sin remedio, tuvo tiempo de observar que algunas nubes se habían disipado y ahora un retazo del cielo se mostraba despejado y una luna brillante parecía consolarlo con su luz blanquecina, permitiéndole contemplar todo a su alrededor con mayor nitidez. Pero en cierto sentido, el hecho en sí se volvía ominoso, pincelando la escena con inquietantes tonos surrealistas, salidos de la paleta de algún pintor loco...

Cuando la figura que ya se encontraba a escasos metros de su presencia oculta tras el árbol, extendió sus brazos al cielo como si buscara ayuda divina y un grito informe y demencial brotó de su garganta, Demetrio retrocedió horrorizado, casi sin darse cuenta que lo hacía. La luz de luna que resaltaba el contorno de su figura contra un fondo de sutil penumbra, le confería el aspecto de una monstruosa bruja enfurecida, clamando por venganza al descubrir que había perdido a su presa. ¿Y quién podía ser la presa en aquella ocasión desquiciada? Siempre se trataba de niños indefensos en los viejos cuentos infantiles... Indefensos y *tontos y...asmáticos.*

Demetrio permanecía petrificado, con los ojos desorbitados por el espanto y sus propios pensamientos de terror, contemplando el despliegue de aquella escena. La vio buscar algo a su alrededor, con desesperación y con furia y caminar en un perímetro determinado del jardín. Sabía, de pronto, lo que estaba buscando y eso puso mayor terror en su cuerpo paralizado: ¡la planta de jazmín y el escondite de la pulsera! ¡Allí estaba el asesino, desorientado en su búsqueda y atrapado en su propia trampa, exhibiendo ante su mirada atónita, toda la locura que albergaba en sí!

Apenas tuvo tiempo de despejar su obnubilación, con una lentitud que parecía llegarle de un lugar por fuera de él mismo, para comprender que quien estaba ante su vista era... ¡una mujer! Y también pudo reconocer sus rasgos, saber sin ninguna duda de quién se trataba, pensar en que tenía el deber de detenerla... Pero cuando una mirada enfermiza que nunca antes había visto en *aquellos* ojos, se volvió hacia el sitio donde él se ocultaba, supo que lo había descubierto. Y, entonces, su terror fue completo...

El clima en el destacamento policial era el de una tensa calma. Cuando Edgar regresó al lugar, encontró al Detective Inspector y a Luciano Bordone, sumidos en sus propios pensamientos y con un surco de preocupación cruzando sus adustas expresiones de policías en medio de un problema.

El, en cambio, se sentía liviano como una pompa de jabón. Y de no haber comprendido a tiempo que el ambiente no se prestaba para recibirlo con su felicidad a cuestas, habría hecho algún comentario al respecto. Pero tampoco fue necesario que lo hiciera, porque Modiliani tomó a su cargo ciertas explicaciones que, de algún modo, podían resultar obvias.

– Estamos metidos en un gran atolladero – dijo – Este caso no ha avanzado todo lo que esperábamos y, por mi parte, siento que nos estamos perdiendo de algo que resulta demasiado importante pero poco evidente, tal como usted mismo lo piensa, comisario...

– Bueno... – Edgar se servía café y ocupaba su lugar tras el escritorio, como si *lo importante* para él estuviera en otra parte – Sé que han estado aquí el tiempo suficiente para que llegue a echarlos de menos cuando se marchen y *supongo* que esto no es indicio de algo bueno en una investigación.

Bordone le sonrió, a lo lejos. Era la primera vez que lo hacía sin ninguna intención de sarcasmo.

– Le enviaré flores de vez en cuando para que no me olvide...

Edgar soltó una carcajada que los demás acompañaron. Cuando dejó su pequeño vaso plástico sobre el escritorio, volvió a encontrar allí la hoja de revista arrancada, con el crucigrama hecho por Martha Amaltti. Y, como si hubiera ido cobrando impulso al deslizarse por un tobogán mental que lo llevaba de lleno hacia lo evidente (tal vez *no todo* lo evidente que había abarcado el comentario de Modiliani un momento antes pero *una parte*, al menos) su mirada reflejó la súbita comprensión de lo que allí estaba leyendo.

– ¿Qué es esto? – preguntó como para sí mismo.

El crucigrama, llevaba escrito bajo su diseño el listado de significados de las palabras que debían escribirse en forma horizontal y vertical. Como todos ellos, sin duda. Era un crucigrama clásico, de modo que ésa era la propuesta del entretenimiento. Sin embargo, la desprolija letra de Martha no había respetado la consigna, bajo ningún punto de vista. Al menos, en algunos de sus casilleros, no figuraban las palabras correspondientes sino otras cualquiera, mezcladas de un modo extraño con las que habían sido ubicadas correctamente. El resultado era un galimatías inconcebible.

Por un momento, Edgar creyó encontrarse frente a un acto de insania senil y nada más. Pero luego recordó el aparente interés de Martha porque él recogiera ese papel oculto bajo su almohada y se preguntó si eso había formado parte de su desquicio, sin creérselo por entero él mismo. Era que las palabras que allí reemplazaban a las que debían figurar en su lugar, estaban extrañamente relacionadas para conformar una frase que, despejando las palabras correctas, cobraba un sentido aterrador...

El...niño...lo...hizo...y...ella...lo...obligó...a...callar.

Edgar estaba tan pálido como el papel entre sus manos, cuando se lo extendió a Modiliani que apenas tardó un instante en comprenderlo todo de una vez.

– ¡Claro! – Exclamó – Las explicaciones están en esas crónicas... No en lo que allí se escribió... ¡sino en lo que nunca escribieron!

– ¿*Cuáles* crónicas? – preguntó Edgar confundido, mientras el Detective Inspector se dirigía apresurado al mueble del archivo en la oficina trasera.

– Se refiere al padrón de Río Ballais que usted le facilitó – explicó Bordone – Está escrito en un estilo muy pueblerino...Recoge toda clase de anécdotas tontas. Por eso él lo llama "crónicas".

Modiliani regresó a su escritorio con la gruesa carpeta a cuestas y a tiempo para escuchar el último comentario de Bordone.

– De eso se trata precisamente – estableció, seguro de lo que hablaba – Demasiadas anécdotas tontas. Nadie allí ha escrito nada digno de importancia. Creo que al Ayudante Loggino se le pasó por alto referirse a otro requisito exigido por el municipio, además de la corrección en el relato... Los hechos de gravedad no están asentados aquí. Ni la trágica muerte de Anabel Vander Kooy, ni la existencia de un niño bastardo que, en algún momento debió ser retirado del pueblo, ante el rechazo de su padre a reconocerlo. Déjenme constatar algunas fechas...

Modiliani volvió a centrar su interés en aquellas páginas y se mantuvo abstraído por un momento.

– ¡Eso es! Su ayudante confundió el momento en que nadie volvió a asentar acontecimientos relacionándolo con la muerte de la niña. ¡No es así en realidad! Aquí aparecen mencionados otros hechos posteriores a la tragedia. Mencionan a Alberta Migliavacca, por ejemplo, cuando dio a luz a su hija Albertina despertando rumores y chismes en el pueblo.

– Eso no parece tan inofensivo – agregó Edgar – Alberta sufrió bastante por esa situación...Déjeme ver. No tenía idea que allí se había escrito esa clase de cosas. Quiero decir...sé de qué se trata pero jamás me detuve a leerlas – manipuló por un momento las páginas y luego regresó la carpeta a las manos de Modiliani – También mencionan su viaje a La Ciudad, poco después del nacimiento de su hija. Sí, algún idiota se ocupó del tema...Seguro que ella quiso alejarse del pueblo por un tiempo.

– ¿Hace treinta años que los Vander Kooy dejaron Río Ballais definitivamente? – el Detective Inspector buscó la mirada de Edgar que asintió a su pregunta– *Ese* es el momento en que ya nadie ha vuelto a escribir nada aquí... a excepción de este comentario sobre lo de Alberta Migliavacca, casi como un modo de despistar acerca de las verdaderas intenciones de esa repentina interrupción.

– No sé si esto tenga algún sentido – expresó Edgar con cautela – Pero parecería que alguien tuvo demasiado interés en que estas crónicas, como usted las llama, dejaran de ser asentadas por alguna razón.

– ¿Quién estaba a cargo de todo esto por aquella época?

– El doctor Fernan – estableció el comisario – En una comunidad tan pequeña como ésta, el médico del lugar cumplía funciones de relevancia en otras áreas...

– ¿Por qué no regresamos al crucigrama de la anciana moribunda? – Expresó, de pronto, Bordone – Y, por favor, jefe... ¡díganos de una vez qué relación ha encontrado con sus especulaciones!

– ¿Aún no lo notas, Bordone? "*El niño lo hizo y ella lo obligó a callar*" ¡Por Dios! Martha sabe que César A. es el asesino y creo que está incriminando a su hermana en... cierta horrible complicidad – Modiliani meneaba su cabeza, contrariado – Es lo que me temía. Lo supe al ver esa bendita caja de fósforos en la fotografía familiar.

Edgar lo observó por un instante hasta que en su expresión surgió la comprensión de ciertos hechos que lo habían sorprendido en su momento.

El sueño había regresado pero ella tenía la sensación de no estar soñando. Era uno de esos sentimientos de realidad que lo mantenían a uno convencido de encontrarse en una trama que, pese a ser onírica, no dejaba detalles al azar que permitieran hacer dudar acerca del realismo de la escena.

Alguien pronunciaba extrañas frases a sus espaldas pero ella apenas las escuchaba. Sin embargo, tenía la sensación de que esas palabras con su cadencia particular, eran las causantes de cada una de las imágenes que desfilaban ante sus ojos. Y que esas imágenes formaban parte de la realidad, no de un sueño...

No obstante, todo estaba tan estrechamente relacionado con su viejo y recurrente sueño infantil, que no podía sino asegurar que por alguna razón, se había quedado dormida sin darse cuenta y, una vez más, el sueño invadía su inconsciencia de aquel modo plácido al comienzo e inquietante después, a medida que las imágenes se profundizaban en una trama de amor y dolor...

Había estado a punto de decir *"...por su hermana muerta".* Pero, en verdad, ¡ella *era* Anabel en aquel sueño!

El hombre pálido había regresado y parecía observarla desde una quietud que nunca antes había demostrado. También su mirada era diferente en algún sentido y en los rasgos de su rostro se advertía una suerte de expresión de asombro impávido. Casi podía asegurar que no era el mismo rostro y parecía haber rejuvenecido o ser más joven, en todo caso.

Se sentía tironeada en dos direcciones. Una de ellas quería sumirla profundamente en el sueño, en tanto la otra pugnaba por mantenerla en contacto con esos pequeños detalles que parecían provenir de la realidad y que tanto la confundían. Pero ella escogía entregarse al sueño, finalmente, ayudada por la monotonía de aquella voz que escuchaba cada vez más lejos...

El hombre pálido había recuperado su aspecto inicial y ella estaba segura ahora de haberlo visto a su lado, cuando su mano *de niño* se extendía hacia ella misma, que frente a él... *era* Anabel. Ese desdoblamiento había estado siempre presente en su sueño pero nunca la había perturbado, porque cosas como ésas pasaban en los sueños todo el tiempo.

Y entonces *se vio* caer. ¡*Se sintió* caer! Todo poseía un realismo tan extraño y sorprendente que ella misma reaccionaba como si hubiera estado aguardando por ese momento toda una vida. De pronto, se encontraba aferrada a una de las grandes piedras que había en el lecho del río, bajo el pequeño puente. Y permanecía allí, dándose cuenta que la suerte había estado de su lado y apenas sentía un gran ardor en sus rodillas llenas de raspones.

Cuando una mano pequeña pero fuerte como una garra enfurecida la tomó por un hombro y la obligó a volverse, ella creyó que la ayuda había llegado demasiado rápido. Hasta que fijó su mirada en esos ojos de brillo salvaje y en aquel rictus de indefinidas intenciones...

El niño que estaba frente a ella era mayor y podía dominarla con su fuerza. *¿Dominarla?* ¿Por qué había pensado en aquella palabra?

En realidad, *debió* pensar en que estaba allí para ayudarla a retrepar hasta el puente.

Pero nada de eso ocurrió…

Se sintió empujada hasta caer sobre una parcela de musgo frío y resbaladizo que crecía junto a las piedras y por un brevísimo instante tuvo la impresión de que ésa era la clase de ayuda que había esperado, porque la sensación bajo el peso de su cuerpo era de mayor comodidad que la de haber estado aferrada a la superficie dura y filosa de una roca. No obstante, cuando aquel niño que tenía el aspecto de haber desconocido cualquier signo notorio de su propia infancia, tomó una piedra y la arrojó contra su cabeza, ella supo definitivamente… que había muerto.

Mientras conducía hasta el antiguo consultorio del doctor Fernan, donde aún atendía a sus pacientes, tan viejos y achacosos como él (los jóvenes preferían las oportunidades de la medicina privada en La Ciudad, dudando seriamente de las temblorosas manos del anciano médico), Edgar se preguntaba por qué razón Blanca Amaltti, que ahora parecía involucrada en algo tan desagradable como lo eran *tres* asesinatos, había jugado su papel de ancianita dulce y frágil frente a la desprevenida mirada de Modiliani.

Era tan honda su sospecha y tan intensa su esperanza de que existiera alguna explicación para todo eso que ni siquiera lo había compartido con los detectives. No había querido ocultar sus pensamientos adrede y, en todo caso, ya le había manifestado a Modiliani su asombro por la actitud de Blanca, cuando la visitaran. Sin embargo, prefería no insistir demasiado en algo que no alcanzaba a comprender por entero, hasta tanto no le hiciera algunas preguntas al doctor Fernan quien, según el Detective Inspector había reconocido a César A. en la fotografía del portarretrato.

Era la última hora de la tarde pero el médico aún permanecía tras su escritorio atestado de papeles, carpetas y revistas médicas de páginas amarillentas. Se incorporó y sonrió para saludar a Edgar, extendiendo la mano amigablemente.

– ¿A qué debo el honor de esta visita, comisario? – preguntó, comedido como siempre.

No obstante, una nota discordante en el fondo de su voz, parecía indicar que su saludo era nada más que una forma de pura cortesía.

– Espero no interrumpir su trabajo... – Edgar también se mostraba bastante formal.

– ¡No, qué va! – el gesto de una mano apartando algo, giró en el aire – Sólo estoy dilatando el momento de abrir esa puerta a mis espaldas para entrar a una casa demasiado vacía...

Parecía sincero en esto. El anciano había enviudado hacía un año y estaba admitiendo su propia soledad como un hecho penoso. En ocasiones recibía la visita de sus hijos y nietos, pero nada de esto cubría la posibilidad de no afrontar la dolorosa ausencia de quien había sido su compañera durante casi cincuenta años.

– Sólo quería hacerle algunas preguntas en relación con las historias anexadas al padrón del pueblo... – comenzó a explicar Edgar, procurando mostrarse relajado – Sé que era usted quien las revisaba y corregía, la mayoría de las veces...

Camilo Fernan carraspeó, denotando cierto orgullo por aquella apreciación.

– Hijo... – manifestó, perdiendo su tono atildado para ajustarse a las circunstancias – No se trataba de ejercer ninguna clase de censura, sino sólo que eran tiempos de poca educación entre la gente del pueblo. No quiero hacer comentarios desagradables pero la mayoría eran unos campesinos de pocas luces y lo mejor era echarle un vistazo a algo que pretendía ser un anecdotario social.

– Sí, claro – Edgar estuvo de acuerdo – ¡Quién mejor que usted para eso! Pero, en realidad, estoy interesado en saber por qué razón nunca se asentó allí un hecho que fue bastante conmocionante para todos nosotros...

El viejo médico frunció el ceño por un instante y procuró aligerar la voz en su pregunta.

– ¿A qué te refieres exactamente?

– Al día en que los Vander Kooy... Isadora y su padre, se marcharon de Río Ballais.

– ¡Oh, eso!...

¿Era su idea o el doctor Fernan parecía estar hurgando en su memoria sólo para ganar tiempo antes de responder?

– ¿Has venido a preguntarlo...nada más que por curiosidad? ¿O lo haces como policía?

– Como policía, por supuesto.

Edgar no se dejaría llevar al terreno fácil.

– Bueno... sinceramente, no lo sé. Quizás todos estábamos tan apenados que...nadie tuvo fuerzas de ocuparse del tema.

– Es que *nadie* volvió a escribir nada a partir de aquel momento. Como si hubiera sido un acontecimiento...culminante.

– ¿*Culminante*? – el médico rió por lo bajo – ¿Y qué podría significar eso, realmente?

– Pues, no estoy muy seguro. Sólo me preguntaba si usted mismo, que era quien se ocupaba de recibir aquellas noticias pueblerinas, no se sorprendió de no tener ya ninguna más para registrar.

– Vuelvo a aclararte que sólo las corregía...

– ¡De acuerdo! ¿Pero qué pensó al respecto?

El doctor Fernan lo midió con una mirada donde cierto desafío inocultable se esforzaba en desaparecer, sin lograrlo por completo.

– No pensé *nada*, comisario. La gente suele dejar de lado sus costumbres un buen día sin demasiadas razones...

En aquel momento, Edgar Dutra decidió que no se quedaría con aquellas palabras por toda respuesta. Iría a fondo, sin dejarle escapatorias...

– El Detective Inspector Modiliani cree que usted reconoció la fotografía de un portarretrato que él le mostró. El que hallamos en casa de Marco...

El rostro del doctor Fernan adquirió una impresionante palidez. No obstante, y luego de un silencio que utilizó para intentar recomponerse, volvió a hablar livianamente.

– ¿Hemos llegado al momento en que vamos a mezclar las cosas? Creí que habíamos quedado hablando del anecdotario social del pueblo...

– ¿Por qué será, entonces, que estoy preguntando por ese niño que *usted* reconoció?

Esta vez el mutismo del viejo médico fue absoluto. Contempló a Edgar con una mirada de hielo y se acercó a la ventana, como si de pronto su interés pasara por lo que ocurría en la desolación de la calle. Cuando giró para volver a fijar sus ojos en Edgar, ya no quedaban vestigios de su íntima irritación. Parecía, en realidad, un anciano agobiado por las circunstancias...

– Escucha, muchacho – dijo, regresando al parapeto de su lugar detrás del escritorio, en tanto señalaba un sillón para el comisario, invitándolo a cierta plática – Han pasado tantos años que, a veces, dudo acerca de que esto haya sucedido verdaderamente. Por supuesto que no soy un viejo necio negando la realidad, pero.... ¿sabes? Las cosas cuando duelen se convierten en piedras en el camino, que uno intenta dejar atrás...

Edgar se felicitó por haber provocado algo que se parecía en mucho a un inesperado clima de confidencias, a partir de su directa pregunta. El doctor Fernan abrió una gaveta del escritorio y retiró de allí una petaca cuyo contenido era fácil de adivinar.

– ¿Quieres que traiga un vaso para acompañarme? – preguntó.

Edgar rechazó la oferta con un movimiento de cabeza. Se había murmurado bastante en el pueblo sobre la afición a la bebida del anciano en los últimos tiempos y él podía ahora corroborarlo.

– Claro – dijo, respondiendo a su gesto – Olvidaba que estás en medio de un asunto oficial... Bueno, beberé un poco de este veneno si no te importa.

– Y si no le importa *a usted*... ¿por qué no regresamos al tema?

– Todo a su tiempo, muchacho... todo a su tiempo.

El viejo dejó correr el alcohol por su garganta, esperó un instante por su efecto y volvió a beber. No le preocupaba la mirada censuradora de Edgar, en ese momento. Pero regresó la petaca a su lugar en la gaveta y se dispuso a continuar hablando...

– Claro que reconocí a ese niño – admitió, ya relajado – Es el hijo bastardo de Martha Amaltti.

La presencia de Alberta en el destacamento policial sorprendió a los detectives. Después de alegrarse por el restablecimiento de su salud y hacérselo saber, Modiliani la invitó a sentarse y percibió enseguida que alguna preocupación la había obligado a llegar hasta allí.

– Con todo este lío en el pueblo y con lo que me ha ocurrido... *a mí*, bueno, cualquier cosa fuera de lugar me pone sencillamente los pelos de punta. Tal vez sólo se trate de una tontería...

Al detective le agradó su modo simple y directo de hablar.

– Diga todo lo que se le ocurra, señora Migliavacca. Y dígalo con absoluta confianza.

– Le agradezco lo de señora – su sonrisa afable le cruzó el rostro – Pero no lo soy; jamás me casé…

– Nunca es tarde para poner remedio a eso – el propio Modiliani sonrió, ruborizándose por su acotación.

Alberta contuvo el aliento por un momento. ¿Estaba coqueteando con ella? Eso era algo que no le había ocurrido en siglos, se dijo, en parte divertida. Aunque seguía preocupada y no se dejó distraer de su cometido.

– Estuve procurando comunicarme con Isadora durante toda la tarde pero nunca respondió a mis llamados. ¿Tendrá eso alguna importancia?

Modiliani frunció el ceño y se arrepintió luego de su gesto, por haber ahondado la preocupación de Alberta.

– En circunstancias normales, uno se sentiría tentado a decir que no, que no tiene ninguna importancia – admitió – Pero *toda* la tarde, parece mucho tiempo. De todos modos, hemos puesto vigilancia frente a su casa, sólo por precaución, de manera que de haber ocurrido algo extraño, me lo hubieran hecho saber de inmediato.

La mirada de Alberta quedó suspendida, como al aguardo de alguna aclaración sobre lo que había sonado un poco contradictorio a sus oídos.

– ¿Entonces?... – preguntó, por fin.

Modiliani se detuvo por un instante a pensar en que el comisario había estado ausente *también* toda la tarde y había regresado al destacamento con un humor que hacía tiempo no le veía, de modo que parecía sencillo relacionar algunos hechos. Probablemente, Isadora Vander Kooy había tomado la sabia decisión de no ser interrumpida ni molestada durante *toda* la dichosa tarde.

Pero por alguna razón, creyó que no estaría bien quedarse sólo con débiles evidencias…

– Le diré lo que haremos, señora…

– Llámeme Alberta y nos evitaremos las complicaciones.

– De acuerdo – le agradeció Modiliani – Iremos juntos a ver a su amiga y así podremos quedarnos tranquilos.

Edgar quedó asombrado por aquella revelación. De modo que la misteriosa y desconocida madre del supuesto hijo de Marco... ¡había resultado ser la buena y dulce Martha Amaltti!

– Entiendo – se limitó a acotar, sin siquiera saber a qué se refería.

El médico lo contempló, convencido de que algunos chismes en el pueblo se habían saltado por las costuras.

– ¿Qué es lo que entiendes, muchacho? – Le preguntó, aguardando por una *efectiva* respuesta.

– El padre de ese niño era... Marco. Creemos que regresó al pueblo para cobrar venganza por su rechazo a reconocerlo y... finalmente lo asesinó.

La palidez volvió a adueñarse del rostro del doctor Fernan.

– ¿Eso... creen?

– Parece un móvil aceptable, si es que cabe la expresión.

– Por aquel tiempo era muy fácil endilgar la paternidad de un niño a cualquiera...

Edgar hubiera jurado que en la expresión del anciano había cierto rictus de resentimiento mal ocultado.

– Es lo mismo que debe haber pensado Marco. Por eso no aceptó aquello como una gran verdad...

– Quizás sabía algo más y eso lo puso sobre aviso....

La mano del médico temblaba a un palmo de volver a tomar la manilla de la gaveta.

– Algo que, en cambio, yo ignoraba... – concluyó, alejando la mano definitivamente. Y aunque se tomó su tiempo antes de volver a hablar, cuando lo hizo su voz había recuperado firmeza – Yo fui el amante de Martha y...siempre creí que...ese niño era mi hijo. ¡Santo Cielo! ¡Pudo no serlo! Si su fotografía apareció en la casa del anticuario...eso quiere decir que Martha sabía muy bien quién era su verdadero padre...– Ahora el anciano meneaba su cabeza, mientras dudaba en echarse a reír – Creo que esto amerita a que conozcas toda la historia, de una buena vez.

Necesitó un momento para relajarse y, habiendo desechado ya la idea de volver a beber, se dispuso a encarar su confidencia, sin apoyarse más que en su propia fortaleza. O lo que de ella quedaba...

– Amaba a mi esposa. La amaba profundamente. Esto no tenía nada que ver con el amor. Tú sabes... esas tonterías que algunas veces cometemos los hombres sólo para probarnos que valemos como machos y... cruzamos un límite del que tarde o temprano, debemos regresar.

Edgar sabía muy bien a qué se refería. El había probado ese límite y lo único que lo diferenciaba, en parte, del viejo médico, se relacionaba con sus dudas acerca de la *clase* de amor que, en realidad, había sentido por Adela, *("la quería porque era la madre de mi hijo, no estaba enamorado")* y porque nunca había sentido verdadero interés por regresar de allí... hasta que conoció a Isadora. Tampoco era que Nora le hubiera importado tanto *("bueno, no te engañes demasiado con eso, llegaste a pensar en divorciarte... ¡qué locura!")*, no al menos en los últimos tiempos de aquella relación. Pero cada vez que había pensado en dejarla, sentía que le faltaban las fuerzas para abordar las complicaciones. No olvidaba el modo en que había reaccionado a su rechazo, y su temor porque eso ocurriera había sido la única razón por la que postergara su determinación. Eso y su comodidad intacta hasta que puso a prueba sus verdaderos sentimientos.

De cualquier manera, la justificación de Camilo Fernan parecía más bien algo que se debía a sí mismo, aunque nunca lo hubiese conformado desde entonces.

– No tenía idea acerca... de las debilidades de Martha.

Aun confesando su "pecadillo", el anciano se comportaba como todo un caballero para resguardar el honor de la dama en cuestión; algo propio de la gente mayor, se dijo Edgar.

– Creo que mi esposa no ignoraba lo que yo hacía a sus espaldas – continuó – Pero sabía que sólo se trataba de esperar a que amainara la tempestad. Y eso fue lo que hizo, con su gran tino y su inteligencia.

Edgar sonrió para sí, pensando que eso también era propio de personas educadas en las costumbres de otro tiempo, con sus mentes encerradas en sus propias convicciones y resguardos. Imaginó a Isadora reaccionando con su *propia* inteligencia a una situación como ésa y estuvo a punto de echarse a reír a carcajadas.

– Martha era una mujer maravillosa – era evidente que el doctor Fernan podía saltar de las cualidades de una a la otra con suma comodidad y pese a todo – Pero su hermana... siempre ejerció un gran dominio sobre ella y la obligaba a actuar de acuerdo con los caprichos de su voluntad. Fue sorprendente cuando Martha se le impuso, en ocasión de su embarazo, negándose rotundamente a deshacerse del niño.

– Debió ser muy discreta al respecto – comentó Edgar – Jamás hubo un solo rumor acerca de eso en Río Ballais...

– Así debían hacerse *esas cosas*, por aquellos tiempos – le aseguró el doctor Fernan – De lo contrario, la reputación de una mujer se arruinaba definitivamente.

Edgar recordó la función que cumplía por entonces el Asilo de Huérfanos de La Ciudad y los apellidos de los niños reemplazados sólo por su letra inicial, como un modo de mantener en secreto algunos pecados.

– Claro... – murmuró casi para sí, comprendiendo todo al momento – La letra A se refería al apellido de la madre.

El anciano no prestó atención al comentario. Había regresado a un mundo y a un tiempo muy lejano, donde algunos hechos habían tenido lugar a la manera en que "parecían" llevarse a cabo, para provocar el menor perjuicio posible en las vidas involucradas. En algún punto, la palabra "hipocresía" había sobrevolado los pensamientos de Edgar...

– Blanca tomó la decisión de anunciar un largo viaje al extranjero, con grandes alharacas. Estoy prácticamente seguro que debió ser ella quien pergeñó el plan y dudo, razonablemente, que sus padres llegaran a saber algo de este asunto, alguna vez. Esa mujer tenía unos buenos cojones y Martha, en cambio, sólo estaba metida en problemas. Claro que... esos problemas me alcanzaban de un modo directo y yo mismo le hubiera pedido hacer algo al respecto, de haber tenido valor. Pero ahora que lo recuerdo... ella jamás me dijo abiertamente que ese hijo era mío. Bueno...yo lo di por seguro, eso es todo.

Edgar recordaba vagamente la noticia del viaje de las hermanas Amaltti. Era apenas un eco que le llegaba desde su infancia, más avocada a travesuras y aventuras diversas que a prestar atención a los corrillos del pueblo.

La expresión del doctor Fernan, en medio de una confesión que debió ser su piedra y su tormento durante todos aquellos años, había vuelto a ensombrecerse. Edgar pensó, por un momento, que había tocado su propio límite, que acababa de llegar al final de la historia y que se llevaba como resultado, una revelación inconcebible: Martha le había sido infiel y él no era el padre de aquel niño, como siempre había supuesto. Tenía razones para sentirse mal...

– Pero no todo termina aquí – le escuchó decir, de pronto – Hubo complicaciones. Muchas complicaciones...

El Detective Inspector abrió la portezuela de su coche y ayudó a Alberta a descender. A ella le pareció un gesto de extrema caballerosidad, uno de ésos que ya sólo se veían en las viejas películas de Hollywood.

Pero el asunto que los había llevado a las puertas del hogar de Isadora revestía cierta urgente importancia y en su corazón latía un mal presentimiento. No podía prestar atención más que a eso...

Alguien los observó llegar a la distancia. Era un joven policía de Río Ballais – de ésos de los que Modiliani desconfiaba en cuanto a formación profesional se refería – que se sintió súbitamente preocupado por la presencia del Gran Detective, como él lo nombraba para sí. Los vio llamar a la puerta de la casa Vander Kooy y aguardar. Un momento después, el hombre se volvía hacia donde él se encontraba y parecía buscarlo con la mirada. Instintivamente, avanzó un paso desde su lugar para que le resultara fácil dar con su presencia. Luego, los vio correr a ambos – al Gran Detective y a la mujer a quien reconoció como Alberta Migliavacca– hasta llegar a su improvisada atalaya.

– ¿La señorita Vander Kooy ha salido en algún momento de la casa? – le preguntó Modiliani abruptamente.

– Sí, señor... Iba a acercarme a ustedes para avisárselos.

Una parte de la tranquilidad le regresaba al cuerpo. Pero no ocurrió lo mismo con Alberta que enseguida se volvió hacia el detective, con una expresión de temor explícito, de ésas que no pueden confundirse con otra cosa en el rostro de nadie.

– Es demasiado tiempo para que Isadora permanezca fuera de la casa – aseguró – Han pasado más de cinco horas desde mi primera llamada a su teléfono...

– Tal vez el asunto que la requería afuera le insumiera *ese* tiempo, Alberta. No se fue sola. Alguien vino por ella.

La explicación del joven policía los inquietó aún más. Al menos, hizo que el alivio de Modiliani también se fuera...hacia alguna parte.

– ¿Con quién? ¿Con quién se fue la señorita Vander Kooy? – Nuevamente su modo de preguntarlo estaba cargado de un gran nerviosismo.

– Con Blanca Amaltti. Fue ella quien vino a buscarla...

– ¡Oh, no!

Apenas fue un gemido que brotó de su garganta, como si él mismo se hubiera encontrado completamente desprevenido de sus propias reacciones.

Edgar se apoyó contra el respaldo de su asiento y aguardó a que el doctor Fernan recobrara sus fuerzas para continuar hablando. Lo había visto vacilar frente a la gaveta de su escritorio, aunque un instante después se había arrepentido de sus intenciones y había logrado enfrentar aquella verdad guardada durante tanto tiempo, con toda la entereza de su espíritu. Se esperanzaba en que podría seguir haciéndolo, después de haber hablado de complicaciones...

– Cuando regresaron al pueblo, siete meses más tarde, sólo el rostro de Blanca mostraba esa clara expresión de triunfo después de haber navegado por aguas embravecidas. Martha, en cambio, estaba pálida y triste en extremo. Tanto que, en algún momento temí que la gente se pusiera a murmurar cosas indebidas... – el valor del anciano para encarar el tema, parecía retornar lentamente – Por supuesto que la busqué, a escondidas, como pude, y le pregunté por el destino de... aquel supuesto hijo mío. Estaba seguro que había sido dado en adopción porque así era el modo en que muchas veces se arreglaban esas cosas...

Como callara bruscamente, Edgar dudó acerca de que aquello fuera lo que realmente había ocurrido.

– ¿Y... no fue así?

– No, no lo fue – admitió, taciturno – Martha me dijo que el niño había nacido muerto y a ella ni siquiera le habían permitido verlo, bajo pretextos ridículos sobre su convalecencia del puerperio y su fragilidad emocional del momento...

– ¡Pero esa historia no encaja con la fotografía de un niño de catorce años! – exclamó Edgar, percatándose que en algún punto, el relato del anciano se extraviaba.

– Desde luego, muchacho, desde luego – lo tranquilizó – Todo fue una gran mentira salida de la perversa cabeza de su hermana. El médico y la enfermera colaboraron con la historia...Bueno, si estuvieras en mi profesión durante tanto tiempo no te alarmarías por esto. Esas cosas pasan, cuando hay bastante dinero para comprar silencios cómplices.

– ¿Qué ocurrió, entonces? Porque supongo que la verdad se supo finalmente...

– Algunos años después, cuando sus padres murieron, por alguna razón Blanca decidió contarle la verdad. En el fondo, siempre sospeché que lo hizo para dañar aún más a su hermana, por quien sentía una enfermiza envidia. La creía capaz de algo así y de cosas peores... Le confió que el niño había sido entregado al orfanato de La Ciudad y que allí había vivido todo ese tiempo, bajo el nombre de César. Martha tuvo un colapso nervioso al saberlo y debí atenderla en aquella ocasión, simplemente como paciente. Ya no nos veíamos por entonces, pero me apenaba que se encontrara en aquel lamentable estado.

– ¿Usted participaba del secreto? – preguntó Edgar, asombrándose de que las hermanas Amaltti (al menos, Blanca con su desconfiada disposición de siempre) hubieran llegado tan lejos en sus confidencias.

– ¿Qué remedio les quedaba? No creo que el asunto haya sido jamás del agrado de Blanca, pero Martha confiaba en mí y, a su manera... debió amarme, lo suficiente para saber que nunca la traicionaría. Bueno, también me sentía involucrado, de modo que tenían asegurado mi silencio. ¡Pobrecita! ¡Cuánto debió sufrir al enterarse de que su pequeño hijo no había muerto, en realidad! – el doctor Fernan mostraba verdadero afecto por aquel recuerdo – Fue por ese tiempo que su personalidad comenzó a cambiar en forma alarmante. Se volvió retraída y un poco aniñada. Coleccionaba muñecas de porcelana a las que acunaba como si se hubiera tratado de su propio hijo. Y cuando Blanca le prohibió continuar con aquel juego, preocupada por la transformación de su carácter, se dedicó a coleccionar... fósforos.

– *¿Fósforos?*

Aquella palabra arrastraba una extraña relación con algo que, desde un principio, había formado parte de la investigación policial por el crimen de Marco.

– También esto preocupó a su hermana. Una tarde vino a verme a la consulta, para preguntarme si acaso eso podía significar algo en especial o llegar a ser... peligroso. Según contaba Blanca, Martha se pasaba el día atendiendo el negocio de panadería con toda la normalidad del mundo. Pero cuando llegaba la noche, algo en su mirada se transformaba de un modo que a ella... la inquietaba sobremanera. Se abstraía en un profundo silencio y se quedaba quitando los fósforos de sus pequeñas cajas, durante horas. Luego, los volvía a su lugar y se encerraba en su habitación, sin dirigirle la palabra hasta el día siguiente...

– Blanca sentía remordimientos por haberla engañado. Seguramente, eso era lo que provocaba su temor.

– O que Martha decidiera, un buen día, prender fuego a la casa con ellas dentro...

– Sí... – meditó Edgar por un breve momento – También era una posibilidad.

– Lo cierto fue que llegaron a un acuerdo que, en un principio, pareció beneficioso para ambas...

El comisario lo interrogó con la mirada. Ese hombre estaba al tanto de demasiadas cosas, se dijo, y él jamás lo hubiera sospechado.

– Pero fue entonces cuando surgieron las complicaciones de las que le hablé.

– ¿No eran...*éstas*? – la pregunta había sonado cargada de asombro.

– ¡Claro que no! Fueron otras bien diferentes... Inesperadas y...dramáticas.

El doctor Fernan pareció rebuscar entre muchas palabras, antes de escoger aquéllas. Y Edgar intuyó, en algún sentido, que habían llegado a un punto *culminante* de aquella revelación.

¿No había usado, acaso, esa expresión con anterioridad?

Alberta no lograba comprender por entero la abrupta preocupación del Detective Inspector porque se tratara de Blanca Amaltti la persona que fuera en busca de Isadora. Pero, entonces, su siguiente comentario, la sobresaltó sin remedio.

– Esa mujer tiene, al menos, algunas explicaciones que dar en relación con los crímenes – conducía el vehículo hacia alguna parte, y apenas la observaba de reojo – Iremos hasta su casa. Deben encontrarse allí.

Alberta recordaba el día en que Blanca fuera a visitarla al hospital y un estremecimiento la recorrió. ¿En qué se basaba el detective para decir aquello que a ella le sonaba como un disparate? De cualquier modo, se lo veía demasiado ocupado ahora en otros asuntos, y ella temía verdaderamente por la suerte corrida por Isadora. Pediría las explicaciones más tarde...

Pero la casa de las hermanas Amaltti estaba cerrada y con sus persianas bajas. Era evidente que ellas no se encontraban en el lugar. Se sintió frustrada y estuvo a punto de volverse sobre sus pasos, cuando descubrió a Modiliani forzando la puerta de entrada. Una exclamación de sorpresa quedó detenida en su garganta: se suponía que la policía hacía esas cosas pero verlo con sus propios ojos y a un palmo de sus narices, le pareció de pronto una experiencia excitante. Se limitó a acompañarlo al interior de la casa, cuando el ingreso les quedó facilitado, como por un simple truco de magia.

Modiliani no habría compartido con Alberta sus pensamientos de aquel momento por nada del mundo. Creía que Blanca Amaltti –aquella ancianita de increíbles modales y simpatía que lo había recibido en su casa, algunos días antes– podía guardar alguna peligrosa intención hacia Isadora Vander Kooy, a quien había convencido de acompañarla, quizás invocando alguna necesidad en relación con su hermana enferma. De modo que era probable que ambas se encontraran ahora en el lugar, aunque no quería siquiera avanzar por ese camino para imaginar el resto. Por alguna razón, nadie había respondido al llamado. Algo estaba ocurriendo allí, de eso no tenía dudas.

Cuando Alberta llegó hasta el sencillo comedor de las Amaltti, donde nunca antes había estado, su corazón le dio un vuelco. Todo parecía detenido en el tiempo en ese lugar, envuelto en un penetrante olor que, seguramente, provenía del moho que crecía sobre el viejo tapiz de las paredes. Los muebles eran antiguos, los cuadros con fotografías familiares pululaban por todas partes y algunos rostros enmarcados parecían sonreírles con cierta malicia contenida.

"Bienvenidos al mundo de las hermanitas locas." "No esperen demasiado por aquí." "No nos agradan las visitas inoportunas."

Alberta sonrió, más nerviosa que divertida, mientras aquellas ideas, hasta cierto punto... graciosas, rondaban por su cabeza.

"Hasta cierto punto, nena, hasta cierto punto."

Esa parecía ahora la voz de su padre anciano, cuando en sus raros momentos de lucidez lograba conectarse con ella.

– No hay nadie en esta casa – le escuchó decir a Modiliani, a su lado – Veré qué ocurre en la habitación de Martha...

Cuando lo vio regresar de allí, su rostro estaba transfigurado. Con sólo contemplarlo, Alberta sintió que una parte del mundo se desmoronaba a sus pies.

– ¿Qué...sucede?

Sin embargo, no deseaba escuchar la respuesta a su pregunta.

– No olvidemos que ese niño había crecido sin recibir el afecto ni la compañía de ningún ser querido; rodeado de otros niños, quizás tan extraños como él mismo y de algunas personas adultas que sólo le imponían reprimendas y obligaciones... ¡Me niego a creer que pudo tratarse de algo relacionado con un origen genético!

Edgar percibía ahora un ímpetu inquebrantable en la decisión del doctor Fernan de llegar hasta el final de su inesperada confesión. Y a pesar del tiempo transcurrido, sus sentimientos implicados en aquella historia aún lo mantenían sensibilizado ante los recuerdos.

– Era Blanca quien mayormente lo visitaba en el orfelinato, una vez dicha la verdad sobre el paradero del niño. Según me confiaba Martha, lo hacía con el único propósito de evitarle encuentros penosos que sólo reavivarían su herida. Me negaba a creer lo que escuchaba pero era tan cierto como el paso alternado de las estaciones. Martha había vuelto a caer bajo el dominio de su hermana, después de imponerse con la decisión de traer esa criatura al mundo...

Edgar se percató que el doctor Fernan evitaba mencionar a César A. ...César Amaltti (había que decirlo de una vez por todas) por su nombre, todo el tiempo. "Niño" y "criatura" parecían sus expresiones favoritas, empleadas como recurso. Quizás, aquella distancia crítica para hablar de alguien a quien había supuesto su hijo, le permitía cierta objetividad en sus pensamientos.

– ¿Qué... le sucedía a César? Usted ha mencionado una crianza sin amor y rechazó la idea de una predisposición genética. ¡Está dando a entender que ya tenía problemas por entonces!

– ¿*Por entonces*? ¿A qué te refieres con eso, muchacho?

– ¿No es, acaso, bastante obvio? ¡Él es el asesino que buscamos *actualmente*!

El doctor Fernan dejó escapar una leve sonrisa, que sólo procuraba desdibujar otro gesto de preocupación.

– ¡Oh, no lo creo! ¡No lo creo para nada! – exclamó, con gran escepticismo – Pero déjame contarte lo que sigue... El niño tenía problemas, claro que sí. Era hosco e intratable y...le gustaba molestar a los demás niños. Se había ganado muchos castigos por este motivo.

– ¿Molestar a los niños? ¿En qué sentido?

– Pues...no lo sé. Supongo que con toda clase de pullas infantiles.

Pero si algo había aprendido Edgar en su profesión, era a leer en los gestos corporales mucho más que en las palabras. El anciano había desviado la vista en aquel momento para volverla fugazmente sobre la gaveta de su escritorio, una vez más.

– No lo haga, por favor – fue apenas consciente de lo que acababa de decir y el médico reaccionó como si lo hubieran picado con estiletes – Sólo termine de contar todo lo que sabe sobre él...

Camilo Fernan suspiró. Como si deseara deshacerse de un gran peso interior, mientras recapacitaba sobre el comentario de Edgar. Dejaría de lado la petaca, se dijo, y al menos por esa noche hablaría en seco. Con la consecuencia de cada una de sus palabras adherida a su verdad, como un parásito maloliente.

– Al principio, nadie pareció darse cuenta – dijo – Pero cuando tuvo edad suficiente para...exteriorizar sus instintos, ya algunos niños huían de él, aterrorizados, y se orinaban en sus pantalones cuando se les acercaba...

Edgar comprendió inmediatamente que el doctor Fernan no encontraba las palabras apropiadas con las que describir aquella parte oscura de su relato. De manera que optó por ayudarlo en su mal trance.

– ¿Los molestaba...sexualmente?

El anciano asintió, de mala gana. Se resistía a reconocer que el hijo de Martha Amaltti, a quien había considerado una buena mujer toda su vida, fuera un prematuro perverso y de la peor calaña.

– No creo que haya llegado a dañar a ninguno – dijo por último – Lo vigilaban todo el tiempo y había un colaborador en el orfelinato... creo que era fotógrafo y a la vez panadero... Lo cierto es que se ocupó del niño, manteniéndolo atareado y alejado de los problemas por algún tiempo. Pero cuando él murió, las cosas volvieron a complicarse para el muchachito...

Edgar recordó a Calixto Ferraro. Había sido el detective Bug quien obtuviera aquella información en La Ciudad y, evidentemente, coincidía con el recuerdo que acababa de aportar el doctor Fernan.

Después de un nuevo silencio, preparatorio de cierto orden en el fluir de sus pensamientos, volvió a su relato con la oscura determinación de concluirlo.

– Conocí al niño, en cierta ocasión... – dijo.

Por un brevísimo instante, creyó que el terror la había paralizado. Pero luego pensó que todo se debía a que estaba muerta. Convencida que el raro estado de personalidad desdoblada en que se hallaba, ya no formaba parte del sueño sino de la separación del alma y el cuerpo, abandonado sobre aquel lecho blando y húmedo junto a las rocas, inerte y desmadejado como el pequeño cuerpecito de...una muñeca de porcelana, se limitó a observar todo a su alrededor, ahora con su mirada de niña muerta, hasta descubrir lentamente cuanto la rodeaba.

No parecía el Cielo ni el Infierno. No era, en todo caso, el Mundo de los Muertos tal como ella lo había imaginado alguna vez, cuando aún vivía. No estaban allí los rostros de las personas que ya creía que habían muerto, porque las había visto pasar a su lado hacía mucho tiempo, cuando ella era apenas una niñita...

¿Pero qué hacía ese pensamiento de Isadora en su cabeza muerta de Anabel?

Pese a todo, si esforzaba su mirada, tenía la impresión de que aún se encontraba fuertemente aferrada a la tierra, al lugar de los seres vivos. Mientras sentía a sus propias lágrimas caer a los lados de sus ojos apenas entornados, dejando pequeños surcos sobre sus sienes, pensó que *eso* también formaba parte de una sensación demasiado vital, para pertenecer a un cuerpo muerto.

¡Quizás se había transformado, finalmente, en un fantasma y ya no era más que un espíritu libre que flotaba en el éter, asustando a todos!

Una canción que nunca había escuchado antes y, no obstante, le resultaba *tan* conocida, le llegaba desde alguna parte que parecía muy lejana. Pero el áspero y desentonado sonido se acercaba con enervante lentitud, como los acordes de una marcha fúnebre...

Está muerta. Está muerta.

Cierra la puerta...O ella te atrapará.

Parecía un coro de niños desafinados. ¿Sería, acaso, un grupo de serafines que ya venían por ella para llevarla al Cielo? Entonces, cuando ya creía que las voces habían vuelto a alejarse, unos niños que nada tenían de angelicales, con sonrisas malvadas en sus pequeños rostros y ojos brillantes en medio de su malsana excitación, formaban una apretada ronda a su alrededor y comenzaban a chillar esas horribles palabras...

Hilo de sangre... Hilo de sangre... Hilo de sangre...

Ella sacudía su pequeña cabeza, como si así pudiera quitárselos de encima o hacer que desaparecieran de su vista. Pero todo lo que lograba era dirigir su propia mirada...*hacia el lugar inconveniente.*

El hilo de sangre que ellos mencionaban, corría libremente sobre una de sus piernecitas, en tanto en la otra, había quedado enredada su pequeña braga de color blanco, ahora manchada y sucia, como una mano impotente que inútilmente pedía por ayuda...

El Detective Inspector Modiliani tenía todo el aspecto de haber visto un fantasma.

– ¿Qué significa...todo esto?

Quizás se lo preguntaba a sí mismo, pero Alberta fue consciente que aquella pregunta encerraba tanto horror como la suya, un momento antes. Y que las respuestas no estaban allí, a disposición.

Como si acabara de tomar contacto con la realidad, buscó su mirada atemorizada y le indicó que regresara con él a la habitación. El olor a encierro y humedad era allí aún más penetrante. Sin embargo, no fue eso lo que llamó la atención de Alberta, sino aquellas muñecas de porcelana decapitadas y desmembradas que estaban sobre la cama vacía de Martha Amaltti.

Un escalofrío la recorrió del mismo modo que aquel día en que entrara al garaje de la casa Vander Kooy, en busca de los bolsos de Isadora que habían quedado en el maletero de su coche. Supo enseguida que aquéllas eran las muñecas con las que su amiga había jugado cuando era una niña. La colección de muñecas de porcelana de Martha. La *siniestra* colección de muñecas de porcelana...

Por alguna razón, a Alberta le pareció que la expresión correspondía acabadamente. Y nada tenía que ver con el hecho de que se vieran tan horribles, abandonadas allí con sus cuerpecitos destrozados. Eran esas miradas rígidas y fijas en sus blancos rostros inexpresivos. Parecían niñas *muertas...*

En aquel momento, Modiliani se sintió un poco torpe en su manera de pensar. Era que lo único que acudía a su mente se relacionaba con los dichos del comisario Dutra acerca de aquellas muñecas arrojadas a la basura por Blanca. *"Errores de apreciación en los chismes locales"*, se dijo, *"o, tal vez, sólo un modo de explicar las cosas"*. Nunca habían sido desechadas ni arrojadas en ninguna parte. Habían sido guardadas durante mucho tiempo y destinadas a aquel solo acto demencial: el de ser destruidas con saña irrefrenable.

Pero todo era aún peor. Porque Martha Amaltti, que sólo era una anciana enferma y a punto de morir, no estaba en su lecho ni en ningún otro lugar de la casa.

Alberta, por su parte, estaba muy pálida y asustada.

– No entiendo esto – dijo, con un hilo de voz – ¿Por qué destrozarían estas muñecas?

– Es casi seguro que es obra de Blanca – meditó el detective – Ahora comprendo por qué les llamaba la atención a quienes la conocen bien, que se hubiera comportado como una persona dulce y frágil conmigo.

– ¡Oh, Blanca no es así! – Confirmó Alberta – Esa descripción se aviene a Martha, no a ella...

Abandonaron el dormitorio para regresar a la sala. Se sentían sobrecogidos por el espectáculo que acababan de presenciar, especialmente porque no estaban seguros acerca de su significado. Pero ambos sabían que era algo malo, algo tan ominoso y siniestro como la exhalación de una criatura monstruosa, acechando en la noche. No había que buscarle un significado, en realidad. Ni siquiera un sentido. Era nada más que el resultado de una oprobiosa hazaña de maldad innombrable.

Eso era lo horroroso de soportar: habían estado frente a frente con la locura; la fría y oscura locura de alguien que, por fin, podía manifestar *quién* y *qué* era. Y lo había hecho sin palabras...

Cuando regresaron al comedor, Modiliani vio el pequeño pocillo abandonado sobre el tapete de la mesa y pese a todo sonrió, al descubrir que estaba sucio porque alguien lo había usado sin tomarse la molestia de llevarlo al fregadero.

– Con el tiempo, Blanca y Martha llegaron a un acuerdo con respecto al niño. Una o dos veces al año, Martha podría reunirse con él, a condición de que lo hiciera lejos del pueblo. La Ciudad tampoco parecía ser el lugar más apropiado, ya que Blanca temía que por su cercanía con Río Ballais, algunas miradas indiscretas pudieran llegar hasta allí y descubrir, finalmente, el secreto.

El doctor Fernan volvió a suspirar. En esta ocasión, se veía cansado y un poco abrumado por el cariz de todo su relato. Pero Edgar cruzó sus manos y se reacomodó en el sillón, indicándole que estaba dispuesto a escuchar el resto y que podía tomarse todo el tiempo del mundo.

– Encontraron aparentemente un lugar neutral donde verse a escondidas. Pero algo salió mal... ese niño tenía el diablo en el cuerpo. No sé cómo pero lo hizo. Obligó a Martha a traerlo con ella al pueblo y Blanca tuvo que inventar una loca historia acerca de un sobrino lejano que pasaba una breve temporada con ellas. No se levantaron sospechas, hasta donde yo sé. ¡Imagínate! Vivía pendiente de ese asunto por todo lo que yo mismo estaba obligado a ocultar... Un día lo trajeron a la consulta, con la excusa de un poco de catarro y tos. En realidad, siempre pensé que aquello se había tratado de un modo de hacerme conocer... a mi hijo.

Su mirada volvía a vacilar en el viejo recorrido hacia la gaveta del escritorio. Pero, una vez más, logró sobreponerse.

– ¿Sabes? Blanca parecía actuar como su verdadera madre, tanto era el celo que ponía en cuidar todos los detalles alrededor del niño. Por aquellos días en que ese muchachito estuvo aquí, no le quitó los ojos de encima ni una vez...

Edgar se dijo que el doctor Fernan había conseguido una nueva expresión para nombrarlo. "Muchachito" parecía venirle como anillo al dedo y cada vez que mencionaba la palabra "hijo", ésta le holgaba como un sayo demasiado grande para su talla.

– Pero en la primavera de aquel año, después de su "visita" a Río Ballais, el niño enfermó gravemente y finalmente...murió.

Edgar fue consciente de la propia transformación sufrida en la expresión atónita de su rostro, aunque no pudiera verse a sí mismo. No podía creer lo que escuchaba...

– ¡Eso es imposible! – exclamó, por último – ¡César A. *vive*, tiene alrededor de cuarenta y ocho años y es el asesino que buscamos!

El médico lo observó por un momento, como si hubiera pensado que acababa de volverse loco. Era él quien no podía aceptar lo que Edgar decía.

– Creo que ya te lo escuché decir antes – y luego, como si meditara aún más en sus palabras, afirmó su indiscutible convicción – ¡El no puede ser el asesino! ¡Te aseguro que está muerto hace muchos años, probablemente un poco después, que le tomaran esa fotografía que Modiliani tiene en su poder! ¡Está enterrado en el camposanto del orfelinato y sé cuánto dolor causó su muerte a la pobre Martha!

Edgar pensó que en alguna parte, se había cometido un enorme error en medio de toda la investigación de aquel caso. Ahora sí sentía urgencia por marcharse. Quería regresar al destacamento con la explosiva noticia en las manos. Pero Camilo Fernan lo entretuvo un poco más.

– ¿No llegaste aquí porque querías saber la razón por la que el anecdotario social dejó de escribirse un buen día? ¿Y por qué la partida de los Vander Kooy no está asentada allí?

Desde luego que quería saber todo eso. Era sólo que la noticia de la muerte de alguien a quien había supuesto vivo hasta el momento, lo había trastornado. Pero Edgar tenía ahora la impresión de que todo conservaba su propia importancia y estaba...*siniestramente* relacionado.

– Blanca se negó a que la visita de aquel niño en su papel de sobrino fuera siquiera mencionada. Ese parentesco no parecía interesarle a ella y sólo deseaba sostener el engaño. Pero una cosa era mentirle a todos y otra bien distinta, dejar una prueba escrita de esa mentira. Martha me pidió que complaciéramos a su hermana en este punto y estuviera atento al hecho de que cualquier vecino se acercara con la intención de incluirlo en el anecdotario. Nadie lo hizo, afortunadamente. Pero desde entonces y por algún tiempo, dejé a mi cargo el trabajo de actualización del padrón local. Tanto como para asegurarme que ya nadie se interesara demasiado en la recopilación de anécdotas y eventos verdaderamente superfluos. Yo temía tanto como las hermanas Amaltti que se reflotara el tema.

Todo aquello había ocurrido por el tiempo en que Edgar era sólo un rapazuelo a la espera de su pubertad y, desde luego, nunca se había enterado ni interesado en esa historia. Pero se preguntaba por cuánto tiempo, el sentimiento de culpa del doctor Fernan lo había obligado a cuidar de aquella carpeta que, en algún momento había sido resguardada en el destacamento.

– El resultado de aquel celo fue que... comencé a disuadir a la gente acerca de dejar de escribir aquellas tonterías. Y con el tiempo así lo hicieron. Nueva generación, nueva mentalidad. Lo que sea...pero de ese modo sucedieron las cosas. Todo lo que habíamos querido con esa tonta costumbre era dejar por escrito algún rastro de la historia local, recogiendo los acontecimientos más insignificantes, los que no resultaban interesantes para casi nadie, excepto para nosotros, los habitantes de Río Ballais. Pero, debido a esta situación, esa práctica se olvidó por completo...

– Entonces – especuló Edgar – después de estar seguro de que ya nadie se ocuparía del tema, entregó el padrón al destacamento policial...

– Era lo que correspondía...

– De acuerdo. ¿Alguna relación con la partida de la familia Vander Kooy?

– Sólo que fueron hechos contemporáneos.

Edgar lo contempló como si aguardara por sus propias conclusiones al respecto.

– No puede tener ninguna relación – el doctor Fernan se sintió obligado a explayarse – Es sólo que mi memoria tiene muy presente que ellos se marcharon del pueblo por la misma época en que el niño estuvo en casa de las hermanas. Y ésa es la única razón por la que nadie lo refirió en el anecdotario que, además, yo aún retenía en mi poder...

Cuando Edgar abandonó el consultorio del viejo médico, aún se preguntaba si, efectivamente, aquella relación no existía. Había una pulsera que el asesino había conservado en su poder, destinándola más tarde al extraño rito de enterrarla en el jardín de su víctima. Y en cuanto a que César A. hubiese muerto, eso estaría por verse. Tenía que haber un gran error o una confusión de Fernan con respecto a esto... *("¡Oh, vamos, Edgar! ¿Qué quieres probar? ¡Si ese chico ha muerto –y tú sabes que es así– allí está la gran desorientación que hemos padecido hasta el momento!").* Existía un detalle que el doctor Fernan pasaba por alto: por un tiempo él se había erigido en el amo y señor de las decisiones acerca de lo que se escribiera en el anecdotario social. Seguramente, había arrojado a la papelera muchas cosas. No quiso decírselo a sí mismo pero tampoco pudo evitar aquel pensamiento acerca del anciano, sobre su cobardía, su hipocresía y...su lamentable afición a la bebida.

Había llegado la noche y Edgar comprobó que las calles de Río Ballais estaban completamente desoladas al abandonar el consultorio. Era la primera vez que le parecía que todos allí habían convivido con un extraño peligro, sin saberlo. Y por mucho tiempo...

Ya nunca más estaría segura acerca de la diferencia entre haber soñado y haber sufrido una especie de alucinación. Lo único que Isadora sabía era que el entumecimiento de su cuerpo estaba desapareciendo lentamente y la voz que había escuchado a su alrededor comenzaba a cobrar mayores visos de realidad.

Abrió los ojos para encontrarse en un lugar que le era completamente desconocido. Hacía mucho frío allí y el hogar que apenas conservaba las cenizas del último fuego, estaba ahora apagado.

En su mente se movilizaba el resabio de cierto pensamiento que en parte –sólo en parte– se parecía al vago resto de un sueño. Y esto le provocaba una inquietud extraña. *¿Quién era el niño, finalmente?* La pregunta la rondaba sin que atinara a comprender cuál era la razón de su importancia. *¿Era ella misma o...había alguien más?*

De a poco, pudo comenzar a mover una de sus manos. Pero cuando intentó hacer lo mismo con la otra, un agudo dolor a nivel de la muñeca, la obligó a emitir un gemido. ¡Estaba atada a una especie de barrote que era en realidad, el soporte de una repisa de madera adosada a la pared! El pánico se apoderó de ella, rápidamente...

¿Cómo había terminado en ese lugar desconocido para encontrarse ahora, atada a una barra de hierro y completamente inerme para defenderse? *¿Defenderse de quién?* Era lo mismo que, por un breve segundo, había pensado en hacer en su sueño. Pero ya no tenía dudas de que se hallaba rodeada por la más cruda realidad. Podía recordar sólo fragmentos de los últimos acontecimientos de su vida: la llegada de Blanca Amaltti a su casa, su desagradable sorpresa por ello y, finalmente, la súplica de una mujer que, entristecida, le pedía que tuviera el buen gesto de acercarse al lecho de muerte de Martha. *"Ya no le queda mucho tiempo"*, le había dicho, *"y quiere despedirse de ti"*. Quizás debió ser más cuidadosa en su reacción, por tratarse de Blanca. Quizás debió hacerse caso a sí misma que, por paradójico que ahora le resultara, estaba tarareando "la cancioncilla infantil", ésa que ya no volvería a impresionarla. *"Cierra la puerta...Cierra la puerta...O ella te atrapará"*.

Y Blanca Amaltti la había atrapado...

El cuerpo antes inmovilizado había comenzado a dolerle por la incómoda posición en que se encontraba. Y no tenía forma de mejorarla, debido a la imposibilidad de moverse más allá del breve lugar que ocupaba. Tampoco iba a poder ponerse de pie, obviamente, de modo que se resignó a permanecer reducida a esa situación. Con la misma lentitud con que había recuperado sus movimientos, su mente comenzó a agilizarse y a pensar con mayor lucidez acerca de lo que había ocurrido.

Cuando descubrió que Blanca la conducía por el camino opuesto al que debieron tomar para llegar a su casa, ella le explicó algo relacionado con un asilo de ancianos adonde había llevado a Martha, imposibilitada de atenderla ella misma. Hasta ahí todo le había resultado creíble, si bien algo en la actitud general de la mujer sumado a su permanente aprensión acerca de ella, comenzó a preocuparla. Pero fue demasiado tarde para intentar nada cuando Blanca se abalanzó sobre su cuello y sin darle tiempo a reaccionar, le inyectó algo que un segundo después comenzó a dejarla sin fuerzas hasta paralizarla. En ese momento, ya la empujaba hacia el interior de una casa ubicada en una de las callejuelas más desoladas y solitarias del pueblo. Apenas pudo reconocer el lugar como aquél donde una vez la encontrara, obligándola a seguirla hasta su casa, para saludar a Martha.

A partir de ese momento, todo se volvió confuso. Comenzó a escuchar una voz que parecía hablarle a lo lejos, y tuvo la visión del hombre pálido, como si se hubiera tratado de alguien que estaba muy presente en la realidad, y con poca relación con el personaje de su sueño. *"Sí, con Marco Lorenz"*, pensó, al recordar que lo había reconocido por una fotografía en el destacamento policial. Sólo que en esta ocasión fue la palidez de su rostro el único rasgo que relacionó con él. En todo lo demás, no se parecía en nada a quien creía que se encontraba muy cerca de ella, mitad en su pesadilla, mitad en su vida real.

Entonces, Isadora giró su cabeza y gritó, aterrorizada, con toda la fuerza de su voz...

Edgar y Modiliani coincidieron en acudir al destacamento policial, casi al mismo tiempo. Y a ambos les llamó la atención que solamente Bordone estuviera allí. Hacía demasiadas horas que nada sabían del detective Bug y del Ayudante Loggino.

Los dos contaron sus respectivas experiencias y Modiliani tomó recaudos para viajar a La Ciudad esa misma noche.

– Le pediría que me acompañe, comisario. Pero lo necesito aquí hasta que los demás aparezcan. Bordone y yo regresaremos muy pronto...

– Bug no ha estado contestando su teléfono – el detective Bordone, había abandonado su actitud displicente y Edgar fue consciente de que se veía realmente preocupado.

El Detective Inspector tuvo un mal pensamiento, pero enseguida lo descartó. No podía estar con Isadora, por muchas razones. ¿Adónde *diablos* se había metido?

Quince minutos después, los dos detectives viajaban hacia La Ciudad, en tanto Edgar decidía recorrer el pueblo entero en busca de la mujer que amaba y... otra a quien ya no podía reconocer.

– Es increíble todo lo que se guardaba ese viejo sobre el muchacho del portarretrato – manifestó Modiliani, mientras Bordone conducía a su lado – ¿Qué piensas? ¿Debería hacerle pasar un mal momento por haber faltado a la colaboración que nos debía?

– Yo lo dejaría tranquilo – aventuró su subalterno – No es más que un anciano en el ocaso de su vida y, según Dutra, echado a la perdición por la bebida.

– Sí, está bien – aceptó Modiliani después de pensarlo un momento – Y estoy seguro que nunca pudo llegar a tener la menor sospecha sobre Blanca Amaltti. En todo caso, nos ayudó un poco con su caja de fósforos. Seguramente la obtuvo de Martha que...bueno... – Modiliani soltó una risita – que tanto lo quería. Y él no tenía modo de relacionar todo eso con el crimen de Marco Lorenz.

– Con los *crímenes* – lo corrigió Bordone.

Modiliani le echó una mirada en la que sobraba el fastidio.

– Como si pudiera olvidarlo – dijo – ¡Hemos estado andando a tientas y a locas por cualquier parte! Blanca Amaltti jamás podría ser confundida con una mujer joven, observada de cerca y con detenimiento. Pero siempre se ha cuidado de ocultarse muy bien y, a la distancia, ese pequeño y delgado cuerpo ágil que posee, la hacía pasar tranquilamente por alguien mucho menor...

– Bueno, a Dutra y a Loggino les había llamado la atención su comportamiento de ancianita débil frente a usted...

– Muy bien premeditado. Hasta se ganó mi simpatía...

– De todos modos, me sigo preguntando si el hecho de que César Amaltti haya muerto hace tanto tiempo, la convierte a ella en una asesina.

– Te diré algo, Luciano. Y es algo que acaba de caer sobre mi cabeza como un chaparrón de improviso. Esos zapatos que utilizó para no dejar las huellas de los suyos... ¿recuerdas? Los del señor Morrone. ¿Te has fijado en la talla de ese hombre? ¡Es pequeña como la de una mujer, o la de un niño apenas robusto! Su esposa, a su lado, parecía caerle encima como un fardo...

– ¡Ni que lo diga! Eso hacía que se destacara de lejos el dominio que seguramente ejerce sobre él. Pero... ¿a qué va su comentario?

– ¡A que ningún hombre de talla mayor hubiera logrado meter sus pies en aquellos zapatos! ¡Dios! – Exclamó Modiliani, casi enfadado consigo mismo – ¡Lo tuve bajo mis narices todo el tiempo! ¡Y sólo me preocupaba de las fibras que había en su interior y no pertenecían a los calcetines de Amílcar Morrone! ¿No soy patético?

El detective Bordone le echó una mirada de soslayo como si necesitara cerciorarse de que allí estaba, efectivamente, su jefe, criticándose sin ninguna piedad.

– Bueno, con lo que llevamos al laboratorio de La Ciudad, ya no necesitaremos esas fibras. Verá que todo quedará dilucidado, si en efecto esa anciana loca es una asesina.

DIECINUEVE
CONCLUSIONES

Edgar sintió el frío y la soledad como sus únicas compañías en el destacamento policial. Estaba solo y cargado de preocupaciones, dispuesto a regresar a la calle para encarar su búsqueda. No tenía la menor idea de dónde podía encontrarse Isadora en compañía de Blanca, pero ya no tenía dudas acerca de lo peligroso que aquello se veía. Y las desapariciones del detective Bug y de Demetrio llevaban ya demasiadas horas para no resultar alarmantes.

Cuando abandonó la oficina y el silencio de la noche lo envolvió como un manto de apretada inquietud, Edgar se dijo que recorrer las calles del pueblo acompañado de sus inciertos pensamientos, era mucho mejor que permanecer en el destacamento, enloqueciendo mientras no hacía nada. Había dejado a un joven policía de poca experiencia a cargo, lo cual indicaba que estaba *verdaderamente* interesado en ponerse en acción. De lo contrario jamás habría corrido el riesgo.

Pero ahora, las calles solitarias que recorría, se habían convertido en misteriosos caminos que lo llevaban hacia todas partes y hacia ninguna. Deseaba con todas sus fuerzas reencontrarse con Isadora y rogaba porque a ella no le hubiera ocurrido nada malo. En algún punto, su malestar se relacionaba con su propia desorientación porque no alcanzaba a comprender la causa por la que todo parecía haberse desmadrado. Justo cuando contaban con el móvil del crimen de Marco y sospechaban que Nora y Gervasio habían sido sacrificados al temor del asesino por ser descubierto, por alguna razón que aún escapaba a la comprensión de todos... ¡justo en ese momento, todo el caso se ponía patas arriba! Pero no había modo de evitar la incontrastable realidad con la que se enfrentaban...

El volante de la patrulla giraba en sus manos, mientras él volvía una y otra vez a doblar por las viejas ochavas conocidas. Algunas conducían a calles más estrechas y otras, simplemente a callejones sin salida. Uno de éstos se ubicaba precisamente, detrás de la casa de Marco que, como un fantasma oscuro y abandonado, se erigía albergando nada más que la soledad que la habitaba.

Algo llamó su atención de inmediato. Algo fuera de lugar en el conjunto: un vehículo estacionado sobre el fondo de la calle, al que dos segundos después reconoció como una de las patrullas policiales y una especie de silueta abultada que, a la distancia, parecía reptar como un animal herido, aunque por momentos Edgar creía que ese movimiento no era más que una falsa percepción, en medio de la oscuridad de la noche. Estacionó la patrulla y descendió, asegurándose de llevar el arma en la cintura. Ese gesto era algo que nunca se le hubiera ocurrido hacer antes de los últimos acontecimientos en el pueblo. Así era el modo en que la actual inseguridad de Río Ballais lo había acostumbrado a comportarse, y cierta amargura lo desveló al comprender que aquella beatitud se había perdido para siempre.

La desenfundó aunque no le quitó el seguro y avanzó, con cautela. A medida que se acercaba, fue percibiendo con mayor nitidez que el bulto se trataba en realidad de una persona herida, moviéndose con dificultad, en procura de ayuda. Cuando estuvo sólo a unos pocos pasos, ya no tuvo dudas de quién se trataba. ¡Era Demetrio! Su cabeza sangraba profusamente y él corrió decidido a auxiliarlo...

– ¡Por Dios! – Exclamó, en tanto procuraba sostenerlo para que no se desplomara – ¿Qué es lo que ha ocurrido aquí?

– Regresó... regresó por...lo que había...enterrado...en este lugar.

Edgar apenas contó con un instante para preguntarse si alguna vez él o alguno de los detectives habían cometido la imprudencia de comentar el asunto de la pulsera con Demetrio. Pero el pensamiento desapareció bajo la urgencia de lo demás... ¡Su ayudante había terminado por ser el testigo privilegiado de aquel hecho que habían esperado que, en algún sentido, desacomodara la flemática posición del asesino y lo llevara a cometer su primer error! El precio pagado por Demetrio había sido muy alto, el o..."la" asesina (ya no sabía cómo demonios pensar en eso) no estaba evidentemente allí y quizás la oscuridad le había impedido reconocerlo.

– ¡No, no, no! – Le escuchó exclamar un segundo después, convenciéndolo de que había hablado en voz alta, sin darse cuenta – Se me acercó...no vas a poder creerlo...La agilidad y la fuerza de esa mujer, me golpeó con...una pala...creo...no me dio tiempo a...reaccionar. Lo siento...

– Por el momento te calmas – le pedía Edgar, al conducirlo hacia la patrulla. En el fondo, no dejaba de pensar que Demetrio, a pesar de su corpulencia, no era precisamente bueno como policía de acción, ya que sólo se había ocupado de algunas tranquilas rondas nocturnas y las tareas administrativas en el destacamento.

– Jefe... – ahora limpiaba su herida con su propio pañuelo, apoyado contra el respaldo del asiento, en la patrulla – Era... ella...No se trataba de...un hombre. Nunca se trató de un hombre.

– Ahora lo sabemos, sí. Blanca Amaltti es... – ni siquiera podía llamarla una asesina – ¡Tantos años sin saber jamás quién era esa mujer!

La mirada de Demetrio se volvió hacia él. Estaba azorado.

– No era Blanca... ¡sino *su hermana*! – dijo, por fin.

En el laboratorio científico de La Ciudad, se habían conservado las muestras de piel obtenidas del hisopado hecho bajo las largas uñas de Nora Duplay. Y, por supuesto, se había obtenido un patrón genético de ello.

El pocillo de café que los detectives llevaron para someterlo a un análisis de ADN en los posibles rastros de saliva tenía como único propósito poder cotejar ambas pruebas. El Detective Inspector Modiliani contaba con el poder y la influencia suficientes para exigir el máximo de celeridad en el procedimiento, logrando los resultados esperados algunas horas después. Un nuevo y revolucionario procedimiento de laboratorio se estaba experimentando. Conseguía datos genéticos en menos de la mitad del tiempo requerido por otros procedimientos convencionales. Y, aunque faltaba aún su fase de comprobación de eficacia segura, Modiliani exigió que fuera utilizado en el caso, asumiendo el riesgo.

Pero concluyeron por no ser los resultados *esperados*. Al menos no en los términos que ambos detectives habían asumido como tales...

Edgar nunca dudó en llevar a Demetrio hasta el hospital, para su curación; si bien en algún momento su opción había sido el consultorio del doctor Fernan, su decisión final no sólo le daba la seguridad de una mejor atención para su ayudante, sino que, además, estaba convencido que a esas alturas, la lucidez del viejo médico ya no debía ser la apropiada.

Después de dejarlo "en buenas manos", según le había dicho a Demetrio, regresó a las calles para continuar con su búsqueda. Se sentía tan desorientado como desesperado ante la extraña situación de remover cielo y tierra sin la ayuda de nadie y temiendo lo peor para la suerte corrida por Isadora. Lo que Demetrio le había confiado era para poner los pelos de punta a cualquiera y por descabellado que sonara, ya no había razón para quitarle verdad al asunto.

Temía no estar a la altura de las circunstancias. Temía que cuando todo pasara, sólo le quedara el recurso de volver a mirarse en su espejo de intimidad para reconocer allí al hombre mediocre a quien la vida le quitaba todas las oportunidades de ser feliz.

No sólo cargaría con la culpa de no haber podido salvar a la mujer que amaba, de cualquier horror que pudiera estarle deparado, sino que debería asumir la responsabilidad de decirse a sí mismo que no era más que un triste comisario pueblerino, uno que un día el detective Bordone había despreciado con justa razón.

Un recuerdo le volvía desde algún lugar de sí mismo: incompleto y sumido en la opacidad de su propia y frágil evocación. Rondaba como un pequeño duende que le gritaba *"¡atrápame!"* por los rincones y se volvía evanescente y fugaz en su huída hacia un lugar más profundo de sí mismo.

Ya conocía el sinsabor de aquella experiencia. Le había ocurrido con el recuerdo de Marco abriéndose a una íntima confesión –aunque a medias y dispersa. Y ése le parecía un método inapropiado de conservar los hechos importantes en la memoria. Como si el olvido y la represión le permitieran avanzar en la vida con cierta comodidad extra para aquello que requería ser mantenido en la penumbra de lo preconsciente.

Pero en este caso, estaba completamente seguro de que se trataba de una banalidad tal, que se echaría a reír apenas la recordara. Sólo estaba asociada a un mal momento y quizás ésa era la razón que le impedía atraerla a su memoria.

Edgar detuvo la patrulla y decidió tomarse un momento para ordenar el caos de aquellos pensamientos. Si no hubiera estado cubierto hasta el cuello en su ímproba tarea de búsqueda, ésa hubiera sido la ocasión para meterse en el bar de Roque a relajar sus nervios destrozados.

Suspiró y una exclamación que le surgía de su propia reacción ante esa idea, lo puso otra vez en marcha...

Esta vez creía que una leve esperanza se alzaba de pronto de toda la oscuridad que había rodeado *ese* recuerdo hasta el momento. Roque le había hablado una noche acerca de la probable escasez de leña en medio del crudo invierno que tenían en aquella temporada. Y había ilustrado su comentario con un aditamento anodino que ahora regresaba en la evocación, transformado en enigmático y curioso. *"...Hasta la chimenea de la casa de los Morrison está encendida".*

Él lo había tomado como una exageración que adornaba sus palabras. Porque la casa de los Morrison estaba vacía y abandonada hacía ya mucho tiempo. No tuvo dudas que allí era adonde tenía que dirigirse ahora...

El rostro que había confundido con el de su sueño, parecía contemplarla desde una eternidad inamovible e impiadosa que lo había convertido en una grotesca máscara.

¡*Estaba muerto*! Alguien había apoyado su cuerpo contra el fondo de la misma pared de la que ella colgaba con su brazo atado, como un indefenso animal preparado...para el matadero.

Comenzó a llorar, una vez que pudo ahogar su grito de horror, mientras asimilaba la idea de que pronto ella *también* estaría muerta. Muerta como... ¡el detective Adriano Bug!

Pálido, con los ojos desorbitados por un asombro en el que lo había sorprendido la muerte, parecía observarla pidiéndole un auxilio que ya le era completamente inútil. Una gran mancha de sangre se había formado bajo su cuerpo inerte y, desde su lugar, Isadora podía ver apenas, cómo el extremo de un puñal sobresalía un poco más arriba de su hombro, bajo la línea de la nuca.

Desvió la mirada para buscar a alguien más en el interior de aquella gélida habitación. Y sabía perfectamente a *quién* buscaba. Pero ella no estaba allí, aunque ahora estaba convencida de que era su voz la que había escuchado, mientras el sopor la mantenía entontecida, antes de caer bajo el peso de su sueño. Seguramente, aquella sustancia que Blanca le inyectara, tomándola absolutamente desprevenida, la había inducido a dormir, después de paralizarla. Aunque también era probable que ella hubiera buscado, inconscientemente, algún mecanismo de defensa que la apartara de los terribles hechos de la realidad.

Lo malo era que ahora no tenía noción del tiempo transcurrido. No podía saber si había permanecido allí, en su inconveniente posición, apenas un par de horas, todo un día o mucho más... Sólo suplicaba íntimamente porque Edgar o Alberta hubieran notado ya su ausencia y estuvieran preguntándose por su paradero.

Pero cuando ya creía que todos los horrores y todas las sorpresas habían concluido, algo la llevó de pronto, hasta el límite de un asombro que actuó sobre ella como un trallazo caído del cielo.

O del infierno...

Alberta no se había quedado totalmente tranquila a pesar de las palabras y el consejo del detective Modiliani. La había llevado de regreso a la hostería, pidiéndole que tomara los mejores recaudos en cuanto a la seguridad personal y del lugar, y le había manifestado que el comisario Dutra estaba en condiciones de iniciar la búsqueda de Isadora por las razones más válidas, de modo que lo mejor era que ella permaneciera allí y a la espera de noticias.

Suponía que aquellas razones mencionadas por el policía se relacionaban con el interés personal de Edgar por el bienestar de Isadora tanto como con su idoneidad profesional para resolver el tema. En algún sentido, y por debajo de la fina piel de su propio pánico por todo lo vivido, eso le había hecho recuperar cierta tranquilidad. Pero sabía que, de todos modos, aquella sería una larga noche...

En base a esa misma idea, se apoltronó en su sillón favorito, junto al mueble de la recepción. Desde allí contaba con una buena perspectiva de lo que ocurría tras el ventanal del comedor que, por motivos obvios, se había transformado en un lugar de temor para ella.

Hacía ya un buen rato que Albertina se había marchado a su habitación y los pocos huéspedes que habían quedado en la hostería debían estar durmiendo o leyendo en sus cálidas camas. Ese invierno había sido lo bastante crudo para desalentar cualquier intento de visita al pueblo, por fuera de la temporada turística. Y desde que Isadora se marchara, ella se sentía *realmente* muy sola allí.

Lo que le había ocurrido en el patio de su propia casa, alimentaba aquel sentimiento con su desagradable aspereza, de modo que el malestar que la embargaba tenía demasiadas aristas de preocupación. El recuerdo la recorrió como una mano de hielo. ¿Acaso...*Blanca Amaltti* podía ser la autora de aquel golpe que la llevara al hospital? Esto le causaba una gran confusión pero lo que había visto en el dormitorio de su pobre hermana enferma era muy intranquilizador, en efecto. Además, al detective parecían sobrarle motivos para creer en su culpabilidad. Lo que ocurría era que a ella no le resultaba tan sencilla la idea; Blanca había sido una vecina de toda la vida, un poco hosca de carácter pero absolutamente respetable. Jamás hubiera podido imaginar lo que su fachada encubría: el horroroso secreto de su locura.

Un leve crujido como de hojas pisoteadas, le paralizó el corazón. ¿Había alguien afuera...*otra vez*? Seguramente sólo había sido su ánimo sobrecargado el que la había llevado a imaginar aquel ruido. Aún no había logrado deshacerse de su traumática experiencia anterior y...eso era todo.

Pero no era todo. Porque el ruido se volvió a producir. Y con la suficiente intensidad para convencerla de que no se trataba de su imaginación...

– Hola, querida. Me alegro que estés de vuelta en la realidad.

Era la voz dulce y calma de Martha Amaltti. Estaba de pie frente a ella y se movilizaba con tanta o mayor agilidad que su hermana. El asunto de la silla de ruedas era, de pronto, incomprensible.

Isadora no daba crédito a lo que veía. Por un instante, temió estar soñando nuevamente, porque todo lo que había visto a su alrededor hasta ese momento, se asemejaba demasiado a una pesadilla. Sin embargo, sabía que no lo soñaba. Estaba atrapada en una realidad a la que esa irreconocible mujer que era Martha, acababa de darle la bienvenida.

– No debiste regresar nunca a Río Ballais.

Había dejado de sonreír y el tono de su voz se había endurecido. En su mirada, donde ella siempre había encontrado una maravillosa dulzura que contrastaba, desde luego, con la severidad de su hermana, brillaba el frío intenso del acero. Sus ojos eran tan claros como los de Blanca pero en esta ocasión parecían haber oscurecido, velados por algún sentimiento de odio y rencor.

Isadora tampoco comprendía el significado de aquellas palabras. ¿En qué podía haber molestado a las hermanas Amaltti con su determinación de volver al pueblo?

Si se detenía a tratar de profundizar en las posibles respuestas a su pregunta, se encontraba con algunos detalles que nunca le habían parecido apropiados. Como si en una obra de teatro, los personajes cambiaran sus letras a último momento y comenzaran a decir cosas que, en realidad, no se ajustaban a la acción de la trama.

Detrás del telón se habían escondido durante mucho tiempo, el enojo de Blanca por su juego con las muñecas de porcelana a las que un buen día había arrancado de sus manos, y su mirada horriblemente acusadora, ascendiendo hasta ella que se asomaba al parapeto de un puente, mientras sostenía la cabeza ensangrentada de Anabel. *"Mira lo que has hecho"*, le había dicho, como un juez arrojándole su sentencia.

Y ella había creído por el resto de su vida que había sido una niña mala. Una niña endemoniada. Una niña *asesina...*

Ahora comprendía, porque lo había visto en el final de su sueño, que *jamás, jamás* había empujado a Anabel para que cayera al río. Sólo se le había acercado en medio del juego de la "mancha venenosa". Había habido otro niño allí, todo el tiempo. La claridad de sus recuerdos era, de pronto, inagotable. Lo había visto aferrar el tobillo de su hermana, en tanto se sostenía del borde del puente con su otra mano. Y luego lo había visto también, ocultarse tras las rocas, cuando ella y sus demás compañeros de juego, asomaron sus pequeños rostros azorados para encontrarse con el horror de aquella escena. Y sólo *siendo* Anabel en el sueño, había podido reunir las piezas faltantes para traer a la luz lo que verdaderamente había ocurrido en aquel aciago día.

Pero cuando su padre llegó, como una exhalación aparecida desde alguna parte, ella aún permanecía quietecita y horrorizada, en el puente de piedra. Su comprensión actual se ampliaba hasta límites increíbles. Blanca podía haberla engañado a ella que sólo era una niña asustada. Pero no a su padre que, por alguna razón, reconoció los hechos inmediatamente. Los había visto hablar y discutir como quienes están poniéndose de acuerdo acerca del modo en que aquella terrible historia sería narrada por el resto de sus vidas...

Su padre nunca admitiría frente a nadie que su hermosa hija había sido violada y muerta por un niño loco llegado al pueblo como familiar lejano de las Amaltti. Jamás soportaría esa afrenta al honor virginal de su pequeña.

"¡Oh, Dios!", Isadora se ahogaba bajo el peso realista de su primer contacto con un recuerdo verdadero. Como quien se siente enceguecido ante el brillo de una luz intensa, después de haber vivido atrapado entre tinieblas, por mucho tiempo.

Su padre había elegido, en cambio, aquello que quizás imaginó como el mal menor: matarla a ella en vida, bajo el atroz peso de los remordimientos. Sólo necesitó manipular como arcilla a su pequeña alma atormentada de niña incauta.

"Hija, no ha sido tu culpa. Sólo jugabas. Nunca quisiste empujarla..." Si al menos *ésas* hubieran sido sus palabras, ella guardaría un recuerdo concreto y menos lacerante de aquella circunstancia: su padre acercándosele para acariciar su cabello, como si *tuviera* que consolarla por algo. Sin embargo ésas palabras nunca habían sido pronunciadas. *"Mira lo que has hecho"* había sido la ineludible sentencia de Blanca. Y él... ¡él jamás la había desmentido! Sólo se había limitado a hacer silencio desde entonces.

El hilo de sangre corriendo por su piernecita – *eso* que ella nunca había visto más que en el final reciente de su sueño– era la prueba irrefutable de la violación. Y con la misma seguridad, todo el recuerdo se acomodaba ahora en su memoria, sin vacíos ni resquicios.

Quizás, aquello confundido con *el sueño* había estado allí a tiempo para convertirse en lo que siempre había sido: una verdad que la liberaba definitivamente de su peor dolor. Quizás, Anabel la había acompañado hasta ese lugar para que conociera esa verdad de una vez por todas y ahora, podía hacer algo más por ella...

Fue demasiado tarde para la reacción de Alberta. El ruido de cristales rotos provenía de la puerta de emergencia que daba directamente al ámbito de la cocina. Alguien acababa de irrumpir allí y ella sabía que lo hacía con las peores intenciones.

La vio emerger de la oscuridad, como una silueta desdibujada y etérea. Su sonrisa maligna le llegó un poco después, cuando pudo acomodar su mirada frente al rostro de Blanca Amaltti.

– Has sido tú, ¿verdad? Finalmente, no estabas tan inconsciente en el hospital, cuando ingresé a tu habitación para matarte. Mi segunda visita sólo fue para volver a intentarlo y fue grande mi sorpresa al verte recuperada. Por supuesto tuve que fingir mi interés por tu salud. En verdad...eso era lo que deseaba quitarte. Habría sido bastante fácil... desconectar alguno de esos cables que te rodeaban o...asfixiarte con tu propia almohada. Fue una pena... no lo pude hacer, porque esas enfermeras entrometidas daban vueltas por ahí todo el tiempo...

– Blanca... ¿se ha vuelto loca? – la pregunta parecía sobrar en su retórica – ¡Ni siquiera sé de lo que habla!

– Sí... tienes que haber sido tú. Me viste intentar hacerte daño la primera vez, cuando todos te creíamos tiesa como una piedra. Y hablaste de más con tu amigo el comisario o con esos estúpidos detectives. Lo que no entiendo es cuándo descubrieron el escondite de la pulsera...Tal vez no llegamos a tiempo para cerrar la boca de Gervasio y el tonto vio más de la cuenta aquel día...

Tenía un cuchillo entre sus manos que probablemente había tomado de la cocina si acaso no lo había llevado con ella. Alberta ya medía sus posibilidades de salvación, si gritaba o corría escaleras arriba. Pero por la posición que Blanca ocupaba, sabía que no lo haría a tiempo.

– Mucho movimiento extraño de los policías en el pueblo por estos últimos días...Sí, y esa visita a mi hermana...ya sospechaban algo...has debido ser tú la gran bocona.

En algún punto, Alberta rememoraba los absurdos diálogos con su padre cuando desvariaba y comenzaba a hablar consigo mismo. Blanca tenía esa misma actitud de extravío e introspección como si el mundo circundante ya hubiera dejado de serle un lugar reconocido. Se preguntaba si, acaso, sería una buena idea tratar de averiguar el paradero de Isadora. Temía enfurecerla o provocar alguna reacción desfavorable. Finalmente, desistió de aquella idea, enfocándose en algún modo de ponerse a salvo ella misma. Pero Blanca avanzaba ahora hacia donde se encontraba y parecía dispuesta a coartarle cualquier salida...

– No te resistas – le dijo – Esto sólo llevará un momento.

Martha la contemplaba como si una especie de éxtasis se hubiera apoderado de ella. Tenía la expresión de alguien que se disponía a relatar, con gran orgullo, una hazaña maravillosa. Isadora, en tanto, comprendía que el temblor que recorría todo su cuerpo, no sólo se debía al frío reinante sino al pánico y la conmoción que sentía. Tal vez, algún resabio de la sustancia que había corrido por sus venas, paralizándola, también podía estar contribuyendo en aquella reacción. Pero sus oídos estaban en perfectas condiciones para escuchar el relato demencial de esa mujer...

– No fue nada difícil hacerles creer a todos acerca de mi invalidez. ¡Imagínate! Si hasta el propio médico del pueblo lo creyó, aun cuando no encontraba causas físicas a las cuales atribuírselo. Pero ese hombre... hubiera creído *cualquier* cosa que yo le dijera.

– ¿Por qué? – atinó a preguntar Isadora, con una voz imperceptible. Le costaba aceptar que la dulce ancianita que ella había conocido de niña se tratara de una miserable impostora.

– Bueno...eso no es tan fácil de responder. ¿O sí? – daba la impresión de hablar consigo misma por momentos– Blanca pensaba que cuanto más desvalida me vieran los demás, más lejos estarían de sospechar nada de mí.

– ¿Qué... *se supone* que debían sospechar? – Su voz seguía siendo trémula e imprecisa pero la embargaba una especie de perentoria necesidad de saber en qué punto de la vida de esas dos mujeres, ella y la pulsera de Anabel habían llegado a formar parte.

La mirada de Martha pareció cobrar un brillo de particular intensidad. Como si alguien hubiera ofendido su inteligencia de un modo imperdonable.

– ¡He manejado todas las circunstancias de nuestra familia! ¡He dado a Blanca la orden de matar a mi hijo cuando comprendí que sólo era...un malvado inservible! Fue un trabajo limpio, impecable... – ahora sonreía, orgullosa de sí – Por nuestra actividad en la panadería me había informado acerca de una sustancia... se llama *miocicaína*. El propio César nos había puesto al tanto de ella porque trabajaba con alguien que solía utilizarla en la panadería del Asilo de Huérfanos. Sólo una gota hacía deliciosos nuestros pasteles, convirtiéndolos en los mejores de la región. Pero también descubrí que se trataba de algo peligroso, utilizado en dosis inconvenientes. Con un poco... quedas "tiesito" por unas cuantas horas y con mucho... ¡te mueres!

Una horrible carcajada sacudió todo su cuerpo. El espectáculo era insano y sobrecogedor: como si una vieja y huesuda bruja hubiera escapado de algún cuento infantil de terror.

– Lo peor que hizo ese hijo mío fue... matar a tu hermanita.

Isadora se dijo que su revelación había llegado justo a tiempo para impedirle asombrarse por lo que escuchaba ahora. *"Gracias, Anabel"*, pensó de pronto, sin saber porqué se lo atribuía.

– Pero tú sabes...un crimen sexual... ¡Oh, por Dios! En aquellos tiempos, una familia no asimilaba tan fácilmente el hecho. Llegamos a un acuerdo con tu padre... Prefirió silenciarlo todo. Pero el día que...*alguien* llegó al pueblo, algunos años después, convencido que se trataba de César, él armó sus maletas, te tomó de la mano y se marchó de Río Ballais, aterrorizado.

Isadora sintió que una punzada de dolor moral la recorría, esta vez con mayor fuerza que su imparable temblor. ¡Ahora comprendía tantas cosas! Pero en ninguna de ellas existiría jamás el perdón para su padre. Estaba segura que aquellas locas historias de usurpación alrededor de la casa habían tenido por único motivo, mantenerla alejada del lugar para siempre...

– Había que tomar una decisión con ese niño. Ya no lo queríamos por aquí y...Blanca aceptó hacer el trabajo. Sabía que yo era su madre y no tendría el valor de ejecutarlo con mi propia mano.

Un rictus de ironía escapó de los labios de Isadora. ¿Qué era todo aquello? ¿Habían instituido el "Día de las Madres Maravillosas" en Río Ballais? Además, el relato de Martha parecía saltar en todas direcciones, perdiendo cierta ilación.

– Verás... – continuó la anciana, imbuida de sus propios pensamientos y sin prestar atención a las reacciones de Isadora – Tu regreso no podía significar otra cosa que el despertar de una historia del pasado. Ni a Blanca ni a mí nos gustó eso... Nos incomodó, en algún sentido. No podíamos estar seguras de que tu padre, viejo y lleno de remordimientos, no hubiera contado la verdad antes de morir.

"Quédate tranquila, vieja loca. Papá sólo murió rodeado por su propio silencio". El pensamiento de Isadora estaba cargado de dolor y de mordacidad.

– Pensamos en matarte el mismo día que Blanca te trajo a casa, con la excusa de saludarme. Pero no era una buena idea. Alguien podía haberte visto entrar...no, no, no... ¡No era una buena idea! Y se lo hice saber apenas con un gesto y una mirada – la risa de Martha, desprovista de toda humanidad volvió a retumbar en la fría habitación – ¡Blanca y yo nos entendemos de maravillas!

Entonces, sus ojos se llenaron de lágrimas, repentinamente. A su rostro asomó una especie de mohín de niña caprichosa y pareció reflexionar en lo que acababa de decir.

– ¡No, no, no! – Exclamó – ¡Nada de eso! ¡Nada de eso! Discutimos mucho últimamente. A ella no le gusta mi colección de fósforos y ha destruido a todas mis muñecas de porcelana... ¡Es malvada! ¡Dime que es malvada!

Isadora tomó en serio lo que Martha le pedía...

– ¡Claro! – dijo, procurando mantener la firmeza de su voz, por primera vez. Quizás creía que había algún beneficio para obtener del hecho de enemistar a las hermanas.

– ¿Sabes? – Martha apenas susurraba ahora, como si temiera ser escuchada por alguien más – Ha querido matarme hace unos días. O darme algún escarmiento, no lo sé. Pero lo cierto es que me metió esa sustancia en el cuerpo y me tuvo en cama como a una moribunda, haciéndole creer a todos que estaba a punto de morir. ¿Crees que hubiera sido capaz de llegar a tanto? – de pronto regresaba su desagradable carcajada – ¡Por las dudas, yo me tomé mi propia revancha! ¡Y la acusé con la policía de haber silenciado el crimen de tu hermana, diciéndoles que ella sabía perfectamente quién lo había cometido! ¡Y lo hice de un modo tal que nunca llegó a sospechar nada!

Volvía a reír, desquiciadamente. Isadora entró otra vez en pánico, al comprobar que todo el relato adolecía de ser un conjunto de descabelladas ideas y conclusiones, manifestadas por una mente que había perdido el juicio hacía ya mucho tiempo.

– Pero ya la perdoné – dijo a continuación – Como una buena hermana. Por eso fui al jardín de Marco, a buscar la pulsera de Anabel. No quería que ella se tomara el trabajo...

Isadora tenía la sensación de encontrarse atrapada en la disquisición íntima y personal de Martha Amaltti, de la que seguramente no le sería fácil salir indemne. Por supuesto le hubiera gustado hacerle algunas preguntas al respecto, porque era la parte que más le interesaba conocer. Pero no sabía cómo hacerlo, después de descubrir que estaba completamente loca y podía hablar tanto con ella como consigo misma. Además y, contradictoriamente, la acuciaba en cierta forma el deseo de que callara para siempre.

Ya imaginaba que la pulsera en la que jamás había vuelto a pensar en todos aquellos años, había terminado por dar en sus manos a través de su hijo César, que se la había quitado a Anabel luego de matarla a sangre fría.

En ese punto se preguntó si esa locura bestial había resultado ser hereditaria o, si la vida rodeada de desamor de ese niño, lo había convertido en lo que acabó por ser: un asesino precoz.

– Teníamos que deshacernos de ella...

Isadora sintió cómo un abrupto vahído oscurecía su mirada y estuvo al borde del desfallecimiento. Sus fuerzas, recientemente recuperadas, parecían querer abandonarla otra vez.

¿Martha estaba hablando ahora de la pulsera? ¿O se refería a Anabel? La confusión duró sólo un momento. ¡Claro que hablaba de la pulsera! De Anabel se había deshecho ese niño maldito, hacía exactamente treinta y cinco años. Los llevaba muy bien contabilizados. Había vivido cada uno de ellos, arrastrando unos horribles remordimientos por un crimen que jamás había cometido. Y en su estómago estallaban las náuseas al pensar que su propio padre había preferido aquel destino para ella, antes que reconocer el ultraje perpetrado contra Anabel.

Las lágrimas ardieron en el borde de sus párpados. Finalmente y, de algún modo, el celo infantil al que hacía poco había declarado inexistente, resultaba justificado, ya que su padre debió amar demasiado a su hija mayor, si acaso había elegido sacrificar la felicidad de su otra hija. Era una tontería, se dijo, pero acababa de renunciar a un sentimiento que, en algún sentido, le había dado forma a aquellas extrañas miradas que su padre le había dedicado toda la vida. Tal vez, los *verdaderos* remordimientos habían estado en él, mucho más que en ella misma.

¿Qué papel le había tocado representar a su madre en aquella historia trágica y burlesca a la vez? Isadora decidió soltarle la mano a su pensamiento. Por un instante, creyó que moriría de dolor si procuraba profundizar en su pregunta...

– Todos esos años contemplando la pequeña pulsera oculta en el fondo del cajón de nuestra cómoda – Martha había elevado sus ojos hacia el cielorraso y se mostraba dispuesta a ceder muy poco en su enfermiza ofuscación – ¿Y si alguien la veía allí algún día? ¿Si así podían saber lo que el pobre César había hecho? El tuvo una idea maravillosa...

"Todos esos años contemplando mi injusta culpa..."

De haber podido hacerlo, ése hubiera sido el momento en que habría deseado cubrir sus oídos para dejar de escuchar el insano relato de aquella horrible anciana.

Pero también deseaba dejar de escuchar a su propio dolor, latir como una herida que acababa de infectarse irremediablemente.

Alberta retrocedió guiada por su instinto y al hacerlo, tropezó con una de las mesas. El ruido del mueble al correrse desagradó a Blanca que, seguramente, temió que alguien más lo hubiera escuchado.

– ¿Haces esto a propósito, tonta inútil? – preguntó sin disimular su arrebato de furia – ¡Eres tan inservible como Martha! Hace algunos días tuve que aplicarle un correctivo...

En la mirada de Alberta se instaló todo el horror que recorría su cuerpo en ese momento.

– ¡Oh, no! – Exclamó Blanca soltando su risa áspera – No es nada de lo que estás pensando. ¡No puedo causarle un daño permanente a mi propia hermana! ¡Tan tonta como tú! Por alguna razón, ambas quedaron embarazadas, estúpidamente...

En su voz se escuchaba un oscuro resentimiento que apenas quedaba disimulado bajo el intento de una socarrona recriminación. Alberta tuvo tiempo de pensar que jamás la había escuchado reír, por el tiempo en que la consideraba una mujer en sus cabales.

Comprendió sin resquicios que estaba frente a alguien cuya locura le permitía volver atrás en el tiempo y hablar de hechos ocurridos en el pasado como si hubieran sucedido ayer. El detective Modiliani ya le había narrado la historia de César y ella había quedado francamente sorprendida de que esas mujeres, a las que sólo había conocido atildadas y bien dispuestas, atendiendo a sus clientes tras el mostrador de una panadería, hubieran guardado aquel secreto con una sabiduría tan arcana y perfecta para que nadie en ese pequeño pueblo sospechara nada al respecto. Pero no quería distraerse en esa clase de pensamientos, ya que su inminente interés estaba reducido a escapar de su peligrosa situación.

Quería gritar de una vez por todas para que Albertina pudiera comunicarse con Edgar desde el teléfono de su habitación o alguno de sus huéspedes acudiera en su ayuda. Pero sabía que no contaría con tanto tiempo a su favor ya que Blanca estaría sobre ella, mucho antes de lograr escapar. Era fuerte y ágil para su edad y ella no se encontraba en su mejor momento, luego de la herida sufrida en su cabeza.

Una vez más se entregó a su suerte, si bien volvió a retroceder un par de pasos con el fin de alejarse nuevamente. Entonces, las luces del comedor se apagaron de pronto y la voz de su hija que provenía del piso superior, le indicaba que la puerta de la despensa estaba justo detrás de ella y así contaba con la oportunidad de entrar allí y encerrarse por dentro. Sabía que esa puerta tenía colocada una llave que ella podía tomar en un instante, antes de ingresar al lugar.

Le pareció que ejecutar sus movimientos le llevaba una eternidad. No obstante, tuvo tiempo, en su huída, de percibir el propio movimiento de Blanca antes de cerrar la puerta tras ella...

– Marco Lorenz era el padre de César. El tonto de Camilo creyó toda su vida que él lo era y, por supuesto, nunca tuve el valor de acabar con su ilusión...

Martha volvía a reír con su risa en falsete que la proveía del inequívoco signo de la locura. Y, de pronto, un gesto mezcla de enfado y ofuscación, cruzaba la expresión de su rostro. En tanto, Isadora evocaba su vieja y equivocada idea acerca de la dura soltería que les había atribuido alguna vez a las hermanas Amaltti.

– Había que decirle a Marco de una vez por todas que se había comportado muy mal con su hijo, a quien nunca deseó reconocer y que ahora estaba muerto ¡Había asegurado en el pasado que yo lo había engañado y el niño podía ser de cualquiera! ¿Puedes creerlo? Blanca y yo decidimos que ya era hora de que pagara por su pecado...

En cada rictus y en cada gesto, Martha –la dulce panadera de otrora– exhibía su vesania de un modo aterrorizante. Isadora llegó a preguntarse acerca de los peligros a los que, sin saberlo, había quedado expuesta de niña, visitando a dos ancianas completamente locas, cuya posición social en el pueblo jamás había sido puesta en entredicho.

– El quiso ocultar la pulsera en aquel lugar. Tenía sentido... Era como enterrar a Anabel finalmente y... dejar que César descansara en paz... Lo hicimos, según su deseo, después de castigar a Marco debidamente...

Isadora sentía una oleada de vértigo interminable en su cuerpo atormentado. Después de asegurar que las había asaltado el temor de que la pulsera fuera encontrada un día en su poder, escogía ahora el argumento de una indicación llegada... a través de la solicitud de un niño que, en realidad, estaba muerto. Al menos, eso era lo que ella había creído entender: Martha parecía procurar establecer que César les había manifestado aquellas ideas, desde el Más Allá. ¿Había, acaso, fantasmas en Río Ballais?, llegó a preguntarse. Unos espíritus que jamás abandonaron el lugar, atrapados en la tragedia de su propio final, como si clamaran por una justicia que nunca llegaría para ellos...

– ¡Pero alguien estuvo allí y descubrió el escondite! – gritó, con su voz ronca de furia – ¡La policía, claro, la policía! ¡Malditos, mil veces malditos! ¿Cómo pudieron saberlo? El fue muy cuidadoso al planearlo...

Sí, las hermanas estaban completamente locas. Lo habían estado toda la vida, y ahora que lo sabía ya era demasiado tarde para ella...

Blanca se movía como una sombra más, en medio de la noche que recorría las calles como una mano tenebrosa. Sabía muy bien adónde dirigirse. Ya volvería en algún momento por "Alberta–la Bocona", pero ahora debía ir en busca de alguien más. Alguien que conocía parte del secreto y podía volverse peligroso, especialmente después que se despertara su afición a la bebida.

Camilo Fernan se había vuelto un viejo torpe e inútil y ya no servía como médico. Había logrado engañarlo con la idea de Martha a punto de morir y él se había "tragado" aquel sapo, como un inexperto principiante. Pero podía hablar de más, si acaso ya no lo había hecho. Cuando un hombre olvidaba su dignidad dentro de una botella de whisky, ya no volvía a ser confiable para nadie.

Al acercarse a su casa, notó que la luz en su consultorio aún permanecía encendida. Sonrió para sí, en tanto se aseguraba que el cuchillo robado en la cocina de Alberta, se encontrara bien guardado en uno de los bolsillos de su saco.

– ¡Ja, ja! – No pudo evitar reír – Tal vez logremos que "la bocona" quede implicada...

En su desquicio creía que sólo sería cuestión de borrar sus propias huellas más tarde y regresarlo luego a su lugar. Cuando volviera por ella...

El Detective Inspector y Luciano Bordone iban de regreso a Río Ballais. Los focos delanteros del automóvil que Modiliani conducía en esta ocasión, horadaban la oscuridad de una carretera que se les antojaba interminable.

Los resultados obtenidos en el laboratorio de La Ciudad los habían dejado estupefactos. Un nuevo error parecía surgir de la nada para transformarse en otra dificultad a la hora de la comprensión.

– Esto es... absurdo – Bordone se refería a la situación de aquel modo, entre asombrado y escéptico – ¿Por qué el doctor Fernan mentiría al respecto?

– Tal vez no ha mentido – estableció Modiliani – Tal vez... esa anciana loca lo ha engañado como a todos.

– Pero... ¡él mismo debió firmar su certificado de defunción! ¡Se ocupaba de todo lo que ocurría en el orfanato, por entonces!

– Tienes razón – admitió Modiliani – Algo aquí no cierra bien. A menos que... se haya dedicado a beber para sobrellevar sus culpas y sus remordimientos.

– ¿Eso significa que ha sido un cómplice de Blanca Amaltti toda la vida?

Modiliani carraspeó antes de volver a hablar.

– Créeme... ya me da miedo dar por seguro algunas cosas. Pero ¿qué más podría significar que el ADN obtenido del pocillo se haya correspondido con el que se encontró bajo las uñas de Nora Duplay, al realizar la prueba genética mitocondrial?

– Sólo puede significar... – sentenció Bordone con su voz más lúgubre – que en el pocillo de café estaba el ADN de la madre del proveedor de la otra muestra genética que pertenece a un hombre, sin lugar a dudas...

– Me enfadé tanto con Blanca...

Martha retomaba su monólogo, después de observar largamente a Isadora, como si hubiera notado su presencia por primera vez. Lo cual era completamente imposible...

– Ya había planeado matarte cuando te llevó a casa, con la excusa de que pasaras a saludarme. ¡Pero eso hubiera sido una gran tontería! ¿Qué hubiéramos hecho después con tu cadáver? ¿Y si alguien te había visto llegar? ¿Cómo lo explicaríamos, con todos esos policías en el pueblo? El no estaba allí para ayudarnos como las otras veces...

Isadora se sentía cada vez más confundida al escuchar aquellas explicaciones que, en realidad, ya le había dado antes. Pero lo que Martha exponía con toda naturalidad como si se hubiera tratado del más racional de los argumentos, la hizo tomar conciencia, por primera vez, de haber estado caminando sobre el filo de un abismo, sin darse cuenta. Y ahora, estaba a punto de caer, irremediablemente.

– No es nada personal contigo, querida – por un instante había conseguido volver a ser la dulce ancianita que ella había conocido – Pero Blanca estaba molesta y aseguraba que tú no tardarías en convertirte en un gran estorbo para nosotras.

– ¿Cómo podría yo...? – la voz le temblaba y se sentía pender de un hilo. No pudo concluir su pregunta. En el fondo sabía que cualquier respuesta sería descabellada.

– ¡Eso *era* lo que Blanca pensaba! De no haber sido por mí, ya estarías muerta... – volvía a reír de algo que sólo ella comprendía – Pero cuando me escuchó decir nuestra palabra clave... supo que debía detenerse.

– ¿Palabra... clave?

– ¡Palabra clave... el juego de las palabras cruzadas! Cada vez que lo menciono, Blanca sabe a qué atenerse...

Volvía repetir la historia que ya le había narrado antes, aunque con algunas variaciones que le permitían a Isadora percatarse de la capacidad de Martha para contar, olvidar y modificar los hechos con la facilidad propia de su desequilibrio.

– ¡Oh, no! – la exclamación brotó de su garganta como un gemido. Se sentía empujada hacia un mundo de absoluta locura y ella no podía hacer nada para evitarlo.

– Matar a este estúpido policía fue lo mejor que él pudo hacer... ¡Ja, Ja! ¡Es grandioso! ¡Tal vez tengamos tanta suerte que podremos matar a todos ellos... como a moscas! ¡Ja, ja!

– ¡Ya basta, Martha! ¡Te lo suplico!

Al instante se arrepintió de su desesperado ruego. Parecía haber enfurecido a la anciana que, de inmediato, recobró su extraña expresión de enfado contenido.

– ¿Sabes? ¡El llegará en cualquier momento! ¡Y ése...será tu fin!

– Tenemos que regresar a La Ciudad de inmediato.

Mientras lo decía, Modiliani realizó una arriesgada maniobra en medio de la carretera, dando un giro de ciento ochenta grados con el vehículo. Antes que Bordone llegara a presentar su queja, le advirtió de lo demás.

– ¡Quiero ver esas fotografías de César Amaltti en el Asilo de Huérfanos! ¡Esas de las que Adriano nos habló!

Bordone sabía, con la intuición que tantos años de trabajar juntos le proveía en relación con las reacciones de su jefe, que éste estaba a punto de meter la mano en un avispero. Había llevado el coche casi a su velocidad máxima y en su ceño se dibujaba la gran tensión que lo devoraba en ese momento.

Ingresaron al Asilo de Huérfanos apenas unos cuarenta minutos más tarde, ya que no había sido demasiado prolongado el trayecto de regreso, pese a la impresión que la ansiedad les había causado. Modiliani hizo las presentaciones de rigor con sus aspavientos habituales. Estaba convencido que ése era el método que mejor le resultaba a la hora de lograr la rápida colaboración de los demás.

Y al menos en este caso, debió ser así, puesto que el director del Asilo –un hombrecito esmirriado y bastante agradable– se esforzó en responder todos los interrogantes de los detectives. Y aunque se sorprendió por el requerimiento de Modiliani acerca de ver las fotografías que decoraban, en sus marcos, las diversas paredes del lugar, no opuso reparo alguno a aquel pedido.

Poco después, el Detective Inspector mostraba su satisfacción en forma abrumadora. Y esto le daba a su expresión el aspecto de un niño a punto de romper su piñata.

– Es lo que pensé – le aseguró a Bordone – Algunas de estas fotografías fueron tomadas por el tiempo en que César Amaltti aún estaba vivo. Pero estas otras no... – señalaban dos de ellas, a su derecha.

– ¿Y cómo sabe eso, Jefe?

– Es bien evidente, Luciano. Este muchachito ya es mayor en edad a la del otro niño que murió, según el doctor Fernan, a edad más temprana. ¡Y fíjate en las fechas en que fueron tomadas! – se sorprendió de golpe – ¡Es exactamente como lo sospeché!

– ¿El *otro* niño? – La pregunta se oía incrédula.

– ¿Cuál posibilidad nos queda? – Modiliani se encogía de hombros, buscando su mejor respuesta – Un hermano gemelo que, por alguna razón, nunca fue mencionado...

El Detective Inspector se volvió al director del Asilo y en su mirada brillaba la más pura inocencia.

– Tenemos un pequeño escollo aquí – dijo – Sería maravilloso que usted pudiera ayudarnos a resolverlo...

Blanca aún conservaba en la expresión del rostro, una sonrisa de inaudita victoria. El trabajo había sido limpio y sencillo...

Había encontrado a Camilo Fernan durmiendo su borrachera, con su cuerpo desmadejado en el sillón frente al escritorio. Un hilo de saliva salía de su boca entreabierta y le corría por el mentón, al mismo tiempo que el áspero estertor de un ronquido.

Estaba profundamente dormido, de modo que hacerlo pasar al otro mundo fue como un juego de niños. O, al menos, eso era lo que Blanca había pensado, sin sorprenderse demasiado cuando el hilo de baba se convirtió de pronto en otro, rojizo y sanguinolento.

Ahora recorría las calles solitarias del pueblo, dejando a su paso un reguero de sangre que goteaba, abundante, del cuchillo que aún llevaba en su mano. Tenía la mirada perdida en algún punto imaginario y parecía contar con un solo propósito de su voluntad.

Se dirigía de regreso a la hostería de Alberta...

Martha contemplaba a Isadora con un brillo de rencor en sus ojos claros, pero a la vez oscurecidos por la intensidad de sus insanos sentimientos.

– ¡Vuelvo a decírtelo por enésima vez! – le arrojó al rostro – ¡Nunca debiste regresar! Para nosotras fue una gran complicación que llegaras justamente el mismo día en que decidimos dar su escarmiento a Marco...

– ¡Todo fue una maldita coincidencia! – la voz de Isadora había recuperado su fuerza – ¡Nunca sospeché nada acerca de...esto!

Sabía que había estado a punto de decir "de esta locura". Pero, instintivamente, comprendió que no hubiera sido la expresión apropiada para los "sensibles" oídos de Martha.

– ¡La pulsera, la pulsera! – gritaba ésta fuera de sí y sin prestar atención a los dichos de Isadora – ¡Ya nos quemaba en las manos! ¡César merecía descansar en paz! Pero él...él vendrá para explicártelo...*personalmente*.

Cuando Edgar recibió la llamada desesperada de Albertina, una horrible punzada de vacilación lo abatió, en medio de su incertidumbre acerca de qué era lo que debía hacer en primer lugar. Pero no tuvo más remedio que acudir al llamado de la aterrorizada novia de su hijo.

De todos modos, llegar hasta la hostería y ver que todo estaba en orden para regresar luego a su camino hacia la casa de los Morrison, en las afueras del pueblo, no podría insumirle más de quince minutos. Y hasta era posible que su corazonada sobre el paradero de Isadora no tuviera ningún asidero.

Descendió de la patrulla y corrió por el patio hasta alcanzar la puerta que daba al comedor, donde Alberta y su hija lo aguardaban con sus ojos desorbitados por el espanto de lo que acababan de vivir. Enseguida lo impusieron de lo sucedido...

– ¡Algo terrible está pasando con las hermanas Amaltti! – Exclamó – ¡Ahora estamos convencidos que asesinaron a Marco y a los demás!

– Pero Martha... – balbuceó Alberta entrecortadamente y sin concluir su idea.

– ¡Tan loca como Blanca! – Le aseguró Edgar – Mi ayudante la descubrió en el jardín de Marco...buscando algo que el asesino había enterrado allí...la pulsera de Anabel Vander Kooy. Aún no sabemos lo que esto signifique...Golpeó a Demetrio con una pala y lo hirió con fuerza...aunque está fuera de peligro. ¡Hasta es posible que haya sido ella y no Blanca quien también te golpeara!

– ¡Pero Martha...es una anciana inválida! – logró articular por fin.

La exclamación de Alberta dejó a Edgar en el punto de dar las mayores explicaciones posibles.

– Nunca lo ha sido – Expresó – Ni ha estado al borde de la muerte como pretendieron hacernos creer. ¡También Blanca jugó su papel de frágil ancianita delante de Modiliani! Esa fue la primera vez que algo de su comportamiento me llamó la atención... ¡Créanme! ¡Esas dos mujeres han estado completamente locas toda su vida y nadie aquí lo sospechó jamás! Hemos pagado muy caro ese error.

De pronto, Albertina soltó un grito ahogado.

Blanca Amaltti los observaba a través del ventanal, con su rostro poseído por una expresión demencial. Y una mano ensangrentada que aún sostenía el cuchillo al que ahora golpeaba contra su pierna, cadenciosa pero enérgicamente, le manchaba la falda con sangre...

El Director del Asilo de Huérfanos de La Ciudad era, afortunadamente, un hombre memorioso. Conservaba, además, todo su interés por colaborar con la tarea policial, de modo que las palabras de Modiliani fueron como un puente de oro tendido hacia sus explicaciones más exhaustivas.

– Por aquella época era mi padre quien estaba a cargo de este establecimiento – dijo – Lo cual es una suerte para ustedes porque él fue un hombre participativo y confidente en todo lo relacionado con los problemas del orfanato. Gracias a su experiencia, he logrado llevar adelante este lugar, en la forma apropiada. De modo que tengo muy presente la historia de ese niño...César A.

– Pero uno de mis hombres estuvo aquí hace algunas semanas – se quejó Modiliani – y no recibió ninguna información de usted, sino de alguien a quien conoció casualmente, quien resultó ser un interno del asilo, cuando niño...

– No me encontraba en La Ciudad por entonces...

– De acuerdo – Bordone se apresuró a dejar en claro que ya no deseaba más pérdidas de tiempo ni que el director se predispusiera a sentirse fastidiado por el comentario de su jefe – Entonces, como usted lo ha dicho, es toda una suerte que hoy se encuentre aquí para narrarnos lo ocurrido con César A. y su hermano gemelo.

– ¿Cómo saben que se trataba de dos niños? – Preguntó el director, interesado – Eran dos gotas de agua y *jamás* permitieron ser fotografiados juntos.

El Detective Inspector lo puso al tanto de su sospecha –ahora confirmada– sobre las diferentes fechas de las fotografías, comparadas con la del portarretrato. Y preguntó la razón por la que no aceptaban posar juntos para una cámara fotográfica.

– No lo sé. Esos niños eran *muy* extraños, cada uno a su manera – explicó el Director – César era violento y causaba problemas todo el tiempo. Enrico se comportaba, al menos, de un modo más...apropiado, para las circunstancias. Era retraído y prefería mantenerse lejos de las dificultades. Pero cuando su hermano murió... ¡adoptó su personalidad como si se hubiera tratado de un calco! ¡O como si hubiera sido poseído por su hermano muerto! Fue algo realmente increíble...

Los detectives se contemplaron mutuamente. Acababan de caer en la cuenta que en la lista de Adriano Bug había figurado Enrico A., pero inducidos por el reconocimiento de su informante en aquel momento, habían dado por seguro que se trataba de César, sin prestar atención al otro nombre.

Cierto malestar los recorrió, especialmente a Modiliani porque era a quien más le preocupaban los errores cometidos en aquel caso. Sin embargo, y por algún motivo que no atinaba a establecer, esta vez presentía que el error –si acaso lo había sido– había tenido alguna razón de ser.

– ¿Conoce los detalles... los *verdaderos* detalles de la muerte de César?

La pregunta del Detective Inspector iba precedida de su convicción acerca de encontrarse frente a un asunto que rezumaba completa locura por todas sus partes.

– Si por "verdaderos" se refiere a todas las murmuraciones que hubo alrededor de esa muerte... le diré que esa es toda una historia que viene unida a alguna cuestión bastante extraña. Llamativa, al menos. Unas pocas veces, su supuesta madre visitó a los hermanos en el orfanato pero sólo en una oportunidad se marchó de aquí con uno de ellos. Más precisamente con César, por quien ella parecía sentir mayor afinidad – el Director se apoltronó detrás de su escritorio y encendió un aromático habano, después de convidar con otros a los detectives, quienes declinaron la invitación – Según apreciaciones de mi padre, esa mujer no resultaba confiable, aunque él nada podía hacer para impedir sus visitas y sus decisiones, especialmente sobre el niño problemático, puesto que al otro parecía ignorarlo abiertamente. Lo cierto fue que, en una ocasión cuando César regresó al Asilo, éste se encontraba muy enfermo.

Los detectives se percataron que el antiguo director del orfanato había sido un hombre de gran intuición, ya que la "supuesta" madre se había tratado de Blanca Amaltti y no había dudas acerca de lo poco confiable que, en efecto, era. Pero los detalles acerca de la enfermedad del niño parecían acercarlos aún más a las terribles sospechas que albergaban sobre ella.

– A los pocos días de su regreso, César se agravó y, finalmente, murió…

– ¿Hubo una autopsia para conocer la causa de la muerte? – preguntó Bordone.

– No la hubo, hasta donde yo sé. En aquellos tiempos, nadie se ocupaba demasiado en serio de lo que ocurría en un orfanato. El niño murió, fue enterrado en nuestro pequeño cementerio y su madre asistió al entierro, seguramente derramando algunas lágrimas…

– ¿Recuerda si su padre hizo algún comentario en relación con los hechos que rodearon a su muerte? – Modiliani se interesaba, como siempre, por los detalles.

El Director negó con un movimiento de cabeza, pero abordó el asunto con su propia pregunta.

– ¿Creen que… esa mujer pudo estar implicada en algo turbio?

Modiliani y Bordone no dudaban acerca de contar con la respuesta apropiada. Cuando dejaron el Asilo, los agobiaba el peso de la revelación que llevaban consigo.

– Zapatos pequeños para los pies de Blanca Amaltti – dijo el Detective Inspector, de pronto, rompiendo el silencio que se había instalado en el coche – Pero sólo acompañaba al verdadero asesino, en calidad de cómplice…

Un negro telón acababa de descorrerse, dejando ver la parte más tenebrosa de la escena: el hermano gemelo de César estaba vivo y había sido ignorado por las hermanas Amaltti, por razones que a esa altura ellos ya le atribuían a la insania de una y al carácter sumiso de la otra. Pero Enrico había tomado un gran protagonismo en sus vidas, en algún momento, y había cometido los crímenes en Río Ballais. ¿Dónde se había ocultado aquel monstruo, durante todo ese tiempo? Porque la casa Vander Kooy no parecía ser la respuesta a tal pregunta.

– ¡Maldición! – exclamó Modiliani, malhumorado.

– ¿Qué ocurre, jefe?

– Es una pena que Bug no nos haya dicho dónde diablos se puso en contacto con su informante.

– Y no responde a las llamadas…

– ¿Qué puede significar eso? – ahora parecía casi hablar para sí mismo – Ha estado comportándose de un modo tan extraño, últimamente...

– Bueno, yo no diría "extraño" – Bordone sonrió entre dientes, mientras conducía de regreso a Río Ballais – Adriano siempre comete locuras cuando alguna mujer lo distrae...

– Pero esta vez colmó la medida.

– ¿Qué hay con respecto al informante? Parece preocupado por eso...

El Detective Inspector se volvió a mirarlo, con una expresión interrogativa.

– ¿Por qué es que nunca le mencionó que César tenía un hermano gemelo? Yo no diría que es un dato imprescindible, pero se me ocurre que debió resultarle relevante, al menos, al momento de hablar de él...

– A mí me parece que nadie hablaba de él, en realidad. Me refiero al hermano gemelo, por supuesto.

El comentario del detective Bordone resultaba llamativo, si bien en algún sentido se ajustaba a la estricta verdad.

Blanca respiraba con dificultad, seguramente apremiada por su ansioso regreso al lugar y sus innombrables intenciones. Era un jadeo corto e intenso que, en algún momento, Edgar confundió con el ímpetu que acompañaba a sus pensamientos de odio y destrucción.

La escena resultaba aún más estremecedora porque aquel estertor que los movimientos de su pecho dibujaban, estaba silenciado por el grueso cristal del ventanal. Su vesánica mirada y la sangre que había comenzado a ensuciarla, parecían convertirla en una patética figura vomitada por la boca del infierno.

Edgar comprendió enseguida que debía detenerla del modo que fuere y a cualquier precio. Palpó el arma aferrada a un lado de su cintura y entendió que por primera vez en toda su vida como policía, iba a tener que utilizarla contra alguien. Y lo más absurdo de todo el dilema era que lo haría contra una anciana a quien siempre había considerado una vecina más del lugar.

Buscó con la mirada la puerta que llevaba al patio y midió mentalmente, en tiempo y distancia, su oportunidad de llegar hasta donde ella se encontraba. Pero Blanca, adivinando su propósito, le sonrió de un modo macabro. No trató de escapar como Edgar había temido sino que aguardó por él con el cuchillo chorreante de sangre, en alto. Por último, se le abalanzó como si se hubiera tratado de una fiera al acecho de su presa...

Fue un instante en que algo parecido a la inexistencia se apoderó de la voluntad de su cuerpo para transformarlo en alguien ajeno a sus propios movimientos. Y como si hubiera podido contemplarse a sí mismo en aquella escena, se vio desenfundando el arma, abriendo la puerta de un solo empellón y apuntando a la enloquecida mujer que ahora estaba frente a él, desafiándolo con su actitud de desmadrada locura. Cuando la vio intentar saltarle encima, de un modo salvaje y demencial, ni por un momento dudó que se defendería de aquel ataque.

Escuchó el sonido del disparo, vio el pequeño fogonazo abandonando el caño de la pistola y sintió en su mano, el golpe de la culata al retraerse. Luego la vio caer, herida de muerte, como una marioneta a la que le acababan de cortar sus hilos. O como una de aquellas muñecas de porcelana, con sus ojos vidriosos e inertes, mirando hacia la nada.

Edgar supo que por mucho tiempo no podría borrar del recuerdo, la última mirada de Blanca Amaltti.

La expresión enajenada de Martha se había cubierto de una especie de brillo solapado, producto de algún nuevo sentimiento que comenzaba a embargar su corazón. Era difícil de creer, se dijo Isadora en algún momento, pero esa anciana que sólo había sido una loca simuladora durante toda su vida, parecía albergar en un buen lugar de sí, algunos afectos innombrables que alivianaban su negro espíritu.

De cualquier manera, el efecto era escalofriante. Se había dedicado a canturrear unas viejas nanas, como una dulce abuelita de cuentos infantiles, por los últimos quince minutos a su lado, casi sin tomarla en cuenta. De pronto, sus ojos se habían llenado de lágrimas y había dejado de cantar, aparentemente atrapada en una repentina pena.

– ¡Mis muñecas! ¡Mis muñecas! – Gemía, ahora – ¡Blanca las destrozó! ¡Hace esas cosas cuando se enfada conmigo!

Se comportaba como una niñita ofuscada por haber sido reprendida. Martha podía adoptar las más diversas y opuestas personalidades. Podía ser la desconcertante mujer que bajo su apariencia de dulzura, había sometido a su hermana a los rudos caprichos de su voluntad, tanto como la llorosa anciana que reconocía haber soportado los pequeños actos de venganza de Blanca, como destrozar sus muñecas, hasta verdaderas acciones demenciales como paralizarla con aquella sustancia que también ella había experimentado, y hacerla permanecer en cama como a una moribunda, sólo para darle un escarmiento.

Isadora ya no podía reconocer en la mistura de su desquiciada conducta a la buena de Martha, a la mujer que le había sonreído y le había permitido jugar con sus muñecas de porcelana, cuando ella era sólo una niña. ¿Qué era aquello que había provocado, finalmente, que los monstruos agazapados en su interior, saltaran un día por el aire para causar el desastre de toda una masacre a su alrededor?

– Nacieron gemelos – comentó Martha, regresando a un relato que, en realidad, nunca había abandonado por entero – Pero a Marco sólo le hablábamos de César. ¡Porque ni Blanca ni yo amábamos a Enrico! ¡Era tonto y delicado como una paloma enferma! ¡No queríamos gente débil en nuestra familia! Se nos ocurrió que ignorándolo podíamos hacer de cuenta que no existía... Blanca le prohibió a César acercarse a su hermano. Y cuando una vez, según los dichos del Director del Asilo, se atrevió a compartir con él un almuerzo en el comedor, le exigió que se arrepintiera de ello y lo demostrara en algún sentido... – Martha había bajado la voz como si lo que fuese a decir a continuación se tratara de un secreto, aunque nadie estaba allí más que Isadora para escucharlo – Creo que le exigió que mostrara su arrepentimiento de algún modo. Y me parece que el muchachito hizo algo para congraciarse... Algo *muy* malo...muy malo. Pero no sé de qué se trató. No estoy segura al respecto.

Isadora comenzó a medir sus posibilidades de salvación, procurando sofocar la voz interior que le aseguraba que no contaba con ninguna. Sabía que se encontraba en una casa alejada del pueblo, porque hasta allí la había conducido Blanca, pero a la vez estaba segura que había transcurrido el tiempo suficiente sin noticias acerca de ella, como para que Edgar estuviera ya buscándola por todas partes. El y esos policías que lo acompañaban –especialmente alarmados por la desaparición del detective Bug– tenían que estar moviéndose por todas partes, forzosamente.

Era apenas una luz de esperanza. Tan lejana que por momentos, se le ocurría inalcanzable. Pero si no se aferraba a aquel pensamiento, sabía que su desesperación sería absoluta.

Tenía ante ella la representación *viva* de la locura, encarnada en Martha Amaltti como si se hubiera tratado de una posesión demoníaca. De a ratos, su mirada se dulcificaba como en los viejos tiempos, para adquirir luego el fulgor del acero desleído cuando alguna idea insana como toda ella, parecía sacudirla de pronto. Su voz atiplada le llegaba como un raudal de palabras descabelladas que, sin embargo, estaban construyendo lentamente, un acabado pensamiento acerca de algo terrorífico y letal que estaba por sucederle a ella, y que no tenía aún una forma apropiada con la cual llegar a definirlo. Lo que, desde luego, lo volvía más insoportable y aterrador.

– Pero siempre se lo dije a Blanca... Lo *peor* que ese niño hizo fue... ¡matar a tu hermanita! ¡No era algo propio de un hijo mío! ¡Sólo tenía doce años y ya...con esas sucias intenciones! – Chasqueó la lengua en señal de desaprobación – ¡Hombres! ¡Hay que darles un buen escarmiento cuando aún son apenas unos niños inservibles!

El sonido de pisadas cercanas a la puerta de entrada atrajo la atención de Isadora, inmediatamente. ¡Quizás alguien había llegado, *por fin*, para ayudarla! Pero también Martha había sido distraída por aquel ruido y parecía muy complacida por ello...

Edgar dejó a Alberta y a su hija aún conmocionadas por lo sucedido, con la promesa de ocuparse de todo lo demás y partió –casi en estado de desesperación– hacia la casa supuestamente abandonada de los Morrison.

Llevaba con él una pesada carga. Temía no llegar a tiempo y ni siquiera sabía a qué se refería exactamente, ya que toda la idea no era sino una construcción subjetiva acerca de los hechos. Si bien su corazonada se mantenía en pie, en el fondo recelaba de estar imaginando una situación que nunca había tenido lugar. Pero todos sus sentidos lo empujaban hacia aquel objetivo y, en algún momento, se encontró suplicando íntimamente porque los hechos no lo decepcionaran y porque pudiera hallar a Isadora, sana y salva.

En algún pequeño rincón de sí mismo se habían soltado las amarras. Acababa de abandonar una parte de su vida equivocada, a la que no quería regresar por nada del mundo, pero ahora se abría a sus pies un abismo que debía cruzar sin dudarlo siquiera: si acaso perdía a la mujer que amaba, después de haber transitado aquel tortuoso camino de purificación y comprensiones tardías, ya no tendría adónde regresar al final de su viaje. Y eso era aún peor que haber disparado su arma por primera vez, para matar a Blanca Amaltti.

Las sombras de un temprano anochecer habían comenzado a penetrar en la habitación gélida, donde Isadora permanecía, a medias tendida en su improvisada prisión, preguntándose por qué Martha no se decidía por encender alguna luz que terminara con aquella oscuridad en ciernes. Claro que conocía la respuesta, pues era muy probable que deseara pasar desapercibida, aun en un lugar apartado como aquél. Pero se lo preguntó de todos modos y lo hizo en el preciso momento en que la puerta se abría y ella perdía toda esperanza acerca de recibir ayuda de nadie.

La expresión de Martha denotaba que la ayuda había llegado, en realidad, para ella...

– ¡Hola, Enrico! ¡Qué bueno es verte por aquí!

El hombre que acababa de ingresar a la habitación, parecía recibir el saludo con una media sonrisa que, un poco desdibujada por la penumbra que lo rodeaba, se veía pese a todo, siniestra y cargada de absoluto cinismo y maldad.

Avanzó algunos pasos hasta quedar muy cerca de Isadora que, finalmente, pudo ver sus facciones cuando algo de la claridad que ya se extinguía y penetraba por una de las ventanas, le dio de lleno en el rostro.

Tenía los ojos de un color oscuro profundo, insondables como el fondo del mar, bajo unas cejas tupidas, enarcadas en un gesto que podía indicar tanto asombro como alegría por la presencia de Isadora.

Era un rostro de facciones clásicas y armoniosas que, en cualquier otra circunstancia, hubiera pasado por ser el de un agradable y educado caballero. Sin embargo, algo intensamente desafiante parecía moverse bajo el rictus de sus labios, como una corriente de reptante maldad. Llevaba la barba crecida de varios días y tal vez ésta era la nota discordante en el conjunto de su aspecto general.

Era alto y fuerte, de un porte atlético, a pesar de no ser ya tan joven. Sus manos se movían espasmódicamente a los lados de su cuerpo, y éste fue el detalle que alarmó a Isadora porque le confería la actitud de alguien que estaba meditando acerca de cierta oportunidad para atacar.

– Es un gusto conocerte – dijo, de pronto, contemplándola *verdaderamente* como a su futura presa de caza– Ellas me hablaron tanto de ti y yo...estuve tan cerca de tu presencia, en algún sentido.

Su voz era ronca, varonil, y sus palabras sonaban inquietantes. Isadora sabía que era un demente (por sus venas corría la inconfundible marca de sangre de su parentesco con la locura de las Amaltti) y no quería perder de vista su perspectiva, aunque la horrorizara pensarlo.

La sonrisa de Enrico se había ampliado hasta el límite de parecer amigable. Cuando volvió a avanzar un palmo, Isadora ya no tuvo dudas de que aquellos ojos oscuros tenían un extraordinario parecido con los del hombre de su sueño: "el hombre pálido", a quien en definitivas cuentas, ella había reconocido como a Marco Lorenz. Entonces, una parte de la realidad que un poco antes le había costado diferenciar de una horrible pesadilla, cobraba todo su sentido, causándole un horror mayor. Ese era, sin el menor atisbo de duda, el hijo del anticuario asesinado. En cambio, su parecido con el niño de la fotografía, al tratarse de su hermano gemelo, se había desdibujado hasta desaparecer, por el paso del tiempo transformándolo en un hombre adulto.

Instintivamente, tironeó de su mano aprisionada en el soporte de hierro adosado a la pared, cuando Enrico Amaltti se le acercó tanto que le quitó el aliento. Su piel rezumaba todo su espanto. Pero él, ignorando su reacción, se puso en cuclillas frente a ella y corrió de su frente el mechón de cabello con el que Edgar solía jugar, cuando lo atrapaba entre sus dedos. Su sonrisa parecía cristalizada en un rostro de facciones rígidas.

Isadora hizo a un lado su mirada para quitarlo de su campo visual, pero esta actitud fue aún peor, porque él la tomó de la barbilla bruscamente, obligándola a contemplarlo otra vez.

– ¿Acaso te inspiro rechazo? – Le preguntó, con una voz cargada de repentino enfado. La sonrisa había sido reemplazada por un gesto airado.

Horrorizada, comprendió que él esperaba una *verdadera* respuesta a su pregunta. Lo negó con un breve movimiento de cabeza, pero no estuvo segura de conformarlo.

– Todo será peor para ti, si lo haces – manifestó con ruda frialdad – Estoy un poco cansado del rechazo de los demás, a esta altura de mi vida.

Isadora supo entonces que pelearía por la suya de todas las maneras posibles, aun si debía oponerse a los peores propósitos de aquel monstruoso asesino. Pero un momento después, él volvía a incorporarse y se alejaba de su lado, comenzando a moverse por la habitación, como si una gran ansiedad lo consumiera de pronto. Desde un rincón en penumbra, Martha le sonreía casi bobaliconamente.

– Querido... ¡eso fue hace mucho tiempo! – exclamó, con su voz atiplada de "la buena" ancianita.

En un momento se percató de lo que en realidad había en la mirada de Martha. ¡Le temía a Enrico tanto como ella misma! Eso no era bueno ni promisorio, se dijo. Significaba que la capacidad de daño de ese hombre era imprevisible y...letal.

– Este estúpido policía se llevó su merecido... – Apenas señalaba con un solapado ademán, al cuerpo inerte y ensangrentado del detective Bug – Hizo demasiadas preguntas cuando dio conmigo en La Ciudad...bueno, las cosas no fueron exactamente así – una vez más la sonrisa volvía a instalarse en su expresión como una visitante del infierno – Llegó a mis oídos que había un detective entrometido haciendo demasiadas preguntas sobre el Asilo de Huérfanos y decidí hacerle frente a su...curiosidad. Nunca sospechó nada sobre mí. ¡Seguramente jugué mi papel de hombre de familia a la perfección! Sin embargo... tenía que darle su merecido, por haberse metido a husmear en lo que no debía...

Había ignorado por completo el comentario conciliador de su madre y se volvía hacia Isadora, observándola desde su altura, como quien lo hace con un objeto más bien digno de desprecio.

– Pude haber estado en tu casa un tiempo, de haber querido – dijo, mostrándose molesto con el tenor de sus propias palabras – Estuvo deshabitada por tres décadas, según me explicaron ellas, de modo que parecía el lugar perfecto donde permanecer mientras... tú sabes... me ocupaba de cierta tarea que debía llevar a cabo en el pueblo.

Por alguna tonta razón, al escucharlo, su memoria recuperaba el recuerdo de Alberta asegurándole que "el pueblo" era una expresión propia de forasteros. ¿Lo sería el hijo de Martha, en algún sentido?

– En realidad, nunca me gustó demasiado visitar este lugar – dijo de pronto, aclarando sin saber, el íntimo interrogante de Isadora – Pero, en ocasiones, suelo andar por aquí. Especialmente, aprovecho los momentos en que el pueblo se llena con la estudiantina desbordada y estúpida que llega de La Ciudad todos los años. Es una excelente forma de pasar inadvertido... La gente no presta atención a los jóvenes que andan por las calles, con ánimo de no meterse con ellos, y tampoco lo hacen con alguno que otro forastero como yo, porque siempre suponen que es compañía "de segunda" de esos muchachitos.

Martha detuvo una mirada interrogativa en su hijo.

– No sabía que nos visitabas con tanta frecuencia, Enrico. ¿Acaso Blanca estuvo ocultándome otra vez alguna cosa?

Quizás, en algún punto, aquello había intentado ser un reproche. Pero él respondió con frío sarcasmo.

– ¿*Visitarlas*? Jamás se me hubiera ocurrido hacerlo. Se trataba de pura distracción para mí...

En su voz se escabullía un inocultable sentimiento de odio. Era una especie de tonadilla mordaz que no llegaba a concretarse más allá de la aspereza con que había pronunciado aquellas palabras pero que, de cualquier modo, bien podía causar motivos en Martha para su solapado temor, a criterio de Isadora. Enrico Amaltti parecía tener sobradas razones para despreciarla.

– No habría sido tan mala idea ocultarme en la casa abandonada de los Vander Kooy – retomó el tema sin interesarse por nada más – Si hubiera podido traspasar la primera puerta. Pero eso es algo que no pude hacer desde un primer momento. No me preguntes por qué, Isadora... No conozco el modo de explicarlo bien.

De pronto, se expresaba como una persona de buenos modales, deseosa de transmitir sus sentimientos en forma harto elocuente. Isadora se percataba de que adolecía de los mismos cambios anímicos que Martha, logrando pasar de la ira contenida a una supuesta calma, con toda facilidad. Pero en esta ocasión, Enrico Amaltti se mostraba realmente deseoso de manifestar algo que parecía perturbar su espíritu sin que pudiera establecer apropiadamente la razón. Y eso lo mantenía intranquilo y circunspecto, en medio de sus explicaciones.

– Sólo sé que ese lugar no es bueno para mí y no regresaría allí por nada del mundo... – su insidiosa sonrisa resurgía ahora y se veía indeciso en cuanto a su próxima actitud – Establecerme en esta casa cuando *necesitaba* estar en el pueblo, ha sido sin dudas una buena opción. Situada en las afueras, abandonada y en ruinas... ¡vaya! ¡Esta es la clase de ambiente del que verdaderamente disfruto!

La oscuridad de la noche había envuelto la habitación y ya era apenas posible vislumbrar su figura, mientras se movía por todas partes. Esto volvía más inquietante aún el sonido de su voz y los apagados sonidos que Martha provocaba al respirar y agitarse. En cambio, el cuerpo de Adriano Bug, cercano a ella, se asemejaba a un bulto informe que había perdido toda su apariencia humana.

– Querido... – susurró la anciana, dando muestras de no desear perturbarlo – Se ha hecho ya muy tarde. No sé dónde diablos se ha metido tu tía Blanca y es hora de tomar algunas decisiones... ¿no crees?

Enrico dio un giro completo para observarla, pero la oscuridad reinante casi no le permitió verla. Extendió una mano con suerte suficiente para lograr tomarla por el cuello...

Era noche cerrada cuando los detectives llegaron a Río Ballais. La nieve acumulada en las calles era lo único que brillaba a la luz de los faros del "Palio" y una desolación ominosa parecía haber descendido sobre el pueblo, como una bruma densa e impenetrable.

Quizás, aquella sensación penosa se relacionaba más con la desorientación de sus pensamientos que con la realidad de lo que el paisaje ante ellos les ofrecía. Regresaban al lugar, *sabiendo* quién era el asesino que habían buscado infructuosamente durante tanto tiempo, pero desconocían por entero cualquier rastro que pudiera llevarlos hasta él. Este era el verdadero asunto pendiente al que ahora debían enfrentar sin dilaciones.

Hasta cierto punto, creían que la complicidad de Blanca Amaltti –una mujer desquiciada que había engañado a todos a lo largo de una vida– había desdibujado en algún sentido, el camino que debió conducirlos al esclarecimiento del caso. Pero mucho más lo había hecho la existencia de un hermano gemelo de César Amaltti, a quien un resultado de pruebas genéticas y unas fotografías, a cuyo pie se leían las fechas inscriptas en las pequeñas placas recordatorias con las que el Asilo de Huérfanos solía conmemorar cada momento en que habían sido tomadas, habían sacado finalmente a la luz.

Un par de esas fotografías eran posteriores a la fecha en que el niño del portarretrato había muerto. Modiliani y Bordone se habían asegurado por completo de esta circunstancia, en su visita al pequeño cementerio del Asilo que el Director les había mencionado.

Ir tras la pista de un niño muerto, no les había proporcionado más que datos falsos a los que nunca habían podido reunir en algún indicio de importante certeza. Y eso, sin incluir el tiempo que les había insumido descubrir de quién se trataba en realidad. Hasta que aquella otra fotografía en casa de las Amaltti había puesto ciertas piezas en su lugar...

Y ahora que el círculo se cerraba, se volvía imprescindible descubrir dónde se ocultaba Enrico Amaltti. En ese oscuro momento de sus cavilaciones, Modiliani advirtió a su acompañante acerca de la patrulla policial que acababa de doblar la esquina, como si se la llevaran los vientos.

– ¡Es Dutra! – Gritó – ¡Toca el claxon para que se detenga! ¿Adónde diablos va con tanto apuro?

El cuello de Martha se deslizó entre las manos de su hijo, y ella cayó luego con todo el peso de su cuerpo contra el piso, como si se tratara simplemente de un bulto. Isadora escuchó el ruido que produjo al golpear duramente contra las frías baldosas y apenas logró apagar un grito de horror. Las penumbras en la habitación sólo le habían permitido atisbar el contorno de aquellas dos figuras que parecieron haberse reunido, por un momento, en un último ritual de muerte.

Cuando poco después, él se acercó para desatar su mano y la tomó de un brazo para obligarla a incorporarse, Isadora no dudó ni por un instante que ella sería su próxima víctima. Sin embargo, ni siquiera tuvo fuerzas para suplicar por su vida. Sentía la sal de las lágrimas ardiendo en el borde de sus párpados y su único pensamiento era el de tener que abandonar este mundo justamente cuando el significado de la felicidad se abría paso en su vida. Edgar y la tranquilidad de saber tan tardíamente que ella no había matado a su hermana –rencor hacia su padre, aparte– sería lo único que la acompañaría cuando su última mirada se apagara.

– ¡Vamos! – Le exigió Enrico Amaltti, empujándola hacia la salida.

No tuvo el valor de preguntar adónde quería arrastrarla. De todos modos, el hecho de saberlo o no, no cambiaría el funesto resultado para ella...

Al abandonar la casa, el silencio y la oscuridad de la noche los envolvió como si una gran boca monstruosa los devorara y por un largo rato caminaron en cualquier dirección, al parecer de Isadora, sólo acompañados por el sonido de sus pasos quebrando hojas y ramillas bajo el peso de sus pies.

– ¿Adónde...me llevas? – preguntó, finalmente.

Escuchaba el jadeo agitado de su respiración y una de sus manos seguía aferrándola con fuerza. Todo esto la hacía sentir atrapada en una especie de cepo fatídico y lo único que deseaba en ese momento era poder liberarse al menos, de la presión en su brazo.

– ¡Tienes que permanecer callada por ahora! – Le exigió con tono perentorio – Y después...te contaré algunas cosas. ¡Verás que te resultarán muy interesantes!

Aunque apenas los iluminaba la mortecina luz de la luna y la de un farol que Enrico Amaltti había tomado antes de salir, Isadora supo que estaba llevándola hacia un viejo camino de montaña. Ella sabía hacia dónde conducía exactamente y eso la hizo estremecer...

Era un lugar al que recordaba rodeado de las historias y leyendas que los habitantes del pueblo narraban y pasaban de padres a hijos, casi siempre relatadas a modo de advertencia. Pero nada de esto tenía que ver con su inquietud sino con el hecho de tratarse de un paraje muy apartado y solitario.

"La Colina de las Pequeñas Pisadas" existía como un lugar legendario en la imaginación de todos los niños de Río Ballais. Ni siquiera alguna esporádica visita que hubiera podido retirarle cualquier misterio al "hueso" de la historia había silenciado aquellas fantasías, porque todo niño necesita de su pensamiento mágico para robustecer su infancia.

Alberta le había confiado en alguna ocasión que su hogar –la casa Vander Kooy para los demás– se había convertido en el centro de atención de muchos, por tratarse de una casa abandonada a la que habían adornado con toda clase de historias de fantasmas. La gente evitaba encontrarse cerca de ella cuando anochecía, como si alguna vez algo los hubiera inquietado, fuera de toda explicación. Y los niños solían ser asustados con lo que se murmuraba de la casa, cuando desobedecían a sus padres. Parecía existir una advertencia latente alrededor de aquel asunto y ella había pensado, en algún momento, que tal vez el hecho de haber regresado a vivir allí había obturado la posibilidad de continuar con esa clase de relatos escalofriantes. A menos que ahora, ella misma fuese considerada parte del "decorado"...

En cambio, la tradición oral que persistía acerca de los relatos sobre "La Colina de las Pequeñas Pisadas" se asemejaba mucho más a un hermoso cuento de hadas, aunque con algunos visos de truculencia en algunas de sus partes.

Se trataba de un lugar agreste al que se accedía por la última calle de tierra en las afueras del pueblo y el camino se abría paso sobre un terreno escarpado, bastante ralo en vegetación. No obstante, era posible llegar hasta la cima misma de la colina, desde donde uno podía contemplar una maravillosa vista panorámica de todo el lugar. El nombre se lo había ganado, porque las grandes rocas diseminadas a lo largo y ancho de la montaña, se encontraban horadadas por lo que seguramente las lluvias y los vientos de milenios habían tallado sobre su superficie, confiriéndoles el aspecto de huellas de pequeños pies humanos. La tradición aseguraba que se trataba de las pisadas de los niños que habían sido atraídos al lugar por el canto melodioso de un hada muy bella que se paseaba por allí, durante las frías noches de tormenta (lo cual hacía sospechar acerca de la intervención del sonido del viento en la historia de la supuesta melodía) para convertirse luego en una bruja horrible y malvada que vivía oculta en la oquedad de una cueva.

La parte terrorífica de aquel recuerdo que acudía a la memoria de Isadora se relacionaba, a pesar de todos los detalles fantasiosos de la historia, con la más estricta realidad. La cueva existía, efectivamente, y era una posibilidad muy concreta y aterradora, que Enrico Amaltti se dirigiera a aquel lugar para ocultarse allí...

Edgar también reconoció el coche de los detectives y enseguida hizo señas para que se detuvieran. Descendió de la patrulla y corrió hacia ellos, sintiendo el alivio de haber recuperado su compañía.

– ¡Por fin están de regreso! – Exclamó, a un lado de la ventanilla del "Palio", sobre el rostro azorado de Modiliani – ¡Blanca Amaltti ha cometido los crímenes! ¡Y enloqueció como toda una psicópata! ¡Qué digo "psicópata"! ¡Estaba chalada hasta los dientes!

– ¿*Estaba*? – preguntó el Detective Inspector.

Edgar asintió con un gesto.

– Tuve que... matarla – confirmó, desalentado por la propia información que ofrecía – Se metió con Alberta, en la hostería. Creo que la acusaba de haberla reconocido en el hospital, cuando estuvo allí para deshacerse de ella, seguramente porque temía haber sido reconocida la vez que dejó el teléfono celular en el patio de la hostería. Fue una suerte que alguien anduviera por allí a tiempo para impedirlo, aunque nunca se diera cuenta porque Blanca sólo se comportó como una anciana en una visita social. El tema es... ¡que nunca estuvo sola en esto! Martha es su cómplice...tan loca como ella. ¡Debemos encontrarla porque han secuestrado a Isadora!

– Una familia de vesánicos asesinos, ¿eh?

Modiliani escuchó el comentario de Bordone a su lado, y se volvió brevemente para observarlo. Luego, retomó su atención sobre el Comisario.

– Toda una sorpresa, sí. Si bien ya nada debería asombrarme...Pero ni Blanca ni su hermana cometieron los crímenes.

Edgar frunció el entrecejo y una expresión de completa incredulidad se instaló en su mirada. No comprendía a qué se estaba refiriendo el Detective Inspector.

– Lo dicen las pruebas de laboratorio sobre los rastros de piel hallados bajo las uñas de Nora Duplay – aseguró.

Lo que Modiliani dijo a continuación le heló la sangre. Era muy probable que las posibilidades de Isadora para defenderse de un hombre se redujeran drásticamente. En algún punto y sin sentirse demasiado entusiasmado por la idea, había creído que una mujer más joven y de contextura física más fuerte podía al menos intentar oponer sus propias fuerzas a las de una anciana. Todo se complicaba de un modo horrible, de manera que ya no perdió tiempo en pedirles que lo acompañaran a la casa de los Morrison y, con una escueta información acerca de su corazonada, los condujo hacia allá, encabezando la caravana con su patrulla.

Poco después, divisaban el lugar a la distancia. La casa estaba completamente a oscuras...

Los tres policías descendieron de sus respectivos vehículos ya con sus armas desenfundadas, y avanzaron con gran sigilo en medio de la oscuridad. Afortunadamente, era noche de luna llena y no había nubarrones a la vista, de modo que podían movilizarse bajo cierta luz apagada que les permitía, al menos, reconocer el camino.

Se transmitían sus intenciones con señas silenciosas y así tomaron distintas direcciones para rodear la casa. Luciano Bordone quedó a cargo de la puerta de entrada a la que abrió con un gran puntapié, en tanto apuntada con su arma hacia el vacío frente a él.

– ¡Despejado! – Edgar y Modiliani lo escucharon gritar y enseguida llegaron por sendos lados de la casa hasta la galería.

Hubo un breve momento de vacilación y luego los tres ingresaron a la habitación abandonada. En su interior, la visión se volvía complicada y menos nítida porque la luz de luna apenas penetraba por las pequeñas ventanas. Por un instante, Edgar creyó que su corazonada había fracasado. Allí no había nadie y sólo un silencio pesado y ominoso los había recibido. Pero entonces...

– ¡Hay dos cadáveres sobre el piso!

Cuando escuchó la exclamación del detective Bordone, que los precedía, Edgar pensó lo peor y sintió cómo un río de sangre helada lo recorría por entero. Su efecto lo paralizó. Una mirada de horror descendió lentamente hacia aquellos bultos informes cuyos contornos podía percibir ahora con toda claridad. A partir de ese momento, toda la situación pasó frente a sus ojos con la velocidad de una película en cámara rápida. Vio a Bordone presionando el interruptor a un lado de la puerta y, al no conseguir encender las luces, fue a buscar la caja de los fusibles como un verdadero experto. Ya lo había visto hacerlo en casa de Marco y, estúpidamente, de pronto se encontró pensando que ésa debía ser una de sus tareas profesionales, en el equipo del que formaba parte.

La luz que provenía de una precaria bombilla en medio del techo se encendió y proveyó al lugar de una mortecina claridad. El espectáculo los sobrecogió, en medio de exclamaciones de horror.

Los ojos del Detective Inspector se llenaron de lágrimas, al contemplar el cuerpo de Adriano Bug, sobre un gran charco de sangre, en uno de los rincones de la habitación. A Edgar le causó la impresión de que se comportaba como un padre herido por la peor de las circunstancias y comprendió el modo en que aquellos detectives habían construido su idea acerca de trabajar juntos en un equipo.

A pesar del visible dolor de los detectives, la escena se les presentaba incongruente y extraña. De no haber sabido que alguien más participaba de aquel aquelarre de muerte y destrucción, hubieran creído que Blanca era la autora de los crímenes. Ahora, ya no podían asegurarlo y, además, se preguntaban bajo qué circunstancias Adriano Bug había sido sorprendido por el asesino. Una cosa resultaba cierta: su imparable vesania lo había llevado a matar a su propia madre, lo cual indicaba que todos los límites acababan de ser quebrantados.

Cuando pudieron reaccionar, descubrieron que había huellas recientes en la habitación que conducían al exterior de la casa. Y todas se dirigían hacia las montañas de fondo.

– ¡Oh, no! – exclamó Edgar, lamentándose por lo que parecía ser la decisión de huída del asesino – ¡Se dirige a la "Colina de las

Pequeñas Pisadas"! Es un lugar escabroso, lleno de cuevas estrechas y escondrijos...

Ninguno quiso mencionar el hecho de que las *verdaderas* "pequeñas pisadas", junto a las huellas de Enrico Amaltti, pertenecían a Isadora, que era noche cerrada y que a menos que se conociera con mucha seguridad el terreno por el que tendrían que moverse, la búsqueda se volvería ímproba y peligrosa.

– No podemos arriesgarnos a subir a esa montaña, en medio de la noche... – aventuró Modiliani, aunque sabía que Edgar rechazaría su argumento – No llevamos encima ni una maldita linterna. ¡Habrá que esperar a que amanezca!

– ¡Podría ser demasiado tarde para Isadora! – Protestó el Comisario – ¡No voy a dejarla en estas circunstancias, aunque tenga que trepar a ciegas!

– ¡Un momento! – Se inmiscuyó el detective Bordone – ¡He visto faroles portátiles junto a la caja de los fusibles! ¡Sólo espero que funcionen!

Al segundo fue por ellos y regresó sonriendo, entusiasmado. No sólo funcionaban sino que eran modernos y poseían un mecanismo de regulación de la intensidad de la luz.

– Nadie espera encontrarse con esto en una casa abandonada – dijo – Ese loco debe haberse rodeado de estas cosas para pasar una temporada aquí.

Edgar se lamentó, como nunca, el haber tomado a la ligera aquel comentario de Roque en su oportunidad; tanto como para haberlo olvidado luego por completo.

Los tres iniciaron aquel ascenso que –ellos lo sabían– los llevaba hacia todas las incertidumbres. Edgar era el único que parecía estar preparado para un camino sinuoso y lleno de escollos, sólo por un conocimiento previo que no le servía de mucho a la hora de andar por él. Pero en ningún momento abandonaron el propósito que los animaba y, en medio de todas las dificultades, decidieron que esa noche no acabarían con las manos vacías...

Enrico Amaltti no se había dejado sorprender por las circunstancias y el farol portátil que había recogido de una repisa, en su brusca partida hacia las montañas, facilitaba sus movimientos por el lugar. Eso y el hecho de haber estado allí en diferentes momentos.

– Este ha sido un buen sitio ocasional donde ocultarme... – dijo, en tanto empujaba a Isadora al interior de una cueva cuyas dimensiones no eran mayores a las de un montacargas – Especialmente cuando a ellas se les ocurría haber visto demasiado movimiento sospechoso alrededor de la casa abandonada... sobre todo en la época de vacaciones. Probablemente te encuentren aquí en la primavera, cuando la nieve desaparezca y los equipos de búsqueda se hayan cansado de su trabajo nada fructífero alrededor de todo el pueblo.

Isadora se estremeció íntimamente al pensar en aquella perspectiva que un loco asesino le presentaba con la naturalidad de lo evidente. Pensó en Edgar y en Alberta. ¿Cuánto llegarían a echarla de menos? Y también en Anabel y sus padres: símbolos de su pasado, presentes y vívidos en un hogar en donde aguardarían por su regreso, en vano. Pensó básicamente en el modo en que su pequeña hermana había tratado siempre de advertirle sobre lo que verdaderamente había ocurrido aquella tarde en el pequeño puente, a través de un sueño. Estaba tan segura de la consecución de aquel propósito de su parte, como de su contumaz intención de no permitirle formar parte de sus sueños, evitando dormir por las noches, cuando era pequeña. ¡Le había complicado sus buenas intenciones sin saberlo! Y ahora, tan a destiempo que la sola idea la desquiciaba, creía leer algún críptico mensaje en las estrofas de la vieja cancioncilla que los niños del lugar le habían dedicado alguna vez...

"Cierra la puerta, cierra la puerta. O ella te atrapará"

¡Y la había atrapado! Blanca Amaltti – no Anabel– la había atrapado. Blanca Amaltti transida por su propia locura, había llegado hasta su puerta y la había conducido hasta aquel horror en el que ahora se encontraba inmersa.

¡Y el silencio de su padre la había atrapado! Ese lugar lleno de equívocos en el que él jamás se permitió claudicar para no dejar al descubierto una supuesta afrenta imperdonable ejercida sobre el pequeño cuerpo indefenso de su hermana.

Fue entonces cuando se le ocurrió pensar que, en realidad, sus padres no habían depositado ninguna culpa en ella. Nunca la habían acusado de nada y aún podía recordar las palabras de su madre consolándola... ¡Quizás ella misma había permanecido en el equívoco todo el tiempo, ofuscada y confundida por su propio dolor, sintiéndose culpable a través de aquellos celos absurdos que había alimentado por su hermana mayor! ¡Y por la horrible e injusta acusación de Blanca, quien supuestamente defendía así a su sobrino loco! Por un momento (aunque deseó no perder de vista aquel pensamiento jamás) se sostuvo en la ostensible creencia de haberse rodeado siempre de malentendidos. Como cuando había confundido las intenciones protectoras de su padre al tomarla de un brazo para cruzar la calle con cierta idea acerca de su propia incapacidad de ser considerada responsable de sí...

– Pasé muchos años alimentando mi sed de venganza – de pronto, la voz de Enrico Amaltti volvía a hacerse escuchar, sonando en el eco del lugar, con una vibración y una potencia que parecían otorgarle un tono especial de mortífera desaprensión – Me gané la confianza de esas dos viejas imbéciles comportándome del mismo modo salvaje que lo había hecho mi hermano. No me interesaba que me amaran como a él. Era un poco tarde para eso... Pero servía para que ellas me miraran con mayor atención e interés. Entonces, cuando Cesar murió y ellas volvieron su mirada hacia mí, se me ocurrió embaucarlas con el peor de los engaños: ¡Hacerles creer que yo también había comenzado a amarlas como a una madre y a una tía maravillosa! – Enrico la contemplaba, convencido que Isadora se había convertido en su mejor confidente – ¿Sabes qué? ¡Todos fingíamos unos sentimientos inexistentes! Bueno, tal vez ellas habían empezado a apreciarme un poco y de verdad, no lo sé...Pero ahora confiaban en mí y eso era suficiente. Tenía mi plan perfectamente urdido en mi cabeza. ¡Pagarían por el rechazo y el desprecio de tanto tiempo! ¿Acaso debió morir César para que ellas se percataran de mi presencia?

Sus ojos se habían anegado en repentinas lágrimas de un irreprimible dolor. Era increíble para Isadora que, en medio de su desquicio, aquel encono por el desamor padecido funcionara como un alimento tóxico para su corazón. Era harto evidente que ninguno de ellos había contado con la capacidad de reconocer sus afectos personales.

– ¡Sé que mamá le ordenó a tía Blanca matar a César! Me lo confiaron algún tiempo después, aunque nunca llegué a enterarme por qué medios lo hicieron. Debieron envenenarlo...Es lo que supongo por el modo en que él enfermó y luego murió...

Había bajado el tono de voz como si aún deseara guardar el secreto. Por un momento, retuvo su mirada en algún punto imaginario de sus manos que descansaban sobre su regazo, distrayéndose lo bastante para hacerle pensar a Isadora en su posibilidad de huir. Pero, en el fondo, ella sabía que tal posibilidad no existía. No podía echar a correr fuera de allí, a oscuras y por un lugar tan inhóspito y peligroso. Además, él la alcanzaría antes que lograra dar sus primeros pasos.

Ambos estaban sentados y apoyados contra las duras paredes de la cueva, en una posición que en otras circunstancias, hubiera podido parecer relajada. No lo era, al menos para ella, que estaba allí sólo para escuchar las confidencias de un loco...exactamente antes de morir.

– ¡Si ellas mismas decidieron matarlo, entonces no lo amaban como tú supones!

Una vez más se arrepentía de lo que acababa de expresar. Isadora se dio cuenta de la imposibilidad de razonar en los mismos términos que aquel desquiciado asesino, tanto como en los de Martha y Blanca Amaltti. La locura era un terreno desconocido, plagado de certezas inamovibles, allí donde alguna vez debieron forjarse las dudas y los errores normales de cualquier ser humano, bajo circunstancias diferentes.

– Tú no entiendes nada – le respondió Enrico con lentitud premeditada – Matar puede ser el más maravilloso acto de amor...

Lo supo enseguida. ¡Claro que no entendía nada y ésa era la verdad más contundente acerca de todo lo que había visto y escuchado en ese fatídico día!

– No me preguntes cómo lo hice, pero lentamente introduje en sus cabezas el gusanillo de la discordia. ¡Había que matar a mi padre, el verdadero causante de todas nuestras desgracias! Y entonces... la trama de mi plan fue perfecta.

Enrico continuó con su relato como si el comentario de Isadora no hubiera merecido más atención de su parte que la que le dispensara para señalarle su equivocación.

"¿Otro acto de amor con Marco Lorenz?", se preguntó ella en ese momento, con ironía.

– Estuve en todos los detalles – dijo – ¡Y no fue algo tan difícil! En realidad, mamá y tía Blanca son dos ancianitas bastante crédulas.

"¿Son?", gritaba Isadora por dentro, *"¡Una está muerta! ¡Tú la mataste! Más actos de amor, ¿no es cierto?"*

– Siempre fueron aficionadas a las telenovelas. ¡Tan sentimentales, por Dios! – había un tono mordaz en su voz que no pasaba desapercibido – Por eso les puse los hechos al modo atractivo para ellas. Las convencí de que la bella fotografía de César que ellas guardaban en una de las gavetas de su cómoda, debía terminar finalmente, en la casa de mi padre. El había muerto sin haber llegado a contar nunca con su reconocimiento como hijo legítimo, de modo que sería todo un homenaje para él...Desde luego no parecerá tener sentido para ti, pero ellas comprendían muy bien a qué me refería. Sin embargo, dudaron en hacerlo, al principio. Pero les aseguré que nada debían temer al respecto, porque César no había sido visto en el pueblo realmente por nadie, la vez que las obligó a tenerlo de visita en la casa, ya que se habían cuidado de que se expusiera a los ojos de la gente. ¡Y aun en caso contrario, nadie podría recordarlo treinta y cinco años después!

Llegados a ese punto, Isadora había caído en una especie de fascinación acerca del relato. Le parecía absurdo a ella misma, pero creía estar a las puertas de los peores secretos muy bien guardados por dos ancianas locas durante toda su vida, en un pueblo donde todos decían conocerse. Pero el modo en que Enrico Amaltti contaba los hechos y después de haberlo visto asesinar a Martha, le demostraba que una inteligencia superior había actuado sobre ellas, desde las sombras, para convertirlas en el instrumento de una vieja y esperada venganza. Probablemente, las hermanas habían funcionado todo el tiempo como una verdadera *"folie a deux"*, aunque ya era muy difícil determinar a esa altura, quién de ambas estaba totalmente loca y había "contagiado" con su insania a la otra, haciéndola actuar al mismo modo desquiciado. Esas cosas pasaban. Isadora lo sabía, por haberlo leído alguna vez en algún libro de psiquiatría, o tal vez en las revistas especializadas que hojeaba en las salas de espera de sus viejos psiquiatras. El punto era que Enrico Amaltti había sabido explotar apropiadamente aquel comportamiento simbiótico entre ellas...

– Todo encajaba a la perfección – continuó hablando – Ellas hubieran hecho cualquier cosa que yo les pidiera, después que mataron a mi hermano. Tal vez me temían, en algún sentido, al verme cambiar de personalidad. Pero lo que creo realmente, es que el hecho de ser yo la viva imagen de César y al no contar ya con él, era inevitable que me tomaran en cuenta...

Enrico parecía encontrarse en uno de los momentos de mayor regocijo, frente a sus "particulares" recuerdos. Los *actos de amor* de aquella familia eran variados y numerosos, sin lugar a dudas, se dijo Isadora.

– Fue una suerte que César les hablara de una sustancia que Calixto, el panadero del Asilo, de quien era gran amigo, utilizaba en la elaboración de sus pasteles... ¡que por cierto eran deliciosos! Se trataba de una sustancia peligrosa, le confió el muy tonto, que había que saber emplear en las dosis correctas para que fuera apta para el consumo. De lo contrario, podía llegar a matar a una persona. Por eso él la guardaba bajo llave y la llevaba consigo todo el tiempo – hizo un breve silencio en medio de su explicación, como si meditara acerca de lo que acababa de decir – Pero de algún modo César se las ingenió para conseguirla... ¡Claro! Quería congraciarse con ellas porque había hecho algo muy malo, y había puesto en riesgo el secreto de su visita en Río Ballais. O tal vez estaban enfadadas porque habíamos almorzado juntos en el comedor del orfanato, en cierta ocasión. Ellas creían que eso no era lo correcto. Bueno...mis recuerdos de aquel tiempo están un poco confusos. ¡Lo que sea! Si se debió a lo primero, tía Blanca se había ocupado de decir algunas mentiras al respecto, por si alguien se interesaba en el asunto. Pero me parece que nada de eso ocurrió y César volvió al Asilo muy orondo, aunque no era así como se sentía tía Blanca, cuando lo trajo de regreso aquella vez. Hubo una oportunidad en que *a mí* se me antojó visitar el pueblo...Pero esta vez, según me dijeron ellas más tarde, mamá se enfadó muchísimo porque tu padre supo, incidentalmente, de mi presencia y, al confundirme con César por nuestro gran parecido físico, estuvo a punto de armar un revuelo o algo así. Si bien, por último, todo lo que decidió fue poner distancia con el "loquillo" de mi hermano...que, en realidad, era yo. ¡Y yo no podía exponer mi presencia a riesgo de ser confundido con César que, por cierto, ya no estaba en este mundo!

Isadora conocía el resto de la historia y rogaba para sí que no estuviera obligada a escucharla nuevamente. Ni siquiera podía soportar la idea de que las Amaltti hubieran tratado a aquel niño (aun malvado, pero niño al fin, y echado a perder por ellas mismas) como si hubiese sido un adulto, capaz de un razonamiento apropiado. Probablemente, aquella supuesta imposición de sus caprichos había estado acompañada por el extraño consentimiento de esas dos dementes. Y Enrico Amaltti estaba desquiciado de un modo tan exasperante que atribuía el enojo de su madre al hecho de haberse mostrado juntos. Y el haber matado a su indefensa hermana era para él otra situación que podía valorarse en un mismo sentido, ignorando diferencias en la gravedad de los hechos.

En ese momento, sólo quería permanecer a solas y en contacto con aquello que había dicho acerca de su padre. Por alguna razón, supo en lo más íntimo de sí que él jamás la había culpado de nada, que sólo había procurado protegerla de un niño asesino, a quien nunca se había atrevido a acusar, nada más que para salvaguardar el honor de su hija muerta.

En aquel tiempo, una reacción de tanto doloroso silencio alrededor de ciertos crímenes sexuales era tan posible como la redondez de la luna. Se hacía muy difícil sobrellevar esa afrenta frente a los chismes maliciosos, en un pueblo tan pequeño como Río Ballais. Sus padres sólo habían actuado a la manera "esperable" para una época cargada de pesados escrúpulos y prejuicios.

Había sido su propio silencio frente a ellos –y no a la inversa– lo que los había alejado (posiblemente hasta el extremo de ignorar los reproches que ella se infringía a sí misma en su convicción de haber empujado a Anabel, influenciada por la interesada acusación de Blanca Amaltti) de un sufrimiento que ellos ignoraban. Manipular la culpa de una niña de ocho años, había consistido en el más sencillo de los trabajos para aquella diabólica mujer.

– Lo cierto fue que después de ese golpe de suerte que significó para mí la muerte de mi hermano, el terreno quedó totalmente despejado para mi venganza...

Las lágrimas rodaban por el rostro de Isadora al escucharlo. Ese psicópata podía hablar del asesinato de su hermano gemelo, a manos de su familia, con la naturalidad de quien describe un hecho cotidiano. "*Un golpe de suerte*", así lo llamaba. ¡Y ella, en cambio, había estado a punto de sucumbir bajo el peso de unos remordimientos inmerecidos, por sentirse injustamente responsable de la muerte de su querida hermanita! Era casi un suceso paradojal que las cosas se estuvieran dando de esa manera, un poco antes de morir.

La canción de los niños en la escuela y, seguramente, la historia que las Amaltti habían echado a rodar por el pueblo en relación con su culpabilidad, habían hecho el resto. ¡Pensar que había existido un tiempo en que creyera a pies juntillas en la amistad que Blanca le había ofrecido, a modo de consuelo por lo sucedido! ¡Y que jugara con Martha y sus muñecas de porcelana, con toda la feliz inocencia de su infancia!

Ahora comprendía la razón del final de aquel juego: *ninguna*, en realidad. Sólo se había tratado de la maligna locura de Blanca poniéndole fin a una situación que, quizás en algún momento, vislumbró como fastidiosa. Tal vez, había temido que ella pudiera recordar algo de lo que verdaderamente había ocurrido aquella tarde y sólo la mantuvo cerca hasta cerciorarse de que nada sabía sobre la verdad. Y, entonces, había decidido apartarla bruscamente.

Sin embargo y como si hubiera leído en sus pensamientos, Enrico la sorprendió refiriéndose a aquel momento de su vida, bajo una versión que siempre había escapado a su conocimiento...

– Sé que te hacía feliz jugar con la colección de muñecas de porcelana de mamá, cuando eras tan sólo una niñita de grandes moños en el cabello. ¡Así te describían ellas, por entonces! Pero el juego debió terminar cuando César estuvo de visita en la casa. Y eso ocurrió apenas unos días antes que él se ensañara con Anabel – la contempló con una mirada maléfica y la más perversa de sus sonrisas – ¡Tal vez era a ti a quien había querido lastimar y se conformó con tu hermana porque mi tía te impidió regresar! Ella sabía *cómo* era César, la clase de pensamientos malvados que albergaba en su cabecita. Pero no creo que lo haya hecho por ti... Más bien quiso preservar a César o a su propia casa, para no convertirla en el escenario de un crimen...

Isadora sintió a todo su cuerpo cimbrar bajo el efecto de un escalofrío. ¡Las cosas habían sucedido de un modo diferente a como ella las recordaba con su encubridora memoria infantil! ¡Y eso tenía un gran sentido! ¡Sus padres jamás le hubieran permitido regresar a casa de las Amaltti, después de lo sucedido con su hermana! Ahora también sabía cómo había sido el final de las visitas y las compras en la panadería del pueblo...

– Todos los detalles de mi plan eran los apropiados. ¡Lo que yo quería era que ellas quedaran incriminadas en la muerte de mi padre! ¡Nadie aquí sabe de mi existencia ni tienen por qué saberlo en ningún momento! Pero ellas iban a quedar expuestas cuando la policía se pusiera a investigar. Les llevó algo de tiempo, es cierto...Los hechos tampoco podían ser tan groseramente evidentes. Había que ponerles algo de misterio. La fotografía de César tenía por objeto que, tarde o temprano, a los investigadores se les ocurriera relacionarla con el Asilo de La Ciudad, después de descartar que se trataba de un niño que había vivido en el pueblo. ¡Nada de homenaje a su memoria poniendo el retrato en la casa de nuestro padre! ¡Esa ridícula historia sólo podían tragársela dos viejas estúpidas y noveleras! "*Y aprovecharemos la ocasión para deshacernos de la pulsera de Anabel Vander Kooy",* les dije, "*no es conveniente que la conserven con ustedes*".

Isadora llegó a preguntarse por la razón por la que Enrico la ponía al tanto de todo lo ocurrido, después de llevarla hasta una recóndita cueva en "La Colina de las Pequeñas Pisadas". Y al descubrir por sí misma la respuesta a su pregunta supo que estaba perdida, que no tenía escapatoria ni salvación posibles. El asesino quería, *necesitaba* que ella conociera el modo en que su "brillante" mente había planeado y perpetrado un crimen del que saldría indemne, a la vez que tomaba venganza definitivamente de las dos mujeres que lo habían despreciado, en vida de su hermano. Además, se aseguraba que pasaría mucho tiempo antes de que encontraran su cuerpo, de modo que podía abandonar el pueblo y perderse para siempre, sin tomarse ninguna urgencia en el asunto.

Nadie llegaría a tiempo para rescatarla, y esa convicción estaba a punto de arrancarle una vez más, lágrimas de desesperada frustración.

– ¿Sabes? – La voz de Enrico Amaltti continuaba arrastrando sus propias conclusiones, en una cadencia de interminable locura – Nunca se trató de eso para mí. Y la probabilidad de que la pulsera fuera descubierta en la casa alguna vez, era una en un millón. No hasta la muerte de ambas, al menos. Y no creas que la idea no fue tentadora en su oportunidad. Bueno, de todos modos, yo no quería tantas complicaciones. Había algo que funcionaría a mi favor y, en la mayor parte, eso tuvo que ver con mi plan de enterrarla en el jardín. Mi tía y mi madre sabían del valor de las pequeñas piedras preciosas engarzadas. ¡Vaya! ¡No eran más que dos viejas avaras y ambiciosas que en algún momento, pensaron en venderlas lejos de aquí, y asegurarse algún dinero! Sin embargo, aceptaron lo que les propuse. Había conseguido meterles miedo. *"Cuando todo esto pase, podrán a volver a buscarla",* les dije. ¡Sabía que lo harían! ¡Había una gran probabilidad de que cometieran ese estúpido error! – Reía por lo bajo y la observaba, vanagloriándose de cada una de sus ocurrencias.

Isadora comenzaba a sentirse fatigada, a pesar de las circunstancias. La adrenalina que había corrido por sus venas, sumada al esfuerzo de aquel ascenso obligado a la cima de una montaña, en medio de la noche y apenas alumbrada por la luz de un farol –y aun quizás algún resabio de la sustancia que le había sido inoculada por Blanca– estaban haciendo su efecto. Una especie de apatía y de indiferencia por su destino la envolvían de pronto, haciéndole desear que aquello terminara de una vez por todas. En un lejano telón de fondo de sus pensamientos, una parte de sí se rebelaba contra ese tanático sentimiento de catástrofe y final, pero no tenía la fuerza suficiente para devolverle el deseo de luchar por su vida.

– Llené la escena del crimen con toda clase de pistas falsas, sin que ellas sospecharan nada al respecto y mientras les aseguraba que ése era el modo de desorientar definitivamente a quien se pusiera a investigar la muerte de ese malnacido. Una caja de fósforos sin huellas dactilares de la estúpida colección de mamá... Y convencí a tía Blanca de usar los zapatos del jardinero para dejar rastros en la sala, donde lo ataqué con el atizador. ¡Ja, ja! No me importaban los rastros sino que las fibras de sus medias o cualquier cosa que quedara en el interior de ese horrible calzado, la incriminara. Hoy por hoy, eso es posible con las nuevas tecnologías que utilizan los investigadores forenses.

De haberse encontrado allí el Detective Inspector Modiliani, quizás Enrico Amaltti hubiera conocido todo lo cerca que había estado de lograr su propósito, de no haber existido aquella equivocada orientación en la investigación del crimen. Algo que, paradójicamente, no había sido propicio para sus planes.

– Yo, en cambio, estuve descalzo todo el tiempo y mamá permaneció afuera de la casa. También estuvo el robo del teléfono celular. Tenía alguna vaga idea de cómo volver a utilizarlo, sin cometer errores al activarlo. Y a ellas les pareció perfecta mi ocurrencia de enviarte ese macabro mensaje. Quizás, si te asustabas lo suficiente, podíamos conseguir que te marcharas del pueblo. Ellas seguían considerando peligrosa tu presencia aquí. Pero... ¡mira que eres valiente! Hasta regresaste a vivir en tu antigua casa.– De pronto, una sombra de brusca severidad surgió en su rostro, borrando la perfidia de su sonrisa – Lo más complicado resultó planear el modo en que mi padre debía escuchar la verdad de mi odio y mi desprecio por el rechazo del que nos hizo objeto a César y a mí. ¡Claro que no era algo muy distinto de lo que sentía por ellas aunque nunca se los hubiera demostrado! ¡Y lo grandioso fue que ellas tenían la solución al problema! ¡Sabían de los efectos de esa sustancia que César les trajera una vez desde el Asilo! ¡Y contaban con la que habían empleado en sus trabajos de repostería!

Enrico había recuperado el entusiasmo en el tono de su voz y, de pronto, se preocupaba por la actitud de Isadora que apenas parecía ya prestarle atención.

– ¡Eh! – Exclamó, contrariado – ¿Qué pasa contigo? ¿No te resulta interesante lo que estoy contándote?

Isadora lo contempló por un momento, a punto de dejar escapar de sus labios lo peor de sus pensamientos. *"¡Termina con todo esto, maldito loco, hijo de perra!"*

El volvió a sonreír de aquel modo desagradable en que lo hacía y se reacomodó para continuar con su relato.

– No irás a ninguna parte, de todos modos – dijo – Así que será mejor que me escuches hasta el final...

Esa era la palabra perfecta. "Final" sonaba de una manera pavorosa pero cargada de un definitivo alivio para tanto horror.

– Fue fácil ingresar a la casa sin forzar ninguna puerta ni ventana. Mi padre era bastante descuidado en esas cosas, según le contara su ama de llaves a mi tía Blanca. Eran un poco amigotas, creo, de la época en que esa vieja "boca–floja" era clienta de la panadería. Y pudimos comprobar que había dicho la estricta verdad porque la puerta principal ni siquiera tenía puesto el pasador. Pensamos que era un buen comienzo...eso de no haber encontrado escollos ni impedimentos para entrar. Hicimos bastante ruido adrede, para obligarlo a bajar de su habitación y mientras tía Blanca lo distraía con su presencia, yo corté el suministro de la electricidad y regresé a tiempo para tomarlo por sorpresa. ¡Hubieras visto la expresión en su rostro! ¡Parecía haber descubierto a un fantasma cuando giró para verme, al sentir la picadura de la aguja en su cuello! Pero ya era algo tarde para él porque la sustancia había comenzado a hacer su efecto...

Isadora se percató de su dificultad para seguir el hilo del relato y comprendió, horrorizada, que estaba perdiendo fuerzas y lucidez a pasos agigantados. No estaba segura de lo que acababa de expresar Enrico Amaltti, pero se detuvo en algún punto de sus palabras convertidas en una especie de eco repetitivo y obsesivo, que su mente parecía devolverle desde sus propias tinieblas, sin ningún sentido. *Fantasma...Fan...tas...ma.* ¡Qué palabra tan bella y tan ridícula!, llegó a pensar. Pero no se trataba de nada relacionado con el relato de Enrico...Y sólo supo en aquel momento que si Anabel hubiera estado allí, no habría dejado de ayudarla a escapar de su situación, de alguna manera.

– Supongo que estás interesada en saber por qué razón decidí deshacerme del leñador tonto y la dama voluptuosa... ¡Oh, tan bella para morir! Pero no podía arriesgarme a dejar con vida a alguien que podía saber más de la cuenta.

Interesada... No, no era ésa la palabra con la que Isadora se hubiera reconocido en ese momento. Más bien se sentía ocupada en prestarle atención a las extrañas reacciones de su cuerpo. Sentía que las fuerzas la abandonaban y que sus pensamientos dejaban de pertenecerle.

– No esperábamos la presencia del tonto en la casa. Fue una sorpresa desagradable que venía a complicar nuestros planes. Pero tía Blanca, que siempre demostró tener un poco más de inteligencia que mamá, dijo que podíamos utilizar la situación a nuestro favor, a último momento, haciendo que él pasara por ser el asesino. No era lo que yo quería, claro. Pero tengo que reconocer que me preocupé un poco frente al desajuste que acababan de sufrir mis propios planes, de modo que terminé por aceptar la propuesta. No confiaba tanto como ella en que ese muchacho fuera incapaz de relacionar dos ideas correctamente y que no sabría defenderse de las sospechas que caerían sobre él, frente a la policía. Sin embargo, me dejé convencer...

Enrico pareció desalentarse en mitad de su relato, como si estuviera reviviendo aquellas circunstancias, y la incomodidad por ellas estuviera tan presente como el mismo día del crimen.

– Deshacernos de él en ese momento hubiera complicado demasiado las cosas, de modo que... procedí a llevar a cabo el plan de tía Blanca. El tonto no me conocía siquiera, así que no iba a ser un problema dejarme ver por él, si acaso más tarde sería incapaz de mencionarme. Tuvo una especie de ataque cuando mi padre salió a la galería con sus últimas fuerzas, después que le hundiera el atizador en su terca cabeza. Y eso nos favoreció porque creo que el chico se asustó tanto que casi pasa a mejor vida él mismo. Cuando cayó, fulminado por un rayo, tomé un gran bloque de piedra y quise golpearlo con él, pero finalmente sólo me decidí por poner un poco de sangre allí para manchar sus manos. Lo que se dice, una salida de emergencia. Fue mamá la que comenzó a llenar nuestras cabezas de preocupación, un poco después: que nunca podríamos estar completamente seguros de que no fuera a recordar los hechos en algún momento, que fingía ser más tonto de lo que era, que tía Blanca decía que en el pueblo habían comenzado a murmurar acerca de su mejoría y que había sido una complicación y no algo a nuestro favor, que hubiera estado detenido por unos cuantos días, que quién sabía lo que le había dicho a la policía y bla, bla, bla... ¡No sabes lo empecinada que suele ponerse mamá, algunas veces! Hasta que decidimos deshacernos de él, sólo por las dudas. Si mamá llegaba a tener razón... –volvía a caer en una de sus vacilaciones relacionadas con el hilo de sus propios pensamientos – Después de todo, había sido un testigo *innecesario* del crimen. Pero todo se complicó más aún el día que fuimos a su casa para matarlo. Fue tía Blanca la que ingresó por el camino del frente, para distraerlo... y no le gustó cuando se encontró con aquella mujer. ¡Se puso muy nerviosa! ¡Ja, ja! ¡Casi paranoica! ¡Se le acababa de meter en la cabeza la idea de que el tonto había estado con ella en alguna situación íntima y le había contado todo lo que recordaba! En fin... no hubo más remedio que... matarla a ella también. ¡Uf, cuánto lío! Es una suerte que todo esto haya terminado. Es tan poco ya...lo que queda por hacer.

"Disculpa..." Una voz interior que no podía reconocer como propia, le pedía perdón por alguna razón que no comprendía. Era una voz suave, delicada como un susurro, pero a la vez cantarina y penetrante. Isadora había escuchado esa voz alguna vez, hacía ya mucho tiempo, en alguna parte. Era... ¡la voz de una niña!

"¿Quieres salir de esta situación, Isadora? ¡Entonces, déjame ayudarte!" La voz se había tornado perentoria.

"Lamento necesitar de tu cuerpo y de tus fuerzas para hacerlo. Lo lamento tanto como en el pasado lamenté obligarte a soñar conmigo, aunque ocuparas mi lugar. Sé que no querías dormir para no verme en sueños, de modo que el truco de convertirte en mí fue un buen recurso de defensa. ¡Pero nunca lograste llegar a la verdad por entonces para dejar de culparte! ¡Tardaste demasiado, Isadora! Sin embargo, mi plan fue bastante aceptable. Yo no contaba con otro medio para eso, lo siento..."

Era la voz de una niña, sí. Era la voz de Anabel, ya no tenía dudas. Pero hablaba con cierta extraña sabiduría, nada propia de su edad.

Enrico Amaltti la contemplaba mientras su rostro se transfiguraba, sorprendido por el horror de lo que veía. Isadora Vander Kooy ya no estaba allí. Quizás lo estaba su cuerpo desmadejado, como si lo hubiera abandonado ante su propia vista, sin que él lo percibiera. Y la mirada que ahora lo observaba, a través del cabello que le caía desprolijo sobre los ojos, era siniestra y cargada de un odio que sólo él creía haber sentido alguna vez. Aun en medio de su desquicio, podía reconocer aquella transformación y sentir por ello una gran inquietud. Pero entonces, algo lo distrajo abruptamente...

El farol portátil cumplía a la perfección la función de alumbrarles el camino. No obstante, los tres policías eran conscientes de que no tenían a su favor más que aquel estrecho sendero que se abría paso entre las pocas matas y los escasos árboles que crecían a sus lados, y nada más.

Sin embargo, Edgar sabía que ése era el único lugar por el que se ascendía a la montaña, de modo que el asesino e Isadora tenían que haber andado por él y encontrarse ahora en alguna de las pequeñas cuevas que allí había. Y si bien existían en número suficiente para llevarles más tiempo del que él hubiese deseado emplear para encontrar aquélla en que se ocultaban, no desconocía el hecho de que una o dos de ellas – las más amplias para permitirles permanecer allí con cierta comodidad– se encontraban un poco más adelante, apenas el camino tomaba un breve recodo a la izquierda.

Estaban cerca de la cima y la mayor preocupación que compartía con Bordone y Modiliani se relacionaba con el temor de que la luz del farol (que, no obstante, llevaban encendida en su mínima intensidad) fuera advertida por el asesino, ahora que habían acortado distancia.

Una tensión electrizante parecía haberse instalado en el aire, en tanto ellos comprendían que habían llegado al final del camino. Ahora sólo se trataba de comenzar el difícil trabajo de búsqueda...

Enrico Amaltti detectó aquel pequeño punto de luz a la distancia, como un parpadeo. Eso significaba que era una luz en movimiento y la alarma que le causó, lo obligó a distraerse de la presencia de Isadora. Se puso de pie como impulsado por un resorte y se dirigió a la entrada de la cueva, procurando atisbar en medio de la oscuridad.

Había olvidado, momentáneamente, la mirada malévola que un poco antes lo había contemplado, ya sin ningún rastro de temor en ella. Y también había olvidado que, por un breve instante, el temor, en cambio, había estado en él. Giró en redondo y, con brusquedad, la tomó por un brazo y la obligó a incorporarse.

– Tenemos que salir de aquí – dijo, con tono perentorio. Pero en ningún momento la puso al tanto de su inquietud.

Isadora se dejó arrastrar, sin quejarse. A pesar de la laxitud que daba la impresión de haber debilitado su cuerpo, se movía con mayor agilidad que la demostrada hasta entonces. Parecía flotar por momentos, como si sus pies apenas rozaran el camino.

Enrico notó aquella levedad que la impulsaba y la atribuyó a la fuerza con que estaba empujándola hacia adelante, casi a ciegas.

El había estado en el lugar algunas veces, pero lo cierto era que jamás se había alejado demasiado de la cueva que le servía de escondite y protección, por lo que el terreno en el que ahora se adentraban, comenzaba a resultarle desconocido y lleno de dificultades. Sólo podía avanzar a duras penas y como él también había reducido la intensidad de la luz que debía alumbrarlos, tropezaba a menudo con piedras y raíces de viejos árboles que afloraban del suelo como manos artríticas. En cambio, Isadora parecía convertida en una experta conocedora del camino.

Cuando llegaba a apoyar sus pies sobre las rocas del sendero, allí donde la piedra horadada estaba cubierta de supuestas "pequeñas pisadas", éstos daban la impresión de caber en ellas como si se tratara de los pies de una niña. El hombre que caminaba a su lado, inseguro y nervioso, se tomó un momento para pensar que aquel efecto no era sino una pura ilusión óptica, acompañada de la engañosa penumbra de la noche. Pero cuando ella giró sobre sí misma para enfrentarlo con la mirada con que ya lo había hecho antes, él la liberó de su mano, pegó un respingo, se echó hacia atrás y soltó una exclamación de desagradable asombro.

Enrico Amaltti retrocedió. Isadora avanzó...

– ¿Me temes? – le preguntó de pronto, con una incomprensible voz infantil.

El asesino acababa de ser sorprendido, con sus defensas bajas.

– Yo le temí a tu hermano aquel día. Tú tendrás que pagar por él...

La voz seguía siendo aguda y cargada de un dolor difícil de soportar, porque actuaba como el embate de una ola contra el rostro azorado de Enrico Amaltti. No logró sobreponerse a tiempo, y en tanto un grito desgarrador brotaba de su garganta, él caía al oscuro abismo de afiladas rocas que había a sus espaldas...

Cuando Edgar y los detectives llegaron al lugar, tuvieron el tiempo suficiente para ver a Isadora reaccionar como si un momento antes hubiera estado presenciando una escena completamente ajena a su realidad.

Edgar la tomó entre sus brazos, aunque ella no causaba la impresión de necesitar ser protegida ni rescatada.

Modiliani hubiera jurado que parecía una niña complacida por alguna razón inexplicable...

VEINTE
PRIMAVERA (EPÍLOGO)

La primavera llegó despacio en aquella oportunidad. Como una pequeña invitada a quien se había aguardado ansiosamente, después de un largo, crudo y... sangriento invierno.

Río Ballais despertó de su letargo, asombrado en parte de su propia capacidad de reacción para ponerse en pie y volver a dar los primeros pasos de regreso a su tranquila vida cotidiana. Era un pueblo sacudido en la esencia de sí mismo; atormentado por el propio escarnio y el dolor de haber sido escenario de una horrible historia de locura y de muerte: algo tan impensado como increíble, para poder ser asimilado sin dejar en el proceso, un poco de su alma bucólica y sencilla, para siempre.

Pero las circunstancias de la vida poseen, en algún sentido, ese maravilloso atributo de retornar una y mil veces a su punto de partida, para volver a comenzar su ciclo bajo el cielo...

Y si bien una nueva leyenda surgió para ser contada de padres a hijos, con esa particular impronta que ciertos hechos cobraban en medio del colorido entusiasmo de Río Ballais por sus historias locales, ésta pronto fue abandonada a la imaginación de sus pobladores para dotarla de toda clase de detalles extravagantes. Aunque muchos se empecinaban en asegurar que no lo eran tanto...

Contaban por allí que uno de los policías que habían llegado al pueblo para investigar el crimen de Marco Lorenz, era quien había dado la orden de retirar el cadáver del asesino, caído entre las grandes piedras del precipicio que se abría paso al otro lado de la montaña y había quedado fuertemente impresionado, cuando la cuadrilla de rescate lo exhibió, sobre la camilla de metal de la morguera. En la expresión final de aquel hombre, con sus ojos abiertos al espanto, parecía haberse detenido la última imagen de "aquello" que, de alguna manera, había causado su caída al abismo. No fue necesario mucho más que esto –un comentario que corrió como reguero de pólvora– para que comenzaran a decir empecinadamente, que esa supuesta visión póstuma había consistido en la de uno de esos niños–fantasmas que deambulaban en la "Colina de las Pequeñas Pisadas". Y también hubo nuevos intentos por retomar las viejas crónicas olvidadas que alguna vez se escribieran en el pueblo, como un modo de dejar a resguardo la terrible historia. Pero ya no estaba el doctor Fernan para aglutinar aquel propósito, de manera que pronto todo fue nuevamente olvidado. "De todos modos, sólo se escribían tonterías por entonces", se limitó a comentar alguien, "y ésta no parece ser una de ellas."

Isadora Vander Kooy llegó a ser una buena vecina de regreso en el pueblo, a quien todos aceptaron como a la hija pródiga que volvía, dispuesta a rehacer su vida en el mismo lugar que la había visto nacer. Con el tiempo, ella dejó de hablar de sus recuerdos, se deshizo de todos los viejos objetos arrumbados en el garaje y le sonrió a su padre, imaginándolo en algún rincón de la casa, acordando con su sabia decisión.

Dejó de lado la nostalgia, porque la vida que se le ofrecía por delante, parecía hasta el momento lo bastante promisoria y adecuada a su esperanza de felicidad. Sólo a veces, se preguntaba por aquel sentimiento que había perdurado en ella, como único corolario de su terrible experiencia en la "Colina de las Pequeñas Pisadas": aquella sensación de haber sido Anabel por un momento, como en su viejo sueño infantil. Pero no era nada a lo que le diera demasiada importancia. Después de todo, ella sabía que su hermana hubiera hecho cualquier cosa para llamar su atención. Como la de poner jazmines en los floreros, aunque detestaba su perfume tanto como ella misma...

www.ingramcontent.com/pod-product-compliance
Lightning Source LLC
Chambersburg PA
CBHW020628020726
47494CB00001B/101
* 9 7 8 1 9 3 9 9 4 8 2 2 9 *